「国学典藏」

古文观止

插图珍藏本

[清] 吴楚材 吴调侯 编选

高高 注

作家出版社

图书在版编目（CIP）数据

古文观止：插图珍藏本 /（清）吴楚材，（清）吴调侯编选；高高注. -- 北京：作家出版社，2016.6（2023.6重印）
ISBN 978-7-5063-8677-7

Ⅰ. ①古… Ⅱ. ①吴… ②吴… ③高… Ⅲ. ①古典散文—散文集—中国 ②《古文观止》—注释 Ⅳ. ①H194.1

中国版本图书馆CIP数据核字（2016）第006974号

古文观止 插图珍藏本

编　　选：［清］吴楚材　吴调侯
特约策划：高高 **BOOKS**
责任编辑：杨兵兵
特约编辑：周　茹
装帧设计：高高 **BOOKS**
出版发行：作家出版社有限公司
社　　址：北京农展馆南里10号　　**邮　　编：**100125
电话传真：86-10-65067186（发行中心及邮购部）
86-10-65004079（总编室）
E-mail:zuojia@zuojia.net.cn
http://www.zuojiachubanshe.com
印　　刷：北京盛通印刷股份有限公司
成品尺寸：146×210
字　　数：502千
印　　张：19.5
版　　次：2016年6月第1版
印　　次：2023年6月第8次印刷
ISBN 978-7-5063-8677-7
定　　价：68.00元

终生难忘之启蒙良师。

前言

美者毕集，缺者无不备
讹者无不正，集古文之成者也
观止矣！

《古文观止》是一部影响很大的书。

从成书之日起，就有许多人在读《古文观止》。其目的，当然是要参加科举考试。虽然也有人提出，一些水平不高的学子，“表面上大家念《古文观止》，暗地里学作文章的人传授、背诵《东莱博议》”[①]。但这丝毫未能削弱《古文观止》的重要性，反倒是从另一侧面更让人觉察出其地位的不可动摇。为什么参加科考就要学习《古文观止》？这在科考尚存的时候实在是不能成为问题的，今天要解说明白，却非得费一番周折不可了。好在近几年来终于又有人注意到了八股文体的价值，并已将个中机巧和盘托出。有兴趣者，不妨把金克木、启功、张中行等几位先生评议“八股”的文章找来看看，自会有所受用，此不赘言。

无论如何，《古文观止》自于康熙三十四年问世后，各地就不断有人翻印、翻刻，康熙三十四年的归化本、三十七年的浙江本，乾隆三十三年的怀泾堂本、三十九年的鸿文堂本、五十四

①《咫尺天颜应对难》，金克木，人民日报出版社。

年的映雪堂本，一直到后来的扫叶山房本、锦章本、四有本、广益本、商务本……在不到250年的时间中，各种刻本不下于数十种，这在图书经济和印刷技术都不甚发达的时代里，实在不能不说是一件蔚然已成奇观的事情。而且，这些年来，《古文观止》这一成书于300余年前的文选读本，非但没有随着经济的发达与科技的进步而销声匿迹、光辉不再，相反地，由于

> 其选简而该，
> 评注详而不繁，
> 其审音辨字，无不精切而确当。[①]

得到了越来越多的人们的认可和喜好。直到已经是信息网络化时代的今天，它的名声也不降反升，影响越来越大。在由几家全球著名的中文网站共同进行的一次网络调查中，《古文观止》被评为“现代人最常阅读的文言著作”之一，就是明证。

那么，为什么科举考试早已废除多年，原本为科考而编写的《古文观止》还会如此受读书人欢迎呢？

原来，有着漫长而悠久的文化背景的中国人，终归不能完全背弃自己的传统，面对先贤遗留下来的文化宝藏，又有谁不想在力所能及的情况下去做一番探索呢？而《古文观止》恰好具有着现在人探索这一宝藏所必需的“钥匙”功能。

它选材上起《左传》《国语》，下止于刘伯温、归有光，全面地反映了从周至明数千年的文体变迁，所选之文多为千古名作，能于“琳琅满目、美不胜收”[②]，但同时也是汗牛充栋、浩如烟海的古典文册中，得其上品，一览而收全功。其内容则涉及

---

①《古文观止·序》，吴兴祚，鸿文堂本（乾隆三十九年刻版）。

②《古文观止·序》，吴楚材、吴调侯，文富堂本（康熙三十七年浙江刻版）。

历史、哲学、文学、政治、宗教、艺术……几乎可以说是一部小型规模的中国传统文化百科全书。笔者的先师金克木先生就曾说过这样的话：

> 读《古文观止》可以知历史，可以知哲学，可以知文体变迁，可以知人情世故，可以知中国的宗教精神与人文精神，几乎可以知道中国传统文化的一切。[1]

《古文观止》的不朽价值，由此而可知。

《古文观止》一书是文化的载体。文化不仅有“有文的文化”（即由文字记录下来的文化），还有“无文的文化”。至少，两者恰可互补，不应偏废其一。而如果从更深一层的角度来看，就会发现，其实“无文的文化”更重要。毕竟，谁也不能只生活在纸上。所以最终“有文”的仍然在“无文”的包围中。考虑到这一点，我们此番印行《古文观止》一书，采用了不少的文物插图。这些插图大体可分为三类。

第一类是历史资料整理型。如历史地图和古代官制表等。这类图片，说是文物，其实是现代电脑制作的产物，可反映的内容又确实是千百年前的古老事件。主要的用途在于补充资料，像《春秋战国时代都邑位置图》[2]，一图在手，就给阅读卷一至卷四带来不少方便。

第二类是现存的古代建筑遗迹。如阿房宫遗址的残垣断壁、位于今塔克拉玛干沙漠的唐代边城、武则天和唐高宗合墓之处的乾陵[3]等。这类图片数量不多，但往往能引人生起一种追古思幽的心境，面对着这些场面，把心沉潜下来，体会玩味，往往能够

① 据栗拙山笔记整理录出。

② 参见本书3页。

③ 分别见本书320页、315页、305页。

达到一种置身其中、物我两忘、古今如一的心灵境界。

最后一类数量最多，占到了全部插图的绝大多数。那就是历代遗留下来的文物照片。这些照片，带给读者的是一种气息，一种超出文字而又恰能与文字互补的气息。比如《敬姜论劳逸》一文的插图“青铜俎”[①]，让人一睹之下，就能联想起“人为刀俎，我为鱼肉”的名句，并不由得会不寒而栗。从此而后，对“人为刀俎，我为鱼肉”一句的理解，恐怕就会比单纯看字面要深刻得多。

总而言之，图文并茂、知性与觉性并重，也就是让右脑与左脑在阅读时同时发挥作用，是这种编排方式最大的好处[②]。

本书文字部分的编排采用的是我国传统的“子注合本”方式。所谓“子注合本”，用陈寅恪先生的话讲，就是把注释性的文字排成小号字体“与大字正文互相配拟。……‘以子从母’，‘事类相对’。这样的本子叫合本”。[③]“子注合本”的好处在于既方便阅读，又不至于打断了文气。在文字的理解上有了困难，不必到文末、书尾等处再去寻找答案，解释就在眼皮底下，一览便知；而如果想要“因声求气”[④]地去诵读原文，只需把小

---

①参见本书98页。

②现代研究早已指出，大多数人的左脑处理逻辑、线性和分析等所谓理性活动，右脑主司节奏、想象、白日梦、空间感、美感、统一概念等所谓感性活动。而更进一步的研究则证明，左脑储存着出生以来所有的信息，也就是“自身脑”；右脑是与“自身脑”相对应的“祖先脑”，储存着从古到今人类500万年以上的全部信息，包括人的生活所必需的本能和自律神经系统的功能，以及道德、伦理观念乃至宇宙规律等方面的直觉，是人类先天的记忆宝库。参见成都市教委内部资料《立命篇》，王绍璠著。

③《陈寅恪魏晋南北朝史讲演录》，黄山书社。

④“因声求气”是清代古文大家姚鼐、方东树等人在继承孟轲、刘勰、韩愈、柳宗元、苏洵、朱熹等人的读书美学理论而提出的学习古文的方法。要求读书时要体会到文辞的音节美，从中感到喜悦，在喜悦中自然成诵，读熟、背出。“声”就是文辞的音节。“气”就是作者为文之时的气势、心态、思想感情。姚鼐有“大抵学古文者，必要放声疾读，又缓读，只久之自悟”“读古文务要从声音证入，不知声音，即终身作外行也”的名句。

字跳过，直接按大字诵读即可，两全其美。

另外，还要讲讲“评点”问题。

在我国，评点是读书人的一大传统。《论语》中有这样一段：

> 唐棣之华，偏其反而。岂不尔思，室是远而。
>
> 子曰：
>
> “未之思也，夫何远之有？”[①]

“岂不尔思，室是远而”，是《诗经》中的一句语，意思是说：“不是我不想你，实在是住得太远了。”孔子的评点“未之思也，夫何远之有”，则是说：“思念有什么远近呢？分明是压根就没有想嘛！”这大概是文言文评点之鼻祖。此后，《左传》里的“君子曰”，《史记》里的“太史公曰”，历代史书里的“史臣曰”“论曰”“赞曰”……一直到李卓吾的《批评忠义水浒传》，金圣叹评点《西厢记》，这个传统从来没有断过。总之是读书人在读书时会从心里忽然冒出一句话，写出来，便成为“评点”，往往是“评其一点，不及其余”，而且还往往会带上时代烙印。现在读者手中这本《古文观止》中的古今两类评点，也不外如此。明白了这一点，再看此书中的“评点”，大概就会好办得多了。

最后想说一句，《古文观止》毕竟成书于清代，自那时至今，已有300余年的变迁，书中某些观点，未必被现代人所认同。我们在阅读时，应注意汲取其精华，摒弃不合时宜的观点，以使中华文明更加发扬光大。

栗拙山

① 见《论语·子罕篇》。

序

余束发就学时，辄喜读古人书传。每纵观大意，于源流得失之故，亦尝探其要领。若乃析义理于精微之蕴，辨字句于毫发之间，此衷盖阙如也。

岁戊午，奉天子命抚八闽，会稽章子、习子以古文课余子于三山之凌云处，维时从子楚材实左右之。楚材天性孝友，潜心力学，工举业，尤好读经史，于寻常讲贯之外，别有会心，与从孙调侯，日以古学相砥砺。调侯奇伟倜傥，敦尚气谊，本其家学，每思继序前人而光大之。二子才器过人，下笔洒洒数千言无懈漫，盖其得力于古者深矣。

今年春，余统师云中，寄身绝塞，不胜今昔聚散之感。二子寄余《古文观止》一编，阅其选简而该，评注详而不繁，其审音辨字无不精切而确当。披阅数过，觉向时之所阙如者，今则躯然以喜矣。以此正蒙养而裨后学，厥功岂浅鲜哉?选亟命付诸梨枣，而为数语以弁其首。

康熙三十四年五月端阳日愚伯兴祚题。

原 序

古文宜选乎？曰：无庸也。琳琅触目，美不胜收，则选尚已。古文至今日，操选政者代有其人，駸駸乎有积薪之叹矣，尚宜选乎？曰：无庸也。详略互见，醇疵错陈，则选又尚已。且余两人非敢言选也，集焉云耳。集之奈何？集古人之文，集古今人之选，而略者详之，繁者简之，散者合之，舛错者厘定之，差讹者校正之云尔。盖诸选家各有精思深义以抉古人之奥，读之者取此置彼则美者或遗，一概观览则劳于睹记，此余两人所以汇而集之也。

至于考订之下偶有所得，则亦谨附之以备参究，不敢雷同附和以取讥于大雅。若夫声音之间，点画之际，诸家或以为无益于至义而忽之，而不知童子之所肄习于终身勿能忘。况棘闱之中，字画一有不合即遭摈斥，可不慎欤？余两人之从事于兹也有年矣，兢兢焉一义之未合于古勿敢登也，一理之未慊于心勿敢载也，一段落、一钩勒之不轨于法度勿敢袭也，一声音、一点画之不协于正韵勿敢书也。

山居寂寥，日点一艺以课子弟，而非敢以此问世也。间有好事者，有所许可辄手录数则以去，乡先生见之者必曰："诸选之美者毕集，其缺者无不备，而讹者无不正，是集古文之成者也，观止矣？选宜付之剞劂，以公之于世。”余两人默然相视良久曰：“唯唯，勿敢当，勿敢当。诚若先生言，抑亦何敢自私？”退而辑平日之所课业者若干首，付诸梓人，以请政于海内君子云。

康熙戊寅仲冬山阴吴乘权（楚材）、吴大职（调侯）氏题于尺木堂。

目 录

古文观止　卷二

《左　传》

古文观止　卷三

古文观止　卷四

古文观止　卷五

古文观止　卷六

古文观止　卷七

古文观止　卷九

古文观止　卷十

古文观止　卷十一

古文观止　卷十二

古文观止

卷一

郑伯克段于鄢 《左传·隐公元年》

初,郑武公(庄公之父)娶于申(国名),曰武姜("武"是丈夫武公的谥号,"姜"是娘家的姓),生庄公及共(gōng,国名)叔段。庄公寤生(胎儿脚先出),惊姜氏,故名曰寤生,遂恶之(指庄公)。爱共叔段,欲立之。亟(qì,屡次)请于武公,公弗许。

及庄公即位,为(wèi)之请制(地名)。公曰:"制,岩(险要)邑也,虢(guó)叔(东虢国国君,周成王之弟)死焉(死在那里)。他邑唯命。"请京(地名),使居之,谓之京城大(tài)叔。祭仲(祭,zhài。郑大夫)曰:"都城(城墙)过百雉(量词,长三丈,高一丈),国之害也。先王之制:大都(都邑)不过参国之一(国都的三分之一。参,通"三");中五之一;小九之一。今京不度(不合法度),非制(先王的制度)也,君将

1. 春秋战国时代都邑位置图

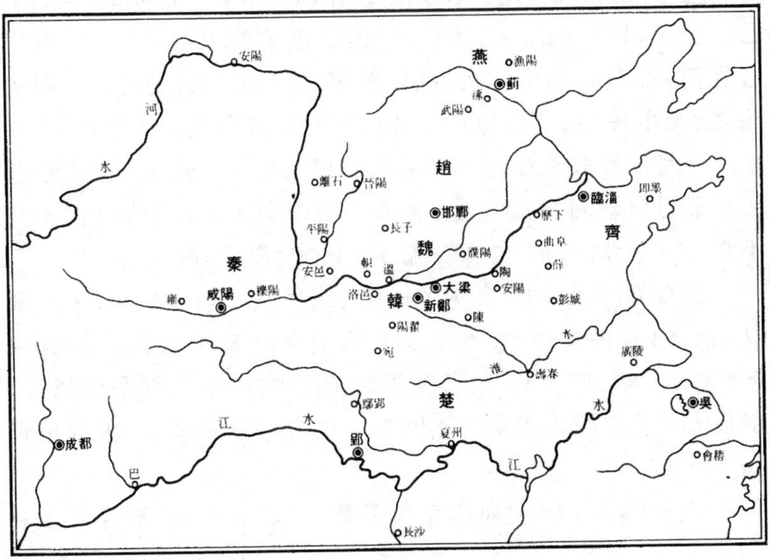

寡人之望則又無祿早世隕命寡人失望君若
不忘先君之好惠顧齊國辱收寡人徼福於大
公丁公照臨敝邑鎮撫其社稷則猶有先君之
適及遺姑姊妹若而人君若不棄敝邑而辱使
董振擇之以備嬪嬙寡人之望也韓宣子使叔
向對曰寡君之願也寡君不能獨任其社稷之
事未有伉儷在縗絰之中是以未敢請君有辱
命惠莫大焉若惠顧敝邑撫有晉國賜之內主
叔向曰齊其何如晏子曰此季世也吾弗知齊
其為陳氏矣公棄其民而歸於陳氏齊舊四量
豆區釜鍾四升為豆各自其四以登於釜釜十
則鍾陳氏三量皆登一焉鍾乃大矣以家量貸
而以公量收之山木如市弗加於山魚鹽蜃蛤
弗加於海民參其力二入於公而衣食其一公
聚朽蠹而三老凍餒國之諸市屨賤踊貴民人
痛疾而或燠休之其愛之如父母而歸之如流

2.《左传》书影

不堪。"公曰："姜氏欲之，焉(哪里)辟(通"避")害？"对曰："姜氏何厌(满足)之有！不如早为(安排)之(指共叔段)所(处所)，无使滋蔓，蔓，难图也。蔓草犹不可除，况君之宠弟乎！"公曰："多行不义必自毙。子姑(姑且)待之。"

既而(随后)大叔(即共叔段)命西鄙(边地城邑)、北鄙贰(两属)于己。公子吕(郑大夫，字子封)曰："国不堪贰(有两属之心者)，君将若之何？欲与(把国家给)大叔，臣请事之(为他效劳)；若弗与，则请除之，无生民心。"公曰："无庸(同"用")，将自及(将会自己赶上祸害)。"大叔又收贰(指前两属的地方)以为己邑，至(到)于廪延(地名)。子封曰："可矣。厚(指土地扩大)将得众(民心)。"公曰："不义不昵(不义于君，不亲于兄，就不能笼住民心)，厚将崩(崩溃)。"

大叔完(修成城郭)聚(聚集百姓)，缮甲兵，具(准备)卒(步兵)乘(shèng，战车)，将袭郑，夫人(指武姜)将启之(开城门)。公闻其期(段袭击郑的日期)，曰："可矣！"命子封帅(通"率")车二百乘以伐京。京叛大叔段。段入于鄢。公伐诸(之于)鄢。五月辛丑，大叔出奔(避难)共。

书(指《春秋》)曰："郑伯克段于鄢。"段不弟，故不言弟(叔段不遵弟道，所以《春秋》不以弟称他)。如二君，故曰克(庄公与叔段如同对立的两国国君，所以《春秋》用“克”字)。称郑伯，讥失教也，谓之郑志(郑伯之志)。不言出奔，难之也。

遂寘(同“置”，弃置)姜氏于城颍(地名)而誓之(向她发誓)曰：“不及黄泉(这里指墓穴)，无相见也！”既而悔之。颍考叔(郑大夫)为颍谷(地名)封人(管理疆界的官)，闻之，有献(有所献，或献谋，或献物)于公。公赐之食。食舍(放旁边)肉。公问之，对曰：“小人有母，皆尝小人之食矣，未尝君之羹(肉汁，这里指肉食)，请以遗(wèi，留给)之。”公曰：“尔有母遗，繄(yì，句首语气词)我独无！”颍考叔曰：“敢(表谦敬)问何谓也？”公语(yù，告诉)之故，且告之悔。对曰：“君何患焉！若阙地(掘地。庄公之父名掘突，所以颍考叔有意不用掘字)及泉，隧(挖隧道)而相见，其谁曰不然？”公从之。公入而赋：“大隧之中，其乐也融融。”姜出而赋：“大隧之外，其乐也泄泄(yì yì，和“融融”都是形容和乐的样子)。”遂为母子如初。

君子(作者的假托，《左传》中习惯用的发表评论的方式)曰：“颍考叔，纯孝也。爱其母，施(yì，即为“扩大影响”)及庄公。《诗》曰：‘孝子不匮(kuì，断绝，缺乏)，永锡(同“赐”，给予)尔类。’其是之谓乎(大概是说这种情况吧)！”

郑庄志欲杀弟，祭仲、子封诸臣，皆不得而知。“姜氏欲之，焉辟害”“必自毙，子姑待之”“将自及”“厚将崩”等语，分明是逆料其必至于此，故虽婉言直谏，一切不听。迨后乘时迅发，并及于母。是以兵机施于骨肉，真残忍之尤。幸良心忽现，又被考叔一番救正，得母子如初。左氏以纯孝赞考叔作结，寓慨殊深。

(原本《古文观止》)

周郑交质　《左传·隐公三年》

郑武公(庄公之父,名掘突,前770—前744年在位,死后谥“武”)、庄公为平王(指周平王,名宜臼,幽王之子,前770—前720年在位)卿士(即执政大臣,诸侯往往供职于周王朝兼掌王室实权,称卿士)。王贰(偏重)于虢(指西虢),郑伯(郑庄公)怨王。王曰:“无之。”故周、郑交质。王子狐(周平王的儿子,名狐)为质于郑,郑公子忽(郑庄公的儿子,名忽)为质于周。王崩(周平王死),周人将畀(bì,给予)虢公政。四月,郑祭足(祭仲,郑国大夫。祭,zhài)帅师取温(地名)之麦。秋,又取(割取)成周(周都城,故址在今河南洛阳东北)之禾。周、郑交恶。

君子曰:“信不由中(同“衷”),质无益(用处)也。明恕(互相谅解)而行,要(yāo,约束)之以礼,虽(即使)无有质,谁能间(离间)之?苟有明信(互信互谅),涧、溪、沼(池

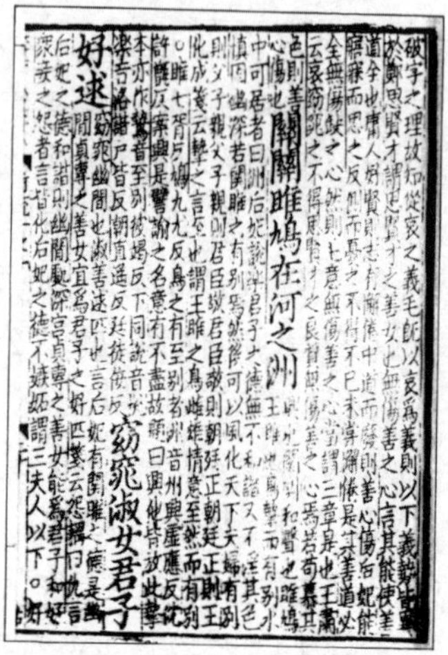

關關雎鳩在河之洲

窈窕淑女君子好逑

3.《诗经》书影

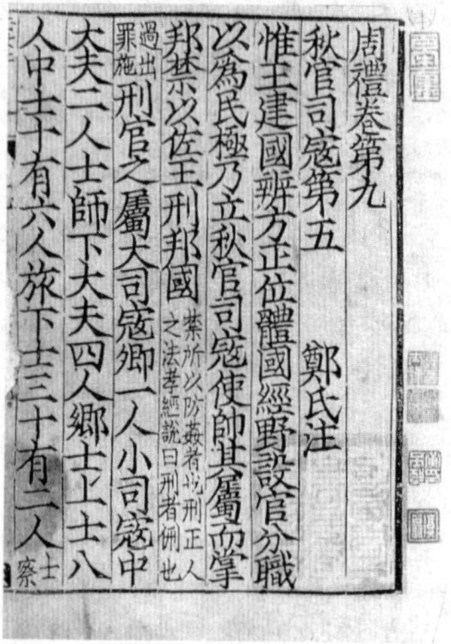

周禮卷第九

秋官司寇第五　鄭氏注

惟王建國辨方正位體國經野設官分職

以爲民極乃立秋官司寇使帥其屬而掌

邦禁以佐王刑邦國 禁所以防姦者也刑正人之法孝經説曰刑者侀也過出罪施

刑官之屬大司寇卿一人小司寇中

大夫二人士師下大夫四人鄉士上士八

人中士十有六人旅下士三十有二人 士察

4.《周礼》书影

5. 战国中期 甗,饮食器,甑鬲分体

塘)、沚(水中小洲)之毛(野草),蘋(大萍)、蘩(白蒿)、薀(一种水草)、藻(聚生的藻类)之菜,筐、筥(jǔ,竹的容器,方形为筐,圆形为筥)、锜(qí)、釜(均为烹饪器,有足为锜,无足为釜)之器,潢污(huáng wū,低洼积水处)、行潦(xíng lǎo,路上的积水)之水,可荐(供奉祭品)于鬼神,可羞(同"馐",进献美食)于王公,而况君子结二国之信,行之以礼,又焉用质?《风》有《采蘩》《采蘋》(均为《国风·召南》篇名,写妇女采集野菜用作祭祀),《雅》有《行苇》《泂酌》(均为《大雅》篇名,《行苇》叙述宴享老人,歌颂忠厚和睦。《泂酌》谈到路上积水亦可用于祭祀),昭(表明)忠信也。"

通篇以"信""礼"二字作眼。平王欲退郑伯而不能退,欲进虢公而不敢进,乃用虚词欺饰,致行敌国质子之事,是不能处己以信而驭下以礼矣。郑庄之不臣,平王致之也。曰"周郑",曰"交质",曰"二国",寓讥刺于不言之中矣。

(原本《古文观止》)

石碏谏宠州吁　《左传·隐公三年》

卫庄公(卫国国君,名扬,前 757—前 735 年在位)娶于齐东宫(太子所居之处)得臣(齐太子名)之妹,曰庄姜("姜"是姓,"庄"是谥号),美而无子,卫人所为赋《硕人》(《诗经·卫风》篇名)也。又娶于陈,曰厉妫(妫,guī。"妫"是姓,"厉"是谥号,下文"戴妫"同)。生孝伯,蚤(同"早")死。其娣(妻之妹随妻来嫁,称"娣")戴妫生桓公,庄姜以为己子。公子州吁,嬖人(宠姬。嬖,bì)之子也,有(得到)宠而好兵(兵器),公弗禁, 庄姜恶之。

石碏(卫国大夫。碏,què)谏曰:"臣闻爱子,教之以义方(做人的正道),弗纳(使之进入)于邪。骄、奢、淫、佚(逸乐),所自邪(乃邪之所自起)也。四者之来,宠禄过也。将立州吁,乃定之矣;若犹

6. 战国早期 铜壶

7. 春秋 嵌赤铜兽纹罍

8. 汉 农作画像图

未也，阶(引导)之为祸。夫宠而不骄，骄而能降(降心，抑制心志)，降而不憾(怨恨)，憾而能眕(zhěn，安稳镇定的样子)者，鲜(xiǎn，少)矣。且夫贱妨(妨害)贵，少陵(侵犯)长，远间(离间)亲，新间旧，小加(欺凌)大，淫破义，所谓六逆也；君义，臣行，父慈，子孝，兄爱，弟敬，所谓六顺也。去(抛弃)顺效逆，所以速祸也。君人者，将祸是务去(务必消除祸害)，而速之，无乃不可乎？"弗听。其子厚与州吁游(交往)，禁之，不可(听从)。桓公立(继承)，乃老(告老退休)。

"宠"字，乃此篇始终关键。自古宠子未有不骄，骄子未有不败。石碏有见于此，故以教之义方为爱子之法。是拔本塞源，而预绝其祸根也。庄公愎而弗图，辨之不早，贻祸后嗣，呜呼惨哉！

(原本《古文观止》)

臧僖伯谏观鱼 《左传·隐公五年》

春,公(鲁隐公)将如棠(鲁边境)观鱼(同"渔",捕鱼)者。

臧僖伯谏曰:"凡物(鸟兽之类)不足以讲(讲习)大事(祭祀和战争),其材(指皮革齿牙、骨角毛羽)不足以备器用(军国之资),则君不举(举动)焉。君,将纳民于轨(法度)、物(准则)者也。故讲事以度(duó,衡量)轨量谓之轨。取材以章(同"彰",彰明)物采谓之物。不轨不物,谓之乱政。乱政亟(qì,屡次)行,所以(是……的原因)败也。故春蒐(sōu)、夏苗、秋狝(xiǎn)、冬狩(分指四季的打猎活动),皆于农隙以讲事(讲习军事)也。三年(每三年举行一次大规模军事演习)而治兵(和"振旅"都是整顿军队之意),入而振旅。归而饮至(归乃告至于庙而饮),以数(计点)军实(军用物品和战利品)。昭(显示)文章(不同级别的官员所使用的军服旌旗,其色彩和花纹各自不同),明贵贱,辨等列,顺少长(出则少者在前,趋敌之义;还则少者在后,殿师之

9. 汉 渔猎图

10. 春秋 牲鼎

义),习威仪(以讲习上下的威仪)也。鸟兽之肉不登(放置)于俎(zǔ,祭祀时盛牛羊祭品的礼器),皮革、齿牙、骨角、毛羽不登于器,则君不射,古之制也。若夫(表转折)山林、川泽之实(出产),器用之资(供给),皂隶(服贱役的人)之事,官司之守(职守),非君所及(参加)也。”

公曰:“吾将略地(巡视边境)焉。”遂往,陈(陈设)鱼而观之。僖伯称疾不从。

书(指《春秋》)曰:“公矢(shǐ,施布、陈列)鱼于棠。”非礼也,且言远地也(并讥刺他是跑到离国都很远的地方去的)。

隐公以观鱼为无害于民,不知人君举动关系甚大。僖伯开口便提出“君”字,说得十分郑重,中间历陈典故,均与观鱼相对照,观鱼与纳民轨物相反,文章末尾把观鱼斥之为非礼,从中可以看出观鱼即为乱政,不能视为小节,而纵欲逸游。

(郑周)

郑庄公戒饬守臣　《左传·隐公十一年》

秋七月，公(鲁隐公)会齐侯、郑伯(郑庄公)伐许。庚辰(初一日)，傅(同"附"，靠近)于许。颍考叔(郑国大夫)取郑伯之旗蝥(máo)弧(郑庄公旗名)以先登，子都(公孙阏，郑国大夫)自下射之，颠(坠下)。瑕叔盈(郑国大夫)又以蝥弧登，周(四周，四面)麾(挥动)而呼曰："君登矣！"郑师毕登。壬午(初三日)，遂入许。许庄公奔卫(国名)。齐侯以许让公。公曰："君谓许不共(同"供"，供职，纳贡)，故从君讨之。许既伏其罪矣。虽君有命，寡人弗敢与闻(参与此事)。"乃与郑人。

郑伯使许大夫百里奉许叔(许庄公之弟)以居许东偏，曰："天祸许国，鬼神实不逞(满意，快意)于许君，而假手于我寡人，寡人唯是一二父兄不能共亿(相安)，其(表反诘)敢以许自为功乎？寡人有弟(共叔段)，不能和协，而使糊其口于四方，其况能久有许乎？吾子其奉许叔以抚柔此民也，吾将使获(公孙获，郑国大夫)也佐吾子。若寡人得没(死)于地，天其以礼悔祸于许(后悔加于许国祸害)，无宁兹许公复奉(主持，掌管)其社稷，唯我郑国之有请谒焉，如旧昏(同"婚")媾(结亲)，其能降以相从(屈尊将就)也。无滋(使)他族实逼处此

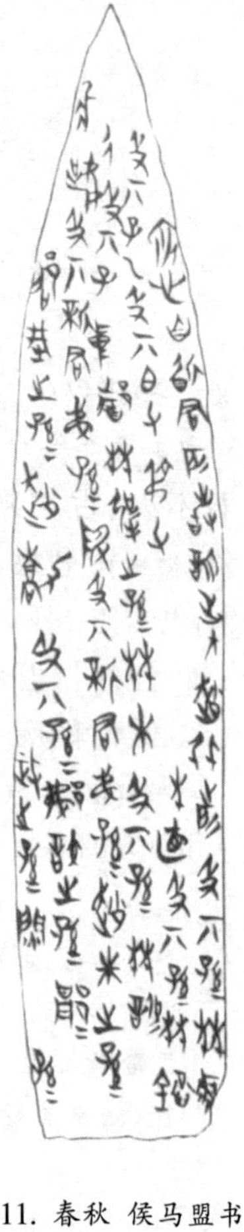

11. 春秋 侯马盟书

(逼近、占据这里),以与我郑国争此土也。吾子孙其覆亡之不暇,而况能禋(yīn)祀许(主持许国的祭祀,意思为占有许国)乎?寡人之使吾子处此,不惟许国之为(需要),亦聊以固吾圉(yǔ,边境)也。”乃使公孙获处许西偏,曰:“凡而(你)器用财贿(财物),无置于许。我死,乃亟(速)去之!吾先君(庄公之父)新邑(新郑)于此,王室(周王室)而既卑(衰微)矣,周之子孙日失其序(同“绪”,所继承的功业)。夫许,大(tài)岳(相传为神农之后,为尧时的四岳之一,姜姓)之胤(后代)也。天而既厌周德矣,吾其能与许争乎?”

君子谓(评论):“郑庄公于是乎有礼。礼,经国家,定社稷,序人民,利后嗣者也。许,无刑(法度)而伐之,服而舍(赦免)之,度(duó,推测)德而处之,量力而行之,相时而动,无累后人,可谓知礼矣。”

郑庄公戒饬之词,委婉纡曲,忽为许计,忽为郑计,语语放宽,字字放活。文中三提“天”字,见事之成败,一听于天,已未尝容心于其际,曰“得没于地”,曰“我死亟去”,俱从身后着想,可见生前断不容许吐气。更妙在用四个“乎”字,是心口相商,吞吞吐吐,无从捉摸,真奸雄之尤。但辞令妙品,洵不多得。谓之有礼,亦止论其事,未暇诛其心也。

(原本《古文观止》)

臧哀伯谏纳郜鼎 《左传·桓公二年》

夏四月,取郜(gào,国名,姬姓,在今山东成武东南,春秋时为宋所灭,故其鼎归于宋)大鼎(古代以为立国的礼器,象征国家政权)于宋。纳于大庙(帝王的祖庙。大,tài),非礼也。

臧哀伯(鲁国大夫,臧僖伯之子)谏曰:"君人者,将昭德塞违(违礼之事),以临照百官,犹惧或失之,故昭令德以示子孙。是以清庙(大庙)茅屋(以茅饰屋),大路(路,同"辂",车的一种。天子用以祭天的车)越席(结蒲为席。越,huó),大羹(祭祀用的肉汁。大,tài)不致(不加五味调料),粢食(zīsì,主食)不凿(zuò,舂),昭(表明)其俭也。衮(礼服)、冕(礼帽)、黻(fú,古代祭服上的蔽膝,用皮革做成)、珽(tǐng,天子所用的笏板),带(腰间所系的大带)、裳(即裙,下身所穿)、幅(bī,古人用以缠足背、上至于膝,以逼束其胫的布,似今之绑腿)、舄(xī,一种双层底的

12. 春秋 令尹子庚鼎

13. 春秋 龙耳铜尊

鞋)，衡(横笄，固定冠冕的簪)、紞(dǎn，古人系冠冕上分垂于两耳侧的玉饰的丝绳)、纮(hóng，古代冠冕上着于颔下的带子，两端上结于笄)、綖(yán，覆盖在冕上的布)，昭其度(尊卑制度)也。藻率鞞鞛(藻率：zǎo lǜ，玉垫，木制，外包熟皮，绘水藻图形。鞞鞛：bǐng běng，佩刀刀鞘饰物，上饰为鞞，下饰为鞛)，鞶(pán，皮做的束衣带)、厉(鞶的下垂装饰)、游(liú，古代旌旗上附着的飘带)、缨(马头上的皮带，又叫马鞅)，昭其数(表示尊卑制度的礼数)也。火、龙、黼(fǔ)、黻(fú。四者均为礼服上绘绣的花纹。火为画火；龙为画龙；黼为黑白相次；黻为黑青相次)，昭其文(纹饰)也。五色(青、黄、红、白、黑，古代以此为正色)比象(皆以比象天地四方)，昭其物(物色)也。钖(yáng，铜质马额饰物，马行走时振动发声)、鸾(马勒两侧的小铃)、和(车前横木前方的小铃)、铃(旌旗上的小铃)，昭其声也。三辰(日、月、星)旂(qí，上画龙的旗)旗(上画熊虎的旗)，昭其明(光明)也。夫德，俭而有度，登降(上下等级)有数，文、物以纪(同“记”，记载)之，声、明以发(表露)之，以临照百官。百官于是(因此)乎戒惧，而不敢易(违背)纪律(纪纲、法律)。今灭德立违，而置其赂器于大庙，以明示百官。百官象(效尤)之，其又何诛(责备)焉？国家之败，由官邪也。官之失德，宠赂章也。郜鼎在庙，章孰甚焉(还有什么比这个更显眼的受贿呢)？武王克商，迁九鼎于雒

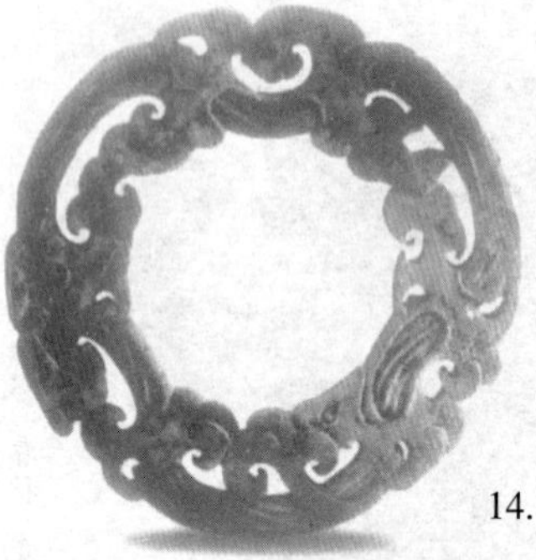

14. 春秋早期 青玉鸟纹环

15. 战国 青玉镂空龙凤纹佩

邑,义士犹或非(不同意)之,而况将昭违乱之赂器于大庙,其若之何?”公不听。

周内史闻之,曰:“臧孙达(臧哀伯)其有后于鲁乎(在鲁国必将延及后代)!君违,不忘谏之以德。”

此与观鱼篇,均以“非礼”二字为一篇主题。观鱼篇先述谏词,而后断。本篇先断后述谏词。此篇谏词,直接痛斥郜鼎,以“昭德塞违”四字为提纲,“塞违”全在“昭德”处见。中间段将“昭”字分疏,大庙容不得违乱赂鼎。以冀君悟而出鼎,故曰“不忘”。

(郑周)

季梁谏追楚师　《左传·桓公六年》

楚武王侵随(国名,姬姓,在今湖北随州),使薳(wěi)章(楚国大夫)求成(议和)焉,军于瑕(随国地名)以待之。随人使少师(官名)董(主持)成。斗伯比(楚大夫)言于楚子(楚国国君,是子爵,故称楚子)曰:“吾不得志(目的)于汉东(汉水以东的国家)也,我则使然(是我们自己造成的)。我张(扩充)吾三军,而被(配备)吾甲兵(武器),以武临(威胁)之,彼则惧而协以谋我,故难间(离间)也。汉东之国,随为大。随张(狂妄自大),必弃小国。小国离,楚之利也。少师侈(骄傲自大),请羸(léi,使……疲弱)师以张(使……自满)之。”熊率且比(楚大夫。率,lǜ;且,jū)曰:“季梁(随国贤臣)在,何益?”斗伯比曰:“以为后图,少师得其君(为国君所信任)。”王毁军(毁损军容)而纳少师。

少师归,请追楚师。随侯将许之。季梁止之曰:“天方授楚(上天正帮助楚国),楚之羸,其诱我也,君何急焉?臣闻小之能敌大也,小(小国)道大淫(淫虐)。所谓道,忠于民而信于神也。上(在上)思利民,忠也;祝史(祭祀官)正辞(祝辞真实,不欺骗鬼神),信也。今民馁(饥饿)而君逞欲(放纵私欲),祝史矫(作假)举以祭,臣不知其可也。”公曰:“吾牲牷肥腯(tú,肥壮),粢盛(盛,chéng,祭祀的谷物)丰备,何则不信?”对

16. 汉 跪坐铜武士俑

17. 汉 饮酒作乐观舞图

曰："夫民，神之主也，是以圣王先成(安定)民而后致力于神。故奉牲以告(祷告)曰'博硕肥腯'，谓民力(财力)之普存也，谓其畜之硕大蕃滋(繁殖)也，谓其不疾瘯蠡(cù luǒ，疥癣)也，谓其备腯咸有也。奉盛(谷物)以告曰'洁粢丰盛'，谓其三时(春夏秋三个务农季节)不害(灾害)而民和(和睦)年丰也。奉酒醴以告曰'嘉栗(上佳清醇)旨酒(美酒)'，谓其上下皆有嘉德而无违心也。所谓馨香(祭品的芳香)，无谗慝(tè，邪恶，恶意)也。故务(致力于)其三时，修(讲明)其五教(父义、母慈、兄友、弟恭、子孝五种伦理规范)，亲其九族(上至高祖，下至玄孙，加上自己称九族)，以致其禋祀(古代祭天之礼)。于是乎民和而神降之福，故动则有成。今民各有心，而鬼神乏(失去)主，君虽独丰，其何福之有？君姑修政而亲兄弟之国(汉东诸国)，庶免于难。"随侯惧而修政，楚不敢伐。

起首将忠民、信神并提，转到民为神主。先民后神，乃千古不易之论。篇中偏从致力于神处看出成民作用来，故足以破随侯之惑，而起其惧心。至其行文，如流云织锦，天花乱坠，令人应接不暇。

(原本《古文观止》)

曹刿论战　《左传·庄公十年》

十年春，齐师伐我(指鲁国，《春秋》《左传》均称鲁为"我")，公(鲁庄公，姬姓，名同，前693—前662年在位)将战。曹刿(guì，人名)请见，其乡人曰："肉食者(在位有禄者)谋之，又何间(jiàn，参与)焉？"刿曰："肉食者鄙(眼光短浅)，未能远谋。"遂入见。

问："何以战？"公曰："衣食所安(享受)，弗敢专(独享)也，必以分人。"对曰："小惠未遍，民(百姓)弗从(跟从)也。"公曰："牺牲玉帛(指祭祀品。牺牲，专指祭祀用的牛、羊、猪等)，弗敢加(虚报)也，必以信(诚信)。"对曰："小信未孚(信任)，神弗福(赐福)也。"公曰："小大之狱(官司)，虽不能察(明察)，必以情(实际情况)。"对曰："忠之属(类)也，可以一战。战，则请从。"

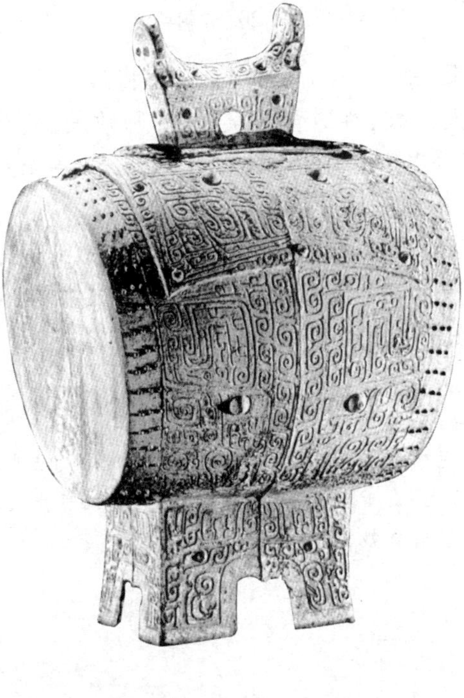

18. 周 铜鼓

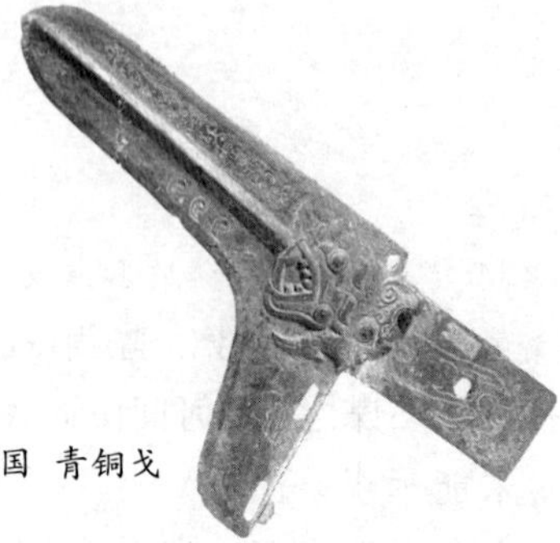

19. 战国 青铜戈

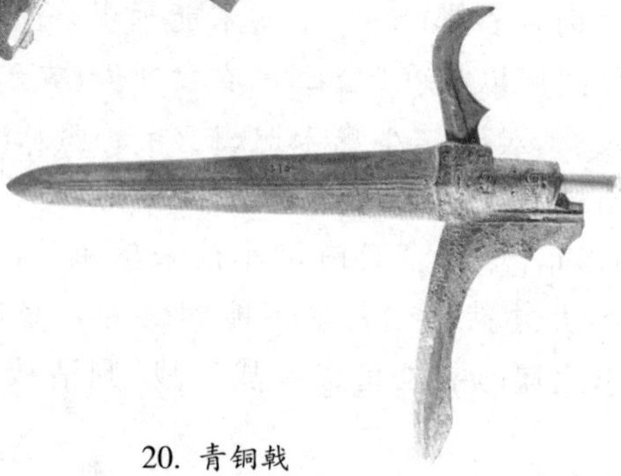

20. 青铜戟

公与之乘。战于长勺(鲁国地名)。公将鼓之(击鼓进兵),刿曰:“未可。”齐人三鼓,刿曰:“可矣。”齐师败绩,公将驰(追击)之,刿曰:“未可。”下视其辙,登轼(车前面做扶手的横木)而望之,曰:“可矣!”遂逐齐师。

既克(已经战胜),公问其故。对曰:“夫战,勇气也。一鼓作气,再而衰,三而竭。彼竭我盈,故克之。夫大国,难测也,惧有伏焉。吾视其辙乱,望其旗靡(倒下),故逐之。”

“远谋”二字,一篇眼目。却借答乡人语,闲闲点出。入后层层写曹刿远谋,正以见肉食者之未能远谋也。“肉食者鄙,未能远谋”,骂尽谋国偾事一流人,真千古笑柄。未战考君德,方战养士气,既战察敌情,步步精详,着着奇妙,此乃所谓远谋也。

(郑周)

齐桓公伐楚盟屈完　《左传·僖公四年》

春，齐侯(齐桓公，齐属侯爵，所以称齐侯)以(率领)诸侯之师(各诸侯国的军队，有鲁、宋、陈、卫、郑、许、曹等国)侵蔡(国名)。蔡溃，遂伐楚。楚子(楚成王，楚属子爵，所以称楚子)使(派遣使者)与师(齐国为首的军队)言曰："君处(居住)北海(指北方)，寡人处南海(南方)，唯是风马牛不相及也，不虞(不料)君之涉(侵入的委婉说法)吾地也，何故？"管仲(名夷吾，字仲，曾辅政于齐桓公)对曰："昔召(shào)康公(周文王庶子姬奭，封于召，成王时为太保，谥号为康)命我先君太公(太公望，俗称姜太公)曰：'五侯九伯(泛指天下诸侯。五侯，五等诸侯；九伯，九州伯长)，女(通"汝")实征(讨伐)之，以夹辅周室！'赐我先君履(所践履之地)，东至于海，西至于河(黄

21. 秦　诅楚文

河)，南至于穆陵(齐地，在今山东临朐南的穆陵关)，北至于无棣(齐地，在今山东无棣一带)。尔贡(供给)包茅(成捆的青茅)不入，王祭不共，无以缩酒(祭祀时，将酒浇在束立的青茅上，表示神在饮酒。也用它滤掉酒滓)，寡人是征(问，问罪)。昭王南征(周昭王，相传昭王南巡，渡汉水时，船坏而溺死)而不复(回)，寡人是问(责问)。”

对(回答)曰：“贡之不入，寡君之罪也，敢不共给？昭王之不复，君其问诸(之于)水滨！”师进，次(军队临时驻扎)于陉(xíng，山名，在今河南郾城东南)。

夏，楚子使屈完(楚大夫)如(往)师。师退，次(驻扎)于召陵(楚地名，在今河南郾城东)。齐侯陈(陈列)诸侯之师，与屈完乘(chèng，乘车)而观之。齐侯曰：“岂不穀是为？先君之好是继，与不穀同好何如(诸侯之附从，非为我一人，乃是寻我先君之好。未知楚君肯与我同好否)？”对曰：“君惠(敬词，意思是您这样做是表现了您的恩惠)徼(yāo，同“邀”，求)福于敝邑(谦称自己的国家)之社稷，辱(谦词，意

22. 春秋 青铜鼎

23. 战国 青铜壶

24. 战国 牲尊

思是您这样做使您蒙受了耻辱)收(收容)寡君,寡君之愿也。"齐侯曰:"以此众战,谁能御之?以此攻城,何城不克?"对曰:"君若以德(德行)绥(安抚人心以保持平静)诸侯,谁敢不服?君若以力(武力),楚国方城(楚地山名,在今河南)以为城(城墙),汉水以为池(护城河),虽众,无所用之(没有用它的地方)。"

屈完及(与)诸侯盟。

齐桓伐楚一事,千古美谈。伐楚以包茅不入、昭王不复为罪责,实则与楚无干。此举乃霸者之惯用,篇中写齐处,一味是权谋笼络之态。写楚处,忽而巽顺,忽而诙谐,忽而严厉,节节生峰。真是辞令的妙品。

(郑周)

宫之奇谏假道 《左传·僖公五年》

25. 战国早期 蛙、蛇形马饰

晋侯（晋献公，晋国国君，晋是姬姓侯爵国）复假道（借道）于虞（国名，姬姓）以伐虢（guó，国名，姬姓）。宫之奇（虞大夫）谏曰："虢，虞之表（屏障）也；虢亡，虞必从之。晋不可启，寇（凡兵作于内为乱，作于外为寇）不可翫（放松警惕），一之谓（通"为"）甚（厉害过分），其可再乎？谚所谓'辅（面颊）车（牙床骨）相依，唇亡齿寒'者，其虞、虢之谓也。"

公曰："晋，吾宗（同姓，同一宗族。晋、虞、虢都是姬姓国，同一祖先）也，岂害我哉？"对曰："大伯、虞仲，大王（周太王）之昭（和下文的"穆"都是指宗庙神主的位次。始祖的神主居中，子在左，为昭；子之子在右，为穆。顺次往下排列，大伯、虞仲、王季是周太王古公亶父的儿子，称昭；而虢仲、虢叔是王季的儿子，称穆）也；大伯不从（不从父命），是以（因此）不嗣（继承）。虢仲、虢叔，王季之穆也；为文王卿士（执掌国政的大臣），勋在王室，藏于盟府（主管盟誓典策的政府部门）。将虢是灭，何爱于虞？且虞能亲于桓、庄（桓即桓叔，晋献公的曾祖，庄即庄伯，晋献公的祖父）乎？其（晋）爱之也，桓、庄之族何罪？而以为戮，不唯（因为）逼（威胁）乎？亲以宠（在尊位）逼，犹尚害之，况以国乎？"

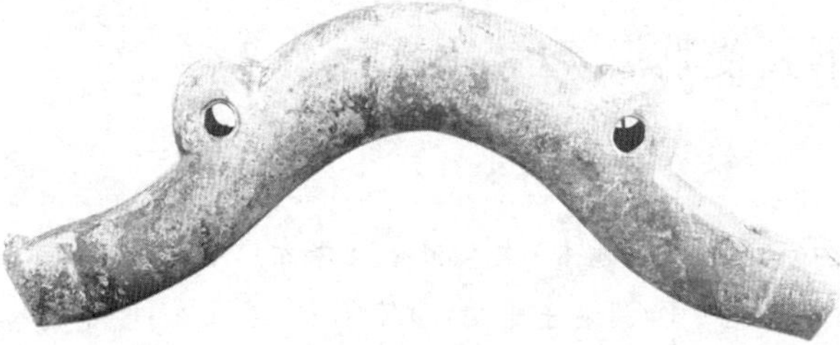

26. 春秋 北方少数民族车马轭

公曰："吾享祀(泛指一切祭祀)丰(丰富，指祭品盛多)洁，神必据(依)我。"对曰："臣闻之，鬼神非人实亲，惟德(有德行的人)是依。故《周书》曰：'皇天无亲，惟德是辅(保佑)。'又曰：'黍稷(在这里泛指五谷，为祭祀的物品)非馨(远处可以闻到的香气)，明德惟馨。'又曰：'民不易物，惟德繄(句中语气词)物。'如是，则非德，民不和，神不享矣。神所冯(píng，通"凭")依，将在德矣。若晋取(指灭掉)虞，而明德(使德明)以荐(献，这里指向神献)馨香(指黍稷)，神其吐(不食所祭之物)之乎？"

弗听，许晋使。宫之奇以其族行(指率领全族离开虞)，曰："虞不腊(年终举行的一种祭祀，这里指举行腊祭)矣。在此行也，晋不更(gèng，再)举(举兵)矣。"冬，晋灭虢。师还，馆(住宿)于虞，遂袭虞，灭之。执(俘获)虞公。

宫之奇三番谏诤，前段论势，中段论情，后段论理，层次井井，激昂尽致。奈君听不聪，终寻覆辙。读竟为之掩卷三叹。

(原本《古文观止》)

齐桓下拜受胙　《左传·僖公九年》

会于葵丘(宋国地名,在今河南兰考东),寻盟(重订盟约),且修(讲求)好,礼也。王(周襄王姬郑)使宰孔(宰是官名,孔是人名)赐齐侯胙(zuò,祭肉。按照周礼,周天子祭祀用的肉,只赐给同姓诸侯,给齐侯,是特殊的礼遇),曰:"天子有事(祭祀之事)于文、武(文、武之庙),使孔赐伯舅(天子对异姓诸侯的尊称)胙。"齐侯将下(下台阶)拜(稽首

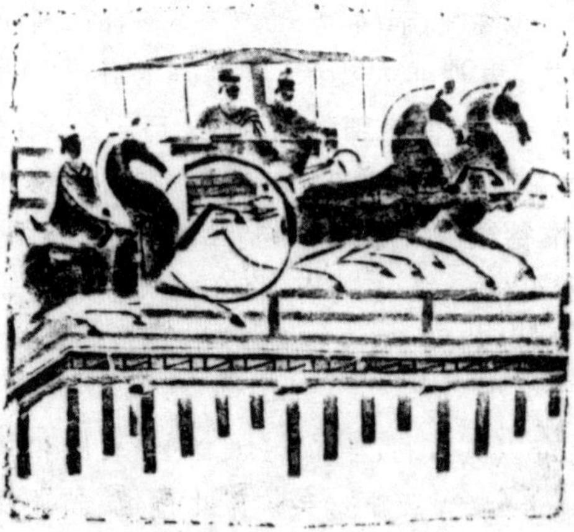

27. 汉 车马过桥图

拜谢。这是当时臣对君的礼节)。孔曰:"且(尚)有后命(以后的命令)。天子使孔曰:'以伯舅耋老(年老。耋,dié,七十岁),加劳(且有功劳于王室),赐一级,无下拜!'"对曰:"天威不违颜咫尺,小白(桓公名)余敢贪天子之命'无下拜'?恐陨越(颠坠)于下,以遗天子羞(令天子受辱)。敢不下拜?"下,拜;登,受。

看他一连写五个"下拜"。两"无下拜"与"敢不下拜"应,"将下拜"与"下、拜、登、受"应。

(原本《古文观止》)

阴饴甥对秦伯　　《左传·僖公十五年》

十月，晋阴饴甥(晋大夫，姓瑕吕，名饴甥，字子金，食邑于阴)会秦伯(秦穆公)，盟于王城(秦地，在今陕西大荔东)。

秦伯曰："晋国和乎？"对曰："不和。小人(普通老百姓)耻失其君(晋惠公，在秦晋韩原之战中被秦国俘虏)而悼丧其亲，不惮征缮(征赋治兵)以立(拥立)圉(yǔ，晋惠公之子姬圉)也，曰：'必报仇，宁事戎狄(戎和北狄，当时的少数民族)。'君子爱其君而知其罪，不惮征缮以待秦命，曰：'必报德，有死无二。'以此不和(所以想法不一致)。"秦伯曰："国谓君何？"对曰："小人戚(忧愁)，谓之不

28. 诸侯争霸形势图

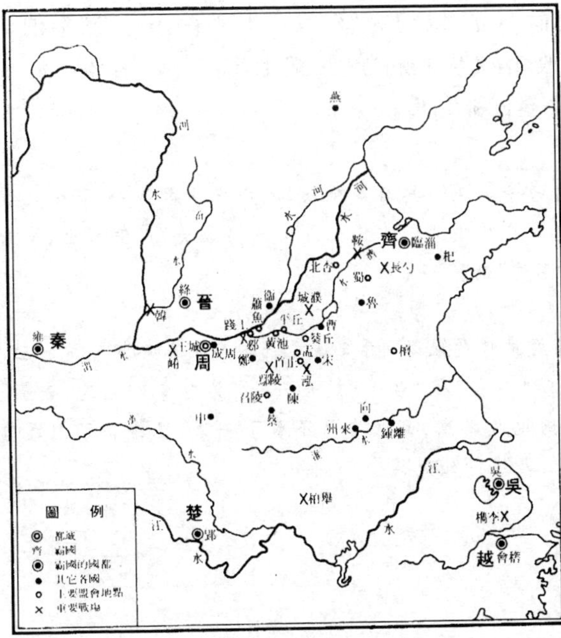

29. 秦国 杜虎符

免；君子恕，以为必归。小人曰：'我毒秦，秦岂归君。'君子曰：'我知罪矣，秦必归君。贰(有二心)而执(抓起来)之，服(服罪)而舍(释放)之，德莫厚焉，刑莫威焉。服者怀德，贰者畏刑，此一役(秦晋韩原一战)也，秦可以霸(成霸业)。纳(指秦国帮助晋惠公继位)而不定(安定)，废而不立，以德为怨，秦不其然(这样)。'"秦伯曰："是吾心也。"改馆(更换住所)晋侯，馈七牢(牛、羊、猪各一头，称为一牢，当时接待诸侯的礼节)焉。

此篇为辞令之美。意思是强硬的，而说话很婉曲，辞令之美尽于此，文学之美亦尽于此。古代之外交言辞最美，以使者出，受命不受辞，即在"专对"也。

(吕思勉)

面对国君被俘的耻辱，阴饴甥在秦穆公面前不卑不亢。通篇作整对格，而以"小人"和"君子"反正开合，又复变幻无端，表面上就事论事，实则说我之意，到底自己不曾下一语，既维护了国之尊严，又完成使命，乃绝妙外交辞令。

(郑周)

子鱼论战　《左传·僖公二十二年》

楚人伐宋以救郑(宋国攻打楚的友邦郑国,楚派兵攻宋以援郑)。宋公(宋襄公,宋国国君)将战,大司马(官名,掌军政)固(公孙固,即子鱼)谏曰:"天之弃商(宋国是商汤的后裔)久矣,君将兴(兴复)之,弗可赦也已。"弗听。

及楚人战于泓(hóng,水名)。宋人既成列,楚人未既(已)济(过河)。司马曰:"彼众我寡,及其未既济也,请击之。"公曰:"不可。"既济而未成列,又以告(报告)。公曰:"未可。"既陈(zhèn,通"阵",列阵),而后击之,宋师败绩。公伤股(大腿),门官(守门之官,师行则在君左右)歼(尽杀)焉。

国人皆咎公(归咎襄公不用子鱼之言)。公曰:"君子不重(chóng,再次)伤(伤害受伤的人),不禽(擒)二毛(头发斑白的老人)。古之为军也,不以阻隘(迫人于险。阻:迫。隘:险要之处)也。寡人虽亡国之余,不鼓不成列。"

子鱼曰:"君未知战。勍(qíng,强劲有力)敌之人,隘而不列(厄于险隘而不成阵),天赞(帮助)我也。阻而鼓之(迫而攻击他们),不亦可乎?犹有惧焉。且今之勍者,皆吾敌也。虽及(碰到)胡耇(元老。耇,gǒu),获则取之,何有于二毛?明(说明)耻、教(教导)战,求(要求)杀敌也。伤未及死,如何勿重(为什么不再伤而死之)?若爱(爱惜)重伤,则如(还不如)勿伤;爱其二毛,则如服(服从)焉。三军以(因)利用也,金鼓以声气(振作士气)也。利而用之,阻隘可也。声盛致志,鼓儳(chán,不整齐。此指没有摆好阵势之敌人)可也。"

宋襄欲以假仁假义笼络诸侯以继霸,而不知适成其愚。篇中只重阻险鼓进意,重伤二毛带说。子鱼之论,从不阻不鼓,说到不重不禽;复

30. 春秋 吴王光剑

31. 春秋 铜剑

32. 战国 青铜短剑

从不重不禽，说到不阻不鼓。层层辩驳，句句斩截，殊为痛快。

(原本《古文观止》)

一种文字有一种文字的特色。凡名大家之文，均系特色最显著者。而大家必有其独有之特色——名家则不能尽然。《左传》与《国语》作风相近，论文者称为《左》《国》。观其"辞令"之美。("辞令"为文学之术语。古人作书难，故以口述为多。有其特性，即意思要尽量发挥，而在言语的表面上要竭力避免刺激。)

(吕思勉)

寺人披见文公 《左传·僖公二十四年》

吕、郤(吕甥、郤芮,都是晋大夫。郤,xì)畏偪(迫害),将焚公宫而弑晋侯(晋文公)。寺人(阉官)披(人名)请见。公使让(斥责)之,且辞焉,曰:"蒲城之役(晋献公让披攻打重耳的居住地蒲城一事),君命一宿,女(同"汝",你)即至。其后余从(跟随)狄(北方少数民族)君以田(打猎)渭滨,女为惠公来求杀余,命女三宿,女中宿(第二夜)至。虽有君命,何其速也?夫祛(qū,衣袖)犹在,女其行乎!"对曰:"臣谓君之入(回国即位)也,其知之矣(懂得做国君的道理)。若犹未也,又将及难(祸难)。君命无二(没有二心),古之制也。除君之恶(wù,憎恨,厌恶),唯力是视(尽力而为)。蒲人、狄人(重耳在蒲、狄两次遭到追杀),余何有焉?今君即位,其无蒲、狄乎!齐桓公置射钩,而使管仲相。君若易之(改变做法),何辱命焉?行者甚众,岂唯刑臣(受过宫刑的人)!"公见之,以难(吕、郤之谋)告。

晋侯潜(秘密)会秦伯于王城。己丑(当年的三月二十九日)晦(阴历每月的最后一天),公宫火。瑕甥、郤芮不获(搜寻到)公,乃如河上,秦伯诱而杀之。

寺人披倾险反覆,诚无足道,然持机事告人,危言迫胁,说得毛骨俱悚,人自不得不从之,可谓阉人之雄。

(原本《古文观止》)

33. 汉 狩猎图

介之推不言禄　《左传·僖公二十四年》

晋侯赏从亡者,介之推(晋国贵族,曾随晋文公重耳在外流亡)不言禄,禄亦弗及。

推曰:"献公之子九人,唯君在矣。惠、怀无亲,外内弃之。天未绝晋,必将有主。主(主持)晋祀(祭祀)者,非君而谁?天实置(立)之,而二三子(其他随从晋文公流亡者)以为己力,不亦诬(欺骗)乎?窃人之财,犹谓之盗,况贪天之功以为己力乎?下义(当作正义)其罪,上赏其奸;上下相蒙(欺骗),难与处矣。"其母曰:"盍(hé,何不)亦求之?以死,谁怼(duì,怨恨)?"对曰:"尤(过错)而效(仿效)之,罪又甚焉。且出怨言,不食其食(俸禄)。"其母曰:"亦使知之,若何?"对曰:"言,身之文(纹饰)也。身将隐,焉用文之?是求显(显达)也。"其母曰:"能如是乎?与汝偕隐。"遂隐而死。

34. 春秋早期 牲尊

晋侯求(访求)之不获,以绵上(介之推隐居的地方)为之田(祭田),曰:"以志(记载)吾过,且旌(表扬)善人。"

晋文反国之初,从行诸臣,骈首争功,有市人之所不忍为者。而介推独超然众纷之外,孰谓此时而有此人乎?是宜百世之后,闻其风者,犹咨嗟叹息不能已也。篇中三提其母,作三样写法,介推之高,其母成之欤。

(原本《古文观止》)

展喜犒师　《左传·僖公二十六年》

齐孝公(齐国国君，名昭，齐桓公之子)伐我北鄙(边境)。公(鲁僖公)使展喜(鲁国大夫)犒师，使受命于展禽(展喜的哥哥，字禽)。

齐侯未入竟(通"境")，展喜从之，曰："寡君闻亲举玉趾，将辱于敝邑，使下臣犒执事(指齐孝公的左右人员)。"齐侯曰："鲁人恐乎？"对曰："小人恐矣，君子则(就)否。"齐侯曰："室如县(同"悬")罄(通"磬"，乐器，悬挂时为中间高出两边向下的形状，里边是空的。形容百姓家穷苦，家中不名一物)，野无青草，何恃而不恐？"对曰："恃先王之命。昔周公、大公股肱(即辅佐)周室，夹辅成王。成王劳之，而赐之盟，曰：'世世子孙无相害也！'载在盟府(掌

35. 战国　铜车牛盖局部

36. 西周 折觥及铭文拓片

管盟约的官府),太师(负责国家典籍的官员)职(掌管)之。桓公是以纠合诸侯,而谋(解决)其不协,弥缝其阙(弥补其缺失。阙通"缺"),而匡(匡正)救其灾,昭(显示)旧职也。及(到)君即位,诸侯之望(盼望)曰:'其率(遵循)桓之功!'我敝邑用(因此)不敢保聚(保城聚众),曰:'岂其嗣世九年,而弃命废职(弃王命,废旧职)?其若先君何?君必不然。'恃此以不恐。"

齐侯乃还。

虚中有实,实中有虚,篇法奇变,展喜措语之妙,针锋紧对中,极其超脱警拔,大义凛然之中,亦复委婉动听,齐侯无从措口,乘兴而来,败兴而归,真乃奇妙之文。

(郑周)

烛之武退秦师　《左传·僖公三十年》

晋侯(晋文公)、秦伯(秦穆公)围郑，以其无礼于晋，且贰(两属，有二心)于楚也。晋军(屯兵)函陵(地名，在今河南新郑县北)，秦军氾(fán，水名，此处指东氾水，今已淤没)南。

佚之狐(郑大夫)言于郑伯(郑文公)曰："国危矣，若使烛之武(郑大夫)见秦君，师必退。"公从之。辞(推辞)曰："臣之壮(壮年)也，犹不如人；今老矣，无能为也已。"公曰："吾不能早用子，今急而求子，是寡人之过也。然郑亡，子亦有不利焉。"许(答应)之。

夜缒(zhuì，用绳子缚住烛之武从城墙上送下)而出。见秦伯曰：

37. 春秋形势及春秋五霸分布图

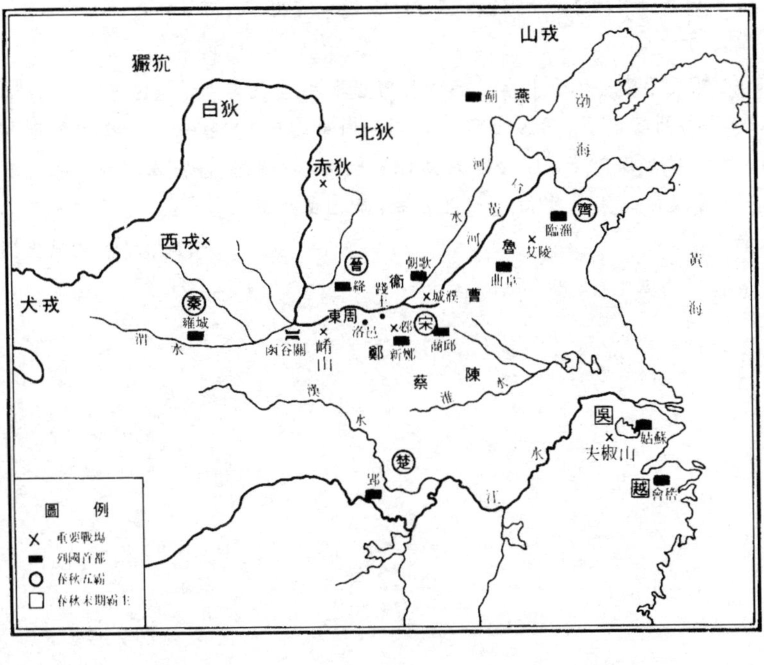

“秦、晋围郑，郑既(已经)知亡矣。若亡郑而有益于君，敢(表谦敬词)以烦(麻烦)执事(办事人员)。越(超越)国以鄙(边邑)远，君知其难也，焉用亡郑以陪邻(指晋)？邻之厚(加强)，君之薄(削弱)也。若舍(舍弃)郑以为东道主(东方道上的主人)，行李(外交使节)之往来，共(供应)其乏困(使者往来时馆舍资粮的不足)，君亦无所害。且君尝为晋君赐矣，许君焦、瑕(晋国二地名)，朝济(早上渡河)，而夕设版(防御工事)焉，君之所知也。夫晋，何厌(满足)之有？既东封(疆界；开辟……的疆界)郑，又欲肆(延伸，扩张)其西封。若不阙(削小)秦，将焉取之？阙秦以利晋，唯(语气词)君图(考虑)之。”秦伯说(通“悦”)，与郑人盟(结盟)，使杞子、逢(páng)孙、杨孙戍(shù，驻守)之，乃还。

子犯(晋国大夫)请击之。公曰：“不可。微(无)夫(fú，那个)人(夫人，指秦伯)之力不及此(不得为晋君)。因人之力而敝(坏，这里指损害)之，不仁；失其所与(与联合)，不知(zhì，通“智”)；以乱(互相冲突)易(代替)整(互相一致)，不武(“武”和上文的“仁”，都是上古时的抽象的道德观念)。吾其(表委婉)还也。”亦去(离开)之。

郑近于晋，而远于秦。秦得郑而晋收之，势必至者。越国鄙远，亡郑陪邻，阙秦利晋，俱为至理。古今破同事之国，多用此说。篇中前段写亡郑乃以陪晋，后段写亡郑即以亡秦，中间引晋背秦一证，思之毛骨俱悚。宜乎秦伯之不但去郑，而且戍郑也。

(原本《古文观止》)

蹇叔哭师 《左传·僖公三十二年》

杞子(秦大夫)自郑使(使人)告于秦曰："郑人使我掌其北门之管(钥匙)，若潜师(秘密行军)以来，国可得也。"穆公访(征求意见)诸(之于)蹇叔(秦大夫)。蹇叔曰："劳(使……疲劳)师以袭远，非所闻(不赞成的委婉说法)也。师劳力竭，远主备之，无乃(恐怕)不可乎？师之所为，郑必知之，勤(勤劳)而无所(所得)，必有悖心(悖逆之心)。且行千里，其谁不知？"公辞(不接受其言)焉。召孟明、西乞、白乙(均为秦国大将)，使出师于东门之外。蹇叔哭之，曰："孟子(蹇叔对孟明的尊称)！吾见师之出而不见其入也！"公使谓(对……说)之曰："尔何知(有何知识)？中

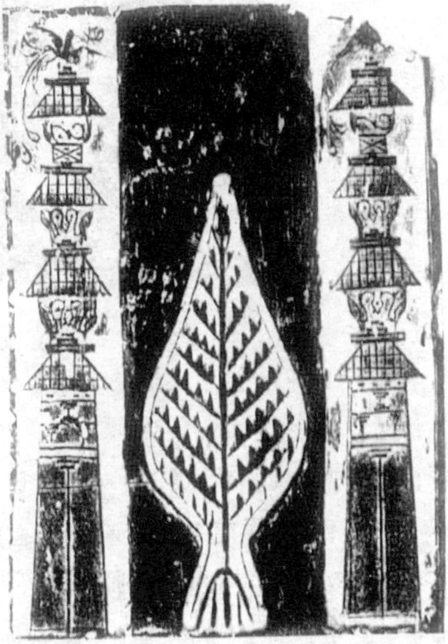

38. 汉门阙

39. 汉门阙楼阁图

40. 汉 武士画像

寿(当中寿而死。"中寿"为六十、七十、八十、一百岁,说法不一。通常指六七十岁),尔墓之木拱(两手合抱)矣。"

蹇叔之子与(参加)师,哭而送之,曰:"晋人御师必于殽(即崤山,在今河南洛宁县西北,地势极险),殽有二陵(大土山)焉。其南陵,夏后皋(夏桀的祖父)之墓也;其北陵,文王之所辟(辟,通"避")风雨也。必死是(指二陵)间(当中),余收尔骨焉!"秦师遂东(向东进发)。

谈覆军之所,如在目前,后果中之,蹇叔可谓老成先见。一哭再哭,出军时诚恶闻此,然蹇叔不得不哭,若穆公之既败而哭,晚矣!

(原本《古文观止》)

古文观止

卷二

郑子家告赵宣子　《左传·文公十七年》

晋侯(晋灵公，前620—前607年在位)合诸侯于扈(hù，郑国地名，在今河南省原阳县)，平宋(平息宋国内乱)也。于是晋侯不见郑伯(郑穆公，前627—前606年在位)，以为贰于楚(指郑国对晋国怀有二心，去同楚国亲近)也。

郑子家(郑国执政大臣)使执讯(派遣问讯交涉的官)而与之书(信)，以告赵宣子(即赵盾，晋国执政大夫)，曰："寡君即位三年，召蔡侯(蔡庄公)而与之事君(晋襄公，前627—前621年在位)。九月，蔡侯入于敝邑以行(指朝见晋国)。敝邑以侯宣多(郑国大夫，助郑穆公即位有功，在郑国专权，后作乱)之难，寡君是以不得与蔡侯偕(一起来)。十一月，克减(稍稍平定)侯宣多，而随蔡侯以朝于执事(敬称，这里实际指晋襄公)。十二年六

41. 春秋　栾书缶铭文

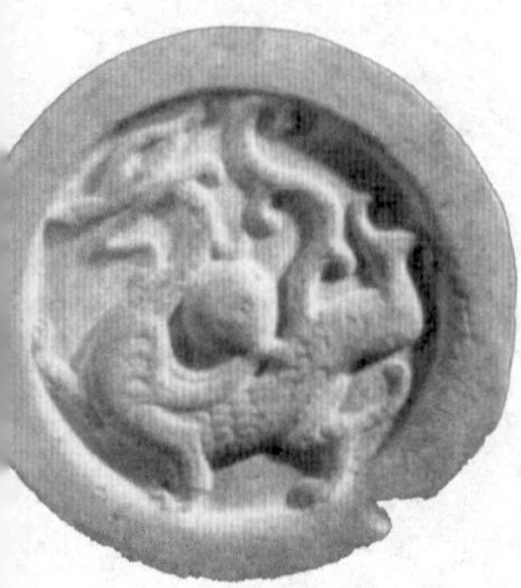

42. 汉 青龙纹屋檐瓦当

43. 朱雀纹屋檐瓦当

44. 玄武纹屋檐瓦当

月，归生(就是子家，归生是名)佐寡君之嫡夷(郑国的太子，名夷，即后来的郑灵公)，以请陈侯(陈共公，前 631—前 614 年在位。陈共公要去朝见晋国，又担心楚国不高兴，所以归生帮助郑太子夷去解释)于楚，而朝诸君。十四年七月，寡君又朝以蒇(chǎn，完成)陈事。十五年五月，陈侯(这里指陈灵公，前 613—前 599 年在位)自敝邑往朝于君。往年(去年)正月，烛之武(郑国大夫)往朝夷(烛之武陪伴太子夷朝见晋国君)也。八月，寡君又往朝。以陈、蔡之密迩(亲近)于楚，而不敢贰(对晋国怀有二心)焉，则敝邑之故也。虽敝邑之事君，何以不免(不免于罪)？在位之中(指郑国国君在位期间)，一朝于襄(晋襄公)，而再见(xiàn)于君(晋灵公)。夷与孤(国君自己的谦称)之二三臣(指烛之武、子家等几个大臣)相及于绛(晋国的都城，在今山西翼城县东)。虽我小国，则蔑(没有)以过之矣。今大国(指晋国)曰：'尔未逞(满足)吾志。'敝邑有亡，无以加焉。古人有言曰：'畏首畏尾，身其余几？'又曰：'鹿死不择音(鹿将死，无暇择庇荫之所。音通"荫")。'小国之事大国也，德(指大国有德)，则其(指小国)人也；不德，则其鹿也。铤而走险，急何能择？命之罔极(晋命过苛，没有穷极)，亦知亡矣，将悉敝赋(拿出我们所有的军队)以待于儵(tiáo，地名),唯执事命之。文公二年,朝于齐。四年,为齐侵蔡,亦获成于楚(指和楚国讲和。蔡楚为盟国,郑攻打蔡,楚反而与郑讲和)。居大国之间,而从于强令,岂其罪也？大国若弗图(体谅),无所逃命。”

晋巩朔(晋国大夫)行成(来讲和)于郑,赵穿(晋国的卿)、公婿池(晋灵公的女婿,名叫池)为质(人质)焉。

前幅写事晋唯谨,逐年逐月算之,犹为兢兢畏大国之言。后幅写到晋之不知恤小,郑亦不能复耐,竟说出贰楚亦势之不得不然,晋必欲见罪,我亦顾忌不得许多。一团愤懑之气,令人难犯,所以晋人竟为之屈。

(原本《古文观止》)

45. 白虎纹屋檐瓦当

王孙满对楚子 《左传·宣公三年》

46. 战国 铜鹰

楚子(楚庄王,前613—前591年在位)伐陆浑之戎(古代少数民族之一),遂至于雒(通“洛”,河流名),观兵于周疆。定王(周定王,前606—前586年在位)使王孙满(周大夫,名满)劳楚子。楚子问鼎之大小、轻重焉。对曰:“在德不在鼎。昔夏之方有德也,远方图物(把珍奇的东西绘成图),贡金九牧(天下九州的牧守),铸鼎象物,百物而为之备,使民知神、奸(鬼神、奸邪形状)。故民入川泽、山林,不逢不若(顺利)。螭魅罔两(chī mèi wǎng liǎng,通“魑魅魍魉”,各种妖怪),莫能逢之。用(因此)能协于上下,以承天休(保佑)。桀(jié,夏的最后一个国王)有昏德,鼎迁于商,载祀六百。商纣暴虐,鼎迁于周。德之休明(美好清明),虽小,重也。其奸回(奸恶邪气)昏乱,虽大,轻也。天祚(zuò,赐福)明德,有所厎止(厎,dǐ。定数)。成王(周成王)定鼎于郏鄏(jiá rǔ,地名,在今河南洛阳),卜世三十,卜年七百,天所命也。周德虽衰,天命未改。鼎之轻重,未可问也。”

提出“德”字,已足以破痴人之梦;揭出“天”字,尤足以寒奸雄之胆。

(原本《古文观止》)

47. 西周 滕侯方鼎及铭文拓片

齐国佐不辱命　《左传·成公二年》

晋师从(追击)齐师,入自丘舆(齐地名),击马陉(齐地名)。齐侯(齐顷公,前598—前582年在位)使宾媚人(即国佐,齐国大夫)赂以纪(古国名,在今山东寿光南,为齐所灭)甗(yǎn,玉甑)、玉磬与地。“不可,则听客(晋人)之所为。”

宾媚人致赂,晋人不可,曰:“必以萧同叔子(齐顷公的母亲,是萧国国君的女儿)为质,而使齐之封(国土)内尽东其亩(使田垄顺着东西方向。指使晋便于兵车通行)。”对曰:“萧同叔子非他,寡君

48. 战国中期　扁壶

之母也。若以匹敌(地位平等),则亦晋君之母也。吾子(您)布大命于诸侯,而曰必质其母以为信,其若王命(先王以孝治天下的命令)何?且是以不孝令也。《诗》曰:'孝子不匮,永锡尔类(匮,kuì,尽;锡,赐给)。'若以不孝令于诸侯,其无乃非德类也乎?先王疆理(指对田地的划分和治理)天下,物(察看)土之宜,而布(分布)其利。故《诗》曰:'我疆我理,南东其亩(规划田埂的方向)。'今吾子疆理诸侯,而曰'尽东其亩'而已,唯吾子戎车(兵车)是利,无顾土宜,其无乃非先王之命也乎?反先王则不义,何以为盟主?其晋实有阙(缺失)。四王(夏禹、商汤、周文王、周武王)之王(wàng)也,树德而济同欲(满足共同的愿望)焉;五伯(齐桓公、晋文公、宋襄公、秦穆公、楚庄王)之霸也,勤而抚之,以役(服从)王命。今吾子求合诸侯,以逞(满足)无疆之欲。《诗》曰:'布政优优,百禄是遒(qiú,聚集;优优,宽和)。'子实不优,而弃百禄,诸侯何害焉?不然,寡君之命使臣,则有辞矣。曰:'子以君师辱于敝邑,不腆(tiǎn,丰富)敝赋(军队),以犒(kào,慰劳。此是外交辞令,指和晋国打仗)从者。畏君之震(威力),师徒挠败(被打败)。吾子惠徼(jiāo,激发)齐国之福,不泯(毁灭)其社稷,使继旧好,唯是先君之敝器、土地不敢爱(吝惜)。子又不许,请收合余烬(残余的军队),背城借一(在城下决一死战)。敝邑之幸,亦云从也;况其不幸,敢不唯命是听?'"

先驳晋人质母、东亩二语,屡称王命以折之,如山压卵,已令气沮;后总结之,又再翻起。将寡君之命,从使臣口中婉转发挥,既不欲唐突,复不肯乞哀。即无鲁、卫之请,晋能悍然不应乎?

(原本《古文观止》)

楚归晋知罃　《左传·成公三年》

晋人归楚公子穀臣(楚庄王之子)与连尹襄老(楚大臣，连尹是官名，襄老是人名。公元前597年晋楚战于邲，晋国俘虏穀臣，杀死襄老。楚国则俘虏了知罃)之尸于楚，以求知罃(zhì yīng，晋国大夫，又叫荀罃)。于是荀首(晋国上卿，知罃的父亲)佐中军(担任副统帅)矣，故楚人许之。

王(指楚共王，前613—前591年在位)送知罃，曰："子其怨我乎？"对曰："二国治戎(打仗)，臣不才，不胜其任，以为俘馘(guó，俘虏)。执事(指楚共王)不以衅鼓(杀掉)，使归即戮，君之惠也。臣实不才，又谁敢怨？"王曰："然则德(感激)我乎？"对曰："二国图其社稷，而求纾(shū，舒缓)其民，各惩(克制)其忿，以相宥(yòu，宽恕)也。两释累囚(捆绑的囚犯。此指晋释谷臣，楚释知罃)，以成其好。二国有好，臣不与及(相干)，其谁敢德？"王曰："子归，何以报我？"对曰："臣不任(不应该)受怨，君

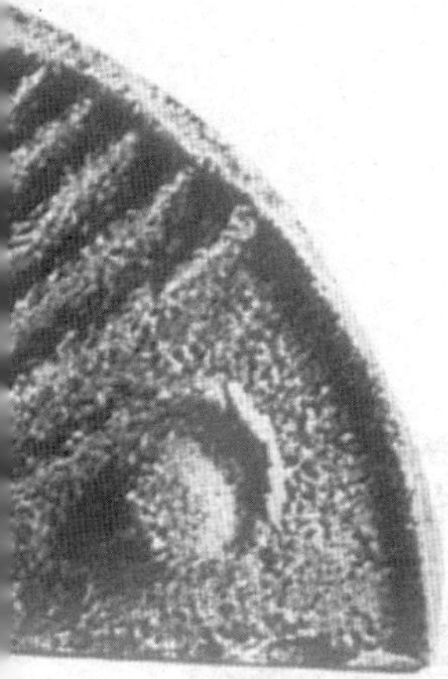

49. 战国　树纹半瓦当

亦不任受德，无怨无德，不知所报。”王曰：“虽然，必告不穀（诸侯自称）。”对曰：“以君之灵（福气），累臣得归骨于晋，寡君之以为戮，死且不朽。若从君惠而免之，以赐君之外臣（对别国君主称本国臣子）首（荀首）；首其请于寡君，而以戮于宗（宗族），亦死且不朽。若不获命，而使嗣宗职（继承家族世袭的官职），次及于事（在军队里担任职务），而帅偏师（副将所带的军队）以修封疆（保卫边境），虽遇执事，其弗敢违（躲避），其竭力致死，无有二心，以尽臣礼，所以报也。”王曰：“晋未可与争。”重为之礼而归之。

四问，便有四段妙论，一段妙是一段，读之增添意气。逐段细看其起伏转折，直是四篇文字，四篇又是四样。

（金圣叹）

吕相绝秦 《左传·成公十三年》

50. 秦 诏版铭文

晋侯(晋厉公，前 580—前 573 年在位)使吕相(晋国大夫魏锜之子，又称魏相)绝(绝交)秦，曰：

“昔逮(自从)我献公(晋献公)及穆公(秦穆公)相好，戮力(合力)同心，申(表示)之以盟誓，重(巩固)之以昏姻(“昏”，通“婚”，指晋献公之女嫁与秦穆公)。天祸晋国(指前 656 年晋国骊姬之祸)，文公(晋文公)如(到)齐，惠公(晋惠公)如秦。无禄(不幸)，献公即世(去世)。穆公不忘旧德，俾(促成)我惠公用(使)能奉祀于晋(成为晋国国君)。又不能成大勋(坚持到底)，而为韩之师(指秦晋韩原之战，晋惠公被俘，后又被送回)。亦悔于厥心(他的内心)，用集我文公(指秦穆公成全重耳为君)，是穆之成也。

“文公躬(亲自)擐(huàn，穿)甲胄，跋履(跋涉)山川，逾越险阻，征东之诸侯，虞(上古圣王)、夏、商、周之胤(后代)而朝诸秦(朝见秦国)，则亦既(已经)报旧德矣。郑人怒(侵犯)君之疆埸(埸，yì。边界)，我文公帅诸侯及秦围郑。秦大夫不询于我寡君(指国君)，擅及郑盟(私下和郑国盟约)。诸侯疾(痛恨)之，将致命于秦(和秦国拼命)。文公恐惧，绥靖(安抚)诸侯，秦师克还无害(平安回到秦国)，则是我有大造(大功，大成就)于西(秦国，秦在晋西方)也。

"无禄，文公即世，穆(秦穆公)为不吊(不来吊唁)，蔑死我君(即"蔑我死君"，蔑视我们死去的国君)，寡我襄公，迭(突然侵犯)我殽(xiáo，地名)地，奸绝我好(断绝与我国的友好关系。奸，gān，通"扦")，伐我保城(保，通"堡"。城堡)，殄(tiǎn，绝)灭我费滑(指滑国，费为滑国都城，在今河南偃师附近)，散离我兄弟，扰乱我同盟，倾覆我国家。我襄公未忘君之旧勋，而惧社稷之陨(灭亡)，是以有殽之师(指秦晋殽之战，晋大败秦)。犹愿赦罪于穆公(希望穆公能够赦免我们的罪过)。穆公弗听，而即楚谋我(指秦楚曾共同谋划伐晋。即，接近)。天诱(显示)其衷(心愿)，成王(楚成王)陨命，穆公是以(所以)不克(成功)逞志于我。

"穆(秦穆公)、襄(晋襄公)即世，康(秦康公)、灵(晋灵公)即位。康公，我之自出(指秦康公是晋献公之女所生)，又欲阙翦(qué jiǎn，损害)我公室，倾覆我社稷，帅我蝥贼(比喻内奸。此指公子雍)，以来荡摇我边疆，我是以有令狐之役(前620年，晋败秦于令狐)。康犹不悛(quān，悔改)，入我河曲(晋地。黄河在此由南折东，故称"河曲")，伐我涑川(即涑水，黄河支流。涑，sù)，俘(掳掠)我王官(晋地)，翦(占领)我羁马(晋地)，我是以有河曲之战(发生于前615年，未分胜负)。东道之不通，则是康公绝我好也。

"及君(指秦桓公)之嗣(继王位)也，我君景公引领(伸长脖子)西望曰：'庶(但愿)抚我乎！'君亦不惠(施恩惠)称盟，利(乘机)吾有狄难(指晋灭赤狄潞氏之事)，入我河县(黄河一带的县邑，属晋国)，焚我箕(晋地)、郜(晋地)，芟夷(割除。芟，音shān)我农功(庄稼)，虔刘(杀害)我边陲，我是以有辅氏之聚(指前594年辅氏之战，秦桓公伐晋，被晋军击败。辅氏，晋地，在今陕西大荔东)。君亦悔祸之延(蔓延)，

51. 汉 持戟武士画像

52. 汉 神人像

而欲徼(yāo,求)福于先君献、穆(晋献公和秦穆公),使伯车(秦桓公之子)来命我景公曰:‘吾与女(通“汝”)同好弃恶(同结所好,共弃前恶),复修旧德,以追念前勋。’言誓未就,景公即世,我寡君是以有令狐之会(事在前580年,晋厉公与秦国会盟)。君又不祥,背弃盟誓。白狄(狄族的一支)及君同州(指雍州),君之仇雠(仇敌),而我之昏姻也。君来赐命曰:‘吾与女伐狄。’寡君不敢顾昏姻,畏君之威,而受命于使。君有二心于狄,曰:‘晋将伐女。’狄应且(但是)憎,是用告我。楚人恶君之二三(反复无常)其德也,亦来告我曰:‘秦背令狐之盟,而来求盟于我,昭告昊天(苍天)上帝、秦三公(秦国的三位先公。指秦穆公、秦康公、秦共公)、楚三王(楚国的三位先王。指楚成王、楚穆王、楚庄王),曰:“余虽与晋出入(来往),余唯利是视。”不穀(王侯自称的谦辞)恶其无成德,是用宣(宣扬)之,以惩不一(指代言行不一的人)。’诸侯备(都)闻此言,斯是(因此)用痛心疾首,昵就(亲近)寡人。寡人帅以听命,唯好是求,君若惠顾(施恩)诸侯,矜哀(怜悯)寡人,而赐之盟,则寡人之愿也,其承宁诸侯以退，岂敢徼乱？君若不施大惠，寡人不佞，其不能以诸侯退矣。

“敢尽布(表白)之执事(尊称)，俾(请)执事实图(考虑)利之。”

饰辞驾罪何足道，止道其文字，章法名法字法，真如千岩竞秀，万壑争流，而又其中细条细里，异样密致，读万遍不厌也。

(金圣叹)

秦、晋权诈相倾，本无专直，但此文饰辞驾罪，不肯一句放松，不使一字置辩，深文曲笔，变化纵横，读千遍不厌也。

(原本《古文观止》)

53. 晋文公(重耳 前697—前628年)自结履系

驹支不屈于晋　《左传·襄公十四年》

会于向(吴地。前559年晋国召集诸侯在此会盟,议伐楚),将执(逮捕)戎(古族名,姜姓。姜戎是西戎的一支)子驹支(人名)。

范宣子(晋大夫,名士匄)亲数(列举罪状)诸朝,曰:"来!姜戎氏。昔秦人迫逐乃(你的)祖吾离(姜戎的国君,是驹支的祖先)于瓜州(古西戎地,在今甘肃敦煌),乃祖吾离被(通"披")苫盖(shàn hé,茅草)、蒙荆棘以来归我先君,我先君惠公有不腆(不丰厚,不多)之田,与女剖分而食之。今诸侯之事我寡君不如昔者,盖(表原因)言语漏泄,则职(主要)女之由(原因)。诘朝(明早)之事,尔无与(参加)焉,与,将执女。"

对(回答)曰:"昔秦人负恃其众,贪于土地,逐我诸戎。惠公蠲(juān,明示)其大德,谓我诸戎是四岳(尧之臣,羲和的四子,分管

54. 西周　四足方甗

55. 西周 铃首刀

四方的诸侯)之裔胄(yì zhòu，后代子孙)也，毋是(不应当)翦弃(灭绝)。赐我南鄙(边疆)之田，狐狸所居，豺狼所嗥。我诸戎除翦其荆棘，驱其狐狸豺狼，以为先君不侵不叛之臣，至于今不贰(怀有二心)。昔文公与秦伐郑，秦人窃(私下)与郑盟，而舍戍(留守)焉，于是乎有殽之师。晋御其上，戎亢(通"抗")其下，秦师不复，我诸戎实然(效力的结果)。譬如捕鹿，晋人角之(执其角)，诸戎掎(jǐ，从后面拉住)之，与晋踣(bó，倒毙)之。戎何以不免(不免于罪)？自是(指代殽之战)以来，晋之百役，与我诸戎相继于时，以从执政(命令)，犹殽志(犹从战于殽，无变志)也，岂敢离逷(tì，远)？今官之师旅(将帅)无乃(恐怕)实有所阙(过失)，以携(背离)诸侯，而罪我诸戎！我诸戎饮食衣服不与华同，贽(zhì)币(礼品，引申为礼仪)不通，言语不达，何恶之能为？不与于会，亦无瞢(méng，烦闷)焉。"赋《青蝇》(《诗经·小雅》中的一篇，中有"恺悌君子，无信谗言"之句，讽刺范宣子听信谗言)而退。

宣子辞(道谢)焉，使即事(参加)于会，成恺悌(kǎi tì，和蔼可亲)也。

先读宣子语，真如拔剑斫案，骤莫可犯。既而读驹支语，乃如枪棍家门户相当，逐解开破，更无难处，甚至反有余勇相贾。斯为笔墨之出奇也。

(金圣叹)

祁奚请免叔向　《左传·襄公二十一年》

栾盈(晋大夫,争权失败,逃往楚国)出奔楚。宣子(范宣子,晋国大夫)杀羊舌虎(晋大夫,栾盈的同党),囚叔向(羊舌虎之兄,晋大夫)。

人谓叔向曰:"子离(通"罹")于罪,其为不知(通"智")乎?"叔向曰:"与其死亡若何?《诗》曰:'优哉游哉,聊以卒岁(优游闲适过日子,聊以度过我的岁月。《诗经》中无"聊以卒岁",恐是逸诗)。'知也。"

乐王鲋(晋国大夫,鲋,fù)见叔向,曰:"吾为子请。"叔向弗应。出,不拜。其人皆咎(责怪)叔向。叔向曰:"必祁大夫(祁奚)。"室老(古代卿大夫都有家臣,室老为首)闻之,曰:"乐王鲋言于君无不行,求赦吾子(您),吾子不许。祁大夫所不能也,而曰必由之,何也?"叔向曰:"乐王鲋,从君者也,何能行?祁大夫外举不弃仇,内举不失亲,其独遗我乎?《诗》曰:'有觉德行,四国顺之(有正直之德行,则天下顺从)。'夫子,觉者也。"

晋侯问叔向之罪于乐王鲋,对曰:"不弃其亲,其有(指有罪)焉。"

于是(当时)祁奚老(年老退休)矣,闻之,乘驲(rì,古代驿站用的

56. 汉 车马出行图

专车)而见宣子，曰："《诗》曰：'惠我无疆，子孙保之(对我恩情无穷尽，子子孙孙保有它)。'《书》(《尚书》)曰：'圣有谟勋，明征定保[圣人有谟(谋略)有训，明白指明了定国安邦之事]。'夫谋而鲜过、惠训不倦者，叔向有焉，社稷之固也，犹将十世宥(yòu，宽恕)之，以劝能者。今壹(单因弟之故)不免其身，以弃社稷，不亦惑乎？鲧(gǔn，禹的父亲，因为治水无功，被舜杀死)殛(jí，被杀)而禹兴，伊尹(商汤的丞相)放大甲(也叫太甲，商汤的孙子，大甲即位以后荒淫，被伊尹放逐，三年之后改过自新，伊尹又帮他复位)而相之，卒无怨色；管、蔡(管叔、蔡叔，周武王的弟弟，他们联合武庚反对周公)为戮，周公(周武王的弟弟)右王(辅佐周成王)。若之何其以虎(指羊舌虎)也弃社稷？子为善，谁敢不勉？多杀何为？"宣子说(通"悦")，与之乘(shèng，坐车)，以言诸公而免之。不见叔向而归，叔向亦不告免(指不向祁奚道谢)焉而朝(上朝)。

叔向被囚而怡然自乐，坚信祁奚必然相救，足见其识人之明；祁奚爱才相救而不居功，叔向亦不道谢，写叔向之高，乐王鲋之狡，祁大夫之直，一一如画，足见二人心照不宣。淳淳君子之风，千载之下仍生气勃然。而乐王鲋之首鼠两端也跃然纸上，短短三百余字，三人形象纤毫毕见。

(金圣叹)

子产告范宣子轻币　《左传·襄公二十四年》

范宣子(晋大臣)为政(执政),诸侯之币(礼物)重,郑人病(忧虑)之。

二月,郑伯(郑简公)如(到)晋。子产(公孙侨,郑大夫)寓(托付)书于子西(即公孙夏,郑国大夫,当时随同郑简公去晋国),以告宣子,曰:"子为(治理)晋国,四邻诸侯不闻令(善、美)德,而闻重币。侨(自称己名)也惑之。侨闻君子长(通"掌",执掌)国家者,非无贿(财货)之患,而无令名之难(担心)。夫诸侯之贿聚于公室(朝廷),则诸侯贰(有二心)。若吾子(您)赖(私自占有)之,则晋国(晋国人民)贰。诸侯贰,则晋国坏;晋国贰,则子之家坏,何没没(沉迷而不悟)也!将焉用贿?夫(发语词)令名,德之舆(yú,车)也;德,国家之基也。有基无坏,无亦是务乎(不亦以此令名为先务乎)?有德则乐,乐则能久。《诗》云'乐只君子,邦家之基(快乐君子,国和家的根基)',有令德也夫!'上帝临女,无贰尔心(女,通"汝"。天帝在上察看你,不要怀有二心)',有令名也夫!恕思(以宽厚的心去考虑)以明德,则令名载而行(传播)之,是以远至迩安(远者闻德而至,近者赖德而安)。毋宁使人谓子'子实生(养育)我',而谓'子浚(jùn,榨取)我以生'乎?象有齿以焚(毁)其身,贿也。"

宣子说(通"悦"),乃轻币。

气最遒,调最婉。婉与遒本相背,今却又遒又婉,须细寻其婉在何处,遒在何处。又不得云此句遒,此句婉,须知其句句遒,句句婉也。

(金圣叹)

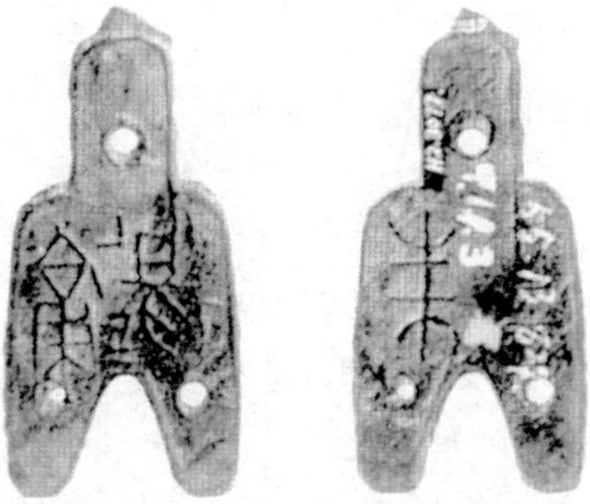

57. 战国 赵 南行唐三孔布

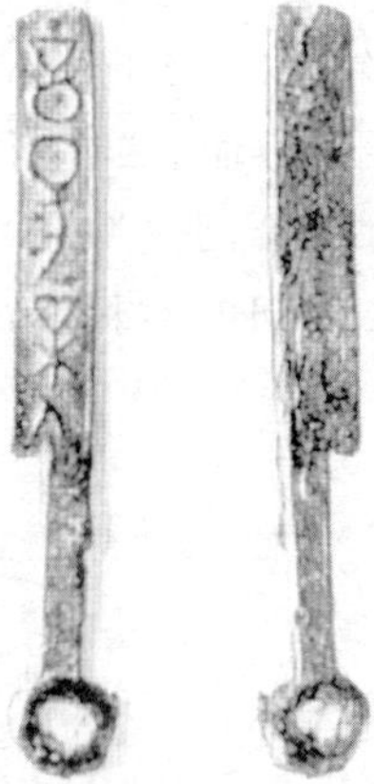

58. 战国 赵 言阳新化小直刀

59. 战国 楚 郢爰金钣

晏子不死君难　《左传·襄公二十五年》

崔武子(崔杼，齐大夫)见棠姜(齐棠邑大夫棠公之妻，姓姜，棠公死，崔杼往吊而见)而美(赞美)之，遂取(通"娶")之。庄公通(通奸)焉，崔子弑(shì，臣杀君、子杀父为弑)之。

晏子(晏婴，齐大夫，曾任齐卿，历仕灵、庄、景三公)立于崔氏之门外(庄公死于崔家，其门未开，故晏子立于门外)，其人(晏子的随从)曰："死(指为国君殉死)乎？"曰："独吾君也乎哉，吾死也？"曰："行(逃走)乎？"曰："吾罪也乎哉，吾亡也？"曰："归乎？"曰："君死，安归？君民者(做人民君主的人)，岂以陵(凌驾)民？社稷是主

60. 双豹夺鹿形饰

61. 战国 持剑武士木俑

(主持)。臣君者(做臣子的人),岂为其口实(俸禄),社稷是养(供奉,扶持)。故君为社稷死,则死之,为社稷亡,则亡之。若为己(自己。指淫乱之事)死,而为己亡,非其私昵(个人亲近宠爱的人),谁敢任(承担责任)之?且人(别人,指崔武子)有君(是君主宠信之臣)而弑之,吾焉得死之?而焉得亡之?将庸何(哪里,怎么,表反问)归?"门启而入,枕尸股(以尸枕己股)而哭。兴(起来),三踊(跳跃)而出。人谓崔子:"必杀之!"崔子曰:"民之望(人民仰望的人)也,舍(放过)之,得民(民心)。"

认真社稷为重,则君臣死生之际,辨析得自然精细,而以潇洒摆脱之笔出之。此在晏子为超越千古之识,在左氏为超越千古之文。然非此超越千古之文,何足以传超越千古之识?

(余诚)

季札观周乐　《左传·襄公二十九年》

吴公子札(季札,吴王寿梦的小儿子)来聘(访问)。请观于周乐(音乐)。使工(乐工)为之歌《周南》《召南》(《诗经·国风》的两部分,是周以及它南边诸侯国的歌。召,shào),曰:“美哉!始基之(周文王的教化开始奠定基础)矣,犹未也(还没有完成),然勤而不怨矣。”为之歌《邶》《鄘》《卫》(邶,bèi;鄘,yōng。《国风》的三个部分,是原来殷商地区的歌曲。邶、鄘、卫是周朝初年在殷商地区封的诸侯国),曰:“美哉,渊(深远)乎!忧而不困者也。吾闻卫康叔、武公(都是卫国贤明的君主)之德如是,是其《卫风》乎!”为之歌《王》(《诗经·王风》,是东周都城洛阳一带的歌曲),曰:“美哉!思而不惧,其周之东乎!”为之歌《郑》,曰:“美哉!其细(本指音乐繁琐细碎,象征郑国政令繁琐)已甚,民弗堪也。是其先亡乎?”为之歌《齐》,曰:“美哉!泱泱(yāng,宏大的样子)乎,大风(大国之风)也哉!表东海者,其大公(姜太公)乎?国未可量也。”

为之歌《豳》(bīn),曰:“美哉,荡(广大的样子)乎!乐而不淫,其周公之东乎?”为之歌《秦》,曰:“此之谓夏声(诸夏之声)。夫能夏则大,大之至也,其周之旧乎!”为之歌《魏》,曰:“美哉,沨沨

62. 战国早期　伎乐铜屋

63. 战国 编钟

(fán fán，中庸之声)乎，大而婉，险而易行，以德辅此，则明主也。”为之歌《唐》，曰：“思深哉！其有陶唐氏(唐尧)之遗民乎？不然，何忧之远也？非令德(美德)之后，谁能若是？”为之歌《陈》，曰：“国无主，其能久乎！”自《郐》(kuài)以下无讥(评论)焉。

为之歌《小雅》(多是西周贵族宴会用的乐章)，曰：“美哉！思而不贰(思文王、武王之德，而无反叛之心)，怨而不言，其周德之衰乎？犹有先王之遗民焉。”为之歌《大雅》(朝廷庆典音乐)，曰：“广哉，熙熙(和美的样子)乎！曲而有直体(其声委曲，而有正直之体)，其文王(周文王)之德乎！”

为之歌《颂》(君王祭祀时用的音乐)，曰：“至矣哉！直而不倨(jù，傲慢)，曲而不屈，迩(ěr，近)而不逼，远而不携，迁而不淫，复而不厌，哀而不愁，乐而不荒(荒淫)，用而不匮(kuì，缺乏)，广而不宣，施而不费，取而不贪，处(停止)而不底(滞留)，行而不流。五声(指宫、商、角、徵、羽五个音阶)和，八风(八方之气)平，节有度，守有序，盛德之所同也。”

见舞《象箾》《南籥》(周文王创制的两种舞蹈。箾，xiāo；籥，yuè)者，曰：“美哉！犹有憾。”见舞《大武》(歌颂周武王的舞蹈)者，曰：“美哉！周之盛也，其若此乎！”见舞《韶濩》(歌颂商汤的舞蹈。濩，huò)者，曰：“圣人之弘也，而犹有惭德，圣人之难也。”见舞《大夏》(歌颂夏禹的舞蹈)者，曰：“美哉！勤而不德(不自恃其德)，非禹，其谁能修之？”见舞《韶箾》(这是舜时的一种舞蹈)者，曰：“德至矣哉，大矣！如天之无不帱(覆盖)也，如地之无不载也。虽甚盛德，其蔑(无，没有)以加于此矣。观止矣！若有他乐，吾不敢请已。”

每一歌，公子皆出神细听，故能深知其为何国何风。今读者于公子每一评论，亦当逐段逐字，出神细思，便亦能粗粗想见其为是国是风也。不然，杂杂读之，乃复何益？

(金圣叹)

子产坏晋馆垣　《左传·襄公三十一年》

子产(公孙侨,郑执政大臣)相郑伯(郑简公)以如(到)晋,晋侯(晋平公,前557—前532年在位)以我丧故(借口鲁襄公的丧事),未之见也。子产使尽坏其馆(宾馆)之垣(yuán,围墙)而纳车马焉。士文伯(晋大夫,名丐)让(责备)之,曰:"敝邑以政刑之不修(治理),寇盗充斥,无若诸侯之属辱在寡君者何?是以令吏人完(修缮)客所馆,高其闬闳(hàn hóng,大门),厚其墙垣,以无忧客使。今吾子(您)坏之,虽从者能戒(戒备),其若异客(别国的宾客)何?以敝邑之为盟主,缮(修理)完葺(qì,用茅草盖墙头)墙,以待宾客。若皆毁之,其何以共(通"供")命?寡君使丐(指自己)请命(请问毁墙之命)。"对曰:"以敝邑褊(biǎn,狭窄)小,介(夹)于大国,诛求(需索)无时,是以不敢宁居,悉索敝赋(敝邑的财赋),以来会时事(随时朝见)。逢执事(指

64. 贵族车行聘礼图

晋国国君)之不闲,而未得见;又不获闻命,未知见时。不敢输币(献上礼物),亦不敢暴露。其输之,则君之府实也,非荐陈(古代宾主相见,客陈礼于庭院,让主人过目)之,不敢输也。其暴露之,则恐燥湿之不时而朽蠹(dù,虫蛀),以重敝邑之罪。侨(子产自称)闻文公(晋文公,前636—前628年在位)之为盟主也,宫室卑庳(bǐ,低下),无观台榭(观,guàn,宫门前两边的望楼),以崇大诸侯之馆,馆如公寝(国君的寝宫);库厩缮修,司空(负责土木建筑的官名)以时平易(修整)道路,圬人(泥瓦匠。圬,音wū)以时塓(mì,粉刷墙壁)馆宫室;诸侯宾至,甸(掌管薪火的官)设庭燎(照庭大烛),仆人巡宫;车马有所,宾从(宾之仆从)有代(有人代役),巾车脂辖(管车辆的官以脂膏涂车轴头铁),隶人(服贱役的人)、牧(养牛的人)、圉(yǔ,养马的人)各瞻其事(瞻视其所当供客之事);百官之属各展其物(陈其待客之物)。公(晋文公)不留宾,而亦无废事,忧乐同之,事则巡(察看)之;教其不知,而恤其不足。宾至如归,无宁菑(zāi,通"灾")患;不畏寇盗,而亦不患燥湿。今铜鞮(晋君离宫。鞮,dī)之宫数里,而诸侯舍于隶人(诸侯住在隶人之居所),门不容车,而不可逾越;盗贼公行,而夭厉(瘟疫)不戒。宾见无时,命不可知。若又勿坏,是无所藏币以重罪也。敢请执事:

65. 战国 跪坐陶奴隶俑

将何所命之？虽君之有鲁丧，亦敝邑之忧也。若获荐币(献礼)，修垣而行，君之惠也，敢惮(dàn，害怕)勤劳！"文伯复命。赵文子(晋执政大夫)曰："信(是这样)，我实不德，而以隶人之垣以赢(接待)诸侯，是吾罪也。"使士文伯谢不敏(表示歉意)焉。

晋侯见郑伯，有加礼，厚其宴，好而归之。乃筑诸侯之馆。

叔向(晋大夫)曰："辞(外交辞令)之不可以已也如是夫！子产有辞，诸侯赖之，若之何其释辞(不讲究辞令)也？《诗》曰：'辞之辑(和睦)矣，民之协矣；辞之怿(喜悦)矣，民之莫(安定)矣'，其知之矣。"

子产妙辞，更不必说，须细寻其处处细针密线，前后不差一黍。又要看前段文伯之悻悻，后段叔向之津津，俱是为极写子产而设。

(金圣叹)

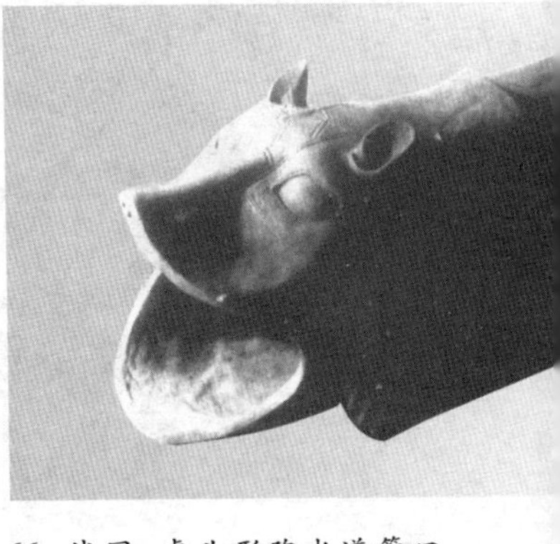

66. 战国　虎头形陶水道管口

子产论尹何为邑　《左传·襄公三十一年》

子皮(郑上卿,名罕虎)欲使尹何(子皮的年轻家臣)为邑(治理自己的封邑)。子产曰:“少,未知可否。”子皮曰:“愿(老实),吾爱之,不吾叛也。使夫(他)往而学焉,夫亦愈知治矣。”子产曰:“不可。人之爱人,求利之也。今吾子(您)爱人则以政(使之为政),犹未能操刀而使割也,其伤实多。子之爱人,伤之而已,其谁敢求爱于子?子于郑国,栋也。栋折榱(cuī,椽)崩,侨将厌(通“压”,翻车)焉,敢不尽言?子有美锦不使人学制焉。大官、大邑,身之所庇也,而使学者制焉,其为(比)美锦,不亦多乎?侨闻学而后入政,未闻以政学者也。若果行此,必有所害。譬如田猎,射御贯

67. 西汉　龙凤纹织锦

68. 汉 车马出行图

(通"惯"),则能获禽,若未尝登车射御,则败绩厌覆(翻车被压)是惧,何暇思获?"子皮曰:"善哉!虎(自称)不敏。吾闻君子务知大者、远者,小人务知小者、近者。我,小人也。衣服附在吾身,我知而慎之;大官、大邑,所以庇身也,我远而慢之。微(无)子之言,吾不知也。他日(前日)我曰:'子为郑国,我为吾家,以庇焉,其可也。'今而后知不足。自今请虽吾家,听子而行。"子产曰:"人心之不同如其面焉,吾岂敢谓子面如吾面乎?抑(不过)心所谓危,亦以告也。"子皮以为忠,故委政焉,子产是以能为郑国。

欲作缠绵贴肉之文,须千遍烂读此文。非贵其文辞,贵其心地也。此文,只是一片心地。

(金圣叹)

69. 汉 神将军印

子产却楚逆女以兵　《左传·昭公元年》

楚公子围(楚共王之子,名围。时掌军政大权)聘(访问)于郑,且(将要)娶于公孙段氏(郑大夫,字伯石)。伍举(楚大夫)为介(副使)。将入馆(宾馆),郑人恶之,使行人子羽(即公孙挥,字子羽。行人是管理外交事务的官)与之言,乃馆于外(住宿在城外)。

既聘,将以众逆(将派兵众入郑迎亲)。子产患之,使子羽辞,曰:“以敝邑褊(biǎn,狭小)小,不足以容从者,请墠(shàn,清除场地为坛场)听命。”令尹(指公子围)使太宰(楚国掌宫廷内外事务的官)伯州犁(楚国当时的太宰)对曰:“君辱贶(kuàng,赐)寡大夫围(指公子围),谓围:‘将使丰氏(指公孙段的女儿)抚有而室(将丰氏成为你妻子。抚,占有。而,尔,指公子围)。’围布几筵(摆设宴席),告于庄、共(楚庄王、楚共王,公子围的祖父、父亲)之庙而来。若野赐(在野地受赐成婚)之,是委君贶于草莽也,是寡大夫不得列于诸卿也。不宁唯是(不仅如此),又使围蒙(蒙骗)其先君,将不得为寡君老(大臣),其蔑(无)以复矣。唯大夫图(考虑)之。”子羽曰:“小国无罪,恃(依仗大国而毫无防备)实其罪。将恃大国之安靖己,而无乃包藏祸心以图之?小国失恃,而惩(警戒)诸侯,使莫不憾者,距(通“拒”,抗拒)违君命,而有所壅(yōng,阻塞)塞不行是惧。不然,敝邑,馆人之属(就如同楚国宾馆里的服务人员)也,其敢爱丰氏之祧(tiāo,祖庙)?”

伍举知其有备也,请垂櫜(倒垂装弓箭的袋子,表示没有带武器。櫜,gāo)而入。许之。

楚国以迎亲为名对郑国图谋不轨,伯州犁的话委婉而振振有词,似乎无可拒绝。子产索性揭破其用心,使其无话可说。

(金圣叹)

70. 西汉 跽坐女俑

子革对灵王　《左传·昭公十二年》

楚子(楚灵王，前540—前529年在位)狩(shòu，打猎)于州来(地名)，次(驻军)于颍尾(地名)，使荡侯、潘子、司马督、嚣尹午、陵尹喜(都是楚国的大夫)帅师围徐(国名，是吴国的盟国)以惧吴。楚子次于乾溪(地名)，以为之援。雨雪(下雪)，王皮冠，秦复陶(秦国赠送的羽衣，可以防雪)，翠被(带翠羽装饰的披肩)，豹舄(用豹皮做的鞋。舄，xì)，执鞭以出。仆析父(楚大夫)从。

右尹子革(子革是从郑国跑到楚国来的大夫，名叫丹。右尹是官名)夕(傍晚进见)，王见之。去冠、被，舍鞭，与之语，曰："昔我先王熊绎(楚国的第一个君主)与吕伋(齐国姜太公的儿子)、王孙牟(卫国第一个君主康叔的儿子)、燮父(晋国第一个君主唐叔的儿子。燮，xiè)、禽父(周公姬旦的儿子)并事康王(周康王)，四国(指上面四个人的分封国齐、卫、晋、鲁)皆有分(分器。天子把宗庙所藏宝器分给诸侯

71. 汉　狩猎图

世代保留者)，我独无有。今吾使人于周，求鼎以为分，王其与我乎？”对曰：“与君王哉！昔我先王熊绎辟(通“僻”)在荆山，筚路(装柴的车。筚，bì)蓝缕(破衣服)以处草莽，跋涉山林以事天子，唯是桃弧棘矢以共御王事(以桃木为弓，以棘为矢，为天子共御不祥之事)。齐，王舅也；晋及鲁、卫，王母弟(同母兄弟)也。楚是以无分，而彼皆有。今周与四国服事君王，将惟命是从，岂其爱(吝惜)鼎？”王曰：“昔我皇祖伯父昆吾(指楚国远祖季连的长兄昆吾)，旧许(小国名，昆吾曾住在这里，后属郑)是宅。今郑人贪赖其田，而不我与。我若求之，其与我乎？”对曰：“与君王哉！周不爱鼎，郑敢爱田？”王曰：“昔诸侯远我而畏晋，今我大城陈(国名)、蔡(国名)、不羹(地名，其地有二邑)，赋皆千乘，子与有劳焉，诸侯其畏我乎！”对曰：“畏君王哉！是四国(指陈、蔡和东、西不羹)者，专足畏也。又加之以楚，敢不畏君王哉！”

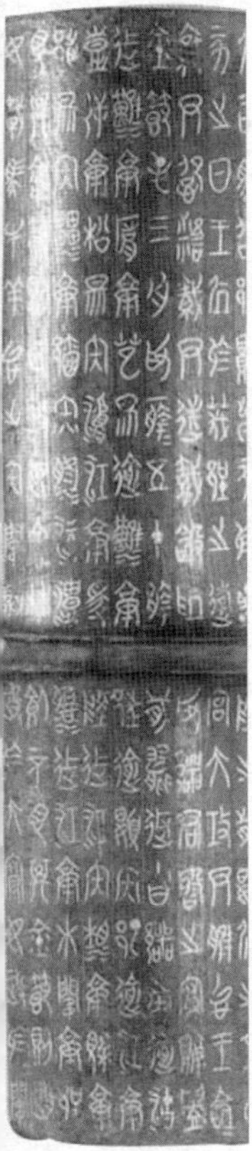

. 战国 鄂君启铜节

工尹路(路是人名，工尹是掌管工匠的官)请曰：“君王命剥圭(古代的一种玉器)以为鏚柲(qī bì，斧柄)，敢请命。”王入视之。

析父谓子革：“吾子(您)，楚国之望也。今与王言如响(指子革附和楚王的意见)，国其若之何？”子革曰：“摩厉以须(我自磨砺以待。摩厉，通“磨砺”。这里子革以锋刃自喻)，王出，吾刃将斩矣。”

73. 西周　扁足方鼎

王出，复语。左史倚相(左史是官名，倚相是人名)趋过，王曰："是良史也，子善视之！是能读《三坟》《五典》《八索》《九丘》(书名)。"对曰："臣尝问焉，昔穆王(周穆王)欲肆其心，周行天下，将皆必有车辙马迹焉。祭公谋父(周穆王的大臣。祭，zhài)作《祈招》之诗以止王心，王是以获没(获得善终)于祗宫(周穆王的离宫，祗，zhǐ)。臣问其诗而不知也。若问远焉，其焉能知之？"王曰："子能乎？"对曰："能。其诗曰：'祈招之愔愔(yīn yīn，安静平和的样子)，式(用)昭德音。思我王度(法度)，式如玉，式如金(用如玉之坚，用如金之重)。形民之力，而无醉饱之心。'"

王揖而入，馈(kuì，进餐)不食，寝不寐，数日，不能自克(克制)，以及于难(指一年后，楚灵王因内乱而死)。

仲尼曰："古也有志：'克己复礼，仁也。'信善哉！楚灵王若能如是，岂其辱于乾溪？"

楚子一番矜张语，子革绝不置辩，一味将顺，固有深意。至后闲闲唤醒，若不相蒙者，既不忤听，又得易入，此其所以为善谏欤？惜哉！灵王能听而不能克，以终及于难也。

(原本《古文观止》)

子产论政宽猛　《左传·昭公二十年》

郑子产有疾，谓子大叔(即游吉，郑卿，继子产为郑国执政大夫)曰："我死，子必为政。唯有德者能以宽(宽容仁厚)服民，其次莫如猛(严厉)。夫火烈，民望而畏之，故鲜(少)死焉。水懦弱，民狎(轻视)而玩(玩弄)之，则多死焉，故宽难。"疾数月而卒。

大叔为政，不忍猛而宽。郑国多盗，取(同"聚")人于萑苻(huán pú，泽名，因葭苇丛生而便于藏身)之泽。大叔悔之，曰："吾早从夫子(指子产)，不及此。"兴(发动)徒兵(步兵)以攻萑苻之盗，尽杀之，盗少止。

仲尼曰："善哉！政宽则民慢(轻慢)，慢则纠之以猛。猛则民残(伤害)，残则施之以宽。宽以济猛，猛以济宽，政是以和。《诗》曰：'民亦劳止，汔(qì，但愿)可小康；惠此中国(指中原地区)，以绥(安定)四方'，施之以宽也。'毋从(通"纵"，纵容)诡随(欺诈善变)，以谨(严防)无良；式(用以)遏(制止)寇虐，惨(通"憯"，曾，乃)不畏明(明法)'，纠之以猛也。'柔(安抚)远能迩(近)，以定我王'，平之以和也。又曰：'不竞(强)不絿(qiú，急)，不刚不柔，布政优优(宽和的样子)，百禄是遒(qiú，积聚)'，和之至也。"及子产卒，仲尼闻之，出涕(眼泪)曰："古之遗爱(古人仁爱的遗风)也。"

子产不是一味任猛。盖立法严则民不犯，正所以全其生。此中大有作用。太叔始宽而继猛，殊子产授政之意。观孔子叹美子产，而以宽猛相济立论，则政和，谅非用猛所能致，末以遗爱结之，便有分晓。

(原本《古文观止》)

吴许越成 《左传·哀公元年》

吴王夫差(春秋末年吴国国君)败越于夫椒(越国地名),报槜李(地名。槜,zuì。前496年,越国曾在这里打败吴国,并杀死夫差的父亲阖闾,hé lǘ)也。遂入越。越子(越王勾践)以甲楯(楯,dùn。指士兵)五千保于会稽(指会稽山),使大夫种(越大夫文种)因(通过)吴太宰嚭(吴大臣伯嚭。嚭,pǐ。太宰是官名)以行成(求和)。吴子(夫差)将许之。

伍员(伍子胥,本是楚人,因父兄被杀害而逃至吴,当时是吴国的大夫)曰:"不可。臣闻之:'树德莫如滋(滋长),去疾莫如尽。'昔有过浇(夏朝时过国的国君,名叫浇。过,guō;浇,ào)杀斟灌(夏朝时一个诸侯国)以伐斟鄩(鄩,xún,也是夏朝时一个诸侯国),灭夏后相(夏朝的国君,是大禹的曾孙),后缗(相的妻子,缗,mín)方娠(怀孕),逃出自窦(墙洞),归于有仍(夏朝时一个诸侯国,是后缗的娘家),生少康(相的儿子,后来恢复了夏朝)焉。为仍(指有仍国)牧正(管理畜牧的官),惎(jì,以……为毒害)浇能戒

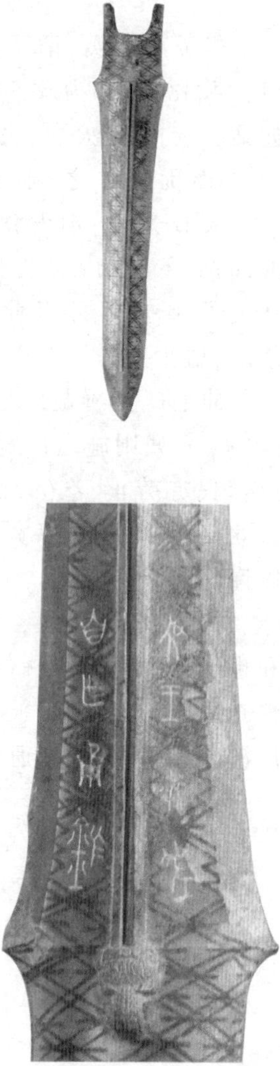

74. 吴王夫差矛

之。浇使椒(浇的大臣)求(捉拿)之,逃奔有虞(夏朝时的诸侯国),为之庖正(管理做饭饮食的官),以除(免)其害。虞思(有虞国的国君,名叫思)于是妻之以二姚(有虞国的两个女子,姓姚),而邑诸纶(把纶这个邑分给他。纶,在今河南虞城东南),有田一成(方圆十里叫作一成),有众一旅(古代五百个兵叫一个旅),能布(发扬)其德,而兆(开始)其谋,以收夏众(夏的遗民),抚(安抚)其官职;使女艾(少康的大臣)谍(刺探敌情或秘密)浇,使季杼(少康的儿子。杼,zhù)诱豷(xī,浇的弟弟)。遂灭过、戈(指浇的过国和豷的戈国),复禹之绩,祀夏配天(祀夏祖宗以配天帝),不失旧物(夏朝的天下)。今吴不如过,而越大于少康,或(如果)将丰(壮大)之,不亦难乎!勾践能亲(亲人民)而务施(施恩惠),施不失人,亲不弃劳(有功者),与我同壤(相邻),而世为仇雠(chóu)。于是乎克(打败)而弗取(占领),将又存之,违天而长寇雠,后虽悔之,不可食已(来不及了)。姬(吴国姓姬)之衰也,日可俟(sì,等待)也。介在蛮夷,而长(zhǎng,助长)寇雠,以是求伯(通"霸",称霸),必不行矣。"

弗听。退而告人曰:"越十年生聚(生养和积聚),而十年教训(教育和训练),二十年之外,吴其为沼(变成沼泽地,指消灭)乎!"

写少康详,写勾践略;而写少康,正是写勾践处,此古文以宾作主法也。后分三段,发明"不可"二字之义,最为曲折详尽。曾不觉悟,卒许越成。不得已退而告人,说到吴其为沼,真感愤无聊,声断气绝矣。

(原本《古文观止》)

75.
剑上刻字为「越王鸠践 自作用鐱」

76.
越王勾践剑

古文观止

卷三

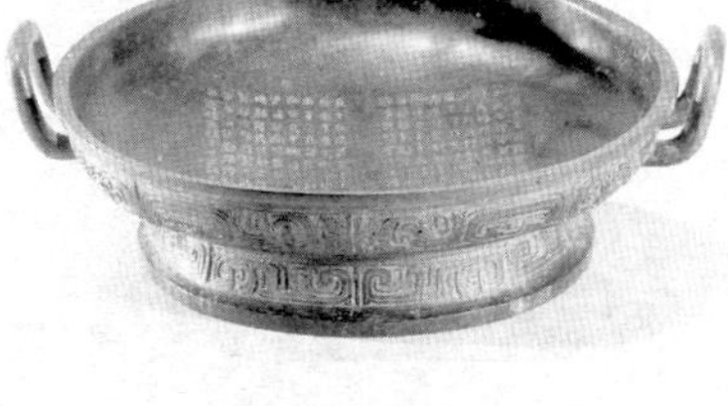

古文观止　卷三

祭公谏征犬戎 《国语·周语上》

穆王(周穆王,前1001—前947年在位)将征犬戎(古代的少数民族,住在西北地区),祭公谋父(周公的后代,当时是周穆王的大臣。祭,zhài)谏曰:“不可。先王耀德不观兵(炫耀武力)。夫兵戢(收敛)而时动,动则威,观则玩(戏弄),玩则无震(威慑力)。是故周文公(周公姬旦,“文”是他的谥号)之《颂》(《诗经·周颂·时迈》一篇)曰:‘载戢干戈,载櫜(gāo,装盔甲弓箭的袋子)弓矢。我求懿德,肆于时夏,允王保之。’先王之于民也,茂(通“懋”,勉励)正其德而厚其性,

77. 西周形势图

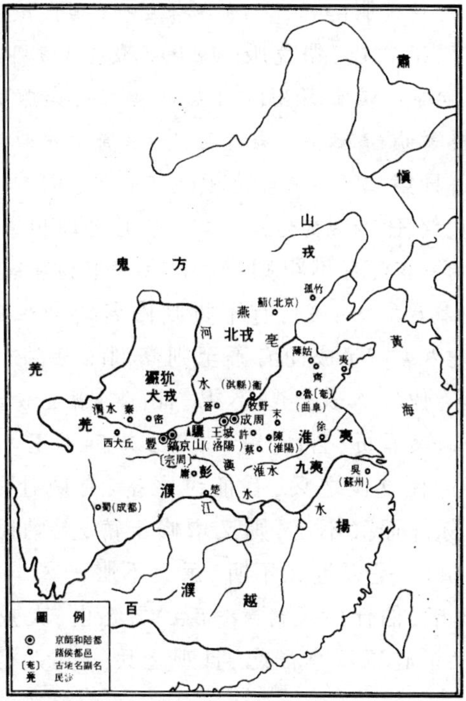

阜(丰富)其财求而利其器用，明利害之乡(所在)，以文(礼法)修之，使务利而避害，怀德而畏威，故能保世以滋大。

“昔我先世后稷(周朝的始祖)，以服事虞(舜)、夏(禹)。及夏之衰也，弃稷(这里指农业)弗务，我先王不窋(后稷的儿子。窋，zhú)用(因此)失其官，而自窜于戎、翟(都是古代北方的少数民族。翟，通“狄”)之间，不敢怠业，时序其德，纂修其绪(继续进行他的事业。纂，zuǎn，继续)，修其训典，朝夕恪(kè，谨慎)勤，守以惇笃(dūn dǔ，忠诚老实)，奉以忠信，奕世(一代接一代)载德，不忝(tiǎn，污辱)前人。至于武王，昭(发扬)前之光明而加之以慈和，事神保民，莫不欣喜。商王帝辛(商纣王，名辛)，大恶于民。庶民弗忍，欣戴武王，以致戎(出兵)于商牧(地名，在今河南淇县南)。是先王非务武也，勤恤(xù，怜悯)民隐(痛苦)而除其害也。

“夫先王之制：邦内甸服(王都近郊叫甸服)，邦外侯服(城郊以外叫侯服)，侯、卫宾服(侯和卫的都邑郊野叫宾服)，蛮、夷要服(蛮夷地方叫要服。要，yāo)，戎、翟荒服(西戎和北狄的地方叫荒服)。甸服者祭(祭于祖父、父亲)，侯服者祀(祀于高祖、曾祖)，宾服者享(贡献始祖的祭物)，要服者贡(贡纳周王对远祖以及天地之神的祭物)，荒服者王(入朝朝觐)，日祭(每日一祭)、月祀(每月一祀)、时享(每季一享)、岁贡(每年一贡)、终王(朝觐的终身一次)，先王之训也。有不祭则修意(检查自己的意图)，有不祀则修言(检查自己的言语是否失误)，有不享则修文(搞好政令教化)，有不贡则修名(修明法典)，有不王则修德(加强道德教育)，序成而有不至则修刑(依法惩治)。于是乎有刑(惩治)不祭，伐(派军队讨伐)不祀，征(命令诸诸侯去讨伐)不享，让(派专人去训斥)不贡，告(写好文辞通告天下)不王。于是乎有刑罚之辟(法律)，有攻伐之兵，有征讨之备，有威让之令，有文告之辞。布令陈辞而又不至，则又增修于德，无勤民于远(不轻易让人民远道征战)。是以近无不听，远无不服。

“今自大毕、伯仕(犬戎的两个君主)之终也，犬戎氏以其职来王，天子曰：‘予必以不享征之，且观之兵。’其无乃废先王之训而王几顿(危败)乎！吾闻夫犬戎树惇(纯朴的德行)，能帅(同“率”，遵行)旧德而守终纯固(专一地守住终生入朝)，其有以御(抗拒)我矣！”

王不听，遂征之，得四白狼、四白鹿以归。自是荒服者不至。

“耀德不观兵”，是一篇主脑，回环往复，不出此意。穆王车辙马迹遍天下，其中侈然有自大之心，不过观兵犬戎以示武耳，乃仅得狼鹿以归。不但不能耀德，并不能观兵矣。结出“荒服不至”一语，煞有深意。

(原本《古文观止》)

78. 西周　青铜史墙盘及铭文拓片

召公谏厉王止谤　《国语·周语上》

厉王(周厉王,前878—前842年在位)虐,国人谤(指责)王,召公(召穆公,周厉王的大臣,后辅佐周宣王。召,shào)告曰:"民不堪命(命令)矣!"王怒,得卫巫(找着一个卫国的巫师),使监谤者。以告,则杀之。国人莫敢言,道路以目(以眼神示意)。

王喜,告召公曰:"吾能弭(mǐ,制止)谤矣,乃不敢言。"召公

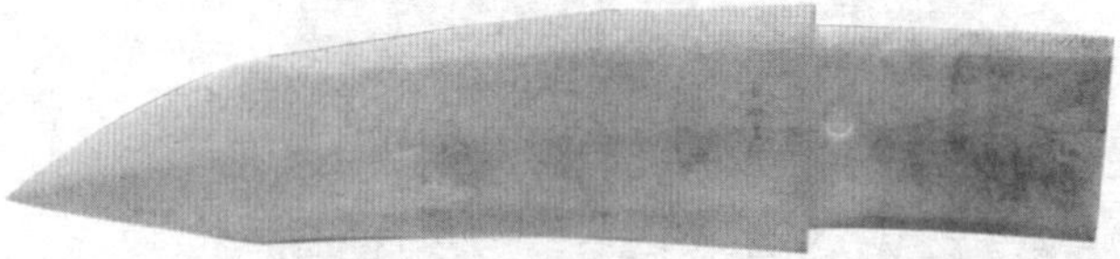

79. 商　青玉刻铭戈

曰:"是鄣(zhàng,阻塞)之也,防民之口,甚于防川。川壅(堵塞)而溃,伤人必多,民亦如之。是故为(治理)川者决之使导,为民者宣(引导,开放)之使言。故天子听政,使公卿至于列士(公卿大臣直至大小官吏。周王室官职分为公、卿、大夫、士各级。士为下层官员,又分上士、中士、下士)献诗,瞽(乐官,又称太师)献典(乐典),史(史官)献书(三皇五帝之书),师(少师)箴(针砭王阙,以正得失),瞍(sǒu,没有眼眸的盲人,闭眼瞎子)赋(背诵所献的诗),矇(有眼睛而看不到东西的盲人,光眼瞎子)诵,百工(各种工匠艺人)谏,庶人传语(把意见辗转传达以达周王),近臣尽规,亲戚补察(补过察政),瞽、史教诲,耆、艾(师、傅,太师、太傅)修之,而后王斟酌焉,是以事行而不悖。民之有口也,犹土(地)之有山川也,财用于是乎(从那里)出,犹其有原

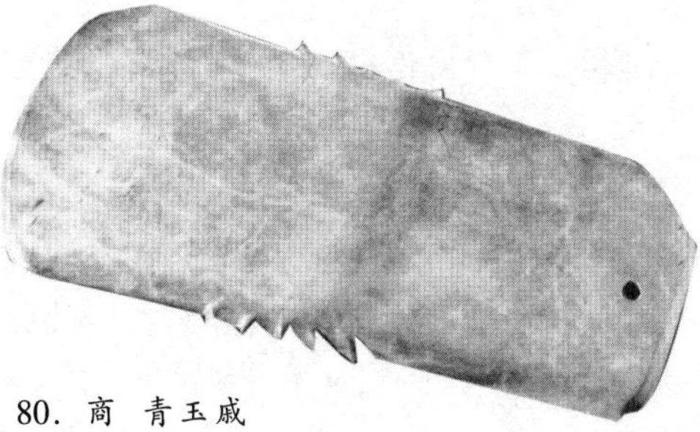

80. 商 青玉戚

(广阔而平坦之地)隰(xí,低湿之地)衍(低而平坦之地)沃(有水灌溉之地)也,衣食于是乎生。口之宣言也,善败于是乎兴。行善而备(预备)败,所以阜(增多,增加)财用、衣食者也。夫民虑之于心,而宣之于口,成而行之(当成其美而见之施行),胡可壅也?若壅其口,其与能几何(其与我者能有多少)?"

王弗听,于是国人莫敢出言。三年,乃流(放逐)王于彘(zhì,古地名,在今山西霍县)。

前说民谤不可防,则比之以川;后说民谤必宜敬听,则比之以山川原隰。凡作两番比喻。后贤务须逐番细读之,真乃精奇无比之文,不得止作老生常诵习而已。

(金圣叹)

襄王不许请隧　　《国语·周语中》

晋文公(名重耳。前636—前628年在位。曾平定周的内乱,迎取周襄王复位,以“尊王”相号召)既定襄王(周襄王,前651—前619年在位。前649年,其弟叔带谋夺王位,襄王逃往郑国。晋文公受其请求,支持其复位)于郏(jiá,东周王都,在今河南洛阳),王劳(酬谢)之以地,辞,请隧(请求用天子的隧葬之礼。隧,墓道。只有天子可用墓道入葬)焉。王弗许,曰:“昔我先王之有天下也,规方千里,以为甸服(王都直辖地),以供上帝山川百神之祀,以备百姓(百官有世功者)兆民(万民)之用,以待不庭(庭通“廷”。不服从朝廷)、不虞(意外之变)之患。其余(除甸服以外的地方)以均分公侯伯子男,使各有宁(安)宇(居),以顺及天地,无逢其灾害。先王岂有赖(利)焉。内官(宫中

81. 西周分封诸侯图

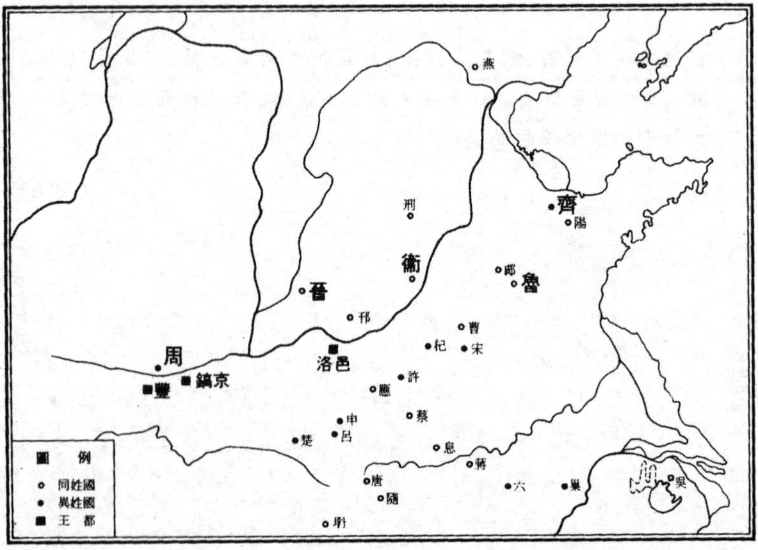

女官)不过九御(九嫔。嫔主祭祀),外官不过九品(九卿。卿主祭祀),足以供给神祇而已,岂敢厌(满足)纵其耳目心腹以乱百度(法度)?亦唯是死生之服物(衣服器物)采章(指颜色花纹的配合,古代等级制度在衣服器用及其颜色花纹上都有严格体现),以临长(以此来监临)百姓,而轻重(尊卑的区别)布(显示)之,王何异之有?

"今天降祸灾(指王子叔带之乱)于周室,余一人仅亦守府(收藏国家文书的库府,这里代指国家固有的规章法令),又不佞以勤(劳)叔父(天子称同姓诸侯),而班(通"颁")先王之大物(指隧礼)以赏私德(酬谢别人给自己的恩德)。其叔父实应(接受)且憎,以非(责怪)余一人,余一人岂敢有爱?先民(前人)有言曰:'改玉改行(佩玉换了,行进的节奏也就有所不同)。'叔父若能光裕大德,更姓改物(更改姓名,改变历法和服色。指改朝换代),以创制天下,自显庸(为天子创建制度,自显用于天下。庸,通"用")也,而缩取(收取)备物(指死生之服物采章)以镇抚百姓。余一人其流(流放)辟(戮)于裔(远)土,何辞之有与?若犹是姬姓(指仍然是周朝的天下,周朝天子姓姬)也,尚将列为公侯,以复先王之职(尊卑职分的规定),大物(制度)其未可改也。叔父其茂(勤勉)昭(光大)明物,物(指隧)将自至,余敢以私劳(私德)变前之大章(典章制度),以忝(tiǎn,玷辱)天下,其若先王与百姓何?何政令之为也?若不然,叔父有地而隧焉,余安能知之?"

文公遂不敢请,受地而还。

82.春秋早期 黄玉兽面纹饰

通篇只是不为天子不得用隧意。却妙在俱用逆笔振入,无一笔实写不许。而不许之意,一步紧一步,自使重耳神色俱沮。

(原本《古文观止》)

单子知陈必亡　　《国语·周语中》

定王(周定王，前606—前586年在位)使单襄公(名朝，又称单子，周定王的大臣。单，shàn)聘(访问)于宋。遂假道于陈，以聘于楚。火朝觌矣(心星早上出现了，指时间到了夏历十月。觌，dí，出现)，道茀(fú，草多)不可行也，候(掌管迎送宾客的官员)不在疆，司空(管理道路的官员)不视涂(通“途”，道路)，泽不陂(bēi，堤坝)，川不梁(桥)，野有庾积(露天堆放粮食)，场功未毕(禾场未曾修完)，道无列树，垦田若蓺(yì，茅草芽)，膳宰(掌管宾客之牢礼的官)不致饩(不致送牲畜。饩，xì，活牲口；生肉)，司里(掌管客馆的官员)不授馆(宾馆)，国(都城)无寄寓，县无旅舍，民将筑台(楼台)于夏氏(指陈国大夫夏征舒家)。及陈，陈灵公与孔宁、仪行父(陈国的大夫)南冠(戴着楚国的帽子)以如(往)夏氏，留宾弗见。

单子归，告王曰：“陈侯不有大咎(jiù，灾难)，国必亡。”王曰：“何故？”对曰：“夫辰角见(角星早上出现，指时间到了夏历九月初。辰，通“晨”。角，角星，现名角宿一。见，通“现”)而雨毕，天根(天根星)见而水涸，本(氐星)见而草木节解(枯黄凋落)，驷(房星)见而陨霜，火见而清风戒寒(戒人备寒)。故先王之教曰：

83. 北魏　星相图壁画

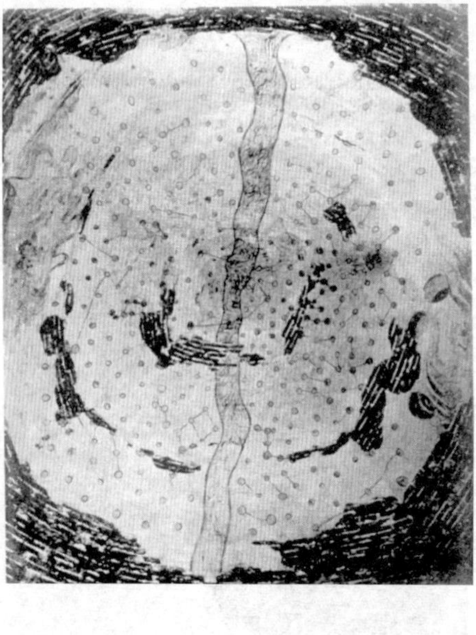

‘雨毕而除道(修整道路)，水涸而成梁，草木节解而备藏(准备收藏)，陨霜而冬裘具，清风至而修城郭宫室。’故《夏令》曰：‘九月除道，十月成梁。’其时儆(jǐng，警告)曰：‘收而(通“尔”)场功，偫(zhì，准备)而畚(běn，用竹篾编成的盛土器具)挶(抬土工具)，营室(星名，夏历十月的黄昏运行到天空正中，古人认为这时可以营造宫室)之中，土功其始。火之初见，期于司里。’此先王之所以不用财贿，而广施德于天下者也。今陈国，火朝觌矣，而道路若塞，野场(打谷场)若弃，泽不陂障，川无舟梁，是废先王之教也。

84. 牛耕图

“周制有之曰：‘列树以表道(标识道路的远近)，立鄙食(在郊外路边向行人供应饮食的房屋)以守路。国有郊牧，疆有寓望(寄宿的寓所和候望的人)，薮(sǒu，无水之泽)有圃草，囿(yòu，园林)有林池，所以御灾也。其余无非谷土(种谷之土)，民无悬耜(sì，一种用于翻土的农具)，野无奥草(很深的草)，不夺农时，不蔑(弃)民功。有优(宽裕)无匮，有逸无罢(通“疲”，劳累)。国有班事(城市里有层次地办事)，县有序民(乡村里有秩序地服役)。’今陈国道路不可知，田在草间，功成(庄稼成熟)而不收，民罢于逸乐，是弃先王之法制也。

“周之《秩官》有之曰：‘敌国(相等之国)宾至，关尹(把守关口的官吏)以告，行理(掌管接待宾客的官员)以节(符节)逆(欢迎)之，候人为导，卿出郊劳(慰问)，门尹除门(扫除门庭)，宗祝(负责礼仪的官员)执祀，司里授馆，司徒(负责征发徒役的官员)具徒(分派服务人员)，司空视涂(巡视道路)，司寇(负责治安的官员)诘奸(盘问有无坏人)，虞人(掌管山泽的官员)入材(供应木材)，甸人(负责照明柴薪的官员)积薪，火师(负责灯烛火事的官员)监燎(监视照庭大烛)，水师(负责各种用水事务的官员)监濯(zhuó，洗濯的事务)，膳宰致飧(sūn，熟食)，廪人(负责粮仓的人)献饩(谷米)，司马(管养马人)陈刍(拿出草料)，工人(负责手工业的人)展(摆出)车，百官各以物至(各自把自己掌管的物资拿出)，宾入如归。是故小大(大小官吏)莫不怀爱。其贵国之宾至，则以班加一等，益虔。至于王使，而皆官正(官长)莅事(亲自办事)，上卿监之。若王巡守(到各诸侯国视察)，则君亲监之。'今虽朝(单子自称)也不才，有分族(周王的同姓)于周，承王命以为过宾(借路经过)于陈，而司事(负责有关事情的人)莫至，是蔑先王之官也。

"先王之令有之曰：'天道赏善而罚淫(淫恶)，故凡我造国，无从匪彝(违背常规的行为。彝，yí，常规)，无即慆淫(不迁就怠惰纵乐。即，迁就。慆，tāo，怠慢)，各守尔典，以承天休(福禄)。今陈侯不念胤续(子孙后代)之常，弃其伉俪妃嫔，而帅其卿佐以淫于夏氏，不亦渎姓矣乎？陈(陈国国君)，我大姬(周武王的女儿，嫁给陈国国君的始祖为妻。大通"太")之后也。弃衮冕(gǔn miǎn，帝王的礼服和帽子)而南冠以出，不亦简(怠慢)彝(常规)乎？是又犯先王之令也。

"昔先王之教，茂(努力，尽力)帅(通"率"，遵行)其德也，犹恐陨越(堕落)。若废其教而弃其制，蔑其官而犯其令，将何以守国？居大国(指晋、楚)之间，而无此四者，其能久乎？"

六年(周定王六年)，单子如(到)楚。八年，陈侯杀于夏氏。九年，楚子入陈。

先叙事起，中分四段辩驳，引古征今，句修字削。而分段中，又复错综变化，读之不觉其排对之迹。自是至文。

(原本《古文观止》)

展禽论祀爰居　《国语·鲁语上》

海鸟曰“爰居”，止于鲁(鲁都)东门之外二日，臧文仲(鲁国大夫)使国人祭之。展禽(柳下惠)曰：“越(超越礼仪)哉，臧孙(臧文仲)之为政也！夫祀，国之大节(制度)也；而节，政之所成也。故慎制祀以为国典。今无故而加典，非政之宜也。

“夫圣王之制祀也，法施于民(推行法令有利于人民)则祀之，以死勤事(为国事勤劳而死)则祀之，以劳定国(安定国家大有劳绩)则祀之，能御大灾则祀之，能捍(抗拒)大患则祀之。非是族(这类人物)也，不在祀典。昔烈山氏(炎帝神农氏)之有天下也，其子曰柱，能植百谷百蔬；夏之兴也，周弃(即后稷，是周朝的始祖)继之，故祀以为稷。共工氏(传说中的天神，曾经撞倒了不周山)之伯(通“霸”，称霸)九有(九州。有通“域”)也，其子曰后土(人名)，能平九土(九州之土)，故祀以为社(土神)。黄帝能成命(定……的名)百物，以明(使……明白)民共(通“供”)财，颛顼(zhuān xū，传说中的上古五帝之一)能修之(修黄帝之功，即完成黄帝的工作)。帝喾(黄帝的曾孙，尧的父亲。喾，kù)能序三辰(日、月、星)以固(安)民，尧能单均(使……尽量公

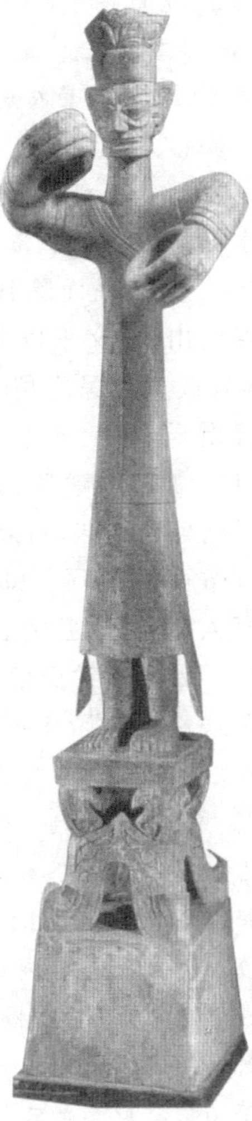

85. 商　大型铜立人像

平)刑法以仪民(作为人民的行为准则),舜勤民事而野死(传说中舜在巡视时死在南方),鲧(gǔn,禹的父亲)障洪水而殛(jí,被杀)死,禹能以德修(继承)鲧之功,契(xiè,商朝的始祖,帮助禹治水有功劳)为司徒(负责教导人民的官)而民辑(人民和睦相处),冥(契的第六代孙子,夏朝的水官)勤其官而水死,汤(又叫成汤,他建立了商朝)以宽治民而除其邪,稷勤百谷而山死,文王以文(文德)昭(著称),武王去民之秽(指伐纣)。故有虞氏禘(dì,用禘礼祭)黄帝而祖(用祖礼祭)颛顼,郊(以郊礼祭)尧而宗(用宗礼祭)舜;夏后氏禘黄帝而祖颛顼,郊鲧而宗禹;商人禘舜而祖契,郊冥而宗汤;周人禘喾而郊稷,祖文王而宗武王;幕(舜的后代,也叫虞思),能帅(通"率",依循)颛顼者也,有虞氏报(祭报德之祭,祭以报礼)焉;杼(zhù,禹的七世孙),能帅禹者也,夏后氏报焉;上甲微(契的第八代孙,商汤的第六代祖先),能帅契者也,商人报焉;高圉(稷的第十代孙。圉,yǔ)、太王(高圉的曾孙,周文王的祖先),能帅稷者也,周人报焉。凡禘、

86. 青铜饕餮纹

87. 青铜龙纹

88. 青铜夔

89. 大汶口文化 三角纹彩陶壶

90. 大汶口文化 陶鬲

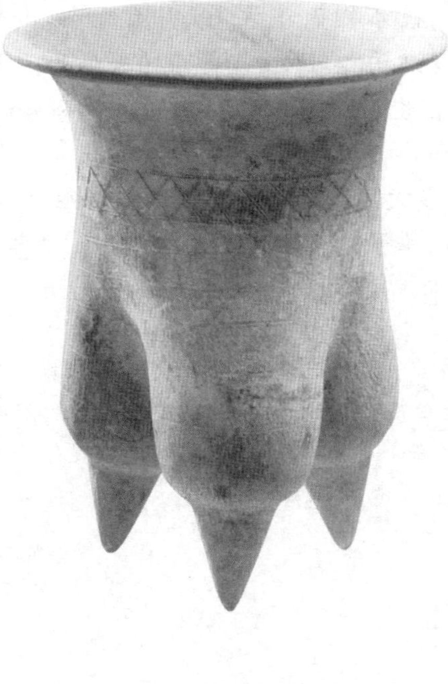

91. 商早期 灰陶绳纹鬳瓦

92. 汉 砖刻朱雀图

郊、祖、宗、报,此五者国之典祀也。

“加之社稷山川之神,皆有功烈于民者也;及前哲令(美,善)德之人,所以为民质(民皆明而信之)也;及天之三辰,民所以瞻仰也;及地之五行,所以生殖也;及九州名山川泽,所以出财用也。非是不在祀典。

“今海鸟至,己不知而祀之,以为国典,难以为仁且知(通“智”)矣。夫仁者讲功(讲及人之功),而知者处物(正确审处事物)。无功而祀之,非仁也;不知而不问,非知也。今兹海其有灾乎?夫广川(大海)之鸟兽,恒知而避其灾也。”

是岁也,海多大风,冬暖。文仲闻柳下季(展禽)之言,曰:“信(确实)吾过也,季子之言不可不法(听从)也。”使书以为三筴(cè,亦作策。古代把字写在竹片上,用绳编在一起称为一策)。

一祀爰居耳,发出如许大议论。然亦只是无故加典一句断尽。前云“非是族也,不在祀典”,后云“非是不在祀典”,总是不得无故加典也。文仲之失,在不能讲功,而先在不能处物,是不智乃以成其不仁也。结出海鸟之智来,最有味。

(原本《古文观止》)

里革断罟匡君 《国语·鲁语上》

宣公(鲁宣公，前 608—前 591 年在位)夏滥(下网捕鱼)于泗渊(今山东泗水)，里革(鲁国大夫)断其罟(gǔ，鱼网)而弃之，曰："古者大寒降，土蛰发(蛰伏动物逐渐苏醒)，水虞于是乎讲罛(gū，大网)罶(liǔ，捕鱼的竹篓子)，取名鱼(大鱼)，登(捕捉)川禽(鳖和大蛤之类)，而尝(祭祀)之寝庙，行诸国人，助宣气(疏散地下温暖的阳气)也。鸟兽孕，水虫成，兽虞于是乎禁罝(jū，捉兔子的网)罗(捕鸟网)，矠(cuò，用长矛刺取东西)鱼鳖以为夏犒(干鱼)，助生阜(生长)也。鸟兽成，水虫孕，水虞于是乎禁罝罜(jū lù，小的鱼网)，设阱鄂(捉动物的陷坑)，以实庙庖，畜(储)功用也。且夫山不槎(chá，砍伐)蘖(niè，树木被砍以后重新长出来的新枝)，泽不伐夭(还没长大的草木)，鱼禁鲲鲕(kūn ér，鱼苗)，兽长麑(ní，幼鹿)麇(yǎo，幼麋)，鸟翼(成)鷇(kòu，待哺的雏鸟)卵，虫舍蚳蝝(chí yuán，蚁卵)，蕃庶物(让万物生长)也，古之训也。今鱼方别孕，不教鱼长，又行网罟，贪无艺(极限)也。"

公闻之曰："吾过而里革匡(纠正)我，不亦善乎！是良罟也，为我得法。使有司(管理相关事情的官员)藏之，使吾无忘谂(shěn，规谏)。"师存(名字叫存的乐师)侍，曰："藏罟不如置里革于侧之不忘也。"

述古训处，写得宾主杂然，具有错综变化之妙；入今事，只"贪无艺也"四字，是极谏意。宣公闻谏，私心顿释。师存进言，意味深长，正堪并美。

(原本《古文观止》)

敬姜论劳逸 《国语·鲁语下》

公父文伯(即公父歜,chù,公父穆伯与敬姜之子,春秋时鲁国大夫)退朝,朝(问候)其母,其母方(正在)绩(绩麻,搓麻线),文伯曰:“以歜(文伯的名字)之家而主(主母,即敬姜,鲁大夫公父穆伯之妻,季康子的叔祖母,生文伯,早寡,“敬”是谥号)犹绩,惧干(冒犯)季孙(季康子,鲁国正卿)之怒也,其以歜为不能事(供养)主乎!”

其母叹曰:“鲁其亡乎!使僮子(无知童子)备官(做官)而未之闻(没有告知做官的道理)邪?居(坐下),吾语女(通“汝”)。昔圣王之处(安置)民也,择瘠土而处之,劳(使勤劳)其民而用之,故长王(wàng,统治)天下。夫民劳则思,思则善心生;逸则淫(邪恶),淫则忘善,忘善则恶心生。沃土之民不材(成材),淫也;瘠土之民莫不向义,劳也。是故天子大采朝日(穿五采礼服祭祀太阳),与三公、九卿祖(效法)识地德(古人认为地生万物,有德于人);日中考政,与百官之政事,师尹(大夫官)、惟旅(众士)牧(州牧)、相(国相),宣序(宣布

93. 西汉 对凤对龙纹绣线黄绢面巾

94. 汉 农作打粮图

……的次第)民事;少采夕月(穿三彩礼服祭祀月亮),与太史(古代掌管史书历法的官员)、司载(掌管天文的官员)纠虔(恭敬)天刑(法);日入监九御(九嫔,宫中的九种女官),使洁奉禘(dì,古时天子祭祀祖先的大典)、郊之粢盛(zī chéng,古代盛在礼器内以供祭祀用的谷物),而后即安(休息)。诸侯朝修天子之业(事业)命(命令),昼考(考察)其国职(国家事务),夕省其典刑,夜儆(jǐng,警戒)百工(官),使无慆(tāo,怠慢)淫,而后即安。卿大夫朝考其职,昼讲其庶政,夕序(检点)其业,夜庀(pǐ,治理)其家事,而后即安。士朝受业(受事于朝),昼而讲贯(事),夕而习复,夜而计过(审察自己的言行)无憾,而后即安。自庶人以下,明而动,晦(天黑)而休,无日以怠。王后亲织玄统(王冠两旁用来悬挂分垂于两耳侧的玉饰的黑色丝绳。统,dǎn),公侯之夫人加之以纮(冠冕上的带子)、綖(yán,盖在冠冕上的布)。卿之内子(嫡妻)为大带(用黑帛做的带),命妇(大夫之妻)成祭服,列士(元士,上士)之妻加之以朝服。自庶士(下士)以下,皆衣(yì,给……做衣服)其夫。社(春分时祭祀土地神)而赋事(向神祈祷农桑之事),烝(冬天的祭祀)而献功(贡献出劳动的成果),男女效绩,愆(qiān,过失)则有辟(处罚),古之制也。君子劳心,小人劳力,先王之训也。自上以下,谁敢淫心舍力?

"今我,寡也,尔又在下位(这里指大夫,地位不高),朝夕处事(处身于做事),犹恐忘先人之业。况有怠惰,其何以避辟!吾冀而(通"尔",你)朝夕修(警告)我,曰:'必无废先人。'尔今曰:'胡不自安?'以是承(担任)君之官,余惧穆伯(指文伯的父亲)之绝祀(指家族灭亡)也。"

仲尼闻之曰:"弟子志(记)之,季氏之妇不淫矣!"

此文乃小中见大,极宏阔,极精深,最有关于世道人心,其立言之旨,原属不难通晓。独波澜之雄壮,议论之名通,引据之精详,局阵之严整,变化针线之工细紧密,殊非浅识人所能领取。

(余诚)

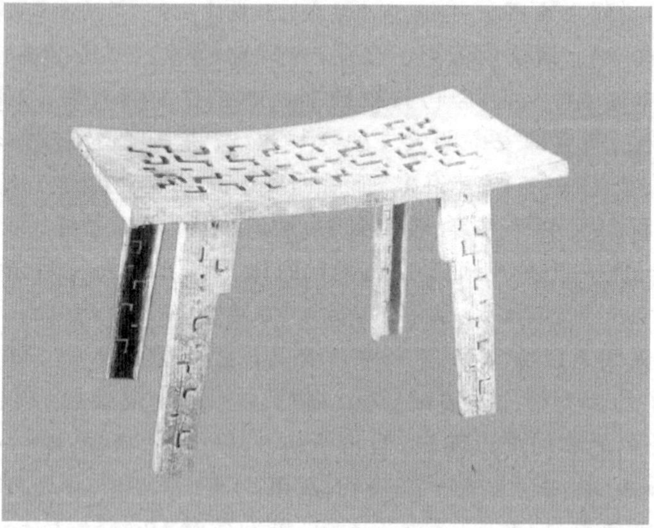

95. 战国 青铜俎

叔向贺贫 《国语·晋语八》

叔向(晋国大夫)见韩宣子(名起,晋国的卿),宣子忧贫,叔向贺之。

宣子曰:“吾有卿之名,而无其实(指财产),无以从二三子(指同时当卿和大夫的人),吾是以忧,子贺我何故?”

对曰:“昔栾武子(晋国上卿)无一卒之田(一百顷地),其官(通“官”,住的房子)不备其宗器(祭宗庙的礼器),宣(宣扬)其德行,顺(遵

96. 汉 拜礼图

守)其宪则(法则),使越(传播)于诸侯。诸侯亲之,戎、狄怀之,以正晋国,行刑不疚(jiù,诟病),以免于难。及桓子(晋国大夫),骄泰(骄纵)奢侈,贪欲无艺(极限),略则行志(忽略宪则,而行贪欲之志),假贷居贿(放债取利,囤积财物),宜及于难,而赖武之德(依赖武子德行),以没其身(得到善终)。及怀子(晋国的下卿),改桓之行,而修武之德,可以免于难,而离(通“罹”,遭受)桓之罪,以亡(逃奔)于楚。夫郤昭子(晋国的卿,郤,xì),其富半公室,其家半三军,恃其富宠(尊荣),以泰(骄纵)于国。其身尸于朝,其宗灭于绛(晋国都

城)。不然,夫八郤——五大夫三卿,其宠大矣,一朝而灭,莫之哀也,惟无德也。今吾子有栾武子之贫,吾以为能其德矣,是以贺。若不忧德之不建,而患货之不足,将吊(哀伤)不暇,何贺之有?"

宣子拜稽首焉,曰:"起也将亡,赖子存之。非起也敢专承之,其自桓叔(韩宣子的祖先)以下嘉(赞赏)吾子之赐。"

不先说所以贺之之意,直举栾、郤作一榜样,以见贫之可贺与不贫之可忧。贫之可贺,全在有德,有德自不忧贫;后竟说出忧贫之可吊来,可见徒贫原不足贺也。言下,宣子自应汗流浃背。

(原本《古文观止》)

说一德字,便将贫字压倒;说一难字,便将贫字抬高,层递圆转,玩诵不厌。

(余桐川)

97. 战国 蟠龙纹镜

王孙圉论楚宝　　《国语·楚语下》

王孙圉(楚国大夫。圉,yǔ)聘(访问)于晋,定公(晋定公,前511—前475年在位)飨之,赵简子(晋国的卿)鸣玉以相(鸣其佩玉以相礼。相,xiàng),问于王孙圉曰:"楚之白珩犹在乎?"对曰:"然。"简子曰:"其为宝也,几何矣?"

98. 战国　黄玉镂空龙形佩

曰:"未尝为宝。楚之所宝者,曰观射父(楚国大夫。射父,yìfǔ),能作训辞(外交文件),以行事(交往)于诸侯,使无以寡君为口实。又有左史倚相(左史,官名,负责记录历史的官。倚相,人名),能道训典,以叙百物(使事事安排得秩序井然),以朝夕献(提供)善败(善恶成败)于寡君,使寡君无忘先王之业(功业);又能上下(天地)说(通"悦")乎鬼神,顺道(通"导")其欲恶(爱恶),使神无有怨痛于楚国。又有薮(sǒu,湖泽)曰云(云楚湖)连徒洲,金(铜、铁等金属)、木、竹、箭(小竹)之所生也,龟(龟甲)、珠、角(牛角)、齿(象牙)、皮、革、羽、毛,所以备赋(军用物资),以戒不虞(没有料到的灾难)者也。所以共(通"供",供应)币帛(各种财物),以宾(招待)享(赠送)于诸侯者也。若诸侯之好币具(礼物),而导之以训辞,有不虞之备,而皇神相(保佑)之,寡君其可以免罪于诸侯,而国民保焉。此楚国之宝也。若夫白珩,先王之玩也,何宝焉?

"圉闻国之宝,六而已:圣(贤明有才能的人)能制议百物,以辅相国家,则宝之;玉足以庇荫嘉谷(好的收成),使无水旱之灾,则宝之;龟(龟甲,古人用龟甲占人吉凶)足以宪(表明)臧否(zāng pǐ,好坏;善恶),则宝之;珠足以御火灾,则宝之;金(金属,主要指兵器)足以御兵乱,则宝之;山林薮泽足以备财用,则宝之。若夫哗嚣(浮华不实)之美,楚虽蛮夷,不能宝也。"

所宝唯贤,自是主论,却着眼在云连徒洲一段。盖薮泽钟美,皆堪有用,自当为宝;正与玩好无用之白珩紧照。后一段于"圣能制议"之下,复接龟珠金玉,山林薮泽,皆可资之为用者,跌到不宝哗嚣之美,处处针锋相对。

(原本《古文观止》)

99. 战国 青玉马

诸稽郢行成于吴　《国语·吴语》

吴王夫差[吴国国君，前495—前473年在位。他是吴国阖闾(hé lǘ)的儿子，前496年，阖闾趁越王允常去世进攻越国，被勾践射伤死去。前494年，夫差攻打越国报仇，大败越国。越国派文种求和。之后，吴国又派兵攻打越国，越国派诸稽郢去求和]起师伐越，越王勾践(春秋末年越国国君，前497—前464年在位，被吴国打败后卧薪尝胆，图谋报仇)起师逆(迎战)之江(长江)。

大夫种(文种)乃献谋曰："夫吴之与越，唯天所授，王其无庸战。夫申胥(伍子胥，本来是楚国人，父兄都被楚平王所杀，逃到吴国，担任大夫，封于申地。后来因为坚持消灭越国被夫差命令自杀)、华登(吴国大夫)简服(训练)吴国之士于甲兵，而未尝有所挫也。夫一人善射，百夫(人)决拾(古代射箭用具。决，用象骨做成，套在右手

100. 吴王夫差鉴的铭文

101. 吴王夫差鉴

102. 春秋晚期 吴王夫差盉

大拇指上，用以钩弦。拾，用皮做的臂衣，着在左臂上以护臂)，胜未可成。夫谋(计谋)必素见(预见)成事焉，而后履之，不可以授命(拼命)。王不如设戎(设兵自守)，约辞行成(低声下气地求和)，以喜其民，以广侈(增加骄傲自大)吴王之心。吾以卜之于天。天若弃吴，必许吾成(答应与我们讲和)而不吾足(不以吾为足虑)也，将必宽然有伯(通“霸”，称霸)诸侯之心焉。既罢弊(罢通“疲”。疲惫)其民，而天夺之食(指遭到自然灾害，粮食歉收)，安受其烬(不费力地接受这一烂摊子。烬：残余，剩余)，乃无有命矣。”

越王许诺，乃命诸稽郢(越国大夫。郢，yǐng)行成(求和)于吴，曰：“寡君勾践使下臣郢不敢显然(公然)布币(陈列礼品)行礼，敢私告于下执事(下级官吏，手下人)曰：‘昔者越国见祸，得罪于天王(对吴王的尊称。这句话指勾践曾经射伤阖闾)。天王亲趋玉趾(亲自光临。指吴王亲自率军出征，打败越国)，以心孤(本心要抛弃。孤：抛弃)勾践，而又宥(yòu，宽恕)赦之。君王之于越也，繄(yì，就是)起死人而肉(使……生出肌肉)白骨也。孤不敢忘天灾，其敢忘君王之大赐乎！今勾践申祸无良(自作自受，遭到灾祸)，草鄙之人，敢忘天王之大德，而思边陲之小怨，以重得罪于下执事？勾践用(因此)帅二三之老(大臣)，亲委(承担)重罪，顿颡(叩头。颡，sǎng，前额)于边。今君王不察，盛怒属兵(调集士兵。属，zhǔ)，将残伐越国。越国固贡献之邑(纳贡称臣的邑地)也，君王不以鞭箠(chuí，竹板)使之，而辱(烦劳)军士使寇令(若使御寇之号令)焉。勾践请盟。一介嫡女，执箕帚以晐姓(晐，gāi。纳女于天子)于王宫；一介嫡男，奉槃(同"盘")匜(yí，古代洗手盛水的用具。洗手时，把匜中的水倒在手上，下边用盘接)以随诸御(近臣宦官等)；春秋贡献，不解(通"懈")于王府。天王岂辱裁(屈尊用兵来制裁)之？亦征诸侯之礼也。'

"夫谚曰：'狐埋之而狐搰(hú，挖掘)之，是以无成功(没有成效)。'今天王既封殖(扶植)越国，以明(明智)闻于天下，而又刈亡(铲除消灭。刈，yì)之，是天王之无成劳也。虽四方之诸侯，则何实以事吴？敢使下臣尽辞，唯天王秉利度义焉！"

文种之计，固可以广侈吴王之心以概之。诸稽郢行成之言，句句由此生发，述吴之极大，越之极小，斯至矣。所谓言之大甘，其中必苦。而吴王所以堕其中者，缘其有诸侯之心耳。

(金圣叹)

申胥谏许越成　《国语·吴语》

吴王夫差乃告诸大夫曰："孤将有大志于齐，吾将许越成(同意与越国讲和)，而(通"尔")无拂(违背)吾虑。若越既改，吾又何求？若其不改，反行(伐齐返回。反通"返")，吾振旅(发兵)焉。"

申胥(伍子胥，吴国大臣)谏曰："不可许也。夫越非实忠心好(同……友好)吴也，又非慑畏吾甲兵之强也。大夫种(越国大夫文种)勇而善谋，将还玩(转弄。还，通"旋")吴国于股掌之上，以得其志。夫(他，指文种)固知君王之盖威(崇尚威风)以好胜也，故婉约其辞，以从(通"纵"，放纵)逸王志，使淫乐于诸夏之国(中原各个诸侯国)，以自伤也。使吾甲兵钝弊，民人离落，而日以憔悴，然后安受吾烬(不费力地接受我们这烂摊子。烬：残余)。夫越王好信以爱民，四方归之，年谷时熟，日长炎炎(每天都在向上发展壮大。长，zhǎng，发展)。及(趁着)吾犹可以战也，为虺(huǐ，小蛇。这里和后面的蛇都比喻越国的力量)弗摧，为(成为)蛇将若何？"

吴王曰："大夫奚隆(尊崇)于越，越曾足以为大虞(忧虑)乎？若无越，则吾何以春秋曜(通"耀"，炫耀)吾军士？"乃许之成。

将盟(在神前誓约结盟)，越王又使诸稽郢辞曰："以盟为有益乎？前盟口血未干(距盟誓时间不长)，足以结信矣。以盟为无益乎？君王舍甲兵之威以临使之(驱使)，而胡重于鬼神而自轻也。"吴王乃许之，荒(空，只是)成不盟。

夫差广侈已极，只"越曾足为大虞"一语，虽有百谏诤，亦莫之入矣。胥、种谋国之智，若出一辙。而吴由以亡，越由以霸，用与不用异耳。

(原本《古文观止》)

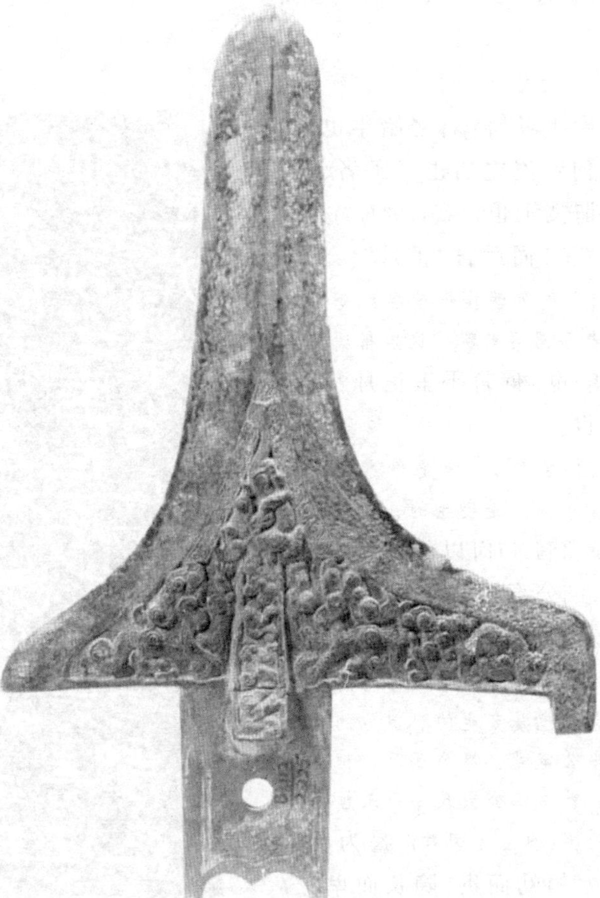

103. 西周 戈

春王正月　《公羊传·隐公元年》

元年者何？君之始年也。春者何？岁之始也。王者孰谓？谓文王也。曷(通“何”)为先言“王”而后言“正月”？王正月(古代改朝换代就要改变月历来表示国运更新。这里指周历的正月)也。何言乎王正月？大一统也。

公(鲁隐公，他是鲁惠公的长子，但因为是妾生的，所以不能正式当国君)何以不言即位？成(成全)公意也。何成乎公之意？公将平(治理好)国而反(通“返”，还给)之桓(鲁桓公，隐公的弟弟，也是妾生的。但他的母亲受惠公宠爱，惠公死时，桓公年幼，就由隐公摄政。后来桓公杀了隐公，自立为国君)。曷为反之桓？桓幼而贵，隐长而卑，其为尊卑也微，国人莫知。隐长又贤，诸大夫扳(pān，援引，荐举)隐而立之。隐于是焉而辞立，则未知桓之将必得立也。且如桓立，则恐诸大夫之不能相幼君也。故凡隐之立，

104. 汉《公羊传·隐公元年》刻石

为桓立也。隐长又贤，何以不宜立？立適(通"嫡")，以长不以贤；立子(指庶子)，以贵不以长。桓何以贵？母贵也。母贵则子何以贵？子以母贵，母以子贵。

透发"将平国而反之桓"句，推见至隐。末一段，又因隐、桓而表揭立子之义。其下字运句，又跌宕，又闲静，又直截，又虚活，不但以简劲擅长也。

(原本《古文观止》)

105．西周　青铜壶

宋人及楚人平 《公羊传·宣公十五年》

外平不书(前楚、郑的媾和不记载。“外”指鲁以外的国家。平：媾和。书：记载),此何以书？大(赞扬)其平乎己(讲和是出于自己的主动。这里指宋国的华元和楚国的子反)也。何大其平乎己？庄王围宋(指宣公十四年,楚庄王派大夫申舟到齐国聘问,过宋境却不向宋借路。宋大夫华元怒杀申舟,于是楚王发兵围宋),军有七日之粮尔,尽此(军粮)不胜,将去而归尔。于是使司马子反(楚国大夫。司马是官名,子反是人名)乘堙(yīn,小土山,这里指用以攻城的工事)而窥宋城,宋华元亦乘堙而出见之。司马子反曰：“子之国如何？”华元曰：“惫矣！”曰：“何如？”曰：“易子而食之,析(劈开)骸而炊之。”司马子反曰：“嘻！甚矣惫！虽然(尽管是这样),吾闻之也：围者柑(qián,通“钳”,让马衔木棍)马而秣(mò,喂养)之,使肥者应客。是何子之情(真实情况)也？”华元曰：“吾闻之,君子见人之厄(è,困难),则矜(jīn,怜悯)之;小人见人之厄,则幸之。吾见子之君子也,是以告情于子也。”司马子反曰：“诺,勉之矣！吾军亦有七日之粮尔,尽此不胜,将去而归尔。”揖而去之。

反于庄王。庄王曰：“何如？”司马子反曰：“惫矣！”曰：“何如？”曰：“易子而食之,析骸而炊之。”庄王曰：“嘻！甚矣惫！虽然,吾今取此,然后而归尔。”司马子反曰：“不可,臣已告之矣,军有七日之粮尔。”庄王怒曰：“吾使子往视之,子曷(通“何”)为告之?”司马子反曰：“以区区之宋,犹有不欺人之臣,可以楚而无乎？是以告之也。”庄王曰：“诺。舍而止(安营住下)。虽然(虽我粮尽),吾犹取此,然后归尔。”司马子反曰：“然则君请处于此,臣请归尔。”庄王曰：“子去我而归,吾孰与处于此？吾亦从子而归尔。”引师而去之。故君子大其平乎己也。此皆大夫也。其(代指《春秋》)称“人”何？贬。曷为贬？平者在下(处于下位)也。

通篇纯用复笔，曰“惫矣”、曰“甚矣惫”、曰“虽然”，愈复愈变，愈复愈韵。末段曰“吾犹取此而归”、曰“臣请归尔”、曰“吾亦从子而归尔”，尤妙绝解颐。

(原本《古文观止》)

106. 汉 导车画像

吴子使札来聘　　《公羊传·襄公二十九年》

吴无君、无大夫(这是说《春秋》记载吴国的事,只称国却不提它的国君和大夫。因为吴国远离中原,被当作蛮夷之邦),此何以有君、有大夫?贤季子(季札,春秋时吴国寿梦的小儿子。寿梦想让他当太子,他坚决推辞。后来曾经多次出使中原各国)也。何贤乎季子?让国(辞让不当国君)也。其让国奈何?谒也、馀祭也、夷昧(这三个人都是季札的同母哥哥,谒是长子,后来当了吴王。祭,zhài)也,与季子同母者四。季子弱(年纪小)而才,兄弟皆爱之,同欲立之以为君。谒曰:"今若是迮(zé,仓促)而与季子国,季子犹不受也。请无与子而与弟,弟兄迭为君,而致国乎(给)季子。"皆曰:"诺。"故诸为君者,皆轻死为勇,饮食必祝(祷告)曰:"天苟有(保佑)吴国,尚速有悔(灾祸)于予身。"故谒也死,余祭也立;余祭也死,夷昧也立;夷昧也死,则国宜之季子者也。

季子使(出使)而亡(在外面没回来)焉。僚(吴王僚,吴王夷昧的长子)者,长(是兄弟们中最年长的)庶也,即之。季子使而反,至而君(把……当作国君)之(指奉吴王僚为国君)尔。阖闾(春秋末年吴国国君,名叫光。是吴王谒的儿子,前514—前496年在位。他派专诸杀了吴王僚后自立为王)曰:"先君之所以不与子国而与弟者,凡为季子故也。将从先君之命与,则国宜之季子者也。如不从先君之命与,则我宜立者也。僚恶(wū,怎么)得为君乎?"于是使专诸刺僚,而致国乎季子。季子不受曰:"尔弑吾君,吾受尔国,是吾与尔为篡也。尔杀吾兄(杀兄之子,亦如杀兄),吾又杀尔,是父子兄弟相杀,终身无已也。"去之延陵(季札的封地,在今江苏武进县),终身不入吴国。故君子以其不受为义,以其不杀为仁。

贤季子,则吴何以有君、有大夫?以季子为臣,则宜有君者也。札者何?吴季子之名也。《春秋》贤者不名(《春秋》中对贤者不称名。“春秋笔法”:《春秋》的作者对有德行的人称他的字或称他为“子”,反之就称他的名来表示褒贬),此何以名?许(赞扬)夷狄者,不壹而足也(不以一事之美而就足够了)。季子者,所贤也,曷为不足乎季子?许人臣者必使臣(使他和臣子的身份相称),许人子者必使子也。

泰伯让周,此则兄弟让国,可谓无忝厥祖矣。然不可以为训也。迨于僚、光,骨肉相残,非季子贤明,则流祸不止,此《春秋》所以重予之欤?

(原本《古文观止》)

107. 西周 兽面纹鼎

郑伯克段于鄢　《谷梁传·隐公元年》

克者何？能也。何能也？能杀也。何以不言杀？见段(姬段。郑庄公的弟弟，后来逃到共国，又叫共叔段)之有徒众(兵徒，军队)也。

段，郑伯(郑庄公，前743—前701年在位)弟也。何以知其为弟也？杀世子(古代帝王的嫡长子，是王位的继承人)、母弟(同母的弟弟)目君(称国君为伯。目：称)，以其目君，知其为弟也。段，弟也而弗谓弟，公子(诸侯的儿子)也而弗谓公子，贬之也。段失子弟之道矣。贱(轻视)段而甚(更轻视)郑伯也。何甚乎郑伯？甚郑伯之处心积虑，成于杀(指把弟弟置于死地)也。

于鄢(郑国地名，在今河南鄢陵县。鄢，yān)，远也。犹曰取之其母之怀中而杀之云尔，甚之也。

然则为郑伯者宜奈何？缓追逸贼(别急于去追杀那逃亡的贼子)，亲亲之道也。

郑伯以恶养天伦，使陷于罪，因以剪之。《春秋》推见至隐，首诛其意，以正人心。《谷梁》只"处心积虑"四字，已发透经义，核于他传。

(原本《古文观止》)

108. 西周　青铜铭文盆及铭文

虞师晋师灭夏阳 《谷梁传·僖公二年》

非国而曰“灭”，重(重视)夏阳(虢邑。在今山西平陆北)也。虞(春秋时小国，在今山西平陆)无师，其曰“师”，何也？以其先晋(虞国借道给晋伐虢。先，先导)，不可以不言师也。其先晋何也？为主(祸首。这里指虞公贪图贿赂，允许晋军借道伐虢)乎灭夏阳也。夏阳者，虞、虢(guó，春秋时国名，在今山西、河南交界处)之塞(边界)邑也，灭夏阳而虞、虢举(攻下)矣。

虞之为主乎灭夏阳，何也？晋献公(晋国国君，前676—前651年在位)欲伐虢，荀息(晋大夫)曰：“君何不以屈(晋地名，在今山西吉县北。盛产良马)产之乘(shèng，古代四马为一乘，这里指马)、垂棘(晋地名，在今山西境内，盛产美玉)之璧，而借道乎虞也？”公曰：“此晋国之宝也。如受吾币(礼物)，而不借吾道，则如之何？”荀息曰：“此小国之所以事大国也。彼不借吾道，必不敢受吾币。如受吾币，而借吾道，则是我取之中府(国君宫中储藏财宝的库府)而藏之外府(宫外储藏财宝的库府)，取之中厩而置之外厩也。”公曰：“宫之奇(虞国贤大夫)存焉，必不使受之也。”荀息曰：“宫之奇之为人也，达心(心里明白)而懦，又少长于君(从小到大和国君同处)。达心则其言略，懦则不能强谏，少长于君，则君轻之。且夫(那些)玩好(供享乐的东西)在耳目之前，而患(灾祸)在一国之后，此中知(通“智”)以上乃能虑之。臣料虞君，中知以下也。”公遂借道而伐虢。

宫之奇谏曰：“晋国之使者，其辞卑而币重，必不便(利)于虞。”虞公弗听，遂受其币而借之道。宫之奇又谏曰：“语曰：‘唇亡则齿寒。’其斯之谓与？”挈其妻子以奔曹(春秋时小国，在今山东定陶一带)。

献公亡虢，五年(鲁僖公五年，前655年)，而后举虞。荀息牵马操璧而前曰："璧则犹是也，而马齿加长矣。"

全篇总是写虞师主灭夏阳，笔端清婉，迅快无比。中间"玩好在耳目之前"一段，尤异样出色，祸患之成，往往堕此，古今所同慨也。

(原本《古文观止》)

109. 战国　树木双马纹瓦当

晋献公杀世子申生　　《礼记·檀弓上》

晋献公(晋国国君，前 676—前 651 年在位)将杀其世子(天子或诸侯的嫡长子)申生(晋献公夫人齐姜所生的长子。献公听信骊姬之言，欲杀申生，立骊姬之子奚齐为太子)。公子重耳(申生异母弟)谓之(申生)曰："子盖(同"盍"，hé，何不)言子之志于公乎？"世子曰："不可。君安骊姬(骊戎国君之女，晋献公灭骊戎，纳为夫人，生子奚齐)，是我伤公之心也。"曰："然则盖行(逃走)乎？"世子曰："不可。君谓我欲弑君也。天下岂有无父之国哉？吾何行如之？"

使人辞(诀别)于狐突(申生的老师)曰："申生有罪，不念伯氏(狐突。晋献公派申生伐东山皋落氏时，狐突劝他逃走，申生没有听从)之言也，以至于死。申生不敢爱(惜)其死。虽然，吾君老矣，子(奚齐)少，国家多难。伯氏不出而图(辅助)吾君，伯氏苟出而图吾君，申生受赐(恩惠)而死！"再拜稽首乃卒。是以为恭(申生的谥号)世子也。

申生之言，一字一泪，无可奈何而牵挂良多。然感慨悲壮的背后可见懦弱迂腐。

(金圣叹)

110. 汉墓画像　显示墓主人的富贵

曾子易箦　《礼记·檀弓上》

曾子(曾参，鲁国人，孔子的弟子，以遵守孝道而出名)寝疾，病(病得很重)。乐正子春(子春是曾子的弟子；乐正是公室乐官名)坐于床下，曾元、曾申(都是曾子的儿子)坐于足(脚边)，童子隅坐而执烛。

童子曰："华(华美)而睆(huǎn，光洁)，大夫之箦(zé，竹席)与？"子春曰："止(别说话)！"曾子闻之，瞿然(被惊动的样子。瞿，jù)曰："呼(想问的声音，等于"哦")！"曰："华而睆，大夫之箦与？"曾子曰："然。斯季孙(鲁国大夫)之赐也，我未之能易(换掉)也。元(曾元)，起易箦。"曾元曰："夫子之病革(jí，危急)矣，不可以变(动)。幸而至于旦，请敬易之。"曾子曰："尔之爱我也不如彼(指童子)。君子之爱人也以德，细人(见识短浅的人)之爱人也以姑息。吾何求哉？吾得正(得到正道)而毙焉，斯已矣(就行了)。"举扶而易之，反席未安而没。

111. 木雕侍女俑

宋朱子云：季孙之赐，曾子之爱，皆为非礼。或者因仍习俗，尝有是事，而未能正耳。但及其疾病不可以变之时，一闻人言，而必举扶以易之，则非大贤不能矣。此事切要处，正在此毫厘顷刻之间。

(原本《古文观止》)

有子之言似夫子　《礼记·檀弓上》

有子(名若，鲁国人，孔子弟子)问于曾子(名参，鲁国人，孔子弟子)曰：“问(通“闻”，听说)丧(失去官职)于夫子(指孔子)乎？”曰：“闻之矣。‘丧欲速贫，死欲速朽。’”有子曰：“是(这)非君子之言也。”曾子曰：“参也闻诸夫子也。”有子又曰：“是非君子之言也。”曾子曰：“参也与子游(吴国人，孔子弟子)闻之。”有子曰：“然。然则夫子有为(有所指)言之也。”

曾子以斯言告于子游。子游曰：“甚哉，有子之言似夫子也！昔者夫子居于宋，见桓司马自为石椁(guǒ，套在棺材外面的大棺)，三年而不成。夫子曰：‘若是其靡(mǐ，奢侈)也，死不如速朽之愈(好)也。’死之欲速朽，为桓司马言之也。南宫敬叔(仲孙阅，鲁国大夫，他因为丢掉官职而离开鲁国)反(通“返”)，必载宝而朝(车上载着珠宝去朝拜君王)。夫子曰：‘若是其货也，丧不如速贫之愈也。’丧之欲速贫，为敬叔言之也。”

曾子以子游之言告于有子。有子曰：“然。吾固曰非夫子之言也。”曾子曰：“子何以知之？”有子曰：

112. 汉 棺柩铭

"夫子制(制定规章制度)于中都(鲁国地名。定公九年,孔子是中都宰,制棺椁的法制),四寸之棺,五寸之椁。以斯知不欲速朽也。昔者夫子失鲁司寇(主管司法刑罚的官),将之荆(楚国),盖先之(使前往,派)以子夏(卫国人,孔子弟子),又申(再一次)之以冉有(鲁国人,孔子弟子)。以斯知不欲速贫也。"

前二段,子游解欲速朽、速贫之故。后二段,有子自言所以知其不欲速朽、速贫之故。章法极整练,又极玲珑。

(原本《古文观止》)

113. 汉 讲学图

公子重耳对秦客 《礼记·檀弓下》

晋献公(春秋时晋国国君,前676—前651年在位)之丧,秦穆公(春秋时秦国国君,前659—前621年在位)使人吊公子重耳,且曰:“寡人闻之,亡国恒(常)于斯(此时),得国恒于斯。虽吾子俨然在忧服(服丧)之中,丧(失位)亦不可久也,时(时机)亦不可失也,孺子其图之。”以告舅犯(重耳的舅舅狐偃,字子犯)。舅犯曰:“孺子其辞(辞谢其相勉返国图谋袭位之好意)焉。丧人(失位丧国,流亡在外的人)无宝(没有什么可宝贵的东西),仁亲以为宝。父死之谓何?又因(趁机)以为利,而天下其孰能说之(谁能替你辩护呢)?孺子其辞焉。”

公子重耳对客曰:“君惠吊亡臣重耳,身丧父死,不得与于哭泣之哀(指不能参加丧礼),以为君忧(贵国君主以此为忧)。父死之谓何?或敢有他志(求位之志),以辱君义!”稽颡(qǐ sǎng,古代子女在父母丧礼时答拜客人的一种礼节,跪下用额头碰地)而不拜(不再拜谢。表示重耳拒绝秦穆公的建议),哭而起,起而不私(私下里交谈)。

子显(秦穆公的儿子,就是去见重耳的使者)以致命于穆公。穆公曰:“仁夫,公子重耳!夫稽颡而不拜,则未为后(指王位继承人)也,故不成拜(指重耳还不认为自己是晋国国君的继承人,不能主丧,因为古代丧礼上主丧人对客人先稽颡,再拜谢,叫作“成拜”)。哭而起,则爱父(哀痛其父)也。起而不私,则远利也。”

秦穆之言,虽若有纳重耳之意,然亦安知不以此言试之?晋君臣险阻备历,智深勇沉,故所对纯是一团大道理,使秦伯不觉心折。英雄欺人,大率如此。

(原本《古文观止》)

杜蒉扬觯 《礼记·檀弓下》

知悼子(晋国大夫。知,zhì)卒,未葬。平公(晋平公,前557—前532年在位)饮酒,师旷(晋国著名乐师,字子野,精于音律)、李调(平公的宠臣)侍,鼓钟。杜蒉(蒉,kuì。晋平公的厨师)自外来,闻钟声,曰:"安在?"曰:"在寝(寝宫)。"杜蒉入寝,历阶而升。酌(倒酒)曰:"旷(师旷)饮斯。"又酌曰:"调(李调)饮斯。"又酌,堂上北面坐(跪)饮之。降(下来),趋(快步走)而出。

平公呼而进之,曰:"蒉,曩者尔心或(好像)开(启发)予,是以不与尔言。尔饮(给……饮酒)旷,何也?"曰:"子卯不乐(相传商纣和夏桀分别死于甲子日和乙卯日,所以国君以之为忌日,不能饮酒作乐)。知悼子在堂(灵柩在堂,还没下葬),斯其为(比)子卯也大矣。旷也,太师(乐官)也。不以诏(告诉),是以饮之也。""尔饮调,何也?"曰:"调也,君之亵臣(亲近宠信之臣)也,为一饮一食忘君之疾(忌讳),是以饮之也。""尔饮,何也?"曰:"蒉也,宰夫(厨师)也,非刀匕(bǐ,羹匙)是共(供),又敢与(参与)知防(察觉和防止违礼之事),是以饮之也。"平公曰:"寡人亦有

114. 商 夔纹青铜觚

过焉。酌而饮寡人。”杜蒉洗而扬(举起)觯(zhì,酒器)。公谓侍者曰:“如我死,则必毋废斯爵(礼器,也是酒器的通称,这里指那个觯)也。”

至于今,既毕献(上敬酒),斯(都)扬觯,谓之“杜举”。

《檀弓》用虚字最多,故有风神。然其文极简,每段中皆有深厚隽永之语,故觉其味无穷。此可为作文之法,即每作一文,总须想法锤炼出几句精语,而繁文可删也。

(吕思勉)

115. 春秋 洹子孟姜壶 酒器

晋献文子成室　《礼记·檀弓下》

晋献文子(赵武,春秋时晋国大夫)成室(盖好新房子),晋大夫发(发礼祝贺)焉。张老(人名。晋国大夫)曰:"美哉轮(高大)焉,美哉奂(huàn,华丽)焉。歌(祭祀奏乐)于斯,哭(死丧哭泣)于斯,聚国族(宴请国宾,聚会宗族)于斯。"文子曰:"武也,得歌于斯、哭于斯、聚国族于斯,是全要领以从先大夫于九京也(这样也就能保全我的身体和头颅免受刑戮,从而跟随先祖先父一起葬于九原了。要,通"腰"。领,脖子。古时罪重腰斩,罪轻颈刑。先大夫:文子死去的祖父和父亲。九京:即九原,九原是晋国大夫的墓地)。"北面再拜稽首。君子谓之善颂、善祷。

张老颂祝之辞,固迥然超于俗见。文子又添"全要领"句,见免刑戮,乃为无穷之福,尤加于人一等。"善颂善祷"四字,为两人标名不朽。

(原本《古文观止》)

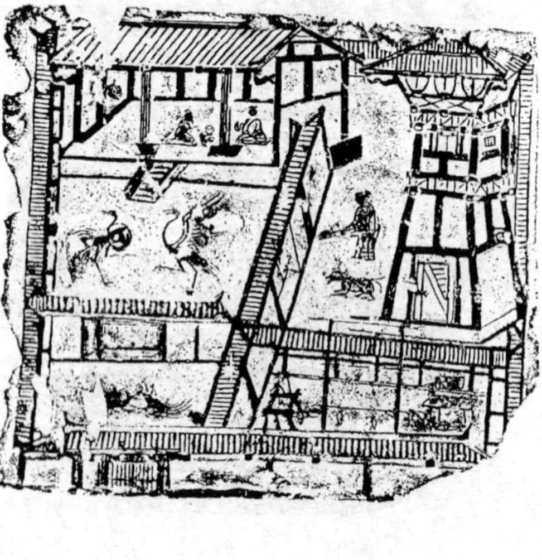

116. 汉画像　住宅庭院

古文观止

卷四

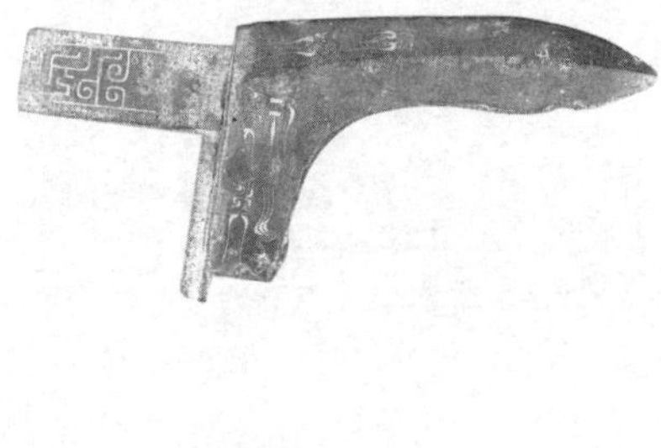

古文观止 卷四

苏秦以连横说秦 《战国策·秦策》

苏秦(战国时洛阳人，纵横家的代表人物)始将连横(秦与齐楚等联合攻打他国)说秦惠王(秦国国君)曰："大王之国，西有巴、蜀(今四川东、西部)、汉中(今陕西南部)之利，北有胡貉、代马(山西、河北北部出产的良马)之用，南有巫山、黔中之限(屏障)，东有殽、函之固。田肥美，民殷富，战车万乘，奋击(勇士)百万，沃野千里，蓄积饶(丰富)多，地势形便(便利)，此所谓天府，天下之雄国也。以大王之贤，士民之众，车骑之用(效用)，兵法之教(教习)，可以并诸侯，吞天下，称帝而治。愿大王少留意，臣请奏(陈述)其效(功效)。"

秦王曰："寡人闻之，毛羽不丰满者不可以高飞，文章(法令)不成(完备)

117. 帛书《战国策》

者不可以诛罚，道德不厚者不可以使（役使）民，政教不顺（和顺）者不可烦（劳烦）大臣。今先生俨然不远千里而庭（在庭堂上）教之，愿以异日。”

苏秦曰：“臣固疑大王之不能用也。昔者神农伐补遂（国名），黄帝伐涿鹿而擒蚩尤，尧伐驩兜（huān dōu，尧时恶人），舜伐三苗（古部族名），禹伐共工，汤伐有夏，文王伐崇（商末小国），武王伐纣，齐桓任战而霸天下。由此观之，恶（怎么）有不战者乎？古者使（使臣）车毂击驰（车毂相击而驰。形容车多而行急），言语相结（相互结交），天下为一；约纵连横，兵革不藏，文士并饬（巧饰辞令），诸侯乱惑，万端俱起，不可胜理；科条（法令条文）既备，民多伪态；书策（书册）稠浊（繁杂混乱），百姓不足（贫困）；上下相愁，民无所聊（依赖）；明言章理（冠冕堂皇），兵甲愈起；辩言伟服（奇服），战攻不息；繁称文辞，天下不治；舌敝耳聋，不见成功；行义约信（用道义讲信用），天下不亲（疏远）。于是，乃废文任（崇尚）武，厚养死士，缀甲（缝铠甲）厉兵（磨兵器），效胜（争取胜利）于战场。夫徒处（无所事事）而致利，安坐（安然而坐）而广地（开拓疆土），虽古五帝（黄帝、颛顼、帝喾、唐尧、虞舜）、三王（伏羲、燧人、神农）、五霸，明主贤君，常欲坐而致之，其势不能，故以战

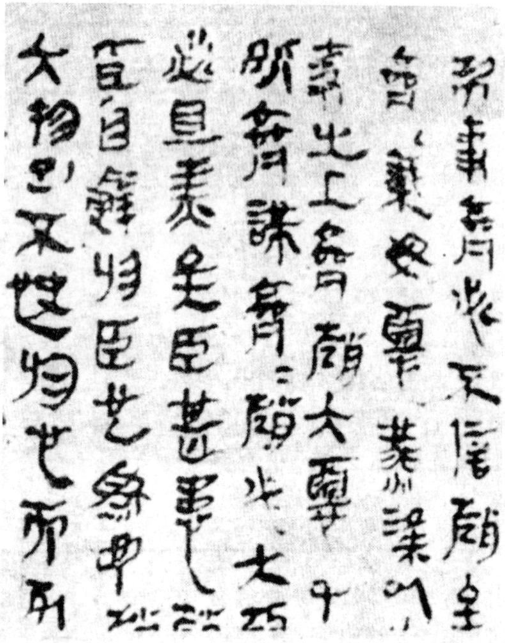

118. 西汉帛书《战国纵横家书》

续之。宽(远)则两军相攻,迫(近)则杖戟相撞,然后可建大功。是故兵(用武力)胜于外,义(用道义)强于内;威立于上,民服于下。今欲并天下,凌(凌驾)万乘,诎(qū,通"屈",使屈服)敌国,制海内,子(把……当儿子看待)元元(百姓),臣诸侯,非兵不可!今之嗣主(国君),忽(忽视)于至道(道理),皆惛(不明)于教(政教),乱于治,迷于言,惑于语(迷信花言巧语),沉于辩,溺于辞,以此论之,王固不能行也。"

说秦王书(上书)十上而说不行(采纳)。黑貂之裘敝,黄金百斤尽。资用乏绝,去秦而归。羸(裹着)縢(téng,绑腿)履蹻(juē,草鞋),负书担橐,形容(身体)枯槁(干瘦),面目(脸色)黧黑,状有(面有)愧色。归至家,妻不下纴(织布帛的纱缕),嫂不为炊,父母不与言。苏秦喟然叹曰:"妻不以我为夫,嫂不以我为叔,父母不以我为子,是皆秦之罪也!"乃夜发书(找书),陈(摆列)箧(qiè,书箱)数十,得太公《阴符》之谋。伏而诵之,简练(熟习)以为揣摩。读书欲睡,引锥自刺其股,血流至足。曰:"安有说人主不能出(拿出)其金玉锦绣,取(获取)卿相之尊者乎?"期(jī)年,揣摩成(成

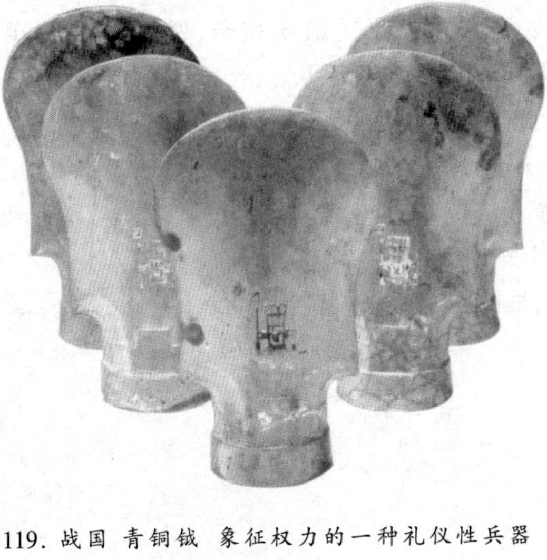

119. 战国 青铜钺 象征权力的一种礼仪性兵器

120. 战国 双兽饕餮纹半瓦当

功)，曰："此真可以说当世之君矣！"

于是乃摩(接近)燕乌集阙(地名)，见说赵王(赵肃侯)于华屋之下，抵掌(投机)而谈。赵王大说(悦)，封为武安君，受(同"授"，给)相印。革车(兵车)百乘，锦绣千纯(tún，段)，白璧百双，黄金万镒(yì)，以随其后，约从(纵)散横，以抑强秦。故苏秦相于赵而关不通。

当此之时，天下之大，万民之众，王侯之威(威严)，谋臣之权，皆欲决(取决)于苏秦之策。不费斗粮，未烦一兵，未战一士，未绝(断)一弦，未折一矢，诸侯相亲，贤(胜过)于兄弟。夫贤人任而天下服，一人用而天下从。故曰：式(用)于政，不式于勇(武力)；式于廊庙(朝廷)之内，不式于四境之外。当秦(苏秦)之隆(显赫)，黄金万镒为用(使用)，转毂连骑(车骑络绎不绝)，炫熿(熿，同"煌"，辉煌)于道，山东(殽山以东)之国，从(随)风而服，使赵大重(增强)。且夫苏秦特(只)穷巷掘门(凿墙为门，掘，kū，同"窟")、桑户(桑木为门)棬(quān)枢之士耳，伏轼(车前横木)撙衔(驭马使就范。撙，

zūn，节制；衔，马勒)，横历天下，庭说诸侯之主，杜(塞)左右之口，天下莫之伉(同“抗”，匹敌)。

将说楚王，路过洛阳。父母闻之，清宫除道，张乐设饮，郊迎三十里。妻侧目而视，侧耳而听；嫂蛇行匍伏，四拜自跪而谢。苏秦曰：“嫂，何前倨(倨傲)而后卑(低声下气)也？”嫂曰：“以季子(苏秦字)位尊而多金。”苏秦曰：“嗟乎！贫穷则父母不子，富贵则亲戚畏惧。人生世上，势位富厚，盖(哪能)可忽乎哉！”

前段写苏秦之困顿，后段写苏秦之显赫，前后对比，天道之倚伏如此，文章之抑扬亦如此。观其习俗人品，世人共知，不必为之多说。

(郑周)

121. 战国　彩绘木雕侍俑

司马错论伐蜀 《战国策·秦策》

司马错(秦将)与张仪(秦相)争论于秦惠王前。司马错欲伐蜀,张仪曰:“不如伐韩。”王曰:“请闻其说(见解)。”

对曰:“亲(亲善)魏善楚,下兵(发兵)三川(指今河南洛阳一带)。塞(控制)轘辕(huán yuán,险道名,在缑氏东南)、缑(gōu)氏(古地名,在今河南偃师东南)之口(出口),当屯留(地名,今山西屯留)之道,魏绝(切断)南阳(战国时为韩地),楚临南郑(今河南新郑),秦攻新城、宜阳,以临(逼近)二周(战国时的两个小国,东、西二周)之郊,诛(声讨)周主之罪,侵楚、魏之地。周自知不救(挽救),九鼎宝器(相传夏禹所铸。夏商周三代以此为国宝,象征国家政权的传国之宝)必出(交出)。据(拥有)九鼎,按(掌握)图籍(地图和户籍),挟(挟制)天子以令天下,天下莫敢不听,此王业(帝王的基业)也。今夫蜀,西僻

122. 汉 井盐生产图

(西边偏僻)之国，而戎狄之长也，敝(疲困)兵劳(劳苦)众不足以成名(名声大扬)，得其地不足以为利。臣闻：'争名者于朝(朝堂)，争利者于市(市井)。'今三川、周室，天下之市朝也，而王不争焉，顾争于戎狄，去王业远矣。"

司马错曰："不然。臣闻之，欲富国者，务广其地；欲强兵者，务富其民；欲王者，务博(广施)其德。三资(条件)者备，而王随之矣。今王之地小民贫，故臣愿从事(着手)于易(容易)。夫蜀，

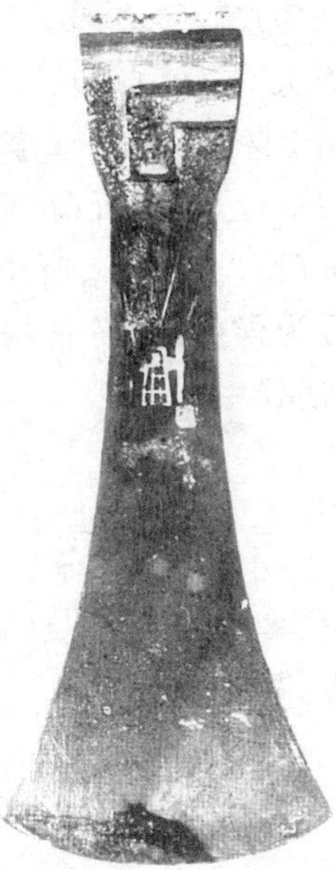

124. 青铜凿 巴蜀农具

123. 春秋 巴蜀一带流行的兵器，用于近战

西僻之国也，而戎狄之长也，而有桀、纣之乱(战乱)。以秦攻之，譬如使豺狼逐群羊也。取其地，足以广国也；得其财，足以富民；缮(治理)兵不伤众，而彼已服矣。故拔(消灭)一国，而天下不以为暴(残暴)；利(财利)尽西海，诸侯不以为贪。是我一举而名实两附(名利双收)，而又有禁暴止乱之名。今攻韩劫天子，劫天子，恶名也，而未必利也，又有不义之名，而攻天下之所不欲，危！臣请谒(陈述)其故：周，

天下之宗室(周为天下所宗,故称宗室)也;韩,周之与国(盟国)也。周自知失九鼎,韩自知亡三川,则必将二国并力合谋,以因乎(以借助)齐、赵,而求(求救)解乎楚、魏。以鼎与楚,以地与魏,王不能禁(禁止)。此臣所谓'危',不如伐蜀之完(条件完备)也。"

惠王曰:"善!寡人听子。"卒起兵伐蜀。十月取之,遂定蜀。蜀主更号为侯,而使陈庄(秦国大臣)相蜀。蜀既属(归属),秦益强富厚,轻诸侯。

伐韩、伐蜀二说,俱以"名利"二字作骨。张仪首倡破周之说,因周虽衰弱,名器犹存,是从王业起见而说;司马错建议伐蜀,从"富强"二字说起,而王业不争自成,何等万全切实,句句驳倒张仪。错诚超于人一等,故秦王从错策。

(郑周)

125. 秦 青铜武士头像

范雎说秦王 《战国策·秦策》

范雎(战国时魏人)至，秦王(秦昭襄王)庭迎范雎，敬(敬重)执(采用)宾主之礼。范雎辞让。是日见范雎，见者无不变色易容(面容)者。秦王屏(bǐng，让……退下)左右，宫中虚无人，秦王跪而进曰："先生何以幸教寡人？"范雎曰："唯唯(应诺之声)。"有间，秦王复请，范雎曰："唯唯。"若是者三。秦王跽(jì，长跪)曰："先生不幸教寡人乎？"

范雎谢曰："非敢然也。臣闻始时(当初)吕尚之遇文王也，身为渔父而钓于渭阳(渭水北岸)之滨耳。若是者(像这样)，交疏(交往少)也。已(随后)一说而立为太师(军事统帅)，载与俱归(同乘一辆车回去)者，其言深(交谈很深)也。故文王果(果然)收功(取得成功)于吕尚，卒擅(独占)天下而身立为帝王。即使(如果)文王疏吕望而弗与深言，是周无天子之德(德行)，而文、武无与成其王(没有帮助他们成就王业的人)也。今臣，羁(jī)旅(长久旅居异乡)之臣也，交疏于王，而所愿陈(陈述)者，皆匡(纠正)君臣之事、处(涉及)人骨肉之间(指昭王同宣太后、魏冉之间的关系)，愿以陈臣之陋忠(粗浅的忠言)，而未知王心(大王的心思)也，所以王三问而不对者是(这个缘故)也。

"臣非有所畏而不敢言也，知今日言之于前，而明日伏诛(被杀死)于后，然臣弗敢畏也。大王信行(果真实行)臣之言，死不足以为(成为)臣患(祸患)，亡(逃亡在外)不足以为臣忧，漆身(用漆涂身，是一种刑法)而为厉(lài，通"癞"，生恶疮)，被(pī，披)发而为狂，不足以为臣耻。五帝之圣而死，三王(夏禹、商汤、周文王)之仁而死，五霸之贤而死，乌获(秦力士)之力而死，奔、育(孟奔、夏育，都是卫国的勇士)之勇而死。死者，人之所必不免。处(处于)必然之势，可以少有补(稍有补益)于秦，此臣之所大愿也，臣何患(忧虑)乎？

"伍子胥(吴国大将)橐(tuó)载(用口袋装着载在车上)而出昭关(楚国关口，在今安徽含山县北)，夜行而昼伏(躲藏)，至于蔆水(也称溧水，在今江苏)，无以糊其口，膝行蒲伏(匍匐)，乞食于吴市，卒兴(复兴)吴国，阖闾为霸。使(如果)臣得进谋(献计)如伍子胥，加之以幽囚(幽禁起来)不复见，是臣说之行(实现)也，臣何忧乎？箕子(商纣王的叔父)、接舆(春秋时楚国隐士)，漆身而为厉，被发而为狂，无益于殷、楚。使(假如)臣得同行于(跟……有同样的行为)箕子、接舆，可以补(补益)所贤(贤明)之主，是臣之大荣也，臣又何耻乎？

"臣之所恐者，独恐臣死之后，天下见臣尽忠而身蹶(jué，僵)也，因以杜口裹足，莫肯即(靠近)秦耳。足下上畏太后之严，下惑奸臣之态(媚态)；居深宫之中，不离保傅(辅弼帝王的太保、太傅)之手；终身暗惑(受蒙蔽迷惑)，无与照奸(没有人协助察明奸邪的人)；大者(大则)宗庙(王室，国家)灭覆，小者身以孤危。此臣之所恐耳！若夫穷辱(穷困与耻辱)之事，死亡(死去和逃亡)之患，臣弗敢畏也。臣死而秦治(强盛起来)，贤于生也。"

秦王跪曰："先生是何言也！夫秦国僻远，寡人愚不肖，先生乃幸至此，此天以寡人慁(hùn，打扰)先生，而存先王之庙也。寡人得受命(受教)于先生，此天所以幸先王而不弃其孤(先王的遗孤，秦王自指)也。先生奈何(怎么能)而言若此！事无大小，上及太后，下至大臣，愿先生悉以教寡人，无疑寡人也。"范雎再拜，秦王亦再拜。

秦王之积怨于魏冉、太后也，非一日矣。范雎已探得其隐，却说不敢说次，此乃论道之故也，设下疑阵，敷陈利害，暗指形势，语语中肯，令秦王心动，可见范雎城府之深，工于心计。

(郑周)

邹忌讽齐王纳谏 《战国策·齐策》

邹忌(战国时齐国人，齐威王时任齐相)修(身长)八尺有余，而形貌昳(yì)丽(光艳美丽)。朝服衣冠，窥镜，谓其妻曰："我孰与城北徐公美？"其妻曰："君美甚，徐公何能及君也！"城北徐公，齐国之美丽者也。忌不自信，而复问其妾曰："吾孰与徐公美？"妾曰："徐公何能及君也。"旦日(第二天)，客从外来，与坐谈，问之："吾与徐公孰美？"客曰："徐公不若君之美也！"明日，徐公来。熟(细)视之，自以为不如；窥镜而自视，又弗如远甚。暮，寝而思之，曰："吾妻之美我者，私我也；妾之美我者，畏我也；客之美我者，欲有求于我也。"

126. 战国 铜镜

于是入朝见威王曰："臣诚知不如徐公美，臣之妻私臣，臣之妾畏臣，臣之客欲有求于臣，皆以美于徐公。今齐地方千里，百二十城，宫妇左右，莫不私王；朝廷之臣，莫不畏王；四境之内，莫不有求于王。由此观之，王之蔽(受蒙蔽)甚矣！"

王曰："善。"乃下令："群臣吏民，能面刺(批评)寡人之过者，受(给予)上赏；上书谏寡人者，受中赏；能谤议(指责，议论)于市朝(公共场合)，闻寡人之耳者，受下赏。"

令初下，群臣进谏，门庭若市；数月之后，时时而间(jiàn，间或)进；期年之后，虽欲言，无可进者。燕、赵、韩、魏闻之，皆朝(朝拜)于齐。此所谓战胜于朝廷(不动干戈而制胜)。

一段问答孰美，一段暮寝自思；一段入朝自述，一段讽王蔽甚；一段下令受谏，一段进谏渐稀；段段简峭之甚。

(金圣叹)

127. 汉 宫廷生活图

颜斶说齐王 《战国策·齐策》

齐宣王(前 320—前 301 年在位)见颜斶(chù,齐隐士),曰:"斶前。"斶亦曰:"王前!"宣王不说(悦)。左右曰:"王,人君也;斶,人臣也。王曰'斶前',斶亦曰'王前',可乎?"斶对曰:"夫斶前为慕势(慕权势),王前为趋士(礼贤仕)。与(与其)使斶为慕势,不如使王为趋士。"王忿然作色曰:"王者贵乎,士贵乎?"对曰:"士贵耳,王者不贵。"王曰:"有说(根据)乎?"斶曰:"有。昔者秦攻齐,令曰:'有敢去柳下季(贤士,又称柳下惠)垄(坟墓)五十步而樵采者,死不赦。'令曰:'有能得齐王头者,封万户侯,赐金千镒。'由是观之,生(活着)王之头,曾不若(还不如)死士之垄也。"

宣王曰:"嗟乎!君子焉可侮(侮辱)哉,寡人自取病(求辱)耳!愿请受为弟子。且(如果)颜先生与寡人游(出入),食必太牢(牛、羊、猪三牲齐备),出必乘车,妻子衣服丽都(华贵)。"颜斶辞去曰:"夫玉生于山,制(采掘)则破焉,非弗宝贵矣,然太璞(包裹着玉的石头)不完(全)。士生乎鄙野(山野),推(挑)

128. 战国 奴隶俑

选则禄焉。非不尊(尊贵)遂(显赫)也,然而形神不全。斶愿得归,晚食以当肉,安步以当车,无罪以当贵(庆幸),清净贞正(固守贞操)以自虞(自赏)。”则再拜而辞去。

君子曰:“斶知足矣,归真反璞,则终身不辱。”

起得唐突,收得超忽。后段“形神不全”四字,说尽富贵利达人,良可悲也。战国士气,卑污极矣,得此可以一回狂澜。

(原本《古文观止》)

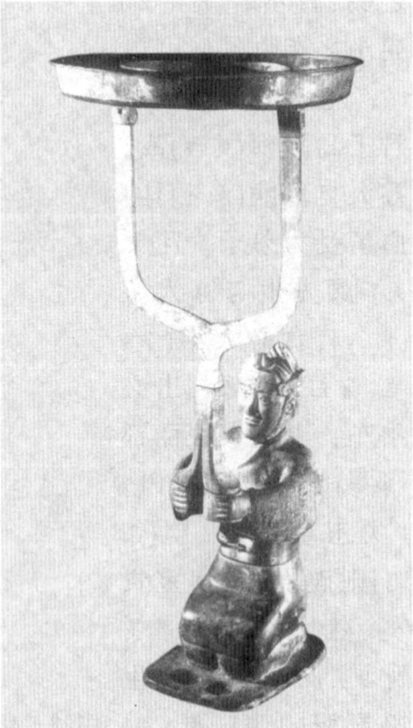

129. 战国 漆绘人形灯

冯煖客孟尝君 《战国策·齐策》

齐人有冯煖(xuān)者，贫乏不能自存(自立)，使人属(请托)孟尝君(姓田，名文，齐贵族，封于薛，孟尝君是封号)，愿寄食门下。孟尝君曰："客何好(hào，喜好)？"曰："客无好也。"曰："客何能？"曰："客无能也。"孟尝君笑而受之曰："诺(nuò)。"

左右以君贱之也，食以草具(粗食)。居有顷，倚柱弹其剑，歌曰："长铗(jiá，剑)归来(回去)乎！食无鱼。"左右以告。孟尝君曰："食之，比门下之客。"居有顷，复弹其铗，歌曰："长铗归来乎！出无车。"左右皆笑之，以告。孟尝君曰："为之驾(给他准备车马)，比门下之车客(可以坐车的客)。"于是乘其车，揭(高举)其剑，过其友曰："孟尝君客我。"后有顷，复

130. 汉 驾车图

131. 汉 妇女所乘的辎车

132. 春秋 洗手时注水用的器物

弹其剑铗，歌曰："长铗归来乎！无以为家(养家)。"左右皆恶之，以为贪而不知足。孟尝君问："冯公有亲乎？"对曰："有老母。"孟尝君使人给其食用，无使乏。于是冯煖不复歌。

后孟尝君出记(写布告)，问门下诸客："谁习(熟悉)计会，能为文收责(通"债")于薛者乎？"冯煖署(置名于布告)曰："能。"孟尝君怪之，曰："此谁也？"左右曰："乃歌夫'长铗归来'者也。"孟尝君笑曰："客果有能也。吾负之，未尝见也。"请而见之，谢曰："文倦于是(事务。此指相齐)，愦(kuì，心乱)于忧(忧虑)，而性懧(通"懦")愚，沉(沉溺)于国家之事，开罪于先生。先生不羞，乃有意欲为(wéi)收责于薛乎？"冯煖曰："愿之。"于是约车(约期套车)治装，载券契而行，辞曰："责毕收，以何市(买)而反？"孟尝君曰："视吾家所寡有者。"

驱而之薛，使吏召诸民当偿(还债)者，悉来合券(验对债券)。券遍合，起(站起来)，矫(假托)命以责赐诸民，因烧其券，民称万岁。

长驱到齐，晨而求见。孟尝君怪其疾也，衣冠而见之，曰："责毕收乎？来何疾也！"曰："收毕矣。""以何市而反？"冯煖曰："君云'视吾家所寡有者'。臣窃计，君宫中积珍宝，狗马实外厩，美人充下陈(阶下)。君家所寡有者以义耳！窃以(用)为君市义。"孟尝君曰："市义奈何(怎么样)？"曰："今君有区区之薛，不拊(fǔ，同"抚")爱子其民(视民如子)，因而贾(gǔ，买卖)利之(图利)。臣窃矫君命，以责赐诸民，因烧其券，民称万岁，乃臣所以为君市

133. 战国 圈足簋

义也。”孟尝君不说，曰：“诺，先生休矣！”

后期年，齐王(齐湣王)谓孟尝君曰：“寡人不敢以先王(齐宣王)之臣为臣。”孟尝君就国(前往自己的封邑)于薛，未至百里，民扶老携幼，迎君道中，终日。孟尝君顾谓冯煖：“先生所为文市义者，乃今日见之。”

冯煖曰：“狡兔有三窟，仅得免其死耳。今有一窟，未得高枕而卧也。请为君复凿(建造)二窟。”孟尝君予车五十乘，金五百斤，西游于梁(指魏国，都城为大梁)，谓梁王曰：“齐放(放逐)其大臣孟尝君于诸侯，先迎之者，富(富足)而兵强。”于是，梁王虚上位，以(把)故相为上将军，遣使者，黄金千斤，车百乘，往聘孟尝君。冯煖先驱(先回去)，诫(告诫)孟尝君曰：“千金(金千斤)，重币也；百乘，显使(显贵的使臣)也，齐其(句中语气词)闻之矣。”梁使三反，孟尝君固辞不往也。

齐王闻之，君臣恐惧，遣太傅(官名)赍(jī，拿东西送人)黄金千斤，文车(彩车)二驷(四马拉的车)，服(佩带)剑一，封书(信)谢孟尝君曰：“寡人不祥(不善)，被(遭受)于宗庙之祟(suì，神祸)，沉于谄谀(chǎn yú，巴结逢迎)之臣，开罪于君，寡人不足为(帮助)也。愿君顾(顾念)先王之宗庙，姑反(返回)国统万人(全国人民)乎！”冯煖诫孟尝君曰：“愿请先王之祭器，立(建立)宗庙于薛。”庙成，还报孟尝君曰：“三窟已就，君姑高枕为乐(享乐)矣。”

孟尝君为相数十年，无纤介(通“芥”，小草)之祸者，冯煖之计也。

三番弹铗，想见豪士一时沦落，胸中块垒勃不自禁。通篇写来波澜层出，姿态横生，能使冯公须眉浮动纸上。沦落之士，遂尔顿增气色。

(原本《古文观止》)

赵威后问齐使 《战国策·齐策》

齐王(齐王建，襄王子)使使者问赵威后(赵惠文王妻)。书(书信)未发(启封)，威后问使者曰："岁(收成)亦无恙耶？民亦无恙耶？王亦无恙耶？"使者不说，曰："臣奉使使威后，今不问王，而先问岁与民，岂先贱而后尊贵者乎？"威后曰："不然。苟无岁，何有民？苟无民，何有君？故有问舍本而问末者耶？"

乃进而问之曰："齐有处士(隐者)曰钟离子，无恙耶？是(他)其为人也，有粮者亦食，无粮者亦食；有衣者亦衣，无衣者亦衣。是助王养其民者也，何以至今不业(使……在位，成其职业)也？叶阳子(齐处士，叶阳为复姓)无恙乎？是其为人，哀(怜悯)鳏寡，恤(顾念)孤(年少无父者)独(年老无子者)，振(救济)困穷，补(帮助)不足(缺少衣食的人)。是助王息(使……繁殖)其民者也，何以至今不业也？北宫之女婴儿子(齐孝女，姓北宫，名婴儿子)无恙耶？撤(拿掉)其环(耳环)瑱(tiàn，冠冕上垂在两侧以塞耳的玉)，至老不嫁，以养父母。是皆率(领导)民而出于孝情(孝心)者也，胡为(为什么)至今不朝(使之为受有封号的妇女而入

134. 战国 鍪 一种炊食器

朝)也？此二士弗业，一女不朝，何以王齐国，子万民乎？於陵(於，wū。地名，在今山东长山县西南)子仲(齐国隐士)尚存乎？是其为人也，上不臣于王，下不治其家，中不索交(交往)诸侯。此率民而出于无用者，何为至今不杀乎？”

篇首先问岁民，可知民为国本，食为民天，通篇以民为主，直问到底，文法名变，均在虚字处着眼。行文之妙，笔调之参差，局陈之严整，音韵之萧疏，丰神之超逸，迥异寻常。尤其末一问，可见其胆识过人。

(郑周)

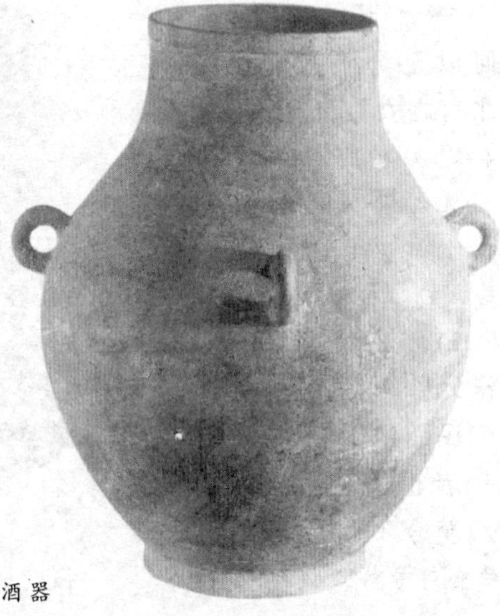

135. 秦 酒器

庄辛论幸臣 《战国策·楚策》

臣闻鄙语(俗语)曰:“见兔而顾犬,未为晚也;亡羊而补牢,未为迟也。”臣闻昔汤、武以百里昌,桀、纣以天下亡。今楚国虽小,绝长续短(取长补短),犹以数千里,岂特(只)百里哉?

“王独(难道)不见夫蜻蛉(蜻蜓)乎?六足四翼,飞翔乎天地之间,俯啄蚊虻(méng,一种飞蝇)而食之,仰(向上)承甘露而饮之,自以为无患,与人无争也;不知(哪晓得)夫五尺童子,方将调饴(用粮食熬制成黏稠的糖浆)胶丝,加己乎四仞(rèn,八尺为一仞)之上,而下为蝼蚁食也。

“夫蜻蛉其小者也,黄雀因是以(也是这样)。俯噣(zhuó,通“啄”)白粒,仰栖茂树,鼓(张开)翅奋翼(飞翔),自以为无患,与人无争也;不知夫公子王孙,左挟(拿着)弹,右摄(捏着)丸(弹丸),将加己乎十仞之上(高空射击),以其类为招(标靶)。昼游(飞翔)乎茂树,夕调乎酸醎(被调上各种调料烹食。醎,xián),倏忽之间,坠于公子之手。

136. 汉 乐舞像

137. 战国 陶鸭

“夫雀其小者也，黄鹄(天鹅)因是以。游(遨游)乎江海，淹(栖息)乎大沼，俯噣鳝鲤，仰啮菱衡(同“蘅”，香草)，奋(展开)其六翮(hé，劲羽)，而凌(同“凌”，驾)清风，飘摇(飘飘摇摇)乎高翔，自以为无患，与人无争也；不知夫射者(射手)，方将修其碆(bō，射鸟的石箭头)卢(黑弓)，治(整治)其矰(zēng，短箭)缴(zhuó，系在箭上的生丝线)，将加己乎百仞之上，被(着)䃍(jiān，锐利)磻(bō，同“碆”)，引(拖着)微(细)缴，折清风而抎(yǔn，同“陨”，陨落。)矣。故昼游乎江湖，夕调乎鼎鼐(烧煮食物的器具)。

“夫黄鹄其小者也，蔡灵侯(蔡国君)之事因是以。南游(漫游)乎高陂(bēi，山坡)，北陵(登)乎巫山，饮茹溪(水名)流，食湘(湘水)波之鱼，左抱幼妾，右拥嬖女(宠爱的美人)，与之驰骋(驱车游乐)乎高蔡之中，而不以国家为事；不知夫子发(楚国令尹)方受命(领命)乎灵王，系(捆绑)己以朱丝(红绳)而见之(楚灵王)也。

“蔡灵侯之事其小者也，君王之事因是以。左州侯，右夏侯，辇从(辇出则从)鄢陵君与寿陵君，饭(吃着)封禄(所封之禄)之粟，而载(装载)方府之金(四方纳贡)，与之驰骋乎云梦(大泽名)之中，而不以天下国家为事，而不知夫穰(rǎng，地名)侯(秦相魏冉)方受命乎秦王(秦昭王)，填(陈兵)黾(méng)塞(河南平靖关，当时是楚北部要塞)之内，而投(驱逐)己乎黾塞之外。”

只起结点缀正意，中间纯用引喻，自小至大，从物及人，宽宽说来，渐渐逼入，及一点破题面，令人毛骨俱竦。《国策》多以比喻劝君，而此篇辞旨更危，格韵尤隽。

(原本《古文观止》)

触詟说赵太后　《战国策·赵策》

赵太后(赵威后,孝成王的母亲)新用事(执政),秦急攻之。赵氏求救于齐。齐曰:必以长安君(太后幼子,孝成王之弟)为质,兵乃出。太后不肯,大臣强(qiǎng)谏。太后明谓(明告)左右:"有复言令长安君为质者,老妇必唾其面。"

左师(官名)触詟(zhé)愿见。太后盛气而揖(等待)之。入而徐趋,至而自谢,曰:"老臣病足,曾(加强否定语气)不能疾走,不得见久矣。窃自恕(原谅自己),恐太后玉体之有所郄(xì,不适)也,故愿望见。"太后曰:"老妇恃(shì,依靠)辇而行。"曰:"日食饮得无(该不会)衰(减少)乎?"曰:"恃粥耳。"曰:"老臣今者殊不欲食,乃自强(qiǎng)步,日三四里,少(shǎo,稍稍)益嗜食,和(舒适)于身。"曰:"老妇不能。"太后之色少解。

左师公曰:"老臣贱息(对人谦称自己的儿子)舒祺,最少,不肖。而臣衰,窃爱怜之。愿令补黑衣(王宫卫士)之数,以卫王宫。

138. 汉 出行、拜谒图

没(mò)死(冒死)以闻(禀告)。"太后曰:"敬诺(可以)。年几何矣?"对曰:"十五岁矣。虽少,愿及未填沟壑(死的谦言)而托之。"太后曰:"丈夫(男人)亦爱怜其少子乎?"对曰:"甚于妇人。"太后曰:"妇人异甚。"对曰:"老臣窃以为媪(ǎo)之爱燕后(太后女,嫁燕为后)贤(胜)于长安君。"曰:"君过矣,不若长安君之甚。"左师公曰:"父母之爱子,则为之计(考虑)深远。媪之送燕后也,持(握)其踵为之泣,念悲其远也,亦哀(难过)之矣。已行,非弗思也,祭祀必祝之,祝曰:'必勿使反。'岂非计久长,有子孙相继为王也哉?"太后曰:"然。"

左师公曰:"今三世(三代)以前,至于赵之为赵,赵王之子孙侯者,其继(后嗣)有在者乎?"曰:"无有。"曰:"微独(不仅)赵,诸侯有在者乎?"曰:"老妇不闻也。""此其近者祸及身,远者及其子孙。岂人主之子孙则必不善哉?位尊而无功,奉(俸金)厚而无劳(功劳),而挟(持)重器(金玉珍宝)多也。今媪尊长安之位(地位),而封之以膏腴之地,多予之重器,而不及今令有功于国。一旦山陵崩(赵太后死去的委婉说法),长安君何以自托于赵?老臣以媪为长安君计短也,故以为其爱不若燕后。"太后曰:"诺。恣君之所使。"于是为长安君约(准备)车百乘质于齐,齐兵乃出。

子义(赵贤士)闻之曰:"人主之子也,骨肉之亲也,犹不能恃无功之尊,无劳之奉,以守(保住)金玉之重也,而况人臣乎!"

左师悟太后,句句闲语,步步闲情,又妙在从妇人情性体贴出来。便借燕后反衬长安君,危词警动,便尔易入。老臣一片苦心,诚则生巧,至今读之,犹觉天花满目,又何怪当日太后之欣然听受也。

(原本《古文观止》)

鲁仲连义不帝秦　《战国策·赵策》

秦围赵之邯郸。魏安釐王(釐,xī。魏昭王之子)使将军晋鄙救赵。畏秦,止于荡阴(赵魏两国交界的地方),不进。

魏王使客将军(别国人在魏做将军)辛垣衍(人名)间(jiàn)入(偷偷地进入)邯郸,因(通过)平原君(赵胜。赵孝成王的叔父,赵国宰相)谓赵王(赵孝成王)曰:"秦所以急围赵者,前(以前)与齐闵王争强为帝,已而复归(取消)帝,以齐故。今齐闵王益弱。方今唯秦雄天下,此非必贪邯郸,其意欲求为帝。赵诚(真)发使尊秦昭王为帝,秦必喜,罢兵去。"平原君犹豫未有所决。

此时鲁仲连适游赵,会(碰上)秦围赵,闻魏将欲令赵尊秦为帝,乃见平原君曰:"事将奈何矣?"平原君曰:"胜也何敢言事?百万之众折(挫败)于外,今又内(深入国内)围邯郸而不去。魏王使客将军辛垣衍令赵帝秦。今其人在是(这里),胜也何敢言事?"鲁连(鲁仲连)曰:"始(当初)吾以君为天下之贤公子也,吾乃今(而今)然后知君非天下之贤公子也。梁客辛垣衍安在?吾请

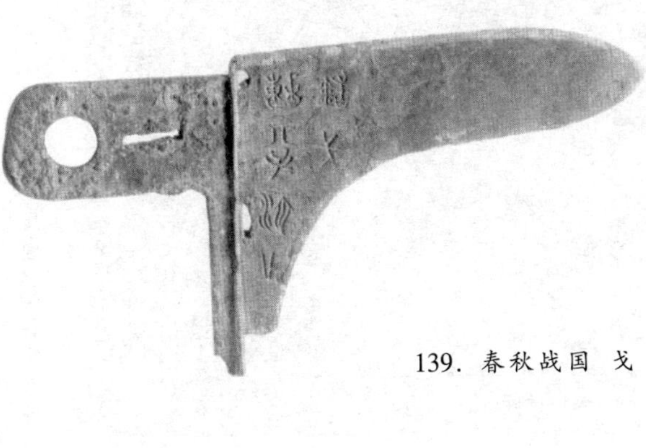

139. 春秋战国　戈

为君责而归之。”平原君曰：“胜请为绍介(介绍)而见(xiàn)之于先生。”

平原君遂见辛垣衍曰：“东国(齐国，齐在赵东)有鲁连先生，其人在此，胜请为绍介而见之于将军。”辛垣衍曰：“吾闻鲁连先生，齐国之高士也。衍，人臣也，使事有职(职守)。吾不愿见鲁连先生也。”平原君曰：“胜已泄之矣。”辛垣衍许诺。

140. 战国　金虎纹圆形饰

鲁连见辛垣衍而无言。辛垣衍曰：“吾视居此围城之中者，皆有求于平原君者也。今吾视先生之玉貌(尊容)，非有求于平原君者，曷(hé)为久居此围城之中而不去也？”鲁连曰：“世以鲍焦(周时隐士)无从容(胸襟宽大)而死者，皆非也。今众人不知，则为一身(个人)。彼秦，弃礼义、上(崇尚)首功(战获首级者，计功受爵)

141. 战国　双兽纹台饰

之国也。权(用诈术)使其士,虏(掠夺)使其民。彼则(假如)肆然而为帝,过(甚)而遂正(控制)于天下,则连有赴(奔向)东海而死耳,吾不忍为之民也!所为(wèi,……的原因)见将军者,欲以助赵也。"辛垣衍曰:"先生助之奈何?"鲁连曰:"吾将使梁及燕助之。齐、楚则固(本来)助之矣。"辛垣衍曰:"燕则吾请以(以为)从矣。若乃(至于)梁,则吾乃梁人也,先生恶(wū,怎么)能使梁助之耶?"鲁连曰:"梁未睹秦称帝之害故也,使(假如)梁睹秦称帝之害,则必助赵矣。"辛垣衍曰:"秦称帝之害将奈何?"鲁仲连曰:"昔齐威王尝为仁义矣,率天下诸侯而朝(朝拜)周。周贫且微,诸侯莫朝,而齐独朝之。居岁余,周烈王崩,诸侯皆吊,齐后往。周怒,赴(告)于齐曰:'天崩地坼(坼,chè。指天子死),天子(指继承烈王的新君显王)下席(指孝子离开原来的宫室,在草垫上守丧)。东藩(指齐国)之臣田婴齐后至,则斮(zhuó,斩杀)之。'威王勃然怒曰:'叱嗟(chì jiē,怒斥的声音)!而(尔)母,婢也!'卒为天下笑。故生(周烈王活着的时候)则朝周,死则叱之,诚(实在)不忍(忍受)其求(苛求)也。彼天子固然(本来这样),其无足怪。"

142. 战国 龙纹石雕

辛垣衍曰:"先生独未见夫仆乎?十人而从(听从)一人者,宁(难道)力不胜,智不若(不如)邪?畏之也。"鲁仲连曰:"然梁之比于秦若仆邪?"辛垣衍曰:"然。"鲁仲连曰:"然则(既然这样,那么)吾将使秦王烹醢(古代的酷刑。烹,煮。醢,hǎi,剁成肉酱)梁王。"辛垣衍怏(yàng)然不说,曰:"嘻(啊呀)!亦太甚矣,先生之言也!先生又恶能使秦王烹醢梁王?"鲁仲连曰:"固(本来)也。待吾言之：昔者，鬼侯、鄂侯、文王(均为纣时的诸侯)，纣之三公也。鬼侯有子而好(貌美)，故入(进献)之于纣，纣以为恶(è，丑)，醢鬼侯。鄂侯争(说明)之急，辨(通"辩"，争辩)之疾，故脯(fǔ，做成肉干)鄂侯。文王闻之，喟(kuì)然(叹气的样子)而叹，故拘(拘禁)之于牖里(地名。在今河南汤阴县北。牖，yǒu)之库(监牢)百日，而欲令之死。曷为与人俱称帝王，卒就脯醢之地也？

"齐闵王将之鲁，夷维子(齐国人)执策(马鞭)而从，谓鲁人曰：'子将何以待吾君？'鲁人曰：'吾将以十太牢(牛、羊、猪各一)待子之君。'夷维子曰：'子安(哪里)取礼而来待吾君？彼吾君者，天子也。天子巡狩，诸侯避舍，纳(缴纳)管键(钥匙)，摄(提起)衽(rèn，衣襟)抱几(几案)，视膳(侍候别人吃饭)于堂下，天子已食，退而听朝也。'鲁人投其籥(闭关上锁。籥，yuè，通"钥")，不果纳(到底没让入)，不得入于鲁。将之薛(国名)，假涂(借道)于邹(国名，在今山东邹城)。当是时，邹君死，闵王欲入吊。夷维子谓邹之孤(父亲死了，儿子叫孤，此处指已故邹君的儿子)曰：'天子吊，主人必将倍(通"背"，不正面对)殡柩，设北面(向)于南方，然后天子南面吊也。'邹之群臣曰：'必若此，吾将伏剑而死。'故不敢入于邹。邹、鲁之臣，生则不得事养(侍奉供养)，死则不得饭含(把米及贝放在死人口中叫饭，把珠玉放在死人口中叫含。饭，fǎn；含，hàn)，然且欲行天子之礼于邹、鲁之臣，不果纳。今秦万乘之国，梁亦万乘之国，俱据万乘之国，交有(互有)称王之名。睹其一战而胜，欲从而帝之，是使三晋之大臣不如邹、鲁之仆妾也。

"且秦无已而帝，则且变易诸侯之大臣，彼将夺(罢)其所谓不肖，而予其所谓贤，夺其所憎，而予其所爱；彼又将使其子女(专指女子)谗妾为诸侯妃姬，处梁之宫，梁王安得晏然(平安)而已乎？而将军又何以得故宠乎？"

于是，辛垣衍起，再拜谢曰："始以先生为庸人，吾乃今日而知先生为天下之士也。吾请去(离开)，不敢复言帝秦。"

秦将闻之，为(因此)却军(退兵)五十里。适会公子无忌(信陵君)夺晋鄙军以救赵击秦,秦军引(退却)而去。

于是平原君欲封鲁仲连。鲁仲连辞让者三(多次),终不肯受。平原君乃置酒,酒酣,起,前(走到鲁仲连面前),以千金为鲁连寿。鲁连笑曰:"所贵于天下之士者,为人排患、释难、解(除去)纷乱而无所取也。即(假如)有所取者,是商贾之人也,仲连不忍(不愿)为也。"遂辞平原君而去,终身不复见。

帝秦之说,不过欲纾目前之急。不知秦称帝之害,其势不如鲁连所言不止,特人未之见耳。人知连之高义,不知连之远识也。至于辞封爵,挥千金,超然远引,终身不见,正如祥麟瑞凤,可以偶觏,而不可常亲也。自是战国第一人。

(原本《古文观止》)

鲁连见平原君,无不说理由,贸然责其非天下之贤公子之理;亦无不论形势,贸然欲责辛垣衍而归之之理。必已畅论外交上之形势,而平原君此时亦必已决不帝秦矣。

(吕思勉)

143. 战国 玺印 春安君

鲁共公择言 《战国策·魏策》

梁王魏婴(梁惠王)觞(shāng,设酒宴)诸侯于范台,酒酣,请鲁君(鲁共公)举觞。鲁君兴(站起),避席择言(择善而言)曰:“昔者,帝(帝尧)女令仪狄(始造酒者)作酒而美,进之禹,禹饮而甘之,遂疏仪狄,绝(戒)旨(甘美)酒,曰:‘后世必有以酒亡其国者。’齐桓公夜半不嗛(qiè,不喜食),易牙(宠臣,善烹调)乃煎(有汁而干煎)、熬(干煎)、燔(肉点火烧烤)、炙(近火烤),和调五味而进之,桓公食之而饱,至旦不觉,曰:‘后世必有以味(美味)亡其国者。’晋文公得南之威(美女名),三日不听朝,遂推南之威而远之,曰:‘后世必有以色亡其国者。’楚王(楚庄王)登强台而望崩山(山名,即巫山),左江而右湖,以临彷徨(流连),其乐忘死,遂盟(发誓)强台而弗登,曰:‘后世必有以高台、陂池亡其国者。’今主君之尊(酒尊),仪狄之酒也;主君之味,易牙之调也;左白台(美女名)而右闾须(美女名),南威之美也;前夹林(地名)而后兰台(宫苑名),强台之乐也。有一于此,足以亡其国。今主君兼此四者,可无戒(警惕)与?”梁王称善相属。

读之如一泻千里,细玩之却句琢字雕,一毫增减不得。

(茅坤)

144. 东汉 酿酒画像砖

唐雎说信陵君 《战国策·魏策》

信陵君(魏昭王之子)杀晋鄙(魏将),救邯郸,破秦人,存赵国,赵王(赵孝成王)自郊迎。唐雎(魏人。雎,jū)谓信陵君曰:"臣闻之曰,事有不可知者,有不可不知者;有不可忘者,有不可不忘者。"信陵君曰:"何谓也?"对曰:"人之憎我也,不可不知也;我憎人也,不可得而知也。人之有德于我也,不可忘也;吾有德于人也,不可不忘也。今君杀晋鄙,救邯郸,破秦人,存赵国,此大德也。今赵王自郊迎,卒然(突然)见赵王,愿君之忘之也。"信陵君曰:"无忌谨(慎重,诚恳)受教。"

唐雎谓信陵君,只须说"不可不忘",却先说"不可忘"。只须说"不可忘,不可不忘",却又先说"不可知,不可不知"。从远处、虚处着笔,最终落到赵之大德"愿君之忘之"这一核心。真乃药石之言,仅百余字短文,足以受用终身。

(郑周)

145. 东周 鲁国的戈

唐雎不辱使命 《战国策·魏策》

秦王(秦始皇)使人谓安陵君曰:“寡人欲以五百里之地易安陵(小国,属魏),安陵君其许寡人!”安陵君曰:“大王加惠,以大易小,甚善。虽然(虽然这样),受(赐封,继承)地于先王,愿终守之,弗敢易。”秦王不说。安陵君因使唐雎使于秦。

秦王谓唐雎曰:“寡人以五百里之地易安陵,安陵君不听寡人,何也?且秦灭韩亡魏,而君以五十里之地存者,以君为长者,故不错意(打主意)也。今吾以十倍之地,请广(扩大)于君,而君逆(拒绝)寡人者,轻寡人与?”唐雎对曰:“否,非若是也。安陵君受(继承)地于先王而守之,虽千里不敢易也,岂(何况)直(仅,只)五百里哉?”

秦王怫然(盛怒的样子)怒,谓唐雎曰:“公亦尝闻天子之怒乎?”唐雎对曰:“臣未尝闻也。”秦王曰:“天子之怒,伏尸(横尸)百万,流血千里。”唐雎曰:“大王尝闻布衣之怒乎?”秦王曰:“布衣之怒,亦免冠徒跣(扔掉帽子,光着脚。跣,xiǎn),以头抢(撞)地耳。”唐雎曰:“此庸夫之怒也,非士(有胆识的人)之怒也。夫专诸(吴国刺客)之刺王僚(吴君)也,彗星袭(撞击)月;聂政(齐刺客)之

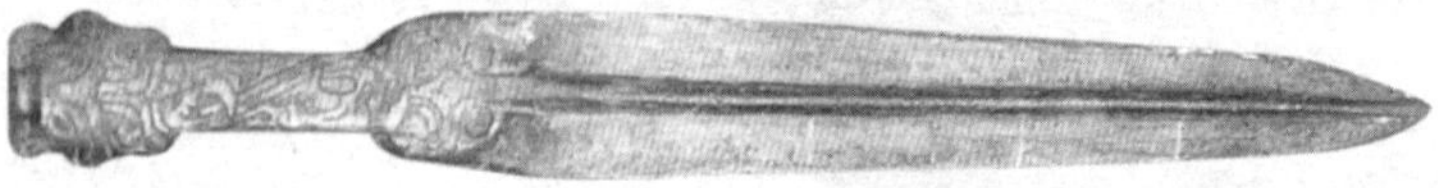

146. 春秋战国 铜剑

刺韩傀(韩相)也,白虹贯(直冲)日;要离(吴刺客。要,yāo)之刺庆忌(吴王僚子)也,苍鹰击(扑击)于殿上。此三子皆布衣之士也,怀(胸中)怒未发,休(吉征)祲(jìn,妖氛)降于天,与臣而将四矣。若士必怒,伏尸二人,流血五步,天下缟素(白色的丧服),今日是也。"挺剑而起。

秦王色挠(屈服),长跪,而谢之曰:"先生坐,何至于此!寡人谕(明白)矣。夫韩、魏灭亡,而安陵以五十里之存者,徒以有先生也。"

俊绝、宕绝、峭绝、快绝之文。

(金圣叹)

147. 战国 立凤蟠龙纹铺首

乐毅报燕王书 《战国策·燕策》

昌国(地名)君乐毅为燕昭王合五国(赵、楚、韩、魏、燕五国)之兵而攻齐,下七十余城,尽(尽收)郡县之以属(归属)燕。三城未下,而燕昭王死。惠王即位,用齐人反间(离间),疑乐毅,而使骑劫(人名)代之将(当将军)。乐毅奔(逃到)赵,赵封以为望诸君。齐国田单(齐国的大将军)诈(诱骗)骑劫,卒败燕军,复收七十余城以复齐。

燕王悔,惧赵用乐毅乘燕之敝(危难)以伐燕。燕王乃使人让(向……道歉)乐毅,且谢(向……赔罪)之曰:“先王举国而委(托付)将军,将军为燕破齐,报先王之仇,天下莫不振动(震惊),寡人岂敢一日而忘将军之功哉!会先王弃群臣(离开人世),寡人新即位,

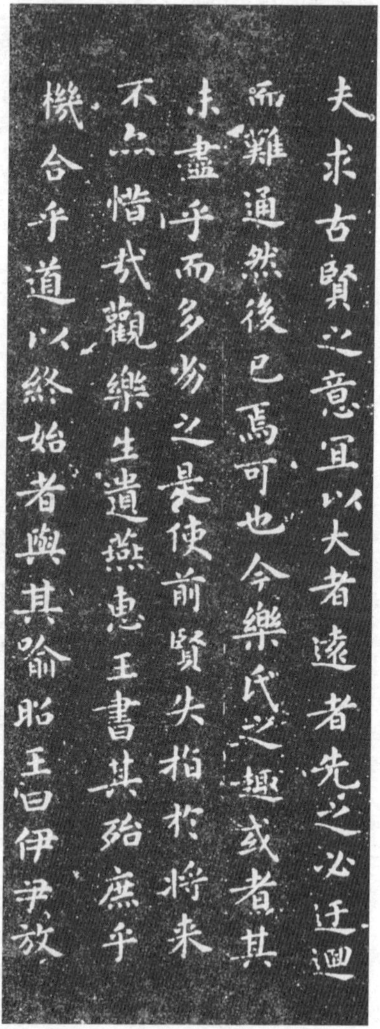

148. 晋 王羲之 乐毅论

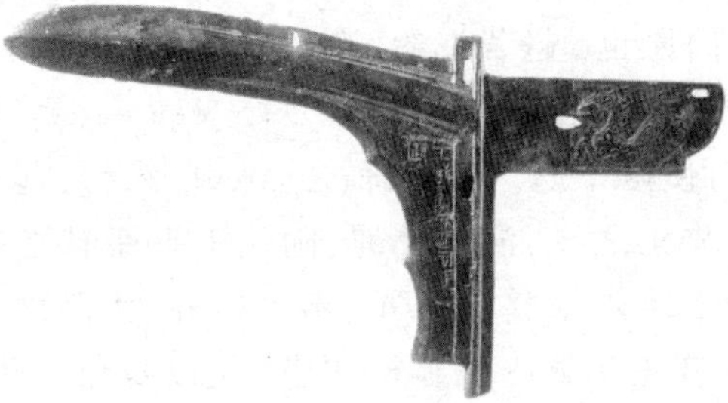

149. 战国晚期 燕王直戈

左右误(左右,指侍臣;误,误导)寡人。寡人之使骑劫代将军,为将军久暴露(风餐露宿,指受苦)于外,故召将军且(暂时)休(停止)计事。将军过听,以与寡人有隙(嫌隙),遂捐(放弃)燕而归赵。将军自以为计则可矣,而亦何以报先王之所以遇将军之意乎?”

望诸君乃使人献书报燕王曰:“臣不佞(这里是谦称),不能奉(遵奉)承(继承)先王之教,以顺左右之心,恐抵斧质(刀斧与砧板,代指刑罚)之罪,以伤先王之明(英明),而又害于足下之义,故遁逃奔赵。自负以不肖之罪,故不敢为辞说。今王使使者数(数说)之罪,臣恐侍御者之不察先王之所以畜(供养)幸臣之理,而又不白(明白)于臣之所以事先王之心,故敢以书对。

“臣闻贤圣之君,不以禄(俸禄)私其亲(亲近的人),功多者授(奖励)之;不以官随其爱(喜爱的人),能当者处(任命)之。故察能而授官者,成功之君也;论行(品行)而结交者,立名之士也。臣以所学者观之,先王之举错(措),有高世之心,故假节(假,持;节,使者的凭信)于魏王,而以身得察于燕。先王过举,擢(提拔)之乎宾客之中,而立之乎群臣之上,不谋于父兄,而使臣为亚卿。臣自以奉令承教,可以幸(幸免)无罪矣,故受命而不辞(推辞)。

“先王命之曰:‘我有积怨深怒于齐,不量轻弱,而欲以齐为事(对……生事,作战)。’臣对曰:‘夫齐,霸国之余教而骤(数次)

胜之遗事也，闲于甲兵，习于战攻。王若欲伐之，则必举天下而图(图谋)之。举天下而图之，莫径于结(结交)赵矣。且又淮北、宋地，楚、魏之所同愿也。赵若许约，楚、赵、宋尽力，四国攻之，齐可大破也。'先王曰：'善。'臣乃口受令(接受命令)，具符节(符，兵符。节，信节)，南使臣于赵。顾反命(很快返回，交令)，起兵随而攻齐。以天之道，先王之灵，河北之地，随先王举而有之于济上(济水的西边，齐国的交界处)。济上之军，奉令击齐，大胜之。轻卒锐兵，长驱至国。齐王逃遁(仓皇逃命)走莒，仅以身免。珠玉财宝，车甲珍器，尽收入燕。大吕(齐钟名)陈于元英(燕国的官名)，故鼎反乎历室(燕国官名)，齐器设于宁台。蓟丘(燕国都城)之植(旗帜)，植于汶篁(汶，水名。篁，竹田)。自五伯以来，功未有及先王者也。先王以为顺于其志，以臣为不顿(坠落)命，故裂地而封之，使之得比乎小国诸侯。臣不佞(谦词)，自以为奉令承教，可以幸无罪矣，故受命而弗(不)辞。

"臣闻贤明之君，功立而不废(消失)，故著于春秋；蚤知(早见，先知)之士，名成而不毁，故称于后世。若先王之报怨雪耻，夷(对齐国的蔑称)万乘之强国，收八百岁之蓄积，及至弃群臣之日，遗令诏后嗣之余义，执政任事之臣，所以能循(遵循)法令、顺庶孽者(指王族王位争夺，不是嫡系获胜)，施及萌隶(普通老百姓)，皆可以教于后世。臣闻善作者，不必善成；善始者，不必善终。昔者伍子胥说听乎阖闾(吴王，夫差的父亲)，故吴王远迹(踪迹)至于郢(楚国都城)。夫差弗是也，赐之鸱夷(革囊，夫差杀了伍子胥，把他留在革囊中，投入江中)而浮之江。故吴王夫差不悟先论之可以立功，故沉子胥而弗悔；子胥不蚤(通"早")见主之不同量(指不信任自己)，故入江而不改。

"夫免身全功(指既能保全性命，又能完成大功)，以明先王之迹者，臣之上计也。离(通"罹"，遭)毁辱之非(责难)，堕(坠落)先王之名者，臣之所大恐(恐惧)也。临不测(难以测量)之罪，以幸(幸免)为利者，义之所不敢出也。

150. 西周晚期 毛公鼎铭文局部

“臣闻古之君子，交(交往)绝(断绝)不出恶声；忠臣之去也，不洁其名。臣虽不佞，数奉教于君子矣。恐侍御者之亲(听信)左右之说，而不察(体察)疏远之行也。故敢以书(书信)报，唯君之留意(仔细阅览)焉。”

察能论行，则始进必严。善成善终，则末路必审。乐毅可谓明哲之士矣。至其书辞，情致委曲，犹存忠厚之遗。其品望固在战国以上。

(原本《古文观止》)

李斯谏逐客书 《史 记》

秦宗室大臣皆言秦王(秦始皇)曰:“诸侯人来事秦者,大抵为其主游(游说)间(离间)秦耳,请一切逐客。”李斯议亦在逐中。

斯乃上书曰:“臣闻吏议逐客,窃以为过矣。

“昔穆公求士,西取由余(西戎人)于戎(西部少数民族),东得百里奚(楚人,任秦相)于宛,迎蹇叔(任秦国上大夫)于宋,求丕豹(晋国人,任大将)、公孙支(任大夫)于晋。此五子者,不产于秦,而穆公用之,并国二十,遂霸西戎。孝公用商鞅之法,移风易俗,民以(因此)殷盛,国以富强,百姓乐(乐于)用(效力),诸侯亲服,获楚、魏之师,举(占领)地千里,至今治强(安定强盛)。惠王(孝公之子)用张仪(魏国人,为相)之计,拔(攻占)三川之地,西并巴、蜀,北收上郡,南取汉中,包(吞并)九夷,制(控制)鄢(yān)、郢,东据成皋(又名虎牢,军事要塞)之险,割膏腴之壤,遂(由此)散六国之从(纵),使之西面事(服从)秦,功(功业)施(yì,延续)到今。昭王得范雎,废(废黜)穰侯,逐华阳,强(巩固)公室(国家),杜私门(杜塞私家的权力),蚕食诸侯,使秦成帝业。此四君者,皆以客之功。由此观之,客何负于秦哉!向使四君却(拒绝)客而不内(通“纳”),疏士而不用,是使

151. 战国 青玉龙首牙形器

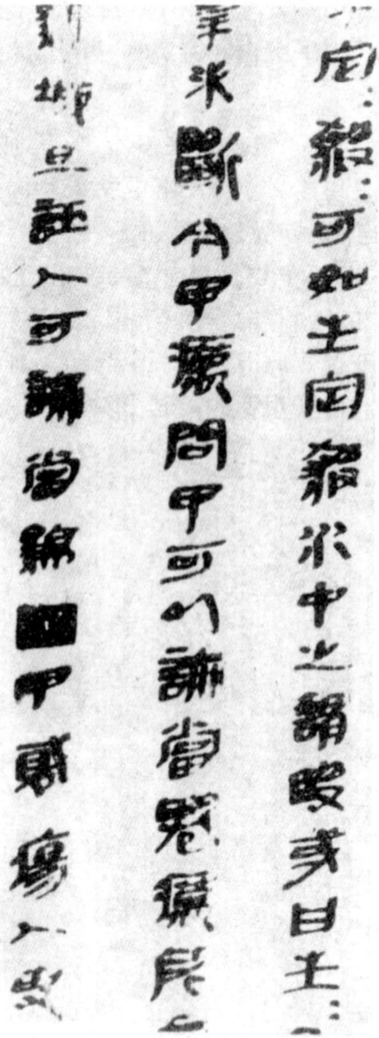

152. 秦简

国无富利之实，而秦无强大之名也。

"今陛下致(得到)昆山之玉，有随、和之宝(随侯珠、和氏璧)，垂明月之珠，服(佩带)太阿(古剑名)之剑，乘纤离(古骏马名)之马，建(竖立)翠凤之旗，树(架起)灵鼍(tuó，即扬子鳄，皮可蒙鼓)之鼓。此数宝者，秦不生一焉，而陛下说之，何也？必(必须)秦国之所生然后可，则(那么)是夜光之璧不饰朝廷，犀象之器不为玩好(玩物)，郑、卫之女不充后宫，而骏马駃騠(jué tí，古时良马名)不实外厩，江南金锡不为用，西蜀丹青(颜料)不为采。所以(用来)饰后宫、充下陈、娱心意、说耳目者，必出于秦然后可，则是宛珠(宛地所产之珠)之簪、傅(通"附"，缀有)玑(不圆的珠子)之珥(耳环)、阿(ē，山东东阿)缟(gǎo)之衣、锦绣之饰，不进于前，而随俗雅(典雅)化(改变服饰)、佳冶(美好艳丽)窈窕赵女(赵国以出善舞的美女著称)不立于侧也。夫击(敲)瓮叩缶(fǒu,一种陶制乐器),弹筝搏髀(拍着大腿打拍子),而歌呼呜呜、快耳目者,真秦之声(音乐)也;郑、卫、桑间(地名)、《韶虞》(舜乐)、《武象》(周乐)者,异国之乐也。今弃击瓮而就(取)《郑》《卫》,退(停止)弹筝而取《韶虞》,若是者何也?快意当前,适观而已矣。今取人则不然。不问可否,不论曲直,非秦者去,为客者逐。然则是所重者在乎色(女色)乐(音乐)珠玉,而所轻者在乎人民(人才)也。此非所以跨(统一)海内、制诸侯之术也。

153. 战国 抚琴石俑

"臣闻地广者粟多,国大者人众,兵强则士勇。是以泰山不让(舍弃)土壤,故能成其大;河海不择(排斥)细流,故能就(成)其深;王者不却众庶(臣民),故能明(显示)其德。是以地无四方,民无异国,四时(四季)充美(物产丰美),鬼神降福,此五帝、三王之所以无敌也。今乃弃黔首以资敌国,却宾客以业(成就……的事业)诸侯,使天下之士退(退缩)而不敢西向,裹足不入秦,此所谓'藉(借)寇兵(武器)而赍(jī,送给)盗粮'者也。

154. 汉 圆雕舞人玉佩

"夫物不产于秦,可宝(珍贵)者多;士不产于秦,而愿忠(效忠)者众。今逐客以资敌国,损(损害)民以益仇(仇人),内自虚(削弱)而外树怨于诸侯,求国之无危,不可得也。”

秦王乃除(废除)逐客之令,复李斯官。

自首至尾,落落只写大意。初并无意为文,看他起便一直径起,往便一直径往,转便径转,接便径接。后来文人无数笔法,对此一毫俱用不着,然正是后来无数笔法之祖也。

(金圣叹)

155. 印玺 壬戎兵器

156. 印玺 日庚都萃车马

卜居 《楚辞》

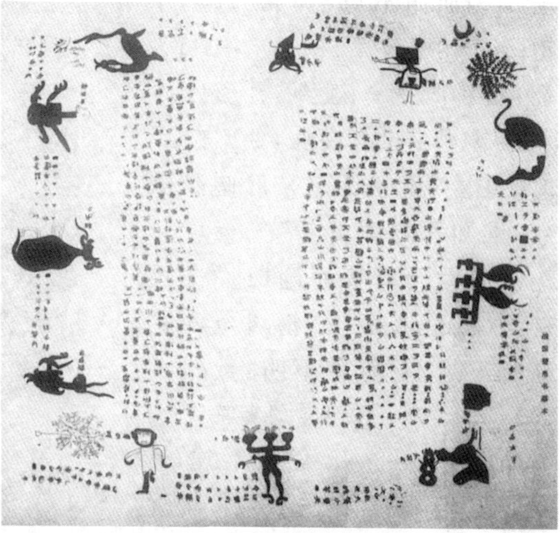
157. 楚缯书

屈原既放，三年不得复见。竭智尽忠，而蔽障(遮蔽阻隔)于谗(奸佞)；心烦虑乱，不知所从。乃往(前去)见太卜(管占卜的官)郑詹尹(太卜名)曰："余有所疑，愿因(通过)先生决(决断)之。"詹尹乃端策拂龟(策为蓍草，龟为龟壳，均为古代占卜用具。摆正蓍草，拂拭龟壳)曰："君将何以教之？"

屈原曰："吾宁悃(kǔn)悃款款(诚实忠信的样子)，朴(纯朴)以忠乎？将送往劳来(忙于应酬)，斯无穷(穷困)乎？宁诛锄草茆(茅草)以力耕乎？将游大人(奔走于有权势的人之间)以成名乎？宁正言不讳以危身(身遭不测)乎？将从(屈从)俗富贵以偷生乎？宁超然(飘然归隐)高举(洁身自好)，以保真(通"贞"，节操)乎？将哫訾(zú zǐ，阿谀奉承)栗斯(献媚)，喔咿嚅唲(ō yī rú ér，强颜欢笑)，以事妇人乎？宁廉洁正直以自清乎？将突梯滑稽(态度圆滑)，如脂如韦(柔软而没有骨气)，以洁楹(圆滑、谄谀)乎？宁昂昂若千里之驹乎？将氾氾(漂浮)若水中之凫(野鸭)乎？与波上下，偷以全吾躯乎？宁与骐骥(千里马，喻贤者)亢(通"伉"，并列，并驾)轭(è，车辕，前套马的横木)乎？将随驽(nǔ)马(劣马)之迹乎？宁与黄鹄(hú，天鹅)比翼乎？将与鸡鹜(wù，鸭)争食乎？此孰吉孰凶？何去何从？世溷(hún，通“混”)浊而不清：蝉翼为重，千钧(古代重量单位，三十斤一钧)为轻；黄钟(好乐器)毁弃，瓦釜(劣等乐器)雷鸣；谗人高张(窃居要位，飞扬跋扈)，贤士无名。吁嗟默默兮，谁知吾之廉贞？”

詹尹乃释策而谢曰：“夫尺有所短，寸有所长；物(指龟而言)有所不足，智有所不明；数(指卜筮的蓍草而言)有所不逮(预料)，神有所不通。用(凭借)君之心，行(支配)君之意(行为)。龟策诚(实在)不能知此事！”

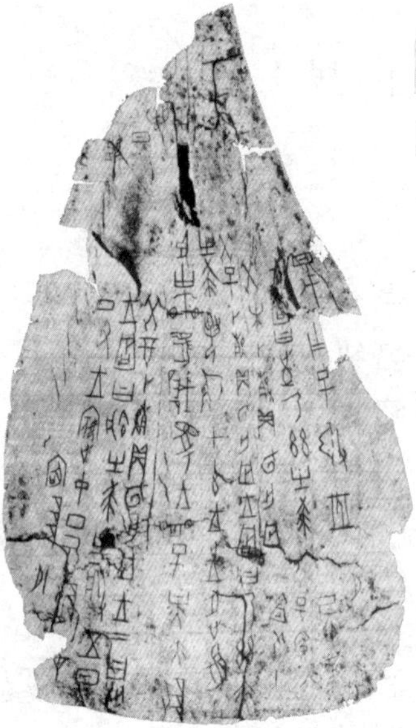

158. 祀祠狩猎涂朱牛骨刻辞

忽然端策而请，忽然释策而谢，正如空中云舒云卷。文人从无生有，自来如此矣，痴人便谓屈平真正曾往问卜。

(金圣叹)

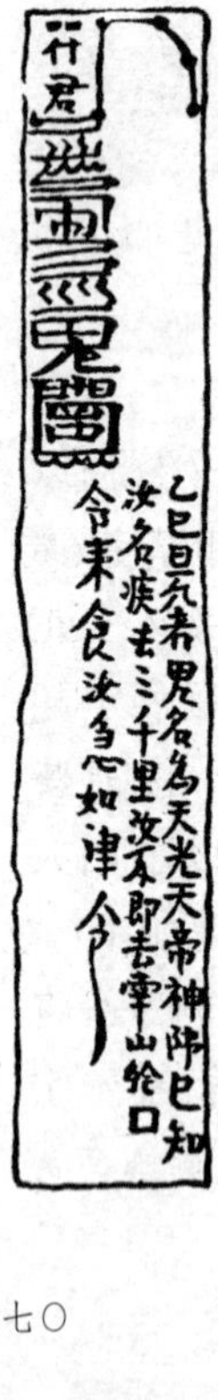

159. 西汉 符箓木片

宋玉对楚王问 《楚辞》

楚襄王问于宋玉(屈原弟子,为楚大夫)曰:“先生其有遗行(缺失的行为)与?何士民众庶不誉(批评)之甚也?”

宋玉对曰:“唯,然(是,是的)。有之。愿大王宽(宽恕)其罪,使得毕其辞。

“客有歌于郢(yǐng,楚都)中者,其始曰《下里》《巴人》(通俗乐曲),国中属(zhǔ,跟随)而和者数千人;其为《阳阿》《薤露》(较高雅的乐曲。薤,xiè),国中属而和者数百人;其为《阳春》《白雪》(高雅的乐曲),国中属而和者不过数十人;引商刻羽,杂以流徵(五音协律,最高之曲),国中属而和者不过数人而已。是其曲弥高,其和弥寡。

“故鸟有凤而鱼有鲲。凤凰上击九千里,绝(穿越)云霓,负苍天,足乱浮云,翱翔乎杳冥(极高远处)之上;夫藩篱(篱笆)之鷃(yàn,鹌鹑),岂能与之料天地之高哉!鲲鱼朝发昆仑之墟(山脚),暴(pù,晒)鬐(qí,通“鳍”)于碣石(山名,在今河北昌黎北),暮宿于孟诸(大泽名,在今河南商丘东北);夫尺泽(小水塘)之鲵(ní,小鱼),岂能与之量江海之大哉!

“故非独(不只是)鸟有凤而鱼有鲲也,士亦有之。夫圣人瑰意琦行(超凡的思想和卓尔不群的行为),超然独处;夫世俗之民,又安(哪里)知臣之所为哉!”

此文腴之甚,人亦知;炼之甚,人亦知;却是不知其意思之傲睨,神态之闲畅。凡古人文字,最重随事变笔。如此文,固必当以傲睨闲畅出之也。

(金圣叹)

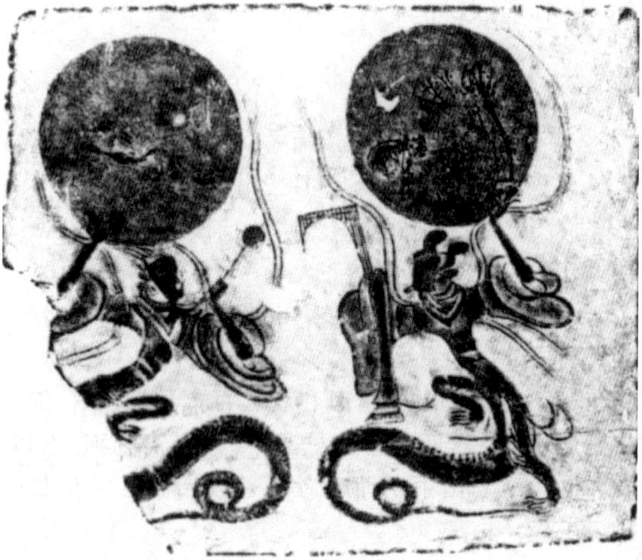

160. 汉 神人图

古文观止

卷五

古文觀止

五帝本纪赞 《史 记》

太史公曰：学者多称(称赞)五帝，尚(久远)矣。然《尚书》独载(记载)尧以来，而百家言(说到)黄帝，其文不雅驯(严谨可信。驯通"训")，荐绅先生(有地位的长者)难言之。孔子所传《宰予问五帝德》及《帝系姓》，儒者或(有的)不传(传习)。余尝西至空峒(山名)，北过涿鹿(山名)，东渐(到)于海，南浮江淮(长江、淮河)矣，至长老皆各往往称黄帝、尧、舜之处，风教固殊(风俗教化彼此不同)焉。总之，不离古文者近是(接近历史的原貌)。予观《春秋》《国语》，

161. 汉 神农炎帝像

162. 汉 女娲像

其发明(阐发说明)《五帝德》《帝系姓》章(明白)矣，顾弟(但是。弟通"第"，只是)弗深考(考察)，其所表见(反映的史实。见通"现")皆不虚。《书》缺有间(jiàn，时间长了)矣，其轶(yì，通"佚"，散失)乃时时见于他说(书籍)。非好学深思，心知其意，固难为浅见寡闻道也。余并论次(编排)，择其言尤雅(最为正确可信)者，故著为本纪书首。

此为《史》赞之首，最古劲，最简质，而意义最多，顿挫最大。读之，生出通身笔力。

(金圣叹)

微子之命第十三

周書　孔氏傳　孔穎達疏

成王既黜殷命殺武庚 命微子啓代殷後 作微子之命 （疏）

163.《尚书》书影

164. 归震川评点本《史记》书影

项羽本纪赞 《史 记》

太史公曰:吾闻之周生曰“舜目盖(大概)重瞳子(双瞳孔)”,又闻项羽亦重瞳子。羽岂其苗裔(后代子孙)邪?何兴之暴(迅猛)也!夫秦失其政(政治腐败),陈涉首难(发难,起义),豪杰蜂起,相与并争,不可胜数。然羽非有尺寸(尺寸的地盘),乘势起陇亩之中,三年,遂将(率领)五诸侯灭秦,分裂天下而封王侯,政由羽出(制定发出),号为“霸王”。位虽不终(保持),近古以来未尝有也。及羽背关(放弃关中)怀楚,放逐义帝(熊心,楚怀王孙)而自立,怨王侯叛己,难矣。自矜功伐(功劳),奋其私智而不师古,谓霸王之业欲以力征(武力征伐)经营天下,五年卒亡其国,身死东城,尚不觉寤(通“悟”)而不自责,过矣。乃引“天亡我,非用兵之罪也”,岂不谬哉!

此断项羽全不师古,其亡固宜。只是起于暴兴,却是何故?凡作一扬三抑。注意正在豪杰“不可胜数”句,言除却重瞳,更不可解。

(金圣叹)

165. 刘邦进攻项羽路线图

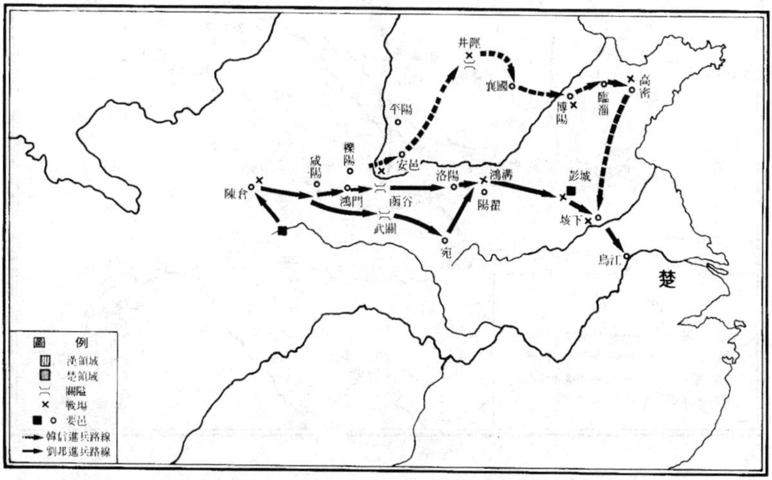

秦楚之际月表 《史 记》

太史公读秦(秦二世)楚(项羽)之际,曰:初作难,发于陈涉;虐戾(残酷的手段)灭秦,自项氏;拨乱诛暴,平定海内,卒践帝祚(终于登上帝位),成于汉家。五年之间,号令三嬗(改变),自生民(有人类)以来,未始有受命若斯之亟(急促)也。

昔虞、夏之兴,积善累功(积累善行和功劳)数十年,德洽(润泽)百姓,摄行政事,考之于天(审察它于天象),然后在位。汤、武之王,乃由契(xiè,殷代的祖先,传说是舜的臣)、后稷,修仁行义十余世,不期而会孟津(地名)八百诸侯,犹以为未可;其后乃放弑

166. 秦末各地起事形势图

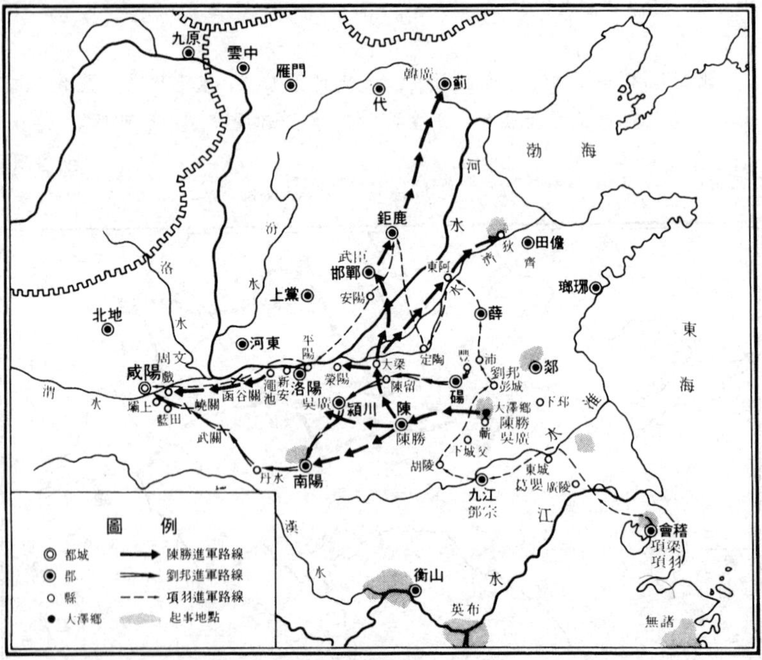

(放逐了夏桀，杀殷纣王)。秦起襄公，章(显示力量)于文、穆、献、孝之后，稍以蚕食六国；百有余载，至始皇乃能并冠带之伦(戴冠束带之辈，指各国诸侯)。以德若彼，用力如此，盖一统若斯之难也。

秦既称帝，患兵革不休，以有诸侯也，于是无尺土之封，堕(通“隳”，huī，毁坏)坏名城，销锋镝(箭头)，鉏(chú，通“锄”，铲除)豪杰，维(计度，思考)万世之安。然王迹之兴，起于闾巷，合从(通“纵”)讨伐，轶(yì，超过)于三代(夏、商、周)，乡(通“向”，xiàng，从前)秦之禁，适足以资贤者(指汉高祖刘邦)为驱除难(为之驱除其所难)耳。故愤发其所为天下雄，安在无土(封地)不王？此乃传(书传)之所谓大圣乎！岂非天哉？岂非天哉？非大圣孰能当此受命而帝者乎！

前三段一正，后三段一反，而归功于汉。以四层咏叹，无限委蛇，如黄河之水，百折百回，究未尝著一实笔，使读者自得之，最为深妙。

(原本《古文观止》)

此篇为措词婉约之式。文学之作用在讽喻，而不在直陈，孔子所谓“法与之言”“异与之言”也(《论语·子罕》)。必知此意，乃能知文学之特质。近人作文总是直斥之词多，规讽之词少(不论文言语体皆然)，殊失文学本意。

(吕思勉)

高祖功臣侯年表 《史 记》

太史公曰：古者人臣功有五品，以德立宗庙、定社稷曰勋，以言(进言)曰劳，用力(武力)曰功，明其等(等级)曰伐，积日(计算资历的长短)曰阅。封爵之誓曰："使河(黄河)如带(衣带)，泰山若厉(通"砺"，磨刀石)，国以永宁，爰(yuán，以至于)及(延及)苗裔(后代)。"始未尝不欲固其根本，而枝叶稍(逐渐)陵夷(衰颓)衰微也。

余读高祖侯(封侯)功臣，察(考察)其首封，所以失之者，曰：异哉所闻！《书》(《尚书》)曰"协和(和睦相处)万国"，迁(延续)于夏、商，或(有的)数千岁。盖周封八百，幽、厉之后，见于《春秋》。《尚书》有唐、虞之侯伯，历三代千有余载，自全以蕃卫(护卫)天子，岂非笃于仁义、奉(遵守)上法哉？汉兴，功臣受封者百有余

167. 西汉形势图

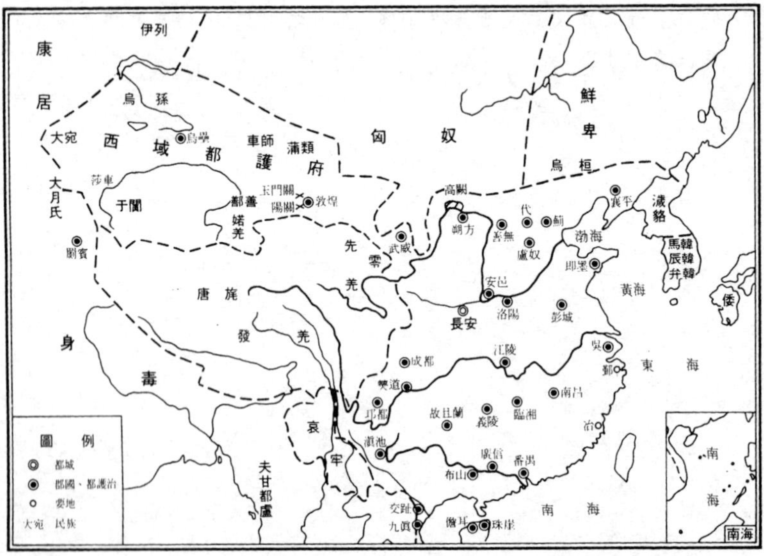

168.“汉并天下”瓦当

人。天下初定，故大城名都散亡，户口可得而数(计算)者十二三(十分之二三)，是以(因此)大侯不过万家，小者五六百户。后数世，民咸归乡里，户益息(滋息)，萧、曹、绛、灌(萧何、曹参、绛侯周勃、灌婴)之属或至四万，小侯自倍，富厚如之。子孙骄溢(骄奢无度)，忘其先，淫嬖(淫乱邪恶。嬖 bì)。至太初(汉武帝年号)，百年之间，见(xiàn，现存)侯五，余皆坐法(犯法)陨命(丧命)亡国，秏(máo，没有，不存在)矣。罔(通“网”，禁网)亦少(稍微)密焉，然皆身无兢兢(jīng jīng，小心谨慎)于当世之禁(禁令)云。

居今之世，志古之道(道理)，所以自镜(借鉴)也，未必尽同。帝王者各殊(不同)礼而异务(政务)，要(总是)以成功为统纪(纲纪)，岂可绲(gǔn，缝而合之)乎？观所以得尊宠及所以废辱(受辱)，亦当世得失之林(比喻聚集在一块)也，何必旧闻？于是谨(慎重地记载)其终始，表见(用表格反映)其文，颇有所不尽本末，著其明，疑者阙(通“缺”，空缺)之。后有君子，欲推(推求，探索)而列之(详细记载)，得以览(参阅)焉。

通篇全以慨叹作致，而层层回互，步步照顾，节节顿挫。如龙之一体，鳞鬣爪甲而已，而其中多少屈伸变化，即龙亦有不能自知者。此所以为神物也。

(原本《古文观止》)

孔子世家赞 《史记》

太史公曰:《诗》有之,“高山仰止,景行行止(高山需要仰视,行为要光明正大。景行,jǐng háng,大道,喻指行为光明正大)”。虽不能至(达到),然心乡(通“向”)往之。余读孔氏书,想见其为人。适(到)鲁,观仲尼(孔子的字)庙堂,车服(车子和衣服)、礼器,诸生以(按照)时习礼(举行礼仪,祭神求福)其家,余低回(徘徊)留之,不能去(离开)云。天下君王至于贤人众(很多)矣,当时则荣(荣耀),没(死亡)则已(停止)焉。孔子布衣(平民),传十余世,学者宗(尊崇)之。自天子王侯,中国言《六艺》(指《易》《礼》《乐》《诗》《书》《春秋》)者折中(取正,断其至当之理)于夫子,可谓至圣矣!

赞孔子,又别作异样淋漓之笔,一若想之不尽,说之不尽也者,所谓观海难言也。

(金圣叹)

169. 唐 虞世南 孔子庙堂碑

170. 唐 吴道子 先师孔子行教像碑拓片

外戚世家序　《史 记》

自古受命帝王(一国一朝的开创者)及继体(继承先帝的正体)守文(遵守先帝成法)之君，非独内德茂(完美)也，盖亦有外戚(妻子家族的一方)之助焉。夏之兴也以涂山(国名。禹娶涂山氏之女)，而桀之放也以妹喜(夏桀的宠妃。妹，mò)；殷之兴也以有娀(国名。帝喾取其女简狄为次妃，生契，为殷的始祖。娀，sōng)，纣之杀也嬖(bì，宠爱)妲己；周之兴也以姜原(帝喾之妃，生后稷，为周的始祖)及大任(tài rén，周文王的母亲)，而幽王之禽(通"擒")也淫(淫乐)于褒姒(bāo sì，周幽王的宠妃)。故《易》基(始于)《乾》《坤》，《诗》始《关雎》，《书》美厘降(料理下嫁。厘，理；降，下嫁)，《春秋》讥不亲迎(迎娶)。夫妇之际(关系)，人道之大伦也。礼之用，唯婚姻为兢兢(小心谨慎)。夫乐调(谐调)而四时和。阴阳之变，万物之统(本)也，可不慎与？人能弘道，无如命何(对命运却无可奈何)。甚哉，妃匹(妃通"配"。夫妇)之爱，君不能得之于臣，父不能得之于子，况卑下(地位卑陋的人)乎！既欢合(男女交合)矣，或不能成子姓(子孙)；能成子姓矣，或不能要(yāo，求得)其终，岂非命也哉？孔子罕(很少)称命，盖难言之也。非通幽明之变(阴阳的变化)，恶(wū，怎么)能识乎性命(人性天命)哉？

齐家治国，王道大端，故陈三代之得失，归本于六经，而反复感叹，以天命终焉。全篇大旨，已尽于此。"孔子罕称命"一转，恐人尽委之于命，而不知所劝戒，故特结出性命之难知，盖欲人弘道以立命也。此史公言外深意，不可不晓。

(原本《古文观止》)

171. 唐 帛画 伏羲与女娲

伯夷列传　《史记》

夫学者载籍(书籍)极博，犹考(核实)信于六艺。《诗》《书》虽缺，然虞、夏之文可知也。尧将逊位，让于虞舜，舜、禹之间，岳牧(四岳九牧，即各地的首领)咸荐(推荐)，乃试之于位，典(掌管职务)职(试行执政)数十年，功用既兴(显示)，然后授政(把摄政政权给他)，示(出示)天下重器(象征国家权力的宝物，如鼎)。王者大统(帝王的最高权力)，传天下若斯之难也。而说者(诸子杂记)曰，尧让天下于许由，许由不受，耻(以之为耻)之逃隐。及(到)夏之时，有卞随、务光者。此何以(根据什么)称(说)焉？太史公曰：余登箕山(河南登封南)，其上盖有许由冢(坟墓)云。孔子序列(论述)古之仁圣贤人，如吴太伯、伯夷之伦详矣。余以所闻由、光义(德义)至高(高尚)，其文辞不少概见(却见不到有关他们的简略记载)，何哉？

孔子曰："伯夷、叔齐，不念旧恶，怨是用希(怨恨很少)。""求仁得仁，又何怨(埋怨)乎？"余悲伯夷之意，睹(看)轶诗(即下文的《采薇》)可异(诧异)焉。其传(传文)曰：伯夷、叔齐，孤竹君(孤竹国国君，姓墨胎)之二子也。父欲立叔齐，及父卒，叔齐让伯夷。伯夷曰："父命(决定)也。"遂逃去。叔齐亦不肯立而逃之。国人立其

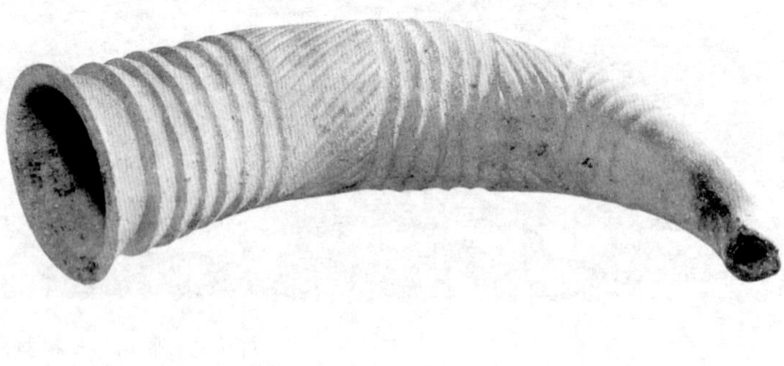

172. 大汶口文化　陶号角

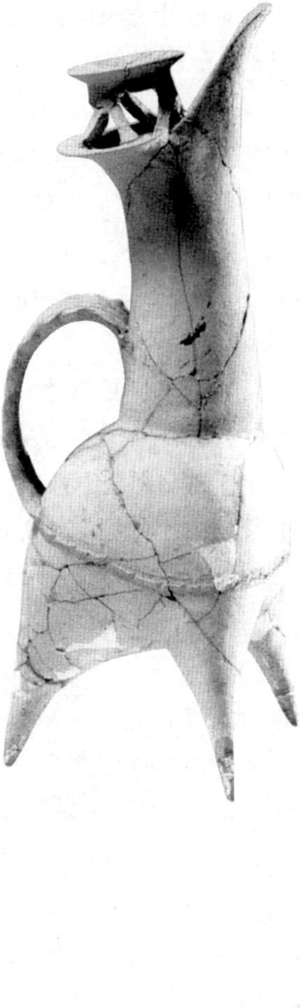

173. 龙山文化 陶鬶

174. 马家窑文化 彩陶网纹壶

175. 天亡簋 武王灭商铭文

中子(二儿子)。于是伯夷、叔齐闻西伯昌(周文王姬昌，当时是西方诸侯之长，所以称西伯)善养老，“盍往归焉！”及至，西伯卒，武王载木主(西伯的牌位)，号为文王，东伐纣。伯夷、叔齐叩马(拉住武王马缰绳)而谏(劝说)曰：“父死不葬，爰(yuán，乃，竟然)及干戈，可谓孝乎？以臣弑君，可谓仁乎？”左右欲兵(杀掉)之，太公(姜太公)曰：“此义(节义)人也。”扶而去之。武王已平殷乱，天下宗(归附)周，而伯夷、叔齐耻之(以之为耻)，义(坚持节义)不食周粟，隐于首阳山(今山西永济南)，采薇(一种野菜)而食之。及(等到)饿且(将要)死，作歌。其辞(歌词)曰：“登彼西山兮，采其薇矣。以暴易暴兮(用暴虐代替暴虐)，不知其非矣。神农、虞、夏忽(匆匆)焉没(过去)兮，我安适归矣(我将要归向何方呢)？于嗟(吁嗟)徂(cú，同“殂”，死亡)兮，命之衰矣！”遂饿死于首阳山。由此观之，怨邪非邪？

或(有人)曰：“天道无亲(偏私)，常与(帮助)善人。”若伯夷、叔齐，可谓善人者非邪？积仁洁(纯洁)行如此而饿死！且七十子之徒，仲尼独荐(推荐)颜渊(颜回)为好学。然回也屡空(遭受贫困之苦)，糟糠不厌(连糟糠都吃不饱。厌，足)，而卒蚤(早)夭。天之报施善人，其何如哉？盗跖(大盗柳跖)日杀不辜(无辜的人)，肝人之肉

(吃人的肝),暴戾恣睢(粗暴强横,任意横行),聚党数千人,横行天下,竟以寿终,是遵何德哉?此其尤大彰明较著者也。若至(至于)近世,操行不轨(操行不合规范),事犯忌讳,而终身逸乐,富厚(财产富厚)累世不绝;或择地而蹈(下脚)之,时(到了时辰)然后出言,行不由径(走小路),非公正(公正的事情)不发愤,而遇祸灾者,不可胜数也。余甚惑焉。傥(tǎng,倘使)所谓天道(上天主宰人事的观点),是邪非邪?

子曰:"道不同,不相为谋。"亦各从其志(志向)也。故曰:"富贵如可求,虽执鞭之士,吾亦为(做)之。如不可求,从吾所好。""岁寒,然后知松柏之后凋。"举世混浊,清士乃见(xiàn,显现)。岂以其重若彼(指"操行不轨"以下),其(高洁之士)轻若此(指"择地而蹈"以下)哉?

"君子疾(痛恨,害怕)没世而名不称(名声不被人称道)焉。"贾子(贾谊,西汉初年杰出的政治家)曰:"贪夫徇财(为财而死),烈士徇名(为名献身),夸者死权(夸耀权势的人死于争权),众庶冯生(普通的百姓贪求生存。冯,píng,依仗,依托)。""同明相照(同是具有光芒的,便会互相映照),同类相求。""云从龙(龙兴致云),风从虎(虎啸风烈),圣人作(兴起)而万物睹(随之兴起)。"伯夷、叔齐虽贤,得夫子(孔子)而名益彰;颜渊虽笃学,附骥尾而行益显。岩穴之士,趋(进取)舍(舍弃,湮没无闻)有时,若此类名堙灭(埋没。堙,yīn)而不称(被人称道),悲夫!闾巷之人,欲砥行(锻炼德行)立名者,非附(依附)青云之士(圣贤立言传世者),恶能施(yì,延续)于后世哉!

传体,先叙后赞,此以议论代叙事,篇末不用赞语,此变体也。通篇以孔子作主,由、光、颜渊作陪客,杂引经传,层间叠发,纵横变化,不可端倪,真文章绝唱。

(原本《古文观止》)

管晏列传 《史 记》

管仲夷吾(春秋初期齐国政治家)者,颍上人也。少时常与鲍叔牙(齐大夫)游,鲍叔知其贤。管仲贫困,常欺(占便宜)鲍叔,鲍叔终(始终)善遇之(对他好),不以为言。已而鲍叔事(侍奉)齐公子小白(齐桓公),管仲事公子纠(齐襄公的弟弟,与公子小白争夺君位,失败后被杀)。及(等到)小白立为桓公,公子纠死,管仲囚(被囚禁)焉。鲍叔遂进(推荐)管仲。管仲既用(被任用),任政于齐,齐桓公以霸(得以成就霸业),九合(会集)诸侯,一匡天下,管仲之谋(谋略)也。

管仲曰:"吾始困时,尝与鲍叔贾(经商),分财利多自与(给自己),鲍叔不以我为贪,知我贫也。吾尝为鲍叔谋(谋划,办理)事而更穷困,鲍叔不以我为愚,知时(时机)有利不利也。吾尝三仕(做官)三见逐(被免职)于君,鲍叔不以我为不肖(没有才干),知我

176. 汉 管仲与齐桓公

不遭时(遇到好机会)也。吾尝三战三走(失败逃跑),鲍叔不以我为怯,知我有老母也。公子纠败,召忽(召,shào。齐人)死(为……而死)之,吾幽囚受辱,鲍叔不以我为无耻,知我不羞(拘泥)小节而耻功名不显(显扬)于天下也。生我者父母,知我者鲍子也。"

鲍叔既进管仲,以身下之(情愿居管仲之下),子孙世禄(享受俸禄)于齐,有封邑者十余世,常为名大夫。天下不多(称赞)管仲之贤而多鲍叔能知人也。

管仲既任政相齐,以区区之齐在海滨,通货积财,富国强兵,与俗(百姓)同好恶。故其称曰:"仓廪实而知礼节,衣食足而知荣辱,上(君)服度(遵守法度)则六亲(父、母、兄、弟、妻、子)固(安)。""四维(礼义廉耻)不张(伸张),国乃灭亡。""下令(国家颁布的政令)如流水之源,令顺民心。"故论卑(道理浅显)而易行。俗(百姓)之所欲,因而予(给予)之;俗之所否,因而去(抛弃)之。其(指管仲)为政也,善因祸而为福,转败而为功(成功)。贵轻重(价格的高低,指控制物价),慎权衡。桓公实怒(怨恨)少姬,南袭蔡,管仲因而伐楚,责包茅(古代祭祀时用被裹束着的青茅滤去酒渣,此青茅称为包茅)不入贡于周室。桓公实(事实上)北征山戎,而管仲因而令(责令)燕修(实行)召公(召,shào。召康公,燕国始祖)之政。于柯(地名)之会,桓公欲背曹沫之约(前681年,齐桓公与鲁庄公会盟于柯,鲁将曹沫以匕首挟持齐桓公,要求归还被侵占的土地,桓公应允。不久,桓公又

177. 汉 收粮图

想背约，管仲劝他履行诺言，于是归还了鲁国的土地)，管仲因而信(树立信义)之，诸侯由是归(归附)齐。故曰："知与之为取(给予就是取得)，政(治理国政)之宝也。"

管仲富拟(相比)于公室，有三归、反坫(三归：三座高台，供游赏之用。反坫：堂屋两柱间的土台，用以放置酒器。按"礼"，诸侯方有"三归"和"反坫"，管仲是大夫，不应享有)，齐人不以为侈。管仲卒，齐国遵其政，常强于诸侯。

后百余年而有晏子焉。晏平仲婴者，莱(古国名)之夷维(今山东高密)人也。事齐灵公、庄公、景公，以节俭力行重于齐。既相齐，食不重肉，妾不衣帛。其在朝，君语及之，即危言；语不及之，即危行(严肃地办事)。国有道，即顺命；无道，即衡命(权衡度量着行事)。以此三世显名(显扬名声)于诸侯。

越石父(人名)贤，在缧绁(囚禁，监狱)中。晏子出，遭(相遇)之涂(通"途"，路上)，解左骖(左边的马)赎之，载归。弗谢(告辞)，入闺(内室)，久之。越石父请绝(断绝交情)。晏子戄然(戄，jué。惊异的样子)，摄(整理)衣冠谢(道歉)曰："婴虽不仁，免子于厄(困境)，何子求绝之速也？"石父曰："不然。吾闻君子诎(通"屈"，受委屈)于不知己而信(通"申"，得到尊敬)于知己者。方吾在缧绁中，彼不知我也。夫子既已感寤(了解，明白)而赎我，是知己；知己而无礼(礼义)，固(当然)不如在缧绁之中。"晏子于是延入(请进)为上客。

晏子为齐相，出，其御(驾驶车马的人)之妻从门间而窥其夫。其夫为相御(丞相的车夫)，拥大盖，策驷马，意气扬扬，甚自得也。既而归，其妻请去。夫问其故，妻曰："晏子长不满六尺，身相齐国，名显诸侯。今者妾观其出，志念深(深远)矣，常有以自下(甘居人下)者。今子长八尺，乃为人仆御(车夫)，然子之意自以为足，妾是以求去也。"其后夫自抑损(谨慎谦虚)。晏子怪(感到奇怪)而问之，御以实对(回答)。晏子荐以为大夫。

太史公曰：吾读管氏《牧民》《山高》《乘马》《轻重》《九府》(以上皆管仲著作的篇名)及《晏子春秋》，详哉其言之也。既见其

178. 汉 车马出行图

著书，欲观其行事，故次(编次，编写)其传。至其书，世多有之，是以不论，论其轶事。管仲世所谓贤臣，然孔子小(轻视)之。岂以为周(周室)道衰微，桓公既贤，而不勉(勉励)之(桓公)至王(王道)，乃称霸(先成霸业)哉？语曰："将顺其美(美德)，匡救(纠正)其恶(过错)，故上下能相亲(互相亲近)也。"岂管仲之谓乎？方晏子伏庄公尸哭之，成礼(尽到为臣的礼仪)然后去，岂所谓"见义不为，无勇(见义不为，就是没有勇气)"者邪？至其谏说(直率的规劝)，犯君之颜(威严)，此所谓"进思尽忠，退思补过(在朝廷上要竭尽忠心，下朝则反省补救过失)"者哉！假令晏子而在(还活着)，余虽为之执鞭，所忻慕(喜欢和羡慕)焉。

《伯夷传》，忠孝兄弟之伦备矣。《管晏传》，于朋友三致意焉。管仲用齐，由叔牙以进，所重在叔牙，故传中深美叔牙。越石与其御，皆非晏子之友，而延为上客，荐为大夫，所难在晏子，故赞中忻慕晏子。通篇无一实笔，纯以清空一气运旋。觉《伯夷传》犹有意为文，不若此篇天然成妙。

(原本《古文观止》)

屈原列传　《史　记》

179. 屈原像

屈原者，名平，楚之同姓也。为楚怀王左徒。博闻强志，明于治乱，娴(擅长)于辞令。入(上朝)则与王图议(谋划商议)国事，以出号令；出(对外)则接遇宾客，应对诸侯。王甚任(信任)之。

上官大夫(靳尚)与之同列，争宠而心害(嫉妒)其能。怀王使屈原造(制定)为宪令，屈平属(zhǔ，撰写)草稿未定。上官大夫见而欲夺之，屈平不与，因谗(说……的坏话)之曰："王使屈平为令，众莫不知，每一令出，平伐(夸耀)其功曰：以为'非我莫能为'也。"王怒而疏(疏远)屈平。

屈平疾(痛心)王听之不聪也，谗谄(说他人坏话以巴结奉承别人的人)之蔽明也，邪曲(邪恶的小人)之害公也，方正(端正方直的君子)之不容也，故忧愁幽思而作《离骚》。离骚者，犹离忧(遭遇忧患)也。夫天者，人之始也；父母者，人之本也。人穷则反(追念)本，故劳苦倦极，未尝不呼天也；病痛惨怛(dá，忧伤)，未尝不呼父母也。屈平正道直行，竭忠尽智以事其君，谗人间(离间)之，可谓穷(极点)矣。信(诚信)而见(被)疑，忠而被谤，能无怨乎？屈平之作《离骚》，盖自怨生也。《国风》好色而不淫，《小雅》怨诽(怨恨，非议)而不乱。若《离骚》者，可谓兼(兼有)之矣。上称帝喾(黄帝曾孙。喾，kù)，下道(道说)齐桓，中述(称述)汤、武，以刺(讽刺)世事。明道德之广崇(广大崇尚)，治乱之条贯(条理)，靡(无)不毕见(完全呈现)。其文约(简练)，其辞微(微妙)，其志洁，其行廉，其称文小而其指(旨趣)极大，举类迩(近)而见义远。其志洁，故其称物芳。其行廉，故死而不容。自疏濯淖(zhuó nào，大泥沼)污泥之中，蝉蜕(蜕壳)于浊秽，以浮游尘埃之外，不获(玷辱)世之滋垢(污垢)，皭然(洁白的样子。皭，jiào)泥而不滓(zǐ，污浊)者也。推此志也，虽与日月争光可也。

屈原既绌(chù，通"黜"，罢免，贬职)，其后秦欲伐齐，齐与楚从亲(合纵相亲。从，zòng，通"纵")，惠王患(忧虑)之，乃令张仪详(通"佯"，佯装)去秦，厚币委(呈现)质(通"贽"，礼物)事楚，曰："秦甚憎齐，齐与楚从亲，楚诚能绝(绝交)齐，秦愿献商、於(wū)之地六百里。"楚怀王贪而信张仪，遂绝齐，使使如(到)秦受(接收)地。张仪诈(抵赖)之曰："仪与王约六里，不闻六百里。"楚使怒去，归告怀王。怀王怒，大兴师伐秦。秦发兵击之，大破楚师于丹、淅，斩首八万，虏楚将屈匄(gài)。遂取楚之汉中地。怀王乃悉发国中兵，以深入击秦，战于蓝田。魏闻之，袭楚至邓(地名)。楚兵惧，自秦归。而齐竟怒不救楚，楚大困(困窘)。

明年(第二年)，秦割汉中地与楚以和(讲和)。楚王曰："不愿得地，愿得张仪而甘心焉。"张仪闻，乃曰："以一仪而当(抵当)汉中地，臣请往如(到)楚。"如楚，又因厚币(用丰厚的礼物贿赂)用事者(当权者)臣靳尚，而设诡辩(用颠倒是非或似是而非的言论进行辩论)于怀王之宠姬郑袖。怀王竟听郑袖，复释去(放走)张仪。是时屈原既疏，不复在位，使于齐，顾反(通"返")，谏怀王曰："何不杀张仪？"怀王悔，追张仪不及。

其后，诸侯共击楚，大破之，杀其将唐眜。

时秦昭王与楚婚(通婚)，欲与怀王会。怀王欲行，屈平曰："秦，虎狼之国，不可信，不如无行。"怀王稚子(小儿子)子兰劝王行："奈何绝(断绝)秦欢(友好关系)！"怀王卒(终于)行。入武关，秦伏兵绝其后，因留怀王，以求割地。怀王怒，不听。亡(逃亡)走赵，赵不内(通"纳"，接纳)。复之(到)秦，竟死于秦而归葬(把尸体运回楚国埋葬)。

长子顷襄王立，以其弟子兰为令尹。楚人既咎(责怪)子兰以劝怀王入秦而不反(通"返")也。

屈平既嫉(憎恨)之(子兰)，虽放流，眷顾楚国，系心怀王，不忘欲反(盼望回到朝中任职)，冀幸(有幸)君之一悟，俗(习俗)之一改也。其存君(关怀君主)兴国，而欲反覆之。一篇之中三致意(多次表现出来)焉。然终无可奈何，故不可以反，卒(结果)以此见怀王之终不悟也。人君无愚智、贤不肖，莫不欲求忠以自为，举贤以自佐，然亡国破家相随属(接连发生)，而圣君治国累世而不见者，其所谓忠者不忠，而所谓贤者不贤也。怀王以不知忠臣之分，故内惑于郑袖，外欺于张仪，疏屈平而信上官大夫、令尹子兰。兵挫地削(兵败割地)，亡其六郡，身客死于秦，为天下笑。此不知人之祸也。《易》曰："井渫(xiè，掏去污泥)不食，为我心恻(难

180. 汉 马王堆 楚棺

受),可以汲(汲取饮水)。王明(圣明),并受其福。”王之不明,岂足福哉!

令尹子兰闻之大怒,卒使上官大夫短(说……的坏话)屈原于顷襄王。顷襄王怒而迁(放逐)之。

屈原至于江滨,被(通“披”)发行吟泽畔(湖边),颜色憔悴,形容枯槁。渔父见而问之曰:“子非三闾大夫欤?何故而至此?”屈原曰:“举世混浊而我独清,众人皆醉而我独醒,是以见放。”渔父曰:“夫圣人者,不凝滞(拘束)于物而能与世推移(变化)。举世混浊,何不随其流而扬其波?众人皆醉,何不餔(bū,吃)其糟(酒渣)而啜其醨(lí,薄酒)?何故怀瑾握瑜(怀抱美玉一般的节操)而自令见放为?”屈原曰:“吾闻之,新沐者(洗头的人)必弹冠(弹掉帽子上的灰尘),新浴者必振衣(抖去衣上的灰尘),人又谁能以身之察察(洁净),受物之汶汶(mén mén,玷污)者乎!宁赴常流(长流)而葬乎江鱼腹中耳,又安能以皓皓之白而蒙世之温蠖(尘垢)乎!”乃作《怀沙》之赋。

于是怀石遂自投汨罗(江名。汨,mì)以死。

屈原既死之后,楚有宋玉、唐勒、景差之徒者,皆好辞而以赋见称。然皆祖(效法)屈原之从容辞令,终莫敢直谏。其后,楚日以削(缩小),数十年竟为秦所灭。

自屈原沉汨罗后百有余年,汉有贾生(贾谊),为长沙王太傅,过湘水,投书(文章)以吊屈原。

181. 三闾大夫卜居渔父图

太史公曰:余读《离骚》

《天问》《招魂》《哀郢》，悲其志。适长沙，观屈原所自沉渊，未尝不垂涕，想见其为人。及见贾生吊(凭吊)之，又怪屈原以彼其材(才能)，游诸侯，何国不容，而自令若是！读《鹏鸟赋》，同生死，轻去就，又爽然(默然)自失矣。

史公作《屈原传》，其文便似《离骚》，婉雅悽怆，使人读之不禁歔欷欲绝。要之穷愁著书，史公与屈子实有同心，宜其忧思唱叹，低回不置云。

(原本《古文观止》)

182.
湖南汨罗屈原墓

酷吏列传序　《史记》

孔子曰："道(引导，通"导")之以政(政令)，齐之以刑(刑法)，民免(免于犯罪)而无耻。道之以德，齐之以礼，有耻且格(而且心服)。"老氏(老子)称："上德不德，是以有德；下德不失德，是以无德(上德的人不自恃有德，所以实是有德；下德的人自以为不离失德，所以没有达到德)。法令滋(益，愈加)章(明显，彰明)，盗贼多有。"太史公曰：信哉是言也！法令者治(治理国家)之具，而非制治清浊之源(社会治理好坏的本源)也。昔(秦始皇时代)天下之网尝(曾经)密矣，然奸伪萌起(发生)，其极(极点)也，上下相遁(逃避)，至于不振(振兴)。当是之时，吏治若救火扬沸(把沸水泼去救火。比喻劲没用在点子上，不解决根本问题)，非武健(勇武刚健)严酷，恶(wū)能胜(完成)其任而愉快(偷少顷之快。愉，通"偷")乎？言道德者，溺(失职)其职矣。故曰："听讼(审案)，吾犹人也，必也使无讼乎！""下士闻道大笑之。"非虚言(假话)也。汉兴，破觚而为圜(觚，gū；圜，huán。除去严法)，斫雕而为朴(去浮华，崇质朴)，网漏于吞舟之鱼，而吏治烝烝(zhēng zhēng，兴盛)，不至于奸(邪恶)，黎民艾安(安定。艾，yì)。由是观之，在彼(用德)不在此(用刑)。

意只是当任德而不当任刑，两引孔、老之言便见。又以秦法苛刻，汉治宽仁，两两相较，明示去取。叹昔日汉德之盛，则今日汉德之衰，隐然自见于言外。语不多而意深厚也。

(原本《古文观止》)

游侠列传序 《史记》

韩子(韩非)曰:“儒以文乱法,而侠以武(暴力)犯禁(禁令)。”二者皆讥(遭受讥议),而学士(儒者)多称于世云。至如以术(技巧)取宰相、卿大夫,辅翼(辅佐)其世主,功名俱著(记载)于春秋,固无可言者。及若(至于)季次、原宪,闾巷(民间)人也,读书怀(谨守)独行君子(独善其身的人)之德,义不苟合(无原则地附合)当世,当世亦笑之。故季次、原宪终身空室蓬户(蓬草编成门扇的空屋子),褐衣疏食(用粗布做衣服,用野菜做食物)不厌。死而已四百余年,而弟子志(怀念)之不倦。今游侠,其行虽不轨(符合)于正义(道德准则),然其言必信(讲信用),其行必果,已诺必诚(真心实意),不爱其躯,赴士之厄困(解救别人的困难),既已存亡死生矣,而不矜(夸耀)其能,羞伐(称道)其德,盖亦有足多(称颂)者焉。

且缓急(急难的事情),人之所时有也。太史公曰:昔者虞舜(舜帝)窘于井廪(淘井和修粮仓),伊尹(商朝名臣)负于鼎俎(做厨子),傅说(商朝名臣)匿(隐藏)于傅险(地名),吕尚(姜子牙)困于棘

183. 汉画像石 持戟图

184. 东汉 骑马武士画像砖

津(地名)，夷吾(管仲)桎梏(被囚禁)，百里(百里奚)饭牛(替人放牛)，仲尼(孔子)畏匡(在匡受到危险)，菜色陈蔡(断食于陈、蔡)。此皆学士(儒者)所谓有道仁人也，犹然遭此灾，况以中材(中等才能的人)而涉乱世之末流(最黑暗的时候)乎？其遇害何可胜(shēng,尽)道哉！

鄙人有言(俗谚)曰："何知仁义，已(通"以")飨(享受)其利者为有德。"故伯夷丑(耻)周，饿死首阳山，而文、武不以其故贬王(贬损其王号)；跖蹻(柳跖和庄蹻，皆是大盗)暴戾，其徒诵义无穷。由此观之，"窃钩者诛，窃国者侯；侯之门，仁义存"(偷衣带钩的人被杀，窃国的大盗为王侯，王侯的门庭就存在仁义了)，非虚(假)言也。

今拘学(拘谨的儒者)或抱咫尺之义(狭隘的道义),久孤(孤立)于世,岂若卑论侪俗(降低论调,附和流俗),与世浮沉而取荣名(功名)哉!而布衣(平民)之徒,设(重视)取予、然诺(遵守诺言),千里诵义,为死不顾世(世俗议论),此亦有所长,非苟而已也(随便而来)。故士穷窘而得委命(委托命运),此岂非人所谓贤豪间者(杰出的人才)邪?诚使乡曲之侠(民间游侠),予(通"与",和)季次、原宪比权量力(相提并论),效功于当世,不同日而论矣。要(总之)以功见(xiàn,现,显著)言信,侠客之义又曷(hé,何)可少(轻)哉!

古布衣之侠(民间游侠),靡得而闻已。近世延陵、孟尝、春申、平原、信陵之徒,皆因王者亲属,藉于有土卿相之富厚(大量财产),招天下贤者,显名诸侯,不可谓不贤者矣。比如顺风而呼,声非加疾(加快),其势激也。至如闾巷之侠,修行砥石(修行品德,成就名望),声施(yì,及,传遍)于天下,莫不称贤,是为难耳。然儒、墨皆排摈(bìn,摒弃)不载。自秦以前,匹夫之侠,湮灭(埋没)不见,余甚恨(遗憾)之。以余所闻,汉兴有朱家、田仲、王公、剧孟、郭解之徒,虽时扞当世之文罔(禁令),然其私义,廉洁退让,有足称(称颂)者。名不虚立,士不虚附。至如朋党宗强(以朋为党,以强为宗),比周(结伙营私)设(施)财役(役使)贫,豪暴(恃其豪强横暴)侵凌孤弱,恣欲(放纵私欲)自快,游侠亦丑(耻)之。余悲世俗不察其意,而猥(wěi,混杂)以朱家、郭解等令与豪暴之徒(豪强横暴的人)同类而共笑(讥笑)之也。

世俗止知重儒而轻侠,以致侠士之义湮没无闻。不知侠之真者,儒亦赖之,故史公特为作传。此一传之冒也。凡六赞游侠,多少抑扬,多少往复。胸中荦落,笔底摅写,极文心之妙。

(原本《古文观止》)

古文能读之成诵,则语气之抑扬反正易见。古书去今远,此等处较近代之文较难见,虽须有若干篇读至相当熟的程度。

(吕思勉)

滑稽列传　　《史记》

孔子曰："六艺于治(政治)一也。《礼》以节人(规范、节制人们言行),《乐》以发和(促进人们和谐),《书》以导事(记述往古要事),《诗》以达意(传达人们的情意),《易》以神化(参透天地万物的微妙变化),《春秋》以道义(指明君臣父子间的道义)。"太史公曰:天道恢恢,岂不大哉!谈言微中(话微妙而切中事理。中,zhòng),亦可以解纷(解决纷扰的问题)。

淳于髡(复姓淳于,髡,kūn)者,齐之赘婿也。长(身高)不满七尺,滑稽(滑,gǔ,诙谐)多辩,数(屡次)使(出使)诸侯,未尝(曾经)屈辱。齐威王之时,喜隐(隐语),好为淫乐长夜之饮,沉湎不治(治理国家),委政卿大夫(官名)。百官荒乱,诸侯并侵,国且危亡,在于旦暮,左右莫敢谏。淳于髡说之以隐曰:"国中有大鸟,止王之庭,三年不蜚(飞)又不鸣,王知此鸟何也?"王曰:"此鸟不蜚则已,一蜚冲天;不鸣则已,一鸣惊人。"于是乃朝(令……朝见君主)诸县令长(县的行政长官,万户以上的县称令,万户以下称长)七十二人,赏一人,诛一人,奋兵而出。诸侯振惊,皆还齐侵地。威行三十六年。语(关于这件事的记载)在《田完世家》中。

185. 西周　铜鸟

186. 西汉晚期 四戏俑

威王八年，楚大(大规模)发兵加(进攻)齐。齐王使(派遣)淳于髡之(到)赵请救兵，赍(jī，以礼物送人)金百斤，车马十驷(驾同一车的四匹马)。淳于髡仰天大笑，冠缨(帽带)索(尽)绝(断)。王曰："先生少(嫌少)之乎？"髡曰："何敢！"王曰："笑岂有说(说法)乎？"髡曰："今者臣从东方来，见道旁有禳田(祈神求丰收。禳，ráng，庄稼丰熟)者，操一豚(猪)蹄，酒一盂，而祝(祈祷)曰：'瓯窭(ōu lóu，狭小的高地)满篝(竹笼)，污邪(水洼地)满车，五谷蕃熟，穰穰(丰盛的样子)满家。'臣见其所持者狭(少)而所欲者奢(多)，故笑之。"于是齐威王乃益(增加)赍黄金千镒(古代重量单位，二十两或二十四两为一镒)，白璧十双，车马百驷。髡辞而行，至赵。赵王与之精兵十万，革车(重战车)千乘。楚闻之，夜引兵(撤兵)而去。

威王大说(通"悦")，置酒后宫，召髡赐之酒。问曰："先生能饮几何而醉？"对曰："臣饮一斗亦醉，一石亦醉。"威王曰："先生饮一斗而醉，恶能(怎能)饮一石哉！其说可得闻乎？"髡曰："赐酒大王之前，执法(指执行酒令的令官)在傍(通"旁")，御史(此指监察礼仪的监官)在后，髡恐惧俯伏而饮，不过一斗径醉矣。若亲(父母)有严客(尊客)，髡帣鞲(juàn gōu，卷起袖套)鞠(弯曲)𨄅(jì，通"跽"，小跪)，侍酒于前，时赐余沥(剩余的酒)，奉(举)觞(古代酒器)上寿(祝酒)，数起，饮不过二斗径醉矣。若朋友交游，久不相见，卒(通

“猝”)然相睹，欢然道故，私情相语，饮可五六斗径醉矣。若乃州闾之会(乡里会饮)，男女杂坐，行酒稽留(没有时间限制)，六博(一种走棋的赌博游戏)投壶(用箭投入壶中的竞赛游戏)，相引为曹(同辈，伙伴)，握手无罚(古代男女授受不亲，但乡里宴会饮酒，男女可以拉手，不受拘束)，目眙(chì，直视)不禁，前有堕珥(掉下来的耳环)，后有遗簪(遗落的发簪)，髡窃乐(暗自高兴)此，饮可八斗而醉二参(二三分醉意。参，通“三”)。日暮酒阑(酒席将散)，合尊(把剩下来的酒合成一樽。尊，通“樽”)促坐，男女同席，履舄(鞋子，舄，xì，木底鞋)交错，杯盘狼藉，堂上烛灭，主人留髡而送客，罗襦(汗衣)襟解，微闻芗泽(香气。芗，通“香”)，当此之时，髡心最欢，能饮一石。故曰酒极(过量)则乱，乐极则悲。万事尽然，言不可极，极之而衰。”以讽谏(劝谏)焉。齐王曰：“善！”乃罢长夜之饮，以髡为诸侯主客(主持接待各国宾客的官)。宗室置酒，髡尝(通“常”)在侧。

史公一书，上下千古，无所不有。乃忽而撰出一调笑嬉戏之文，但见其齿牙伶俐，口角香艳，另用一种笔意。

(原本《古文观止》)

187. 汉 饮酒投壶图

货殖列传序　《史　记》

《老子》曰："至治(治理得极好的社会)之极(极盛时期)，邻国相望，鸡狗之声相闻，民各甘(美)其食，美其服，安其俗(风俗)，乐其业(事业)，至老死不相往来。"必用此为务(任务)，輓(通"晚")近世涂(涂饰)民耳目，则几无行矣。

太史公曰：夫神农以前，吾不知已。至若《诗》《书》所述虞、夏(虞舜、夏朝)以来，耳目欲极声色(音乐，女色)之好，口欲穷刍豢(牲畜的肉)之味，身安逸乐(舒适，安乐)，而心夸矜势能之荣(有权势、有才干的光荣)，使俗(习俗)之渐(jiān，熏染)民久矣，虽户说(按户说明)以眇(miǎo，通"妙"，微妙)论，终不能化。故善者因(听其自如)之，其次利道(以利引导)之，其次教诲之，其次整齐(制定制度约束)之，最下者与之(人民)争。

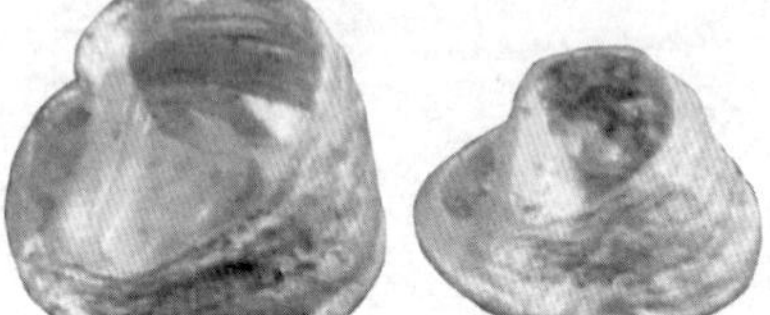

188. 西汉　金饼

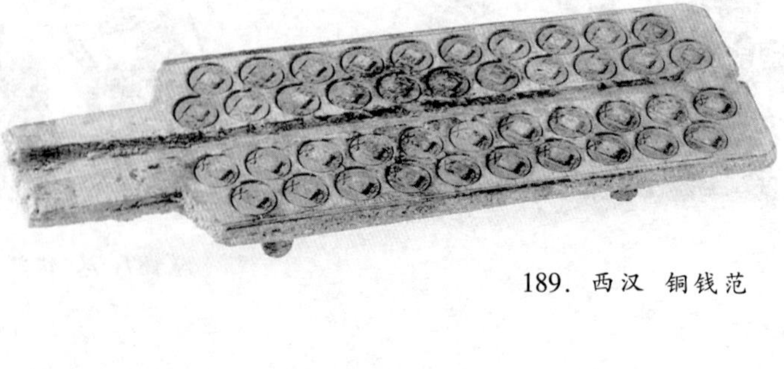

189. 西汉　铜钱范

190. 汉 市场交易图

夫山(太行山)西饶(富有)材、竹、榖(木名，即楮)、纑(lú，苎麻一类的植物)、旄(máo，牛尾)、玉石，山东(太行山东)多鱼、盐、漆、丝、声色，江南出楠、梓、姜、桂、金、锡、连(通"链"，铅矿名)、丹沙、犀、玳瑁、珠玑、齿、革，龙门(龙门山，今山西河津西北、陕西韩城东北)、碣石(碣石山，今河北昌黎北)北多马、牛、羊、旃(通"毡")、裘、筋、角，铜、铁则千里往往山出棋置(如围棋之置。即处处都有)。此其大较(大略)也。皆中国(中原)人民所喜好，谣俗(民间习俗)被服(衣服)饮食、奉生(养生)送死之具(需要的东西)也。故待(依靠)农而食(供给食物)之，虞(掌管山林水泽官员)而出(开采)之，工(工匠)而成(制造)之，商(商人)而通(流通)之。此宁有(哪里用得着)政教发征期会(发布政令、征发人民，按期集会)哉？人各任(发挥)其能，竭其力，以得所欲。故物贱之征贵，贵之征贱，各劝(勤勉)其业，乐其事，若水之趋(趋向)下，日夜无休时，不召而自来，不求而民出(生产出来)之。岂非道之所符(符合规律)而自然之验(证明)邪？

《周书》曰："农不出(种田)则乏(缺乏)其食，工不出(生产)则乏其事(器物)，商不出(做买卖)则三宝(珠、玉、金)绝，虞不出则财

(资源)匮少(缺乏)。"财匮少而山泽不辟(开辟)矣。此四者,民所衣食之原(通"源")也。原大则饶,原小则鲜(xiǎn,不足)。上则富国,下则富家。贫富之道,莫之夺予(改变),而巧者(机敏的人)有余,拙者(愚笨的人)不足。故太公望(姜太公吕尚)封于营丘(今山东昌乐东南),地潟卤(xì lǔ,盐碱地),人民寡(少)。于是太公劝(鼓励)其女功(妇女纺织),极(极力提倡)技巧,通(运输到其他地方)鱼盐,则人物归之(来到齐国),繦至(络绎不绝而来)而辐凑(聚集像车辐集中于车毂一样)。故齐冠带衣履天下(供天下所用),海岱之间(渤海、泰山之间,即今山东半岛)之间敛袂(衣袖)而往朝(朝拜)焉。其后齐中衰(一度衰落),管子修之(重振太公的事业),设轻重九府(铸币藏钱以控制物价的九个府),则桓公以霸(称霸),九合诸侯,一匡(匡扶)天下;而管氏亦有三归,位在陪臣,富于列国之君。是以齐富强至于威、宣(齐威王、齐宣王)也。

故曰:"仓廪实而知礼节,衣食足而知荣辱。"礼生于有(富有)而废于无(贫穷)。故君子富,好行其德(仁慈的事情);小人富,以适其力(把力气用在适当的地方)。渊深而鱼生之,山深而兽往之,人富而仁义附(依附,归属)焉。富者得势益彰(更加显赫),失势则客(门客,客人)无所之(去),以而(因而)不乐。谚曰:"千金之子,不死于市(千金之家的子弟,不会因犯法在市上处死)。"此非空言也。故曰:"天下熙熙(热闹的样子),皆为利来;天下壤壤(通"攘攘",热闹纷乱的样子),皆为利往。"夫千乘之主(指天子)、万家之侯(诸侯)、百室之君(指大夫)尚犹患(担心)贫,而况匹夫编户之民(指老百姓,因为汉代实行编户制度,所以说编户之民)乎!

天地之利,本是有余,何至于贫?贫始于患之一念,而弊极于争之一途,故起处全寄想夫至治之风也。史公岂真艳货殖者哉?"千乘"数句,盖见天子之榷货、列侯之酎金而为之一叹乎!

(原本《古文观止》)

太史公自序　　《史　记》

太史公曰："先人(司马迁称其父司马谈)有言：'自周公卒五百岁而生孔子。孔子卒后至于今五百岁，有能绍(继承，接续)明世，正(订正)《易传》，继(续作)《春秋》，本(重新衡量)《诗》《书》《礼》《乐》之际。'意在斯(这里)乎！意在斯乎！小子(我)何敢让(谦让)焉。"

上大夫壶遂曰："昔孔子何为而作《春秋》哉？"太史公曰："余闻董生(董仲舒)曰：'周道(制度)衰废，孔子为鲁司寇(官名，掌管刑罚、监狱)，诸侯害(危害)之，大夫壅(设置障碍)之。孔子知言之不用(采用)、道之不行(施行)也，是非(评论，褒贬)二百四十二年之

191．孔子退修诗书图

中，以为天下仪表(法则)，贬(贬责)天子，退(斥退)诸侯，讨(声讨)大夫，以达王事(王道)而已矣。'子曰：'我欲载(提出)之空言，不如见(蕴涵)之于行事之深切著明(深刻切实清楚清白)也。'夫《春秋》，上明(阐明)三王之道，下辨人事之纪(人世的伦理纲常)，别(判别)嫌疑，明是非，定(判定)犹豫，善善恶恶(表彰善良，贬斥丑恶)，贤贤(推荐贤良)贱不肖，存(恢复)亡国，继(接续)绝世(世系)，补敝起废(弥补残缺，振兴衰废)，王道之大者也。《易》著(说明)天地、阴阳、四时、五行，故长于变(变化)。《礼》经纪人伦(安排人世伦常)，故长于行(行动)；《书》记先王之事，故长于政(政务)；《诗》记山川、溪谷、禽兽、草木、牝牡、雌雄，故长于风(风俗)；《乐》乐(lè，怡悦之情)所以立，故长于和(和乐)；《春秋》辨是非，故长于治人(教育人民)。是故《礼》以节(节制)人，《乐》以发和(抒发和乐之情)，《书》以道事(指导政事)，《诗》以达意(表达心意)，《易》以道化(推演事物变化)，《春秋》以道义(引导人遵守道义)。拨乱世反之正，莫近(切合)于《春秋》。《春秋》文(字数)成数万，其指(条例)数千，万物之散聚皆在《春秋》。《春秋》之中，弑君(杀死国君)三十六，亡国五十二，诸侯奔走不得保其社稷(国家)者不可胜数。察其所以(原因)，皆失其本(根本)已。故《易》曰：'失之毫厘，差以千里。'故曰：'臣弑君，子弑父，非一旦一夕之故也，其渐久(逐步发展)矣。'故有国者不可以不知(通晓)《春秋》。前有谗而弗见，后有贼而不知。为人臣者不可以不知《春秋》，守经(常)事而不知其宜(合适)，遭变事而不知其权(相机应付)。为人君父而不通于《春秋》之义(大义)者，必蒙首恶之名。为人臣子而不通于《春秋》之义者，必陷篡弑(篡君弑上)之诛，死罪之名。其实皆以为善(好事)，为之不知其义(义理)，被之空言而不敢辞(推卸)。夫不通礼义之旨(要旨)，至于君不君，臣不臣，父不父，子不子。君不君则犯(为臣下所干犯)，臣不臣则诛(诛杀)，父不父则无道(抛弃人伦之道)，子不子则不孝。此四行(四种行为)者，天下之大过也。以天下之大过予之，则受而弗敢辞(推辞)。故《春秋》者，礼义之大宗

(根本)也。夫礼禁(防止)未然之前，法施(施行)已然之后；法之所为用者易见，而礼之所为禁者难知。”

壶遂曰：“孔子之时，上无明君，下不得任用，故作《春秋》，垂(用)空文以断(判断)礼义，当(作为)一王之法(法典)。今夫子上遇明天子，下得守职(固定职守)，万事既具(齐备)，咸各序(合)其宜，夫子所论，欲以何明？”太史公曰：“唯唯(啊啊)，否否，不然。余闻之先人曰：‘伏羲至纯厚(纯朴厚道)，作《易》八卦；尧、舜之盛，《尚书》载(记载)之，礼乐作(兴)焉；汤、武之隆(兴隆)，诗人歌之。《春秋》采善贬恶，推三代(夏商周三代)之德，褒周室，非独刺讥(讽刺)而已也。’汉兴以来，至明(圣明)天子，获符瑞(指获麟，吉祥的象征)，建封禅(封是泰山上筑土而成的坛，用以祭天；禅是泰山下的小山上整地而成的坛，用以祭山川)，改正朔(帝王新颁的历法)，易服色，受命于穆清，泽流罔极，海外殊俗，重译(口译的人，通士)款塞(叩塞门)，请来献见者，不可胜道。臣下百官力诵圣德，犹不能宣(表达)尽其意。且士贤能而不用，有国者(当权者)之耻；主上明圣而德不布闻(宣扬天下)，有司(有关官员)之过也。且余尝掌(担任)其官，废(废弃)明圣盛德不载，灭功臣、世家、贤大夫之业不述(述说)，堕(泯灭)先人所言，罪莫大焉。余所谓述故事(历史事实)，整齐(整理归纳)其世传(社会传闻)，非所谓作(著作)也，而君比之于《春秋》，谬(不对)矣。”

于是论次(论定编排)其文。七年而太史公遭李陵之祸，幽于缧绁(lěi xiè，监狱)。乃喟然而叹曰：“是余之罪也夫！是余之罪也夫！身毁(残废)不用矣。”退而深惟(深思)曰：“夫《诗》《书》隐约(含蓄隐约)者，欲遂其志之思(考虑)也。昔西伯拘羑里(yǒu lǐ，地名)，演(推演)《周易》；孔子厄(困厄)陈、蔡，作《春秋》；屈原放逐，著《离骚》；左丘失明，厥(因而)有《国语》；孙子膑脚(挖去膝盖骨)，而论(论著)兵法；不韦迁(因罪迁居)蜀，世传《吕览》；韩非囚秦，《说难》《孤愤》。《诗》三百篇，大抵(大概)贤圣发愤之所为作也。此人皆意有所郁结(抑郁闷结)，不得通其道也。故述(追述)往事，思来者。”于是卒(终于)述陶唐(即唐尧)以来，至于麟止(武帝获麟)，自黄帝始。

史公生平学力，在《史记》一书，上接周、孔，何等担荷！原本六经，何等识力！表章先人，何等渊源！然非发愤郁结，则虽有文章，可以无作。哀公获麟而《春秋》作，武帝获麟而《史记》作。《史记》岂真能继《春秋》者哉！

(原本《古文观止》)

192. 司马迁墓

报任少卿书　司马迁

太史公(司马谈，司马迁之父)牛马走(仆人)司马迁再拜言少卿(任安)足下：曩(nǎng，从前)者辱(屈尊)赐书，教以慎(谨慎)于接物，推贤进士为务。意气勤勤恳恳，若望(埋怨)仆不相师(遵从您的话)，而用流俗人之言。仆非敢如此也。仆虽罢驽(pí nú，才能庸劣)，亦尝侧闻长者之遗风矣。顾自以为身残处秽(身体残废、地位可耻)，动而见尤(责难)，欲益反损(损害)，是以独抑郁而谁与语。谚曰："谁为为之？孰令听之？(为谁做呢？又让谁听呢？)"盖钟子期死，伯牙终身不复鼓琴。何则？士为知己者用(效力)，女为说(通"悦")己者容(打扮)。若仆大质(身体)已亏缺矣，虽才怀随(随侯珠)、和(和氏璧)，行若由(许由)、夷(伯夷)，终不可以为荣(光荣)，适足以见笑而自点(通"玷"，受辱)耳。书辞宜答(应该答复)，会东(东

193. 元　王振朋　伯牙鼓琴图

巡)从上(汉武帝)来,又迫(忙于)贱事(烦琐的事务),相见日浅(少),卒卒(匆忙)无须臾之间(片刻空闲)得竭(详尽说明)志意。今少卿抱不测(无法揣测)之罪,涉(经过)旬月,迫(逼近)季冬(刑日),仆又薄从上雍(迫从天子将祭祀于雍),恐卒然不可为讳(突然之间会遭到不幸。卒,cù),是仆终已不得舒愤懑以晓左右,则长逝者魂魄私恨无穷,请略陈固陋(略微陈述孤陋之见)。阙然久不报,幸勿为过!

仆闻之,修身者,智之符(象征)也;爱施(乐于施舍)者,仁(仁德)之端也;取予(索取与给予)者,义(道义)之表(标志)也;耻辱者,勇之决(标准)也;立名者,行之极(最高准则)也。士有此五者,然后可以托(立足)于世,而列于君子之林矣。故祸莫憯(通"惨",悲惨)于欲(贪欲)利,悲莫痛于伤心,行莫丑于辱先,诟(gòu,耻辱)莫大于宫刑(古代割除男性生殖器的一种刑罚)。刑余之人(受过宫刑的人),无所比数(相提并论),非一世也,所从来远(遥远,久远)矣。昔卫灵公与雍渠同载(乘车),孔子适(到)陈;商鞅因景监见,赵良寒心;同子(汉武帝宦官赵谈)参乘,袁丝(袁盎)变色:自古而耻之。夫中材之人(一般人),事有关于宦竖(宦官),莫不伤气(羞辱),而况于慷慨之士乎!如今朝廷虽乏人,奈何令刀锯之余(指宦官)荐天下豪俊(豪杰俊士)哉! 仆赖先人绪业(余业),得待罪辇毂下(在京师任职。辇毂,皇帝坐的车),二十余年矣。所以自惟(私下思虑):上之,不能纳忠效信,有奇策材力之誉,自结明主;次之,又不能拾遗补阙,招贤进能,显岩穴之士(指隐士);外之,不能备行伍

(参与军队),攻城野战,有斩将搴(qiān,拔取)旗之功;下之,不能积日累劳,取尊官厚禄,以为宗族交游光宠(增光得宠)。四者无一遂(成功),苟合(苟且取合)取容,无所短长之效(建树),可见于此矣。向(过去,从前)者,仆(我)亦常厕(居于,夹杂在)下大夫之列,陪奉外廷末议(微末的意见),不以此时引纲维(伸张国家的法度),尽思虑(为国竭尽谋智),今已亏形(身体残废)为扫除之隶(奴隶),在阘茸(tà róng,地位卑微或品格卑鄙的人)之中,乃欲仰首伸眉,论列(评论)是非,不亦轻(轻蔑)朝廷、羞(羞辱)当世之士邪!嗟乎!嗟乎!如仆尚何言哉!尚何言哉!

且(况且)事本末未易明也。仆少负不羁之材(才质高远,不可

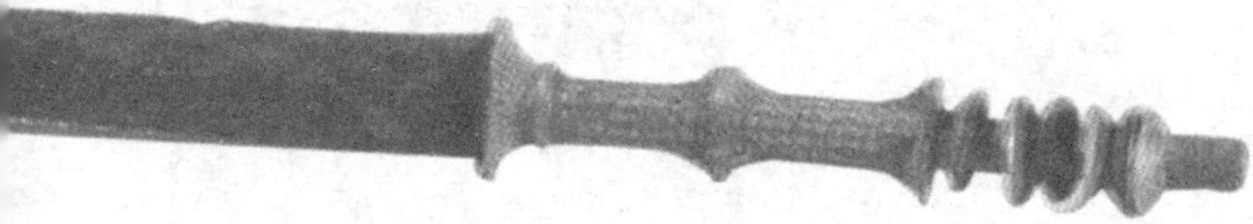

194. 汉 铜柄铁剑

束缚),长无乡曲之誉,主上幸以先人之故(关系),使得奏(贡献)薄伎(才能),出入周卫(宫禁)之中。仆以为戴盆(顶着盆子)何以望天,故绝(断绝)宾客之知(交往),亡室家之业,日夜思竭其不肖之才力(微薄的才力),务一心营职,以求亲媚(信任和宠信)于主上,而事乃有大谬不然(大错特错)者。

夫仆与李陵俱居门下(同为侍中),素(平时)非能相善(友好)也,趋舍异路(志趣不同,路也不一样),未尝衔杯酒(一起喝酒),接殷勤之余欢(互相表示殷勤的情谊)。然仆观其为人自守奇士(自守节操的出众人物),事亲孝,与士信(讲信用),临财廉(廉洁),取与义,分别有让(分别尊卑长幼,谦让有礼),恭俭下人(恭敬节俭,甘于下人),常思奋不顾身以殉国家之急。其素所蓄积(修养)也,仆以

195. 西汉 青铜兵马俑

为有国士(国家杰出人才)之风。夫人臣出万死不顾一生之计，赴(奔赴)公家之难(危难)，斯已奇矣。今举事一不当，而全躯保妻子之臣随而媒糵其短(酿成其祸。媒通"酶"，酒酵；糵，niè，酿酒的曲)，仆诚(实在)私心痛(痛心)之。且李陵提步卒(步兵)不满五千，深践戎马之地(胡人的地方)，足历王庭(单于的王庭)，垂饵(设诱饵)虎口，横挑(勇猛地挑战)强胡，仰(面对)亿万(众多)之师，与单于连战十有余日，所杀过当，虏(敌人)救死扶伤不给，旃裘(匈奴)之君长咸震怖(震惊害怕)，乃悉征(征调)其左右贤王，举引弓之人(拉弓射箭的人)，一国共攻而围之。转斗(战斗)千里，矢尽道穷，救兵不至，士卒死伤如积(堆积如山)。然陵一呼劳(一声号召)军，士无不起，躬自流涕，沫血(脸上沾血)饮泣，更张(举)空拳(弩弓)，冒白刃，北向争死敌(争着与敌人决死搏斗)者。陵未没(覆没)时，使有来报，汉公卿王侯皆奉觞(shāng，酒杯)上寿。后数日，陵败书闻，主上为之食不甘味，听朝不怡(听政不高兴)，大臣忧惧，不知所出。仆窃不自料其卑贱，见主上惨怆怛悼(cǎn chuàng dá dào，悲痛忧伤)，诚(实在)欲效其款款之愚(诚恳的愚昧见识)，以为李陵素与士大夫绝甘分少(同甘共苦)，能得人之死力，虽古之名将，不能过也。身虽陷败，彼观其意，且欲得其当(适当的机会)而报于汉。事已无可奈何，其所摧败，功亦足以暴(pù，显示)于天下矣。仆怀欲陈(陈说)之，而未有路(机会)，适会召问，即以此指推言(论说)陵之功，欲以广(宽慰)主上之意，塞睚眦(yá zì，发怒时瞪眼睛；比喻极小的仇恨)之辞。未能尽明(表达明白)，明主不晓，以为仆沮贰师(诋毁贰师将军李广利)，而为李陵游说，遂下于理(下狱。理，治狱官)。拳拳之忠，终不能自列(表白)，因为诬上，卒(终于)从吏议(判决)。家贫，货赂(钱财)不足以自赎，交游(朋友)莫救视，左右亲近不为一言。身非木石，独与法吏(执法的官吏)为伍，深幽囹圄(监狱)之中，谁可告诉者！此真少卿所亲见，仆行事岂不然乎？李陵既生降(活着投降)，颓(败坏)其家声，而仆又佴(相次，随后)之蚕室(腐刑怕风，得入不透风的密室。它像密而温的养蚕之室，所以叫蚕室)，重(chóng，再一次)为天下观笑(讥笑)。悲夫！悲夫！事未易一二(原原本本地)为俗人(世俗的人)言也。

仆之先非有剖符(剖分开的符，君臣各执一半，作为凭信)、丹书(帝王颁给功臣的一种证件，其上有用朱砂写的誓词，作为后代子孙免罪的凭信)之功，文、史、星、历，近乎卜、祝之间，固(本是)主上所戏弄，倡优所畜(豢养)，流俗(世俗的人)之所轻也。假令仆伏法受诛，若九牛亡一毛，与蝼蚁何以异？而世俗又不能与死节者次比，特(只是)以为智穷罪极，不能自免(自脱)，卒就死耳。何也？素(平素)所自树立(立身的职业)使然也。人固有一死，死或重于泰山,或轻于鸿毛,用之所趣(通“趋”)异(不同)也。太上(最好)不辱先,其次不辱身,其次不辱理色(义理,颜色),其次不辱辞令(言辞,教令),其次诎体(长跪)受辱,其次易服(换上罪人的衣服)受辱,其次关木索(戴刑具)、被箠楚(被杖打)受辱,其次剔毛发(剃头发)、婴金铁(戴铁圈)受辱,其次毁肌肤、断肢体(截断肢体)受辱,最下腐刑(宫刑)极矣!传曰:“刑不上大夫(刑罚不能加在士大夫身上)。”此言士节不可不勉励也。猛虎在深山,百兽震恐,及在槛阱(笼子和陷坑)之中,摇尾而求食,积威约(威势为人所制约)之渐也。故士有画地为牢,势不可入,削木为吏,议不可对,定计(决定)于鲜(受辱之前)也。今交(捆住)手足,受木索,暴肌肤,受榜箠(杖打),幽于圜墙(牢狱)之中,当此之时,见狱吏则头抢地(叩头),视徒隶则心惕息(惊恐而喘气),何者?积威约之势也。及以至是,言不辱者,所谓强颜(勉强厚着脸皮)耳,曷(hé,何)足贵乎!且西伯(周文王),伯也,拘于羑里;李斯,相也,具于五刑;淮阴(韩信),王也,受械(xiè,戴上了刑具)于陈;彭越、张敖,南面称孤(王),系狱(被捕入狱)抵罪;绛侯(周勃)诛诸吕,权倾(超过)五伯,囚(囚禁)于请室(请罪之室);魏其,大将也,衣赭衣(赭色囚衣),关三木(加于颈及手足的木枷械);季布为朱家钳奴(剃去头发用铁圈束颈的奴仆);灌夫受辱于居室。此人皆身至王侯将相,声闻邻国,及罪至罔(罔同“网”,法网)加,不能引决自裁(自杀),在尘埃之中。古今一体,安在其不辱也?由此言之,勇怯,势(形势)也;强弱,形也。审(明白)矣,何足怪乎?夫人不能蚤(早)自裁绳墨(法律)之外,已稍陵迟(受挫颓唐),至于鞭箠(鞭笞杖打)之间,乃欲引节(为节气而死),斯不亦远乎!古人所以重施刑于大夫者,殆(大概)为此也。夫人情莫不贪生恶死,念父母,顾(挂念)妻子,至激于义理者不然,乃有所不得已也。今仆不幸,早失父母,无兄弟之亲,独身孤立,少卿视仆于妻子何如哉?且勇者不必死节,怯夫慕义(仰慕节义),何处不勉(勉励)焉!仆虽怯懦欲苟活,亦颇识去就之分矣,何至自沉溺缧绁(陷入囚禁)之辱哉!且夫臧(zàng,奴)获(婢)

婢妾，犹能引决，况仆之不得已乎！所以隐忍苟活，幽(囚禁)于粪土(污秽的监狱)之中而不辞者，恨私心有所不尽，鄙陋没世而文采(文章著述)不表于后世也。

古者富贵而名磨灭，不可胜记，唯倜傥(tì tǎng，洒脱)非常之人称(为人称道)焉。盖文王拘(拘禁)而演(推演)《周易》；仲尼厄(受困厄)而作《春秋》；屈原放逐，乃赋(创作)《离骚》；左丘失明，厥有《国语》；孙子膑脚，兵法修列(编写完成)；不韦迁(迁居)蜀，世传《吕览》；韩非囚秦，《说难》《孤愤》；《诗》三百篇，大抵(大都)贤圣发愤之所为作也。此人皆意有所郁结(抑郁闷结)，不得通其道，故述往事，思来者。乃如左丘无目，孙子断足，终不可用(重用)，退而论书策(退隐著书)以舒其愤，思(期望)垂空文以自见。仆窃不逊(不自量力)，近自托于无能之辞(拙劣的文辞)，网罗天下放失旧闻，略考(考订)其事，综其终始，稽(jī，考察)其成败兴坏之纪(规律)，上计轩辕(黄帝)，下至于兹(现在汉武)，为十表、本纪十二、书八章、世家三十、列传七十，凡百三十篇。亦欲以究天地之际，通古今之变，成一家之言。草创未就，会遭此祸(指李陵事)，惜其不成，是以就极刑而无愠色。仆诚已著此书，藏之名山，传之其人(指与自己志同道合的人，知我的人)，通邑大都，则仆偿(偿还)前辱之责，虽万(一万次)被戮(杀)，岂有悔哉！然此可为智者道，难为俗人言也。

且负下(背负低下的名声)未易居，下流多谤议(诽谤、责难)。仆以口语遇遭此祸，重为乡党所戮笑(耻笑)，以污辱先人，亦何面目复上(到)父母之丘墓(坟墓)乎？虽累(延续)百世，垢(耻辱，蒙受的耻辱)弥甚耳。是以肠一日而九回，居则忽忽若有所亡(恍恍惚惚，若有所失)，出则不知其所往。每念斯耻，汗未尝不发背沾衣也！身直为闺阁之臣(宦官)，宁得自引(自我引退)深藏岩穴邪？故且从俗浮沉(随世俗浮沉)，与时俯仰，以通(抒发)其狂惑(内心的愤慨和惑乱)。今少卿乃教以推贤进士，无乃与仆私心剌谬(违背)乎？今虽欲自雕琢，曼辞(美好的言辞)以自饰，无益，于俗不信(信任)，适足取辱耳。要之(总之)，死日然后是非乃定。书不能悉意，故略陈固陋(鄙陋之见)。谨再拜。

学其疏畅，再学其郁勃；学其迂回，再学其直注；学其阔略，再学其细琐；学其径遂，再学其重复。一篇文字，凡作十来番学之，恐未能尽也。

(金圣叹)

此书反覆曲折，首尾相续，叙事明白，豪气逼人。其感慨啸歌，大有燕赵烈士之风；忧愁幽思，则又直与《离骚》对垒。文情至此极矣。

(原本《古文观止》)

此篇为长篇之法。凡作文字，先求其畅，故气不可不盛。欲求气盛，则长篇须熟读若干篇。

此篇气极盛，然仍极纡徐宽博，不失史公本色。

凡《史记》长篇，其气无不极宽者。如能读本书，可看《货殖列传》《自序》两篇，乃气之最宽者也。后世文字，苏轼《徐州上皇帝书》可以参看。于气宽一点，最易悟入。

此篇气盛言宜，即不能读至背诵，亦须读数十遍，至极顺口。能多读。

(吕思勉)

196. 汉 马踏匈奴石雕像

古文观止

卷六

高帝求贤诏　　《汉　书》

盖闻王者莫高于周文(周文王),伯者(古代诸侯之长。伯,通“霸”)莫高于齐桓(齐桓公),皆待贤人而成名。今天下贤者智能岂特(只有)古之人乎?患在人主不交(结交往来)故也,士奚由(通过什么途径)进!今吾以天之灵、贤士大夫定(平定)有天下,以为一家,欲其长久,世世奉宗庙亡(通“无”)绝也。贤人已与我共平之矣,而不与吾共安利(享受利益)之,可乎?贤士大夫有肯从我游者,吾能尊显之。布告天下,使明知朕意。御史大夫(官名,秦代设置。其位仅次于丞相,主管弹劾、纠察以及掌管图籍秘书)昌(人名,

197. 西汉 印花敷彩黄纱绵袍

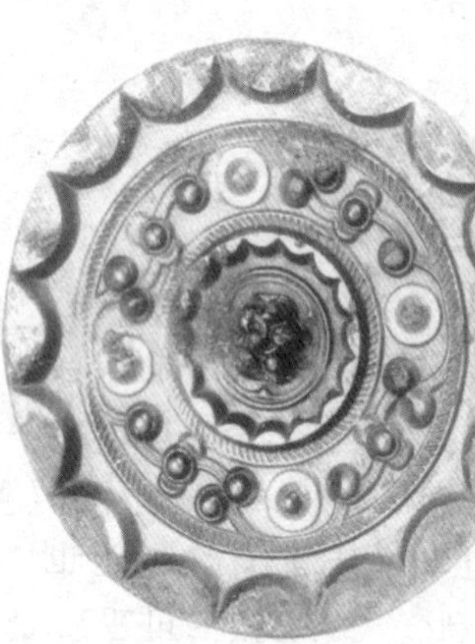

198. 西汉 星云纹镜

姓周)下相国(丞相),相国酂侯(萧何。酂,zàn)下诸侯王,御史中执法(即御史中丞,为御史大夫之佐,其权颇重)下郡守(郡的最高长官),其有意(名声)称(相符)明德(才德)者,必身劝(亲自往劝),为之驾(驾车),遣诣(送到)相国府,署行(xìng,行为,事迹)、义(通"仪",礼仪相貌)、年(年龄)。有而弗言,觉(发现)免(免其官)。年老癃病(衰弱疲病。癃,lóng,腰部弯曲,背部隆起,即驼背),勿遣。

高帝平日慢侮诸生,及天下既定,乃屈意求贤,如恐不及,盖知创业与守成异也。汉室得人,其风动固为有本。

(原本《古文观止》)

文帝议佐百姓诏 《汉书》

间(近来)者数年比(频繁，屡屡)不登(庄稼成熟)，又有水旱疾疫之灾，朕甚忧之。愚而不明，未达其咎(灾祸)。意者朕之政有所失而行有过与？乃天道有不顺、地利或不得、人事多失和、鬼神废不享(鬼神享受祭品。通“飨”)与？何以致此？将百官之奉养或费(浪费)，无用之事或多与？何其民食之寡乏也？夫度(duó，丈量，计算)田非益(日渐)寡，而计(统计)民(人口)未加益，以口量(分配)地，其于(比)古犹有余，而食之甚不足者，其咎安在？无乃(难道是)百姓之从事于末(指工商业)，以害农者蕃(众多)，为酒醪(láo，浊酒)以靡(浪费)谷者多，六畜之食焉者众与？细大(大大小小的)之义(原因)，吾未能得其中。其与丞相、列侯、吏二千石(是官员的俸禄。汉代内自九卿郎将，外至郡守的俸等级，都是两千石。这里用俸禄作为职务

199. 西汉 南越文帝九年句鑃拓片

200. 西汉 文帝行玺

201. 汉 漆卮 饮食器具

的代称,指汉代郡守以上的官)、博士(官名)议之,有可以佐(安抚)百姓者,率意远思,无有所隐!

帝在位日久,佐民未尝不至。至是复议佐之之策,可见其爱民之心,愈久而不忘也。

(原本《古文观止》)

景帝令二千石修职诏　《汉书》

雕文刻镂，伤农事者也；锦绣纂(zuǎn,红色的组)组(用丝织成用作佩玉或佩印的绶带)，害女红(通“女工”。指纺织、刺绣、缝纫等。红，gōng)者也。农事伤，则饥之本也；女红害则寒之原也。夫饥寒并至，而能无为非(为非作歹)者寡矣。朕亲耕，后(皇后)亲桑，以奉宗庙粢盛(zī chéng，祭品，盛在祭器内的黍稷)、祭服(祭祀时所用的礼服)，为天下先(表率)。不受献(汉代赋税的一种。百姓每年除向政府缴纳人头税、户赋外，还要献给皇帝若干钱，称为献费)，减太官(官名)，省繇(通“徭”)赋，欲天下务农蚕，素有畜(通“蓄”)积，以备灾害。强毋攘(rǎng，排除)弱，众毋暴(欺侮)寡，老耆(qí，老。六十岁为“耆”)以寿终，幼孤得遂长。今岁(年成)或不登(好)，民食颇寡，其咎安在？或诈伪为吏，吏以货(金钱)赂为市(交易)，渔夺百姓，侵牟(móu，意通“蛑”，食苗根的虫。引申为贪取，侵夺)万民。县丞(官名，县令

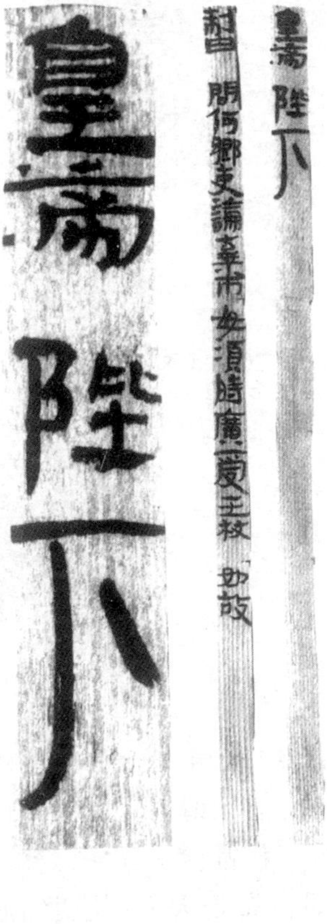

202. 汉　诏令册

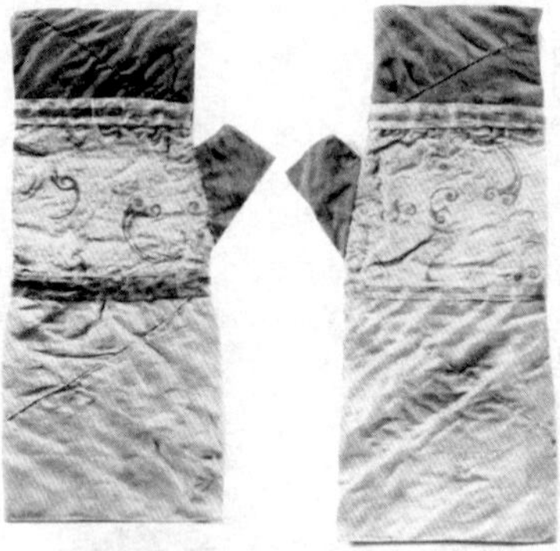

203. 汉 织绣手套

204. 西汉 绛紫绢裙

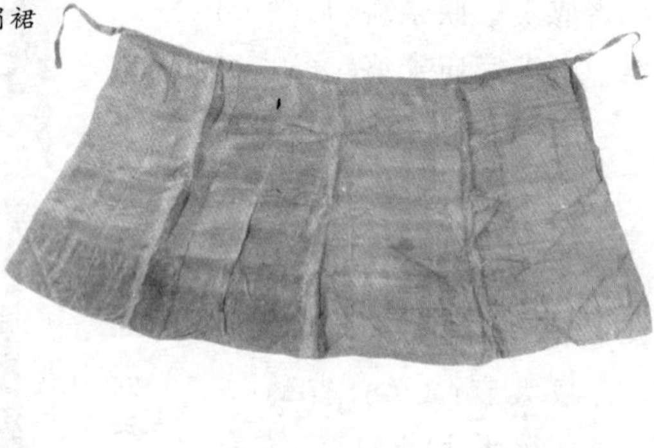

的副职)，长吏(指县中官吏之长)也，奸法(徇私枉法)与盗盗(助盗为盗)，甚无谓也。其令二千石各修(严格执行)其职；不事官职(即不称职)，耗乱(昏昧不明，昏乱。耗，mào，意通“眊”)者，丞相以闻，请其罪。布告天下，使明知朕意。

有吏职，有二千石之职。吏职在安民，二千石之职在察吏。先叙述详民事是吏之职，后叙述“奸盗”为吏之弊，“奸法与盗盗”一句，更是精辟地指出了千古之吏弊。

(浦起龙)

武帝求茂材异等诏　《汉 书》

盖有非常之功，必待非常之人，故马或奔踶(踶，dì，踢。奔踶，骑即奔驰，立则踢人)而致千里，士或有负俗(指不能适应世俗，受人讥讽)之累(忧患)而立功名。夫泛(fěng，覆，翻)驾之马，跅弛(放荡不循规矩。跅，tuò，放荡)之士，亦在御之而已。其令州郡察(考察举荐)吏民有茂材异等(优秀的人才)，可为将相及使绝国(极远的邦国)者。

汉世用人，惟高祖能驾驭豪杰。而武帝仿佛近之。读此觉雄心伟略。不减《大风》一歌。

(宋右之)

205. 西汉形势图

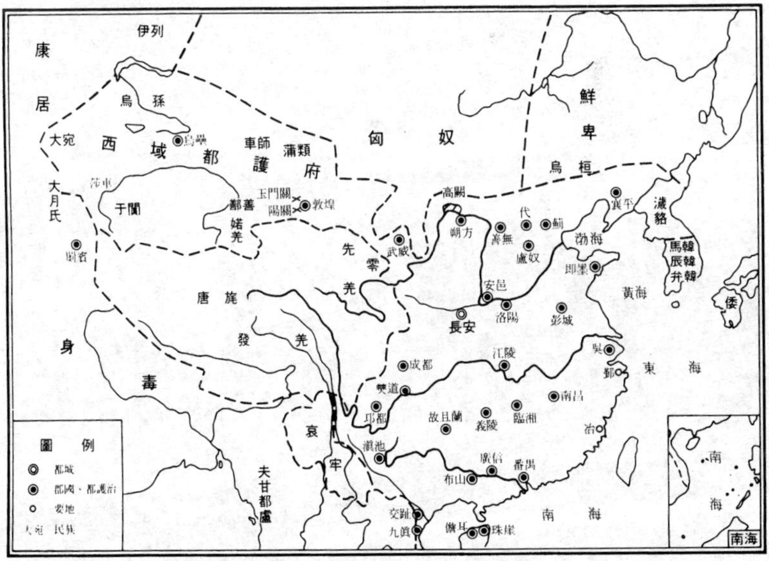

贾谊过秦论上　《汉书》

秦孝公(姓嬴,名渠梁,前361—前338年在位,战国时秦国国君)据殽(xiáo,崤山,在今河南洛宁北)函(函谷关,在今河南灵宝南,是当时秦国的东关)之固,拥(拥有)雍州(相传古代天下分为九州,雍州为其中之一,相当于今陕西西部、北部及甘肃、青海的部分地区)之地,君臣固守,以窥周室(周王室);有席卷天下,包举宇内、囊括四海之意,并吞八荒之心。当是时也,商君(商鞅)佐之,内立法度,务耕织,修守战之具;外连衡(通"横")而斗诸侯。于是秦人拱手而取西河(魏国的属地,在黄河西岸)之外。

孝公既没(通"殁",死),惠文(秦惠文王,前337—前311年在位,孝公之子)、武(秦武王,前310—前307年在位,惠文王之子)、昭襄(秦

206. 秦 铜车马

207. 秦 军吏俑

208. 秦 将军俑

昭襄王，武王之弟)蒙(继承)故业，因(遵循)遗策(传统的策略)，南取汉中，西举(攻占)巴蜀，东割膏腴(肥沃)之地，北收要害之郡。诸侯恐惧，会盟而谋(谋划)弱(削弱)秦，不爱珍器、重宝、肥饶之地，以致(招纳)天下之士，合从(合纵)缔交(盟约)，相与为一。当此之时，齐有孟尝，赵有平原，楚有春申，魏有信陵。此四君(指前四人，均为战国时著名的公子，以招纳贤士著称)者，皆明智而忠信，宽厚而爱人，尊贤而重士，约从离(瓦解)横，兼韩、魏、燕、赵、齐、楚、宋、卫、中山之众。于是六国之士，有宁越(赵人)、徐尚(宋人)、苏秦(东周洛阳人，曾任"合纵长")、杜赫(周人)之属为之谋，齐明(东周臣)、周最(东周君的儿子)、陈轸(zhěn，楚人)、召滑(楚臣)、楼缓(魏相，赵人)、翟(dí)景(魏人)、苏厉(苏秦之弟)、乐(yuè)毅(燕臣，中山国人)之徒通其意，吴起(卫人，事楚，著名军事家)、孙膑(齐人，著

209. 汉 车骑过桥图

210. 汉 车马出行图

名军事家)、带佗(楚将)、兒(ní)良(赵将)、王廖(齐将)、田忌(齐将)、廉颇(赵将)、赵奢(赵将)之伦制(掌握)其兵。尝以什倍之地,百万之众,叩(进攻,攻打)关(函谷关)而攻秦。秦人开关延(延纳)敌,九国之师遁逃而不敢进。秦无亡(失去)矢遗(失去)镞(zú,箭头)之费,而天下诸侯已困矣。于是从(纵)散约解,争割地而赂秦。秦有余力而制其(指六国)弊(弱点),追亡逐北(军败曰北),伏尸百万,流血漂橹(大盾牌);因利乘便,宰割天下,分裂河山,强国请服(投降),弱国入朝(朝指朝堂,入朝在此指称臣)。施(yì,传,延续)及孝文王(秦昭襄王的儿子,名柱,在位仅三天就死了)、庄襄王(秦孝文王的儿子,名子楚,在位三年即死),享国(在位)之日浅,国家无事。

及至始皇(秦始皇,秦庄襄王之子,名政),奋六世(秦国六代)之余烈(功业),振长策(马鞭)而御宇内,吞二周(指战国末年的东西二周。西周建都洛阳,东周建都巩)而亡诸侯,履(登上)至尊而制六合,执敲朴(杖棒,短的叫"敲",长的叫"朴")以鞭笞天下,威振四海。南取百越(也称"百粤"。南方国名)之地,以为桂林、象郡(秦时置的郡名,在今广西一带)。百越之君,俯首系颈(以绳系颈,表示投降),委命(把性命交给)下吏。乃使蒙恬(秦国将领。始皇时曾率三十万将领渡黄河北逐匈奴,修筑长城)北筑长城而守藩篱(边疆屏障),却匈奴七百余里,胡人不敢南下而牧马,士不敢弯弓而报(报复)怨(仇怨)。于是废先王之道(政令),燔(fán,焚烧)百家之言(书籍),以愚黔首(百姓)。隳(huī,毁坏)名城,杀豪俊,收天下之兵(兵器),聚之咸阳(秦都城),销(熔化)锋(兵器的尖端)镝(dí,通"镝",箭尖),铸以为金(铜)人十二,以弱(削弱)天下之民。然后践华为城,因河为池(据守华山作为帝都东城,以黄河作为帝都的护城河),据亿丈之城,临不测(深不可测)之溪以为固。良将劲弩,守要害之处;信臣精卒,陈利兵而谁何(谁能奈何)?天下已定,始皇之心,自以为关中(居四关——东有函谷关,南有峣关、武关,西有散关,北有萧关——之中,故曰关中)之固,金城(坚固的城池)千里,子孙帝王万世之业也。始皇既没(通"殁",死亡),余威震于殊俗(风俗不同的边远地区)。

然而陈涉(即陈胜,阳城人),瓮牖绳枢(用瓮口作窗户,用绳子拴门轴)之子,甿(种田人)隶(贱民的称呼)之人,而迁徙之徒(指谪罚到边境作戍守的士卒。在此指秦二世元年陈胜被征调去渔阳戍边)也,材能不及中庸,非有仲尼、墨翟之贤,陶朱(即范蠡,原为越王勾践的大夫。后弃官经商于陶,成巨富,号称"陶朱公")、猗顿(春秋时鲁国巨富。猗,yī)之富,蹑足行伍(军队。行,háng)之间,而俛起(不得已而举事。俛,miǎn,通"勉")阡陌(指代村野百姓)之中,率罢(pí,通"疲")弊之卒,将(率领)数百之众,转而攻秦。斩木为兵(兵器),揭竿为旗,天下云集而响应,赢(背负)粮而景(通"影")从,山东(崤山以东原六国的广大地区)豪俊遂并起而亡(消灭)秦族矣。

且夫天下非小弱也,雍州之地,殽函之固,自若也;陈涉之位，非尊于齐、楚、燕、赵、韩、魏、宋、卫、中山之君也；锄耰(yōu，锄柄)棘(通“戟”)矜(qín，矛柄)，不铦(xiān，锋利)于钩戟、长铩(shā，古时一种长矛)也；谪戍之众，非抗于九国之师也；深谋远虑，行军用兵之道，非及曩(nǎng，以前，从前，过去)时之士也。然而成败异变，功业相反。试使山东之国与陈涉度长絜(xié，度量物的粗细)大，比权量力，则不可同年而语矣。然秦以区区之地，致万乘之权，招八州(古代天下分为九州，秦据其中之一的雍州，余下八州)而朝同列(诸侯本与秦同列，后皆入朝于秦)，百有余年矣。然后以六合为家，殽函为宫。一夫作难而七庙(天子的宗庙)隳，身死人手(指秦二世被赵高所杀，子婴被项羽所杀)，为天下笑者，何也？仁义不施，而攻守之势异也。

“过秦论”者，论秦之过也。秦过只是末句“仁义不施”一语便断尽。此通篇文字，只看得中间“然而”二字一转。未转以前，重叠只是论秦如此之强；既转以后，重叠只是论陈涉如此之微。通篇只得二句文字：一句只是以秦如此之强，一句只是以陈涉如此之微。至于前半有说六国时，此只是反衬秦；后半有说秦时，此只是反衬陈涉，最是疏奇之笔。

(金圣叹)

此一篇极形容秦之强及其亡之易，归结于“仁义不施，攻守异势”之说，则在他篇中发明，此篇固仅一节，非全体也。

贾生之文气势最盛者为《治安策》，《汉书》所载已非全篇，然读之气势之盛尚可见。至此书所选，已割裂大矣，可取全者一览。其奏议最精者为《谏放民私铸疏》，在《汉书·食货志》下卷中，说理极深，语极简而确，亦可一览。

(吕思勉)

贾谊治安策一　《汉书》

夫树国(建立诸侯国)固,必相疑(比拟,对立。疑,通“拟”)之势,下(臣民)数(shuò,屡次)被其殃,上数爽(忧伤)其忧,甚非所以安上而全下也。今或亲弟(指汉文帝之弟淮南厉王刘长)谋为东(东方)帝,亲兄之子(指济北王刘兴居,是汉文帝之兄刘肥的儿子。他在文帝带兵去太原抗击匈奴时企图袭取荥阳,后兵败自杀)西乡(通“向”)而击,今吴(指吴王刘濞,刘邦的侄儿,有较强的实力,有谋反迹象)又见告矣。天子春秋(指年龄)鼎盛,行义未过,德泽有加焉,犹尚如是,况莫大(最大)诸侯,权力且十(十倍)此者乎!然而天下少安,

211. 吴楚七国之乱形势图

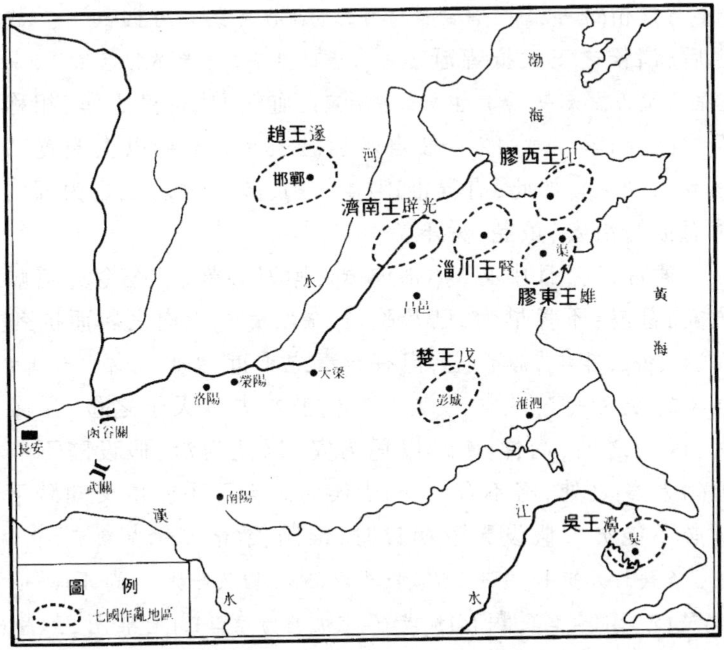

212. 西汉 玉“帝印”

213. 西汉 铜“汉匈奴归义亲汉长”印

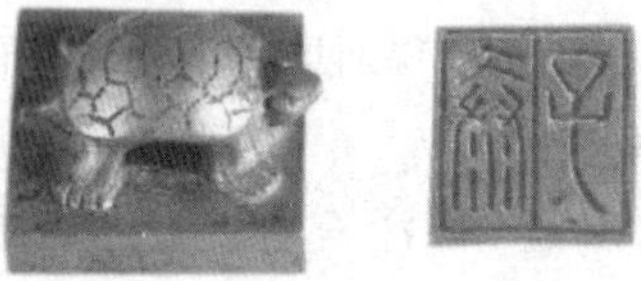

214. 西汉 金“泰子”印

215. 汉 金“右夫人玺”

何也？大国之王幼弱未壮，汉之所置傅(太傅，朝廷派到诸侯国的辅佐官)、相(丞相，朝廷派到诸侯国的最高行政长官)方握其事。数年之后，诸侯之王大抵皆冠(成年。古时男子二十岁举行冠礼。加冠表示长大成人。天子、诸侯在十二岁加冠)，血气方刚，汉之傅、相称病而赐(恩准)罢(辞官回家)，彼自丞尉(县的文官武吏)以上遍置私人(亲信，自己人)，如此，有异淮南(淮南王)、济北(济北王)之为邪？此时而欲为治安，虽尧、舜不治。

黄帝曰：“日中必熭(wèi，曝晒)，操刀必割。”今令此道顺而全安，甚易；不肯早为，已乃堕(通“毁”，破坏)骨肉之属而抗刭(杀头。刭，jǐng，用刀割脖子)之，岂有异秦之季世(末世。指秦二世胡亥听信赵高，大杀王子、大臣，使人人自危)乎？夫以天子之位，乘今之时，因天之助，尚惮(惧怕)以危为安，以乱为治，假设陛下居齐桓(齐桓公)之处，将不合(集合)诸侯而匡天下乎？臣又知陛下有所必不能矣。假设天下如曩时，淮阴侯(韩信，初属项羽，后归刘邦。曾被封为齐王、楚王，后被贬为淮阴侯，因叛乱被杀)尚王(wàng，统治)楚(汉时诸侯国)，黥布(即英布，汉初封为淮南王)王淮南，彭越(汉初受封为梁王，因叛乱被杀）王梁，韩信（韩王信，与淮阴侯韩信非一人，战国韩襄王后代，汉初封韩王，后降匈奴，发动叛乱，兵败被杀）王韩，张敖（赵王张耳之子，高祖之婿，父死继位，同国相贯高谋刺高祖，被贬为宣平侯）王赵，贯高（赵王张敖的国相，因谋刺高祖被捕，后自杀）为相，卢绾（秦末随高祖起兵，汉初封为燕王。高祖十二年投靠匈奴。绾，wǎn）王燕，陈豨（汉初被封为阳夏侯，统率赵、代两地军队。后叛汉，自立为代王，兵败被杀。豨，xī）在代，令此六七公者皆亡恙（健在。亡，通“无”），当是时而陛下即天子位，能自安乎？臣有以知陛下之不能也。天下殽乱，高（高祖）皇帝与诸公并起（同时起义），非有仄室（侧室。仄，通“侧”）之势以豫（通“预”，事先）席（凭借）之也。诸公幸者乃为中涓（皇帝近侍官员，这里指倚重的大臣），

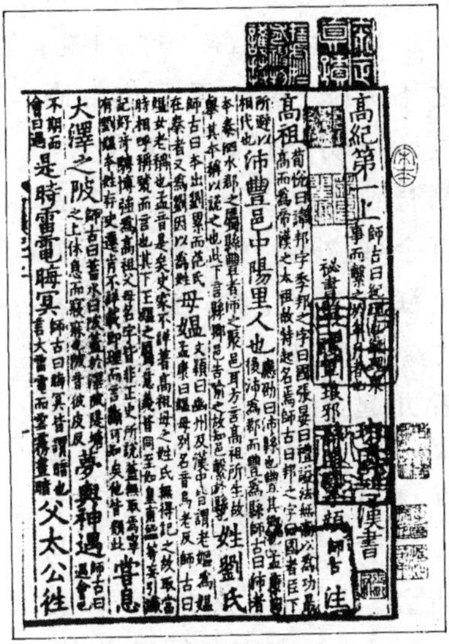

216. 班固《汉书》书影

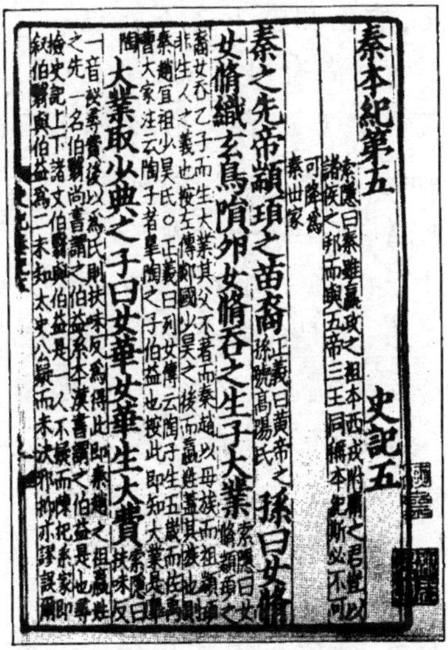

217. 司马迁《史记》书影

其次廑得舍人（地位低于中涓的近侍官员），材（通“才”，才能）之不逮（及，达到）至远也。高皇帝以明圣威武即天子位，割膏腴之地以王诸公，多者百余城，少者乃三四十县，德至渥（深厚）也。然其后七年（指汉高祖五年至十一年）之间，反者九起（指高祖五年发生的臧荼、利几反叛以及高祖十一年黥布、彭越、韩王信、卢绾、陈豨、韩信、贯高反叛事件）。陛下之与诸公，非亲（亲自）角（较量）材而臣之也，又非身封王之也，自高皇帝不能以是一岁为安，故臣知陛下之不能也。

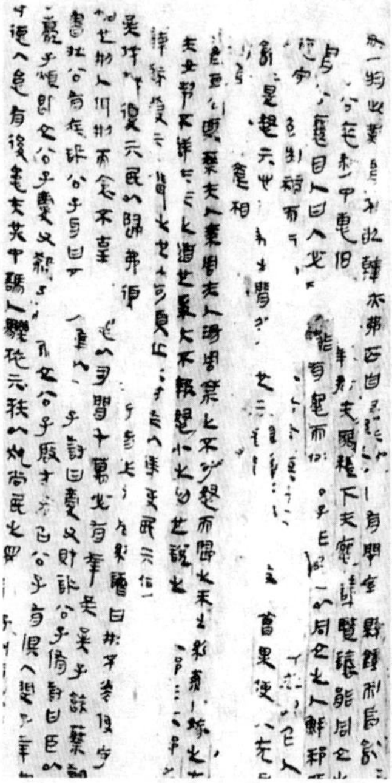
218. 西汉《春秋事语》帛书

然尚有可诿（wěi，推托）者，曰疏（关系远，不亲近）。臣请试言其亲（关系亲密）者。假令悼惠王（齐悼惠王，高祖刘邦的长子刘肥）王（wàng，统治）齐，元王（高祖弟刘交）王楚，中子（赵隐王，高祖子刘如意）王赵，幽王（高祖子刘友）王淮阳，共王（高祖子刘恢。共，gōng）王梁，灵王（高祖子刘建）王燕，厉王（高祖子刘长）王淮南，六七贵人皆亡恙，当是时陛下即位，能为治乎？臣又知陛下之不能也。若此（像这样）诸王，虽名为臣，实皆有布衣昆弟（普通兄弟）之心，虑亡不帝制而天子自为者（此句指诸王与天子都是兄弟，不讲臣子之礼，都用天子的仪制，做天子做的事情）。擅爵人（授爵位给人），赦死罪，甚者或戴黄屋（天子车盖之制，用黄缯做里子），汉法令非行也。虽行，不轨（不修法制）如厉王者，令之不肯听，召之安可致乎！幸（侥幸）而来至，法安可得加！动一亲戚，天下（指天下诸侯）圜视（瞪眼怒视。圜，yuán，意通“圆”）而起，陛下之臣虽有悍如冯敬（汉文帝时御史大

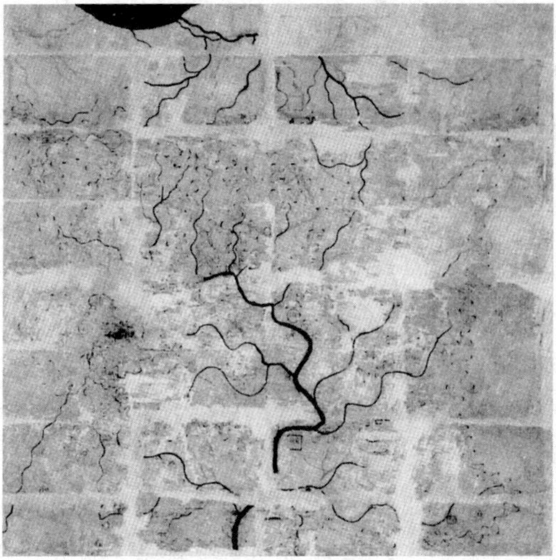

219. 西汉 长沙国南部地形图帛画

夫，曾揭发淮南王刘长谋反一事，后被刺杀)者，适启其口，匕首已陷其胸矣。陛下虽贤，谁与领(治理)此？故疏者必危，亲者必乱，已然(已成事实)之效(证明)也。其异姓负强而动者，汉已幸胜之矣，又不易其所以然(没有铲除所以会反叛的根源)。同姓袭(沿着)是迹而动，既有征(凭据，征兆)矣，其势尽又复然(出现过去的混乱局面)。殃祸之变，未知所移(转变)，明(英明)帝处之尚不能以安，后世将如之何！

屠牛坦(春秋时人，善于宰牛)一朝解十二牛，而芒刃不顿(通"钝")者，所排击剥割(杀牛时用刀的各种刀法，排，解剖；击，敲击)，皆众理(肌肉的纹理)解(四肢关节)也。至于髋(胯骨)髀(bì，大腿骨)之所，非斤(横刃砍刀)则斧(竖刃砍刀)。夫仁义恩厚，人主之芒刃也；权势法制，人主之斤斧也。今诸侯王皆众髋髀也，释斤斧之用，而欲婴(触动)以芒刃，臣以为不缺则折。胡不用之淮南、济北？势不可也。

臣窃迹(考察)前事，大抵强者先反。淮阴王楚，最强，则最先反;韩信倚(倚仗,依靠)胡,则又反;贯高因赵资,则又反;陈豨兵精,则又反;彭越用梁,则又反;黥布用淮南,则又反;卢绾最弱,最后反。长沙(指长沙王吴芮。汉初封诸侯,他受封的户数最少,势弱未反,得以保全)乃在二万五千户耳,功少而最完,势疏而最忠,非独性异人也,亦形势然也。曩令樊(樊哙,汉初封舞阳侯,居任左丞相)、郦(郦商,汉初封为曲周侯,后任右丞相)、绛(周勃,封绛侯,文帝时为右丞相)、灌(灌婴,封颍阴侯,官至太尉、丞相)据数十城而王,今虽已残,亡(灭亡)可也;令信(韩信)、越(彭越)之伦列为彻侯(又名通侯,是秦汉二十级爵位中最高一级,只有封爵没有封地)而居,虽至今存,可也。然则天下之大计可知已(通"矣")。欲诸王之皆忠附(归附),则莫若令如长沙王;欲臣子之勿菹醢(zū hǎi,古代一种把人剁成肉酱的酷刑。),则莫若令如樊、郦等;欲天下之治安,莫若众建诸侯而少(减少)其力(实力)。力少则易使(约束,指挥)以义(法制),国小则亡(通"无")邪心。令海内之势如身之使臂,臂之使指,莫不制从(制服,听从);诸侯之君不敢有异心,辐凑(像辐条聚集于车轴,比喻地方归顺中央。辐,辐条。凑,聚集)并进而归命天子;虽在细民(百姓),且知其安,故天下咸知陛下之明。割地定制,令齐、赵、楚各为若干国,使悼惠王、幽王、元王之子孙毕以次(都依次)各受祖之分地,地尽而止,及燕、梁他国皆然。其分地众而子孙少者,建以为国(小诸侯国),空而置之,须其子孙生者,举(推举)使君之。诸侯之地,其削(汉制,诸侯有罪,按罪行轻重大小,或削减封地,或剥夺封地,被削的封地就收归中央,并入郡县中)颇入汉者,为徙其侯国及封其子孙也,所以数偿(如数偿还)之。一寸之地,一人之众,天子亡所利(图利)焉,诚以定治而已,故天下咸知陛下之廉。地制一定,宗室子孙莫虑不王,下无倍畔(通"背叛")之心,上无诛伐之志,故天下咸知陛下之仁。法立而不犯,令行而不逆,贯高、利几(原为项羽部将,归汉后封为颍川侯,后因谋反被杀)之谋不生,柴奇、开章(二人均为淮南王的谋士,都参加了淮南厉王刘长的谋反)之计不萌,细民乡(通"向")善,大臣致顺,故天下咸知陛下之义。卧赤子(婴儿,在此指年幼的皇帝)天下之上而安,植(立)遗腹(遗腹子),朝(朝拜)委裘(先帝遗留的衣服。委,放置),而天下不乱,当时(现在)大治(整顿,整治),后世诵圣。一动(指实行"众建诸侯而少其力"的措施)而五业(五项功业,指明、廉、仁、义、圣)附,陛下谁(什么)惮(顾虑)而久不为此?

天下之势方病大瘇(脚肿病,形容诸侯王势力太大)。一胫(小腿)之大几如要(通"腰"),一指(脚趾)之大几如股(大腿),平居不可屈信(通"伸"),一二指搐(牵动),身虑无聊(无所依赖,此指难以支持)。失今不治,必为锢疾,后虽有扁鹊(战国时名医),不能为已。病非徒瘇也,又苦跖盭(zhí lì,脚掌向反面弯曲。跖,脚掌。盭,弯曲)。元王之子,帝之从弟(堂弟)也;今之王者,从弟之子也。惠王之子,亲兄子也;今之王者,兄子之子也。亲者(关系亲近的人,指文帝自己的子孙)或亡(通"无")分地以安天下,疏者(指文帝的远亲,如上文的"从弟之子""兄子之子")或制(掌握)大权以逼(胁迫)天子。臣故曰非徒病瘇也,又苦跖盭。可痛哭者,此病是也。

幼闻人说:韩昌黎如海,苏东坡如潮。便寻二公文章反复再读,深信海之与潮,果有如此也。既而忽见贾生列传,读其治安全策,乃始咋舌怪叹。夫此则真谓之海矣:千奇万怪,千态万状,无般不有,无般不起。则真谓之潮矣:来,不知其如何忽来;去,不知其如何忽去。总之,韩、苏二公文章,纵极汪洋排荡时,还有墙壁可依,路径可觅。至于此文,更无墙壁可依,路径可觅。少年初见古文,便先教读一万遍,定能分外生出天授神笔。

(金圣叹)

晁错论贵粟疏 《汉书》

圣王在上而民不冻饥者，非能耕而食(sì，给人吃)之，织而衣(yì，给人穿)之也，为开(开发)其资财之道也。故尧、禹有九年之水，汤有七年之旱，而国无捐瘠者(被遗弃的和瘦得不成样的人)，以畜(通“蓄”)积多而备(准备)先具(具备)也。今海内为一，土地人民之众(多)不避(不让，不下于)禹、汤，加以亡(通“无”)天灾数年之水旱，而畜积未及者，何也？地有余利，民有余力，生(生长，种植)谷之土未尽垦，山泽之利(资源)未尽出(开发)也，游食(游手好闲，不劳动)之民未尽归农(务农)也。

民贫，则奸邪生。贫生于不足，不足生于不农(发展农业)，不农则不地着(定居在某一地方)；不地着则离乡轻(忽视)家，民如鸟

220.
西汉 酒樽 内府制造 通体错金银

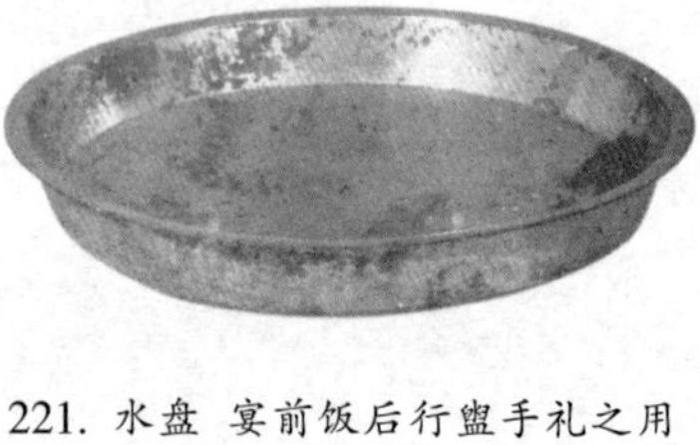

221. 水盘 宴前饭后行盥手礼之用

222. 魏晋 砖画 采桑图

兽，虽有高城深池(护城河)，严法重刑，犹不能禁也。

夫寒之于(对于)衣，不待(等待)轻暖；饥之于食，不待甘旨(美味食物)；饥寒至身，不顾廉耻。人情(人之常情)，一日不再食(吃两顿饭)则饥，终岁不制衣则寒。夫腹饥不得食，肤寒不得衣，虽慈母不能保其子，君安能以有(拥有)其民哉！明主(贤明的君主)知其然也(是这样的)，故务(使……从事)民于农桑，薄赋敛，广畜积，以实仓廪，备水旱，故民可得而有[主语省略，宾语前置，即“(君)可得而有民”]也。

民者，在上所以牧(养，引申为统治)之；趋利(趋逐利益)如水走(流)下，四方无择也。夫珠玉金银，饥不可食，寒不可衣，然而众贵(以……为贵，珍视)之者，以上(君主)用之故也。其为物轻微易藏(收藏)，在于把握(手中)，可以周海内而亡(通“无”)饥寒之患。此令臣轻(轻易)背(违背，背叛，离开)其主，而民易去(离开)其乡，盗贼有所劝(鼓励，诱惑)，亡逃者得轻资(携带轻便的财物)也。粟米布帛，生于地，长于时(天时)，聚于力，非可一日成也。数石(dàn，古时衡量轻重的单位，一百二十斤为一石)之重，中人(中等力气的人)弗胜(shēng，担负)，不为奸邪所利(贪图)，一日弗得而饥寒至。是故明君贵五谷而贱金玉。

今农夫五口之家,其服役者,不下二人,其能耕者不过百亩,百亩之收不过百石。春耕夏耘,秋获冬藏,伐薪樵,治官府(修理官府的建筑物),给徭役(为官府服劳役);春不得避风尘,夏不得避暑热,秋不得避阴雨,冬不得避寒冻,四时之间无日休息;又私自(私人方面)送往迎来,吊死问疾,养孤长幼在其中。勤苦如此,尚复被水旱之灾,急政(急迫的征收。政,通“征”)暴虐,赋敛不时(不按时),朝令而暮改。当其有者半贾(通“价”)而卖,亡(通“无”)者取倍称(加倍。称,chèng)之息,于是有卖田宅、鬻子孙以偿债者矣。而商贾大者积贮(囤积货物)倍息,小者坐列(开店)贩卖,操(掌握)其奇赢(积财以蓄货。奇,jī,余物。赢,赢利),日游(游荡)都市,乘(趁机)上(皇上)之急(急用),所卖必倍。故其男不耕耘,女不蚕织,衣必文采(华丽),食必粱肉(上等的米肉,美食佳肴),亡(通“无”)农夫之苦,有阡陌之得。因其富厚,交通(结交往来)王侯,力(实力)过吏势,以利相倾(倾乱),千里游敖(通“遨”,游玩),冠盖相望,乘坚(坚固的车子)策肥(肥马),履(穿着)丝曳(yè,拖着)缟(gǎo,

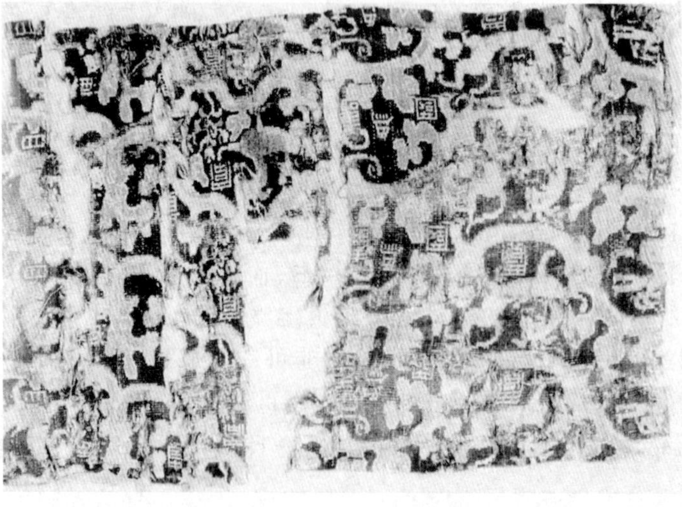

223. 汉 绣品 绣有吉祥词语

丝织的白绢)。此商人所以兼并农人,农人所以流亡者也。今法律贱商人,商人已富贵矣;尊农夫,农夫已贫贱矣。故俗之所贵,主之所贱也;吏之所卑,法之所尊也。上下相反,好恶乖迕,而欲国富法立,不可得也。

方今之务,莫若使民务农而已矣。欲民务农,在于贵粟(指代粮食)。贵粟之道,在于使民以粟为赏罚。今募天下入粟县官,得以拜爵,得以除罪。如此,富人有爵,农民有钱,粟有所渫(xiè,散)。夫能入粟以受爵,皆有余者也。取于有余,以供上用,则贫民之赋可损(减少),所谓损有余,补不足,令(法令)出(颁布)而民利者也。顺于民心,所补(好处)者三:一曰主用足;二曰民赋少,三曰劝(鼓励)农功(生产)。今令(法令)民有车骑马(可以备车骑的马,战马)一匹者,复卒(免除兵役)三人。车骑者,天下武备(武器装备)也,故为复卒。神农之教曰:"有石城十仞(七尺或八尺为一仞),汤池(像沸水的护城河)百步,带甲(军队)百万,而亡粟,弗能守也。"以是观之,粟者,王者大用(最重要的资财),政之本务(根本)。令(让)民入粟受爵至五大夫以上,乃复一人耳,此其与骑马之功(益处,好处)相去远矣。爵(爵位)者,上(皇上)之所擅(专有),出于口而无穷。粟者,民之所种,生于地而不乏。夫得高爵与免罪,人之所甚欲也。使天下人入粟于边(边塞边境),以受爵免罪,不过三岁,塞下之粟必多矣。

此篇大意,只在入粟于边,以富强其国。故必使民务农,务农在贵粟,贵粟在以粟为赏罚。一意相承,似开后世卖鬻之渐。然错为足边储计,因发此论,固非泛谈。

(原本《古文观止》)

邹阳狱中上梁王书 《汉书》

邹阳(汉初齐人,文学家,为人正直,有智谋才略)从梁孝王(名武,汉文帝次子)游。阳为人有智略,慷慨不苟合,介于羊胜、公孙诡(均为梁孝王门客)之间。胜等疾(嫉妒)阳,恶(谗毁)之孝王。孝王怒,下阳吏(掌司法的官吏),将杀之。阳乃从狱中上书曰:

"臣闻'忠无不报(报答),信(信用)不见(被)疑',臣常以为然,徒虚语(空话)耳。昔荆轲慕燕丹之义,白虹贯日(象征将要出现杀君的事件。古人把日当作君的象征,白虹为战争的预兆),太子畏之(害怕而不信);卫先生(秦国人)为秦画(谋划)长平之事(指秦兵伐赵,在长平大败赵军一事),太白食昴(象征将要灭赵。太白,是金星的古名,象征战争。昴,mǎo,星宿名,古人认为昴宿在赵之分野),昭王疑之。夫精变(精诚感动)天地,而信不谕(明白)两主,岂不哀哉!今臣尽忠竭诚,毕议(倾诉所有的看法)愿知,左右不明(心术不正),卒从(被)吏讯(审讯),为世(世人)所疑。是使荆轲、卫先生复起,而燕、秦不

224. 汉画像 荆轲刺秦王

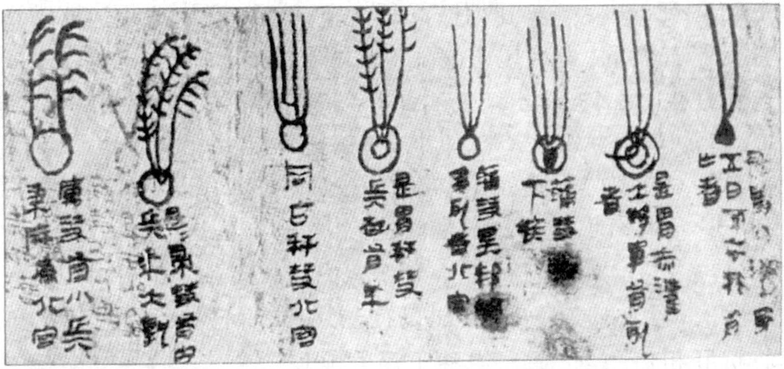

225. 春秋战国 彗星图

寤(通“悟”,觉悟)也。愿大王熟察之。

“昔玉人献宝(楚人卞和得到一块未经雕琢的玉石,两次献给楚王,工匠说是石头,卞和的双脚先后被砍断,后来凿去外层石头,果然得到宝玉,即“和氏璧”),楚王诛之;李斯(战国末年楚国人,秦王嬴政时任丞相,辅佐嬴政统一天下。胡亥即位,听信谗言,杀害李斯)竭忠,胡亥(即秦二世)极刑。是以箕子(名胥余,殷纣王叔父)阳(通“佯”,假装)狂,接舆(春秋时楚国隐士)避世,恐遭此患也。愿大王察玉人(指卞和)、李斯之意,而后(把……放在后边)楚王、胡亥之听,毋使臣为箕子、接舆所笑。臣闻比干剖心,子胥鸱夷(皮革做的袋子。鸱,chī),臣始不信,乃今知之。愿大王熟察,少(通“稍”)加怜焉!

“语曰:‘有白头如新,倾盖如故(相识多年,直到头发白了,还像刚结交一样陌生;路上相遇,停车交谈,就像老朋友一样投机)。’何则?知与不知也。故樊於期(秦将。被人陷害逃到燕国,秦王杀他全家,悬赏重金捉拿他)逃秦之燕,借(给……借口)荆轲首(樊於期人头)以奉丹(燕太子丹)事;王奢(齐臣,因罪逃往魏国。后来齐国攻打魏国,王奢为了不连累魏国而自杀)去齐之魏,临城自刭(自杀),以却齐而存魏。夫王奢、樊於期非新于齐、秦而故于燕、魏也,所以去(离开)二国死(为……而死)两君者,行合于志,慕义无穷也。是以苏秦不信于天下,为燕尾生(传说中极守信用的人。他与女子相约会于桥下,女子不至,大水已来,他守信不去,抱柱而死);白圭(战国时中山国将领,于战争中失掉六城,中山王要杀他,逃至魏,受魏王厚待,后为魏攻取中山)战亡六城,为魏取中山。何则?诚有以相知也。苏秦相(做……的宰相)燕,人恶(陷害)之(指苏秦)燕王,燕王按剑而怒,食(sì,给人吃)以駃騠(jué tí,一种骏马名);白圭显(显贵)于中山,人恶(诬陷)之于魏文侯,文侯赐以夜光之璧。何则?两主二臣,剖心析肝相信(互相信任),岂移于浮辞哉!

“故女无美恶,入宫见妒;士无贤不肖,入朝见嫉。昔司马喜(战国时人。据说在宋国受膑刑,后来三次担任中山国的相)膑(古代刑罚的一种,挖去膝盖骨)脚于宋,卒(结果)相中山;范雎(战国时魏人,初随魏须贾出使齐国。回国后魏相怀疑他与齐国勾结,打断他的肋骨和牙齿,扔在厕所里。后逃至秦国,为秦相,封应侯)拉(折断)胁折齿于魏,卒为应侯。此二人者,皆信必然之画(实现计划),捐(抛弃)朋党之私,挟孤独(独立)之交,故不能自免于嫉妒之人也。是以申徒狄(姓申徒,名狄,商代人,因谏君不听,自投雍水而死)蹈(投)雍之河,徐衍(周末人,对乱世不满,负石自沉于海)负石入海。不容于世,义不苟取比周(结党。比,bì)于朝,以移主上之心。故百里奚(姓百里,名奚。春秋时虞国人。虞亡被晋俘为奴,晋献公将之作为陪嫁奴隶送至秦国。后辗转佐秦穆公成就霸业)乞食于道路,穆公委之以政;宁戚(春秋时卫人)饭(喂)牛车下,桓公任之以国。此二人者,岂素宦(做官)于朝,借誉于左右,然后二主用之哉?感于心,合于行,坚如胶漆,昆弟(兄弟)不能离,岂惑于众口哉?故偏听生奸,独任成乱。昔鲁听季孙(季桓子,春秋末年鲁国上卿)之说逐孔子,宋任子冉之计囚墨翟。夫以孔、墨之辩,不能自免于谗谀,而二国以危(因此危亡)。何则?众口铄金,积毁销骨也。秦用戎人由余(春秋时人,祖先为晋人,后入居戎地)而伯(称霸)中国,齐用越人子臧(人名)而强(使……强)威(齐威王)、宣(齐宣王)。此二国岂系(束缚)于俗,牵于世，系奇偏之浮辞哉？公听并观，垂明当世。故意合则吴越为兄弟，由余、子臧是矣；不合则骨肉为仇敌，朱(丹朱，尧的儿子)、象(舜的后母弟)、管(管叔，周武王的弟弟)、蔡(蔡叔，周武王的弟弟)是矣。今人主诚能用齐、秦之明(明察)，后(将……置之于后)宋、鲁之听(偏听)，则五伯(即春秋五霸)不足侔(相等)，而三王(指禹、汤、周文王、周武王，文武合为一王)易为也。

"是以圣王觉寤(寤通"悟")，捐子之(战国时燕王宰相)之心，而不说(同"悦")田常(即陈恒，春秋时齐简公的臣子，杀简公立平公，为相，五年后篡夺齐国王位)之贤，封比干之后(传说周武王灭商之后，封比干之子)，修孕妇之墓(传说纣王曾剖孕妇之腹观看胎儿。武王灭商后为被害者修建坟墓)，故功业覆于天下。何则？欲善无厌也。夫晋文(晋文公重耳)亲其仇，强伯诸侯；齐桓用其仇(仇人，指管仲)，而一匡天下。何则？慈仁殷勤，诚加于心，不可以虚辞(假话)借(代替)也。至夫秦用商鞅(战国时卫国人，辅佐秦孝公变法)之法，东弱(削弱)韩、魏，立强天下，卒车裂之。越用大夫种(即文种，春秋时越国大夫)之谋，禽(通"擒")劲吴而伯中国，遂诛其身。是以孙叔敖(春秋时楚国人)三去相而不悔，於陵(战国齐地。於，wū)子仲(即陈仲子，楚国隐士)辞三公(两汉时的丞相、太尉、御史大夫为三公)为人灌园。今人主诚能去骄傲之心，怀可报之意，披心腹，见(通"现"，表现)情素(通"愫")，堕肝胆(披肝沥胆)，施德厚，终与之穷达，无爱(吝惜)于士，则桀之犬可使吠尧，跖(zhí，即盗跖)之客可使刺由(许由，古时高士)，何况因万乘之权，假圣王之资乎！然而荆轲湛(通"沉")七族，要离(春秋时吴人)燔(fán，烧)妻子，岂足为大王道哉！

"臣闻明月之珠，夜光之璧，以闇(通"暗")投人于道，众莫不按剑相眄(miǎn，斜视)者。何则？无因而至前也。蟠木(屈曲的树)根柢(dǐ，树根)，轮囷离奇(盘绕屈曲的样子。囷 qūn)，而为万乘(指帝王)器者，以左右先为之容(雕琢装饰)也。故无因而至前，虽出随珠(传说春秋时随侯在途中遇到一条受伤的蛇，救活了它。蛇衔来一颗明珠报答他，称为“随珠”）、和璧（即和氏璧），只怨结而不见德。有人先游（游说，称誉），则枯木朽株，树功而不忘。今夫天下布衣穷居之士，身在贫羸（léi，瘦弱），虽蒙尧、舜之术，挟伊（伊尹，商汤时名臣，名伊，官职是尹）、管（即管仲）之辩，怀龙逢（夏代贤臣，桀无道，龙逢力谏，被杀）、比干之意（忠心），而素无根柢之容，虽竭精神，欲开（贡献）忠于当世之君，则人主必袭按剑相眄之迹矣。是使布衣之士不得为枯木朽株之资（作用）也。是以圣王制世御俗，独化于陶钧（陶工制陶器时放在模子下面能够旋转的工具）之上，而不牵乎卑乱之语，不夺（动摇）乎众多之口。故秦皇帝（即秦始皇）任中庶子（太子的属官）蒙嘉（人名）之言以信荆轲，而匕首窃发；周文王猎泾、渭（二水名，在今陕西省），载吕尚（姓姜，因祖先封于吕，故称吕尚）归，以王天下。秦信左右而亡，周用乌集（像乌鸦那样猝猝然集合，

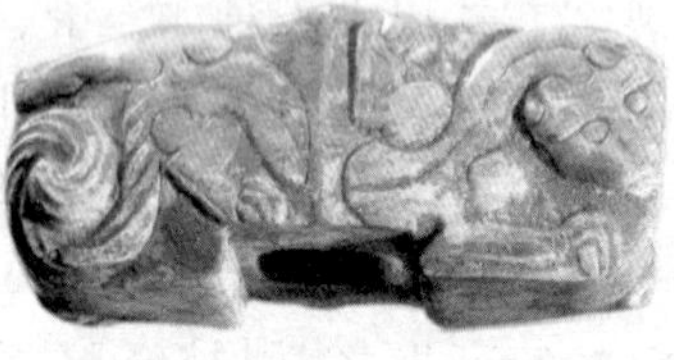

226. 西汉 青玉螭虎纹璏

227. 西汉 青玉镂空凤纹璏

228.战国 青玉镂空龙形佩

比喻偶然相识的人，指吕尚)而王。何则？以其能越挛拘(固执)之语，驰域外之议，独观乎昭旷之道也。今人主沉(沉湎于)谄谀之辞，牵帷廧(妻妾居住的内室。廧，通“墙”)之制，使不羁之士与牛骥同皂(喂牛马的槽)，此鲍焦(周代隐士，传说他不满现实，廉洁安贫，抱树饿死)所以愤于世也。

“臣闻盛饰(穿戴整齐)入朝者不以私污义，底厉(通“砥砺”，磨练，修养)名(名誉)号者不以利伤行(德行)。故里(村子)名‘胜母’，曾子(孔子的学生)不入；邑号‘朝歌’，墨子回车。今欲使天下寥廓之士笼于威重之权，胁于位势之贵，回面(改变面孔)污行，以事谄谀之人，而求亲近于左右，则士有伏死堀(通“窟”)穴岩薮(湖泽)之中耳，安有尽忠信而趋阙下(借指朝廷)者哉！”

思如泉涌，若肆笔出之，而神采飞动，词章炳蔚。悲欢愤激，语兼讽刺。使人读之，千百遍不厌。卓为千古奇作。

(孙月峰)

本文列举大量历史事实，引用了诸多的比喻、谚语，论证雄辩有力，情词恳切，一气呵成，委婉反复地劝说梁孝王不要轻信谗言，应听取多方意见，独立判断是非，来招纳忠信之士。

(李元)

司马相如上书谏猎　《汉书》

相如(司马相如)从(随从)上至长杨(宫殿名,旧址在今陕西周至)猎。是时天子方好(正好喜欢)自击熊豕(野猪),驰逐野兽。相如因上疏谏曰:

"臣闻物有同类而殊能者,故力称乌获(秦武王时的大力士,传说能力举千钧,后来也用作力士的统称),捷言庆忌(春秋时吴王僚的儿子,以勇武著称。传说阖闾用马追赶他但没有追上),勇期贲(孟贲,秦武王时的勇士,传说他走水路不避蛟龙,走陆路不避虎狼)、育(战国时的勇士,传说可力拔牛尾)。臣之愚,窃以为人诚有之,兽亦宜然。今陛下好陵(登上)阻险,射猛兽,卒然(即"猝然",突然)遇逸材(也作"逸才",才智出众。在此指野兽中异常凶猛者)之兽,骇不存(不能安全存留)之地,犯属车(随从的车辆)之清尘(车扬起的尘土),舆(车)不及

229. 东汉 青铜主骑

还(xuán，旋转)辕，人(指卫士)不暇施巧，虽有乌获、逢蒙(古代善于射箭的人，也作“逢门”)之技不得用，枯木朽株尽为难(障碍)矣。是胡(对北方少数民族的泛称)、越(对南方少数民族的泛称)起于毂下(车下，指身旁。毂，gǔ)，而羌(古代西部少数民族之一，在此泛指西部少数民族)、夷(对东部少数民族的蔑称)接轸(车轮相衔接而行，比喻接近。轸，车厢底部后面的横木)也，岂不殆(危险)哉！虽万全而无患，然本非天子之所宜近也。

“且夫清道(古代帝王或大官出巡要清理道路，禁止行人来往)而后行，中路(大道)而驰，犹时有衔橛之变(车马在急速奔驰时，衔和橛可能会发生意外的情况。在此指车马倾覆的灾祸)。况乎涉丰草(荒林草莽)，骋邱墟(废墟，荒地。邱，通“丘”)，前有利(贪图)兽之乐，而内无存变(防备意外)之意，其为害也不亦难矣！夫轻万乘之重不以为安，乐(喜欢)出万有一危之涂(通“途”，道路)以为娱，臣窃为陛下不取。

230. 战国晚期　错金银兽首形辕饰

“盖明者远见于未萌，而知(通“智”)者避危于无形，祸固多藏于隐微，而发于人之所忽者也。故鄙谚曰：‘家累千金，坐不垂堂(堂屋檐下。因檐瓦落下可能会伤人，所以这是危险的地方)。’此言虽小，可以喻大。臣愿陛下留意幸察。”

只起语略见正意，中间全用比喻成文。文法夺甚，亦以不得明言，故多作隐语耳。一段出色写兽之骇发，一段出色写人之不意，并不作一儒生蒙腐之语，后始反复切劝之。

(邵子湘)

李陵答苏武书 《汉书》

子卿(即苏武,字子卿,西汉杜陵人。武帝天汉元年出使匈奴被扣,因不肯投降,在北海牧羊十九年,直至匈奴与汉和亲,方得回朝,被封为典属国)足下:

勤宣令德(美德),策名(做官)清时,荣问(美好的名声。问,通"闻")休(美)畅(通,吉顺的意思),幸甚,幸甚!

远托(寄居)异国,昔人所悲,望风怀想,能不依依!昔者(指苏武)不遗(遗忘),远辱(屈身)还答(回信),慰诲勤勤,有逾骨肉,陵(即李陵,字少卿,西汉陇西成纪人,名将李广之孙。天汉二年,率步兵五千出击匈奴,在士卒死伤殆尽的情况下,战败投降,后病死于匈奴军中)虽不敏,能不慨然!

自从初降,以至今日,身之贫困,独坐愁苦。终日无睹,但见异类(异族人);韦(皮革)鞲(gōu,革制的袖套

231. 汉 毡帐支器

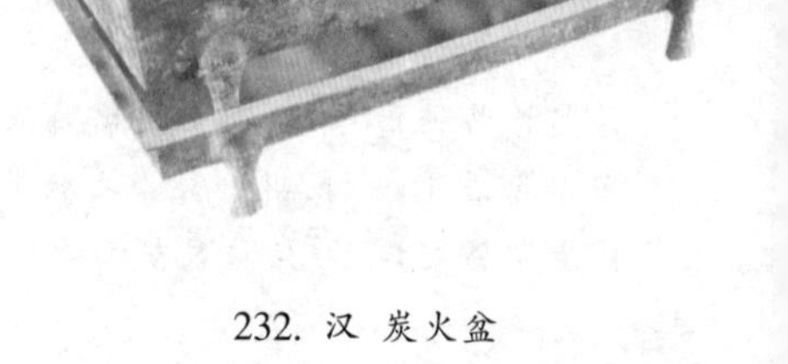

232. 汉 炭火盆

233. 汉画像 胡汉战争场面

或臂衣)毳幕(毡做的帐篷。毳,cuì,指粗糙毛织物),以御风雨;膻肉酪浆,以充饥渴;举目言笑,谁与为欢?胡地玄冰(厚冰。玄,天青色),边土惨裂,但闻悲风萧条之声;凉秋九月,塞外草衰,夜不能寐,侧耳远听,胡笳(古代北方民族的管乐器)互动,牧马悲鸣,吟啸成群,边声四起。晨坐听之,不觉泪下。嗟乎,子卿!陵独何心,能不悲哉!

与子别后,益复无聊,上念老母,临年(临到老年)被戮,妻子无辜,并为鲸鲵(鲸鱼,雄的叫鲸,雌的叫鲵。这里指被杀戮。李陵投降后,有败在匈奴手下的汉将向汉武帝诬告他教匈奴用兵之道,使匈奴打败了汉军,于是汉武帝便杀了他全家)。身负国恩,为世所悲,子归受荣,我留受辱,命也何如!身出礼义之乡,而入无知之俗,违弃君亲之恩,长为(居住)蛮夷之域,伤已!令先君(子孙称自己的祖先为"先君")之嗣,更成戎狄之族,又自悲矣!功大罪小,不蒙明察,孤负陵心区区之意。每一念至,忽然忘生(失去了活下去的愿望)。陵不难刺心以自明,刎颈以见志。顾国家于我已矣,杀身无益,适足增羞,故每攘臂(捋起衣袖,露出胳膊,表示振奋或发怒)忍辱,辄复苟活。左右之人,见陵如此,以为不入耳之欢,来相劝勉,异方之乐,只令人悲,增忉怛(dāo dá,悲痛,忧伤)耳。

嗟乎,子卿!人之相知,贵相知心。前书仓卒,未尽所怀,故复略而言之。昔先帝授陵步卒五千,出征绝域,五将失道(迷失道路。这里指没有按期会合),陵独遇战,而裹万里之粮,帅徒步之师,出天汉(指汉朝统治区)之外,入强胡之域,以五千之众,对十万之军，策疲乏之兵，当(通“挡”，抵挡)新羁之马。然犹斩将搴旗(拔取敌旗。搴，qiān，拔取)，追奔逐北，灭迹扫尘，斩其枭帅(勇猛的将领)，使三军之士视死如归。陵也不才，希当大任，意谓此时，功难堪(功劳很大，无人可以比拟。堪，胜)矣。

234. 汉 玺印
汉匈奴呼卢訾尸逐

匈奴既败，举国兴师，更练精兵，强逾十万，单于临阵，亲自合围。客主之形(情况，状况)，既不相如(相比)；步马之势，又甚悬绝。疲兵再战，一以当千，然犹扶乘(强忍)创痛，决命争首(争先恐后)。死伤积野，余不满百，而皆扶病，不任干戈。然陵振臂一呼，创病皆起，举刃指虏，胡马奔走；兵尽矢穷，人无尺铁，犹复徒首奋呼，争为先登。当此时也，天地为陵震怒，战士为陵饮血(指极度悲伤)。单于谓陵不可复得，便欲引还，而贼臣(指管敢，本来是李陵军中的一名下级军官，因受校尉之辱投降匈奴，他把李陵队伍的实际兵力和情况告诉了单于，使本来以为前有伏兵而不敢追击汉军的匈奴部队大举进攻李陵，使汉军全军覆没)教之，遂使复战，故陵不免耳。

235. 汉 玺印 汉匈奴破虏长

昔高皇帝(汉高祖刘邦)以三十万众，困于平城。当此之时，猛将如云，谋臣如雨，然犹七日不食，仅乃得免。况当陵者，岂易为(发挥)力哉？而执事者(汉朝当政的人，指汉武帝，是委婉的称呼)云云，苟怨陵以不死。然陵不死，罪也。子卿视陵，岂偷生之士而惜死之人哉？宁有背君亲、捐妻子而反为利者乎？然陵不死，有所为也。故欲如前书之言，报恩于国主耳。诚以虚死不如立节，灭名(毁灭自己)不如报德也。昔范蠡不殉会稽之耻(越王勾践被吴王夫差战败，困在会稽，范蠡出计向吴王屈膝求和，然后又辅佐勾践发奋图强，最终灭了吴国)，曹沫(春秋时鲁国大夫)不死三败之辱(齐桓公伐鲁，鲁国三战三败，后鲁国与齐国会盟，曹沫用匕首挟持齐桓公，迫使他归还鲁国的土地)，卒复勾践之仇，报鲁国之羞。区区之心，窃慕此耳。何图志未立(达到)而怨已成，计未从而骨肉受刑。此陵所以仰天椎心而泣血也！

足下又云："汉与功臣不薄。"子为汉臣，安得不云尔乎！昔萧(萧何，汉初国相，为汉朝的建立立下大功，他曾建议开放"上林苑"中的空地让百姓耕种，惹怒了汉高祖，被捕入狱)、樊(樊哙，汉初大将，因功封为舞阳侯，刘邦病重时，他被控与吕后结党谋反，被解除了兵权并被捕)囚絷(zhí，捆绑，拘囚)，韩、彭(韩，韩信；彭，彭越。均为汉初大将，开国功臣，后被封为王，以造反罪被杀)葅醢，晁错(汉景帝的谋臣，他针对当时诸侯国的谋反迹象，提出了"削藩"的建议，未被采纳。后吴王刘濞等七个诸侯以"请诛晁错，以清君侧"为口号起兵，景帝就杀了晁错)受戮，周(汉初将领周勃，因功封绛侯，后参与诛吕后党羽，迎立文帝，任丞相，因被控谋反，被捕入狱)、魏(魏其侯窦婴，因平定七国之乱有功而被封侯，武帝初年遭人毁谤而被处死)见辜；其余佐命立功之士，贾谊(西汉杰出的政治家、文学家，主张政治改革)、亚夫(周亚夫，周勃之子，西汉名将，曾平定七国之乱，因触犯景帝，谢病免官，后因其子私买御物而下狱，死在狱中)之徒，皆信命(闻名)世之才，抱(身怀)将相之具，而受小人之谗，并受祸败之辱，卒使怀才受谤，能不得展，彼二子(指前文的贾谊和周亚夫)之遐举(远行，在此指死亡)，谁不为之痛心哉！陵先(前辈)将军(指李陵的祖父李广，善骑射，武帝时，任右北平太守，匈奴数年不敢来犯，称他为"飞将军"，与匈奴前后作战七十余次，但未被封侯)，功略盖天地，义勇冠三军，徒失(违背)贵臣(指大将军卫青，是汉武帝的皇后卫夫人的弟弟，曾率兵出击匈奴，当时李广任前将军，因迷失道路被卫青责问，深感耻辱而自杀)之意，刭身(自杀)绝域(极遥远的地域)之表(外)。此功臣义士所以负戟(怀抱报国志向)而长叹者也！何谓"不薄"哉？

且足下昔以单车之使，适万乘之虏，遭时不遇(苏武出使匈奴时，匈奴内部有人企图劫持单于的母亲，并杀死汉的降将卫律，与苏武一起出使匈奴的张胜支持他们的行动，后事败，牵连到张胜，苏武也被扣留)，至于伏剑不顾(用剑自杀。苏武被扣留审讯时曾挥剑自杀，后被救活)，流离辛苦，几死朔北之野。丁年(壮年)奉使，皓首而归，老母终堂(去世)，生妻去帷(离开帷帐内，指改嫁)，此天下所希闻，古今所未有也。蛮貊(泛指少数民族。蛮，常指南方少数民族。貊，mò，指东北少数民族，这里指匈奴)之人尚犹嘉子之节(苏武被扣留后，单于逼迫他投降，他就自杀，单于对苏武不肯投降的气节很敬佩)，况为天下之主乎？陵谓足下当享茅土(指受封为王侯)之荐，受千乘(周制千乘代指诸侯，在此指封侯)之赏，闻子之归，赐不过二百万，位不过典属国(官属名，掌管少数民族事务)，无尺土之封，加(封赏)子之勤；而妨功害能(妨碍功臣，陷害贤能)之臣尽为万户侯(食邑万户的侯)，亲戚贪佞(贪赃奸佞)之类悉为廊庙宰(比喻能为朝廷负担重任的大臣，在此指高官)。子尚如此，陵复何望哉？

且汉厚诛(严厉地惩处)陵以不死，薄赏子以守节，欲使远听(远方听命)之臣望风驰命(听到风声奔驰效命)，此实难矣，所以每顾(回首)而不悔者也。陵虽孤(辜负)恩，汉亦负德。昔人有言："虽忠不烈(刚烈)，视死如归。"陵诚能安，而主岂复能眷眷乎？男儿生以不成名(成就功名)，死则葬蛮夷中，谁复能屈身稽颡(qǐ sǎng，以额触地的叩拜大礼)，还向北阙(朝廷的别称)，使刀笔之吏(泛指主办文案的官吏)弄其文墨耶！愿足下勿复望陵。

嗟乎，子卿！夫复何言？相去万里，人绝路殊，生为别世之人，死为异域之鬼，长与足下，生死辞矣。幸谢(问候)故人，勉事(努力侍奉)圣君。足下胤子(儿子。苏武在匈奴时娶匈奴女为妻，生一子名通国)无恙，勿以为念。努力自爱。时因北风(指顺路)，复惠德音。李陵顿首(头叩地而拜，常用于书信的结尾)。

相其笔墨之际，真是盖世英杰之士。身被至痛，衔之甚深，一旦更不能自含忍，于是开喉放声，平吐一场。看其段段精神，笔笔飞舞，除少卿自己，实乃更无余人可以代笔。昔人或疑其伪作，此大非也。

(金圣叹)

路温舒尚德缓刑书　《汉书》

昭帝(汉昭帝刘弗陵,前86—前74年在位,无嗣)崩,昌邑王贺(汉武帝曾孙,继昭帝之位,荒淫无度,大将军霍光奏明太后废之)废,宣帝(汉武帝曾孙刘询)初即位,路温舒上书,言宜尚德缓刑(崇尚德治,缓解刑法)。其辞曰:

"臣闻齐有无知(即公孙无知,春秋时齐国公子,杀齐襄公自立,不久后被国人所杀)之祸,而桓公(齐桓公姜小白,襄公的弟弟,因为襄公无道,逃奔莒国,襄公死后回国即位,是春秋五霸之一)以兴;晋有骊姬(春秋时晋献公的宠妃,为让亲生儿子继位,诬陷别的公子。逼太子申生自杀,重耳和夷吾出逃)之难,而文公(晋献公之子重耳,流亡十九年,在秦国帮助下回国即位,使晋国强大,成为春秋五霸之一)用伯。近世赵王(汉高祖之子刘如意,戚夫人所生,高祖死后被吕后所杀)不终,诸吕作乱(汉惠帝刘盈死,吕后专政,吕氏家族封王列侯,吕后死,诸吕图谋作乱),而孝文(汉文帝刘恒,前179—前157年在位)为太

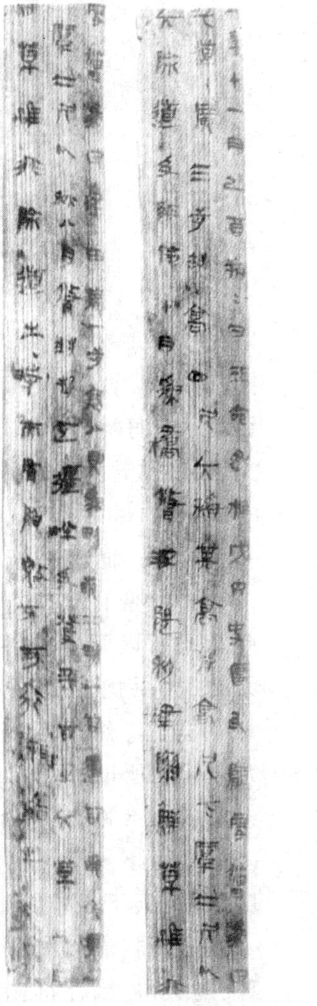

236. 汉代青川木牍　上记有法律令条

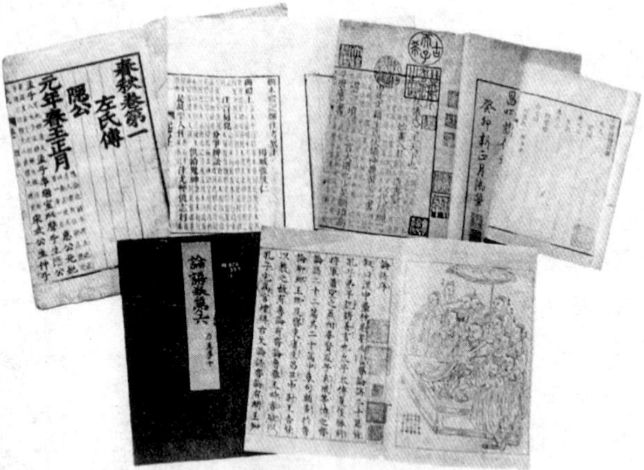

237.
孔子所编定的部分著作

宗(刘恒的庙号)。由是观之,乱之作,将以开(开创)圣人也。故桓、文扶微(弱小)兴坏(衰败),尊文(周文王)、武(周武王)之业,泽(恩泽)加百姓,功润(惠及)诸侯,虽不及三王(指三代圣王),天下归仁焉。文帝永思至德,以承天心,崇仁义,省刑罚,通关(交通要道)梁(桥梁),一(统一)远近,敬贤如大宾,爱民如赤子,内恕情(推己及人)之所安,而施之于海内,是以囹圄(líng yǔ,监狱)空虚,天下太平。夫继变化(指政治动乱)之后,必有异(不同)旧之恩(宽松局面),此贤圣所以昭(昭明,表明)天命也。往者(从前),昭帝即世(去世)而无嗣,大臣忧戚,焦心合谋,皆以昌邑(即昌邑王刘贺)尊亲,援(拥戴)而立之。然天不授命,淫乱其心,遂以自亡。深察祸变之故,乃皇天之所以开(开创)至圣(圣主)也。故大将军(指霍光。任大司马,大将军,辅佐昭帝)受命武帝,股肱(辅佐,捍卫)汉国,披肝胆,决(决定)大计,黜(废黜)亡(通"无")义,立有德,辅天而行,然后宗庙以安,天下咸宁。

"臣闻《春秋》正(正朔)即位,大一统而慎始也。陛下初登至尊,与天(天意)合符,宜改前世之失,正(整饬)始受命之统(纲纪),涤烦文,除民疾,存亡(振兴危亡之国)继绝(延续断绝之后代),以应天意。

“臣闻秦有十失，其一尚存，治狱之吏是也。秦之时，羞(轻视)文学，好武勇，贱仁义之士，贵治狱之吏，正言(直言)者谓之诽谤，遏过(谏阻过失)者谓之妖言，故盛服先生(指晋灵公时的大臣赵盾。《左传·宣公二年》载：晋灵公昏庸，恨大臣赵盾多次劝谏，派人行

238. 秦朝政权机构表

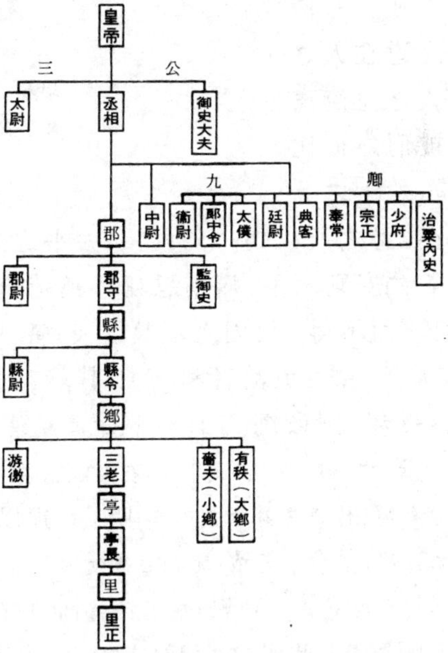

刺。刺客清晨到赵盾家，见他“盛服将朝”，因时间尚早，坐着休息。刺客感叹他是忠臣，不忍加害)不用于世，忠良切言皆郁于胸，誉谀之声日满于耳，虚美熏心，实祸蔽塞(遮蔽)。此乃秦之所以亡天下也。方今天下赖陛下恩厚，亡(通“无”)金革(兵革、武器，指代战争)之危、饥寒之患，父子夫妻戮力(同心协力)安家，然太平未洽(普遍)者，狱乱之也。夫狱者，天下之大命(最重要的事情)也，死者不可复生，绝(断绝)者不可复属(连接)。《书》(《尚书》)曰：‘与其杀

239. 汉 墓砖铭文,记录了徒刑者的身份

不辜(无辜),宁失不经(不符合常规,此指不依法惩治)。'今治狱吏则不然,上下相驱(竞争),以刻(苛刻)为明(明察),深(严峻)者获公名(公正的名声),平(公平)者多后患。故治狱之吏皆欲人死,非憎人也,自安之道在人之死。是以死人之血流离于市(刑场),被刑之徒比肩而立,大辟(死刑)之计岁以万数,此仁圣之所以伤(伤心)也。太平之未洽,凡以此也。夫人情(人之常情)安则乐生,痛则思死。棰楚(短木条和荆条,此指拷打)之下,何求而不得?故囚人不胜(忍受)痛,则饰辞(说假话)以视(通"示",以事告人)之;吏治者利(利用)其然,则指(指引)道(方法)以明之;上奏畏却,则锻练(冶炼金属,这里指编造事实,诬陷成罪)而周内(罗织罪状。内,nà,意通"纳",使陷入)之。盖奏当(上奏判罪)之成,虽咎繇(即皋陶,传说是舜的掌刑官)听之,犹以为死有余辜。何则?成练(构成诬陷)者众,文致(玩弄法律使人入罪)之罪明也。是以狱吏专为深刻(严峻刻薄),残贼(残忍无情)而亡(通"无")极,偷(苟且)为一切,不顾国患,此世之大贼(祸害)也。故俗语曰:'画地为狱,议不入(在地上画的监狱也不会考虑进入);刻木为吏,期不对(用木头刻的狱吏也一定不正面对着他。表明一般人对监狱和狱吏畏惧害怕到极点。期,一定)。'此皆疾(痛恨)吏之风,悲痛之辞也。故天下之患,莫深于狱;败法乱正(败坏法纪,扰乱政事),离亲塞道(离间亲属,阻塞正道),莫甚乎治狱之吏。此所谓一尚存者也。

"臣闻乌(乌鸦)鸢(老鹰)之卵不毁,而后凤皇集(聚集,集中);诽谤之罪不诛,而后良言进(进谏)。故古人(指春秋时晋大夫伯宗)

有言：'山薮藏疾，川泽纳污，瑾瑜匿恶，国君含诟(自然界的高山大川也免不了藏污纳垢，名贵的玉石也会有瑕，事情不会是十全十美的，所以国君也要忍受辱骂。薮，sǒu，生着草的沼泽地。疾，毒害之物。瑾瑜，美玉。恶，斑点)。'唯陛下除诽谤以招切(恳切)言，开天下之口，广箴谏(规劝谏诫)之路，扫亡秦之失，尊文、武之德，省法制，宽刑罚，以废治狱，则太平之风可兴于世，永履(走上)和乐，与天亡极(无极)。天下幸甚！"

上善(认为……正确)其言。

前幅，用反复感动之笔，极说废兴之际，以故应天意；后幅，用层层快便之笔，极说狱吏之毒，宜加意民命。

(金圣叹)

凡汉人之文，必有其沉挚之处。如此篇"夫狱者"至"此所谓其一尚存者也"一段是也。此等处最宜学，使文字之力量加厚。

文字有文有质，文者注意于修辞，然真意转少，如此书所选司马相如《谏猎书》其辞工矣，邹阳《狱中上梁王书》更繁征博引，不饶战国策士余习，此等当时以为能文(大抵汉人于文好铺张，赋之所以盛行以此)，然自后世观之，殊非汉文之至者，其至者，反系当时通俗之作，无意求工者，此可见与其文胜，毋宁质胜也。

(吕思勉)

杨恽报孙会宗书　《汉书》

恽(杨恽，字子幼，丞相杨敞之子，司马迁的外孙。宣帝时为郎，素有才干，好结交儒生、豪杰。因告发霍光子孙谋反，封平通侯，升中郎将，官至光禄勋，即郎中令)既失爵位家居，治产业，起(兴建)室宅，以财自娱。岁余(一年后)，其友人安定太守西河(今属内蒙古)孙会宗(杨恽的朋友)，知略(见识谋略)士也，与恽书谏戒之，为言大臣废退(免职，罢官)，当阖(关闭)门惶惧，为可怜(值得哀怜)之意，不当治产业，通宾客，有(博取)称誉。恽宰相子，少显(显扬)朝廷，一朝晻昧(晻，àn，通“暗”。糊涂，昏暗不明)语言见废(此指罢官家居，如同平民)，内怀不服，报(回复)会宗书曰：

“恽材朽行秽，文质无所底(没有成就。底，至，达到)，幸赖先人(指其父杨敞，昭帝时任丞相)余业，得备(充数。谦词)宿卫(在宫中担

240. 汉 宴乐舞图

241. 东汉 皇室用砚 嵌镶宝石 通体鎏金

242. 西汉 长信宫灯 文帝皇后窦氏所用

243. 汉 错金 博山炉

244. 秦 错金银“乐府”铜钟

任警卫);遭遇时变,以获爵位,终非其任(胜任),卒与祸会。足下哀其愚蒙,赐书教督以所不及,殷勤甚厚。然窃恨(遗憾)足下不深惟其终始,而猥随(轻易相信,尾随)俗之毁誉也。言鄙陋之愚心,若逆指(违背意旨。指,通“旨”)而文过(掩饰自己的过错);默(沉默)而息(不开口)乎,恐违孔氏‘各言尔志’(各言其志向)之义,故敢略陈其愚,唯君子察焉。

“恽家方隆盛时,乘朱轮(用红漆涂车毂的车子,公卿列侯及千石以上官员可乘)者十人,位在列卿(九卿之列),爵为通侯(汉代异姓功臣封的侯爵),总领从官(皇帝的侍从官),与闻(参与得知)政事,曾不能以此时有所建明,以宣德化,又不能与群僚同心并力,陪(弥补,辅助)辅朝廷之遗忘(疏忽,缺失),已负窃位素餐(窃居高位,无功受禄,不劳而食)之责久矣。怀(贪图)禄贪势,不能自退(自行引退),遭遇变故,横被(横遭)口语(指皇帝宠臣戴长乐的告发和陷害),身幽(拘禁)北阙(宫殿北面的门楼),妻子满狱。当此之时,自以夷灭(杀戮)不足以塞责(抵消罪责),岂意得全(保全)首领,复奉(供奉)先人之丘墓乎?伏惟圣主之恩,不可胜量。君子游(优游)道,乐

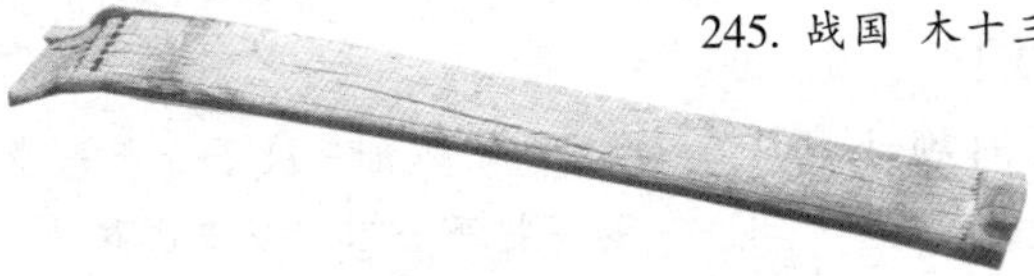

245. 战国 木十三弦琴

246. 西汉 竹笛

以忘忧；小人全躯，说(通“悦”)以忘罪。窃自私念，过已大矣，行(品行)已亏(亏损)矣，长为农夫以没世(于世上隐没，指终了一生)矣。是故身率妻子，戮力耕桑，灌园治产，以给(供给)公上(君上)，不意当复用此为讥议也。

“夫人情所不能止者，圣人弗禁，故君(君主)父(父母)至(最)尊亲，送其终(臣为君父服丧三年。终，死亡)也，有时而既(结束)。臣之得(获)罪，已三年矣。田家(农家)作(耕作)苦，岁时伏腊(在此泛指一般节日。秦汉时，夏天的伏日、冬天的腊日都是祭日，合称“伏腊”)，烹羊炰(páo，烧烤)羔，斗酒自劳(慰劳)。家本秦也，能为秦声(歌声)，妇(妻子)赵女也，雅善(善于)鼓瑟，奴婢歌者数人，酒后耳热(耳根发热)，仰天拊(fǔ，拍)缶(一种陶制乐器，用来敲击节奏)，而呼乌乌(唱歌的声音)。其诗(歌词)曰：‘田彼南山，芜秽不治，种一顷豆，落而为萁(豆子种下一百亩，豆子落下只剩秆。比喻交友星散，不相顾及)。人生行乐耳，须(待)富贵何时！’是日也，拂衣而喜，奋袖低昂，顿足起舞，诚淫荒无度，不知其不可也。恽幸有余禄，方籴(dí，买进)贱贩贵，逐什一(十分之一)之利，此贾(gǔ，商人)竖(shǔ，童奴)之事，污辱之处，恽亲行之。下流之人，众毁(毁谤)所归，不寒而栗。虽雅知(了解)恽者，犹随风而靡(倒)，尚何称誉之有？董生(汉代大儒董仲舒)不云乎：‘明明(努力)求仁义，常恐不能化(感化)民者，卿大夫意也；明明求财利，尚恐困乏者，庶人之事也。'故'道不同,不相为谋'。今子尚(孙会宗)安得以卿大夫之制而责仆哉!

"夫西河魏土(战国时魏国西河郡在今陕西合阳一带,与汉代西河孙会宗家乡不是一个地方。杨恽把孙会宗家乡说成魏地,是为了与安定郡对照,有讽刺意味),文侯(魏文侯,名斯,前445—前396年在位,战国时贤君)所兴,有段干木(战国高士,辞魏相不就,文侯尊他为师)、田子方(魏文侯的老师)之遗风,漂然(通"飘然",高远的样子)皆有节概(节操),知去就(取舍)之分。顷者(近来),足下离旧土(家乡),临安定(汉代郡名,治所在今宁夏固原,孙会宗任安定太守),安定山谷之间,昆戎(古族名,即犬戎,殷周时期游牧在中国西部的一个民族)旧壤,子弟贪鄙(贪婪卑鄙),岂习俗之移(改变)人哉?于今乃睹(看出)子之志矣。方当盛汉之隆,愿勉旃(希望你奋发有为。旃,zhān,之、焉二字的合读,作语末助词),毋多谈。"

是愤怨语,而豪迈自肆,于谲激处态。愤口放言,不必又道,道其萧森历落,真为太史公妙甥。

(金圣叹)

本文作者发泄了心中诸多的牢骚和不满,讽刺朝廷政治腐败,现实黑暗。文章情感激愤,语言率辣,态度放肆,最终为杨恽惹来了杀身之祸。

(李元)

光武帝临淄劳耿弇 《后汉书》

车驾(代指皇帝)至临淄(地名,在今山东淄博西北),自(亲自)劳(慰劳)军(军队),群臣大会(会聚一堂)。帝(指光武帝刘秀,字文叔,东汉王朝的建立者,25—57年在位)谓弇(yǎn,即耿弇)曰:"昔韩信(西汉初名将,善领兵,在楚汉战争中为汉高祖刘邦立下大功)破历下(古邑名,在今山东济南,韩信曾在这里破齐军而得以攻占临淄)以开基(开创根基),今将军攻祝阿(县名,治所在今山东历城西南。耿弇在这里取得平齐的首战胜利)以发迹,此皆齐之西界,功足相方(功劳足以相提并论)。而韩信袭击已降(在韩信进攻历下之前,齐王田横已准备归服汉高祖,并从历下撤走军队。韩信知道这个消息,依然出兵攻灭齐国),将军独拔勍(qíng,强有力)敌,其功乃难于信也。又田横烹郦生(因郦食其说服田横从历下撤军,后韩信攻破历下后,田横认为是

247. 东汉形势图

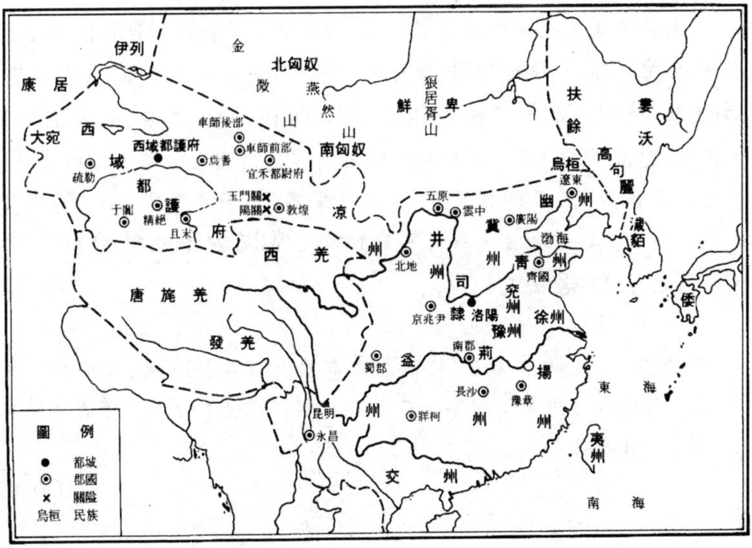

248. 东汉 青铜铸造驭手和走马

郦食其欺骗了他，就烹杀了郦食其。郦生，即郦食其），及田横降，高帝诏卫尉（官名，这里指郦食其的弟弟郦商。刘邦为召田横降服，下诏令郦商不得为郦食其向田横复仇）不听为仇。张步（当时据有齐地十二郡，刘秀派太中大夫伏隆去招降他，而他杀了伏隆）前亦杀伏隆，若步来归命，吾当诏大司徒（伏隆的父亲伏湛，当时为丞相，任大司徒）释（消除）其怨，又事尤相类也。将军前在南阳（郡名，治所在今河南南阳）建此大策（指耿弇曾在春陵向刘秀提出北上征集上谷的部队，平定渔阳的彭宠、涿郡的张丰，回来收服富平、获索两支农民军，向东进攻张步，平定齐地的一系列军事计划），常以为落落难合（难以实现），有志者事竟成也！”

文字简短，但内容丰富，将耿弇与高祖时的韩信作比，以表彰其功劳，且巧妙运用高祖旧事来表明自己招降张步的态度。语言生动传神，具有特色。

（李元）

马援诫兄子严敦书　《后汉书》

援(马援，字文渊，东汉茂陵人)兄子严(马严，字威卿，官至五官中郎将)、敦(马敦，字儒卿，官至虎贲中郎将)并(都)喜讥(讥笑)议(非议)，而通(与……交往)轻(轻佻的)侠客。援前在交趾(地名，在今越南北部)，还书诫之曰：

"吾欲汝曹闻人过失，如闻父母之名，耳可得闻，口不可得言也。好议论人长短，妄是非(评论；褒贬)正法，此吾所大恶也，宁死不愿闻子孙有此行也。汝曹知吾恶之甚矣，所以复言者，施衿结缡(古代女子出嫁的一种仪式，即女儿临行前，母亲为她将佩巾系上领衿，以示至男家后应尽力操持家务。衿，jīn，交领。缡，lí，佩巾)，申父母之戒，欲使汝曹不忘之耳。

"龙伯高(名述，京兆人)敦厚周慎，口无择言(可以挑剔的话)，谦约节俭，廉公有威。吾爱之重之，愿汝曹效(效法)之。杜季良

249. 汉"伏波将军章"　光武帝于公元41年封马援为伏波将军

250. 东汉　王氏四兽纹镜

(名保,京兆人,当时是越骑司马,后来被控"为行浮薄,乱群惑众"而罢官)豪侠好义,忧人之忧,乐人之乐,清(比喻品行好的人)浊(比喻品行不好的人)无所失。父丧致客,数郡毕至。吾爱之重之,不愿汝曹效也。效伯高不得,犹为谨敕(谨慎周到,能约束自己。敕,chì)之士,所谓刻鹄(hú,天鹅)不成尚类鹜(wù,野鸭)者也。效季良不得,陷(沦为)为天下轻薄子,所谓画虎不成反类狗者也。讫(通"迄")今季良尚未可知,郡将(即郡守)下车(初到任)辄切齿,州郡以为言,吾常为寒心,是以不愿子孙效也。"

此少年子弟之药石也。明此可以厚心术,可以免祸败,不尽作文字观。朱子采入小学,有以也。

轻则品低,薄则福浅。世之为轻薄子者,不自知其类狗耳。

(锡周)

前出师表　诸葛亮

臣亮(诸葛亮)言:“先帝(刘备,三国蜀汉政权的建立者,字玄德)创业未半,而中道崩殂(指帝王之死。刘备221年称帝,第三年即死去,没有统一全国,所以说“创业未半”,“中道崩殂”)。今天下三分(指当时魏、蜀、吴三足鼎立的局面),益州(指蜀汉所在地。汉时置益州,大致为今四川省及陕西、云南、贵州等省的部分地区)疲敝(困苦穷乏),此诚危急存亡之秋也。然侍卫之臣不懈于内(内政),忠志之士忘身于外(防御外敌)者,盖追(追怀)先帝之殊遇(特别恩遇),欲报之于陛下(这里指刘备的儿子,蜀汉后主刘禅,223—263年在位)也。诚宜

251. 三国形势图

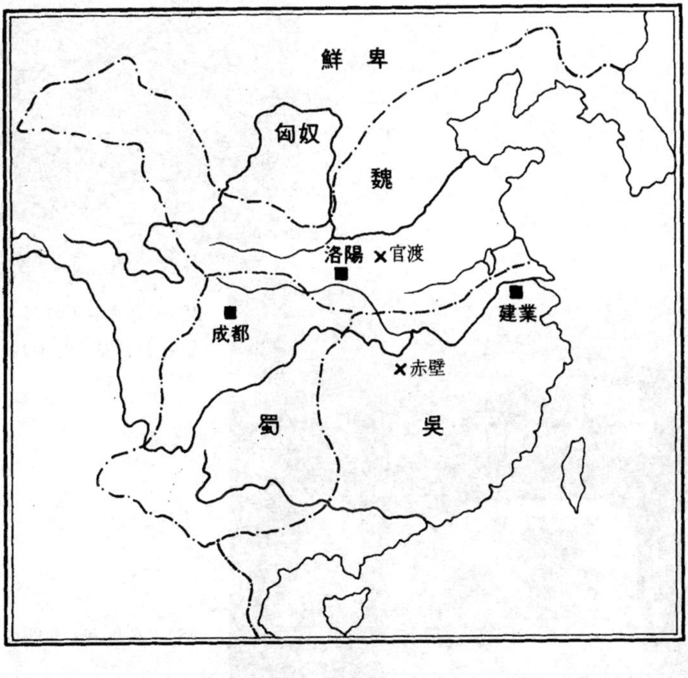

252. 古隆中(湖北襄阳)

253. 白帝城(四川奉节)刘备败归此地 次年病死

254. 武侯祠(四川成都)

开张圣听(广开言路，听取各方意见)，以光(光大)先帝遗德，恢宏志士之气，不宜妄自菲薄，引喻失义(引用不合理的譬喻)，以塞忠谏之路也。宫中府中，俱为一体。陟罚(升降官员。陟，zhì)臧否(评论人物。臧，zāng，善。否，pǐ，恶)，不宜异同(有所区别)。若有作奸犯科(刑法)及为忠善者，宜付有司(有关机构)论其刑赏，以昭陛下平明(公平圣明)之治(决断)，不宜偏私，使内外异法也。

“侍中、侍郎(官名，均为皇帝的近臣)郭攸之(侍中)、费祎(侍中。祎，yī)、董允(黄门侍郎)等，此皆良实，志虑忠纯，是以先帝简拔(选拔)以遗陛下。愚以为宫中之事，事无大小，悉以咨之，然后施行，必能裨补(弥补)阙漏(过失，疏漏)，有所广益。将军向宠，性行淑(善良)均(公平)，晓畅军事，试用于昔日，先帝称之曰能，是以众议举宠以为督(都督)。愚以为营中之事，事无大小，悉以咨之，必能使行阵(军队。行，háng)和睦，优劣得所也。亲贤臣，远小人，此先汉(西汉)所以兴隆也；亲小人，远贤臣，此后汉(东汉)所以倾颓也。先帝在时，每与臣论此事，未尝不叹息痛恨于桓、灵(东汉末年的桓帝刘志和灵帝刘宏)也。侍中、尚书(陈震)、长史(张裔)、参军(蒋琬)，此悉贞良死节(能为节义而死)之臣也，愿陛下亲之信之，则汉室之隆，可计日而待也。

“臣本布衣，躬耕于南阳，苟全性命于乱世，不求闻达于诸侯。先帝不以臣卑鄙(卑微)，猥自枉屈(降低身份，委屈自己)，三顾臣于草庐之中，谘臣以当世之事，由是感激，遂许先帝以驱驰(驱遣效力)。后值倾覆 (兵败失利。在此指在当阳长坂被曹操打败一事)，受任于败军之际，奉命于危难之间，尔来(至今)二十有一年矣。先帝知臣谨慎，故临崩寄臣以大事(刘备临死时曾要诸葛亮辅佐刘禅，并委以重权，要求刘禅像对父亲一样尊重诸葛亮)也。受命以来，夙夜(早晚)忧叹，恐托付不效(实现)，以伤(损害)先帝之明(圣明)。故五月渡泸(泸水)，深入不毛(不生长草木，指土地贫瘠或未经开发)。今南方已定，兵甲(军队武器)已足，当奖帅三军，北定中原，庶(我)竭驽钝(低能，愚钝)，攘除奸凶(指曹丕)，兴复汉室，还于

255. 汉 迎接车骑图

旧都(指两汉的都城长安和洛阳);此臣所以报先帝而忠(效忠)陛下之职分也。至于斟酌损益(利弊),进尽忠言,则攸之、祎、允之任也。愿陛下托臣以讨贼兴复之效(重任);不效(实现),则治臣之罪,以告(告慰)先帝之灵。若无兴德(光大德政)之言(谏言),则责攸之、祎、允之咎,以彰其慢(怠慢)。陛下亦宜自谋,以谘诹(zī zōu,询问)善道,察纳雅(正确的)言,深追先帝遗诏,臣不胜受恩感激。今当(即将)远离,临表涕泣,不知所云。"

此文,自来读者皆叹其矢死伐魏,以为精忠,殊不知此便是了没交涉也。看先生自云"临表涕泣",夫伐魏即伐魏耳,何用涕泣为哉?正惟此日国事实当危急存亡之际,而此日嗣主方在醉生梦死之中。"知子莫如父",惟不才之目,固已验矣;岂"知臣莫如君",而自取之语,乃遂敢真蹈也。于是而身提重师,万万不可不去;心牵钝物,又万万不能少宽。因而切切开导,勤勤叮咛,一回如严父,一回如慈妪。盖先生此日此表之涕泣,固自有甚难甚难于嗣主者,而非为汉贼之不两立也。后日杜工部有诗云:"干排雷雨犹力争,根断泉源岂天意。"正是此一副眼泪矣。哀哉哀哉!

(金圣叹)

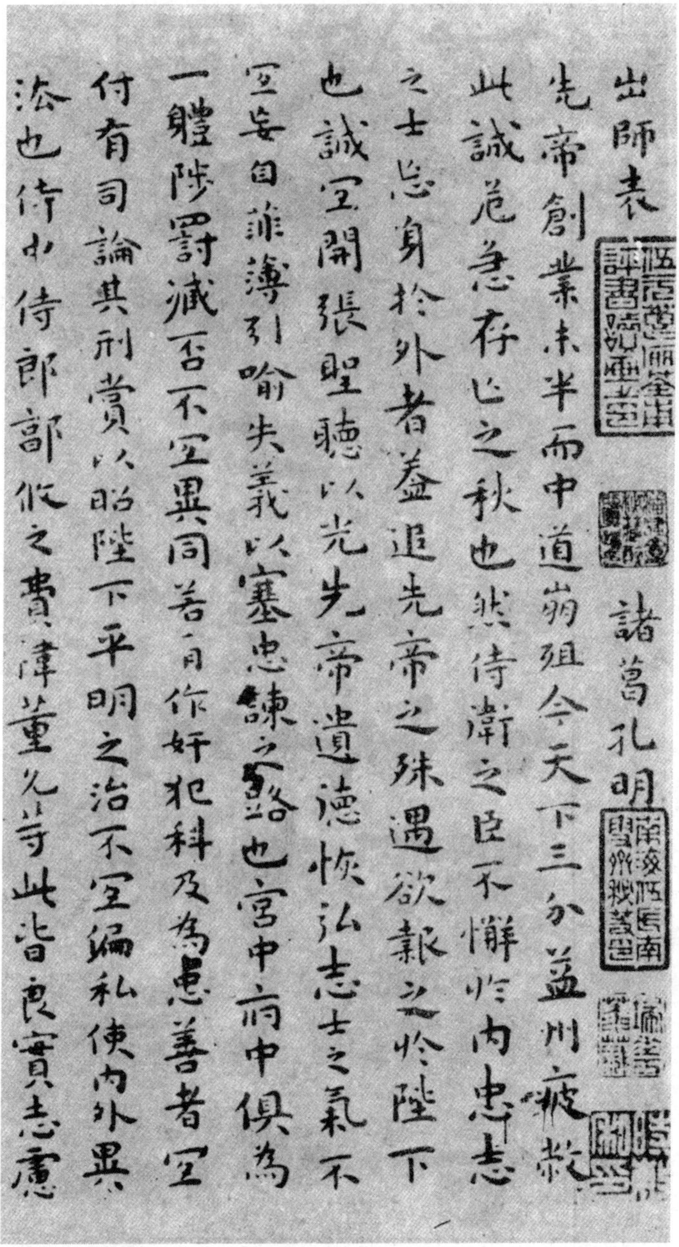
出師表　諸葛孔明
先帝創業未半而中道崩殂今天下三分益州疲弊
此誠危急存亡之秋也然侍衛之臣不懈於內忠志
之士忘身於外者蓋追先帝之殊遇欲報之於陛下
也誠宜開張聖聽以光先帝遺德恢弘志士之氣不
宜妄自菲薄引喻失義以塞忠諫之路也宮中府中俱為
一體陟罰臧否不宜異同若有作奸犯科及為忠善者宜
付有司論其刑賞以昭陛下平明之治不宜偏私使內外異
法也侍中侍郎郭攸之費禕董允等此皆良實志慮

256.
祝允明　前出师表

后出师表　诸葛亮

先帝(刘备)虑(考虑到)汉(指蜀汉)、贼(指曹魏)不两立(两者并存),王业不偏安(偏居在一个角落。蜀汉当时据有梁益二州,所以说"偏安"),故托臣以讨贼也。以先帝之明,量(估量)臣之才,固(本来)知臣伐贼才弱敌强也;然不伐贼,王业亦亡(灭亡),惟(与其)坐而待亡,孰与伐之?是故托臣而弗疑也。臣受命之日,寝不安席,食不甘味。思(考虑到)惟北征,宜先入南,故五月渡泸,深入不毛,并日而食(两天才吃一天的饭,说明军中生活艰苦)。臣非不自惜也,顾(顾虑,考虑)王业不得偏安于蜀都,故冒危难以奉先帝之遗意。而议者谓为非计(当时蜀汉朝中有人议论说伐魏并非上策,反对北征,刘禅也有动摇)。今贼适疲于西,又务于东(在东部忙于战

257. 东汉晚期　车马仪仗俑群

事)。兵法乘(乘机)劳,此进趋(进攻)之时(时机)也。谨陈其事(指北征伐魏一事)如左(即如下,古时文竖书,自右向左书写):

高帝(汉高祖刘邦)明(圣明)并(与……并列)日月,谋臣渊深(深谋远虑),然涉险(遇到危险)被创,危然后安。今陛下未及高帝,谋臣不如良、平(张良、陈平),而欲以长(长期)策(策略)取胜,坐定(以稳定来安定)天下,此臣之未解(不能理解)一也。刘繇(东汉末年为扬州刺史)、王朗(东汉末年为会稽刺史)各据州郡,论安(安危)言计(策略),动(动辄)引(引用)圣人,群疑满腹,众(众人)难(疑问)塞胸,今岁不战,明年不征,使孙策(孙权的哥哥)坐大(势力壮大),遂并江东,此臣之未解二也。曹操智计殊绝(卓绝出色)于人,其用兵也,仿佛孙、吴(指孙武和吴起。均为战国时以用兵著称的军事家),然困于南阳(197 年曹操在南阳与张绣作战被流箭所中),险于乌巢(200 年袁绍重兵攻曹操,时曹军粮少兵疲,幸曹操率奇兵夜袭乌巢,才转危为安),危于祁连(202 年曹操击南匈奴被困于祁连山),逼于黎阳(203 年曹操与袁绍的儿子袁谭交战,袁谭占据黎阳,曹操久攻不下),几败北山(219 年曹操与刘备争夺汉中,从长安出斜谷,运粮至阳平北山,被赵云所败),殆死潼关(211 年,曹操征讨马超、韩遂,在潼关北渡黄河时,马超军突然到达,矢如雨下,情况危急),然后伪定(暂定)一时尔。况臣才弱,而欲以不危而定之,此臣之未解三也。曹操五攻昌霸不下,四越巢湖不成,任用李服而李服图(图谋)之,委任夏侯(魏大将夏侯渊)而夏侯败亡。先帝每(经常)称(称赞)操(曹操)为能,犹有此失,况臣驽下(才能低下),何能必胜?此臣之未解四也。自臣到汉中,中间期年(同年)耳,然丧赵云、阳群、马玉、阎芝、丁立、白寿、刘郃、邓铜等及曲长、屯将(军队中曲、屯的长官。曲、屯均为古代军队的编制单位)七十余人,突(冲锋陷阵)将无前(所向无敌),賨叟、青羌(西南少数民族名称,诸葛亮南征时得到了一些少数民族将士)散骑、武骑一千余人,此皆数十年之内所纠合四方之精锐,非一州之所有;若复(再过)数年,则损三分之二也,当何以图敌(图谋破敌)?此臣之未解五也。今民穷兵疲,而事(指战事)不可息;事

258. 汉画像 农耕

不可息，则住与行(指坐等和进攻)劳费正等(所消耗的人力和财力是相等的)，而不及早图之，欲以一州之地，与贼持久，此臣之未解六也。

夫难平(预测)者，事(战事)也。昔先帝败军于楚(指 208 年，刘备在当阳长坂被曹操打败)，当此时，曹操拊手(拊，fǔ。拍手，形容得意的样子)，谓天下已定。然后先帝东连吴、越，西取巴蜀，举兵北征，夏侯授首，此操之失计而汉事将成也。然后吴更违盟，关羽毁败(219 年，孙权违背吴蜀盟约，袭取荆州，关羽被杀)，秭归蹉跌(关羽死后，刘备发兵与东吴决战，兵败秭归)，曹丕称帝。凡事如是，难可逆(预先)料。臣鞠躬尽力，死而后已，至于成败利钝，非臣之明(才智)所能逆睹(预见)也。

时曹休为吴所败，魏兵东下，关中虚弱，孔明欲出兵击魏，群臣多以为疑，乃上此疏，伸讨贼之义，尽托孤之责，以教万世之为人臣者。"鞠躬尽力，死而后已"之言，凛然与日月争光。前表开导昏庸，后表审量形势，非抱忠贞者不欲言，非怀经济者不能言也。

(原本《古文观止》)

古文观止

卷七

古文观止

陈情表　　李密

臣密(李密)言：臣以险衅(命运坎坷)，夙遭闵凶(幼年便遭不幸)。生孩六月，慈父见背(去世)。行年四岁，舅夺母志(强迫母亲改嫁)。祖母刘，愍(mǐn，怜悯)臣孤弱，躬亲抚养。臣少多疾病，九岁不行(行走)；零丁孤苦，至于成立(成人)。既无叔伯，终鲜(少)兄弟；门衰(门户衰微)祚(zuò，赐福)薄，晚有儿息(儿子)。外无期(jī)功强近之亲(指近亲)，内无应门(照应门户)五尺之童(仆人)；茕茕(qióng qióng)孑立，形影相吊。而刘夙婴疾病(多年来疾病缠身)，常在床蓐(rù，通“褥”)，臣侍汤药，未尝废离。

逮奉圣朝，沐浴清化。前太守臣逵(人名)，察臣孝廉；后刺史臣荣(人名)，举臣秀才；臣以供养无主，辞不赴命。诏书特下，拜臣郎中；寻蒙(不久蒙受)国恩，除臣洗马(官职)。猥(wěi)以微贱(谦

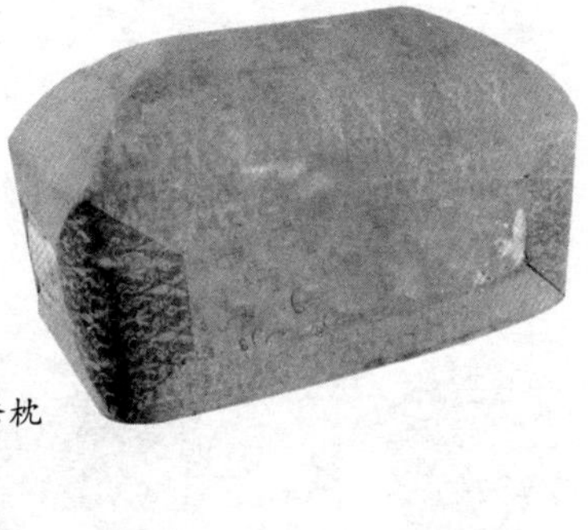

259. 汉 红彩织绣枕

260. 西汉 兽头铜枕

261. 汉 红彩刺绣大衣

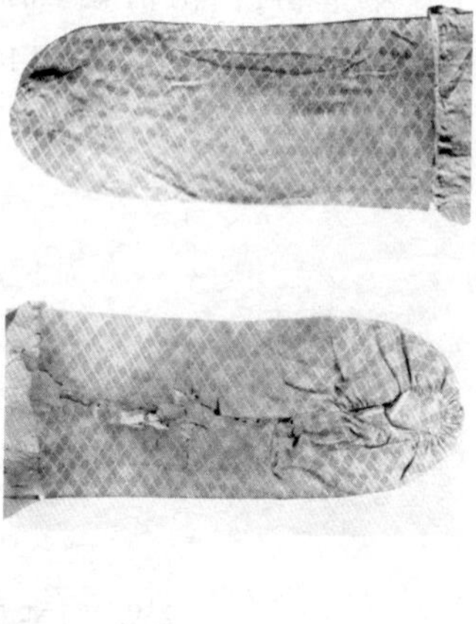

262. 菱纹“阳”锦袜

263. 汉 织绣鞋，上有宜寿字样

称)，当侍东宫(太子)，非臣陨首(丢脑袋)所能上报。臣具以表闻(上表奏闻)，辞不就职。诏书切峻(急切严厉)，责臣逋慢(bū màn，怠慢不敬)；郡县逼迫，催臣上道；州司(州官)临门，急于星火。臣欲奉诏奔驰，则刘病日笃；欲苟(暂时)顺私情，则告诉不许(允许)。臣之进退，实为狼狈。

伏惟(敬词)圣朝以孝治天下，凡在故老(老年人)，犹蒙矜育(怜悯和抚养)，况臣孤苦，特为尤甚。且臣少事伪朝(蜀国)，历职郎署(官职)，本图宦达(显达)，不矜(夸耀)名节。今臣亡国贱俘(卑贱的俘虏)，至微至陋(极其渺小和浅陋)，过蒙拔擢(擢，zhuó。提拔)，宠命优渥，岂敢盘桓(徘徊不决)，有所希冀？但以刘日薄西山，气息奄奄，人命危浅(生命垂危)，朝不虑夕。臣无祖母，无以至今日；祖母无臣，无以终余年。母孙二人，更相为命(相依为命)；是以区区不能废远(放弃而远离)。臣密今年四十有四，祖母刘今年九十有六，是臣尽节于陛下之日长，报养刘之日短也。乌鸟私情(乌鸦反哺的心情)，愿乞终养。

臣之辛苦，非独蜀之人士及二州牧伯(长官)所见明知；皇天后土，实所共鉴(明察)。愿陛下矜愍(怜悯)愚诚，听(准许)臣微志(微小的心愿)。庶刘侥幸，保卒余年，臣生当陨首，死当结草。臣不胜犬马怖惧之情，谨拜表以闻。

历叙情事，俱从天真写出，无一字虚言驾饰。晋武览表，嘉其诚款，赐奴婢二人，使郡县供祖母奉膳。至性之言，自尔悲恻动人。

(原本《古文观止》)

此等为言情文字之式。凡言情文字，能得魏晋人气息最佳，以其毫无伧夫气也。

(吕思勉)

兰亭集序　王羲之

永和九年，岁在癸丑，暮春之初，会于会稽(今浙江绍兴)山阴之兰亭，修禊事(禊，xì。举行祓禊活动)也。群贤毕至，少长咸集。此地有崇山峻岭，茂林修竹；又有清流激湍，映带左右(环绕左右)，引以为流觞曲水(因曲水而饮酒传杯)，列坐其次(依次坐在水边)；虽无丝竹管弦之盛，一觞(饮酒)一咏(赋诗)，亦足以畅叙幽情。是日也，天朗气清，惠风和畅。仰观宇宙之大，俯察品类(万物)之盛，所以游目骋怀(放眼远览，舒展胸怀)，足以极视听之娱，信可乐也。

夫人之相与(相处)，俯仰一世，或取诸怀抱，晤言(倾谈)一室之内；或因寄所托，放浪形骸之外。虽取舍万殊，静躁不同，当其欣于所遇，暂得于己，快然自足，曾不知老之将至。及其所之(经历)既倦(厌倦)，情随事迁，感慨系(跟随)

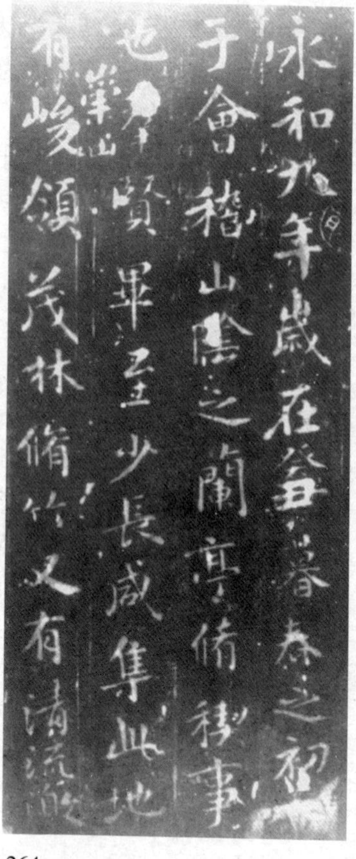

264.
晋　王羲之兰亭集序
褚遂良摹本(神龙本)拓片

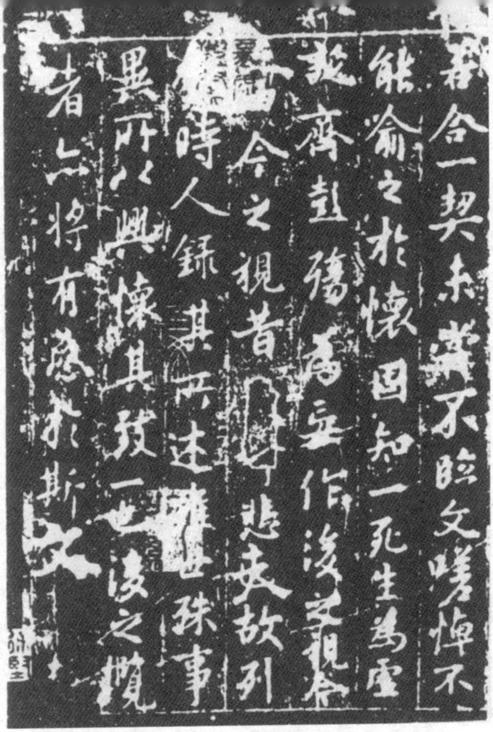

265.
欧阳询摹本（武定本）拓片
王羲之兰亭集序

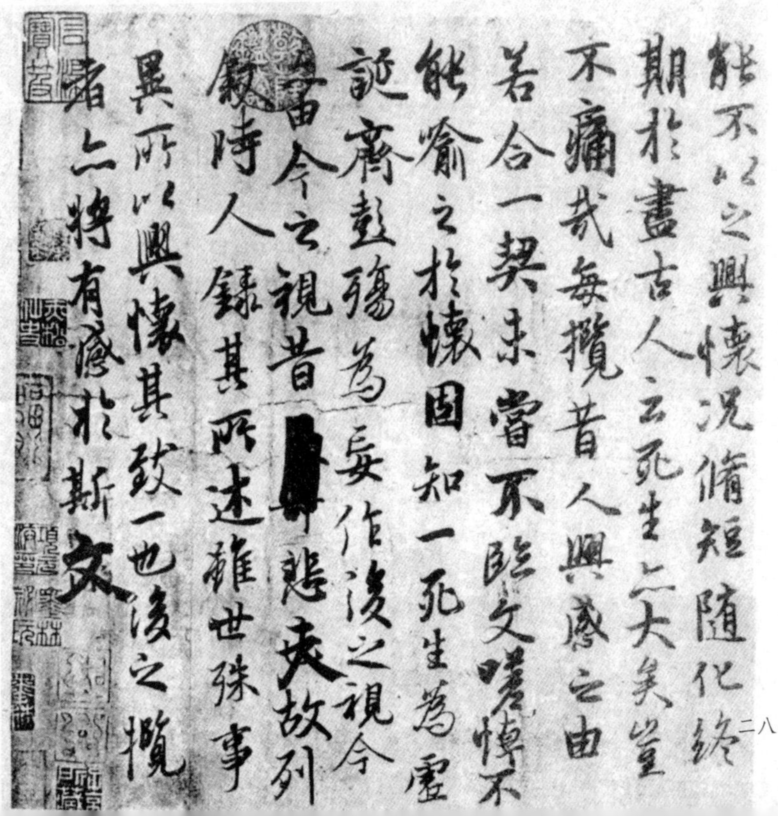

266.
冯承素摹本
王羲之兰亭集序

267. 明 钱榖 兰亭修禊图

之矣。向之所欣，俛(同“俯”)仰之间(顷刻之间)，已为陈迹，犹不能不以之兴怀(发生感慨)；况修短随化(寿命有长有短，随着天地间变化)，终期于(归于)尽！古人云：“死生亦大矣”，岂不痛(悲痛)哉！

每览(看到)昔人兴感之由，若合一契，未尝不临文嗟悼，不能喻之于怀。固知一死生为虚诞，齐彭(长寿)殇(夭折)为妄作。后之视今，亦犹今之视昔，悲夫！故列(一一记下)叙时人，录其所述，虽世殊事异，所以兴怀，其致一也。后之览者，亦将有感于斯文。

此文，一意反复生死之事甚疾。现前好景可念，更不许顺口说有妙理、妙语，真古今第一情种也。

(金圣叹)

通篇着眼在“死生”二字。只为当时士大夫务清谈，鲜实效，一死生而齐彭、殇，无经济大略，故触景兴怀，俯仰若有余痛。但逸少旷达人，故虽苍凉感叹之中，自有无穷逸趣。

(原本《古文观止》)

归去来辞　陶渊明

归去来兮，田园将芜，胡不归！既自以心为形役，奚(为什么)惆怅而独悲！悟已往之不谏，知来者之可追；实迷途其未远，觉今是而昨非。舟摇摇以轻扬，风飘飘而吹衣。问征夫以前路，恨晨光之熹微(朦胧不清)。乃瞻(望见)衡宇(房屋)，载欣载奔(喜悦状)。僮仆欢迎，稚子候门。三径就荒，松菊犹存。携幼入室，有酒盈樽。引(举起)壶觞以自酌，眄(miǎn，斜视)庭柯(古木)以怡颜。倚南窗以寄傲，审(深知)容膝(小屋)之易安。园日涉以成趣，门虽设而常关。策扶老(拄杖)以流憩(憩，qì。周游休息)，时矫首(抬头)而遐观。云无心以出岫(xiù，山峰)，鸟倦飞而知还。景翳翳以将入(日光渐变暗淡)，抚孤松而盘桓(流连忘返)。

268. 元 钱选 陶渊明 归去来兮图

归去来兮，请息交以绝游（谢绝交游）。世与我而相遗（意志不合），复驾（驾车）言兮焉求？悦亲戚之情话，乐琴书以消忧。农人告余以春及（春天来到），将有事于西畴（田地）。或命巾车（小车），或棹（zhào，划着）孤舟。既窈窕（yǎo tiǎo，幽深曲折）以寻壑，亦崎岖而经丘。木欣欣以向荣，泉涓涓而始流。羡万物之得时，感吾生之行休（老将至）。

已矣乎！寓形宇内复几时，曷（何，为什么）不委心任去留？胡为遑遑欲何之？富贵非吾愿，帝乡不可期。怀良辰以孤往（独自出游），或植杖而耘耔（种植），登东皋（gāo，高地）以舒啸（舒气长啸），临清流而赋诗。聊乘化（顺应自然规律）以归尽（至死），乐夫天命复奚疑！

凡看古人长文，莫以其汪洋一篇便放过。古人长文，皆积短文所成耳。即如此辞本不长，然皆是四句一段。试只逐段读之，便知其逐段各自入妙。古人自来无长文能妙者，长文之妙，正妙于中间逐段逐段纯作短文耳。

（金圣叹）

公罢彭泽令，归赋此辞，高风逸调，晋、宋罕有其比。盖心无一累，万象俱空，田园足乐，真有实地受用处，非深于道者不能。

（原本《古文观止》）

269. 明 陈洪绶 陶渊明故事图

270. 清 金农 山水册

桃花源记　陶渊明

晋太元(年号)中，武陵人捕鱼为业；缘(沿)溪行，忘路之远近。忽逢桃花林。夹岸数百步，中无杂树，芳草鲜美，落英缤纷，渔人甚异之。复前行，欲穷其林。林尽水源，便得一山。山有小口，仿佛若有光，便舍船从口入。初极狭，才通人。复行数十步，豁然开朗。土地平旷，屋舍俨然，有良田、美池、桑竹之属，阡陌交通(田间小路纵横交错)，鸡犬相闻。其中往来种作，男女衣着，悉如外人；黄发垂髫(老人小孩)，并怡然自乐。见渔人，乃大惊，问所从来，具(通"俱")答之。便要(yāo，邀)还家，设酒杀鸡作食。村中闻有此人，咸来问讯。自云先世避秦时乱，率妻、子、邑人(同邑的人)来此绝境，不复出焉，遂与外人间隔。问今是何世，乃

271. 清　查士标　桃源图卷

不知有汉，无论魏晋。此人一一为具言所闻，皆叹惋。余人各复延至(相继邀请到)其家，皆出酒食。停数日，辞去。此中人语云：“不足为外人道也。”

既出，得其船，便扶(沿着)向路，处处志(作标记)之。及郡下，诣(拜见)太守说如此。太守即遣人随其往，寻向所志，遂迷不复得路。

南阳(郡名)刘子骥(当时隐士)，高尚士也。闻之，欣然规(打算)往，未果(实现)，寻(不久)病终。后遂无问津者。

此篇为魏晋人叙事之文。各种选本多题《桃花源记》，误也，实当作《桃花源诗序》。此篇所叙，盖本诸当时事实。永嘉丧乱以来，北方人民，多亡匿山谷，以其与胡人杂处，亦称山胡，亦山越之类。近代尚有此类之事，观《经世文编》中《招垦里记》可知。

(吕思勉)

272. 桃源志图

五柳先生传　陶渊明

273. 五柳先生图

先生不知何许人也，亦不详其姓字，宅边有五(五棵)柳树，因以为号焉。闲静(悠闲恬静)少言，不慕荣利。好读书，不求甚解；每有会意，便欣然忘食。性嗜酒，家贫不能常得。亲旧(亲戚朋友)知其如此，或置酒招(邀请)之。造(到)饮辄尽，期在必醉；既醉而退，曾不吝情(拘泥)去留。环堵萧然(家中穷)，不蔽风日，短褐穿结(衣服差)，箪瓢屡空(箪，dān。常断炊)，晏如(安然自得)也。常著文章自娱，颇示己志。忘怀得失，以此自终。

赞(史传的一种评论文字名称)曰：黔娄(古时名士)有言："不戚戚(感伤忧虑)于贫贱，不汲汲(竭力求取)于富贵。"其言兹若人之俦(chóu，类)乎！衔觞(口含酒杯)赋诗，以乐其志，无怀氏(上古氏族领袖)之民欤！葛天氏(上古氏族领袖)之民欤！

渊明以彭泽令辞归。后刘裕移晋祚，耻不复仕，号五柳先生。此传乃自述其生平之行也。潇洒淡逸，一片神行之文。

(原本《古文观止》)

北山移文　孔稚珪

钟山(紫金山)之英(山神),草堂之灵(神灵),驰烟驿路(从驿路上腾云驾雾地驰骋而来),勒(刻)移山庭。

夫以耿介拔俗之标,潇洒出尘之想(理想),度(duó,衡量)白雪以方(比)洁,干(凌驾)青云而直上,吾方知之矣。若其亭亭物表,皎皎(洁身自好)霞外,芥千金而不盼,屣万乘其如脱(视千金、万乘如小草、脱鞋),闻凤吹于洛浦(洛水边),值薪歌(樵歌)于延濑(长河),固亦有焉。岂期终始参差,苍黄反覆(变化无常),泪翟子之悲,恸朱公之哭,乍回迹以心染(刚刚隐居山林但内心却被俗气污染),或先贞(纯洁)而后黩(污秽),何其谬哉！呜呼！尚生不存,仲氏既往,山阿寂寥(山角落里寂寞清冷),千载谁赏？

世有周子,俊俗(出众)之士;既文既博,亦玄亦史。然而学遁东鲁,习隐南郭;窃吹(冒充隐士)草堂,滥巾(伪装清高)北岳。诱我松桂,欺我云壑。虽假容(装模作样)于江皋(边),乃缨情(惦记)于好爵。

其始至也,将欲排(压倒)巢父,拉(折服)许由,傲(藐视)百氏,蔑王侯,风情张(遮蔽)日,霜气横秋。或(时而)叹幽人(隐士)长往,或怨王孙不游(交游)。谈空空于释部(佛家),核玄玄于道流(道家)。务光(人名)何足比,涓子(人名)不能俦(chóu,匹敌)。

及其鸣驺(朝廷使臣带着随从)入谷,鹤书(征召的诏书)赴陇;形驰魄散(得意忘形,神魂颠倒),志变神动。尔乃眉轩(眉飞色舞)席次,袂耸(举袖伸拳)筵上,焚芰制(jì zhì,隐居者衣服)而裂荷衣(隐居者衣服),抗(显露)尘容而走俗状。风云凄(哀愁)其带愤,石泉咽(呜咽)而下怆(悲伤),望林峦而有失,顾(环顾)草木而如丧。

至其纽金章(身佩铜章),绾墨绶(绾,wǎn。系着黑色的绶带),跨属城之雄,冠百里之首,张(炫耀)英风于海甸(东海之滨),驰(传播)

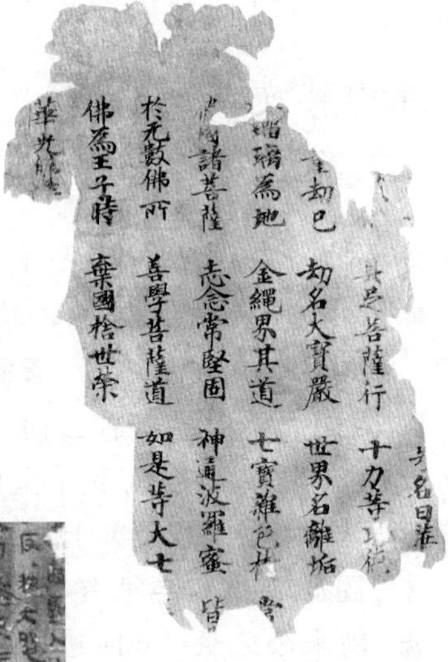

274. 佛教经文残片

275. 汉 帛书《老子》

276. 明 董其昌 岩居高士图

妙誉于浙右(浙江之东)。道帙长摈,法筵久埋(帙,zhì。道家经典永远摒弃了,佛法的讲台长期尘封)。敲扑(审讯拷打)喧嚣犯(扰乱)其虑,牒诉倥偬(kǒng zǒng)装其怀(公文诉讼紧迫地塞满了他们胸怀)。琴歌既断,酒赋无续。常绸缪(chóu móu,束缚,纠缠)于结课(考核官吏),每纷纶(忙碌)于折狱(审问案件)。笼(兼有)张赵(张敞、赵广汉)于往图(那样的政绩),架(超过)卓鲁(卓茂、鲁恭)于前录(功德)。希踪三辅豪,驰声(传播声誉)九州牧(天下官吏)。使其高霞孤映,明月独举,青松落荫,白云谁侣?磵(通"涧")户摧绝(崩塌)无与归,石径荒凉徒延伫(伫,zhù。长久站立)。至于还飙(飙,biāo。旋风)入幕,写雾(流动的雾)出楹(yíng,厅堂前面的柱子),蕙帐(香草帐幔)空兮夜鹤怨(悲怨),山人去兮晓猿惊。昔闻投簪(簪,zān。弃官)逸海岸,今见解兰(隐士的兰佩)缚尘缨(俗世的冠缨)。

于是南岳献嘲,北陇腾笑(讥笑),列壑争讥(争相讽刺),攒峰竦诮(峰峰岭岭伸长脖子来斥责。攒,cuán;竦,sǒng)。慨游子之我欺,悲无人以赴吊(前来慰问)。故其林惭(羞惭)无尽,涧愧(惭愧)不歇,秋桂遣(辞谢)风,春萝罢(避开)月,骋西山之逸议(隐逸的来议),驰东皋之素谒(内心的真情)。

今又促装(急治行装)下邑(县城),浪栧(yì,船桨)上京。虽情投(一心向往)于魏阙(朝廷),或假步于山扃(北山。扃,jiōng)。岂可使芳杜厚颜,薜荔(bì lì)蒙耻,碧岭再辱(蒙受耻辱),丹崖重滓(遭到玷污),尘游躅(zhú,足迹;踏踩)于蕙路,污渌池(清澈的池水)以洗耳。宜扃岫幌(应该拉上山洞的窗户),掩(紧闭)云关,敛(收起)轻雾,藏鸣湍(泉水),截来辕(车子)于谷口,杜妄辔(狂妄的马匹)于郊端。于是丛条瞋胆(簇簇枝条震怒),叠颖怒魄(层层野草扬威),或飞柯(枝条)以折(打)轮,乍低枝而扫迹(痕迹)。请回俗士驾,为君谢逋客(逃客)。

假山灵作檄,设想已奇。而篇中无语不新,有字必隽。层层敲入,愈入愈精。真觉泉石蒙羞,林壑增秽。读之令人赏心留盼,不能已也。

(原本《古文观止》)

谏太宗十思疏　　魏徵

277. 唐太宗像

臣闻求木之长者，必固其根本；欲流之远者，必浚(jùn，疏通，深挖)其泉源；思国之安者，必积其德义。源不深而望流之远，根不固而求木之长，德不厚而思国之安，臣虽下愚(最愚蠢。这是魏徵自谦之词)，知其不可，而况于明哲(明智而洞察事理的人，指唐太宗)乎！人君当神器(帝位)之重，居域中之大(《老子》第二十五章："故道大，天大，地大，人亦大。域中有四大，而人居其一焉。"域中，宇宙间)，不念居安思危，戒奢以俭，斯亦伐根以求木茂，塞源而欲流长也。

凡昔元首，承天景命(承受上天的大命。封建帝王自称领受天意来管理人间)，善始者实繁，克(能够)终者盖(大概)寡。岂取之易、守之难乎？盖在殷忧(深忧)必竭诚(尽心尽力)以待下，既得志则纵情以傲物(傲气凌人)。竭诚则胡越(胡人和越人)为一体，傲物则骨肉(亲属)为行路(路人)。虽董(督责)之以严刑，振(震

278. 魏徵像

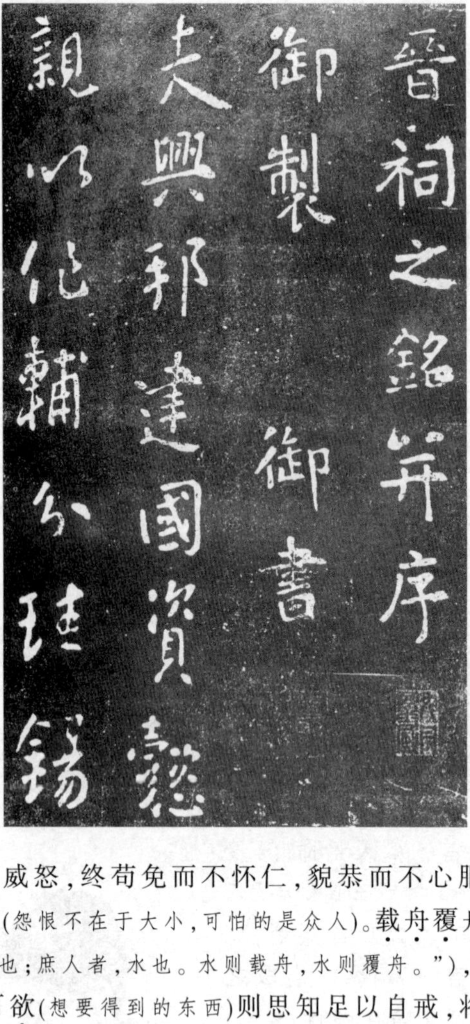

279.
唐太宗 晋祠铭碑

动，威吓）之以威怒，终苟免而不怀仁，貌恭而不心服。怨不在大，可畏惟人（怨恨不在于大小，可怕的是众人）。载舟覆舟（《荀子·王制》：“君者，舟也；庶人者，水也。水则载舟，水则覆舟。”），所宜深慎。

诚能见可欲（想要得到的东西）则思知足以自戒，将有作（指兴建宫室之类。作，建造）则思知止（知道适可而止）以安人，念高危则思谦冲（谦虚）而自牧（自养其德），惧满盈则思江海下（居其下）百川，乐盘游（盘乐游逸，这里指打猎）则思三驱（指天子打猎时不合围，网开一面表示仁慈）以为度，忧懈怠则思慎始而敬终，虑壅蔽（怕受蒙蔽）则思虚心以纳下（接受下面的意见），惧谗邪则思正身以黜恶

(斥退邪恶的人),恩所加则思无因喜以谬赏(奖赏不当),罚所及则思无以怒而滥刑(滥用刑罚)。总此十思,宏兹九得(通"德",古书中提到的九种德行,这里泛指一切德行),简能(选拔有才能的人)而任之,择善而从之。则智者尽其谋,勇者竭其力,仁者播其惠,信者效其忠。文武并用,垂拱而治(即无为而治)。何必劳神苦思,代百司(百官)之职役哉!

以文论,总督总收,有埋伏,有发挥,有线索,反正跌宕,不使直笔,排养雄厚,不尚单行,最合时墨。以理论,忧盛危明,善始虑终,虽古大臣谟诰,不过如此。

(李扶九)

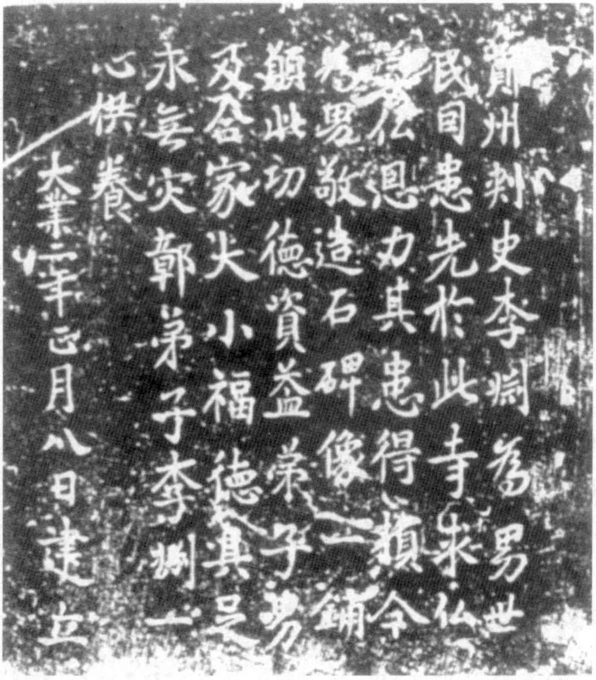

280.
唐太宗 晋祠铭碑

为徐敬业讨武曌檄　骆宾王

伪临朝(君临朝廷，当政)武氏[武则天，名曌(zhào)。太宗时召入为才人；太宗死后为尼；高宗时复召为昭仪，后为皇后，参与朝政；高宗死后中宗即位，她临朝称制，次年废中宗]者，性非和顺，地(门第)实寒微，昔充太宗(唐太宗李世民)下陈(指入宫为“才人”)，曾以更衣(更换衣服，这里指来路不明)入侍。洎(jì，及，至)乎晚节，秽乱春宫(指东宫，太子居住的宫室，这里指武氏和太子发生暧昧关系)。潜隐先帝之私，阴图后房之嬖(bì，宠幸)。入门见嫉，蛾眉不肯让人；掩袖工谗，狐媚偏能惑主(这里指武氏巧于进谗，迷惑高宗以诬陷皇后的事情)。践元后(正宫皇后)于翚翟(huī dí，野鸡，五彩羽毛的叫翚；长尾的叫翟。唐代皇后车服上有其图饰。此指践元后之位)，陷吾君(指唐高宗)于聚麀(父子共占一个女子。麀 yōu，母兽)。加以虺蜴(huǐ yì，毒蛇蜥蜴)为心，豺狼成性。近狎(亲近而态度不庄严)邪僻，残害忠良；杀姊屠兄(泛指杀害亲属，武则天被立为皇后，武家亲属遭到迫害)，弑君鸩母。人神之所同嫉，天地之所不容。犹复包藏祸心，窥窃神器(帝位)。君之爱子，幽之于别宫；贼之宗盟，委之以重任。呜呼！霍子孟(汉朝大臣霍光，有才能，拥立宣帝)之不作(兴起)，朱虚侯(汉高祖外子刘章，尽诛诸吕，迎立文帝)之已亡。燕啄皇孙(赵飞燕杀害皇孙)，知汉祚(zuò，帝位，国统)之将尽，龙漦帝后(龙涎沫化为帝后褒姒。漦，chí，涎沫)，识夏庭之遽衰(标志着夏朝将很快走向衰亡)。

敬业，皇唐旧臣，公侯冢子(冢，zhǒng，长子)。奉先君之成业，荷(承受)本朝之厚恩。宋微子之兴悲(有微子悲商的心情)，良有以也；袁君山(东汉袁安，不满外戚专权，言及国事，常为之流涕)之流涕，岂徒然哉！是用气愤风云，志安社稷。因天下之失望，顺宇内之推心，爰举义旗，以清妖孽。南连百越(古南方之国，有东越、西越、骆越等)，北尽三河(指河南、河东、河内)，铁骑成群，玉轴相接(形容车辆之多)。海陵红粟，仓储之积靡穷；江浦黄旗(指起义军的旗帜)，匡复之功何远。班声(班马之声)动而北风起，剑气冲而南斗(星宿名，吴地星空的分野)平。喑呜则山岳崩颓，叱咤则风云变色。以此制敌，何敌不摧！以此图功，何功不克！

公等或居汉地，或叶周亲(叶，同“协”，共。周亲，至亲)，或膺(承受)重寄于话言，或受顾命(皇帝临死的遗命)于宣室(这里指皇宫)，言犹在耳，忠岂忘心！一抔之土(抔 póu，捧。指高宗皇帝的陵墓)未干，六尺之孤(指中宗李显)何托？倘能转祸为福，送往(指高宗)事居(指中宗)，共立勤王(诸侯大臣为解除天子的患难而起兵，叫作勤王)之勋，无废大君之命，凡诸爵赏，同指山河(指汉初封赏功臣，君臣指山河而誓之事)。若其眷恋穷城，徘徊歧路，坐昧先几之兆(事前的征兆)，必贻后至之诛(禹召集群臣在会稽开会，防风氏来迟，被禹诛杀)。请看今日之域中，竟是谁家之天下！

起写武氏之罪不容诛，次写起兵之事不可缓，末则示之以大义，动之以刑赏。雄文劲采，足以壮军声而作义勇，宜则天见檄而叹其才也。

(原本《古文观止》)

骈文原起先汉之末，至后汉而成。大约汉魏为一体，晋宋为一体，齐梁为一体。唐初承齐梁，又稍板重，而益近律体(调平仄)，故又有唐骈体之名。末年，遂有所谓四六。宋人承之，然稍加流走矣。

韵文不与口语相合。进化至散文，则与口语相合矣——东周至西汉。其后趋于修饰，句调求整齐，用字(辞)求美丽，多引故实(即用典)，以引起丰富之想象。骈文之用字眼及典故，本欲刺激人之想象而引起其美感，故其所用宜熟——大家用惯的字眼及典故，在意义及运用上求其新颖——若用生者，使人看了懂都不懂，则失其意义矣。但其末流，颇有此病。惟公文无之，此篇即是也。

(吕思勉)

281. 武则天撰写 升仙太子碑

282. 皇泽寺 武则天出生地

283. 乾陵无字碑

284. 乾陵 武则天唐高宗合葬墓

滕王阁序　　王 勃

南昌故郡(汉代郡城),洪都新府。星分翼轸(轸,zhěn。翼、轸两星宿的分野地),地接衡庐(衡山和庐山)。襟三江而带五湖(以三江为衣领,以五湖作衣带),控蛮荆(控制楚地)而引瓯越(接连闽越)。物华天宝(物类有光华,天上有宝气),龙光(宝剑的光芒)射牛斗之墟(区域);人杰地灵,徐孺下陈蕃之榻。雄州雾列(在烟雾中若隐若现),俊彩星驰(英俊的人才像繁星一样活跃)。台隍(亭台池城)枕(坐落)夷夏之交,宾主尽东南之美(英俊)。都督阎公之雅望(崇高的声望),棨(qǐ)戟(有衣的戟)遥临(远道而来);宇文新州之懿范(美德的楷模),襜帷暂驻(襜,chān。襜帷:车帷,

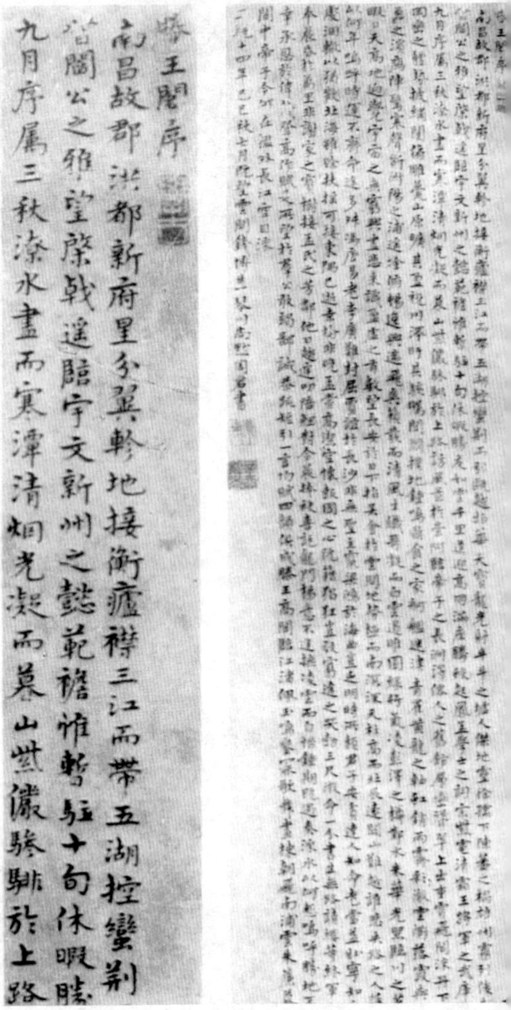

285. 明 钱博 滕王阁序轴

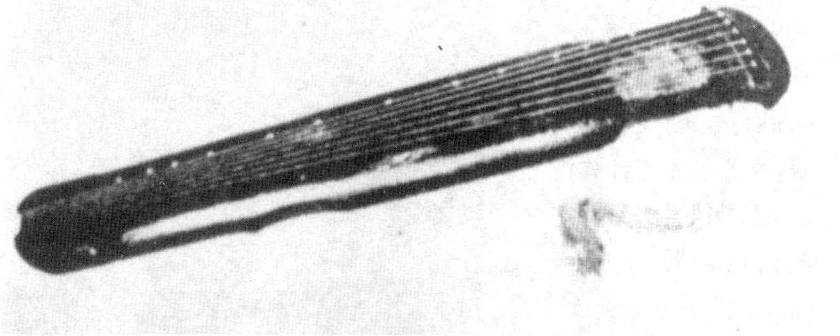

286. 唐 “大圣遗音”琴

借指车。赴任途中在此停留)。十旬休暇(正逢十日休假的一天),胜友(才华卓越的友人)如云。千里逢迎(聚会),高朋满座。腾蛟起凤,孟学士之词宗(文坛领袖);紫电清霜,王将军之武库。家君作宰(父亲做县令),路出名区(指洪州)。童子(自称,王勃自己)何知,躬逢胜饯(宴会)。

时维(当)九月,序(时序)属三秋。潦水(潦,lǎo。雨后的积水)尽而寒潭清,烟光凝而暮山紫。俨骖骓于上路(俨骖騑 yǎn cān fēi。在山路上驾着马车),访风景于崇阿(高大的丘陵)。临帝子(滕王)之长洲(古苑名),得仙人之旧馆(滕王阁)。层峦耸翠,上出重霄;飞阁流丹(泛出红光),下临无地(没有地面)。鹤汀凫渚((hè tīng fú zhǔ。鹤聚于水中小洲,野鸭宿于水边平滩),穷岛屿之萦回;桂殿兰宫(华丽的宫殿),列冈峦之体势(排列得像起伏的山峦)。

披绣闼(闼,tà。打开雕着花纹的门),俯雕甍(méng,屋脊)。山原旷其盈视(全部映入眼帘),川泽盱(xū,睁大眼睛)其骇瞩(瞩,zhǔ。对着看到的景物感到吃惊)。闾阎(里中的门)扑地(排列于地),钟鸣鼎食之家;舸舰迷津(塞满渡口),青雀黄龙之舳(zhú,船)。虹销雨霁,彩彻云衢(光彩映彻于云衢之间)。落霞与孤鹜齐飞,秋水共长天一色。渔舟唱晚,响穷彭蠡(鄱阳湖)之滨,雁阵惊寒,声断衡阳之浦(指雁飞的最南边)。

遥吟俯畅(放声长吟，登高俯视而感到舒畅)，逸兴遄(chuán，急速)飞。爽籁(参差不齐的排箫)发而清风生，纤歌凝而白云遏(è)。睢(suī)园(汉梁孝王的竹园)绿竹，气凌彭泽(指陶渊明)之樽；邺水朱华(邺水边赞咏荷花，指曹操兴起的地方)，光照临川(指谢灵运)之笔。四美(指良辰、美景、赏心、乐事)具，二难(指贤主、嘉宾)并。穷睇眄(睇：dì，小视；眄：miǎn，斜视。目光上下左右观览)于中天(半空中)，极娱游于暇日。天高地迥(jiǒng，遥远)，觉宇宙之无穷；兴尽悲来，识盈虚(指兴衰、贵贱、穷通等)之有

287. 明 仇英 远眺图

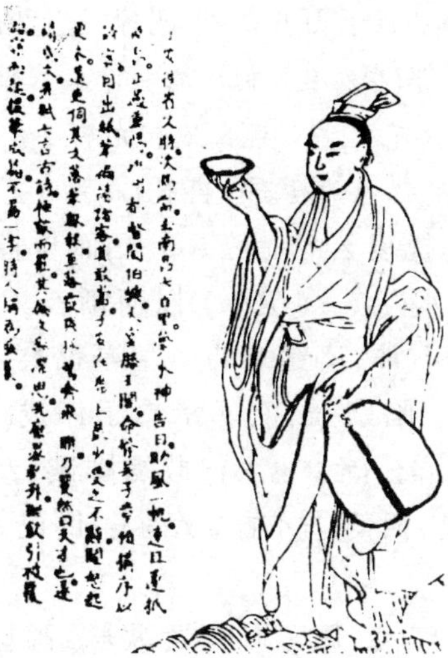

288. 唐 王勃像

数。望长安于日下，指吴会(会，kuài。指吴县，今苏州)于云间。地势极(远)而南溟(传说中极南的海)深，天柱高而北辰(北极星)远。关山难越，谁悲失路之人；萍水相逢，尽是他乡之客。怀帝阍(阍，hūn。天帝守门人)而不见，奉宣室(指重用)以何年？

呜呼！时运不齐(不好)，命途多舛(chuǎn，不幸)。冯唐易老，李广难封。屈贾谊于长沙，非无圣主；窜(使)梁鸿(东汉高士)于海曲，岂乏明时(政治昌明的时代)？所赖君子安贫，达人(通达事理的人)知命。老当益壮，宁(nìng，难道)移白首之心；穷且益坚，不坠青云之志。酌贪泉而觉爽(神志清爽)，处涸辙(干涸的车辙)以犹欢。北海虽赊(shē，远)，扶摇(旋风)可接；东隅(东方，日出处，指早晨)已逝，桑榆(日落时，亦指人的晚年)非晚。孟尝(东汉官吏，未被重用)高洁，空怀报国之心；阮籍(魏晋文学家)猖狂，岂效穷途之哭？

勃，三尺微命(地位卑微)，一介书生。无路请缨，等(同，相当)终军(汉臣)之弱冠(二十岁)；有怀投笔(投笔从戎)，慕宗悫(悫，què。南朝宋人，少年时很有抱负，说要“乘长风破万里浪”)之长风。

舍簪笏(zān hù。指俸禄)于百龄(一百岁，一生)，奉(侍奉)晨昏(古人早晚要向父母请安）于万里。非谢家之宝树（谢家出类拔萃的人才），接孟氏之芳邻（指在良好的环境中长大）。他日趋庭（快步走过庭院），叨陪（叨，tāo。不久将听到我父亲的亲自教诲）鲤对；今晨捧袂（袂，mèi。捧着衣袖，恭敬的样子），喜托（高兴地登上）龙门。杨意（指杨得意，汉臣）不逢，抚凌云（指自己的文章）而自惜；锺期（锺子期，借指知己）既遇，奏流水（指《高山流水》）以何惭？

呜呼！胜地不常，盛筵难再。兰亭已矣，梓泽邱墟（石崇的金谷园已变为废墟）。临别赠言，幸承恩于伟饯（盛大的宴会上）；登高作赋，是所望于群公（在座诸公）。敢竭鄙诚，恭疏短引（作了短短的引言）。一言均赋，四韵（指下面的八句诗）俱成。请洒潘江，各倾陆海云尔。

滕王高阁临江渚，佩玉鸣鸾罢歌舞。画栋朝飞南浦云，朱帘（朱红的画帘）暮卷西山雨。闲云潭影日悠悠，物换星移几度秋。阁中帝子今何在？槛外长江空自流。

唐高祖子元婴为洪州刺史，建此阁，后封滕王，故曰滕王阁。咸亨二年，阎伯屿为洪州牧，重修。九月九日，宴宾僚于阁。欲夸其婿吴子章才，令宿构序。时王勃省父，次马当，去南昌七百里。梦水神告曰："助风一帆。"达旦，遂抵南昌与宴。阎请众宾序，至勃，不辞。阎恚甚，密令吏得句即报。至"落霞"二句，叹曰："此天才也。"想其当日对客挥毫，珍词绣句层见叠出，洵是奇才。

（原本《古文观止》）

与韩荆州书　　李 白

白闻天下谈士相聚而言曰:“生不用封万户侯,但愿一识韩荆州。”何令人之景慕一至于此！岂不以周公之风,躬吐握(实行)之事(礼贤下士),使海内豪俊,奔走而归之,一登龙门,则声价十倍！所以龙蟠凤逸之士,皆欲收名定价(获得名声和评价)于君侯(韩朝宗敬称)。君侯不以富贵而骄之,寒贱而忽之,则三千

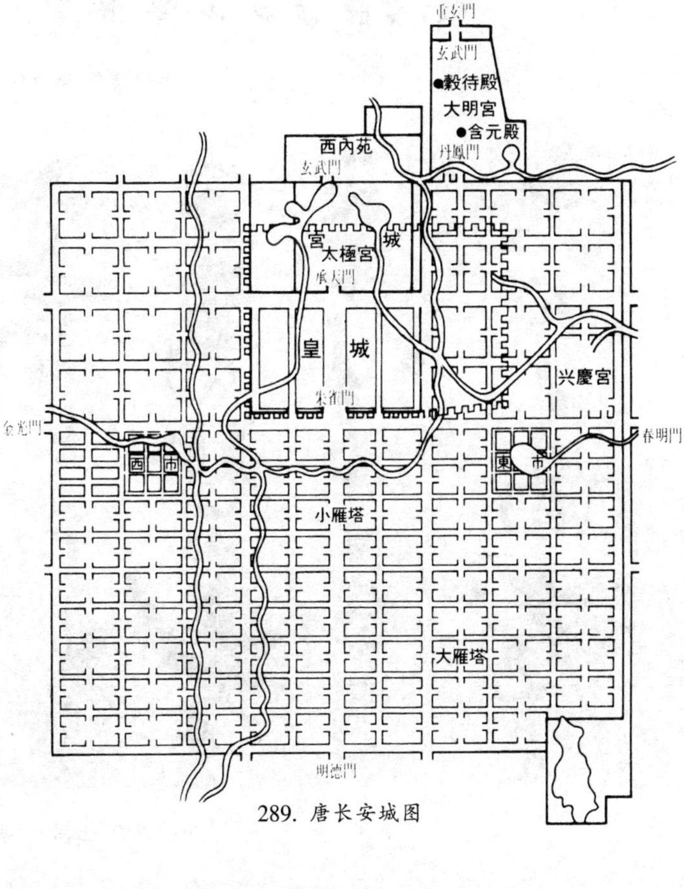

289. 唐长安城图

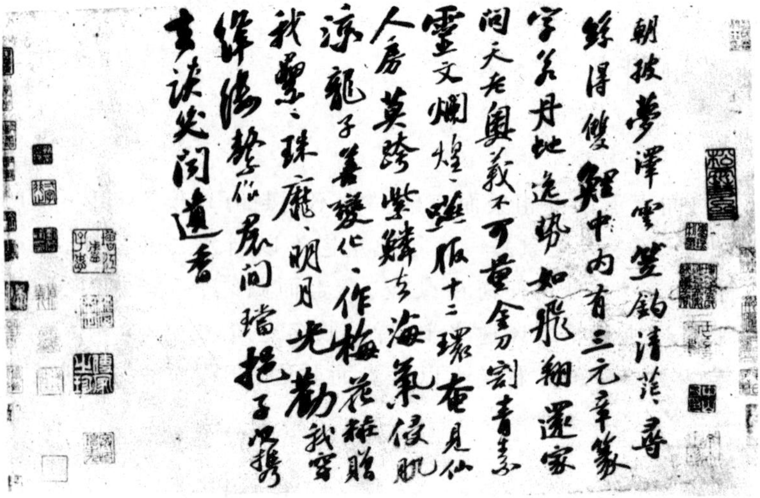

290. 苏轼 李白仙诗卷

291. 李白 上阳台 手迹

之中有毛遂，使白得颖脱而出，即其人焉。

白，陇西布衣，流落楚、汉。十五好剑术，遍干(触犯)诸侯。三十成文章，历抵卿相。虽长不满七尺，而心雄万夫。皆王公大人许与气义(气节，道义)。此畴曩(chóu nǎng，从前，平日)心迹，安敢不尽于君侯哉！君侯制作(本指建功立业，这里指文章著述)侔(móu，相等)神明，德行动天地，笔参造化，学究天人。幸愿开张心颜，不以长揖见拒。必若接之以高宴，纵之以清谈，请日试万言，倚马可待(片刻可以完成)。今天下以君侯为文章之司命(权威)，人物之权衡(标准)，一经品题(品评赞许)，便作佳士。而今君侯何惜阶前盈尺之地，不使白扬眉吐气、激昂青云耶？

昔王子师(即王允)为豫州(豫州刺史)，未下车即辟(bì，聘请)荀慈明(名人)，既下车又辟孔文举。山涛作冀州，甄拔(选拔)三十余人，或为侍中、尚书，先代(前代人)所美(称道赞美)。而君侯亦一荐(推荐)严协律(人名，严武)，入为秘书郎；中间(还有)崔宗之、房习祖、黎昕、许莹之徒，或以才名见知，或以清白见赏。白每观其衔恩抚躬(不忘提拔之恩，追思自己身世)，忠义奋发，白以此感激，知君侯推赤心于诸贤腹中，所以不归他人而愿委身国士。倘急难有用，敢效微躯。

且人非尧、舜，谁能尽善？白谟猷筹画(谋划计策)，安能自矜？至于制作(撰写文章)，积成卷轴，则欲尘秽视听(麻烦你过目)，恐雕虫小技，不合大人。若赐观刍荛(chú ráo，割草打柴的人)，请给纸笔，兼之书人(抄写的人)，然后退扫闲轩，缮写呈上。庶(或许)青萍(剑名)、结绿(玉名)，长价于薛(薛烛，善相剑)、卞(卞和，善识玉)之门。幸推下流(地位低下)，大开奖饰(奖励称誉)，唯君侯图(考虑)之。

本是欲以文章求知于荆州，却先将荆州人品极力抬高，以见国士之出不偶，知己之遇当急。至于自述之处，文气骚逸，词调豪雄，到底不作寒酸求乞态，自是青莲本色。

(原本《古文观止》)

春夜宴桃李园序　李白

夫天地者，万物之逆旅(旅舍)；光阴者，百代之过客。而浮生若梦，为欢几何？古人秉烛夜游，良有以(原因)也。况阳春召我以烟景(烟雾朦胧的秀丽景色)，大块(天地，大自然)假我以文章(锦绣风光)。会桃李之芳园，序天伦之乐事。群季(诸弟)俊秀，皆为惠连(谢惠连，才华出众的人)；吾人咏歌，独惭康乐(谢灵运)。幽赏未已，高谈转清。开琼筵(华贵的筵席)以坐花，飞羽觞而醉月。不有佳作，何伸雅怀？如诗不成，罚依金谷酒数(罚酒三杯)。

发端数语，已见潇洒风尘之外。而转落层次，语无泛设；幽怀逸趣，辞短韵长。读之增人许多情思。
(原本《古文观止》)

292. 明 仇英 春夜宴桃李园

吊古战场文　李华

浩浩乎平沙无垠，敻(xiòng，辽远)不见人，河水萦带，群山纠纷(交错杂乱)。黯兮惨悴，风悲日曛(昏暗)。蓬断草枯，凛若霜晨。鸟飞不下，兽铤(tǐng，快跑)亡(失)群。亭长告余曰："此古战场也。常覆(覆灭)三军。往往鬼哭，天阴则闻。"伤心哉！秦欤？汉欤？将(还是)近代欤？

吾闻夫齐、魏徭戍，荆、韩召募。万里奔走，连年暴露。沙草晨牧，河冰夜渡。地阔天长，不知归路。寄身锋刃，腷臆(bì yì，郁闷的心情)谁诉？秦、汉而还(以来)，多事(征伐用兵)四夷。中州耗斁(中原凋敝破坏。斁，dù)，无世无之。古称戎、夏，不抗王师。文教失宣(礼乐教化废而不用)，武臣用奇(奇谋)。奇兵有异于仁义，王道迂阔而莫为。呜呼噫嘻！

293. 唐边城 位于今塔克拉玛干沙漠

294. 金山岭长城城墙

吾想夫北风振漠，胡兵伺便，主将骄敌，期门受战(在军门仓皇应战)。野竖旄旗，川回组练(沿着河岸往来飞奔)。法重心骇，威尊命贱。利镞(zú，箭头)穿骨，惊沙入面。主客相搏，山川震眩(迷乱)，声析(崩裂)江河，势崩雷电。至若穷阴(天色阴沉)凝闭(浓云密布)，凛冽海隅，积雪没胫，坚冰在须，鸷鸟休巢(凶猛的鸟，歇巢不出)，征马踟蹰，缯纩无温(丝布和丝绵絮不能保暖。缯纩，zēng kuàng)，堕指裂肤。当此苦寒，天假(帮助)强胡，凭陵杀气(依靠严寒天气)，以相剪屠。径(正面)截辎重，横(侧面)攻士卒。都尉新降，将军覆没。尸填巨港之岸(河流两岸)，血满长城之窟。无贵无贱，同为枯骨。可胜言哉！鼓衰兮力尽，矢竭兮弦绝，白刃交兮宝刀折，两军蹙(相迫)兮生死决。降矣哉？终身夷狄。战矣哉？骨暴沙砾。鸟无声兮山寂寂，夜正长兮风淅淅。魂魄结兮天沉沉，鬼神聚兮云幂幂。日光寒兮草短，月色苦兮霜白。伤心惨目，有如是耶？

吾闻之：牧(李牧)用赵卒，大破林胡，开地(开辟疆土)千里，遁逃(使逃跑)匈奴。汉倾(动用)天下，财殚力痡(pū，疲)。任人而已，其在多乎？周逐猃狁(少数民族名)，北至太原，既城(筑城)朔方(北方)，全师而还。饮至策勋(告祭祖先记载功勋),和乐且闲,穆穆棣棣(彼此相敬相安。棣棣,dì dì),君臣之间。秦起长城,竟(至)海为关,荼毒生灵,万里朱殷(流血)。汉击匈奴,虽得阴山,枕骸遍野,功不补患。

苍苍蒸民(众多的老百姓),谁无父母?提携捧负(全心供养),畏其不寿。谁无兄弟,如足如手?谁无夫妇,如宾如友?生也何恩?

295. 敦煌 唐代战争壁画

杀之何咎?其存其没(死),家莫闻知。人或有言,将信将疑,悁悁(juàn juàn,忧闷)心目,寝寐见之。布奠倾觞(设酒祭奠。觞,shāng),哭望天涯。天地为愁,草木凄悲。吊祭不至,精魂(战死者的灵魂)何依?必有凶年,人其流离。呜呼噫嘻!时耶?命耶?从古如斯。为之奈何?守在四夷。

通篇只是极写亭长口中"常覆三军"一词。所以常覆三军,因多事四夷故也。遂将秦、汉至近代上下数千百年,反反复复写得愁惨悲哀,不堪再诵。

(原本《古文观止》)

陋室铭　刘禹锡

山不在高，有仙则名。水不在深，有龙则灵。斯是陋室，惟吾德馨(馨，xīn，散布到远处去的香气。指德行的美好)。苔痕上(布满)阶绿，草色入帘青。谈笑有鸿儒，往来无白丁。可以调素琴，阅金经(指佛经)。无丝竹(管弦乐曲)之乱耳，无案牍(官府文书)之劳形。南阳诸葛庐，西蜀子云(指扬雄，西汉辞赋家)亭。孔子云："何陋之有？"

陋室之可铭，在德之馨，不在室之陋也。惟有德者居之，则陋室之中，触目皆成佳趣。末以"何陋"结之，饶有逸韵。

(原本《古文观止》)

296. 明　八大山人　山水图

阿房宫赋　　杜 牧

六王毕，四海一(统一)。蜀山兀(wù，光秃。山林砍伐一空)，阿房出。覆压三百余里，隔离天日。骊山北构(向北构筑)而西折，直走咸阳。二川(渭川、樊川)溶溶，流入宫墙。五步一楼，十步一阁。廊腰缦回，檐牙高啄；各抱(依)地势，钩心斗角。盘盘焉，囷囷(qūn qūn。曲折回旋的样子)焉，蜂房水涡(像蜂房那样密集，如水涡那样套连)，矗不知其几千万落。长桥卧波，未云何龙？复道(楼阁之间架木构成的通道)行空，不霁(jì，雨后初晴)何虹？高低冥迷，不知西东。歌台暖响(台上歌声温柔)，春光融融。舞殿冷袖，风雨凄凄。一日之内，一宫之间，而气候不齐。

297. 秦灭六国示意图

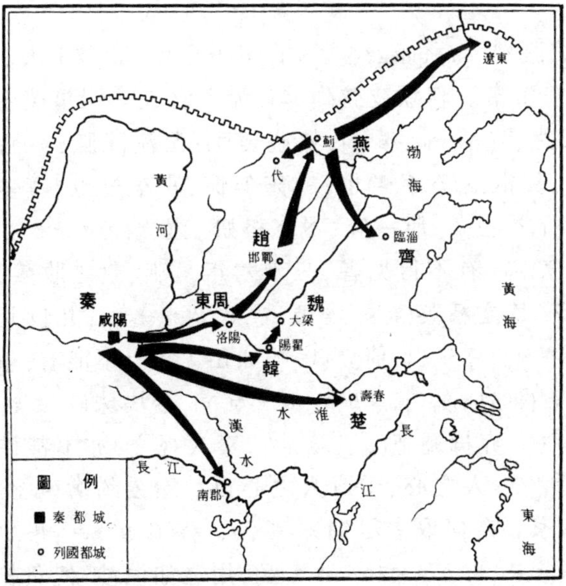

298. 阿房宫遗址

妃嫔媵嫱(yìng qiáng,指宫女),王子皇孙,辞楼下殿,辇(帝后所坐的车)来于秦。朝歌夜弦(弹琴),为秦宫人。明星荧荧,开妆镜也;绿云扰扰(ráo ráo,纷扰),梳晓鬟也;渭流涨腻,弃脂水也;烟斜雾横,焚椒兰(烧香料)也;雷霆乍惊,宫车过也;辘辘远听,杳不知其所之也。一肌一容,尽态极妍。缦立(久久地伫立)远视,而望幸(宠幸)焉,有不得见者,三十六年。燕、赵之收藏,韩、魏之经营,齐、楚之精英(收藏、经营、精英,均指珍宝),几世几年,取掠其人(抢夺他们的人民),倚叠(堆积)如山。一旦不能有,输来其间。鼎铛玉石(铛,chēng。视鼎如铛,视玉如石),金块珠砾(视金如土块,视珍珠如砾石),弃掷逦迤(四处抛弃)。秦人视之,亦不甚惜。

嗟乎!一人之心,千万人之心也。秦爱纷奢(奢侈),人亦念(眷念)其家。奈何取之尽锱铢(锱,zī,一两的四分一;铢,zhū,一两的二十四分之一。比喻极其微小的数量),用之如泥沙?使负栋之柱,多于南亩之农夫;架梁之椽,多于机上之工女;钉头磷磷,多于在庾(yǔ,露天的谷堆)之粟粒;瓦缝参差,多于周身之帛缕;直栏横槛,多于九土之城郭;管弦呕哑(ōu yā。形容杂乱的乐器声),多于市人之言语。使天下之人,不敢言而敢怒,独夫(君主)之心,日益骄固。戍卒叫(指陈胜起义),函谷举(刘邦攻占函谷关)。楚人一炬(项羽的一把大火),可怜焦土。

呜呼!灭六国者,六国也,非秦也。族(灭掉)秦者,秦也,非天下也。嗟夫!使六国各爱(爱抚)其人(百姓),则足以拒秦。秦复爱六国之人,则递(传)三世,可至万世而为君,谁得而族灭也?秦人不暇自哀,而后人哀之;后人哀之而不鉴之,亦使后人而复哀后人也!

前幅极写阿房之瑰丽,不是羡慕其奢华,正以见骄横敛怨之至,而民不堪命也,便伏有不爱六国之人意在。所以一炬之后,回视向来瑰丽,亦复何有?以下因尽情痛悼之,为隋广、叔宝等人炯戒,尤有关治体。不若《上林》《子虚》,徒逢君之过也。

(原本《古文观止》)

299. 秦十二字瓦当
出土于阿房宫遗址

原道　韩愈

博爱之谓仁，行而宜之之谓义，由是而之(达到)焉之谓道，足乎己(自我完善)无待(依赖)于外之谓德。仁与义为定名，道与德为虚位(虚设的位置)。故道有君子小人，而德有凶有吉。老子之小(轻视)仁义，非毁(诋毁)之也，其见者小(视野狭小)也。坐井而观天，曰"天小"者，非天小也。彼以煦煦(xù xù，小恩小惠)为仁，孑孑(谨慎小心)为义，其小之也则宜(自然)。其所谓道，道其所道(所说的道)，非吾所谓道也；其所谓德，德(当作德)其所德，非吾所谓德也。凡吾所谓道德云者，合仁与义言之也，天下之公言(公论)也。老子之所谓道德云者，去仁与义言之也，一人之私言(个人的说法)也。

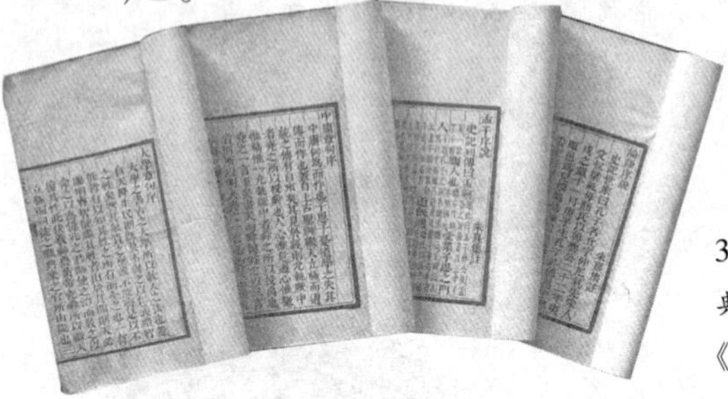

300. 四书书影，为儒家经典《大学》《中庸》《论语》《孟子》的合称

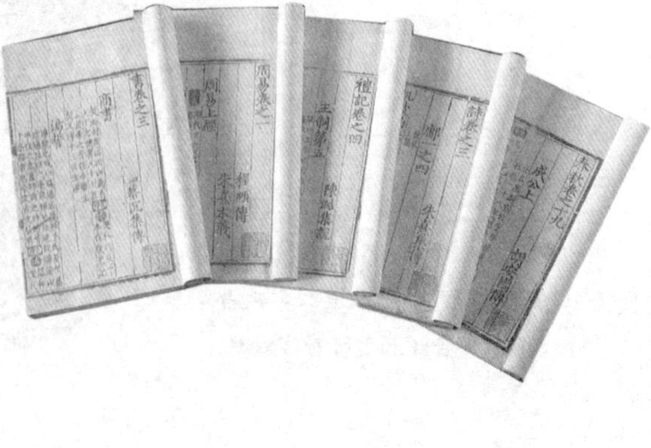

301. 五经书影，儒家经典《诗》《书》《礼》《易》《春秋》的合称

302. 云冈石窟佛像

303. 宋代石刻 老君岩

304. 唐 阿难像

305. 唐 迦叶像

306. 北朝 石雕道教造像

307. 敦煌莫高窟 迦叶、菩萨、天王塑像

周道衰，孔子没。火于秦(秦朝焚书)，黄、老于汉，佛于晋、魏、梁、隋之间。其言道德仁义者，不入于杨(杨朱)，则入于墨(墨子)；不入于老(道教)，则入于佛(佛家)。入于彼，必出于此。入者主(尊崇)之，出者奴(贬低)之；入者附(附和)之，出者污(污蔑)之。噫！后之人其欲闻仁义道德之说，孰(谁)从而听之？老者(道家)曰："孔子，吾师之弟子也。"佛者曰："孔子，吾师之弟子也。"为孔子者，习(习惯)闻其说，乐其诞(怪诞)而自小(妄自菲薄)也，亦曰："吾师亦尝师(学习)之云尔。"不惟举之于其口，而又笔(书写)之于其书。噫！后之人虽欲闻仁义道德之说，其孰从而求之？甚矣！人之好怪(怪诞的言论)也，不求其端(本原)，不讯(考察)其末(流变)，惟怪之欲闻。

古之为民者四(四类)，今之为民者六；古之教者处其一，今之教者处其三。农之家一，而食粟之家六；工之家一，而用器之家六；贾(经商)之家一，而资(依靠它贩运货物)焉之家六。奈之何民不穷且盗也！

古之时，人之害(灾)多矣。有圣人者立(出世)，然后教之以相

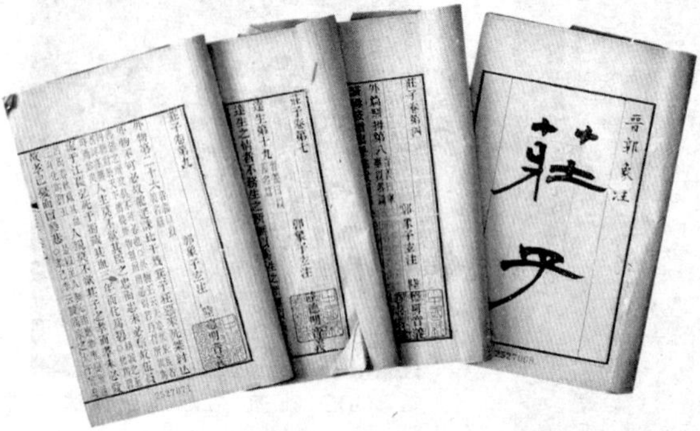

308.《庄子》书影

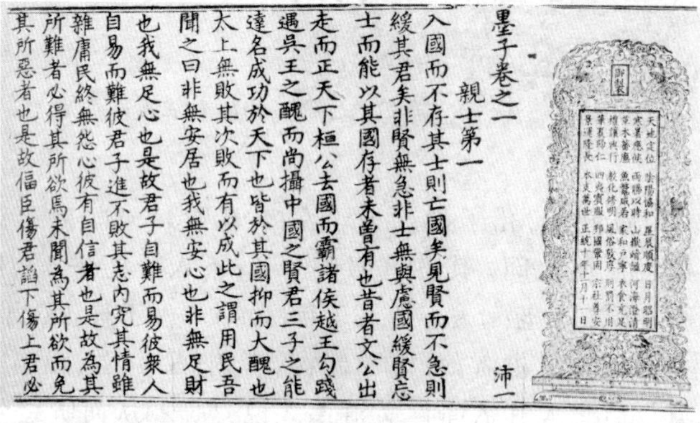

墨子卷之一
親士第一
入國而不存其士則亡國矣見賢而不急則緩其君矣非賢無急非士無與慮國緩賢忘士而能以其國存者未曾有也昔者文公出走而正天下桓公去國而霸諸侯越王勾踐遇吳王之醜而尚攝中國之賢君三子之能達名成功於天下也皆於其國抑而大醜也太上無敗其次敗而有以成此之謂用民吾聞之曰非無安居也我無安心也非無足財也我無足心也是故君子自難而易彼衆人自易而難彼君子進不敗其志內究其情雖雜庸民終無怨心彼有自信者也是故為其所難者必得其所欲焉未聞為其所欲而免其所惡者也是故偪臣傷君諂下傷上君必

309.《墨子》书影

生相养(互助谋生，彼此供养)之道。为之君(君主)，为之师(老师)，驱其虫蛇禽兽，而处(安顿)之中土(中原)。寒然后为之衣(做衣服)，饥然后为之食(种庄稼)。木处而颠(掉下来)，土处而病也，然后为之宫室。为之工(工匠)以赡(供应)其器用，为之贾以通其有无，为之医药以济其夭死，为之葬埋祭祀以长(增进)其恩爱，为之礼(礼节)以次其先后(尊卑秩序)，为之乐(音乐)以宣(排解)其湮郁(郁闷)，为之政(政令)以率(通“律”，督促)其怠倦，为之刑(刑罚)以锄(铲除)其强梗(强暴之徒)。相欺(欺骗)也，为之符玺、斗斛、权衡以信(凭信)之。相夺也，为之城郭、甲兵以守之。害至而为之备(防备)，患(患难)生而为之防(预防)。今其言曰:“圣人不死,大盗不止;剖斗折衡(砸烂斗斛,折断秤杆),而民不争。”呜呼!其亦不思而已矣!如古之无圣人,人之类灭久矣。何也?无羽毛鳞介(甲)以居寒热(冬冷夏热的地方)也,无爪牙以争食也。

是故君者,出令(发布命令)者也;臣者,行君之令而致(施加)之民者也;民者,出粟米麻丝、作器皿、通货财以事其上者也。君不出令,则失其所以为君;臣不行君之令而致之民,则失其所以为臣;民不出粟米麻丝、作器皿、通货财以事其上,则诛(惩罚)。今其法(说法)曰:“必弃而(通“尔”,你)君臣,去而父子,禁(禁绝)而相生相养之道。”以求其所谓“清净”“寂灭”者。呜呼!其亦幸而出于三代之后,不见黜(chù,贬斥)于禹、汤、文、武、周公、孔子也;其亦不幸而不出于三代之前,不见正(纠正)于禹、汤、文、武、周公、孔子也。

帝之与王,其号虽殊(不同),其所以为圣一也。夏葛(布衣)而冬裘(皮衣),渴饮而饥食,其事虽殊,其所以为智(聪明举动)一也。今其言曰:“曷(为什么)不为太古之无事(无为而治)?”是亦责冬之裘者曰:“曷不为葛之之易(简单)也?”责饥之食者曰:“曷不为饮之之易也?”传曰:“古之欲明明德(申明光辉的德行)于天下者,先治其国;欲治其国者,先齐其家;欲齐其家者,先修其身;欲修其身者,先正(端正)其心(思想);欲正其心者,先诚(纯真)其意(意念)。”然则古之所谓正心而诚意者,将以有为也。今也欲治其心,而外天下国家,灭其天常(天然的伦理纲常),子焉而不父其父,臣焉而不君其君,民焉而不事(做事)其事。孔子之作《春秋》也,诸侯用夷礼则夷之(把他们当作夷狄),进(接受)于中国(中原),则中国之。经(《论语》)曰:“夷狄之有君,不如诸夏之亡(通“无”,没有)。”《诗》曰:“戎狄是膺,荆舒是惩(攻击戎狄,惩罚荆舒)。”今也举(采用)夷狄之法,而加(抬高)之先王之教之上,几何(多少)其不胥(xù,都)而为夷也!

夫所谓先王之教者,何也?博爱之谓仁,行而宜之之谓义,由是而之焉之谓道，足乎己无待于外之谓德。其文(文献)，《诗》《书》《易》《春秋》；其法(法度)，礼、乐、刑、政；其民，士、农、工、贾；其位，君臣、父子、师友、宾主、昆弟(兄弟)、夫妇；其服，麻、丝；其居，宫、室(房屋)；其食，粟米、果蔬、鱼肉。其为道易明，而其为教易行也。是故以之为己，则顺(顺利)而祥(吉祥)；以之为人，则爱而公(公平)；以之为心，则和(中和)而平(平静)；以之为天下国家，无所处而不当。是故生则得(感受)其情，死则尽其常(纲常)；郊(祭祀)焉而天神假(通“格”，到)，庙(祭祖)焉而人鬼飨(享用)。曰：“斯道也，何道也？”曰：“斯吾所谓道也，非向所谓老与佛之道也。尧以是传之舜，舜以是传之禹，禹以是传之汤，汤以是传之文、武、周公，文、武、周公传之孔子，孔子传之孟轲；轲之死，不得其传焉。荀(荀子)与扬(扬雄)也，择焉而不精(精当)，语焉而不详。由周公而上，上而为君(君主)，故其事行(推行)；由周公而下，下而为臣，故其说长(长久流行)。”然则如之何而可也？曰：“不塞(阻塞)不流，不止(禁止)不行。人其人，火(焚烧)其书，庐(变成民房)其居，明先王之道以道(通“导”，引导)之，鳏寡孤独废疾者有养也，其亦庶乎(差不多)其可也。”

孔孟没，大道废，异端炽，千有余年，而后得《原道》之书辞而辟之，理则布帛菽粟，气则山走海飞，发先儒所未发，为后学之阶梯，是大有功名教之文。

(原本《古文观止》)

此为正式之古文。南北朝时，文字日趋浮靡，不适于用，于是有复古运动。但其初期，硬学古书形式，径说古人这样，仍不适用。至唐韩、柳出，以古人说话之法——即文字未浮靡时之文法，——说当时之话，而此运动乃告成功。

(吕思勉)

原毁　韩愈

古之君子，其责己也重以周（既严格又全面），其待人也轻以约（既宽容又平易）。重以周，故不怠；轻以约，故人乐为善。闻古之人有舜者，其为人也，仁义人也。求其所以为舜者，责于己曰："彼，人也；予，人也。彼能是，而我乃不能是！"早夜以思，去其不如舜者，就其如舜者。闻古之人有周公者，其为人也，多才与艺人也。求其所以为周公者，责于己曰："彼，人也；予，人也。彼能是，而我乃不能是！"早夜以思，去其不如周公者，就其如周公者。舜，大圣人也，后世无及焉；周公，大圣人也，后世无及焉。是人也，乃曰："不如舜，不如周公，吾之病（缺陷）也。"是不亦责于身者重以周乎？其于人也，曰："彼人也，能有是，是足为良人矣。能善是，是

310. 帝舜像

311. 周公像

足为艺人(有技能的人)矣。"取其一,不责其二;即(肯定)其新,不究其旧(过去)。恐恐然惟惧其人之不得为善之利(好处)。一善,易修也。一艺,易能也。其于人也,乃曰:"能有是,是亦足矣。"曰:"能善是,是亦足矣。"不亦待于人者轻以约乎?

今之君子则不然。其责人也详,其待己也廉。详,故人难于为善;廉,故自取(得益)也少。己未有善,曰:"我善是,是亦足矣。"己未有能,曰:"我能是,是亦足矣。"外以欺于人,内以欺于心,未少有得而止矣。不亦待其身者已廉乎?其于人也,曰:"彼虽能是,其人不足称也。彼虽善是,其用不足称也。"举其一,不计其十;究其旧,不图其新。恐恐然惟惧其人之有闻(声望)也。是不亦责于人者已详乎?夫是之谓不以众人待其身,而以圣人望于人,吾未见其尊己也。

虽然,为是者,有本有原,怠与忌之谓也。怠者不能修(上进),而忌者畏人修。吾尝试之矣。尝试语于众曰:"某良士,某良士。"其应者,必其人之与(好朋友)也;不然,则其所疏远不与同其利者也;不然,则其畏也。不若是,强者必怒于言,懦者必怒于色矣。又尝语于众曰:"某非良士,某非良士。"其不应者,必其人之与也;不然,则其所疏远不与同其利者也;不然,则其畏也。不若是,强者必说(同"悦")于言,懦者必说于色矣。是故事(事业)修而谤兴,德高而毁来。呜呼!士之处此世,而望名誉之光(光显)、道德之行(推行),难已!

将有作于上者,得吾说而存(牢记在心)之,其国家可几而理(治理好)欤!

"原毁",乃始于责己者,其责己则怠,怠则忌,忌则毁,故原之必于此焉始,并非宽套之论也。此文段段成扇,又宽转,又紧峭,又平易,又古劲,最是学不得到之笔,而不知者乃谓易学。

(金圣叹)

获麟解　　韩　愈

312. 南朝　江苏南京　陈文帝陵前石刻麒麟

麟(麒麟)之为灵(灵物),昭昭(人人皆知)也。咏于《诗》,书(记载)于《春秋》,杂(间或)出于传记百家之书,虽妇人小子(小孩)皆知其为祥也。

然麟之为物,不畜于家,不恒有于天下。其为形也不类,非若马、牛、犬、豕、豺、狼、麋、鹿然。然则虽有麟,不可知其为麟也。角者,吾知其为牛;鬣者,吾知其为马;犬、豕、豺、狼、麋、鹿,吾知其为犬、豕、豺、狼、麋、鹿;惟麟也不可知。不可知,则其谓之不祥也亦宜。虽然,麟之出,必有圣人在乎位,麟为圣人出也。圣人者,必知麟。麟之果不为不祥也。

又曰:"麟之所以为麟者,以德不以形。若麟之出不待圣人,则谓之不祥也亦宜。"

此解与论龙、论马,皆退之自喻有为之言,非有所指实也。文仅一百八十余字,凡五转,如游龙,如辘轳,变化不穷,真奇文也。

(原本《古文观止》)

杂说一　韩愈

龙嘘(吹)气成云,云固弗灵(灵异)于龙也。然龙乘(乘驾)是(这)气(云气),茫洋穷乎玄间(天空),薄(逼近)日月,伏(遮蔽)光景(光明),感(hàn,通"撼",动摇)震电(雷电),神变化,水(降水)下土,汩(淹没)陵谷,云亦灵怪矣哉!

云,龙之所能(能力)使为灵也。若(而)龙之灵,则非云之所能使为灵也。然龙弗得云,无以神(显示)其灵矣。失其所凭依,信不可欤(啊)!异哉!其所凭依,乃(竟)其所自为(造就)也。《易》曰:"云从龙。"既曰龙,云从之矣。

此篇以龙喻圣君,云喻贤臣。言贤臣固不可无圣君,而圣君尤不可无贤臣。写得婉委曲折,作六节转换,一句一转,一转一意,若无而又有,若绝而又生,变变奇奇,可谓笔端有神。

(原本《古文观止》)

313. 唐 金龙

杂说四　韩愈

314. 明　顾见龙　相马图

世有伯乐，然后有千里马。千里马常有，而伯乐不常有。故虽有名马，只辱(受辱)于奴隶人之手，骈(pián，接连)死于槽枥之间，不以千里称也。

马之千里者，一食(一顿)或(有时)尽粟(小米，此指饲料)一石，食(sì)马(喂马)者不知其能千里而食(sì，同“饲”)也。是(这)马也，虽有千里之能，食不饱，力不足，才美不外见(通“现”)，且欲与常马等不可得，安求其能千里也！

策(驾驭)之不以其道，食(sì)之不能尽其材，鸣(马叫)之而不能通其意，执策(马鞭)而临(对)之曰：“天下无马。”呜呼！其真无马邪？其真不知马也！

此篇以马取喻，谓英雄豪杰必遇知己者，尊之以高爵，养之以厚禄，任之以重权，斯可展布其材。否则，英雄豪杰亦已埋没多矣。而但谓之天下无才，然耶？否耶？甚矣，知遇之难其人也。

(原本《古文观止》)

315. 唐 陶三彩釉骑马俑

316. 唐 陶三彩釉女骑俑

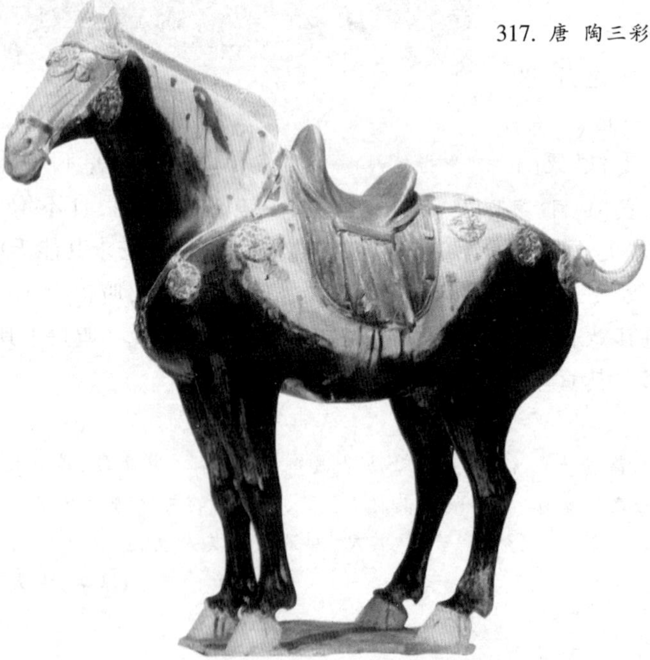

317. 唐 陶三彩釉马

古文观止

卷八

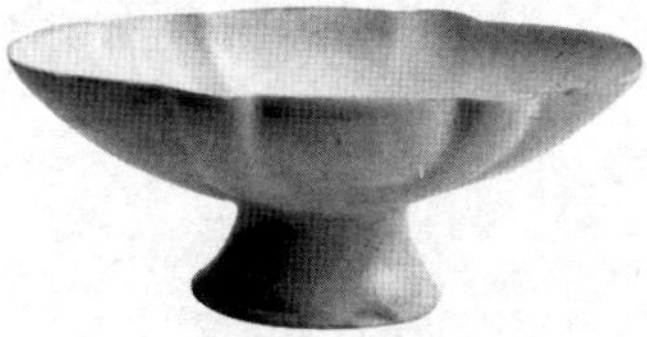

古文雅正　卷八

师说　　韩愈

318. 清　康熙帝为北京孔庙大成殿门额题“万世师表”匾

古之学者必有师。师者，所以传道、受(通“授”)业、解惑也。人非生而知之者，孰能无惑？惑而不从师，其为惑也，终不解矣。

生乎吾前，其闻道也，固先乎吾，吾从而师之；生乎吾后，其闻道也，亦先乎吾，吾从而师之。吾师道也，夫庸知其年之先后生于吾乎？是故无贵无贱，无长无少，道之所存，师之所存也。

嗟乎！师道之不传也久矣，欲人之无惑也难矣。古之圣人，其出人也远矣，犹且从师而问焉；今之众人，其下圣人也亦远矣，而耻学于师；是故圣益圣(聪明)，愚益愚，圣人之所以为圣，愚人之所以为愚，其皆出于此乎？

爱其子，择师而教之。于(具体到)其身也，则耻师(耻于从师学习)焉，惑矣！彼童子之师，授之书而习其句读(读，dòu，通“逗”。指文章的断句)者也，非吾所谓传其道(道理)、解其惑者也。句读之不知，惑之不解，或师焉，或不焉，小学而大遗(是学其小，而遗

319. 孔子讲学图

320. 问礼老聃

忘其大),吾未见其明也。

巫医、乐师、百工之人(指熟练掌握专门技艺的人),不耻相师;士大夫之族(类),曰师、曰弟子云者,则群聚而笑之。问之,则曰:“彼与彼年相若也,道相似也。”位卑则足羞,官盛则近谀。呜呼!师(从师)道之不复,可知矣。巫医、乐师、百工之人,君子不齿,今其智乃反不能及,其可怪也欤!

圣人无常师，孔子师郯(tán)子(春秋时郯国的国君)、苌(cháng)宏(春秋周敬王时大夫)、师襄(春秋时鲁国乐官)、老聃(dān，即老子)。郯子之徒，其贤不及孔子。孔子曰："三人行，则必有我师。"是故弟子不必不如师，师不必贤于弟子，闻道有先后，术业有专攻，如是而已。

李氏子蟠(李蟠，贞元十九年进士。蟠，pán)，年十七，好古文，六艺经传皆通习之，不拘于时，学于余。余嘉其能行(奉行)古道，作《师说》以贻(赠给)之。

通篇只是"吾师道也"一句。言触处皆师，无论长幼贵贱，惟人自择。因借时人不肯从师，历引童子、巫医、孔子喻之。总是欲李氏子能自得师，不必谓公慨然以师道自任，而作此以倡后学也。

(原本《古文观止》)

321. 汉 弟子拜师画像

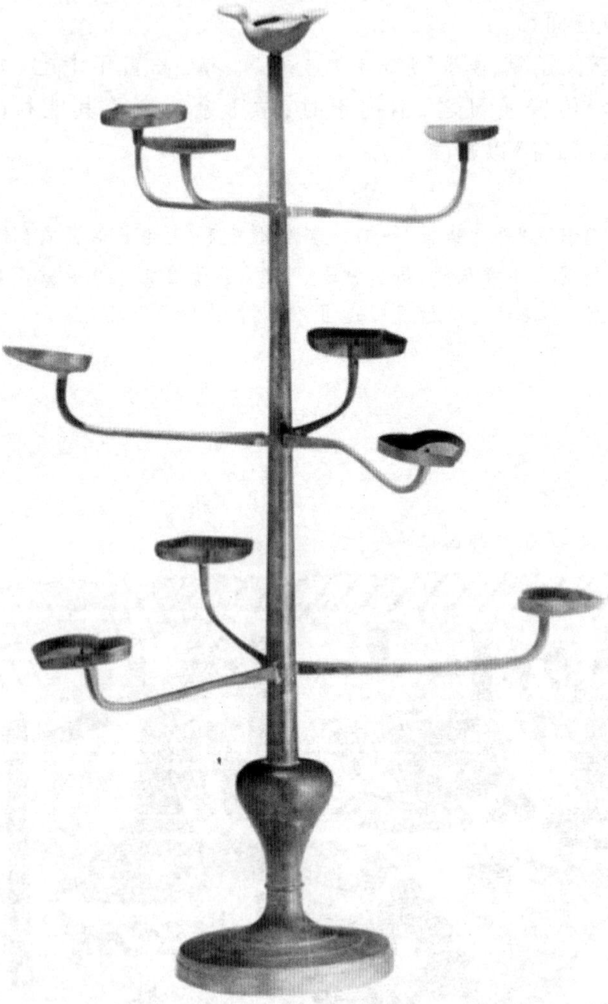

322. 九枝莲蓬灯

进学解　　韩愈

国子先生(国子博士的尊称,此处是韩愈自称)晨入太学(泛指国子监),召诸生(国子学中学习的生徒)立馆下(学舍前),诲之曰:“业精于勤,荒于嬉。行成于思,毁于随(因循随俗)。方今圣贤相逢,治具(法令)毕张(完全建立)。拔去凶邪,登崇(进用和推崇)俊良(品德才行都很出众的人)。占小善者(有一点长处的人)率(大都)以录,名一艺者(精通一门技艺的人)无不庸(通“用”,任用)。爬罗剔抉(搜罗选拔人才),刮垢磨光(造就人才)。盖有幸而获选,孰云多(超出,此指才德出众)而不扬(显扬进举)?诸生业患不能精,无患有司(古代设置官职,各有专司,所以称主管的官吏或官府为“有司”)之不明。行患不能成,无患有司之不公。”

言未既,有笑于列者曰:“先生欺余(骗我)哉!弟子事先生,于兹(到现在)有年矣。先生口不绝吟于六艺之文,手不停披(翻阅)于百家之编(诸子百家的著作)。纪事者(纪事的著作,指史籍一类的图书)必提其要(纲要),纂(zuǎn)言者(议论一类的著作)必钩(通

323.

大清皇帝册封至圣先师孔子五代王碑

"勾",探求)其玄(奥妙之处,深奥的道理)。贪多务得,细大不捐(抛弃)。焚膏油(点燃灯烛)以继晷(guǐ,白昼),恒兀兀(勤奋刻苦的样子)以穷年(终年)。先生之于(对于)业,可谓勤矣。觝(dǐ)排(抵制,排斥)异端,攘(rǎng)斥(排斥)佛老(佛教和道教)。补苴(苴,jū。补充)罅漏(缺漏。罅,xià,缝隙,漏洞),张皇(阐发光大)幽眇(miǎo,精深微妙)。寻坠绪(衰落的儒家道统)之茫茫(形容旷远),独旁搜而远绍(特别广泛地发掘和继承它们)。障百川而东之,回狂澜于既倒。先生之于儒,可谓有劳(功劳)矣。沉浸酞(nóng)郁(浓厚馥郁),含英咀华(仔细品味诗文的精华)。作为(写,作)文章,其书满家。上规(取法)姚姒(sì,虞舜姓姚,夏禹姓姒,此处指舜、禹时代的著作,即《尚书》中的《虞书》《夏书》),浑浑(深厚博大的样子)无涯。周《诰》(《尚书》中的《大诰》《酒诰》《召诰》和《洛诰》。这里指代《周书》)殷《盘》(《尚书》中的《盘庚》上、中、下三篇。这里指代《商书》),佶(jí)屈聱(áo)牙(文辞艰涩拗口)。《春秋》谨严,《左氏》

關關雎鳩在河之洲
窈窕淑女君子好逑

324.《诗经·关雎》书影

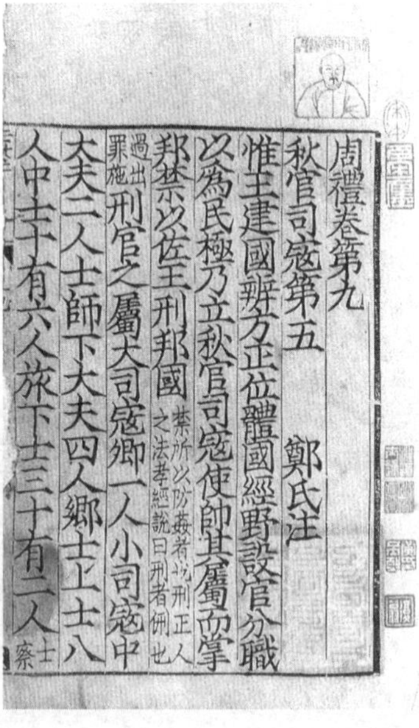
周禮卷第九
秋官司寇第五　鄭氏注
惟王建國辨方正位體國經野設官分職
以爲民極乃立秋官司寇使帥其屬而掌
邦禁以佐王刑邦國 禁所以防姦者也刑正人之法孝經說曰刑者侀也過出罪施
刑官之屬大司寇卿一人小司寇中
大夫二人士師下大夫四人鄉士上士八
人中士十有六人旅下士三十有二人 士察

325. 宋刻本《周礼》书影

(《左氏春秋传》,即《左传》)浮夸。《易》奇而法(奇异而有法则),《诗》正而葩(纯正而又华美。葩,pā)。下逮庄(《庄子》)骚(《离骚》),太史所录(指《史记》《汉书》),子云(汉代辞赋家扬雄,字子云)、相如(汉代辞赋家司马相如),同工异曲。先生之于文,可谓闳其中而肆其外(造诣精深博大而下笔波澜壮阔。闳,通"宏"。中:思想,内容。肆:恣纵,奔放。外:文章的形式,文辞)矣。少始知学,勇于敢为;长通于方(礼法,规矩),左右具宜(行为得体)。先生之于为人,可谓成(成熟,练达)矣。然而公(在官场上)不见信于人,私不见助于友。跋前踕后(跋:踩,踏。踕:zhì,跌倒。比喻进退两难),动辄得咎(一有举动就常常得罪或受到责备)。暂为御史,遂窜(贬到)南夷(边远的南方)。三年博士(国子博士),冗(闲散)不见治(没表现出其治才)。命与仇谋(命运与仇敌打交道),取(招致)败几时(几次,多次)。冬暖而儿号寒,年丰而妻啼饥。头童(光秃)齿豁(缺),竟死何裨(bì,益)?不知虑此,而反教人为?"

先生曰:"吁!子(你)来前!夫大木(粗木材)为宊(máng,屋的正梁),细木为桷(jué,方形的椽子),欂栌(bó lú,柱上承梁的方形短木,即斗拱)、侏儒(梁上短柱),椳(wēi,承托门户转轴的门臼)、闑(niè,门橛,古代门中央所竖的短木)、扂(diàn,门闩)、楔(古代门两旁所竖的长柱),各得其宜,施以(用)成(建成)室者,匠氏(匠人,工匠)之工(技术)也。玉札(植物名,即地榆,可入药)、丹砂(朱砂)、赤箭(药名,即天麻)、青芝(药名,又名龙芝),牛溲(车前草)、马勃(菌类植物,可入药)、败鼓之皮(败坏的鼓皮,可入药),俱收(兼收)并蓄,待(预备)用无遗者,医师之良(医术高明)也。登明选公(既明察又公平地选拔人才),杂进巧拙(聪明的人和笨拙的人),纡馀(才气从容)为妍(美好),卓荦(luò,卓越)为杰,校(jiào,比较)短(缺点)量长(优点),惟器(才具)是适(适合)者,宰相之方(本事)也。昔者孟轲好辩,孔道以明(阐明),辙(zhé,车轮痕迹)环天下,卒老于行(最终在周游列国中度过一生);荀卿(战国时的思想家荀子,名况)守正(信守正道),大论(博大的学说)是弘,逃谗于楚(被进谗言,逃到楚国),废死兰陵。是二儒者,吐辞(说出

326. 中国最早的官定儒学经典石刻——熹平石经残片

话来。指言论)为经,举足(抬起脚来。指行动)为法(模式,榜样),绝(超越)类离伦(同辈),优入圣域(圣人的境地),其遇于世何如也?今先生学虽勤而不由(yóu,从,顺)其统(道统),言虽多而不要(yāo,把握)其中(zhòng,要害)。文虽奇而不济(有助)于用,行虽修而不显于众。犹且月费俸钱,岁縻(mí,通"靡",消耗)廪(lǐn)粟(仓库中的粮食);子不知耕,妇不知织,乘马从徒(仆役,随从),安坐而食,踵(跟随)常途(寻常的道路)之役役(拘谨小心的样子),窥陈编(过去的典籍文书)以盗窃。然而圣主不加诛(责),宰臣不见斥,兹非其幸欤?动而得谤,名亦随之。投闲置散(被安置在无关紧要的位置上),乃分之宜(这正是理所当然的事)。若夫(至于)商(考虑,谋算)财贿(利禄财货)之有亡(通"无"),计班资(官场中的品级资历)之崇庳(bì,同"卑",低下),忘己(自己)量(器量,能力)之所称(chèn,相称,相合),指(指摘)前人(在前面的人,指职位在自己之上的人)之瑕疵,是所谓诘匠氏之不以(用)杙(yì,小木桩)为楹(厅堂的前柱),而訾(zǐ,诋毁,非议)医师以昌阳(药名,即昌蒲)引年(延年),欲进其豨(xī)苓(指猪苓,利尿的药物)也。"

其雄奇高浑,似较《客难》《宾戏》为过之。逐句逐段细细读。

(金圣叹)

公自贞元十八年至元和七年,屡为国子博士,官久不迁,乃作《进学解》以自喻。主意全在宰相,盖大才小用,不能无憾,而以怨怼无聊之词托之人,自咎自责之词托之己,最得体。

(原本《古文观止》)

圬者王承福传　　韩　愈

圬(wū,抹墙,圬工,泥瓦工)之为技,贱且劳者也。有业之(把这一行作为职业的),其色若自得者。听其言,约(简单,简约)而尽(完备透彻)。问之,王其姓,承福其名,世(世代)为京兆长安(长安属于京兆府管辖,所以称京兆长安)农夫。天宝之乱(指安史之乱),发(征发,招募)人为兵。持弓矢十三年,有官勋,弃(抛弃)之来归,丧其土田,手镘衣食(镘,màn,镘刀。手拿着镘刀做工来养活自己),余(接下来)三十年。舍(居住)于市之主人,而归(付给)其屋(房租)食(饭钱)之当(相当)焉。视时屋食之贵贱,而上下(增高或减低)其圬之佣(工价)以偿之。有余,则以与道路之废疾饿者焉。

又曰:粟,稼(种植)而生者也;若布与帛,必蚕(养蚕)绩(绩麻)而后成者也。其他所以养生之具(谋生的手段),皆待人力而后完也,吾皆赖之。然人不可遍为(样样事情都亲手去做),宜乎各致其能以相生(各尽所能使互相都能生活)也。故君者,理我所以生者也(管理我们怎样生活的);而百官者,承(秉承)君之化(教化)者也。任有大小,惟其所能,若器皿焉。食焉而怠其事(吃饭而懒得做事),必有天殃,故吾不敢一日舍(放弃,丢弃)镘以嬉。夫镘易能,可力焉,又诚有功。取其直(通"值",工钱),虽劳无愧,吾心安焉。夫力易强(qiǎng,竭力,尽力)而有功也,心难强而有智也。用力者使(役使)于人,用心者使人,亦其宜也。吾特择其易为而无愧者取(取得)焉。嘻!吾操镘以入富贵之家有年矣。有一至者焉,又往过之,则为墟矣;有再至、三至者焉,而往过之,则为墟矣。问之其邻,或曰:噫!刑戮(刑罚或处死)也。或曰:身既死,而其子孙不能有也。或曰:死而归之官(被官府没收)也。吾以是观之,非所谓食焉怠其事,而得天殃者邪?非强心以智而不足(勉强心力但才智

327. 赵州桥石栏板

328. 河北赵县赵州桥

不足)、不择其才之称否而冒之者(冒昧)邪？非多行可愧、知其不可而强为之者邪？将(或许)富贵难守、薄功而厚飨(xiǎng，通“享”。功劳微薄而享受丰厚)之者邪？抑(或许)丰悴(盛衰)有时、一去一来而不可常者邪？吾之心悯(感伤)焉，是故择其力之可能者行(做)焉。乐富贵而悲贫贱，我岂异于人哉？

又曰：功大者，其所以自奉(供养)也博(多)。妻与子，皆养于我者也，吾能薄而功小，不有之(没有妻与子)可也。又吾所谓劳力者，若立吾家而力不足，则心又劳也。一身而二任(劳力兼劳心)焉，虽圣者不可为也。

愈始闻而惑之，又从而思之，盖贤者也。盖所谓独善其身者也。然吾有讥(批评)焉，谓其自为也过多，其为人也过少。其学杨朱(字子居，战国时魏人。主张“为我”，反对墨家的“兼爱”)之道者邪？杨之道，不肯拔我一毛而利天下。而夫人(指王承福)以有家为劳心，不肯一动其心以蓄(养活)其妻子，其肯劳其心以为人乎哉？虽然，其贤于世之患不得之而患失(没有得到时，忧虑得不得了，又担心失去)之者，以济其生之欲，贪邪(贪图不义之财)而亡(通“无”)道以丧其身者，其亦远矣！又其言有可以警(警醒)余者，故余为之传而自鉴焉。

逐段发出人生世间无数至理，却又无叫骂嬉笔之态。细细玩其句法。

(金圣叹)

前略叙一段，后略断数语，中间都是借他自家说话，点成无限烟波，机局绝高。而规世之意，已极切至。

(原本《古文观止》)

讳辩　韩愈

愈与李贺(唐诗人)书,劝贺举(参加考试)进士。贺举进士有名,与贺争名者毁之。曰:"贺父名晋肃,贺不举进士为是,劝之举者为非。"听者不察也,和(hè)而倡(同"唱")之,同然一辞。皇甫湜(唐代文学家)曰:"若不明白(辩白),子与贺且(将要)得罪。"愈曰:"然。"

律(指《礼记》)曰:"二名不偏讳(两个字的名,这两个字不全都避讳)。"释之者曰:"谓若言'征'不称'在',言'在'不称'征'(孔子的母亲名"征在")是也。"律曰:"不讳嫌名(字声音相近的名)。"释之者曰:"谓若'禹'与'雨''丘'与'蓲'之类是也。"今贺父名晋肃,贺举进士。为犯二名律乎?为犯嫌名律乎?父名晋肃,子不得举进士。若父名仁,子不得为人乎?

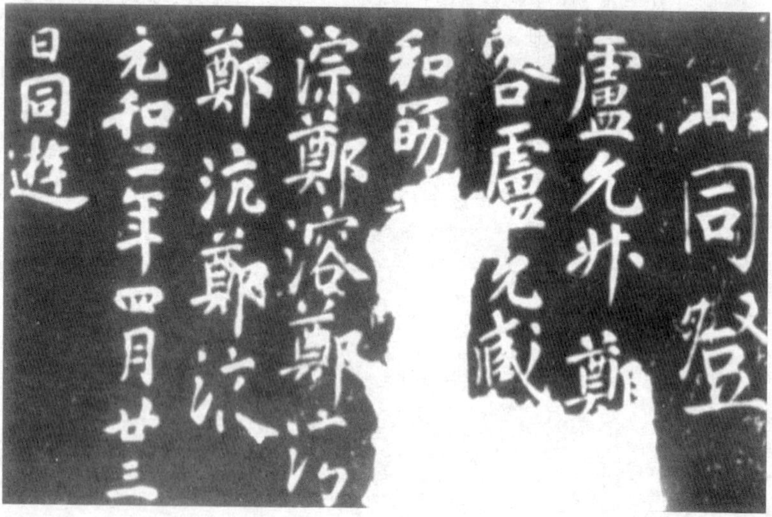

329. 唐　雁塔进士题名拓片

夫讳始于何时？作法制以教天下者，非周公、孔子欤？周公作诗不讳，孔子不偏讳二名，《春秋》不讥不讳嫌名。康王钊之孙，实(通“谥”，谥号)为昭王。曾参之父名晳，曾子不讳“昔”。周之时有骐期，汉之时有杜度，此其子宜如何讳？将讳其嫌，遂讳其姓乎？将不讳其嫌者乎？汉讳武帝名“彻”为“通”，不闻又讳车辙之“辙”为某字也。讳吕后名“雉”为“野鸡”，不闻又讳治天下之“治”为某字也。今上章(呈给皇帝的奏折)及诏，不闻讳“浒”“势”“秉”“机”也。惟宦官宫妾，乃不敢言“谕”及“机”，以为触犯。士君子立言行事，宜何所法守也？今考之于经，质(对照)之于律，稽(检核)之以国家之典，贺举进士为可邪？为不可邪？

凡事父母，得如曾参，可以无讥(指责)矣。作人得如周公、孔子，亦可以止矣。今世之士，不务行(努力学习)曾参、周公、孔子之行，而讳亲之名则务胜于曾参、周公、孔子，亦见其惑也。夫周公、孔子、曾参，卒(毕竟)不可胜。胜周公、孔子、曾参，乃比于宦官宫妾。则是宦官宫妾之孝于其亲，贤于周公、孔子、曾参者邪？

前幅，看其层叠扶疏而起；后幅，看其连环钩股而下。只是以文为戏，以文为乐。

(金圣叹)

此篇为瘦硬之文。瘦，说话露骨之谓。硬，强有力。人死讳其名，盖起于周。《礼记·檀弓》：“幼名，冠字(如尼父，父同甫)，五十以伯仲(如仲尼，此亦曰“且字”)。死谥，周道也。”《曲礼》：“见似目瞿，闻名心瞿。”似所以讳名之故。然古人讳名，仅限于相当程度，如“逮事父母，则不讳王父母”之类，在事实上，行之尚不感困难。至南北朝而斯风大盛，在言语中至不得涉人父母之名。“礼不讳嫌名”，至此并嫌名而讳之矣。

(吕思勉)

争臣论　　韩愈

或问谏议大夫阳城(人名)于愈:"可以为有道之士乎哉?学广而闻(见识)多,不求闻于人(出名)也。行古人之道,居于晋之鄙(边境)。晋之鄙人熏(受……的熏陶)其德而善良者几(接近)千人。大臣闻而荐之,天子以为谏议大夫。人皆以为华,阳子不色喜。居于位五年矣,视其德如在野。彼岂以富贵移易其心(心志)哉!"

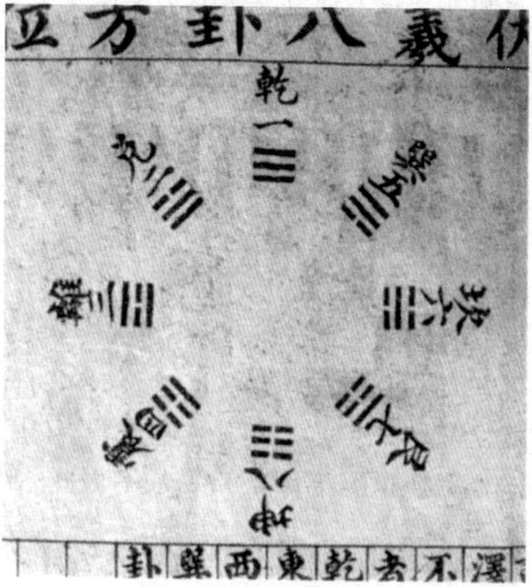

330. 伏羲八卦方位图

愈应之曰:"是《易》所谓恒其德贞(不变)而夫子凶者也。恶(wū,哪里)得为有道之士乎哉?在《易·蛊》之上九云:'不事王侯,高尚其事(孤高自诩自己的追求)。'《蹇》之六二则曰:'王臣蹇蹇(历尽艰难),匪躬之故(不是为了自己的私事)。'夫亦以所居之时不一,而所蹈(遵循)之德不同也。若《蛊》之上九,居无用之地,而致(履行)匪躬之节;以《蹇》之六二,在王臣之位,而高不事(侍奉)之心,则冒进(贪求仕进)之患生,旷官(放弃职守)之刺(指责)兴。志不可则(效法),而尤(过失)不终无也。今阳子在位不为不久矣,闻天下之得失不为不熟矣,天子待之不为不加(重用)

矣，而未尝一言及于政。视政之得失，若越人视秦人之肥瘠，忽焉(漫不经心)不加喜戚(喜悦忧伤)于其心。问其官，则曰：‘谏议也。’问其禄，则曰：‘下大夫之秩也。’问其政，则曰：‘我不知也。’有道之士，固如是乎哉？且吾闻之：‘有官守(官职)者，不得其职则去(辞职)；有言责(负责进谏)者，不得其言则去。’今阳子以为得其言乎哉？得其言而不言，与不得其言而不去，无一可(对，正确)者也。阳子将为禄仕乎？古之人有云：‘仕不为贫，而有时乎为贫，谓禄仕者也。’宜乎辞尊而居卑，辞富而居贫，若抱关击柝者(守门打更的人)可也。盖孔子尝为委吏(管仓库的小吏)矣，尝为乘田(管畜牧的小官)矣，亦不敢旷其职，必曰：‘会(kuài)计当(dàng，合宜)而已矣’，必曰：‘牛羊遂(长成)而已矣。’若阳子之秩禄(爵秩俸禄)，不为卑且贫，章章明矣，而如此其可乎哉？”

或曰：“否，非若此也。夫阳子恶讪上(讥讽君上)者，恶为人臣招其君之过而以为名(换取名声)者。故虽谏且议，使人不得而知焉。《书》曰：‘尔有嘉谟嘉猷(好主意好计谋。谟，mó；猷，yóu)，则入告尔后(你的君主)于内，尔乃顺之于外，曰：斯谟斯猷(这些计谋)，惟我后之德。’夫阳子之用心，亦若此者。”

愈应之曰：“若阳子之用心如此，滋(更)所谓惑者矣。入则谏其君，出不使人知者，大臣宰相者之事，非阳子之所宜(应该)行也。夫阳子本以布衣隐于蓬蒿之下，主上嘉(称赞)其行谊(品行和道义)，擢在此位。官以谏为名，诚宜有以奉其职，使四方后代知朝廷有直言骨鲠之臣(敢于诤谏的大臣)，天子有不僭赏(僭，jiàn。随便奖赏)从谏如流之美。庶岩穴之士(隐士)，闻而慕之，束带结发，愿进于阙下(宫阙)而伸(陈述)其辞说(意见)，致吾君于尧舜，熙鸿号(光耀大名)于无穷也。若《书》所谓，则大臣宰相之事，非阳子之所宜行也。且阳子之心将使君人者恶闻其过乎？是启之(这是开启君主文过饰非的弊端)也。”

或曰：“阳子之不求闻而人闻之，不求用而君用之，不得已而起，守其道而不变，何子过之深也？”

愈曰："自古圣人贤士皆非有求于闻、用(追求名望而被录用)也。闵(mǐn，忧虑)其时之不平，人之不乂(yì，治理)，得其道，不敢独善其身，而必以兼济天下也。孜孜矻矻(zī zī kū kū。勤奋不懈)，死而后已。故禹过家门不入，孔席不暇暖，而墨突(烟囱)不得黔(黑)。彼二圣一贤者，岂不知自安佚(yì，通"逸")之为乐哉？诚畏天命而悲人穷也。夫天授人以贤圣才能，岂使自有余而已？诚欲以补其不足者也。耳目之于身也，耳司(管)闻而目司见。听其是非，视其险易，然后身得安焉。圣贤者，时人之耳目也。时人者，圣贤之身也。且阳子之不贤，则将役(服从)于贤以奉其上矣。若果贤，则固畏天命而闵(mǐn，通"悯"，悲悯)人穷也，恶得以自暇逸(贪图个人闲适安逸)乎哉？"

或曰："吾闻君子不欲加诸人(强加于人)，而恶讦(jié)以为直(以揭露别人的短处当作耿直)者。若吾子之论，直则直矣，无乃伤于德而费于辞乎？好尽言以招人过，国武子之所以见杀于齐也，吾子其亦闻乎？"

愈曰："君子居其位，则思死其官；未得位，则思修其辞以明其道(著书立说来阐明自己的道)。我将以明道也，非以为直而加人也。且国武子不能得善人，而好尽言于乱国，是以见(被)杀。《传》曰：'惟善人能受尽(直截了当的，直言不讳的)言。'谓其闻而能改之也。子告我曰：'阳子可以为有道之士也。'今虽不能及已，阳子将不得为善人乎哉？"

反复辩驳之文，最贵是腴。腴者，理足故也。不腴，则是徒逞口说也。此文不必多看其反复辩驳处，须多看其腴处。

(金圣叹)

阳城拜谏议大夫，闻得失熟，犹未肯言，故公作此论讥切之。是箴规攻击体，文亦擅世之奇，截然四问四答，而首尾关应如一线。时城居位五年矣。后三年，而能排击裴延龄。或谓城盖有待，抑公有以激之欤！

(原本《古文观止》)

后十九日复上宰相书　韩愈

二月十六日，前乡贡进士韩愈，谨再拜言相公(宰相)阁下。

向上书及所著文后，待命凡十有九日，不得命。恐惧不敢逃遁，不知所为。乃复敢自纳于不测之诛(惩罚)，以求毕其说，而请命于左右。

愈闻之，蹈水火者之求免于人也，不惟其父兄子弟之慈爱，然后呼而望之也。将(qiāng，希望)有介(挨近)于其侧者，虽其所憎怨，苟不至乎欲其死者，则将大其声疾呼而望其仁(同情，怜悯)之也。彼介于其侧者，闻其声而见其事，不惟其父兄子弟之慈爱，然后往而全之也。虽有所憎怨，苟不至乎欲其死者，则

331. 唐代全盛时期疆域图

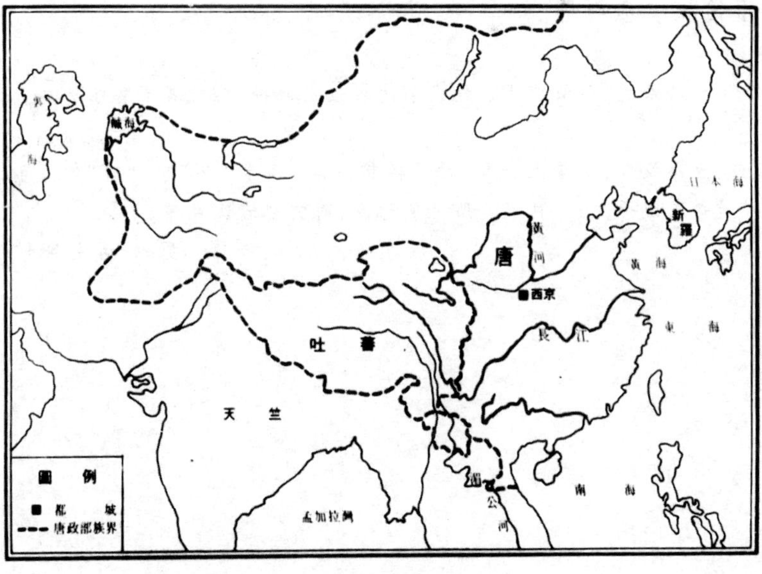

将在狂奔尽气(拼命奔跑,使尽力气),濡(沾湿)手足,焦(烧焦)毛发,救之而不辞也。若是者何哉?其势诚急,而其情诚可悲也。

愈之强学力行有年矣。愚不惟(考虑)道之险夷,行且不息,以蹈于穷饿之水火,其既危且亟(jí,急迫)矣,大其声而疾呼矣,阁下其亦闻而见之矣。其将往而全之欤,抑将安而不救欤?有来言于阁下者曰:"有观溺于水而爇(ruò,焚烧)于火者,有可救之道,而终莫(没有)之救也。"阁下且以为仁人乎哉?不然,若愈者,亦君子之所宜动心者也。

或谓愈,子言则然矣,宰相则知子矣,如时不可何?愈窃谓之不知言者,诚其材能不足当吾贤相之举耳。若所谓时者,固在上位者之为耳,非天之所为也。前五六年时,宰相荐闻,尚有自布衣蒙抽擢(选拔提升。擢,zhuó)者,与今岂异时哉?且今节度、观察使及防御、营田诸小使等,尚得自举判官,无间(区别)于已仕未仕者,况在宰相,吾君所尊敬者,而曰不可乎?古之进人者,或取于盗,或举于管库(管仓库的人),今布衣虽贱,犹足以方(比拟,相比)于此。情隘(ài,窘迫)辞蹙(cù,急促),不知所裁,亦惟少垂怜焉。愈再拜。

气最条达,笔最曲折。他人条达者最难曲折,曲折者不复条达矣。

(金圣叹)

前幅设喻,中幅入正文,后幅再起一议。总以"势"字,"时"字作主。到底曲折,无一直笔。所见似悲戚,而文则宕逸可诵。

(原本《古文观止》)

后廿九日复上宰相书　韩愈

三月十六日，前乡贡进士韩愈，谨再拜言相公阁下。

愈闻周公之为辅相，其急于见贤也，方一食三吐其哺，方一沐(洗头发)三握其发。当是时，天下之贤才皆已举用，奸邪谗佞欺负(欺上负恩)之徒皆已除去，四海皆已无虞，九夷、八蛮(指少数民族)之在荒服之外者皆已宾贡(归顺进贡)，天灾时变、昆虫草木之妖皆已销息(销声匿迹)。天下之所谓礼、乐、刑、政教化之具皆已修理(整顿制定)，风俗皆已敦厚，动植之物、风雨霜露之所霑(zhān，浸湿)被(覆盖)者皆已得宜，休征嘉瑞(美好吉祥的征兆)、麟凤龟龙之属皆已备至，而周公以圣人之才，凭叔父之亲(亲近关系)，其所辅理承化之功又尽章章(显著，明晰)如是。其所求进见之士，岂复有贤于周公者哉？不惟不贤于周公而已，

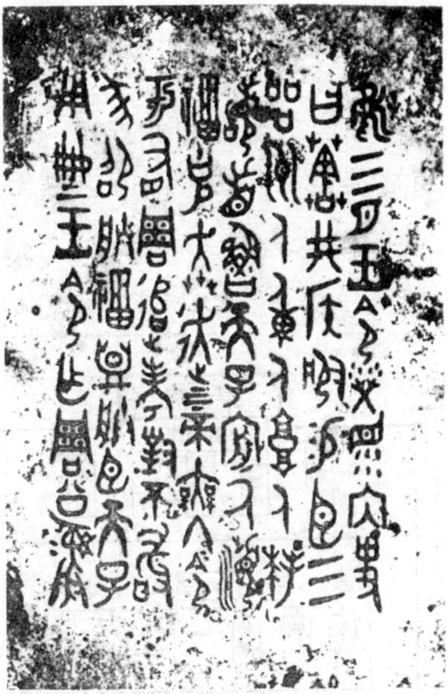

332. 西周　周公般铭

岂复有贤于时百执事者(公卿百官)哉？岂复有所计议、能补于周公之化(德化)者哉？然而周公求之如此其急，惟恐耳目有所不闻见，思虑有所未及，以负成王托周公之意，不得于天下之心。如周公之心，设使其时辅理承化之功未尽章章(尽善尽美)如是，而非圣人之才，而无叔父之亲，则将不暇食与沐矣，岂特吐哺握发为勤而止哉？维其如是，故于今颂成王之德，而称周公之功不衰。

今阁下为辅相亦近耳。天下之贤才岂尽举用？奸邪谗佞欺负之徒岂尽除去？四海岂尽无虞？九夷、八蛮之在荒服之外者岂尽宾贡？天灾时变、昆虫草木之妖岂尽销息？天下之所谓礼、乐、刑、政教化之具岂尽修理？风俗岂尽敦厚？动植之物、风雨霜露之所沾被者岂尽得宜？休征嘉瑞、麟凤龟龙之属岂尽备至？其所求进见之士，虽不足以希望盛德，至比于百执事，岂尽出其下哉？其所称说，岂尽无所补哉？今虽不能如周公吐哺握发，亦宜引

333. 唐　开元时代行政系统图

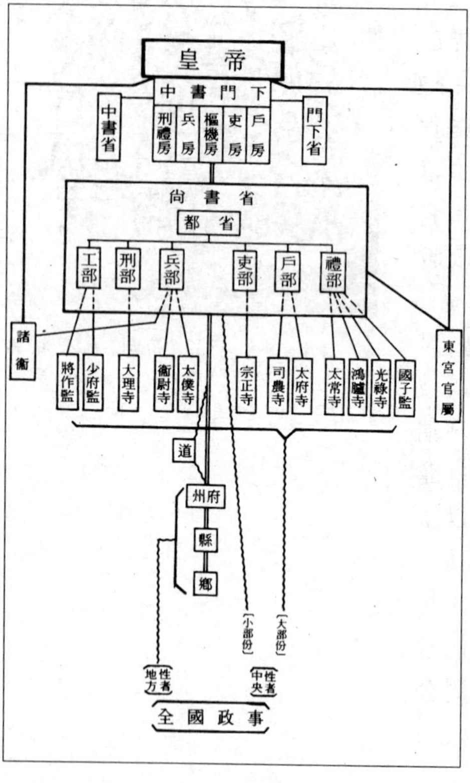

而进之，察其所以而去就(接近。这里是任用的意思)之，不宜默默(冷漠对待)而已也。

愈之待命，四十余日矣。书再上，而志(心意)不得通。足三及门，而阍(hūn)人(看门人)辞焉。惟其昏愚，不知逃遁，故复有周公之说焉。阁下其亦察之。古之士三月不仕则相吊，故出疆必载质(见面礼)。然所以重于自进者，以其于周不可则去之鲁，于鲁不可则去之齐，于齐不可则去之宋，之郑，之秦，之楚也。今天下一君，四海一国，舍乎此则夷狄矣，去父母之邦矣。故士之行道者，不得于朝，则山林而已矣。山林者，士之所独善自养，而不忧天下者之所能安也。如有忧天下之心，则不能矣。故愈每自进而不知愧焉，书亟(qì，屡次)上，足数及门，而不知止焉。宁独如此而已，惴惴焉(惴惴，zhuì zhuì。惶恐不安)惟不得出大贤之门下是惧。亦惟少垂察焉。渎(dú，轻慢，没有礼貌)冒(冒犯)威尊，惶恐无已。愈再拜。

通篇将周公与时相两两作对照。只用一二虚字，斡旋成文。直言不讳，而不犯嫌忌。末述再三上书之故，曲曲回护自己，气杰神旺，骨劲格高，足称绝唱。

(原本《古文观止》)

与于襄阳书　　韩　愈

七月三日，将仕郎守国子(国子监)四门博士韩愈，谨奉书尚书阁下。

士之能享大名、显当世者，莫不有先达之士、负天下之望者为之前焉。士之能垂(流传)休(美)光、照后世者，亦莫不有后进之士、负天下之望者为之后焉。莫为之前，虽美而不彰；莫为之后，虽盛而不传。是二人者，未始不相须(相互等待)也。然而千百载乃一相遇焉。岂上之人无可援(攀附)、下之人无可推(引荐)欤？何其相须之殷而相遇之疏也？其故在下之人负其能不肯谄其上，上之人负其位不肯顾其下。故高材多戚戚之穷(郁郁不得

334.《昌黎先生集》书影

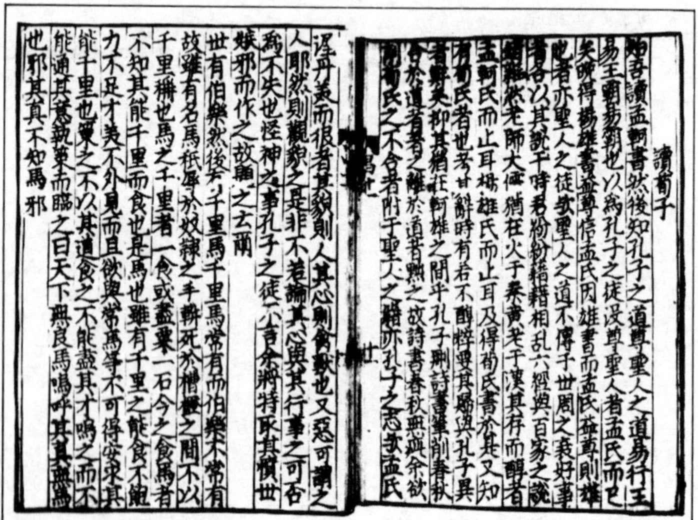
讀荀子
始吾讀孟軻書然後知孔子之道尊聖人之道易行王易王霸易霸也以爲孔子之徒沒尊聖人者孟氏而已矣晚得揚雄書益尊信孟氏因雄書而孟氏益尊則雄也者亦聖人之徒歟聖人之道不傳于世周之衰好事者各以其說干時君紛紛藉藉相亂六經與百家之說錯雜然老師大儒猶在火于秦黄老于漢其存而醇者孟軻氏而止耳揚雄氏而止耳及得荀氏書於是又知有荀氏者也考其辭時有若不醇粹要其歸與孔子異者鮮矣抑其猶在軻雄之間乎孔子刪詩書筆削春秋合於道者著之離於道者黜之故詩書春秋無疵余欲削荀氏之不合者附于聖人之籍亦孔子之志歟孟氏

浮丹義而很者其貌則人其心則禽獸也又惡可謂之人耶然則觀貌之是非不若論其心與其行事之可否爲不失也怪神之事孔子之徒不言余將特取其憤世嫉邪而作之故題之云爾

世有伯樂然後有千里馬千里馬常有而伯樂不常有故雖有名馬秖辱於奴隸之手駢死於槽櫪之間不以千里稱也馬之千里者一食或盡粟一石今之食馬者不知其能千里而食也是馬也雖有千里之能食不飽力不足才美不外見且欲與常馬等不可得安求其能千里也策之不以其道食之不能盡其材鳴之而不能通其意執策而臨之曰天下無良馬嗚呼其眞無馬邪其眞不知馬邪

志),盛位无赫赫之光(显赫的名声)。是二人者之所为皆过也。未尝干(请求)之,不可谓上无其人;未尝求之,不可谓下无其人。愈之诵(琢磨,念叨)此言久矣,未尝敢以闻于人。

侧闻阁下抱不世之才,特立而独行,道方而事实(行道有规矩而处事踏实),卷舒(进退有度)不随乎时,文武唯其所用,岂愈所谓其人哉?抑未闻后进之士,有遇知于左右、获礼于门下者,岂求之而未得邪?将志存乎立功,而事专乎报主,虽遇其人,未暇礼(无暇以礼相待)邪?何其宜闻而久不闻也?

愈虽不材,其自处不敢后于恒人。阁下将求之而未得欤?古人有言:"请自隗(即郭隗,战国时期的贤士)始。"愈今者惟朝夕刍米仆赁之资是急,不过费阁下一朝之享(请一顿早餐的饭食,比喻要求很低。享通"飨")而足也。如曰:"吾志存乎立功,而事专乎报主。虽遇其人,未暇礼焉。"则非愈之所敢知也。世之龊龊(chuò chuò,器量狭小,拘于小节)者既不足以语之,磊落奇伟(光明磊落,雄奇不凡)之人又不能听焉,则信乎命之穷也!谨献旧所为文一十八首,如赐览观(过目),亦足知其志之所存。愈恐惧再拜。

前半幅只是闲闲说成一段议论,或整或散,或对或不对,任笔自为起尽。至"侧闻阁下"后,方是两段正文:一段先扬后抑,一段先抑后扬。因前幅既有议论,于是轻轻着笔便休也。

(金圣叹)

与陈给事书　韩愈

愈再拜：愈之获见于阁下有年矣。始者亦尝辱一言之誉。贫贱也，衣食于奔走(奔走于衣食)，不得朝夕继见。其后阁下位益尊，伺候于门墙者日益进(增加)。夫位益尊，则贱者日隔(日益疏远)；伺候于门墙者日益进，则爱博而情不专。愈也道不加修，而文日益有名。夫道不加修，则贤者不与；文日益有名，则同进者忌。始之以日隔之疏(经常不见面而疏远)，加之以不专之

335. 卷子装 中国古书装帧形式之一

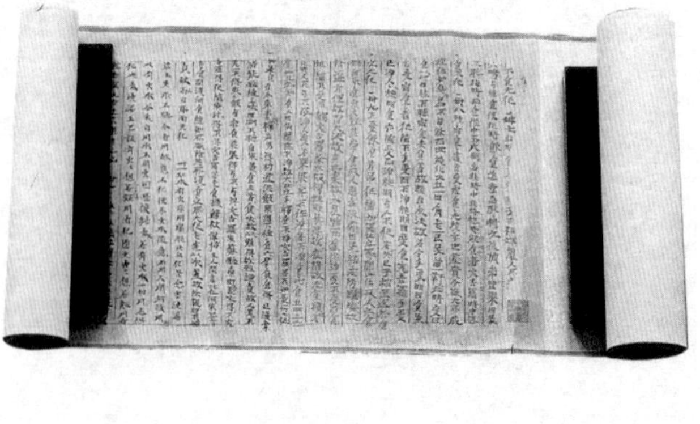

望(不专注的期望),以不与者之心,而听忌者之说,由是阁下之庭无愈之迹矣。

去年春,亦尝一进谒于左右矣。温乎其容,若加其新也;属乎其言,若闵其穷也。退而喜也,以告于人。其后如东京取妻子,又不得朝夕继见。及其还也,亦尝一进谒于左右矣。邈(miǎo,轻视。形容脸上表情冷漠)乎其容,若不察其愚(自己的心怀)也;悄乎其言,若不接其情也。退而惧也,不敢复进。

今则释然悟,翻然悔(懊悔)曰:其邈也,乃所以怒其来之不继也;其悄也,乃所以示其意也。不敏之诛,无所逃避。不敢遂进,辄自疏(陈述)其所以,并献近所为《复志赋》以下十首为一卷,卷有标轴(卷轴上的标记)。《送孟郊序》一首,生纸写,不加装饰,皆有揩(涂抹)字、注字处,急于自解而谢,不能俟更写,阁下取其意,而略其礼可也。愈恐惧再拜。

此等文字,何曾是有意必作如此章法,只是起手一行,偶然写得见与不见,后遂因风带火,不自觉笔笔入妙也。作文,固以心空为第一矣。(金圣叹)

应科目时与人书　韩 愈

月、日，愈再拜。天池(南海)之滨，大江(长江)之溃(fén，水边)，曰有怪物焉，盖非常鳞(有鳞的水生动物)凡介(龟鳖等有壳的水生动物)之品汇(类)匹俦(相比)也。其得水，变化风雨，上下于天不难也。其不及水，盖寻常尺寸(八尺为寻，二寻为一常。这里指范围狭小)之间耳。无高山、大陵、旷途(遥远的路途)、绝险为之关隔也，然其穷涸，不能自致乎水，为獱(bīn，小水獭)獭之笑者，盖十八九矣。如有力者，哀其穷(困窘)而运转(拉运，转移)之，盖一举手、一投足之劳也。然是物也，负其异于众也，且曰："烂死于沙泥，吾宁乐之。若俯首帖耳，摇尾而乞怜者，非我之志也。"是以有力者遇之，熟视之若无睹也。其死其生，固不可知也。

今又有有力者当其前矣，聊试仰首一鸣号焉，庸讵(哪儿，岂)知有力者不哀其穷而忘一举手、一投足之劳，而转之清波乎？其哀之，命也。其不哀之，命也。知其在命，而且鸣号之者，亦命也。愈今者实有类于是。是以忘其疏愚(粗疏愚昧)之罪，而有是说焉。阁下其亦怜察之。

风去吐于行间，珠玉生于字里。此科文，良由寝食《国策》得来。亦无头，亦无尾，竟斗然写一怪物。一气直注而下，而其文愈曲。细分之，中间却果有无数曲折，而其势愈直。此真奇笔怪墨也。

(金圣叹)

送孟东野序　　韩愈

大凡物不得其平则鸣。草木之无声,风挠之鸣。水之无声,风荡之鸣。其跃也或激之(水势飞溅是由于受到某物激荡),其趋也或梗之(水流湍急是由于受到某物的阻挡),其沸也或炙之(水沸腾是由于有火在烤它)。金石之无声,或击之鸣。人之于言也亦然,有不得已者而后言,其歌也有思,其哭也有怀。凡出乎口而为声者,其皆有弗平(不平)者乎!乐(音乐)也者,郁于中而泄(发泄)于外者也,择其善鸣者而假(凭借)之鸣。金、石、丝、竹、匏、土、革、木(古代做乐器的八种材料,在此泛指古代各种乐器,称为"八音";金,指钟;石,指磬;丝,指琴、瑟;竹,指箫、管;匏,指笙、竽;土,指埙;革,指鼓;木,指柷、敔)八者,物之善鸣者也。维天之于时也亦然,择其善鸣者而假之鸣。是故以鸟鸣春,以雷鸣夏,以虫鸣秋,以风鸣冬。四时之相推夺(推移变化),其必有不得其平者乎!

其于人也亦然。人声之精者为言,文辞之于言,又其精也,尤择其善鸣者而假之鸣。其在唐(唐尧)、虞(虞舜)、咎陶(gāo yáo,又作"皋陶",相传为舜臣,掌刑法,曾制定法律条文)、禹,其善鸣者也,

336. 陶埙　出土于河南辉县

而假以鸣。夔(传说舜时的乐官)弗能以文辞鸣,又自假于《韶》(乐曲名,相传为夔所作)以鸣。夏之时,五子以其歌鸣(传说夏王太康荒淫失国,他的五个弟弟作歌表示心中的怨恨)。伊尹(商朝初年的贤相。名伊,官职为尹)鸣殷,周公鸣周。凡载于《诗》《书》六艺(指《诗》《书》《礼》《乐》《易》《春秋》),皆鸣之善者也。周之衰(衰落),孔子之徒(这班人)鸣之,其声大而远。传(指《论语》)曰:“天将以夫子为木铎(天以孔子为代言人。木铎,是古代发布政令时用来召集群众的铃,舌为木质的)。”其弗信矣乎?其末(末年)也,庄周(即庄子)以其荒唐(广大无边的样子。这里指汪洋恣肆,旨趣宏远)之辞鸣。楚,大国也,其亡也,以屈原鸣。臧孙辰(臧文仲,春秋时鲁国大夫)、孟轲(即孟子)、荀卿(荀子),以道鸣者也。杨朱(字子居,战国时魏国人)、墨翟(即墨子)、管夷吾(即管仲,春秋时齐人,齐桓公之相)、晏婴(字平仲,春秋时齐人,历任灵公、庄公、景公三朝正卿)、老聃(老子)、申不害(战国时期郑国人,法家创始人)、韩非、慎到(战国时赵人,著有《慎子》)、田骈(战国时齐人)、邹衍(战国末期齐人,阴阳家)、尸佼(战国时鲁人,著有《尸子》)、孙武(春秋时齐人,著有《孙子兵法》)、张仪(战国时魏人,纵横家)、苏秦(战国时东周洛阳人,纵横家)之属,皆以其术(政治主张)鸣。秦之兴,李斯(秦始皇丞相)鸣之。汉之时,司马迁、相如(即司马相如,字长卿,西汉辞赋家)、扬雄(字子云,西汉辞赋家),最其善鸣者也。其下魏、晋氏,鸣者不及于古,然亦未尝(未曾)绝也。就其善者,其声清(清丽)以浮(浮华),其节(节奏)数(频繁)以急(短促),其辞淫(淫靡)以哀(哀伤),其志弛(松弛)以肆(放纵),其为言也,乱杂而无章。将天丑其德(憎恶其德行)莫之顾邪?何为乎不鸣其善鸣者也?

唐之有天下,陈子昂(唐代著名文学家)、苏源明(字弱夫,唐代诗人)、元结(字次山,文学家)、李白、杜甫、李观(字元宾,唐代散文家),皆以其所能鸣。其存而在下者,孟郊东野(姓孟,名郊,字东野,唐代著名诗人,韩愈的朋友)始以其诗鸣。其高出魏、晋,不懈(无懈可击,比处指文章精妙)而及于古,其他浸淫(逐渐渗透,此处比喻接近)乎汉氏矣。从吾游者，李翱(字习之，唐代散文家)、张籍(字文昌，唐代文学家)其尤也。三子者之鸣信善矣。抑不知天将和(和谐)其声而使鸣国家之盛邪？抑将穷饿其身、思愁其心肠而使自鸣其不幸邪？三子者之命，则悬乎天矣。其在上也，奚以喜？其在下也，奚以悲？东野之役于江南也，有若不释然者，故吾道其命于天者以解之。

拉杂散漫，不作起，不作落，不作主，不作宾。只用一"鸣"字跳跃到底。如龙之变化屈伸于天，更不能以逐鳞逐爪观之。

(金圣叹)

此文得之悲歌慷慨者为多。谓凡形之声音，皆不得已。于不得已中，又有善与不善。所谓善者，又有幸不幸之分。只是从一"鸣"中，发出许多议论。句法变换，凡二十九样。如龙之变化，屈伸于天，更不能逐鳞逐爪观之。

(原本《古文观止》)

送李愿归盘谷序　　韩 愈

太行之阳有盘谷。盘谷之间，泉甘而土肥，草木丛茂，居民鲜少。或曰："谓其环两山之间，故曰盘。"或曰："是谷也，宅幽而势阻，隐者之所盘旋。"友人李愿居之。

愿之言曰："人之称大丈夫者，我知之矣。利泽施于人，名声昭于时。坐于庙朝，进退(任免)百官，而佐天子出令。其在外，则树旗旄(旗帜)，罗弓矢(罗列弓箭)，武夫前呵，从者塞途(堵塞了道路)，供给之人，各执其物，夹道而疾驰。喜有赏，怒有刑。才俊满前，道古今而誉盛德，入耳而不烦。曲眉丰颊，清声而便体，秀外而惠(通"慧")中，飘轻裾(衣襟)，翳(yì，拖曳)长袖，粉白黛绿者，列屋(屋子一列列排列着)而闲居，妒宠(妒忌别人受宠)而负恃(依恃)，争妍而取怜。大丈夫之遇知(知遇)于天子，用力于当世者之所为也。吾非恶此而逃之，是有命焉，不可幸而致也。

"穷居而野处，升高而望远，坐茂树以终日，濯(zhuó，洗涤)清泉以自洁。采于山，美可茹(rú，吃)，钓于水，鲜可食。起居无时，惟适之安。与其有誉于前，孰若无毁于其后；与其有乐于身，孰若无忧(忧虑)于其心。车服不维(约束)，刀锯(刑罚)不加，理乱

337. 唐　木雕仕女俑

不知，黜陟(chù zhì，贬谪升迁)不闻。大丈夫不遇于时者之所为也，我则行之。

“伺候于公卿之门，奔走于形势之途(权势之家的路上)，足将进而趑趄(zī jū，想前进又不敢前进，疑惧不决)，口将言而嗫嚅(niè rú，要说不说的样子)，处污秽而不羞，触刑辟(刑法)而诛戮，侥幸于万一，老死而后止者，其于为人贤不肖何如也？”

昌黎韩愈，闻其言而壮之(心气为之一壮)，与之酒而为之歌曰：“盘之中，维(是)子之宫(宫室，房屋)。盘之土，可以稼(种庄稼)。盘之泉，可濯可沿(沿着水边走)。盘之阻，谁争子所？窈(幽静)而深，廓(空阔)其有容；缭而曲，如往而复(好像走过去又绕回来)。嗟盘之乐兮，乐且无央。虎豹远迹兮，蛟龙遁藏(逃遁躲藏)。鬼神守护兮，呵禁不祥。饮且食兮寿而康，无不足兮奚所望？膏(gào，涂油)吾车兮秣(mò，用谷饲料喂饱)吾马，从子于盘兮，终吾生以徜徉(cháng yáng，安闲自在地行走)。”

前只数语写盘谷，后只一歌咏盘谷。至于李之归此谷，只用李自己两段说话。自言欲为第一段人不得，故甘为第二段人。便见归盘谷者，乃是世上第一豪华无比人，非朽烂不堪人也。

(金圣叹)

338. 江城送别图 出土于淮安明王镇墓

送董邵南序　　韩　愈

燕赵古称多感慨悲歌之士。董生(即董邵南)举(考)进士。连不得志于有司(主管官员),怀抱利器(杰出的才能),郁郁适兹土(这块地方。指河北一带),吾知其必有合(有所遇合)也。董生勉乎哉!

夫以子之不遇时(时机),苟慕义强仁者(只要仰慕追求仁义的人),皆爱惜焉,矧(shěn,何况,况且)燕、赵之士出乎其性者哉!然吾尝闻风俗与化移易,吾恶(wū,怎么)知其今不异于古所云邪?聊以吾子(您)之行卜(推断验证)之也。董生勉乎哉!

吾因之有所感矣。为我吊望诸君(指先秦豪杰)之墓,而观于其市,复有昔时屠狗者乎?为我谢(劝勉,致意)曰:"明天子在上,可以出而仕矣!"

送董邵南往燕、赵,却反托董邵南谕燕、赵归朝廷。命意既自沉痛,用笔又极顿折。看他只是百数十余字,凡作几反几复。

(金圣叹)

董生愤己不得志,将往河北,求用于诸藩镇,故公作此送之。始言董生之往必有合,中言恐未必合,终讽诸镇之归顺,及董生不必往,文仅百余字,而有无限开阖,无限变化,无限含蓄,短章圣手。

(原本《古文观止》)

送杨少尹序　韩愈

昔疏广、受(疏广，西汉时曾为太子太傅；疏受，疏广之兄的儿子，同时为太子少傅)二子，以年老，一朝辞位而去。于时公卿设供张(供张，gòng zhāng。陈设帷帐等用具)，祖道都门外(在城门外设宴为他们饯行)，车数百两(辆)。道路观者，多叹息泣下，共言其贤。汉史既传其事，而后世工画者又图其迹，至今照人耳目，赫赫(清晰)

339. 明 陈洪绶 独坐图

若前日事。

国子司业杨君巨源，方(正在)以能《诗》训(教导)后进(学生)，一旦以年满七十，亦白丞相去归其乡。世常说古今人不相及，今杨与二疏，其意岂异也？

予忝(tiǎn，有愧于)在公卿后，遇病不能出。不知杨侯去时，城门外送者几人、车几两、马几匹，道边观者亦有叹息知其为贤与否，而太史氏(史官)又能张大其事，为传继二疏踪迹否，不落莫(冷落)否。见今世无工画者，而画与不画，固(通"姑"，姑且)不论也。然吾闻杨侯之去，丞相有爱而惜之者，白以为其都少尹，不绝其禄。又为歌诗以劝之，京师之长于诗者，亦属(zhǔ，作文章)而和(hè，奉和)之。又不知当时二疏之去，有是事否。古今人同不同未可知也。

中世士大夫以官为家，罢则无所于归。杨侯始冠(guàn，成年)，举于其乡，歌《鹿鸣》而来也。今之归，指其树曰："某树吾先人之所种也。某水某丘，吾童子时所钓游(钓鱼玩耍)也。"乡人莫不加敬，诫子孙以杨侯不去其乡为法。古之所谓乡先生，没而可祭于社者，其在斯人欤？其在斯人欤？

送杨少尹，却劈空忽请出二疏，又偷笔先写自己病不能送，便生出无数波澜。

(金圣叹)

巨源之去，未必可方二疏。公欲张大之，将来形容，又不可确言。特前说二疏所有，或少尹所无，后说少尹所有，或二疏所无。则巨源之美不可掩，而己亦不至失言。末托慨世之词，写出杨侯归乡，可敬可爱，情景宛然。

(原本《古文观止》)

送石处士序　韩愈

河阳军节度、御史大夫乌公(乌重胤,唐代张掖人)为节度之三月,求士于从事(幕僚)之贤者。有荐石先生(石洪,唐代河阳人)者。公曰:"先生何如?"曰:"先生居嵩(sōng,山名)、邙(máng,山名)、瀍(chán,水名)、谷(水名)之间,冬一裘(皮衣服),夏一葛(葛布衫);食,朝夕饭一盂(一种圆口盛饭器皿)、蔬一盘。人与之钱,则辞;请于出游,未尝以事免(推托);劝之仕(做官),不应;坐一室,左右图书。与之语(谈论)道理,辨古今事当否,论人高下,事后当成败,若河决下流而东注,若驷马驾轻车、就熟路,而王良、造父为之先后也,若烛照数计(用蓍草计数算卦)而

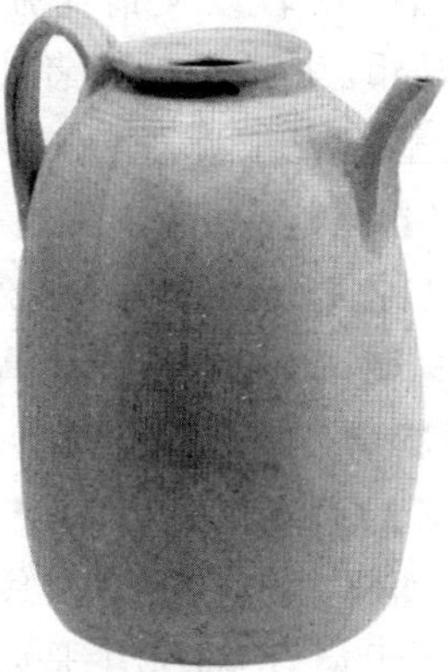

340. 唐　白釉注

341. 唐　白釉海棠式杯

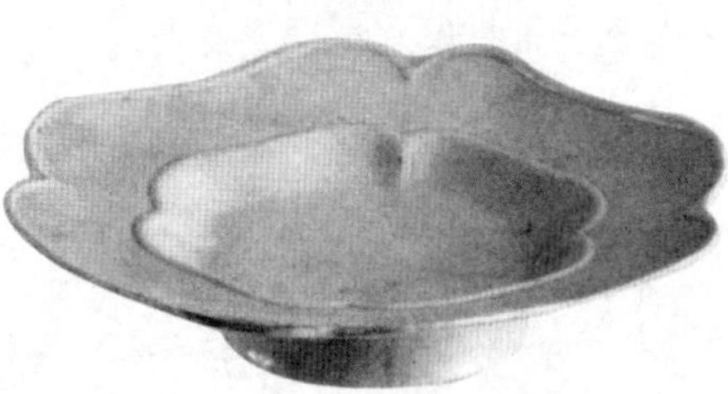

342. 唐　白釉葵花口盘

龟卜也。”大夫曰：“先生有以自老，无求于人，其肯为某来邪？”从事曰：“大夫文武忠孝，求士为国，不私于家。方今寇聚于恒(恒州)，师(军队)环其疆，农不耕收，财粟殚亡(殚，dān。用尽)。吾所处地，归输(来往运输)之涂(通“途”，道路)，治法征谋，宜有所出。先生仁且勇，若以义请而强委重焉，其何说之辞？”于是撰书词，具马币，卜日以授使者，求先生之庐而请焉。

先生不告于妻子，不谋于朋友，冠带出见客，拜受书礼于门内。宵则沐浴，戒(准备)行李，载书册，问道所由，告行于常所来往。晨则毕至，张上东门外，酒三行，且起，有执爵而言者曰：“大夫真能以义取人，先生真能以道自任，决去就。为先生别。”又酌而祝曰：“凡去就出处何常(准则)？惟义之归。遂以为先生寿。”又酌而祝曰：“使(但愿，希望)大夫恒无变其初(初衷)，无务富其家而饥其师，无甘受佞人(善于以巧言谄媚的人)而外敬正士，无昧于谄言，惟先生是听，以能有成功，保天子之宠命。”又祝曰：“使先生无图利于大夫，而私便其身图。”先生起拜祝辞曰：“敢不敬早夜以求从祝规(祝辞里的规劝)！”于是东都之人士咸(全部)知大夫与先生果能相与以有成也。遂各为歌诗六韵(六次押韵。即十二行古诗)，遣愈为之序云。

纯以议论行序事，序之变也。看前面大夫从事，四转反复。又看后面四转祝词，有无限曲折变态，愈转愈佳。

(原本《古文观止》)

此文前含讥讽，后寓箴规，皆不着痕迹，极狡狯之能。

一篇纯用传体为序，序之变也。

(曾国藩)

343. 明 陈洪绶 松下高士图

送温处士赴河阳军序　韩愈

伯乐一过冀北之野，而马群遂空。夫冀北马多天下，伯乐虽善知马，安能空其群邪？解之者曰：吾所谓空，非无马也，无良马也。伯乐知马，遇其良，辄(便)取之，群无留良焉。苟无良，虽谓无马，不为虚语矣。

东都(洛阳)，固士大夫之冀北也。恃才能深藏而不市(通"仕"，做官)者，洛之北涯曰石生(即石洪)，其南涯曰温生(即温造)。大夫乌公，以鈇钺(fū yuè，古代军法用以斩刑的两种斧子。这里代指节度使的身份)镇河阳之三月，以石生为才，以礼为罗，罗而致之幕下。未数月也，以温生为才，于是以石生为媒(介绍)，以礼为罗，又罗而致之幕下。东都虽信多才士，朝取一人焉，拔其尤；暮取之一人焉，拔其尤。自居守(东都留守)、河南尹以及百司之执事，与吾辈二县(洛阳城郊洛阳、河南二县)之大夫，政有所不通，事有

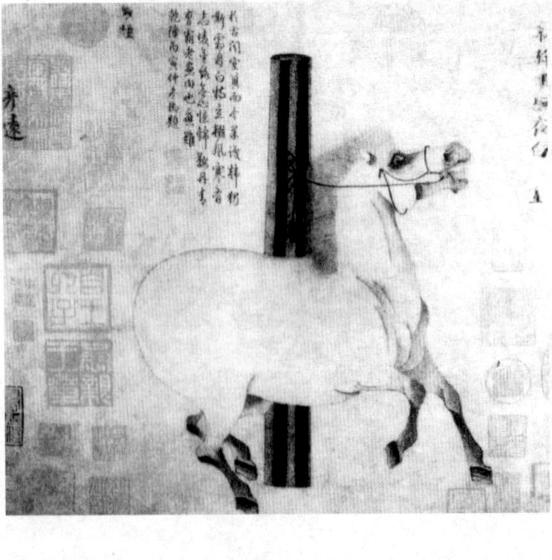

344.
唐　韩幹　照夜白图

345. 明　陈洪绶　松下高士图

所可疑，奚所谘(咨询)而处焉？士大夫之去位而巷处(离职在家)者，谁与嬉游？小子后生，于何考德而问业焉？缙绅(官员)之东西行过是都者，无所礼于其庐。若是而称曰：大夫乌公一镇河阳，而东都处士之庐无人焉，岂不可也？

夫南面(指君王)而听天下，其所托重(重加委托)而恃力者惟相(宰相)与将(大将军)耳。相为天子得人于朝廷，将为天子得文武士于幕下，求内外无治(平安)，不可得也。愈縻(mí，羁留)于兹，不能自引(引退)去，资(依赖……的帮助)二生以待老。今皆为有力者夺之，其何能无介然(耿耿)于怀邪？生既至，拜公于军门，其为吾以前所称，为天下贺；以后所称，为吾致私怨于尽取也。留守相公首为四韵(八句)诗歌其事，愈因推(推论)其意而序之。

前凭空以冀北马空起，中凭空撰出无数人嗟怨，后又凭空结以自己嗟怨，俱是凭空文字。

(金圣叹)

祭十二郎文　韩愈

346. 韩嫂夫人

年月日，季父(古称父亲最小的弟弟为季父)愈(韩愈称己名)闻汝丧之七日，乃能衔(怀藏)哀致诚，使建中(人名，是韩愈家的仆人)远具(备办)时羞(应时的美味食品)之奠，告汝十二郎之灵：

呜呼！吾少孤，及长，不省(xǐng，知)所怙(hù，依靠)，惟兄嫂是依。中年(哥哥才到中年)，兄殁南方，吾与汝俱幼，从嫂归葬(安葬)河阳(地名，韩氏故籍，在今河南孟县)。既(不久，随后)又与汝就食江南。零丁孤苦，未尝一日相离也。吾上有三兄，皆不幸早世。承先人后(后嗣)者，在孙(孙子辈)惟汝，在子惟吾。两世一身(独苗)，形单影只。嫂尝抚汝指吾而言曰："韩氏两世，惟此而已！"汝时尤小，当不复记忆；吾时虽能记忆，亦未知其言之悲也。

吾年十九，始来京城。其后四年，而归视汝。又四年，吾往河阳省坟墓(省，探视，查看。扫墓)，遇汝从嫂丧来葬。又二年，吾佐董丞相(指董晋，曾任御史中丞、御史大夫，曾兼任汴州刺史)于汴州，汝来省吾。止一岁(住了一年)，请归取(接)其孥(nú，妻子儿女的统称)。明年,丞相薨(hōng,去世)。吾去汴州,汝不果来。是年,吾佐戎(军务,军事)徐州,使取汝者始行,吾又罢去,汝又不果来。吾念汝从于东(汴、徐两地在韩氏老家河阳的东边),东亦客也,不可以久,图久远者,莫如西归,将成(建立)家而致(接)汝。呜呼!孰谓汝遽(jù,突然,骤然)去吾而殁乎!吾与汝俱少年,以为虽暂相别,终当久相与处,故舍汝而旅(旅居)食(求食)京师,以求斗斛之禄(微薄的俸禄,古代量米的量器,唐代十斗为一斛)。诚知其如此,虽万乘之公相(万乘之国的公卿宰相),吾不以一日辍(离开)汝而就也。

去年,孟东野(孟郊,字东野,唐代著名诗人)往。吾书与汝曰:"吾年未四十,而视茫茫(两眼已经昏花),而发苍苍,而齿牙动摇。念诸父(父亲及叔伯)与诸兄,皆康强而早世。如吾之衰者,其能久存乎?吾不可去,汝不肯来,恐旦暮死,而汝抱无涯之戚也!"孰谓少者殁而长者存,强者夭而病者全乎!呜呼!其信然(确实)邪?其梦邪?其传(传来的信)之非其真邪?信也,吾兄之盛德而夭其嗣(使他的儿子短命)乎?汝之纯明而不克(能)蒙(承受)其泽(遗惠)乎?少者强者而夭殁,长者衰者而存全乎?未可以为信也。梦也,传之非其真也,东野之书,耿兰(人名,可能也是仆人)之报(报告去世消息的信),何为而在吾侧也?呜呼!其信然矣!吾兄之盛德而夭其嗣矣!汝之纯明宜业其家(继承家业)者,不克蒙其泽矣!所谓天者诚难测,而神者诚难明矣!所谓理者不可推(推测),而寿者不可知矣!

虽然,吾自今年来,苍苍者(花白的头发)或(有的)化而为白矣,动摇者或脱而落矣。毛血日益衰,志气(指精神)日益微,几何不从汝而死也!死而有知,其几何离?其无知,悲不几时,而不悲者无穷期矣。汝之子始十岁,吾之子始五岁。少而强者不可保,如此孩提者,又可冀其成立(成长自立)邪?呜呼哀哉!呜呼哀哉!

汝去年书云:"比(近来)得软脚病(脚气病),往往而剧(厉害)。"吾曰:"是(这种)疾也,江南之人,常常有之。"未始以为忧也。呜呼！其竟以此而殒(yǔn，丧失)其生乎？抑别有疾而至斯(到这个地步)乎？汝之书，六月十七日也；东野云，汝殁以六月二日；耿兰之报无月日。盖东野之使者，不知问家人以月日；如耿兰之报，不知当言月日；东野与吾书，乃问使者，使者妄称以应(随口乱说来应答)之耳。其然乎？其不然乎？

今吾使建中祭汝，吊汝之孤与汝之乳母。彼有食可守以待终丧(古时，人死后，死者的妻子儿女要居丧，居丧期间要穿丧服，三年后除服称为终丧)，则待终丧而取(接)以来；如不能守以终丧，则遂取以来。其余奴婢，并令守汝丧。吾力能改葬，终葬汝于先人之兆(坟地，指河南祖茔)，然后惟其所愿。呜呼！汝病吾不知时，汝殁吾不知日(日期)；生不能相养(互相照顾)以共居，殁不能抚汝以尽哀，敛(通"殓"，为死者更衣叫小殓，入棺叫大殓)不凭其棺，窆(biǎn，葬时下棺入穴)不临(俯视)其穴。吾行负神明(神灵)，而使汝夭；不孝不慈，而不能与汝相养以生、相守(依傍)以死。一在天之涯，一在地之角，生而影不与吾形(形体)相依，死而魂(灵魂)不与吾梦相接(亲近)。吾实为之，其又何尤(归咎，怨恨)！彼苍者天，曷(何时，何日)其有极！

347. 唐三彩镇墓兽

自今以往，吾其无意于人世矣！当求数顷之田于伊(伊水，在河南西部)、颍(颍水，在安徽西北部及河南东部)之上，以待余年。教吾子与汝子，幸(希望)其成(成才)；长(抚养)吾女与汝女，待其嫁。如此而已。呜呼！言有穷而情不可终，汝其知也邪！其不知也邪？呜呼哀哉！尚飨(也作“尚享”，祭文常用的结束语，意思是希望死者来享用祭品)！

情辞痛恻，何必又说？须要看其通篇凡作无数文法，忽然烟波窅渺，忽然山径盘纡。论情事，只是一直说话，却偏有如许多文法者。由其平日戛戛乎难，汩汩乎来，实自有其素也。

(金圣叹)

情之至者，自然流为至文。读此等文，须想其一面哭一面写，字字是血，字字是泪。未尝有意为文，而文无不工，祭文中千年绝调。

(原本《古文观止》)

自始至终，处处俱以自己伴讲，写叔侄之关切，无一语不从至性中流出，几令人不能辨其是文是哭，是墨是血，而其波澜之纵横变化，结构之严谨浑成，亦属千古绝调。文章要诀，无过真切二字。真切则确当不可移易，自为千古不刊之作。试读此文，有一语不真切否？后学悟此，则文章一道，思过半矣。

(余诚)

祭鳄鱼文　韩　愈

维(发语词,祭文首篇常用以引出年月日)年月日,潮州(唐州名,在今广东潮安)刺史(官名)韩愈,使军事衙推(官名)秦济(人名),以(把)羊一、猪一投恶溪(水名,在今潮安境内韩江)之潭水,以与鳄鱼食,而告之曰:

昔先王(尧、舜、禹、汤等上古帝王)既有天下,列(禁止樵采)山泽,罔绳擉刃(擉,chuò。结绳为网,用刀来刺),以除虫蛇恶物;为民害(祸害)者,驱而出之四海之外。及后王德薄,不能远有(不能据有边远的领地),则江(长江)汉(汉水)之间,尚皆弃之,以与蛮、夷、楚(古国名)、越(古国名),况(何况)潮,岭(五岭)海(南海)之间(潮州也处五岭之南,南海之北),去京师万里哉?鳄鱼之涵淹(潜伏)卵育于此,亦固(合宜)其所。

今天子嗣唐位,神圣慈武。四海之外,六合(指天、地、四方)之内,皆抚(据有,占有)而有之。况禹迹所揜(行踪所至。揜,yǎn),扬州(古代分天下为九州,扬州是其中之一。潮州在古扬州境内,所以称为近地)之近地,刺史、县令之所治,出贡赋以供天地宗庙(帝王或诸侯祭祀祖先的庙宇)百神之祀之壤(地方,指潮州)者哉!鳄鱼其不可与刺史杂处(混居在一起)此土也!

刺史受天子命,守此土,治此民,而鳄鱼睅(hàn)然(眼睛突出的样子,形容凶恶)不安溪潭,据处食民、畜、熊、豕(野猪)、鹿、獐,以肥其身,以种其子孙,与刺史亢拒,争为长雄。刺史虽驽(驽钝)弱(软弱),亦安肯为鳄鱼低首下心(低头屈服),伈伈睍睍(xǐn xǐn xiàn xiàn,恐惧害怕不敢正视的样子),为民吏羞,以偷活于此耶?且承天子命以来为吏,固其势不得不与鳄鱼辨(讲明道理)。

鳄鱼有知,其听刺史言!潮之州,大海在其南。鲸鹏之大,虾蟹之细,无不容归,以生以食,鳄鱼朝发而夕至也。今与鳄鱼约:尽(限)三日,其率丑类(同伙)南徙于海,以避天子之命吏!三日不能(够),至五日;五日不能,至七日;七日不能,是终不肯徙也;是不有刺史听从其言也。不然,则是鳄鱼冥顽不灵,刺史虽有言,不闻不知也。夫傲天子之命吏,不听其言,不徙以避之,与冥顽不灵而为民物害者,皆可杀。刺史则选材技(武艺高强)吏民,操强弓毒矢,以与鳄鱼从事(较量),必尽杀乃止。其无悔!

全篇只是不许鳄鱼杂处此土,处处提出"天子"二字、"刺史"二字压服它,如问罪之师,正正常常之阵,能令反侧子心寒胆慄。

(原本《古文观止》)

柳子厚墓志铭　　韩　愈

348. 唐　瑞兽

子厚，讳(死去的帝王或尊者的名字)宗元。七世祖庆(柳庆)，为拓跋魏(北魏姓拓跋)侍中，封济阴公。曾伯祖奭，为唐宰相，与褚遂良、韩瑗俱得罪武后，死高宗朝。皇考(父亲)讳镇，以事(侍奉)母弃太常博士，求为县令江南；其后以不能媚权贵，失御史；权贵人死，乃复拜侍御史；号为刚直，所与游(来往)皆当世名人。

子厚少精敏，无不通达。逮其父时，虽少年，已自成人，能取进士第，崭然见(xiàn)头角，众谓柳氏有子矣。其后以博学宏词(唐代科举中的一科)授集贤殿正字(官名)。俊杰廉悍(才智出众，方正刚勇)，议论证据今古，出入经史百子，踔厉风发(踔，chuō。议论精辟浑厚，如风势的强劲有力)，率常屈其座人，名声大振，一时皆慕与之交。诸公要人，争欲令出我门下，交口荐誉之。

贞元十九年，由蓝田尉拜监察御史。顺宗即位，拜礼部员外郎。遇用事者得罪(当权者获罪)，例(类比，照例)出为刺史。未至，又例贬州司马。居闲益自刻苦，务(致力，从事)记览，为词章，泛滥停蓄(如江河泛滥，如湖海蓄积)，为深博无涯涘(sì，边际)，而自肆于山水间。元和中，尝例召至京师，又偕(一同)出为刺史，而子

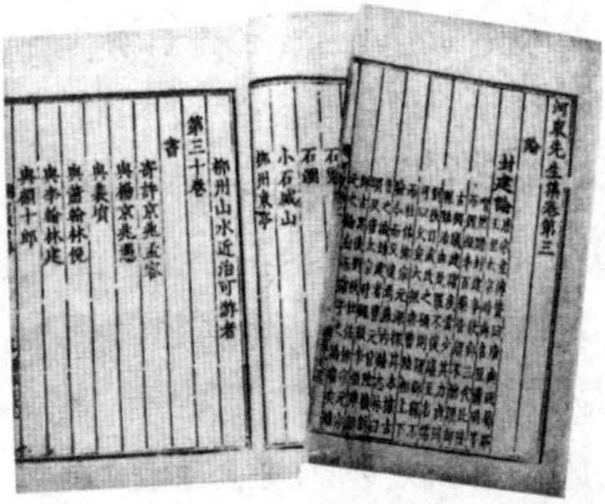
河東先生集卷第三
論
封建論

柳州山水近治可游者
第三十卷
書
寄許京兆孟容
與楊京兆憑
與裴塤
與蕭翰林俛
與李翰林建
與顧十郎

石澗
小石城山
柳州東亭

349.《柳河东先生集》书影

350. 广西柳州柳宗元墓

厚得柳州。既至，叹曰："是岂不足为政(实施政教)邪？"因(顺应)其土俗，为设教禁(劝谕和禁止的政令)，州人顺赖(顺从信赖)。其俗以男女质钱，约不时赎，子本(利息本钱)相侔(相等。侔，móu)，则没为奴婢。子厚与设方计，悉令赎归。其尤贫力不能者，令书(记下)其佣，足相当，则使归其质。观察使下(下达)其法于他州，比(等到)一岁，免而归者且(近)千人。衡、湘以南为进士者，皆以子厚为师。其经承(经过)子厚口讲指画为文词者，悉有法度可观。

其召至京师而复为刺史也，中山刘梦得禹锡亦在遣中，当诣(到)播州。子厚泣曰："播州非人所居，而梦得亲在堂(在世)，吾不忍梦得之穷，无辞以白其大人(母亲)，且万无母子俱往理。"请于朝，将拜疏(向皇帝上疏)，愿以柳易播，虽重得罪，死不恨。遇有以梦得事白上者，梦得于是改刺连州(改任连州刺史)。呜呼！士穷乃见节义。今夫平居里巷相慕悦，酒食游戏相征逐(相邀饮宴，追逐游戏)，诩诩(xǔ xǔ，融洽地集合在一起)强笑语以相取下，握手出肺肝相示，指天日涕泣，誓生死不相背负，真若可信。一旦临小利害，仅如毛发比，反眼若不相识；落陷阱，不一引手救，反挤之，又下石焉者，皆是也。此宜禽兽夷狄所不忍为，而其人自视以为得计，闻子厚之风，亦可以少愧(有点惭愧)矣。

子厚前时少年，勇于为人，不自贵重顾藉(保重和爱惜自己)，谓功业可立就，故坐废退(受牵连而遭贬黜)。既退，又无相知有气力得位者推挽(推荐引进)，故卒死于穷裔(穷困的边地)，材不为世用，道不行于时也。使子厚在台(御史台)、省(尚书省)时，自持其身，已能如司马、刺史时，亦自不斥；斥时，有人力能举之，且必复用不穷。然子厚斥不久，穷不极，虽有出于人，其文学辞章，必不能自力以致必传于后，如今，无疑也。虽使子厚得所愿，为将相于一时，以彼易此，孰得孰失，必有能辨之者。

子厚以元和十四年十一月八日卒，年四十七。以十五年七月十日归葬万年(万年县)先人墓侧。子厚有子男二人，长曰周六，始四岁；季(小儿子)曰周七，子厚卒乃生。女子二人，皆幼。其得归葬也，费皆出观察使河东裴君行立。行立有节概(节操气概)，重然诺，与子厚结交，子厚亦为之尽，竟赖其力。葬子厚于万年之墓者，舅弟卢遵。遵，涿(涿州)人，性谨慎，学问不厌。自子厚之斥，遵从而家焉，逮其死不去。既往葬子厚，又将经纪(安排料理)其家，庶几(可以说)有始终者。

铭曰：是惟子厚之室，既固既安，以利其嗣人。

子厚不克持身处，公亦不能为之讳，故措词隐跃，使人自领。只就文章一节，断其必传，下笔自有轻重。

(原本《古文观止》)

古文观止

卷九

古文觀止 卷八

驳复仇议　　柳宗元

臣伏(跪伏)见天后(指皇后武则天)时,有同州(州治在今陕西大荔)下邽(在今陕西下邽东南渭河北岸)人徐元庆者,父爽(指徐元庆之父徐爽)为县尉(执掌一县军事治安的官)赵师韫所杀,卒能手刃父仇,束身归罪。当时谏臣陈子昂(唐初诗人,曾受武则天赏识,官至右拾遗)建议诛之而旌(表彰)其闾(乡闾,指徐元庆的家乡),且请"编之于令,永为国典"。臣窃独过之。

臣闻礼(泛指社会规范和道德规范)之大本(根本),以防乱也,若曰无为贼虐(行凶杀人),凡为子者杀无赦;刑之大本,亦以防乱也,若曰无为贼虐,凡为治者杀无赦。其本则合,其用(实际应用)则异,旌与诛莫得而并焉。诛其可旌,兹谓滥(滥杀),黩(dú,亵渎)刑甚矣;旌其可诛,兹谓僭(jiàn,越过,超越本分),坏礼甚矣。果以是示于天下,传于后代,趋义(追求节义)者不知所向,违害

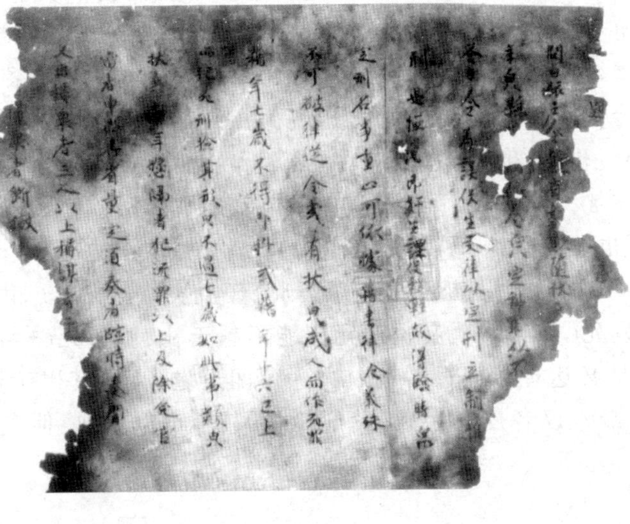

351.《唐律》残片　记有唐代法律

者不知所立,以是为典可乎?

盖圣人之制,穷(推究)理以定赏罚,本情以正褒贬,统于一而已矣。向使刺(探察)谳(yàn,判明)其诚伪,考正其曲直,原始而求其端,则刑、礼之用,判然离矣。何者?若元庆之父,不陷于公罪,师韫之诛,独以其私怨,奋其吏气(施展起当官的气焰),虐(虐杀)于非辜,州牧(即刺史,州的最高行政长官)不知罪,刑官不知问,上下蒙冒,吁号(呼吁号啕)不闻;而元庆能以戴天为大耻,枕戈(枕着武器睡觉,形容时刻准备报仇)为得礼,处心积虑,以冲(冲刺)仇人之胸,介然(坚定执着的样子)自克,即死无憾,是守礼而行义也。执事者宜有惭色,将谢之不暇,而又何诛焉?其或元庆之父,不免于罪,师韫之诛,不愆(qiān,失误,差错)于法,是非死于吏也,是死于法也。法其可仇乎?仇天子之法,而戕奉法之吏,是悖骜(bèi ào,逆乱傲慢。骜,轻视、傲慢)而凌(侵犯)上也。执(逮捕)而诛之,所以正邦典(法纪,国法),而又何旌焉?

且其(指陈子昂)议曰:"人必有子,子必有亲,亲亲相仇,其乱谁救(解救)?"是惑于礼也甚矣。礼之所谓仇者,盖其冤抑(冤枉压抑)沉痛,而号无告也;非谓抵罪触法,陷于大戮(死罪)。而曰"彼杀之,我乃杀之",不议曲直,暴寡胁弱而已。其非经背圣,不亦甚哉!《周礼》(也叫《周官》,儒家经典之一,主要记载周朝的各种典章制度和风俗习惯):调人(官名),掌司万人之仇。凡杀人而义者,令(规定)勿仇,仇之则死。有反杀者,邦国交仇之。又安得亲亲相仇也?《春秋公羊传》(儒家经典之一,相传为孔子的再传弟子公羊高所著,是一部专门阐释《春秋》的书)曰:"父不(不应)受诛,子复仇可也。父受诛,子复仇,此推刃(往来仇杀不止)之道,复仇不除害。"今若取此以断两下相杀,则合于礼矣。且夫不忘仇,孝也;不爱死(不惜一死),义也。元庆能不越于礼,服孝死(为……而死)义,是必达理而闻道者也。夫达理闻道之人,岂其以王法为敌仇者哉?议者反以为戮,黩刑坏礼,其不可以为典,明矣。

请下臣议，附于令，有断斯狱者，不宜以前议从事(办事)。谨议。

柳文隽杰廉悍，于《韩非子》为近。可参看《韩非子》之《难一》《难二》。

不以人为单位，而以家族……团体为单位。最初本无一种法权，高出此诸团体之上。人皆受团体之保护，有冤抑损害则团体为之报复。

(吕思勉)

桐叶封弟辨　　柳宗元

古之传者(书传作者)有言,成王(周成王,周武王之子,名诵)以桐叶与小弱弟(幼弟,指武王幼子唐虞),戏(开玩笑)曰:“以封汝。”周公入贺。王曰:“戏也。”周公曰:“天子不可戏。”乃封小弱弟于唐(古代国名,春秋时晋国的前身,约在今山西翼城一带)。

吾意(料想)不然。王之弟当(该)封邪,周公宜以时言(及时告诉)于王,不待(等到)其戏而贺以成(促成)之也;不当封邪,周公乃成(促成)其不中(zhòng,合适,恰当)之戏,以地以人与(交给)小弱弟者为之主,其得(能)为圣乎?且周公以王之言,不可苟焉而已,必从而成之邪?设有不幸(不巧),王以桐叶戏妇、寺(妇人和宦官),亦将举(推举)而从之乎?凡王者之德,在行之何若。设未得其当,虽十易之不为病(弊病);要于其当,不可使易也,而况以其戏乎?若戏而必行之,是周公教王遂(顺从)过(过错)也。

吾意周公辅成王,宜(应该)以道,从容优乐,要归之大中(中道)而已,必不逢其失而为之辞。又不当束缚之,驰骤(使奔驰)之,使若牛马然,急则败(坏事)矣。且家人父子尚不能以此自克(自我约束),况号(名分)为

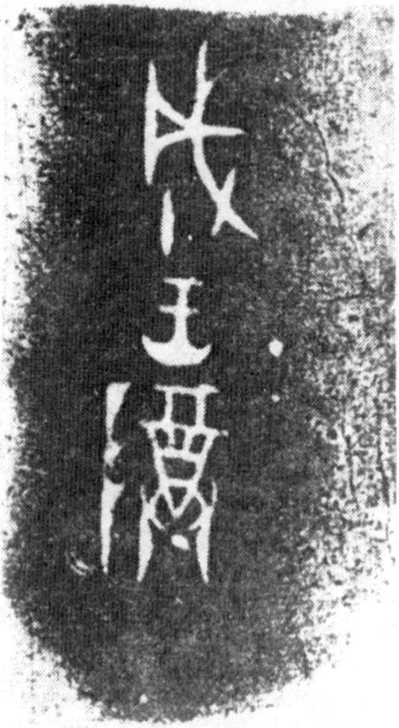

352. 西周　成王尊铭

君臣者邪？是直(通“只”,只不过)小丈夫(平庸之人)缺缺(quē quē,耍小聪明的样子)者之事,非周公所宜用,故不可信。

或曰:“封唐叔,史佚(周武王时太史尹佚。《史记·晋世家》记载促成“桐叶封弟”一事的是史佚)成之。”

裁幅甚短,而为义弘深,斟酌不尽。不惟文字顿挫入妙,惟处人伦之至道,亦全于此。

(金圣叹)

柳柳州本系政治家,故其文涉及政治者颇多,且皆饶有见地。

(吕思勉)

箕子碑　　柳宗元

凡大人(旧指道德高尚的人)之道有三:一曰正蒙(蒙受)难,二曰法授圣(圣王),三曰化及民。殷有仁人曰箕子(名胥余,纣王的叔父,官太师,曾因劝谏纣王被囚禁。武王灭商后,才被释放。相传他为武王陈述治国大法,对周的统治起了很大作用,后被封朝鲜),实具兹(此)道,以立于世。故孔子述六经之旨,尤殷勤(情意深厚)焉。

当纣(商纣王,也叫帝辛,商末君主,历史上有名的暴君)之时,大道悖(bèi,违背)乱,天威(天的威灵)之动(震动,触动)不能戒,圣人之言无所用。进死以并命(冒死进谏,不惜生命。这里指纣王的叔父比干。并,通“屏”,屏除,舍弃),诚仁矣,无益吾祀(宗祀,这里指商的宗族),故不为;委身以存祀(曲意保全自己以保存宗祀。这里指纣王的庶兄微子,因多次劝谏未被采纳而出走,后降周),诚仁矣,与(yù,通“预”,预先)亡(出走)吾国,故不忍。具是二道,有行(实行)之者矣。是用(因此)保其明哲(明智),与之俯仰(周旋,应付),晦

353. 北魏　吊比干墓文拓片　河南汲县

354. 商　金文象形款识

(huì，隐晦，隐藏)是谟(mó，谋略，计策)范(法则，原则)，辱于囚奴，昏而无邪，隤(tuí，委靡，消沉)而不息。故在《易》曰"箕子之明夷(箕子的光明损伤。明，光明。夷，伤)"，正蒙难也。及天命既改(指商灭亡周建立)，生人(即生民，人民。唐代避太宗李世民之讳，改"民"为"人")以正(正轨)，乃出大法，用为圣师，周人得以序(规范)彝伦(社会伦常。彝，常规。伦，人伦)而立大典。故在《书》(《尚书》)曰"以箕子归(归来；归顺)，作《洪范》(《尚书》中的篇名，传说是箕子向周武王陈述的"天地之大法"。内容是帝王统治人民的各项政治经济原则。洪，大。范，规范，法规)"，法授圣也。及封朝鲜(古国名，在右营州以外，包括今天的朝鲜半岛)，推道训俗(推行王道，训育民俗)，惟德无陋(崇尚德行而不问出身鄙陋。陋，浅陋，粗鄙)，惟人无远，用广(扩大)殷祀，俾(使)夷(对东方少数民族的蔑称)为华(华夏族，旧指居住在中原一带的民族)，化及民也。率(遵循)是大道，藂(自然)于厥(其)躬，天地变化，我得其正，其大人欤？

於虖(通"呜呼")！当其周时未至，殷祀未殄(tiǎn，灭绝)，比干已死，微子已去，向使纣恶未稔(rěn，本意为庄稼成熟，这里引申为罪恶发展到极点)而自毙，武庚(纣王的儿子，商亡后周武王封他奉殷祀，后因与管叔、蔡叔发动叛乱而被周公诛杀)念(忧虑)乱以图存，国无其人(没有箕子这样的人)，谁与兴理？是固人事之或然者也。然则先生隐忍而为此，其有志于斯乎？

唐某年，作庙汲郡(今河南汲县)，岁时致祀。嘉(钦佩)先生独列于《易》象，作是颂(古代文体，用于歌颂咏叹)云。

一篇文字，真如天外之峰，卓然峭峙。末忽换笔，变作天风海涛，可谓大奇也。

(金圣叹)

此篇乃柳柳州自述感慨，申说所以隐忍受辱之故也。箕子无称先生之理，而末段称先生，意在自况，跃然可见。子厚虽为官，常教学，彼自迁谪以后，盖常以教学者自居，故其文中恒自称柳先生。此篇极有情韵。

(吕思勉)

在与"委身以存祀"的微子和"进死以并命"的比干的对比中，突显了箕子忍辱含垢，坚持正义，辅佐君王传授大法，推行礼义教化百姓的功绩，使箕子"忠"而"智"的形象更为突出。

(李元)

355. 西周　殷陶片墨书笔迹　祀

捕蛇者说　柳宗元

永州(唐代地名,即今湖南零陵)之野产异蛇,黑质(质地,底子)而白章(花纹),触草木尽死;以啮(niè,咬)人,无御之者。然得而腊(xī,本义为干肉,在此为动词,风干)之以为饵,可以已(治愈)大风(麻风病)、挛踠(luán wǎn,手足蜷曲不能伸展)、瘘(lòu,鼠瘘,即淋巴结核)、疠(lì,恶疮),去死肌,杀三虫(三尸虫,在此泛指寄生虫。道家称人的脑、胸、腹为"三尸",虫入三尸,就会生病)。其始,太医以王命聚之,岁赋(征收)其二,募有能捕之者,当其租入,永之人争奔走焉。

有蒋氏者,专其利三世矣。问之,则曰:"吾祖死于是(此。指捕蛇一事),吾父死于是,今吾嗣为之十二年,几死(差点丧命)者数矣。"言之貌若甚戚者。

余悲(哀怜;怜悯)之,且曰:"若毒(怨恨)之乎?余将告于莅事者(管这件事的人),更若役,复若赋,则何如?"蒋氏大戚,汪然出涕曰:"君将哀而生(使……生存,存活)之乎?则吾斯役(做这件事)之不幸,未若复吾赋不幸之甚也。向吾不为斯役,则久已病(困苦,困顿)矣。自吾氏三世居是乡,积于今六十岁矣。而乡邻之生日蹙(窘迫,困苦),殚(dān,尽)其地之出,竭其庐(家,室)之入。号呼而转徙,饥渴而顿踣(困顿倒毙),触风雨,犯寒暑,呼嘘(呼吸)毒疠(疫气),往往而死者相藉(互相枕压,形容死者很多。藉,jiè)也。曩(nǎng,从前)与吾祖居者,今其室十无一焉;与吾父居者,今其室十无二三焉;与吾居十二年者,今其室十无四五焉。非死则徙尔,而吾以捕蛇独存。悍吏之来吾乡,叫嚣乎东西,隳突(骚扰)乎南北;哗然而骇者,虽鸡狗不得宁焉。吾恂恂(小心谨慎的样子)而起,视其缶(一种口小腹大的罐子),而吾蛇尚存,则弛然(安然)而卧。谨食(sì,通"饲",喂养)之,时而献焉。退而甘食其土之

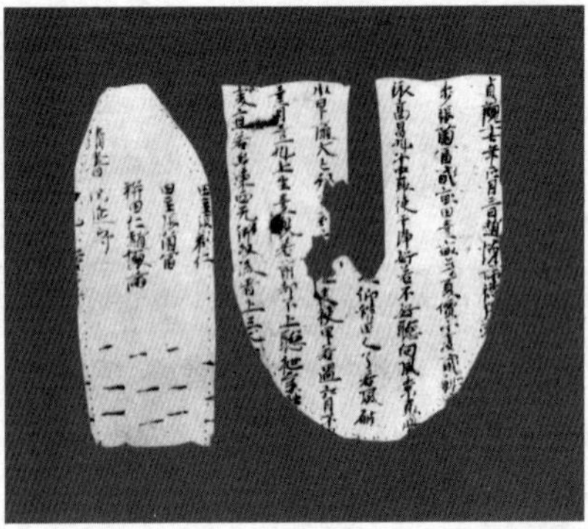

356. 唐　赵怀满租田契

357. 唐　高昌县为田主催租帖

有,以尽(安度)吾齿(年龄)。盖一岁之犯死者二焉,其余则熙熙(欣喜的样子)而乐,岂若吾乡邻之旦旦有是哉!今虽死乎此,比吾乡邻之死则已后矣,又安敢毒邪?”

余闻而愈悲,孔子曰:“苛政猛于虎也。”吾尝疑乎是,今以蒋氏观之,犹信。呜呼!孰知赋敛之毒,有甚是蛇者乎!故为之说,以俟夫观人风者得焉。

《捕蛇者说》云:“叫嚣乎东西,隳突乎南北。”殊为不美。退之无此等也。子厚才识不减退之,然而令人不爱者,恶语多而和气少耳。

(王若虚)

种树郭橐驼传　　柳宗元

郭橐驼(tuó tuó,骆驼,在此用作外号),不知始何名。病偻(患了佝偻——驼背的病。偻,lóu),隆然(脊背隆起的样子)伏行,有类橐驼者,故乡人号之“驼”。驼闻之,曰:“甚善。名我固当(很恰当)。”因舍其名,亦自谓“橐驼”云。其乡曰丰乐乡,在长安(唐朝都城,即今陕西省西安市)西。驼业(以……为职业)种树,凡长安豪家富人为观游及卖果者,皆争迎取养(供养)。视驼所种树,或移徙,无不活,且硕茂,蚤(通“早”)实以蕃(fán,繁盛)。他植者虽窥伺效慕,莫能如也。

有问之,对曰:“橐驼非能使木寿且孳(zī,繁育。指生长快)也,能顺木之天,以致其性焉尔。凡植木之性,其本欲舒,其培(培土)欲平,其土欲故(旧土),其筑欲密(紧密)。既然已,勿动勿虑,去不复顾。其莳(shì,栽种)也若子,其置也若弃,则其天者全而其性得矣。故吾不害(妨害)其长而已,非有能硕茂之也;不抑耗(损耗)其实而已,非有能蚤而蕃之也。他植者则不然,根拳(弯曲,屈曲)而土易,其培之也,若不过焉则不及。苟有能反是(与之不同)者,则又爱之太殷,忧之太勤(多)。旦视而暮抚,已去而复顾,甚者爪(通“抓”)其肤(树皮)以验其生枯,摇其本(树根)以观其疏密,而木之性日以离矣。虽曰爱之,其实害之;虽曰忧之,其实仇(与……为敌)之,故不我若(不如我)也,吾又何能为哉?”

问者曰:“以子之道,移之官理(治。唐代为避高宗李治的名讳,以“理”代“治”),可乎?”驼曰:“我知种树而已,官理非吾业也。然吾居乡,见长人者(管理人民的人,即官吏)好烦其令,若甚怜焉,而卒以祸。旦暮吏来而呼曰:‘官命促尔耕,勖(xù,勉励)尔植,督尔获,蚤缫(sāo,煮茧抽丝)而(通“尔”,你们)绪(丝头。指丝),蚤(早)织而缕(帛),字(抚养)而幼孩,遂(生长;养育)而鸡豚(tún,小

358.明 陈洪绶 老树图

猪)。'鸣鼓而聚之,击木(梆)而召之。吾小人辍(停止)飧饔(sūn yōng,指晚餐和早餐)以劳(为……而劳,慰劳,招待)吏,且不得暇,又何以蕃吾生而安吾性邪?故病(困苦)且怠(疲劳)。若是,则与吾业者其亦有类乎?"

问者嘻曰:"不亦善夫!吾问养树,得养(治理)人(民。唐代为避太宗李世民的名讳,常以"人"代"民")术。"传其事以为官戒也。

前写橐驼种树之法,琐琐述来,涉笔成趣。纯是上圣至理,不得看为山家种树方。末入"官理"一段,发出绝大议论,以规讽世道。守官者当深体此文。

(原本《古文观止》)

梓人传　柳宗元

裴封叔(名瑾,柳宗元的妹夫。唐河东闻喜人,曾做过长安县令)之第,在光德里(唐代长安街坊名)。有梓人(木匠)款(叩)其门,愿佣隙宇(空屋子)而处焉。所职(掌管,持)寻引(量尺,木工丈量工具)、规(校正圆形的木工工具)矩(校正方形的直角尺)、绳墨(用来画直线的木工工具),家不居(存放)砻(lóng,磨石)斫(zhuó,刀锯斧斤之类的木工工具)之器。问其能,曰:"吾善(善于,擅长)度(度量,估算)材。视(依据)栋宇(房屋)之制(规模),高深、圆方、短长之宜,吾指使而群工役焉。舍我,众莫能就一宇。故食于官府,吾受禄三倍;作于私家,吾收其直(通"值",报酬)大半焉。"他日,入其室,其床阙(quē,通"缺")足而不能理,曰:"将求他工。"余甚笑之,谓其无能而贪禄嗜货(钱财)者。

其后,京兆尹(官名)将饰官署,余往过(拜访,探望)焉。委(堆

359. 汉宫楼图

积，存放）群材，会众工，或执斧斤，或执刀锯，皆环立向之。梓人左持引，右执杖，而中处焉。量栋宇之任（房屋的规模），视木之能，举挥其杖曰："斧！"彼执斧者奔而右；顾而指曰："锯！"彼执锯者趋而左。俄而，斤（执斧头）者斫（砍），刀（执刀）者削，皆视其色（眼色），俟（sì，等待）其言，莫敢自断者。其不胜任者，怒而退之，亦莫敢愠焉。画宫（房子，此指建筑物的图形）于堵（墙），盈尺（不足一尺）而曲尽（完全表现，详尽表现）其制，计其毫厘（古代计量单位）而构大厦，无进退（没有出入，形容计算十分准确）焉。既成，书于上栋（屋梁）曰："某年某月某日某建"。则其姓字也。凡执用（手执工具干活）之工不在列。余圜（huán，通"环"）视大骇，然后知其术之工大（精深高超）矣。

360. 东汉　陶楼

继而叹曰：彼将（必定是）舍其手艺，专其心智，而能知体要（事物的关键）者欤！吾闻劳心者役人，劳力者役于人。彼其劳心者欤！能者用（干活，操作）而智者谋，彼其智者欤！是足为佐天子！相（治理）天下法矣！物（事情）莫近乎此也。彼为天下者本于人。其执役者（从事具体工作的人）为徒隶（原指服役的犯人，在此泛指社会底层从事各种劳动的人），为乡师（一乡之长，唐代五里为一乡）里胥(一里之长。唐代以百户为一里);其上为下士(官名),又其上为中士、为上士;又其上为大夫、为卿、为公。离而为六职(六种职别),判而为百役。外薄四海(京城外面接近四方边境的地方。薄,迫近,接近),有方伯(一方诸侯之长)、连率(统辖十国的诸侯。在此与"方伯"均指各地方长官。率,通"帅")。郡有守,邑有宰,皆有佐政(僚属)。其下有胥吏,又其下皆有啬夫(啬,sè。啬夫指辅助县令管理赋税、诉讼等事务的乡官)、版尹(主管户籍的小吏),以就(担任)役(职役)焉,犹众工之各有执技以食(以……为生)力也。彼佐天子相天下者,举而加(提拔)焉,指(指挥)而使焉,条其纲纪(使纲纪条理清楚,即整顿纲纪)而盈缩焉,齐其法制而整顿焉,犹梓人之有规矩、绳墨以定制也。择天下之士,使称其职;居天下之人,使安其业。视都知野,视野知国,视国知天下,其远迩细大,可手据(拿,持)其图而究焉,犹梓人画宫于堵而绩(取得……业绩)于成也。能者进而由(任用)之,使无所德(感恩戴德);不能者退而休之,亦莫敢愠。不衒(炫耀)能,不矜(夸大)名,不亲(亲自)小劳(费力的事),不侵众官,日与天下之英才讨论其大经(重大的方针原则),犹梓人之善运众工而不伐(夸耀)艺也。夫然后相道(做宰相的方法)得而万国理矣。相道既得,万国既理,天下举首而望曰:"吾相之功也。"后之人循迹而慕曰:"彼相之才也。"士或谈殷、周之理者,曰:"伊、傅、周、召(伊尹、傅说、周公、召公。商和周的四位名臣)。"其百执事(百官。执事是各部门的专职人员)之勤劳而不得纪焉,犹梓人自名(写上名字)其功而执用者不列也。大哉(伟大啊)相乎!通是道者,所谓相而已矣。其不知体要者反此。以恪勤(谨慎勤恳)为公,以簿书为尊(以处理文书为重任),衒能矜名,亲小劳,侵众官,窃取六职百役之事,听听(yín yín,争辩的样子。通"龂龂")于府庭,而遗其大者、远者焉,所谓不通是道者也。犹梓人而不知绳墨之曲直、规矩之方圆、寻引之短长,姑夺众工之斧斤刀锯以佐其艺,又不能备其工,以至败绩、用而无所成也。不亦谬欤!

或曰:"彼主为(建造)室者,傥或(倘若)发其私智,牵制梓人之虑(思考,谋划),夺其世守而道谋是用(与路人商量,用他们的意见),虽不能成功,岂其(指木匠)罪耶?亦在任之而已。”余曰:“不然。夫绳墨诚陈,规矩诚设,高者不可抑而下也,狭者不可张而广也。由我则固(坚固),不由我则圮(pǐ,毁坏;倾覆)。彼将乐去固而就圮也,则卷(收起)其术,默(藏,不暴露)其智,悠尔(悠然自得)而去。不屈吾道,是诚良梓人耳。其或嗜其货利(钱财),忍(忍气吞声)而不能舍也,丧其制量(原则,法式),屈(委屈迁就)而不能守也,栋桡(弯曲,折断,变形)屋坏,则曰:‘非我罪也!’可乎哉?可乎哉?”

余谓梓人之道类于相,故书而藏之。梓人,盖古之审曲面势(审察各种材料的曲直方圆及阴阳向背)者,今谓之“都料匠”云。余所遇者,杨氏,潜其名(名为潜)。

前细写“梓人”,句句暗伏为相之道;后细写相道,句句回抱梓人。末又补出人主任相,当相自处两意。叙梓人处极为详尽,作好了铺垫,后文写着自然省力。点出了“以道事君,不可则止”之意,是古今绝大议论。

(李元)

愚溪诗序　　柳宗元

灌水(湘江的支流,在今广西东北部)之阳有溪焉,东流入于潇水(湘江的支流,源出九嶷山,在湖南零陵汇入湘江)。或曰:"冉氏尝居也,故姓(冠以姓氏称)是溪为冉溪。"或曰:"可以染(染布)也,名之以其能(功用),故谓之染溪。"余以愚触罪,谪(贬谪)潇水上,爱是溪,入二三里,得其尤绝(风景最好)者家(安家)焉。古有

361.
佚名　山水

愚公谷(在今山东临淄西部),今余家是溪,而名莫能定,土之居者(当地居民)犹龂龂然(争辩的样子。龂,yín),不可以不更也,故更之为愚溪。

愚溪之上,买小丘,为愚丘。自愚丘东北行六十步,得泉焉,又买居之,为愚泉。愚泉凡(共有)六穴,皆出山下平地,盖上出(向上喷出)也。合流屈曲而南,为愚沟。遂负土累石,塞其隘,为愚池。愚池之东为愚堂,其南为愚亭,池之中为愚岛。嘉(优美)木异石错置,皆山水之奇者,以余故,咸以愚辱(使……受辱)焉。

夫水,智者乐也。今是溪独见辱于愚,何哉?盖其流甚下,不可以灌溉,又峻急,多坻(chí,水中小洲)石,大舟不可入也;幽邃浅狭,蛟龙不屑,不能兴云雨。无以利世,而适类于余,然则虽辱而愚(使……愚)之,可也。

宁武子(名俞,谥武,春秋时卫国大夫)"邦无道则愚",智而为愚者;颜子(颜回,孔子弟子)"终日不违(提不出不同的见解)如愚",睿而为愚者也。皆不得为真愚。今余遭有道,而违于理,悖于事,故凡为愚者莫我若也。夫然(这样一来),则天下莫能争是溪,余得专而名焉。

溪虽莫利于世,而善鉴(映照)万类,清莹秀(通"透")澈,锵鸣金石,能使愚者喜笑眷慕,乐而不能去也。余虽不合于俗,亦颇以文墨自慰,漱涤万物,牢宠百态(洗涤万物,包罗百态。漱,洗涤。牢宠,包罗),而无所避之。以愚辞歌愚溪,则茫然而不违,昏然而同归,超鸿蒙(自然之元气),混希夷(融入空虚寂静),寂寥而莫我知也。于是作《八愚诗》,记于溪石上。

以愚辱溪,柳子肮脏语也。后善鉴万类,隐言其次;清莹秀澈,隐言其清;锵鸣金石,隐言其文,又何等自负。写景而两面俱到,古人用意,往往如此。

(沈德潜)

永州韦使君新堂记　　柳宗元

将为穹谷、嵁岩(峭壁。嵁,kān)、渊池于郊邑之中,则必辇(用车)山石,沟(沟通,开凿)涧壑,陵绝(逾越)险阻,疲极人力,乃可以有为也。然而求天作地生之状,咸无得焉。逸其人,因其地,全其天,昔之所难,今于是乎在。

永州实惟九疑(也作"九嶷",山名,在今湖南宁远境内)之麓。其始度(duó,测量,计算。这里指勘测规划)土者,环山为城。有石焉,翳(yì,遮蔽)于奥(深)草;有泉焉,伏于土涂(污泥)。蛇虺(huǐ,一种毒蛇)之所蟠(盘踞),狸鼠之所游,茂树恶木,嘉葩(花)毒卉,乱杂而争植,号为秽墟。

韦公(即韦彪,当时的永州刺史)之来既逾月,理(治理)甚无事。

362. 明　仇英　仿李唐山水

望其地，且异之。始命芟其芜（割除荒草。芟，shān），行其涂（疏通水道），积之丘如，蠲（juān，清除，疏通）之浏如（水流清澈的样子）。既焚既酾（shī，疏导），奇势迭出，清浊辨质，美恶异位。视其植，则清秀敷舒（青翠透丽，舒展自如）；视其蓄（蓄积的湖水），则溶漾（水波微荡）纡馀（曲折萦绕）。怪石森然，周于四隅，或列或跪，或立或仆，窍穴逶邃，堆阜（石山）突怒（高耸突出）。乃作栋宇，以为观游。凡其物类，无不合形辅势（合乎天然地形地势），效伎（献伎。伎，歌舞表演）于堂庑（wǔ，堂下四周的房子）之下。外之连山高原，林麓之崖，间厕（交错）隐显；迩（近处）延野绿，远混（相接）天碧，咸会于谯门（城门上用来眺望的高楼）之内。

已乃延（邀请）客入观，继以宴娱。或赞且贺曰："见公（即韦彪）之作，知公之志。公之因土（地势）而得胜，岂不欲因俗（顺应民俗）以成化（推行教化）？公之择（舍弃）恶而取美，岂不欲除残而佑仁（保护仁人）？公之蠲浊而流清，岂不欲废贪而立廉？公之居高以望远，岂不欲家抚（安抚）而户晓？夫然，则是堂也，岂独草木、土石、水泉之适（安适怡人）欤？山、原、林麓之观欤？将使继（后继）公之理（治理）者，视其细，知其大也。"

宗元请志（记录）诸石，措（安放，这里是嵌入的意思）诸壁，编以为二千石（汉代郡守的俸禄为两千石，所以用两千石作为州郡一级官吏的代称，在此指刺史）楷法。

妙在前幅，先说一段名胜之难得，又说一段兹堂旧属荒秽，得此二段相形于前，愈见得开辟之功，真不可泯。后幅就韦公作堂，发出一段寓意深远，尤见兹堂之不朽也。

（孙琮）

钴鉧潭西小丘记　柳宗元

得(找到)西山(在永州即今湖南零陵城西)后八日，寻(沿着)山口西北道(步行)二百步(古代度量单位，五尺为一步)，又得钴鉧潭(在西山之西，以潭的形状命名。钴鉧即熨斗)。西二十五步，当(在)湍

363. 明　八大山人　山水册

(波流萦回的样子)而浚(深)者为鱼梁(障水的石堰,中间可以让鱼通过)。梁之上有丘焉,生竹树。其石之突怒偃蹇(突起高耸),负(冲破)土而出,争为奇状者,殆不可数。其嵚然(嵚,qīn。高耸的样子)相累(重叠)而下者,若牛马之饮于溪;其冲然(突起的样子)角列(兽角排列)而上者,若熊罴(pí,即棕熊)之登于山。

丘之小不能一亩,可以笼而有之(形容小丘小而灵秀,似乎可以装入笼中)。问其主,曰:"唐氏之弃地,货(卖)而不售(本义为卖,在此是购买之意)。"问其价,曰:"止(通"只",仅仅)四百。"余怜而售之(指小丘)。李深源、元克己(作者友人,一同被贬至永州)时同游,皆大喜,出自意外。即更取器用(器具,在此指除草工具),铲刈(yì,割)秽草,伐去恶木,烈火而焚之。嘉木立,美竹露,奇石显。由其中以望,则山之高,云之浮,溪之流,鸟兽之遨

364. 明 八大山人 山水

游，举(全部)熙熙然(和乐的样子)回巧献技(运技献能)，以效(呈现)兹丘之下。枕席而卧，则清泠之状与目谋(相合)，瀯瀯(泉水回流声)之声与耳谋，悠然而虚者与神谋，渊然(深沉)而静者与心谋。不匝(满)旬(十天)而得异地者二(指钴鉧潭和小丘)，虽古好事(喜爱风景)之士，或(或许)未能至(遇到)焉。

噫！以兹丘之胜，致之(把它放到)沣、镐、鄠、杜(此四地在长安附近，是汉朝官苑上林苑的所在地)，则贵游之士争买者，日增千金而愈不可得。今弃是州也，农夫渔父，过而陋(看不起)之。价四百，连岁不能售。而我与深源、克己独喜得之，是其果有遭(机遇，运气)乎？书于石，所以(用来)贺兹丘之遭也。

前幅平平写来，意只寻常。而立名造语，自有别趣。至末从小丘上发出一段感慨，为兹丘致贺。贺兹丘，所以自吊也。

(原本《古文观止》)

365. 柳宗元书 龙城刻石

小石城山记　柳宗元

自西山(在永州)道口径(径直，一直)北，逾黄茅岭(山名)而下，有二道。其一西出，寻之无所得；其一少(shāo，意通"稍"，稍微，略微)北而东，不过四十丈，土断而川分，有积石横当其垠(边界，尽头)。其上为睥睨(pì nì，城上齿状的矮墙，俗称"城垛子"或"女墙")梁欐(房屋正梁。欐，lì)之形，其旁出堡(小城)坞(wù，堤坝)，有若门焉。窥之正黑，投以小石，洞然有水声，其响之激越，良久乃已。环之(指积石)可上，望甚远，无土壤而生嘉树美箭(一种竹子，可作箭杆)，益奇而坚，其疏数(shuò，稠密)偃仰，类智者所施设(精心布置)也。

366. 明　祝允昌　江山图卷

噫！吾疑造物者之有无久矣。及是，愈以为诚有。又怪其不为之于中州(指黄河中下游一带文化发达地区)，而列是夷狄(东方少数民族为"夷"，北方少数民族为"狄"。这里泛指远离中州的边远地区)，更千百年不得一售(施展)其伎(通"技"，技巧，这里指小石城山的美景)，是固劳而无用。神者倘不宜如是，则其果(果然)无乎？或曰："以慰夫贤而辱(辱没)于此者。"或曰："其气之灵，不为伟人，而独为是物。故楚之南少人(指伟人)而多石(指奇石)。"是二者(指以上两种说法)，予未信之。

此两篇柳柳州游记最为有名，以其刻画景物之工也。此两篇非其至者，可以略见其概耳。柳柳州游记，论者谓自郦道元《水经注》来，然其工，非郦氏所及。
宋时号称为古文者甚多，然未必皆善。如此书所选王禹偁《待漏院记》《黄冈竹楼记》、范仲淹之《严先生祠堂记》《岳阳楼记》均甚恶俗。盖文忌夹杂，作古文而夹入词赋中训，则如以朴素古澹之衣，忽施以时下之刺绣，不成样子矣。

(吕思勉)

367. 明　董其昌　清秋图卷

贺进士王参元失火书　　柳宗元

得杨八(名敬之,排行第八,是柳宗元的亲戚,王参元的好友)书,知足下(指王参元,濮阳人,元和二年进士。足下是古代同辈间的敬称)遇火灾,家无余储(剩下的积蓄)。仆(谦词,作者自称)始闻而骇,中(继而)而疑,终乃大喜,盖将吊(慰问遭受丧乱、灾祸的人)而更以(改为)贺也。道远言略,犹未能究知其状,若果荡(毁坏)焉泯(灭)焉而悉无有,乃吾所以尤贺者也。

足下勤奉养,乐朝夕,惟恬安无事是望也。今乃有焚炀(焚烧)赫烈(火势猛烈)之虞(忧患),以震骇左右(此处指王参元。旧时书信中不直称其人,只称对方的周围左右的人,以示尊敬),而脂膏(油脂)滫瀡(xiǔ suǐ,古代烹调方法,用植物淀粉拌和食品使柔滑之)之具(脂膏滫瀡之具,泛指食用器具),或以不给,吾是以始而骇也。

凡人之言皆曰:盈虚(指吉凶祸福)倚伏(相互转化),去来之不可常。或将大有为也,乃始厄(遭受)困震悸。于是有水火之孽(灾祸),有群小(小人)之愠,劳苦变动,而后能光明,古之人皆然。斯道辽阔诞漫(漫无边际,荒诞

368. 唐　银花鸟纹八棱杯

369. 唐 银花鸟纹高足杯

370. 唐 金鱼化龙纹杯

不实)，虽圣人不能以是必信，是故中而疑也。

以足下读古人书，为文章，善小学(文字学)，其为多能若是，而进(仕进，做官)不能出群士之上，以取显贵者，盖无他焉，京城人多言足下家有积货(财货积蓄)，士之好廉名者，皆畏忌(有所顾忌)不敢道足下之善，独自得之，心蓄之，衔忍而不出诸口，以公道之难明，而世之多嫌也。一出口，则嗤嗤(讥笑声)者以为得重赂。

仆自贞元(唐德宗年号)十五年见足下之文章，蓄(隐藏)之者盖六七年未尝言。是仆私一身而负公道久矣，非特负足下也。及为御史(指监察御史。贞元十九年柳宗元任监察御史里行)尚书郎

(指尚书省礼部员外郎。贞元二十一年),自以幸为天子近臣,得奋其舌(鼓动舌头,畅所欲言),思以发明(消除)足下之郁塞,然时称道于行列(同事,同僚),犹有顾视(面面相觑)而窃笑者,仆良恨修己之不亮,素(清白)誉之不立,而为世嫌之所加,常与孟几道(孟简,字几道,柳宗元的好友)言而痛之。

乃今幸为天火之所涤荡(洗除),凡众之疑虑,举为灰埃。黔(烧黑)其庐,赭(烧红)其垣,以示其无有。而足下之才能,乃可以显白而不污,其实出矣,是祝融(传说中的火官,后世尊称为火神)、回禄(传说中的火神名)之相(扶助)吾子也。则仆与几道十年之相知,不若兹火一夕之为足下誉也。宥(yòu,宽恕,原谅)而彰(荐举)之,使夫蓄于心者,咸得开其喙(鸟兽的嘴,这儿指人嘴),发策决科者(发出策问试题,决定是否录取的主考官),授于而不慄。虽欲如向之蓄缩(退缩)受侮,其可得乎?于兹吾有望于子!是以终乃大喜也。

古者列国有灾,同位者皆相吊(安慰)。许不吊灾,君子恶之(据《左传》载,鲁昭公十八年,宋、卫、陈、郑四国发生火灾,诸国都来慰问,只有许不慰问,陈不灭火,当时有识之士断言,许、陈两国将遭灭亡之祸)。今吾之所陈若是,有以异乎古,故将吊而更(改)以贺也。颜、曾(即颜回和曾参,均为孔子弟子。二者都能安贫乐道,养亲至孝)之养,其为乐也大矣,又何阙(遗憾)焉?

是书以闻失火,改吊为贺,立论固奇。其实就俗眼言,确乎不易。若文之纵横转换,抑扬尽致,令罹祸者破涕为笑,则其奇处耳。

(林西仲)

待漏院记　王禹偁

天道(大自然的运行变化，这里指天)不言，而品物亨(万物滋长。亨，通达。这里指顺利生长)、岁功(一年农事的收获)成者，何谓也？四时之吏(分掌四时的天神，即春神句芒，夏神祝融，秋神蓐收，冬神玄冥。这里指春夏秋冬四时)，五行之佐(指掌管金、木、水、火、土五行之神。佐，辅助)，宣其气(疏导阴阳四时之气，使万物顺利生长。宣，疏导)矣。圣人(指皇帝)不言，而百姓亲、万邦宁者，何谓也？三公(官职名，为朝中的最高一级官员。据《周礼》载为太师、太傅、太保)论道，六卿(官职名，据《周礼》载为天官家宰，地官司徒，春官宗伯，夏官司马，秋官司寇，冬官司空)分职，张(推行，宣扬)其教矣。是知君逸于上，臣劳于下，法乎天也。古之善相(善于辅佐)天下者，自咎(gāo，即咎繇，又作“皋陶”，舜时法官)、夔(后夔，舜时掌管音乐和教育的大臣)至房(房玄龄)、魏(魏徵)，可数也。是不独有其德，亦皆务于勤耳。况夙兴夜寐(早起晚睡。夙，早。寐，和衣而眠)，以事一人，卿大夫犹然，况宰相乎！

朝廷自国初因旧制，设宰相待

371.五代　文臣俑

漏院(古代百官等待朝见天子时的休息之处)于丹凤门(宋汴京皇城的南门,原名明德门,宋太宗太平兴国三年改名为丹凤门)之右,示勤政也。乃若北阙向曙(指天将破晓时分。北阙,古代皇宫北面的门楼,在此指皇宫。向曙,天将要亮),东方未明,相君启行,煌煌(明亮的样子)火城(指百官朝会时聚在宫门前的灯火仪仗)。相君至止,哕哕(有节奏的铃声,哕,huì)鸾(古代的一种车铃)声。金门(即金马门,汉朝宫门名,这里借指宋代宫门)未辟,玉漏犹滴(漏壶里的水还未滴完,指天还没有亮。漏,古代以滴水计时的一种器具)。撤盖下车,于焉以息(休息)。待漏之际,相君其有思乎!

其或兆民(万民)未安,思所泰之;四夷未附,思所来之;兵革未息,何以弭(消除,止息)之;田畴多芜,何以辟之;贤人在野,我将进之;佞人立朝,我将斥之;六气不和(即天时不正。六气指阴、阳、风、雨、晦、明六种自然现象),灾眚荐至(灾难相继而来。眚,shěng,本指眼睛生翳,后引申为灾异。荐,屡次,接连),愿避位以禳(ráng,以祭祀消灾)之;五刑(指五种刑罚,即笞、杖、徒、流、死)未措(废

372.
唐 青瓷牵马俑

除),欺诈日生(时有发生),请修德以厘(治理)之。忧心忡忡,待旦而入。九门(这里泛指皇宫众门)既启,四聪甚迩(四方的消息传入皇帝耳中。四聪,耳听四方。迩,近)。相君言焉,时君纳焉。皇风(朝廷的政治风气)于是乎清夷,苍生以之而富庶。若然,则总(统率)百官,食万钱(享受很高的俸禄),非幸也,宜也。

其或私仇未复,思所逐之;旧恩未报,思所荣之;子女玉帛,何以致(获得)之;车马玩器,何以取之;奸人附势,我将陟(zhì,进用,升迁)之;直士抗言(正直的官员指责),我将黜之;三时(农事季节)告灾,上(皇上)有忧色,构巧词以悦之;群吏弄法,君闻怨言,进谄容以媚之。私心慆慆(纷乱不息。慆,tāo),假寐而坐。九门既开,重瞳(眼中有两个瞳子。传说舜和项羽都是重瞳,后世常以"重瞳"称天子)屡回(顾盼)。相君言焉,时君惑焉。政柄(政权)于是乎隳(毁坏)哉,帝位以之而危矣。若然,则死下狱,投(发配)远方,非不幸也,亦宜也。

是知一国之政,万人之命,悬(系连,关联)于宰相,可不慎欤?复有无毁无誉,旅进旅退(随众人进退,无所建树。旅,众),窃位而苟禄(贪求俸禄),备员(充数)而全身者,亦无所取焉。

棘寺(大理寺的别称,是宋朝中央政府掌刑狱的最高机关)小吏王禹偁(字元之,巨野人,历官左司谏,知制诰,翰林学士)为文,请志(记录,记载)院壁,用规(劝诫)于执政者。

将千古贤相、奸相心事,曲曲描出。辞气严正,可法,可鉴。尤妙在先借"勤"字立说,后将"慎"字作收。盖为相者,一出于勤慎,则所思自有善而无恶。末又说出一种苟禄全身之庸相,其害正与奸相等,尤足以为后世戒。虽名为记,极似箴体。

(原本《古文观止》)

黄冈竹楼记　　王禹偁

黄冈(今湖北黄冈县)之地多竹。大者如椽(chuán,安放在檩上支架屋顶的木条),竹工破之,刳(kū,剖削)去其节,用代陶瓦,比屋(家家户户)皆然,以其价廉而工省也。

子城(即月城或瓮城,是防护城的半圆形城墙)西北隅(角),雉堞(垛口)圮(pǐ,坍塌)毁,蓁莽荒秽。因作小楼二间,与月波楼(为王禹偁所建)通。远吞(容纳,这里是一览无余的意思)山光,平挹(平,平视。挹,yì,舀取的意思)江濑(lài,流在沙上的水),幽阒(qù,寂静)辽夐(xiòng,遥远),不可具状。夏宜急雨,有瀑布声;冬宜密雪,有碎玉声。宜鼓琴,琴调和畅;宜咏诗,诗韵清绝;宜围棋,子声丁丁(zhēng zhēng,象声词,形容声音清脆悠远)然;宜投壶(古人宴饮时的一种游戏,宾主向瓶状的壶中投矢,中者为胜),矢声铮铮然。皆竹楼之所助也。

公退之暇,被鹤氅衣(被,通"披"。氅,chǎng。鹤氅衣即鸟羽编织的衣服),戴华阳巾(一种道士的帽子,这里指隐士的帽子),手执《周易》一卷,焚香默坐,消遣世虑(世俗的思虑)。江山之外,第(但,只)见风帆沙鸟,烟云竹树而已。待其酒力醒,茶烟歇,送夕阳,迎素月,亦谪居之胜概(佳境)也。

彼齐云、落星(都是楼名,齐云楼在吴县,为唐朝曹恭王所建;落星在建业东北,为三国时孙权所建),高则高矣;井幹(hán)、丽谯(都是楼名,前者为汉武帝所建,后者为曹操所建),华则华矣。止于贮妓女,藏歌舞,非骚人(诗人)之事,吾所不取。

吾闻竹工云:"竹之为瓦,仅十稔(rěn,谷熟谓稔,故称一年为一稔),若重覆之,得二十稔。"噫!吾以至道乙未岁(宋太宗至道元年,995年。这一年,孝章皇后死,不用厚礼举丧,王禹偁私议应按旧礼办丧事,坐谤讪,罢为工部郎中,知滁州),自翰林出滁上;丙申,移广陵(今扬州);丁酉,又入西掖(中书省,中央政府的行政机构);戊戌岁除日,有齐安之命(被贬到黄州的命令。齐安即黄州);己亥闰三月,到郡。四年之间,奔走不暇,未知明年又在何处,岂惧竹楼之易朽乎?后之人与我同志,嗣(继续)而葺(qì,修理)之,庶斯楼之不朽也。

竹楼,韵事,竹楼记,韵文也,必极力摆脱俗想方佳。此处妙在用“消遣世虑”四字摆脱一切,纸上亦觉幽阒,不可具状也。确是楼,确是竹楼,确是默坐竹楼。令人读之如在画图。

(锡周)

373. 清 金农 山水册

书洛阳名园记后　李格非

洛阳处天下之中，挟(扶持，这里指依靠)殽(xiáo，崤山，在今河南境内)、渑(miǎn，即渑池，古城名，在今河南渑池西。崤、渑皆在洛阳西边)之阻，当秦(今陕西一带)、陇(今陕西西部和甘肃一带)之襟喉，而赵、魏(战国时国名，相当于今山西、河北、河南一带)之走集(出入必经之路)，盖四方必争之地也。天下当无事则已，有事则洛阳必先受兵。予故尝曰："洛阳之盛衰，天下治乱之候也。"

唐贞观(唐太宗年号)、开元(唐玄宗年号)之间，公卿贵戚开(建造)馆列第(宅第)于东都(唐代洛阳为陪都，也称东都)者，号千有余邸。及其乱离，继以五季(指唐代灭亡之后的后梁、后唐、后晋、后汉、后周五个朝代)之酷(惨酷)，其池塘竹树，兵车蹂蹴(蹂躏、践踏)，废而为丘墟；高亭大榭(建筑在高台上的敞屋)，烟火焚燎，化而为灰

374.
唐　披铠步兵图

烬，与唐共灭而俱亡，无余处矣。予故尝曰："园囿(泛指园林)之兴废，洛阳盛衰之候也。"

且天下之治乱，候于洛阳之盛衰而知；洛阳之盛衰，候于园囿之兴废而得。则《名园记》(李格非著，主要描述北宋时洛阳十九座园林的兴废状况)之作，予岂徒然哉？

呜呼！公卿大夫方进于朝，放乎一己之私，自为之，而忘天下之治忽(治理与怠忽，即国家的安定与荒乱)，欲退享此，得乎？唐之末路是已。

幺麽小题，发出如许大论。大儒眼中，固无细事；大儒胸中，固无小计；大儒手中，固无琐事。定当如此。

(金圣叹)

此记既作名园记之后，又自叙所以作记之意，先辈评其小题大做，不必复赘。但说得如许浑成，见得此记之作，大有关系，末发出感慨正旨。止用"唐之末路"四字，一结便住，不言垂戒而垂戒之意自在言外，笔法高绝。

(林西仲)

375. 宋 李迪 牡丹

严先生祠堂记　　范仲淹

先生(即严子陵,名光,曾与东汉光武帝刘秀同学),光武(即光武帝刘秀)之故人也。相尚(推崇)以道。及帝握《赤符》(指刘秀即帝位。赤符也称符命,是一种隐语记录帝王征兆的谶文),乘六龙(六龙指《易》乾卦的六爻。凭借六爻的阳气来驾驭天地),得圣人之时(适合时代潮流的圣人,本文指做皇帝的时机),臣妾亿兆(统治亿兆百姓。臣妾,即奴隶,西周、春秋时男奴称臣,女奴为妾,在此用作动词),天下孰加(超过)焉?惟先生以节高之。既而动星象(古代迷信认为,皇帝和有名望的人都有天上的星宿作代表,他们的一举一动都反映在星象上),归江湖(指严子陵拒受官职,归隐富春山一事),得圣人之清,泥涂轩冕(显贵者的冠服。古代规定,大夫以上官员乘轩戴冕),天下孰加焉?惟光武以礼下之。在《蛊》(gǔ,《易》卦名)之上九,众方有为,而独"不事王侯,高尚其事",先

376. 刘秀像

377. 严光像

生以之。在《屯》(《易》卦名)之初九,阳德方亨(亨通),而能"以贵下贱,大得民也",光武以之。盖先生之心,出乎日月之上;光武之量,包乎天地之外。微(如果不是,如果没有)先生不能成光武之大,微光武岂能遂先生之高哉?而使贪夫廉,懦夫立,是大有功于名教也。

仲淹来守是邦(指严州,治所在今浙江桐庐),始构堂而奠焉。乃复(免除徭役)为其后(后裔)者四家,以奉祠事。又从而歌曰:云山苍苍,江水泱泱(水深广的样子)。先生之风,山高水长。

一起一结,中间整整相对。有发挥,有证佐,有咏叹,有交互,此今日制义之所自出也。

(金圣叹)

中间对偶处仍流走,有节节相生之妙。先生立期,风度端凝,而为文亦知之。先生文章,湛深伶术,而为人亦如之。字句都担斤两。

(锡周)

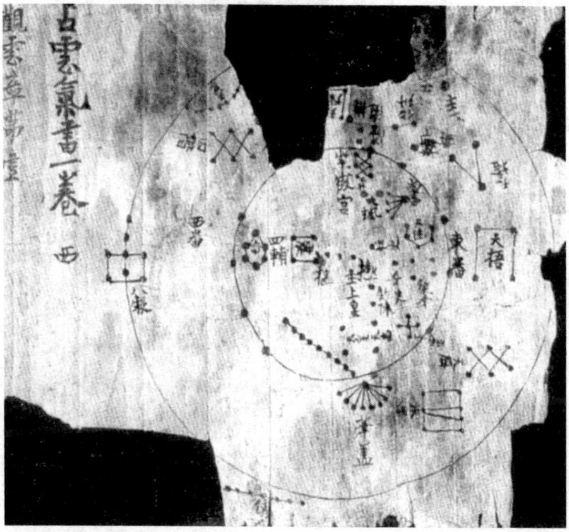

378.
敦煌卷 紫微垣星图

岳阳楼记　范仲淹

庆历(宋仁宗年号,庆历四年为公元1044年)四年春,滕子京(名宗谅,字子京,河南人。与范仲淹同年中进士,后因被人诬告而贬官为岳州知州)谪守巴陵郡(古代郡名,后世沿用旧称,称岳州为巴陵郡,即今湖南岳阳一带地方)。越明年(第二年),政通人和,百废具兴(一切废弛了的事情都兴办起来)。乃重修岳阳楼,增其旧制,刻唐贤、今人诗赋于其上,属(zhǔ,通"嘱",嘱托)予作文以记之。

379. 明　安正文　岳阳楼图

予观夫巴陵胜状,在洞庭一湖。衔远山,吞长江,浩浩汤汤(水势浩大的样子。汤,shāng),横无际涯;朝晖夕阴,气象万千。此则岳阳楼之大观(宏伟景观)

也，前人之述备矣。然则北通巫峡(长江三峡之一，在四川巫山东，湖北巴东西)，南极潇湘(二水名，到湖南零陵合流，向北流入洞庭湖)，迁客(降职外调的官吏)骚人(诗人)，多会于此，览物之情，得(能，能够)无异乎？

若夫(发语词)霪雨(久雨)霏霏，连月不开，阴风怒号，浊浪排空，日星隐耀，山岳潜形，商旅不行，樯(qiáng，桅杆)倾楫摧，薄暮冥冥(昏暗)，虎啸猿啼。登斯楼也，则有去国(离开国都)怀乡，忧谗畏讥，满目萧然，感极而悲者矣。

至若春和景明，波澜不惊，上下天光(天光水色上下辉映)，一碧万顷，沙鸥翔集，锦鳞(指鱼)游泳，岸芷(香草)汀(水边的平滩)兰，郁郁青青(香气浓郁，生长茂盛。青，通“菁”，jīng)。而或长烟一空，皓月千里，浮光跃金(湖面金光闪烁)，静影沉璧，渔歌互答，此乐何极！登斯楼也，则有心旷神怡，宠辱皆忘，把酒临风，其喜洋洋者矣。

嗟夫！予尝求古仁人之心，或异二者(指上文感物而悲和览物而喜两种表现)之为，何哉？不以物喜，不以己悲。居庙堂之高，则忧其民；处江湖之远，则忧其君。是进亦忧，退亦忧；然则何时而乐耶？其必曰“先天下之忧而忧，后天下之乐而乐”欤！噫！微(非)斯人(指古仁人)，吾谁与归(倒装，即吾与谁归。归，归向，同道)！

中间悲喜二大段，只是借来翻出后文忧乐耳。不然，便是赋体矣。一肚皮圣贤心地，圣贤学问，发而为才子文章。

(金圣叹)

此文着眼于“悲”“喜”“忧”“乐”四字。将登楼者览物之情写出喜悲二意，后文又引出为国为民的忧和乐，不是细细叙述，而是发以高论，实忧君爱国，宰相之文。

(李元)

谏院题名记　　司马光

古者谏无官，自公、卿、大夫(古代官名)至于工、商，无不得(能)谏者。汉兴以来始置官(谏官)。

夫以天下之政，四海(全国。古人认为中国四境为四海所环绕)之众，得失利病，萃(聚集，集中)于一官使言之，其为任亦重矣。居是官者，当志其大，舍其细，先其急，后其缓，专利国家，而不为

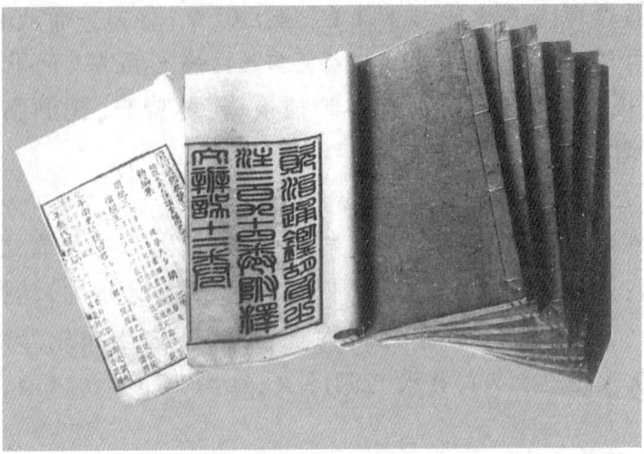

380.《资治通鉴》书影

身谋。彼汲汲(心情迫切，急于求得的样子)于名者，犹汲汲于利也，其间相去(差别)何远哉？

天禧(宋真宗赵恒的年号)初，真宗诏置谏官六员(指左右司谏、左右正言、左右谏议大夫)，责其职事。庆历(宋仁宗赵祯年号)中，钱君(钱公辅，字君倚，宋仁宗时中进士)始书其名于版。光(司马光自称己名)恐久而漫灭(模糊磨灭)。嘉祐(宋仁宗年号)八年，刻著于石。后之人将历(逐个地)指其名而议之曰："某也忠，某也诈，某也直，某也曲。"呜呼！可不惧哉！

"必有一种台阁气象，而后其文乃贵；必有一副干净肚肠，而后其文乃洁；必有一管严冷笔伏，而后其文乃遒；必有一段不朽议论，而后其文乃精。"兼四美者，非本文莫属。自古人起笔，以后人结束，通篇皆责备语，无一句闲话，看来似过去朴直；然不可及处，正不外此。

(锡周)

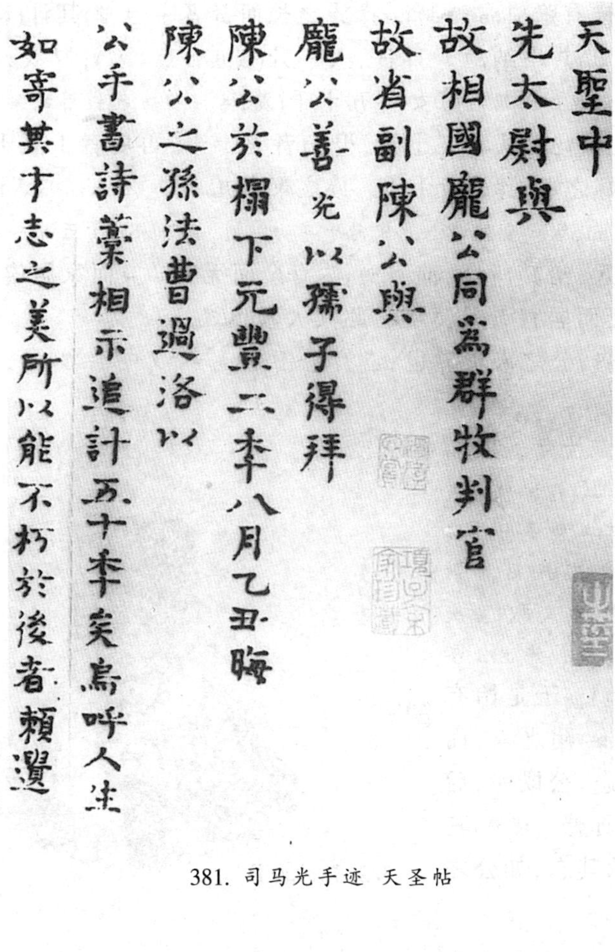

381. 司马光手迹 天圣帖

义田记　　钱公辅

范文正公(即范仲淹,死后谥号文正,北宋著名政治家),苏人也,平生好施与,择其亲(亲近)而贫、疏而贤(有德行的;多能的)者,咸(都)施(周济)之。方贵显时,置负郭(靠近城郭)常稔之田(良田。稔rěn)千亩,号曰"义田",以养济群族之人。日有食,岁有衣,嫁娶凶葬皆有赡(shàn,帮助)。择族之长而贤者主(主管)其计(计簿),而时(按时)共出纳焉。日食,人一升(古代计量单位);岁衣,人一缣(jiān,双丝的细绢);嫁女者五十千(贯,古时将方孔钱用绳穿上,每千钱为一贯),再嫁者三十千;娶妇者三十千,再娶者十五千;葬者如再嫁之数,葬幼者十千。族之聚者九十口,岁入(年收入)给稻八百斛(hú,古代量器名。北宋时十斗为一斛,南宋末改为五斗一斛)。以其所入,给其所聚,沛(充沛)然有余而无穷。屏而家居俟代者与焉,仕而居官者罢莫给。此其大较也。

初,公之未贵显也,尝有志于是(指买"义田"一事)矣,而力未逮(力不从心,逮,达到)者二十年。既而为西帅(指宋仁宗庆历三年范仲淹出任陕西经略安抚招讨副使),及参大政(指庆历三年范仲淹出任参知政事),于是始有禄(俸禄)赐之入,而终其志。公既殁,后世子孙修(经管)其业,承其志,如公之

382. 范仲淹像

存也。公虽位充(高)禄厚，而贫终其身。殁之日，身无以为敛(liàn，意通"殓"，把尸体装入棺材)，子无以为丧，惟以施贫活族之义，遗其子而已。

昔晏平仲(名婴，春秋时齐国大夫)敝(破)车羸(瘦弱)马，桓子(田无宇，春秋时齐国贵族，桓子是其谥号)曰："是隐君之赐也。"晏子曰："自臣之贵，父之族(族人)，无不乘车者；母之族，无不足于衣食者；妻之族，无冻馁(挨饿)者；齐国之士，待臣而举火(生火做饭)者三百余人。如此，而为隐君之赐乎？彰君之赐乎？"于是齐侯(指齐景公)以晏子之觞(古代酒器，这里指罚酒)而觞桓子。予尝爱晏子好仁，齐侯知贤，而桓子服义也。又爱晏子之仁有等级，而言有次第也。先父族，次母族，次妻族，而后及其疏远之贤。孟子曰："亲(亲近)亲(亲人)而仁(施仁于)民，仁民而爱物(万物)。"晏子为

383. 宋 银鎏金八角盘

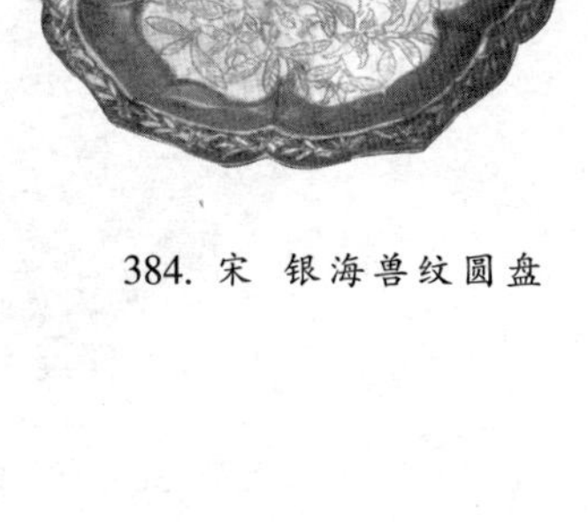

384. 宋 银海兽纹圆盘

近(接近)之。今观文正公之义田(指举办"义田"这件事),贤于平仲,其规模远举(具有长远意义)又疑(恐怕)过之。

呜呼!世之都(居)三公(古时丞相、太尉、御史大夫合称三公,这里泛指高官)位,享万钟禄(万钟的俸禄,形容俸禄很多。钟,古代量器,六斛四斗为一钟),其邸第之雄、车舆之饰、声色(指代歌伎舞女)之多、妻孥(nú,子女)之富,止乎一己而已(只不过供他一人享受罢了),而族之人不得其门者,岂少也哉?况于施贤乎!其下为卿,为大夫,为士,廪稍(公家供给的粮食)之充、奉养之厚,止乎一己而已,而族之人,操壶瓢(葫芦做的瓢。壶,同"葫")为沟中瘠者(因饥饿而死在沟壑中的人。瘠,通"胔",zì,未腐烂的尸体),又岂少哉?况于它(同"他")人乎!是皆公之罪人也。

公之忠义满朝廷,事业满边隅,功名满天下,后世必有史官书之者,予可无录也。独高其义,因以遗其世云。

最有法度之文,宋人中难得。

(金圣叹)

常见世之贵显者,徒自肥而已,视亲族不异路人。如公之义,不独难以望之晚近,即求之千古以上,亦不可多得。作是记者,非特以之高公之义,亦以望后世之相感而效公也。

(原本《古文观止》)

385. 宋 银鎏金八角杯

袁州州学记　　李觏

皇帝(指宋仁宗赵祯)二十有三年,制诏州县立学。惟时守令有哲有愚。有屈力殚虑,祗(zhī,恭敬)顺德意;有假官借师,苟具文书。或连数城,亡(通"无")诵弦(诵读弦歌。这里指读书)声。倡而不和,教尼(阻止)不行。

三十有二年,范阳(今河北涿州)祖君无泽(即祖无泽,字泽之)知袁州(做袁州知州)。始至,进诸生,知学宫(学堂)阙(通"缺",破败,残缺)状,大惧人材放失,儒效阔疏(儒学的功效粗疏),亡以称上意旨(皇上的意旨)。通判(官名,宋代始设,主管连署州府公事和监察官吏)颍川(郡名,今属河南)陈君侁,闻而是之,议以克合(观点一致或意见统一。克,能够)。相(察看)旧夫子庙狭隘不足改为(改建为学堂),乃营治之东。厥(那)土燥刚,厥位(地势)面阳,厥材孔(很)

386. 孔子讲堂　山东曲阜

387. 宋 科举考试图

良，殿堂门庑(廊房)，黝(淡黑色)垩(白色)丹漆，举以法。故生师有舍，庖廪有次。百尔(助词，无意义)器备，并手偕作。工善(技艺娴熟)吏勤，晨夜展力，越明年成。

舍菜(也叫“释菜”。释，陈设。古代学生入学时用蘋蘩之类蔬菜祭祀至圣先师孔子的一种典礼)且有日。盱江(水名，又称抚水，在今江西。盱，xū)李觏(人名。觏，gòu)谂(shěn，规谏)于众曰：惟四代(指虞、夏、商、周)之学，考诸经可见已。秦以山西(崤山以西)鏖(áo，战斗激烈)六国(指战国时函谷关以东的燕、赵、魏、齐、楚、韩六国)，欲帝万世。刘氏(即汉高祖刘邦)一呼而关门不守，武夫健将卖降恐后，何耶？《诗》《书》之道废，人惟见利而不闻义焉耳。孝武(即汉武帝刘彻)乘丰富(在国富民安时即位)，世祖(东汉光武帝刘秀)出戎行(出身于戎马行伍)，皆孳孳(通“孜孜”，勤勉，努力不懈)学术。俗化之厚，延(延续)于灵(汉灵帝刘宏)、献(汉献帝刘协)。草茅(身处草莽的)危言

(直言)者，折首而不悔。功烈震(威震)主者，闻命而释兵。群雄相视，不敢去臣位，尚数十年。教道之结人心如此。今代遭圣神(圣明的皇帝)，尔袁(袁州)得圣君(圣明的长官)，俾(使)尔由庠序(古代学校名)践(追随)古人之迹。天下治，则谭(通"诞"，光大)礼乐以陶(陶冶)吾民。一有不幸，尤当仗大节，为(wéi，作为，身为)臣死(为……而死)忠，为子死孝。使人有所赖，且有所法，是惟朝家教学之意。若其弄笔墨以侥(jiǎo，希求)利达而已，岂徒二三子(你们，指诸位学生)之羞，抑亦为国(治国)者之忧。

学记多，自来无过此篇者。因其初动笔，便欲学秦石刻，遂使通篇俱古劲简峭，不复认其为宋人笔墨也。

(金圣叹)

作学记，如填入先王教化话头，便落俗套。是作开口将四代之学轻轻点过。只举秦、汉衰亡故事，学校之有关于国家，立论最为警切。至末"不幸"一转，不顾时忌，尤见胆识。读竟，令人忠孝之心，油然而生。真关系世教之文。

(原本《古文观止》)

388. 刘邦祭孔图

朋党论　　欧阳修

臣闻朋党(原义指同类的人为私人的目的而相互勾结。这里指人们因同一目的而结成的集团)之说，自古有之，惟幸(希望)人君辨其君子小人而已。大凡君子与君子，以同道为朋；小人与小人，以同利为朋。此自然之理也。

然臣谓小人无朋，惟君子则有之。其故何哉？小人所好者，利禄也；所贪者，货财也。当其同利之时，暂相党引以为朋者，伪也。及其见利而争先，或利尽而交疏，则反相贼害，虽其兄弟亲戚，不能相保。故臣谓小人无朋，其暂为朋者，伪也。君子则不然。所守者道义，所行者忠信，所惜者名节。以之修身，则同道而相益；以之事国，则同心而共济。终始如一，此君子之朋也。故为人君者，但当退小人之伪朋，用君子之真朋，则天下治矣。

尧之时，小人共工、驩兜等四人(指共工、驩兜、鲧、三苗部落首领，合称“四凶”，是传说中四个被放逐的臣子)为一朋，君子八元(传说中上古高辛氏的八个有德才的臣子)、八恺(传说中上古高阳氏的八个有德才的臣子)十六人为一朋。舜佐尧，退四凶小人之朋，而进元、恺君子之朋，尧之天下大治。及舜自为天子，而皋、夔、稷、契(传说中舜的贤臣，分别为掌管刑法、音乐、农事、教育的官员)等二十二人并列于朝，更相称美，更相推让，凡二十二人为一朋，而舜皆用之，天下亦大治。《书》曰：“纣有臣亿万，惟亿万心；周有臣三千，惟一心。”纣之时，亿万人各异心，可谓不为朋矣，然纣以亡国。周武王之臣三千人为一大朋，而周用以兴。后汉献帝(刘协，东汉的末代皇帝)时，尽取天下名士囚禁之，目为党人(即《后汉书》所载的“党锢之祸”，发生在汉桓帝时，本文的“汉献帝”为误载)。及黄巾贼起(指东汉末年张角领导的黄巾起义。贼，是古代统治阶级对农民起义军的蔑称)，汉室大乱，后方悔悟，尽解党人而释之，然已无救矣。唐之晚年，渐起朋党之论(指自唐穆宗时起，朝廷内部出现了以牛僧孺为首的牛党与以李德裕为首的李党之间的党派斗争，历时四十余年，称“牛李党争”或“朋党之争”)。及昭宗时，尽杀朝之名士，或投之黄河，曰：“此辈清流(自命清流者)，可投浊流。”而唐遂亡矣。

夫前世(前代)之主，能使人人异心不为朋，莫如纣；能禁绝善人为朋，莫如汉献帝；能诛戮清流之朋，莫如唐昭宗之世。然皆乱亡其国。更相称美、推让而不自疑，莫如舜之二十二臣；舜亦不疑而皆用之。然而后世不诮(责备，讥讽)舜为二十二人朋党所欺，而称舜为聪明之圣者，以能辨君子与小人也。周武(即周武王)之世，举其国之臣三千人共为一朋，自古为朋之多且大莫如周，然周用此以兴者，善人虽多而不厌也。

嗟呼！治乱兴亡之迹(史迹)，为人君者可以鉴矣！

此论以“小人无朋，君子则有”两句为主，其分引总缴处，笔法似涉大方，然对君之言，贵于明切，不得不如此。且有关世道之文，原不待寄幻也。

(林西仲)

姚姬傅云：“欧公之论，平易切直，陈悟君上，此体最宜。”案此篇本以进御，故“夫前世之主”至“善人虽多而不厌也”一段，将上文作一总复述，亦用古人奏议文法。

宋世为古文者，至欧公乃称为成功，由其始脱“昆体”，而尚平正通达也。宋世为古文者，早者如柳开、穆修，略后者如苏舜钦，尚绵不免涩体之弊。

(吕思勉)

纵囚论　欧阳修

信义行于君子，而刑戮施于小人。刑入(入围，够得上)于死者，乃罪大恶极，此又小人之尤甚者也。宁以义死，不苟幸生，而视死如归，此又君子之尤难者也。方唐太宗(即李世民，在位期间实施了许多有利于发展生产的措施，是我国历史上一位有作为的皇帝)之六年，录(登记)大辟(死刑，中国古代五刑之一)囚三百余人，纵使还家，约其自归以就死，是以君子之难能，期小人之尤者以必能也。其囚及期，而卒自归无后者，是君子之所难，而小人之所易也，此岂近于人情哉？

或曰："罪大恶极，诚小人矣。及施恩德以临(降临，给予)之，

389. 唐　开元铁牛

可使变而为君子。盖恩德入人之深,而移人之速,有如是者矣。”曰:“太宗之为此,所以求此名也。然安知夫(fú,指示代词,这,那)纵之去也,不意其必来以冀免,所以纵之乎?又安知夫被纵而去也,不意其自归而必获免,所以复来乎?夫意其必来而纵之,是上贼(偷窃,在此意为窥测)下之情(隐情)也;意其必免而复来,是下贼上之心也。吾见上下交相贼以成此名也,乌有所谓施恩德与夫知信义者哉?”不然,太宗施德于天下,于兹六年矣。不能使小人不为极恶大罪;而一日之恩,能使视死如归,而存信义,此又不通之论也。

然则何为而可(好,恰当)?曰:“纵而来归,杀之无赦。而又纵之,而又来,则可知为恩德之致尔。然此必无之事也。若夫纵而来归而赦之,可偶一为之尔。若屡为之,则杀人者皆不死,是可为天下之常法乎?不可为常者,其圣人之法乎?是以尧、舜、三王(都是古代圣明的君主。尧:传说中我国父系氏族社会后期的部落联盟首领。舜:传说中继尧之后的部落联盟首领。三王:即夏、商、周三代之王夏禹、商汤、周文王和周武王)之治,必本于人情。不立异以为高(即不以立异为高),不逆情以干(求取,谋求)誉。”

此论有刀斧气,横斫竖斫,略无少恕,读之增人气力。

(金圣叹)

“太宗纵囚”和“囚自来归”均为反常之事,本文先从不近人情的角度来论断,后来又从不可作为常法来论断,是千古正论。通篇雄辩深刻,一层更进一层,语言极为犀利。

(郑周)

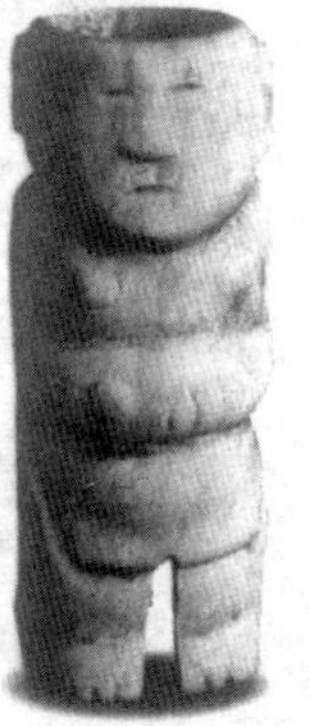

390. 石雕人像

释秘演诗集序　欧阳修

予少以进士游京师，因得尽交当世之贤豪。然犹以谓国家臣一四海，休兵革，养息天下以无事者四十年，而智谋雄伟非常之士，无所用其能者，往往伏而不出，山林屠贩(指隐退山林或做屠夫、商贩的隐士)，必有老死而世莫见者，欲从而求之不可得。

其后得吾亡友石曼卿(名延年，北宋诗人，一生不得志)。曼卿为人，廓然(豁达的样子)有大志。时人不能用其材，曼卿亦不屈以求合。无所放其意，则往往从布衣野老，酣嬉淋漓，颠倒(指喝

391. 元　因陀罗　禅机断简图

醉)而不厌。予疑所谓伏而不见者,庶几(或许,近似)狎(亲昵)而得之,故尝喜从曼卿游,欲因以阴求天下奇士。

浮屠(即佛,在此指和尚)秘演(和尚的法号)者,与曼卿交最久,亦能遗外(超脱)世俗,以气节自高。二人欢然无所间。曼卿隐于酒,秘演隐于浮屠(指佛寺),皆奇男子也。然喜为歌诗以自娱。当其极饮大醉,歌吟笑呼,以适天下之乐,何其壮也!一时贤士,皆愿从其游。予亦时至其室。十年之间,秘演北渡河(指黄河),东之济(济州,州治在今山东巨野)、郓(郓州,州治在今山东东平),无所合,困而归。曼卿已死,秘演亦老病。嗟夫!二人者,予乃见其盛衰,则予亦将老矣。

夫曼卿诗辞清绝,犹称秘演之作,以为雅健有诗人之意。秘演状貌雄杰,其胸中浩然(胸怀开阔,富有节操)。既习(皈依)于佛,无所用,独其诗可行于世,而懒不自惜。已老,胠其橐(打开他的行囊。胠,qū,打开。橐,tuó,袋子),尚得三四百篇,皆可喜者。

曼卿死,秘演漠然无所向。闻东南多山水,其巅崖崛嵂(陡峭,高峻。嵂,lǜ),江涛汹涌,甚可壮也,遂欲往游焉。足以知其老而志在也。于其将行,为叙其诗,因道其盛时以悲其衰。

多慷慨呜咽之音,命意最旷而逸,得司马子长之神髓矣。

(茅坤)

写秘演绝不似释氏行藏,序秘演诗亦绝不作诗序套格。只就生平始终盛衰叙次,而以曼卿夹入写照,并插入自己。结处说曼卿死,秘演无所向;秘演行,欧公悲其衰,写出三人真知己。

(原本《古文观止》)

392. 明　丁云鹏　罗汉图

古文观止

卷十

古文雅正　卷十

梅圣俞诗集序　　欧阳修

予闻世谓诗人少达(尊贵显达)而多穷(潦倒不得志),夫岂然哉(难道真是这样吗)?盖世所传(流传)诗者,多出于古穷人之辞也。凡士之蕴(胸怀)其所有而不得施于世者,多喜自放于山巅水涯之外,见虫鱼草木、风云鸟兽之状类,往往探(探究)其奇怪,内(内心)有忧思感愤之郁积,其兴于怨刺,以道羁臣(被贬谪放逐在外的官员)寡妇之所叹,而写人情之难言,盖愈穷则愈工(精美)。然则非诗之能穷人(使人潦倒不得志),殆(dài,大概)穷者而后工也。

予友梅圣俞,少以荫(父辈功绩的荫庇)补为吏,累举进士,辄(每次)抑于有司(主考官)。困于州县凡十余年,年今(即将)五十,犹从辟书(聘书),为人之佐(幕僚),郁其所蓄不得奋见于事业。其家宛陵(今安徽宣城县),幼习于诗,自为童子,出语已惊其长老;既长,学乎六经仁义之说,其为文章,简古纯粹,不求苟说(通"悦")于世,世之人徒知其诗而已。然时无贤愚,语诗者必求之圣俞。圣俞亦自以其不得志者,乐于诗而发之。故其平生所作,于诗尤多。世既知之矣,而未有荐于上者。昔王文康(即王曙,洛阳留守,欧阳修、梅圣俞都做过他的下属)公尝见而叹曰:"二百年无此作矣!"虽知之深,亦不果荐也。若使其幸得用于朝廷,作为"雅""颂",以歌咏大宋之功德,荐之清庙(宗庙),而追商、周、鲁《颂》(《诗经》中的商颂、周颂、鲁颂)之作者,岂不伟欤!奈何使其老不得志而为穷者之诗,乃徒发于虫鱼物类、羁愁感叹之言?世徒喜其工,不知其穷之久而将老也,可不惜哉!

圣俞诗既多,不自收拾。其妻之兄子谢景初(字师厚,庆历进士,博学能文,尤长于诗),惧(担心)其多而易失也,取其自洛阳至于吴兴以来所作,次(编)为十卷。予尝嗜圣俞诗,而患不能尽得之，遽喜谢氏之能类次(以类编次)也，辄序(作序)而藏之。其后十五年，圣俞以疾卒于京师，余既哭而铭(作墓志铭)之，因索于其家，得其遗稿千余篇，并旧所藏，掇其尤者(选取其中最好的)六百七十七篇，为一十五卷。呜呼！吾于圣俞诗，论之详矣，故不复云。

不知是论、是记、是传、是序，随手所到，皆成低昂曲折。少年偷见此等文字，便思伸手泚笔，自作古文。

(金圣叹)

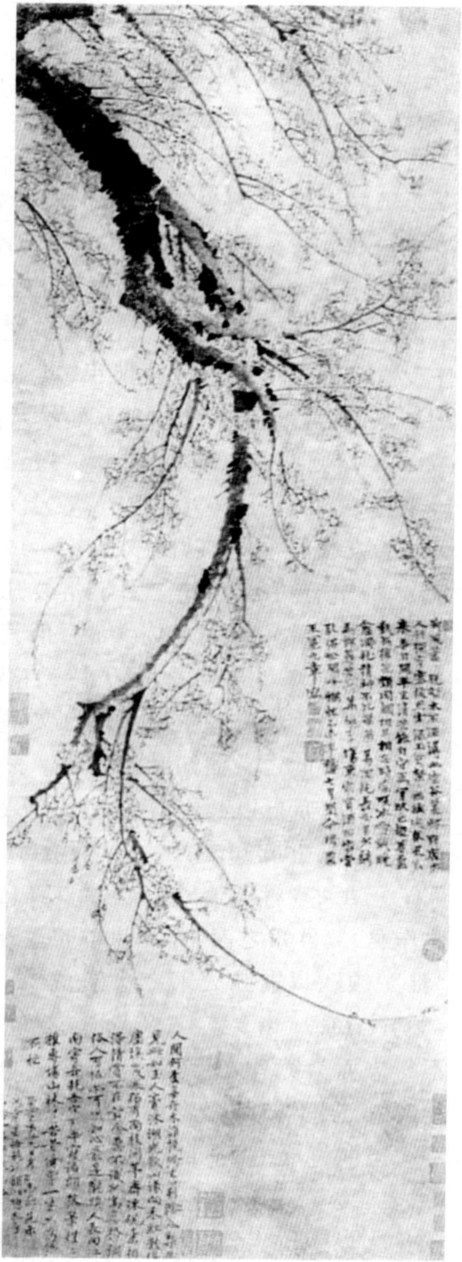

393. 元 王冕 墨梅

送杨寘序　　欧阳修

予尝有幽忧之疾，退而闲居，不能治也。既而学琴于友人孙道滋，受宫声(指宫调式，以五声中的宫声为主的调式)数引(琴曲的数量单位)，久而乐之，不知其疾之在体也。

夫琴之为技小矣，及其至也，大者为宫(宫声)，细者为羽(羽声)。操弦骤作，忽然变之，急者凄然以促，缓者舒然以和，如崩崖裂石，高山出泉，而风雨夜至也；如怨夫寡妇之叹息，雌雄雍雍(鸟和鸣声)之相鸣也。其忧深思远，则舜与文王、孔子之遗音也；悲愁感愤，则伯奇(周宣王大臣尹吉甫的儿子，为父所猜忌，投河自尽)孤子、屈原忠臣之所叹也。喜怒哀乐，动人必深，而纯古淡泊，与夫尧舜三代之言语、孔子之文章、《易》之忧患、《诗》之怨刺无以异。其能听之以耳，应之以手，取其和者，道其湮郁，写其幽思，则感人之际，亦有至者焉。

予友杨君(即杨寘)，好学有文，累以进士举，不得志。及从荫调，为尉于剑浦(今福建南平)，区区在东南数千里外，是其心固有不平者。且少又多疾，而南方少医药，风俗饮食异宜。以多疾之体，有不平之心，居异宜之俗，其能郁郁以久乎？然欲平其心以养其疾，于琴亦将有得焉。故予作琴说以赠其行。且邀道滋酌酒，进琴以为别。

送友序，竟作一篇琴说，若与送友绝不相关者。及读至末段，始知前幅极力写琴处，正欲为杨子解其郁郁耳。文能移情，此为得之。

(原本《古文观止》)

394. 明 陈洪绶 调琴图

五代史伶官传序　　欧阳修

呜呼！盛衰之理，虽曰天命，岂非人事哉！原(推究)庄宗之所以得天下，与其所以失之者，可以知之矣。

世言晋王(即李克用，西突厥沙陀族人。曾参与镇压黄巢起义，封晋王，因其助唐有功，赐姓李)之将终(临死)也，以三矢(箭)赐庄宗(五代后唐庄宗李存勖)而告之曰："梁(指后梁太祖朱全忠，他与李克用同为军阀，长期对峙，势不两立)，吾仇也；燕王(刘仁恭、刘守光父子，刘仁恭曾因李克用推荐而为卢龙节度使，居幽州，后背晋，刘守光接受朱全忠封号，为燕王)，吾所立；契丹(契丹首领耶律阿保机)与吾约为兄弟，而皆背晋以归梁。此三者，吾遗恨也。与尔三矢，尔其(语气词，表强调)无忘乃父之志！"庄宗受而藏之于庙。其后用兵，则遣从事(泛指下属官员)以一少牢(据《礼记·王制》："天子社稷太牢，诸侯社稷皆少牢。"太牢即以牛、羊、猪三牲为祭品，少牢无牛)告庙，请其矢，盛以锦囊，负(背着)而前驱，及凯旋而纳(放回，归还)之。

方其系燕父子以组(绳子)，函(用匣子装)梁君臣之首，入于

395. 唐　舞乐壁画

396. 东汉 观伎画像砖

太庙，还矢先王，而告以成功，其意气之盛，可谓壮哉！及仇雠(chóu，仇敌)已灭，天下已定，一夫夜呼，乱者四应，仓皇东出，未见贼而士卒离散，君臣相顾，不知所归，至于誓天断发，泣下沾襟(同光四年二月，贝州士兵皇甫晖因夜赌不胜，于是哗变。继而李嗣源等将相继叛变。三月，庄宗避乱于开封，初出京时，有兵二万五千，不久即走至万余。至石桥时，庄宗悲啼不止。元行钦等"皆援刀截发，置髻于地，以断首自誓。上下无不悲号")，何其哀也！岂得之难而失之易欤？抑本(推究)其成败之迹，而皆自于人欤？

《书》(《尚书》)曰："满招损，谦得益。"忧劳可以兴国，逸豫(安逸和舒适)可以亡身，自然之理也。故方其盛也，举天下之豪杰，莫能与之争；及其衰也，数十伶人困之，而身死国灭，为天下笑。夫祸患常积于忽微，而智勇多困于所溺，岂独伶人也哉！

这是一篇极为成功的史论，历来为人所击节赞赏。文章叙事状人简约形象，抑扬顿挫，有一唱三叹之妙；说理则水到渠成，精要透彻。全篇行文洒脱洗练，无一废字。其论史才能，有可望《史记》之项背。

(杨雄)

五代史宦者传论　欧阳修

自古宦者乱人之国，其源(根源)深于女祸。女，色而已，宦者之害，非一端也。

盖其用事也近(接近)而习(亲昵)，其为心也专而忍。能以小善中(迎合)人之意(心意)，小信固(安定)人之心，使人主必信而亲之。待其已信，然后惧以祸福(以祸福使之惧)而把持之。虽有忠臣、硕士(学问渊博之士)列于朝廷，而人主以为去(离开)已疏远，不若起居饮食、前后左右之亲为可恃也。故前后左右者日益亲，则忠臣、硕士日益疏，而人主之势日益孤。势孤，则惧祸之心日益切，而把持者日益牢。安危出其喜怒，祸患伏于帷闼(比喻皇室之内)，则向之所谓可恃者，乃所以为患也。患已深而觉之，欲与疏远之臣图(图谋铲除)左右之亲近，缓之则养祸而益深，急之则挟人主以为质。虽有圣智，不能与谋。谋之而不可为，为之而不可成，至其甚，则

397. 宦官塑像

俱伤而两败。故其大者亡国,其次亡身,而使奸豪得借以为资(资本,条件)而起,至抉(挖出)其种类,尽杀以快天下之心而后已。此前史所载宦者之祸常如此者,非一世也。

夫为人主者,非欲养祸于内而疏忠臣、硕士于外,盖其渐积而势使之然也。夫女色之惑,不幸而不悟,则祸斯及矣。使其一悟,捽(zuó,揪头发)而去之可也。宦者之为祸,虽欲悔悟,而势有不得而去也,唐昭宗(李晔在位期间曾与崔胤谋诛宦官,宦官刘季述便于光化三年借机囚帝于少阳院,而立太子裕,第二年才让他复位)之事是已。故曰"深于女祸"者,谓此也。可不戒哉?

宦官之祸,至汉、唐而极。篇中详悉写尽。凡作无数层次,转折不穷,只是"深于女祸"一句意。名论卓然,可为千古龟鉴。

(原本《古文观止》)

398. 汉 女陶俑

相州昼锦堂记　欧阳修

仕宦而至将相，富贵而归故乡，此人情之所荣，而今昔之所同也。盖士方穷时，困厄闾里(乡里)，庸人孺子皆得易(很容易地)而侮之，若季子(即苏秦，初以连横之策说秦王，秦王见而不用，失意归家，妻子不去迎接，嫂嫂不给做饭，父母不理不睬，使苏秦十分窘迫)不礼于其嫂，买臣(西汉时人，家贫以卖薪自给，妻子不能安贫而离去，后得庄助之荐，拜中大夫，历会稽太守、丞相长史等职，曾为武帝文学侍从之臣)见(被)弃于其妻。一旦高车驷马，旗旄(máo，用牦牛尾做装饰的旗帜)导前，而骑卒拥后(骑兵簇拥于后)，夹道之人相与骈(两马并驾，引申为并列)肩累迹，瞻望咨嗟(zī jiē，赞叹)，而所谓庸夫愚妇者，奔走骇(hài，害怕)汗(出汗)，羞愧俯伏，以自悔罪于车尘马足之间。此一介(一个，有自谦或轻视之意)之士得志于当时，而意气之盛，昔人比之衣锦之荣(穿锦衣一般的荣耀)者也。

惟大丞相魏国公(即韩琦，字稚圭，北宋相州安阳人，仁宗时任陕西安

399. 汉　陶雕女坐俑

400. 汉 三马驾车图

抚使，与范仲淹等一起抗御西夏入侵，名重一时。后任枢密副使)则不然。公，相人也。世有令德(美好的德行)，为时(当时)名卿。自公少时，已擢(zhuó，擢第)高科，登显士。海内之士闻下风而望余光者，盖亦有年矣。所谓将相而富贵，皆公所宜素有。非如穷厄之人侥幸得志于一时，出于庸夫愚妇之不意，以惊骇而夸耀之也。然而高牙大纛(象牙羽毛装饰的大旗，用于军队或仪仗中。纛，dào)，不足为公荣；桓圭衮裳(桓圭，古代帝王、三公祭祀朝聘时所执玉器。衮裳，古代帝王、三公所穿衣服)，不足为公贵。惟德被生民(覆盖人民)，而功施社稷，勒(刻)之金石，播之声诗，以耀后世而垂无穷，此公之志而士亦以此望于公也。岂止夸一时而荣一乡哉？

公在至和(宋仁宗年号)中，尝以武康(韩琦曾任武康军节度使，兼并州知州)之节，来治于相(相州)，乃作昼锦之堂于后圃。既又刻诗于石，以遗相人(相州人)。其言以快(使……痛快，满足于)恩仇、矜(夸耀)名誉为可薄，盖不以昔人所夸者为荣，而以为戒。于此见公之视富贵为何如，而其志岂易量哉！故能出入将相，勤劳王家，而夷险一节(平时和危难之时一致)。至于临大事，决大议，垂绅(腰带)正笏(古代大臣上朝时所执手板，用以记事)，不动声色，而措(cuò，处理，治理)天下于泰山之安，可谓社稷之臣矣。其丰功盛烈所以铭彝鼎(青铜器)而被弦歌者，乃邦家之光，非闾里之荣也。

余虽不获登公之堂，幸尝窃诵公之诗，乐公之志有成，而喜为天下道也。于是乎书。

魏公、永叔，岂皆以昼锦为荣者？起手便一笔撇开，以后俱从第一层立论，此古人高占地步处。按魏公为相，永叔在翰林，人曰："天下文章，莫大于是。"即《昼锦堂记》。以永叔之藻采，著魏公之光烈，正所谓天下莫大之文章。

（原本《古文观止》）

401. 北宋 辽夏对峙图

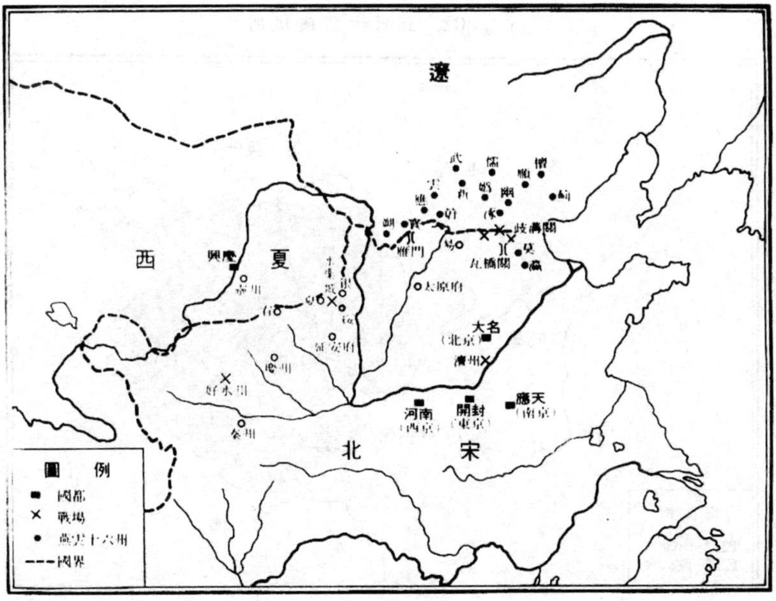

丰乐亭记　欧阳修

修(欧阳修自称)既治(治理)滁(今安徽滁县)之明年,夏,始饮滁水(即滁河,流经滁州)而甘。问诸滁人,得于州南百步之近。其上则丰山耸然而特立(挺立),下则幽谷窈然(幽深的样子,幽远的样子)而深藏,中有清泉滃然(大水沸涌的样子)而仰出。俯仰左右,顾而乐之,于是疏泉凿石,辟地以为亭,而与滁人往游其间。

滁于五代干戈之际(在五代战乱之时),用武之地也。昔太祖(即宋太祖赵匡胤)皇帝尝以周师破李景兵十五万于清流山下,生擒其将皇甫晖、姚凤于滁东门之外,遂以平滁。修尝考其山川,按其图记(地图及文字记载),升高以望清流之关,欲求晖、凤就擒之所,而故老(经历战乱的老人)皆无在者,盖天下之平久矣。自唐

402. 五代十国疆域图

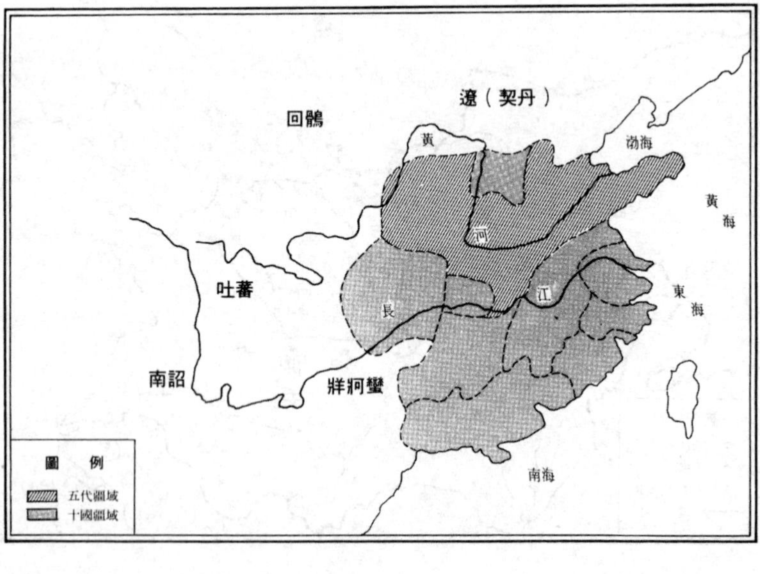

失其政，海内分裂，豪杰并起而争，所在为敌国者，何可胜(shēng)数？及宋受天命，圣人(指宋太祖赵匡胤)出而四海一。向(从前)之凭恃险阻，铲削消磨，百年之间，漠然徒见山高而水清。欲问其事，而遗老尽矣。今滁介江淮之间，舟车商贾四方宾客之所不至，民生不见外事(老百姓生来就不与外界接触)而安于畎亩(田间。畎，quǎn，原指土地中间的沟)衣食，以乐生送死。而孰知上之功德，休养生息，涵煦(hán xù，滋润化育)于百年之深也。

修之来此，乐其地僻而事简，又爱其俗之安闲。既得斯泉于山谷之间，乃日与滁人仰而望山，俯而听泉，掇(duō，拾取)幽芳而荫乔木，风霜冰雪，刻露(刀刻一样显露出来)清秀，四时之景无不可爱。又幸其民乐其岁物之丰成，而喜与予游也。因为本(推究)其山川，道其风俗之美，使民知所以安此丰年之乐者，幸生无事之时也。

夫宣(宣扬)上恩德，以与民共乐，刺史(知州的别称)之事也。遂书(写)以名其亭焉。

记山水，却纯述圣宋功德；记功德，却又纯写徘徊山水，寻之不得其迹。曰：只是不把圣宋功德看得奇怪，不把徘徊山水看得游戏。此所谓心地淳厚，学问真到文字也。

(金圣叹)

此亦欧文之讲风神者。欧公游记，此收所选《丰乐亭》《醉翁亭》两篇，《丰乐亭记》之品，较《醉翁亭记》为高。

相传有见《醉翁亭记》稿本者，其初叙滁州之山至数十百字，屡经窜改，最后乃尽抹去，改为“环滁皆山也”五字。于此，可悟行文贵空灵，有时过多材料须删去，有时琐碎之材料须以浑括出之也。

(吕思勉)

403. 五代十国兴亡表

朝代和国名	创建人	建都	统治地区	公元年代	灭于何朝何国
后梁	朱温	汴(今开封)	今河南和陕西、湖北、山东的大部及安徽、江苏、河北、山西、甘肃、宁夏回族自治区的一部分	907—923	后唐
后唐	李存勖	洛阳	今河南、山东、山西、河北、陕西北部、甘肃东部、湖北北部、安徽北部	923—936	后晋
后晋	石敬瑭	汴	大体同上	936—947	契丹
后汉	刘知远	汴	今河南、山东、山西、河北南部、湖北北部、陕西北部、安徽北部	947—950	后周
后周	郭威	汴	今河南、山东、山西南部、河北中南部、陕西中部、甘肃东部、湖北北部、安徽、江苏江北部分	951—960	宋
吴	杨行密	扬州	今江苏、安徽、江西、湖北四省间地	902—937	南唐
南唐	徐知诰(即李昇)	金陵(今南京)	今江苏、安徽淮河以南和福建、江西、湖南、湖北东部	937—975	宋
吴越	钱镠	杭州	今浙江全省、江苏一部分	907—978	宋
楚	马殷	长沙	今湖南及广西东北部	907—951	南唐
闽	王审知	长乐(今福州)	今福建	909—945	南唐
南汉	刘龑	广州	今广东和广西	917—971	宋
前蜀	王建	成都	今四川和甘肃东南部、陕西南部、湖北西部	903—925	后唐
后蜀	孟知祥	成都	同上	933—965	宋
荆南(南平)	高季舆	荆州(今湖北江陵)	今湖北江陵、公安一带	924—963	宋
北汉	刘旻	太原	今山西北部和陕西、河北一部分地区	951—979	宋

醉翁亭记　欧阳修

环(环绕)滁(滁州,今安徽滁县)皆山也。其西南诸峰,林壑(山谷)尤美。望之蔚然(草木茂盛状)而深秀(幽深秀丽)者,琅琊(琅琊山,滁县西南十里)也。山行六七里,渐闻水声潺(chán)潺,而泻出于两峰之间者,酿泉(水清可以酿酒,故名)也。峰回路转,有亭翼然(如鸟展翅)临于泉上者,醉翁亭也。作亭者谁?山之僧智仙也。名之者谁?太守(作者时任滁州知州,故名)自谓也。太守与客来饮于此,饮少辄醉,而年又最高,故自号曰醉翁(作者时仅四十岁,称"醉翁"有戏谑之意)也。醉翁之意不在酒,在乎山水之间也。山水之乐,得之心而寓之酒也。

若夫日出而林霏(林间的云雾)开,云归而岩穴暝(昏暗),晦明

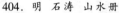

404. 明　石涛　山水册

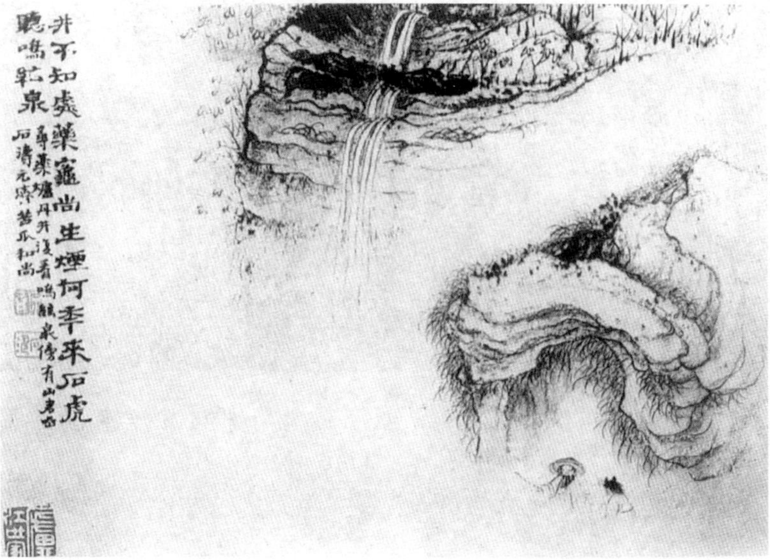

環滁皆山也其西南諸峯林壑尤美望之蔚然
而深秀者瑯琊也山行六七里漸聞水聲潺潺而瀉出
于兩峯之間者釀泉也峯回路轉有亭翼然臨于
泉上者醉翁亭也作亭者誰山之僧智仙也名之者誰
太守自謂也太守與客來飲于此飲少輒醉而年又最高
故自號曰醉翁也醉翁之意不在酒在乎山水之間也山水之樂
得之心而寓之酒也若夫日出而林霏開雲歸而巖穴暝晦明
變化者山之朝暮也野芳發而幽香佳木秀而繁陰風霜高
潔水落而石出者山間之四時也朝而往暮而歸四時之景
不同而樂亦無窮也至于負者歌于途行者休于樹前者呼後
者應傴僂提攜往來而不絕者滁人遊也臨溪而漁溪深而漁
肥釀泉為酒泉香而酒冽山肴野蔌雜然而前陳者太守
宴也宴酣之樂非絲非竹射者中弈者勝觥籌交錯坐起
而喧譁者眾賓懽也蒼顏白髮

405. 清 金农 山水册

变化者,山间之朝暮也。野芳发而幽香,佳木秀而繁荫,风霜高洁,水落而石出者,山间之四时(四季)也。朝而往,暮而归,四时之景不同,而乐亦无穷也。

至于负(背东西)者歌于涂(途),行者休于树,前者呼,后者应,伛偻提携(伛偻,yǔ lǚ。弯腰曲背的老人和需要搀扶的小孩),往来而不绝者,滁人游也。临溪而渔,溪深而鱼肥;酿泉为酒,泉香而酒洌(清);山肴野蔌(肴,yáo;蔌,sù。山味与野菜),杂然而前陈者,太守宴也。宴酣之乐,非丝(琴瑟等弦乐器)非竹(笛箫等管乐器),射(游戏,以矢投壶,中者胜)者中,弈者胜,觥筹交错(酒杯和酒筹交互错杂。形容许多人聚在一起饮酒的热闹情景。觥,gōng),起坐而喧哗者,众宾欢也。苍颜白发,颓然(昏然欲倒的样子)乎其间者,太守醉也。

已而夕阳在山,人影散乱,太守归而宾客从也。树林阴翳(yì,蔽),鸣声上下,游人去而禽鸟乐也。然而禽鸟知山林之乐,而不知人之乐;人知从太守游而乐,而不知太守之乐其乐也。醉能同其乐,醒能述以文者,太守也。太守谓谁?庐陵(江西吉安)欧阳修也。

一路逐笔缓写,略不使气之文。(金圣叹)

风平浪静之中,自具波澜潆洄之妙。笔歌墨舞,纯乎化境,洵是传记中绝品。至记事所以名醉翁,及醉翁所以醉处,俱隐然有乐民之乐意在,而却又未尝着迹,言言更极得体。彼谓似赋体者,固未足与言文,即目为一风月文章,亦终未窥见永叔底里。

(余成)

406. 醉饮图卷

秋声赋　欧阳修

欧阳子(欧阳修自称)方(正在)夜读书，闻有声自西南来者，悚然(悚，sǒng，惊惧状)而听之，曰："异哉！"初淅沥以萧飒(淅沥和萧飒均是象声词，指轻微的风雨声、落叶声)，忽奔腾而砰湃(波浪汹涌声)，如波涛夜惊，风雨骤至。其触于物也，𫓩(cōng)𫓩铮铮(金属相击声)，金铁皆鸣；又如赴敌之兵，衔枚(枚，两端有小绳而形状像筷子的小棍，衔于口而系于头后，就不能说话。古代行军常令士兵口中衔枚，防止喧哗)疾走，不闻号令，但闻人马之行声。予谓童子：

407.
明　陈洪绶　林深鸣琴图

“此何声也？汝出视之。”童子曰：“星月皎洁，明河(灿烂的银河)在天，四无人声，声在树间。”

予曰：“噫嘻，悲哉！此秋声也，胡为乎来哉！盖夫秋之为状也。其色惨淡，烟霏云敛(烟雾飘散，云彩聚集。霏，飞扬。敛，聚)；其容清明，天高日晶；其气栗冽(寒冷)，砭(biān，刺)人肌骨；其意萧条，山川寂寥。故其为声也，凄凄切切，呼号奋发。丰草绿缛(繁茂)而争茂，佳木葱茏而可悦；草拂(掠过)之而色变，木遭之而叶脱。其所以摧败零落者，乃一气(一股秋气)之余烈。

“夫秋，刑官(即司寇，古代掌管刑狱的官，周朝以天地四时之名命官，司寇为秋官，掌刑狱)也，于时为阴；又兵象也，于行为金。是谓天地之义气，常以肃杀而为心。天之于物，春生秋实。故其在乐也，商声主西方之音(古人以五声宫、商、角、徵、羽与四时相配，秋属商，西方又是秋天的方位，所以说商声主西方之音。徵，zhǐ)，夷则为七月之律。商，伤也，物既老而悲伤；夷，戮也，物过盛而当杀。

“嗟夫！草木无情，有时飘零。人为动物，惟物之灵。百忧(许多忧患)感其心，万事劳其形，有动乎中，必摇其精。而况思其力之所不及，忧其智之所不能！宜其渥然丹者(容颜红润)为槁木，黟然(乌黑的样子。黟，yī)黑者为星星(花白斑驳)。奈何非金石之质，欲与草木而争荣？念谁为之戕贼(残害，伤害。戕，qiāng)，亦何恨乎秋声！”

童子莫对，垂头而睡。但闻四壁虫声唧唧，如助余之叹息。

赋每伤于俳俪。如此又简峭，又精练，又径直，又波折，真是后学作文之点金神丹也。

（金圣叹）

秋声，无形者也，却写得形色宛然，变态百出。末归于人之忧劳，自少至老，犹物之受变，自春而秋，凛乎悲秋之意，溢于言表。结尾虫声唧唧，亦是从声上发挥，绝妙点缀。

（原本《古文观止》）

祭石曼卿文　欧阳修

维治平(宋英宗年号)四年七月日,具官(唐宋以来对备具官爵履历者的称呼)欧阳修,谨遣尚书都省令史李敭(尚书都省即尚书省,官署名;令史,官名。敭,yì)至于太清(地名,石曼卿故乡,今河南商丘东南永城),以清酌(清酒)庶羞之奠,致祭于亡友曼卿(名延年,北宋著名诗人、文学家,历任太子中允、秘阁校理等职,一生豪爽,好结交有志之士,与欧阳修、杜默有"三豪"之称,对辽和西夏的边务提出预见性建议,闻名当时,其诗甚为欧阳修所推崇,有《石曼卿集》)之墓下,而吊之以文。曰:

呜呼曼卿!生而为英,死而为灵。其同乎万物生死,而复归于无物者,暂聚之形(形体);不与万物共尽,而卓然其不朽者,

408. 明　八大山人　山水

后世之名。此自古圣贤莫不皆然,而著在简册(史册)者昭如日星。

鸣呼曼卿！吾不见子久矣,犹能仿佛子之平生。其轩昂磊落(气概不凡,光明磊落),突兀峥嵘(才干卓异),而埋藏于地下者,意(料想)其不化为朽壤,而为金玉之精。不然,生长松之千尺,产灵芝而九茎。奈何荒烟野蔓,荆棘纵横,风凄露下,走(闪动的)磷(鬼火)飞萤?但见牧童樵叟(砍柴的老翁),歌吟而上下,与夫惊禽骇兽,悲鸣踯躅(zhí zhú,徘徊不前)而咿嘤(yī yīng,禽兽鸣叫声)。今固如此,更(gēng,经过)千秋而万岁兮,安知其不穴藏狐貉(似狐的兽)与鼯(wú,鼯鼠,住在树洞中)鼪(shēng,黄鼠狼)? 此自古圣贤亦皆然兮,独不见夫累累(相连不断)乎旷野与荒城!

鸣呼曼卿！盛衰之理,吾固知其如此,而感念畴昔(往昔),悲凉凄怆,不觉临风而陨涕(落泪)者,有愧夫太上(圣人)之忘情。尚飨(请鬼神享食之辞)!

胸中自有透顶解脱,意中却是透骨相思。于是一笔自透顶写出去,不觉一笔又自透骨写入来。不知者乃惊其文字一何跌荡,不知非跌荡也。

(金圣叹)

篇中三提曼卿,一叹其声名卓然不朽,一悲其坟墓满目凄凉,一叙己交情伤感不置。文亦轩昂磊落,突兀峥嵘之甚。

(原文《古文观止》)

泷冈阡表　欧阳修

呜呼！惟我皇考(古代对亡父的尊称，皇，颂词，考，死者的父亲)崇公(欧阳修父欧阳观的封号为崇国公)，卜吉(占卜吉地)于泷冈之六十年，其子修始克表(克，能。表，修墓表。阡表即墓碑，墓表)于其阡。非敢缓也，盖有待也。

修不幸，生四岁而孤(死去父亲)。太夫人(修母郑氏)守节自誓，居(生活)穷自力于衣食，以长以教(边抚养边教育)，俾(使)至于成人。太夫人告之曰："汝父为吏廉而好施与(施舍)，喜宾客，其俸禄虽薄(少)，常不使有余。曰：'毋以是(俸禄)为我累。'故其亡也，无一瓦之覆、一垄之植以庇而为生，吾何恃而能自守耶？吾于汝父，知其一二，以有待于汝也。自吾为汝家妇，不及事吾姑(丈夫的母亲称姑)，然知汝父之能养(孝顺父母)也。汝孤而幼，吾不能知汝之必有立，然知汝父之必将有后也。吾之始归(出嫁)也，汝父免于母丧方逾年。岁时祭祀，则必涕泣曰：'祭

409. 宋　钧窑碗

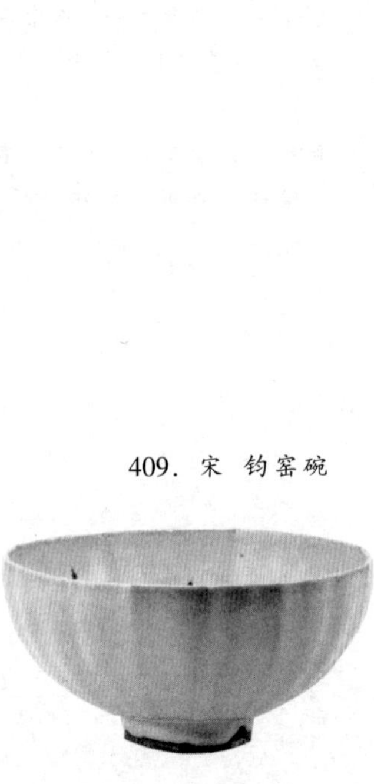

410.
北宋 龙泉窑青釉双系瓶

而丰,不如养之薄也。'间御(偶尔饮用)酒食,则又涕泣,曰:'昔常不足,而今有余,其何及也!'吾始一二见之,以为新(刚刚)免于丧适然耳。既而其后常然,至其终身未尝不然。吾虽不及事姑,而以此知汝父之能养也。汝父为吏,尝夜烛(燃烛)治官书(审阅公文),屡废而叹。吾问之,则曰:'此死狱也,我求其生不得尔。'吾曰:'生可求乎?'曰:'求其生而不得,则死者与我皆无恨也。矧(shěn,何况)求而有得耶?以其有得,则知不求而死者有恨也,夫常求其生,犹失之死,而世常求其死也。'(正因为有人能够得到赦免,所以我知道不替他们寻求活路就让他们死去的人是有遗憾的,像这样尽量为判死罪的人开脱,仍然免不了有人被误判处死,何况世上的刑狱之官大多是要治人死罪啊!)回顾乳者(奶妈)抱汝而立于旁,因指而叹曰:'术者(算命的人)谓我岁行在戌(木星运行到戌年,岁,岁星,即木星)将死,使其言然,吾不及见儿之立(成人)也,后当以我语告之。'其平居教他子弟,常用此语。吾耳熟焉,故能详也。其施于外事,吾不能知。其居于家,无所矜饰(夸张、粉饰),而所为如此,是真发于中(内心)者耶!呜呼!其心厚于仁者耶!此吾知汝父之将必有后也。汝其(语气词,加强语气)勉之。夫养不必丰,要(yāo,关键)于孝;利虽不得博于物,要其心之厚于仁。吾不能教汝，此汝父之志也。”修泣而志(记住)之不敢忘。

先公少孤力学，咸平(宋真宗赵恒年号)三年进士及第，为道州(今湖南道县)判官，泗、绵二州推官(二州，今安徽泗县、四川绵阳；推官，官名，掌管刑狱)；又为泰州判官(宋代各州、府均设此职，以佐州、府长官)。享年五十有九，葬沙溪之泷冈(地名，今江西永丰县南)。太夫人姓郑氏，考讳德仪，世为江南名族。太夫人恭俭仁爱而有礼，初封福昌县(今河南宜阳)太君，进封乐安、安康、彭城(皆为县名，今山东博兴、陕西汉阴、江苏徐州)三郡太君。自其家少微时，治其家以俭约，其后常不使过之[超过当初(贫贱时)]，曰：“吾儿不能苟合于世，俭薄所以居患难也。”其后修贬夷陵(今湖北宜昌)，太夫人言笑自若，曰：“汝家故贫贱也，吾处之有素矣。汝能安之，吾亦安矣。”

自先公之亡二十年，修始得禄而养。又十有二年，列官于朝，始得赠封(皇帝对官员及其家属所赐的官爵)其亲。又十年，修为龙图阁(宋朝保管典籍的地方)直学士、尚书吏部郎中，留守南京。太夫人以疾终于官舍，享年七十有二。又八年，修以非才入副枢密，遂参政事(即枢密副使，是中央最高军事机关的副长官，参知政事，副宰相)。又七年而罢。自登二府(北宋时，中书省掌政事，枢密院掌军事，称为二府)，天子推恩，褒其三世(褒，褒奖赠封，皇帝在庆典时，可以追封官员三代祖宗)，盖自嘉祐(宋仁宗赵祯年号)以来，逢国大庆，必加宠锡(恩赐。锡，通“赐”)。皇曾祖府君(古人对已死去的祖先的敬称)，累赠金紫光禄大夫(光禄大夫，宋代为文职阶官称号，加金章紫绶者称金紫光禄大夫，正三品)、太师(三公之一，西周置，历代相沿，宋为虚职，表恩宠)、中书令；曾祖妣(bǐ，对死去的母亲的敬称)累封楚国太夫人；皇祖府君，累赠金紫光禄大夫、太师、中书令兼尚书令；祖妣，累封吴国太夫人；皇考崇公，累赠金紫光禄大夫、太师、中书令兼尚书令；皇妣，累封越国太夫人。今上初郊(郊祭，皇帝祭祀天地的大典)，皇考赐爵为崇国公，太夫人进号魏国。

于是小子修泣而言曰：“呜呼！为善无不报，而迟速有时，此理之常也。惟我祖考,积善成德,宜享其隆。虽不克(能)有于其躬,而赐爵受封,显荣褒大,实有三朝(指宋仁宗、英宗、神宗三朝)之锡命(皇帝颁发的诏命)。是足以表见于后世,而庇赖其子孙矣。"乃列其世谱,具(都)刻于碑。既又载我皇考崇公之遗训,太夫人之所以教而有待于修者,并揭于阡。俾(使)知夫小子修之德薄能鲜,遭时窃位,而幸全大节,不辱其先者,其来有自。

熙宁三年,岁次庚戌,四月辛酉朔,十有五日乙亥,男推诚、保德、崇仁、翊戴(宋代封臣的荣誉称号)功臣,观文殿学士,特进,行兵部尚书,知青州军州事,兼管内劝农使,充京东路安抚使,上柱国,乐安郡开国公,食邑四千三百户,食实封一千二百户,修表。

述其父事均从其母口中说出,故觉有情,然亦只是如实叙述而已。欧公既少孤,非闻之于母,固无由知其时事也。故知作文,只需忠实叙述,不必私智穿凿,另想作法也。文理不外乎事理,合事理,即佳文矣。

(吕思勉)

411. 北宋 龙泉窑青釉五管瓶

管仲论　苏洵

管仲(名夷吾，字仲，春秋时齐国人)相威公(齐桓公)，霸诸侯，攘(排斥)夷狄，终其身齐国富强，诸侯不敢叛。管仲死，竖刁、易牙、开方(三人是桓公宠臣，管仲死后，专权作乱)用，威公薨(hōng，古代诸侯或有爵位大臣的死称薨)于乱，五公子争立，其祸蔓延，讫简公，齐无宁岁。

夫功之成，非成于成之日，盖必有所由起；祸之作，不作于作之日，亦必有所由兆。故齐之治也，吾不曰管仲，而曰鲍叔(举荐管仲的人)。及其乱也，吾不曰竖刁、易牙、开方，而曰管仲。何则？竖刁、易牙、开方三子，彼固乱人国者，顾(但)其用之者，威公也。夫有舜而后知放四凶(指共工、鲧、驩兜和三苗)，有仲尼(孔子)而后知去少正卯。彼威公何人也？顾其使威公得用三子者，管仲也。仲之疾也(《史记·齐太公世家》：管仲病重，桓公问谁可为相，管仲说能够识得臣子的，莫过于国王。易牙杀子以适君，竖刁自阉以适君，开方背叛亲人以适君，皆非人情，不可用)，公问之相。当是时也，吾意以仲且举天下之贤者以对。而其言乃不过曰：竖刁、易牙、开方三子，非(不合)人情，不可近而已。

412. 唐　房玄龄注《管子》书影

呜呼！仲以为威公果能不用三子矣乎？仲与威公处几年矣，亦知威公之为人矣乎？威公声不绝于耳，色不绝于目，而非三子者则无以遂其欲。彼其初之所以不用者，徒以有仲焉耳。一日无仲，则三子者可以弹冠而相庆矣。仲以为将死之言可以絷(zhí，束缚)威公之手足耶？夫齐国不患有三子，而患无仲。有仲，则三子者，三匹夫耳。不然，天下岂少三子之徒哉？虽威公幸而听仲，诛此三人，而其余者，仲能悉数而去之耶？呜呼！仲可谓不知本者矣。因威公之问，举天下之贤者以自代，则仲虽死，而齐国未为无仲也。夫何患三子者？不言可也。

五伯(即五霸，伯通“霸”)莫盛于威、文。文公之才，不过威公，其臣又皆不及仲；灵公(晋文公之子)之虐，不如孝公之宽厚。文公死，诸侯不敢叛晋，晋袭文公之余威，犹得为诸侯之盟主百余年。何者？其君虽不肖，而尚有老成人焉。威公之薨也，一败涂地，无惑也，彼独恃一管仲，而仲则死矣。

夫天下未尝无贤者，盖有有臣而无君者矣。威公在焉，而曰天下不复有管仲者，吾不信也。仲之书(指《管子》，后人据管仲思想言论编成)，有记其将死论鲍叔、宾胥无(齐桓公时大夫。管仲死前对桓公说：“鲍叔之为人也，好直而不能以国强；宾胥无之为人也，好善而不能以国诎。”)为之人，且各疏其短。是其心以为数子者皆不足以托国，而又逆(预料)知其将死，则其书诞谩(荒诞不实)不足信也。吾观史鳝(即史鱼。春秋时卫国大夫。鳝，qiū)，以不能进蘧(qú)伯玉，而退弥子瑕，故有身后之谏。萧何且死，举曹参以自代。大臣之用心，固宜(应该)如此也。夫国以一人兴，以一人亡。贤者不悲其身之死，而忧其国之衰，故必复有贤者，而后可以死。彼管仲者，何以死哉？

仲劝公勿用三子，后率致乱，人皆服其先见，此独责其不能举贤自代，翻进一层，笔如老吏断狱，一字不可移易。

(沈德潜)

辨奸论　苏洵

事有必至，理有固然。惟天下之静者，乃能见微而知著(预知日后显著的结果)。月晕而风，础润(房柱底下石礅湿润)而雨，人人知之。人事之推移，理势之相因(因袭)，其疏阔(疏远广阔，指太抽象)而难知，变化而不可测者，孰与天地阴阳之事？而贤者有不知，其故何也？好恶乱其中，而利害夺其外也。

昔者，山巨源(山涛，"竹林七贤"之一)见王衍曰："误天下苍生者，必此人也！"郭汾阳见卢杞曰："此人得志，吾子孙无遗类矣！"自今而言之，其理固有可见者。以吾观之，王衍之为人，容貌言语，固有以欺世而盗名者，然不忮(zhì，忌恨)不求，与物浮沉。使晋无惠帝(武帝司马炎之子)，仅得中主(中等才能的皇帝)，虽衍百千，何从而乱天下乎？卢杞之奸，固足以败国，然而不学无文，容貌不足以动人，言语不足以眩世。非德宗之鄙暗，亦何从而用之？由是言之，二公之料二子，亦容有未必然(或许有未必令人首肯)也。

今有人(指王安石)，口诵孔、老之言，身履夷、齐(伯夷和叔齐，商末孤竹君的两个儿子，争让王位，入周后又反对武王伐商，不食周粟而死。被古人视为道德高尚的典范)之行，收召好名之士、

413. 宋　铜权

不得志之人，相与造作言语，私立名字，以为颜渊、孟轲复出；而阴贼险狠，与人异趣，是王衍、卢杞合而为一人也，其祸岂可胜言哉？夫面垢不忘洗，衣垢不忘浣(huàn，洗衣服)，此人之至情也。今也不然，衣臣虏(奴仆)之衣，食犬彘(zhì，猪)之食，囚首丧面(像囚犯一样不梳头，像居丧之家一样不洗脸)而谈诗书，此岂其情也哉？凡事之不近人情者，鲜不为大奸慝(tè，恶人，坏人)，竖刁、易牙、开方(春秋时齐桓公近臣。管仲死，三人专权，桓公死后，诸子争位，他们杀害群吏，立公子无亏为君，太子昭奔宋，齐国大乱。其中易牙烹子以奉君，开方父死不奔丧，竖刁自愿阉割为宦)是也。以盖世之名，而济(帮助，促成)其未形之患，虽有愿治之主，好贤之相，犹将举而用之。则其为天下患，必然而无疑者，非特二子之比也。

孙子曰："善用兵者，无赫赫之功。"使斯人而不用也，则吾言为过(错误)，而斯人有不遇之叹，孰知祸之至于此哉？不然，天下将被(遭受)其祸，而吾获知言之名(善于知人和作出预言的名声)，悲夫！

介甫名始盛时，老苏作《辨奸论》，讥其不近人情。厥后新法烦苛，流毒寰宇。见微知著，可为千古观人之法。

（原本《古文观止》）

此篇系为伪作，其考证见《李穆堂集》。但未经考证明白之先，发觉其伪极难。时代相近之人，互相模仿，恒不易辨，一切事皆然，不但作文也。不必名手，亦能效名手之文；时代相远，则虽名手为之，有不能肖者矣。此文字之时代性，所以不能强也。

（吕思勉）

心术　苏洵

为将之道，当先治心(锻炼和培养镇静和忍耐的意志)。泰山崩于前而色不变，麋鹿(兽名)兴于左(身边)而目不瞬(眨眼)，然后可以制利害，可以待敌。

凡兵上(通"尚"，崇尚)义，不义，虽利勿动。非一动之为利害，而他日将有所不可措手足也。夫惟义可以怒(激怒)士(士兵)，士以义怒，可与百战。

凡战之道，未战养其财，将战养其力，既战养其气，既胜养其心。谨烽燧(烽燧，古代边防报警的两种信号，白天放烟叫烽，夜间举

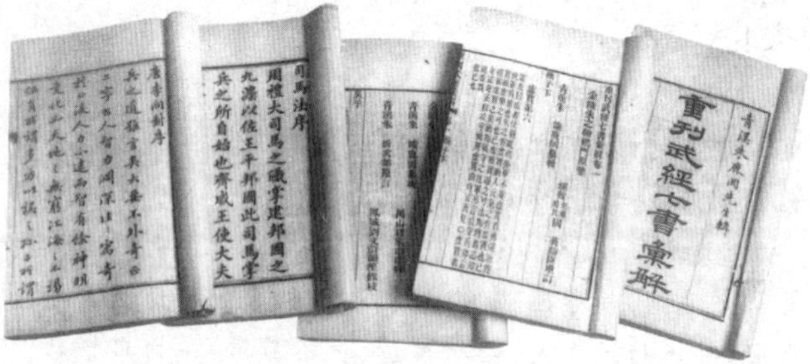

414. 宋《武经七书》中国官方颁布的第一部军事教科书

火叫燧)，严斥堠(斥堠，也作斥候，瞭望敌情的土堡)，使耕者无所顾忌，所以养其财；丰犒(丰厚的犒赏)而优游之，所以养其力；小胜益(更加)急，小挫益厉，所以养其气；用人不尽其所欲为，所以养其心。故士常蓄其怒、怀其欲而不尽。怒不尽则有余勇，欲不尽则有余贪。故虽并天下，而士不厌兵，此黄帝之所以七十战而兵不殆(通"怠"，懈怠)也。不养其心，一战而胜，不可用矣。

凡将欲智(有智慧)而严(有威严),凡士欲(应该)愚。智则不可测,严则不可犯,故士皆委(委曲)己而听命,夫安得不愚?夫惟士愚,而后可与之皆死。

凡兵之动,知敌之主,知敌之将,而后可以动于险。邓艾(三国时魏国将领,魏元帝景元四年率军偷渡阳平,进攻蜀,后主刘禅出来受降)缒(zhuì,系在绳上从高处放下)兵于蜀中,非刘禅之庸,则百万之师可以坐缚(束手就擒),彼固有所侮而动也。故古之贤将,能以兵尝敌,而又以敌自尝,故去就可以决。

凡主将之道,知理而后可以举(调遣,动用)兵,知势而后可以加兵(使用军队),知节(节制)而后可以用兵(指挥军队)。知理则不屈,知势则不沮,知节则不穷(不会陷于困境)。见小利不动,见小患不避。小利小患,不足以辱吾技(施展本领)也。夫然后有以支(应对)大利大患。夫惟养技而自爱者,无敌于天下。故一忍可以支百勇,一静可以制百动。

兵有长短,敌我一也。敢问:"吾之所长,吾出而用之,彼将不与吾校(较量);吾之所短,吾蔽而

415. 北宋 禁军官铜印"拱圣下千都虞候朱记"

置之，彼将强与吾角，奈何？”曰：“吾之所短，吾抗而暴之，使之疑而却；吾之所长，吾阴而养之，使之狎(xiá，忽视)而堕其中。此用长短之术也。”

善用兵者，使之无所顾、有所恃。无所顾，则知死之不足惜；有所恃，则知不至于必败。尺箠(短棍)当(抵挡)猛虎，奋呼而操击；徒手遇蜥蜴，变色而却步，人之情也。知此者，可以将(为将)矣。袒裼(tǎn xī，脱衣露体)而案(案，通“按”)剑，则乌获(秦国大力士)不敢逼；冠胄衣甲(衣，yì。戴着头盔，穿着铠甲)，据兵(拿着兵器)而寝，则童子弯弓杀之矣。故善用兵者以形固。夫能以形固，则力有余矣。

《管仲论》读者甚多，然此文不读。《心术》甚佳，其佳处在言简而精，简而精之文字，惟先秦诸子中最多。此因当时学问皆口耳相传，不得不努力于言简而精也。

“为将之道，当先治心”，开口便说项主意，有使读者注意力集中之益，昔人之所谓开门见山法也。理深奥而文易病于晦者，用此法最宜。

（吕思勉）

416. 宋代甲胄图

张益州画像记　苏洵

至和(北宋仁宗赵祯年号)元年秋，蜀人传言有寇至边。边军夜呼，野(城外)无居人。妖言流闻，京师震惊。方命择帅，天子曰："毋养乱，毋助变，众言朋兴(谣言流传)，朕志自定。外乱不作，变且中起。既不可以文令，又不可以武竞，惟朕一二大吏。孰为能处兹文、武之间，其(就)命往抚朕师。"乃推曰："张公方平(张方平，字安道，神宗时，累官参知政事、御史中丞，卒谥文定)其人。"天子曰："然。"公以亲(以赡养双亲为理由)辞，不可，遂行。冬十一月，至蜀。至之日，归屯军(使屯军归)，撤守备，使谓郡县："寇来在吾，无尔劳苦。"明年正月朔旦(初一)，蜀人相庆如他日，遂以无事，又明年正月，相告留公像于净众寺。公(张公)不能禁。

眉阳(即四川眉山)苏洵言于众曰："未乱易治也，既乱易治也。有乱之萌，无乱之形，是谓将乱。将乱难治。不可以有乱急，亦不可以无乱驰。惟是元年之秋，如器之攲(qī，倾斜)，未坠于地。惟尔张公，安坐于其旁，颜色不变，徐起而正之。既正，油然(从容的样子)而退，无矜容(骄傲态)。为天子牧(管理)小民不倦，

417.
北宋　军官铜印

惟尔张公。尔繄(yī,是)以生,惟尔父母。且公尝为我言:'民无常性,惟上所待(只看上边如何对待他们)。人皆曰蜀人多变,于是待之以待盗贼之意,而绳之以绳盗贼之法。重足屏息(并起两脚,屏住呼吸,极言其恐惧之状)之民,而以砧斧(砧板与斧钺,古代杀人刑具)令,于是民始忍以其父母妻子之所仰赖之身,而弃之于盗贼,故每每大乱。夫约之以礼,驱之以法,惟蜀人为易。至于急之而生变,虽齐、鲁亦然。吾以齐、鲁待蜀人,而蜀人亦自以齐、鲁之人待其身。若夫肆意于法律之外,以威劫(以威权欺压)齐民,吾不忍为也。'呜呼!爱蜀人之深,待蜀人之厚,自公而前,吾未始见也。"皆再拜稽首曰:"然。"

苏洵又曰:"公之恩在尔心,尔死,在尔子孙。其功业在史官,无以像为(无须画像)也。且公意不欲。如何?"皆曰:"公则何事于斯(不在乎画像)?虽然,于我心有不释焉。今夫平居闻一善,必问其人之姓名与其邻里之所在,以至于其长短、小大、美恶之状,甚者或诘(询问)其平生所嗜好,以想见其为人。而史官亦书之于其传,意使天下之人,思之于心,则存之于目。存之于目,故其思之于心也固。由此观之,像亦不为无助。"苏洵无以诘,遂为之记。

公南京(今河南商丘)人,为人慷慨有大节,以度量雄天下。天下有大事,公可属(嘱托)。系之以诗曰:天子在祚(帝位),岁在甲午。西人传言,有寇在垣。庭有武臣,谋夫如云。天子曰嘻,命我张公。公来自东,旗纛舒舒(舒展)。西人聚观,于巷于涂。谓公暨暨(果敢坚毅的样子),公来于于(从容自信的样子)。公谓西人:"安尔室家,无敢或讹。讹言不祥,往即尔常。春尔条(tiáo,修剪)桑,秋尔涤场(打谷)。"西人稽首,公我父兄。公在西囿(yòu,有围场的园地),草木骈骈(pián,茂盛的样子)。公宴其僚,伐鼓渊渊(鼓声平和不暴怒)。西人来观,祝公万年。有女娟娟(美丽),闺闼(闺房)闲闲(自得貌)。有童哇哇,亦既能言。昔公未来,期汝弃捐(本打算抛弃你)。禾麻芃芃(péng,茂盛的样子),仓庾(yǔ)崇崇(露天的粮仓很高)。嗟我妇子,乐此岁丰。公在朝廷,天子股肱(比喻皇帝左右得力大臣)。天子曰归,公敢不承?作堂严严,有庑(wǔ,厅堂四周的廊屋)有庭。公像在中,朝服冠缨。西人相告(相勉),无敢逸荒。公归京师,公像在堂。

宋仁宗至和元年秋,四川地区谣传广南人侬智高将曲南诏,率军进犯四川。一时间益州地方官调兵筑城,日夜不息,百姓互相惊扰,局势混乱。朝廷闻言,即调陕西兵马入川,急令张方平改任益州。张在赴任途中,即将援兵遣归,上任后又撤除守备,平定了局势。本文即是。

(杨晓雄)

418.
宋 农耕想象图

刑赏忠厚之至论　　苏轼

尧、舜、禹、汤、文、武、成、康之际，何其爱民之深，忧民之切，而待天下以君子长者之道也！有一善，从而赏之，又从而咏歌嗟叹之，所以乐其始而勉其终；有一不善，从而罚之，又从而哀矜惩创(同情处罚)之，所以弃其旧而开其新。故其吁俞(吁，表示不以为然的叹息；俞，表应允)之声，欢休(喜悦)惨戚，见于虞、夏、商、周之书。成、康既没，穆王立而周道始衰，然犹命其臣吕侯(相传周穆王时任司寇)，而告之以祥刑。其言忧而不伤，威而不怒，慈爱而能断，恻然有哀怜无辜之心，故孔子犹有取焉。

传曰："赏疑从与，所以广恩也。罚疑从去，所以慎刑(慎于使用刑罚)也。"当尧之时，皋陶为士，将杀人，皋陶曰杀之三(三次)，尧曰宥(yòu，宽恕)之三。故天下畏皋陶执法之坚，而乐尧用刑之宽。四岳(官名，掌管四方诸侯之事)曰："鲧可用。"尧曰："不可。鲧方(违抗)命圮族(杀害同族的人。圮，pǐ，毁坏)。"既而曰："试之。"何尧之不听皋陶之杀人，而从四岳之用鲧也？然则圣人之意，盖亦可见矣。《书》曰："罪疑惟轻，功疑惟重(对罪行可疑的，从轻罚之；对功劳可疑的，从重赏之)。与其杀不辜，宁失不经(不刑之责)。"呜呼！尽(说尽)之矣。可以赏，可以无赏，赏之过乎仁；可以罚，可以无罚，罚之

419. 尧帝塑像（山西临汾）

过乎义。过乎仁，不失为君子；过乎义，则流而入于忍(残忍的)人。故仁可过也，义不可过也。

古者赏不以爵禄，刑不以刀锯。赏之以爵禄，是赏之道行于爵禄之所加(有爵禄者)，而不行于爵禄之所不加也；刑以刀锯，是刑之威施于刀锯之所及，而不施于刀锯之所不及也。先王知天下之善不胜赏，而爵禄不足以劝也；知天下之恶不胜刑，而刀锯不足以裁(制裁)也。是故疑则举而归之于仁，以君子长者之道待天下，使天下相率而归于君子长者之道，故曰忠厚之至也。

《诗》曰："君子如祉(福，引申为喜悦)，乱庶遄已(迅速。遄，chuán)。君子如怒，乱庶遄沮(停止)。"夫君子之已(制止)乱，岂有异术哉？时其喜怒，而无失乎仁而已矣。《春秋》之义，立法贵严而责人贵宽，因其褒贬之义以制赏罚，亦忠厚之至也。

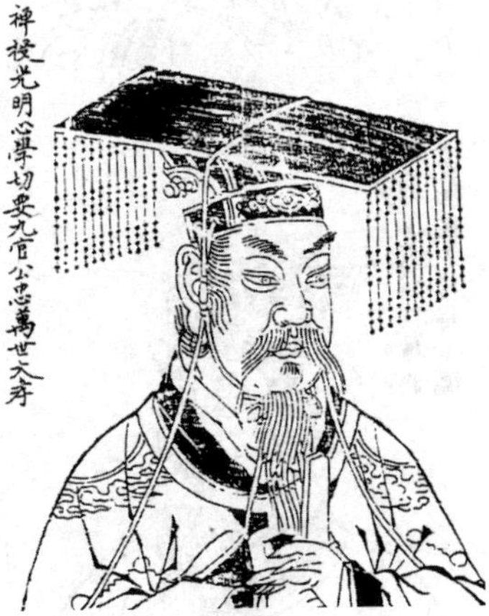

420. 帝舜像

文章从"疑"字出发，认为赏罚当以君子长者之道，施以仁义忠厚，文章溯源往古，引经据典，论证周密清晰，既具有韩孟散文富于变化、气势逼人的特点，又有宋代特有的气脉从容纡徐、语言自然流畅的长处。苏轼这篇应试文，正是"天才灿然，自不可及"(吴注)，从这里，我们也可以发现主张薄刑宽法的苏轼为什么会反对王安石变法。

(杨晓雄)

421. 夏禹像

422. 成汤像

423. 文王像

424. 武王像

425. 周成王像

426. 周康王像

范增论　苏轼

汉用陈平(刘邦重要谋臣,并历任汉惠帝、吕后、文帝时丞相,封曲逆侯)计,间疏楚君臣。项羽(名籍,字羽,秦亡后,自称西楚霸王,在与刘邦争夺统治的争斗中失败后自刎)疑范增(项羽的重要谋臣,曾屡劝项羽杀刘邦)与汉有私,稍夺其权。增大怒曰:“天下事大定矣,君王自为之,愿赐骸骨归卒伍。”归未至彭城(江苏徐州),疽(恶疮)发背死。苏子曰:增之去善矣。不去,羽必杀增。独恨其不早耳。

然则当以何事去?增劝羽杀沛公,羽不听,终以此失天下,当于是去耶?曰:否。增之欲杀沛公,人臣之分(分内事)也。羽之不杀,犹有君人之度也。增曷(通“何”)为以此去哉?《易》曰:“知几(预兆)其神乎!”《诗》曰:“相彼雨雪,先集维霰(看那下雪,首先凝集的是霰。霰,雪之始凝小珠雨)。”增之去,当于羽杀卿子冠军(宋义。卿子是对人的尊称,冠军指楚怀王封宋义为上将,位在其他将领之上)时也。陈涉之得民也,以项燕(战国末楚国名将)、扶苏(秦始皇长子,被其弟秦二世害死。陈涉起兵时,二人已死,陈假借其名,以感召人心)。项氏之兴也,以立楚怀王孙心(楚怀王孙子熊心,项梁曾立熊心为怀王。项羽称西楚霸王后,又尊其为义帝)。而诸侯叛之也,以弑义帝。且义帝之立,增为谋主矣。义帝之存亡,岂独为楚之盛衰,亦增之所与同祸福也。未有义帝亡而增独能久存者也。羽之杀卿子冠军也,是弑义帝之兆也。其弑义帝,则疑增之本也,岂必待陈平哉?物必先腐也,而后虫生之;人必先疑也,而后谗入之。陈平虽智,安能间无疑之主哉?

吾尝论义帝天下之贤主也。独遣沛公入关,不遣项羽,识卿子冠军于稠人(许多人)之中,而擢(zhuó,提拔)以为上将。不贤而能如是乎?羽既矫(假托)杀卿子冠军,义帝必不能堪。非羽弑帝，则帝杀羽。不待智者而后知也，增始劝项梁立义帝，诸侯以此服从；中道而弑之，非增之意也。夫岂独非其意，将必力争而不听也。不用其言而杀其所立，羽之疑增，必自是始矣。

方羽杀卿子冠军，增与羽比肩而事义帝，君臣之分未定也。为增计者，力能诛羽则诛之，不能则去之，岂不毅然大丈夫也哉？增年已七十，合则留，不合则去。不以此时明去就之分，而欲依羽以成功名，陋(见识短浅)矣！虽然，增，高帝(汉高祖刘邦)之所畏也。增不去，项羽不亡，呜呼！增亦人杰也哉！

不过"知几早去"一句，却写出许多议论，许多曲折。及自细寻，无议论与曲折，只是一味换笔法耳。

(金圣叹)

此篇为东坡晚年之作，随笔抒写，有文成法立之妙。凡文字，矜心作意而为之者，恒不如随笔抒写者之自然，此生熟之异也。

古人史论，多系借题发挥籍事以明义，非必谓此事之真相如此，是非如此也。

范增、项羽，并无君臣之分，始则求赵之役，项羽为次将，范增为末将，盖同僚耳，其后增当于羽，为之擘书，终则以不合而去，全无君臣之分迹。由此一点，即可知此篇所论，全非史事，而在明见风之义而已。

秦汉之际之史事，尚多传奇性质，惟无神话之成分耳。如指鹿为马、鸿门之宴之类皆是。此类别无他古书可校，故多以为史实，然核以事理，细心观察，实传说而已。当时社会之程度颇低，故所流传者，多类平话也。后日史选等有所撰述，则仅存此等类似平话之传说矣，不得已，姑钞入史书，偶亦稍加辩诘而已。

(吕思勉)

留侯论　　苏轼

古之所谓豪杰之士，必有过人之节，人情有所不能忍者。匹夫见辱，拔剑而起，挺身而斗，此不足为勇也。天下有大勇者，卒然(忽然。卒，cù，通“猝”)临之而不惊，无故(原因)加(加罪)之而不怒，此其所挟持者(抱负)甚大，而其志甚远也。

夫子房受书于圯(yí，楚人谓桥为圯)上之老人也，其事甚怪。然亦安知其非秦之世有隐君子者出而试之？观其所以微见其意者(看那老人用以含蓄地表达他的意见的)，皆圣贤相与警戒之义，而世不察，以为鬼物，亦已过矣。且其意不在书。当韩之亡(秦灭韩在公元前230年)、秦之方盛也，以刀锯鼎镬待天下之士(鼎，三足两耳的烹煮器具，镬，大锅。该句意为秦以刀锯杀天下之士，以鼎镬烹天下之士)。其平居(安居)无事夷灭(被杀害)者不可胜数。虽有贲(bēn)、育(古代著名的勇士孟贲和夏育)，无所获施。夫持法太急者，其锋不可犯，而其势未可乘。子房不忍忿忿(愤怒，怨恨)之心，以匹夫之力，而逞于一击之间(良乃韩国贵族，秦灭韩后，良倾其家产收买刺客。当始皇巡至博浪沙，今河南武阳县东南时，良与能使120斤重大铁椎的力士在路上狙击)。当此之时，子房之不死者，其间不能容发(两者之间的距离容不下一根头发，比喻形势十分危险)，盖亦危矣。千金之子，不死于盗贼，何者？其身可爱，而盗贼之不足以死也。子房以盖世之才，不为伊尹、太公(伊尹，商初大臣，曾佐商灭夏。太公，姜太公吕尚，辅武王灭商，为周开国大臣)之谋，而特出于荆轲、聂政(战国时刺客，为严仲子刺杀韩相侠累，后自杀)之计，以侥幸于不死，此圯上老人之所为深惜者也。是故倨傲(骄傲)鲜腆(tiǎn，没有礼貌)而深折之。彼其能有所忍也，然后可以就大事，故曰：“孺子可教也。”

楚庄王伐郑，郑伯肉袒(袒露胸臂以示屈服)牵羊以迎。庄王曰："其主能下人，必能信用其民矣。"遂舍(撤兵)之。句(gōu)践之困于会稽，而归臣妾于吴者，三年而不倦(据《国语·越语下》，句践令大夫文种守国，自己由范蠡陪同入吴为臣，三年以后，吴王夫差许其返国)。且夫有报人之志，而不能下人者，是匹夫之刚也。夫老人者，以为子房才有余，而忧其度量之不足，故深折其少年刚锐之气，使之忍小忿而就大谋。何则？非有平生之素，卒然相遇于草野之间，而命以仆妾之役，油然而不怪者，此固秦皇之所不能惊，而项籍之所不能怒也。

观夫高祖之所以胜，而项籍之所以败者，在能忍与不能忍之间而已矣。项籍唯不能忍，是以百战百胜而轻用其锋；高祖忍之，养其全锋而待其敝(衰败，衰亡)，此子房教之也。当淮阴(指韩信)破齐而欲自王，高祖发怒，见于词色。由此观之，犹有刚强不忍之气，非子房其谁全之？

太史公疑子房以为魁梧奇伟，而其状貌乃如妇人女子，不称(相称)其志气。呜呼！此其所以为子房欤(成为张良的独特之处)！

此文得意，在"且其意不在书"一句起，掀翻尽变，如广陵秋涛之排空而起也。

(金圣叹)

古之成大事者，必有所忍也！韩信能受胯下之辱，张良亦对圯上老人之辱忍而受之，二人皆成就功业。苏轼于旧史中，见人所未见，发人所未发，以"忍"字发挥议论，其雄辩如滔滔之江河，而浑浩流转，变化曲折之妙，则纯以神行乎其间。

(杨晓雄)

贾谊论　苏轼

非才之难(难得),所以自用者(自己施展才能)实难。惜乎！贾生(贾谊,汉代把儒者称作“生”,汉文帝时曾诏为博士,任太中大夫,后被贬为长沙王太傅和梁王太傅,三十三岁即抑郁而死),王者之佐,而不能自用其才也。

夫君子之所取者(志向)远,则必有所待;所就者(所要成就的事业)大,则必有所忍。古之贤人,皆负可致(成就功业)之才,而卒不能行其万一者,未必皆其时君之罪,或者其自取也。

愚观贾生之论,如其所言,虽三代(夏、商、周三代)何以远过?得君如汉文(汉文帝),犹且以不用死。然则是天下无尧、舜,终不可有所为耶?仲尼圣人,历试于天下,苟非大(太,非常)无道之国,皆欲勉强扶持,庶几一日得行其道(实行他的政治主张)。将之(往,到……去)荆(指楚国),先之以冉有(孔子的弟子),申(再)之以子夏(孔子

427. 孔子周游列国示意图

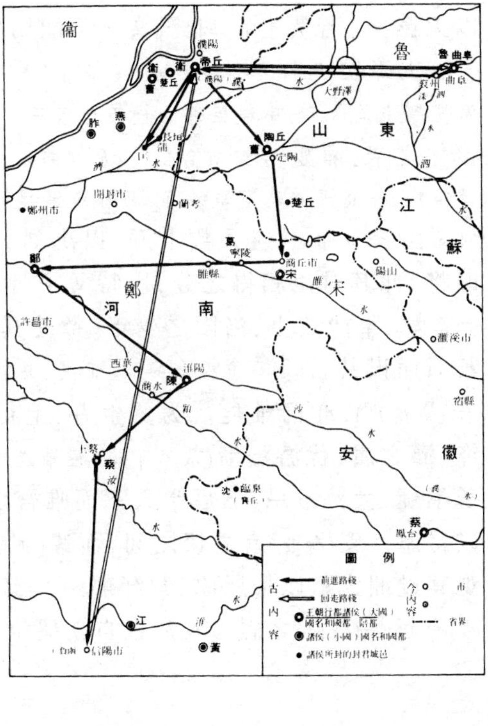

428. 西汉 玉"帝印"

的弟子)。君子之欲得其君,如此其勤也。孟子去齐,三宿而后出昼(地名),犹曰:"王其庶几(或许会)召我。"君子之不忍弃其君,如此其厚(深厚)也。公孙丑问曰:"夫子何为不豫(喜悦)。"孟子曰:"方今天下,舍我其谁哉?而吾何为不豫?"君子之爱其身,如此其至也。夫如此而不用,然后知天下果不足与有为,而可以无憾矣。若贾生者,非汉文之不能用生,生之不能用汉文也。

夫绛侯(周勃,沛人,从刘邦起义,以军功为将军,封绛侯。吕后死,周勃等诛杀诸吕,率群臣迎立代王为天子,即汉文帝)亲握天子玺而授之文帝,灌婴(今河南商丘人,从刘邦征战,屡立战功,封颍阴侯,吕禄作乱,齐哀王刘襄率军入都,吕禄遣灌婴作战,婴与周勃等合谋联合刘襄,共诛杀诸吕)连兵数十万,以决刘、吕之雌雄,又皆高帝之旧将,此其君臣相得之分,岂特父子骨肉手足哉(岂止父子兄弟的骨肉之亲)?贾生,洛阳之少年。欲使其(汉文帝)一朝之间,尽弃其旧而谋其新(指贾谊提出的"改正朔,易服色,法制度,定官名,兴礼乐"等建议),亦已难矣。为贾生者,上得其君,下得其大臣,如绛、灌之属,优游浸渍(从容不迫,逐渐渗透交融),而深交之,使天子不疑,大臣不忌,然后举天下而唯吾之所欲为,不过十年,可以得志。安(哪里)有立谈之间,而遽(立刻,马上)为人"痛哭"哉!观其过湘为赋以吊屈原,萦纡郁闷(心绪紊乱,忧郁愁闷),跃然(显然)有远举(退隐)之志。其后以自伤哭泣,至于夭(早死)绝。是亦

429. 东晋前秦对峙图

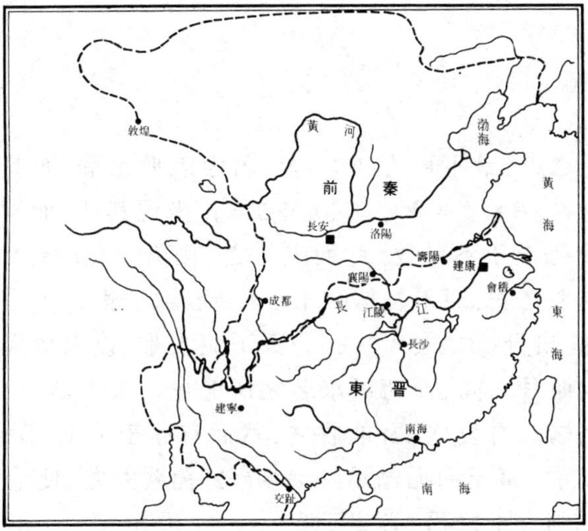

不善处穷(对待窘境)者也。夫谋之一不见用,则安知终不复用也?不知默默以待其变,而自残至此。呜呼!贾生志大而量小,才有余而识不足也。

古之人,有高世之才,必有遗俗之累(忧虑)。是故非聪明睿智不惑之主,则不能全其用。古今称苻坚(南北朝时前秦国君)得王猛于草茅之中,一朝尽斥去其旧臣,而与之谋。彼其匹夫(指坚于370年灭前燕,376年灭前凉,灭代,统一北方,与东晋成对峙之势)略(夺取)有天下之半,其以(凭)此哉!愚深悲生之志,故备论之。亦使人君得如贾生之臣,则知其有狷介(正直孤傲)之操,一不见用,则忧伤病沮(jǔ,沮丧),不能复振。而为贾生者,亦谨(谨守)其所发(抒发)哉!

贾生有用世之才,卒废死于好贤之主。其病原欲疏间绛、灌旧臣,而为之痛哭,故自取疏废如此。所谓不能"谨其所发"也。末以苻坚用王猛责人君以全贾生之才,更有不尽之意。

(原本《古文观止》)

晁错论　　苏轼

天下之患,最不可为(处理)者,名为治平无事,而其实有不测之忧(忧患。暗指在景帝时诸侯过于强大)。坐观其变,而不为之所(处置),则恐至于不可救。起而强为之。则天下狃(niǔ,习惯,习以为常)于治平之安,而不吾信(不相信我的看法)。惟仁人君子豪杰之士,为能出身(还能挺身而出)为天下犯大难,以求成大功。此固非勉强期月之间,而苟以求名之所能也。天下治平,无故而发大难之端。吾发之,吾能收之,然后有辞于天下(振振有词地说服天下人)。事至而循循焉(有次序的样子)欲去之,使他人任(承担)其责。则天下之祸,必集于我。

昔者晁错(西汉政治家、政论家。颍川人,文帝时为太子家令,景帝即位后为御史大夫。他坚持"重本抑末"政策,主张削夺诸侯权力和封地,以巩固中央政权,得到景帝采纳。吴楚等七国诸侯以诛晁错为名发动叛乱,景帝惊慌失措,听信袁盎谗言,处死晁错"以谢天下")尽忠为汉,谋弱山东(战国、秦、汉时称崤山或华山以东的地区为山东)之诸侯。山东诸侯并起,以诛错为名。而天子不之察,以错为之说(用杀晁错的办法来取悦于诸侯。说,yuè)。天下悲错之以忠而受祸,不知错有以取之(有咎由自取的地方)也。

古之立大事者,不惟有超世之才,亦必有坚忍不拔之志。昔禹之治水,凿龙门(即禹门口。在山西河津县西北和陕西韩城县东北),决大河,而放之海。方其功之未成也,盖亦有溃冒冲突(指大水冲破堤坝,奔腾泛滥)可畏之患。惟能前知其当然,事至不惧而徐为之图(从容为它想办法),是以得至于成功。夫以七国之强,而骤削之,其为变岂足怪哉?错不于此时捐其身,为天下当大难之冲而制吴、楚之命,乃自全之计,欲使天子自将(自己率兵)

而己居守。且夫发七国之难者谁乎？己欲求其名，安所逃其患(怎能逃避它带来的祸)？以自将之至危，与居守之至安，己为难首，择其至安，而遗天子以其至危，此忠臣义士所以愤怨而不平者也。当此之时，虽无袁盎(西汉大臣。字丝，历任齐相、吴相。因与吴王有关系，被晁错告发，降为庶人，吴楚七国之乱，他借机向景帝进谗，建议杀死晁错)，亦未免于祸。何者？己欲居守，而使人主自

430. 西汉 陶兵马俑 出土于刘邦长陵陪葬墓

将，以情而言，天子固已难之(以之为难)矣，而重违其议(很反感他的建议)，是以袁盎之说得行于其间。使吴、楚反，错以身任(承担)其危，日夜淬砺(cuì lì，淬火和磨砺，喻刻苦训练)，东向而待之，使不至于累其君，则天子将恃之以为无恐。虽有百盎，可得(能够)而间(离间)哉？

嗟夫！世之君子欲求非常之功，则无务为(不要专门制定)自

431. 汉铜『湘成侯相』

432. 汉银『琅邪相印章』

433. 汉铜鎏金『长沙丞相』

全之计。使错自将而讨吴、楚，未必无功。惟其欲自固其身，而天子不悦，奸臣得以乘其隙。错之所以自全者，乃其所以自祸欤！

此是先生破尽身见，独存义勇，而乃义勇，而乃抒为妙文。后贤且只学其刀刀见血。

（金圣叹）

此篇先立冒头，然后入事，又是一格。晁错之死，人多叹息，然未有说出被杀之由者。东坡之论，发前人所未发，有写错罪状处，有代错画策处，有为错致惜处，英雄失足，千古兴嗟。任大事者，尚其思坚忍不拔之义哉！

（原本《古文观止》）

古文观止

卷十一

古文觀止 卷十

上梅直讲书　苏轼

轼每读《诗》至《鸱鸮》(chī xiāo,《诗经·豳风》中的一篇,据旧注,此诗为周公所作。武王死后,成王年幼,周公摄政。其弟管叔、蔡叔同武庚一同叛乱,周公出师东征而诛之,成王很不理解,因此作诗给成王,以明心志),读《书》至《君奭》(奭,shì,召公之名。《君奭》是《尚书》的一篇。旧说周公执政时他怀疑周公自己想当王,周公作《君奭》表达自己的心情),常窃悲周公(周武王之弟,因采邑在周故称)之不遇。及观《史》(指《史记》),见孔子厄于陈、蔡之间(《史记·孔子世家》:孔子居于蔡,楚闻孔子居蔡、陈之间,便使人聘孔子,陈蔡两国大夫恐孔子用于楚而害于陈蔡,于是征兵发丁围孔子于野,不得行,粮绝),而弦歌之声不绝,颜渊、仲由(颜渊、仲由都是孔子弟子)之徒相与问答。夫子曰:"'匪(同"非")兕(sì,犀牛一类野兽)匪虎,率(来往奔跑)彼旷野。'吾道非耶?吾何为于此?"颜渊曰:"夫子之道至大,故天下莫能容。虽然,不容何病(担忧)?不容然后见君子。"夫子油

434. 明　无名氏　圣迹图

435. 状元匾

然而笑曰："回，使尔多财，吾为尔宰(管家)。"夫天下虽不能容，而其徒自足以相乐如此。乃今知周公之富贵，有不如夫子之贫贱。夫以召公(名奭，周文王的庶子，与周公共同辅佐成王)之贤，以管、蔡(即管叔、蔡叔，都是武王之弟)之亲，而不知其心，则周公谁与(即"与谁")乐其富贵？而夫子之所与共贫贱者，皆天下之贤才，则亦足以乐乎此矣。

轼七八岁时，始知读书，闻今天下有欧阳公(即欧阳修，北宋著名文学家，官至参知政事)者，其为人如古孟轲、韩愈之徒；而又有梅公(梅尧臣，字圣俞，宣州宣城人，北宋诗人，官至国子监直讲，曾任考官)者从之游，而与之上下其议论。其后益壮，始能读其文词，想见其为人。意(想象)其飘然脱去世俗之乐，而自乐其乐也。方学为对偶声律之文(指诗赋)，求升斗之禄，自度无以进见于诸公之间。来京师逾年，未尝窥其门(亲自拜访)。今年春，天下之士群至于礼部，执事(原指左右侍从。这里不直称呼对方，而称执事，表示尊重)与欧阳公实亲试之，轼不自意获在第二。既而闻之，执事爱其文，以为有孟轲之风，而欧阳公亦以其能不为世俗之文也而取，是以在此。非左右为之先容(事先致意或介绍推荐)，非亲旧为之请属(请求嘱托)，而向之十余年间，闻其名而不得见者，一朝为知己。退而思之，人不可以苟富贵，亦不可以徒贫贱。有大贤焉而为其徒，则亦足恃矣。苟其侥一时之幸，从车骑数十人，使闾巷小民聚观而赞叹之，亦何以易此乐也！传曰："不怨天，不尤人"，盖"优哉游哉，可以卒岁(一年一年地度过时光)"。执事名满天下，而位不过五品，其容色温然而不怒，其文章宽厚敦朴而无怨言，此必有所乐乎斯道也，轼愿与闻焉。

文态如天际白云，飘然从风，自成卷舒。人固不知其胡为而然，云亦不自知其所以然。

（金圣叹）

见富贵不足重，而师友以道相乐，乃人间之至乐也。周公孔颜，凭空发论；以下层次照应，空灵潇洒。东坡文之以韵胜者。

（沈德潜）

436. 宋 科举考试时考生用的挑子

喜雨亭记　　苏轼

亭以雨名，志(记)喜也。古者有喜，则以名物，示不忘也。周公得禾(传说周武王曾赐周公异株合穗的谷子，为此，周公写《嘉禾》，此文已佚，《尚书》仅存此篇名)，以名其书；汉武得鼎(西汉武帝于元狩六年，从汾水得一宝鼎，遂改年号为元鼎)，以名其年；叔孙胜敌(春秋时鲁国的叔孙得臣率兵攻打狄人，俘获其国君侨如)，以名其子。其喜之大小不齐，其示不忘一也。

予至扶风(即凤翔府，今陕西凤翔)之明年，始治(建)官舍。为(造)亭于堂之北，而凿池其南，引流种树，以为休息之所。是岁之春，雨麦(天上下麦子)于岐山之阳，其占(占卜)为有年(丰年)。既而弥月不雨，民方以为忧。越三月，乙卯乃雨，甲子又雨，民以为未足。丁卯大雨，三日乃止。官吏相与庆于庭，商贾相与歌于市，农夫相与忭(biàn，欢乐)于野，忧者以喜，病者以愈，而吾亭

437. 北魏　扬场砖画

438. 北魏 牛耕砖画

适成。

于是举酒于亭上，以属客(劝客饮酒)而告之，曰："五日不雨可乎？曰：'五日不雨则无麦。'十日不雨可乎？曰：'十日不雨则无禾。'无麦无禾，岁且荐饥(连年饥荒。荐，频、一再)，狱讼(sòng，案件)繁兴而盗贼滋炽(更加猖狂)。则吾与二三子(指在宴会上的宾客)，虽欲优游以乐于此亭，其可得耶？今天不遗(遗弃)斯民，始旱而赐之以雨，使吾与二三子得相与优游而乐于此亭者，皆雨之赐也。其又可忘耶？"

既以名亭，又从而歌之，曰："使天而雨(落下)珠，寒者不得以为襦(rú，短袄)；使天而雨玉，饥者不得以为粟。一雨三日，伊(发语词，无实义)谁之力？民曰太守。太守不有，归之天子。天子曰不然，归之造物。造物不自以为功，归之太空。太空冥冥，不可得而名。吾以名吾亭。"

亭与雨何与，而得以为名？然太守、天子、造物既俱不与，则即以名亭固宜。此是特特算出以雨名亭妙理，非姑涉笔为戏论也。

（金圣叹）

凌虚台记　　苏轼

439. 元 王振鹏 山水

国（建都城）于南山（即终南山，其主峰在今西安市南）之下，宜若（似乎，好像）起居饮食与山接也。四方之山，莫高于终南，而都邑（都城采邑）之丽（附，依）山者，莫近于扶风。以至近求最高，其势必得。而太守之居，未尝知有山焉。虽非事之所以损益，而物理（事物的道理，情理）有不当然者。此凌虚之所为筑（建筑的原因）也。

方其未筑也，太守陈公（陈弼，字希亮）杖履（拄着手杖，穿着鞋）逍遥于其下，见山之出于林木之上者，累累（一个连着一个）如人之旅行于墙外而见其髻也，曰："是必有异。"使工凿其前为方池，以其土筑台，高出于屋之檐而止。然后人之至于其上者，恍然不知台之高，而以为山之踊跃奋迅而出也。公曰："是宜名凌虚。"以告其从事（辅佐官吏）苏轼，而求文以为记。

轼复于公曰："物之废兴成毁，不可得而知也。昔者荒草野田，霜露之所蒙翳（遮盖），狐虺之所窜伏（虺，huǐ。狐狸毒蛇出没藏身的地方）。方是时，岂知有凌虚台耶？废兴成毁，相寻（连续不断）

440.
汉魏时代的洛阳城遗址

于无穷，则台(凌虚台)之复为荒草野田，皆不可知也。尝试与公登台而望，其东则秦穆(秦国国君秦穆公)之祈年、橐(tuó)泉(祈年、橐泉，宫名，祈年宫，秦惠公所建，秦孝公时称橐泉宫。相传穆公的坟墓在祈年宫)也，其南则汉武(汉武帝刘彻)之长杨(长杨宫，宫前有垂杨)、五柞(五柞宫有五棵柞树，故名)，而其北则隋之仁寿、唐之九成(仁寿、九成，宫名，隋文帝时建仁寿宫，唐贞观五年重建，改为九成宫)也。计其一时之盛，宏杰诡丽，坚固而不可动者，岂特(只)百倍于台而已哉！然而数世之后，欲求其仿佛，而破瓦颓垣无复存者，既已化为禾黍荆棘丘墟陇亩矣，而况于此台欤！夫台犹不足恃以长久，而况于人事之得丧、忽往而忽来者欤？而或者欲以夸世而自足，则过矣。盖世有足恃者，而不在乎台之存亡也。”既以言于公，退而为之记。

此篇自欧公《观山亭记》《真州东园记》等立思，而别出一机轴驾之上。子瞻此时二十七八，而波澜老成如此，宜乎老欧畏之，所谓自今廿余年后不复说老夫者，真矣。

(赖山阳)

超然台记　苏轼

凡物皆有可观(值得观赏之处)。苟(如果)有可观,皆有可乐。非必怪奇伟丽者也,餔糟啜醨(吃酒糟饮淡酒),皆可以醉,果蔬草木,皆可以饱。推此类也,吾安往而不乐?

夫所为(所为……者,之所以做某事的原因)求福而辞祸者,以(认为)福可喜而祸可悲也。人之所欲(欲求)无穷,而物之可以足吾欲者有尽。美恶之辨战于中(美与丑的分别存在于内心中),而去取之择交乎前(取与舍的选择一起摆在面前),则可乐者常少,而可悲者常多。是谓求祸而辞福。夫求祸而辞福,岂人之情也哉?物

441. 清　程庭鹭　对菊小饮

有以盖之(指代人心)矣。彼游于物之内,而不游于物之外。物非有大小也,自其内而观之,未有不高且大者也。彼挟(倚仗)其高大以临我,则我常眩乱反复(头晕目眩,颠三倒四),如隙中之观斗,又乌知胜负之所在?是以美恶横生,而忧乐出焉,可不大哀乎!

予自钱塘(县名,今杭州市)移守胶西(指密州,今山东诸城县),释(放弃)舟楫之安,而服(忍受)车马之劳;去雕墙之美,而庇(庇盖,意指栖身)采椽(采伐的木椽,未经修饰。意即简陋的房屋)之居;背(离,弃)湖山之观(景色),而行桑麻之野。始至之日,岁比不登(指连年灾荒歉收。比,相连接。登,谷物成熟),盗贼满野,狱讼充斥(诉讼案件很多。充斥:充满),而斋厨索然,日食杞菊(两种植物名,此指野菜),人固疑予之不乐也。处之期年(期,jī。周年,满一年),而貌加丰,发之白者日以反(通"返")黑。予既乐其风俗之淳,而其吏民亦安予之拙(笨拙)也。于是治其园囿,洁(打扫干净)其庭宇,伐安邱、高密(二县均属密州

442. 明 八大山人 山水

管辖)之木，以修补破败，为苟完(暂且全身)之计。而园之北，因城以为台者(靠着城墙来修建的一座台)旧矣，稍葺(qì，修缮)而新之。时相与登览，放意肆(恣纵)志焉。南望马耳、常山(两山均在密州城南)，出没隐见，若近若远，庶几(大概，可能)有隐君子乎？而其东则庐山(山名，在州城东)，秦人卢敖(传说为秦朝博士，为秦始皇求仙药不得而隐居此山，故名庐山)之所从遁(隐居之地)也。西望穆陵(即穆陵关，故址在今山东临朐县东南大观山上，春秋时为齐国南境，山谷峻狭，有"齐南天险"之称)，隐然如城郭，师尚父(吕尚，即姜太公，周朝开国大臣，封于齐国)、齐威公(即齐桓公，姓姜，名小白，春秋五霸之一，宋人为避宋钦宗赵恒名讳)之遗烈犹有存者。北俯潍水(潍河)，慨然大息(叹息)，思淮阴(汉将韩信封淮阴侯，韩信伐齐时，楚将龙且领兵救齐，韩信在潍水两岸破其军)之功，而吊其不终。台高而安，深而明，夏凉而冬温，雨雪之朝，风月之夕，予未尝不在，客未尝不从。撷(xié，采摘)园蔬，取池鱼，酿秫酒(黄米酒。秫，黏高粱，多用以酿酒)，瀹脱粟(煮糙米饭。瀹，yuè，煮。脱粟，只去皮壳，不加精制的糙米)而食之，曰："乐哉！游乎！"

方是时，予弟子由[苏轼弟苏辙，当时在齐州(今济南)做官]，适在济南，闻而赋之，且名其台(给这个命名)曰"超然"。以见予之无所往而不乐者，盖游于物之外也。

台名超然，看他下笔便直取"凡物"二字。只是此二字已中题之要害，便以下横说竖说，说自说他，无不纵心如意也。须知此文手法超妙，全从《庄子·达生》《至乐》等篇取气来。

(金圣叹)

此篇不惟文思温润有余，而说安遇顺性之理，极为透彻，此坡公生平实际也。故其临老谪居海外，穷愁颠越，无不自得，真能超然物外者也。

(吕雅山)

放鹤亭记　　苏轼

熙宁(宋神宗年号)十年秋，彭城(今徐州)大水，云龙山人(张天骥隐居于云龙山，故名)张君之草堂，水及其半扉。明年春，水落，迁于故居之东，东山之麓。升高而望，得异境焉，作亭于其上。彭城之山，冈岭四合，隐然如大环，独缺其西一面，而山人之亭，适当其缺。春夏之交，草木际天；秋冬雪月，千里一色；风雨晦(暗)明之间，俯仰百变。山人有二鹤，甚驯而善飞，旦则望西山之缺而放焉。纵其所如(往，飞)，或立于陂(bēi)田，或翔于云表，暮则傃(sù，向)东山而归，故名之曰"放鹤亭"。

郡守苏轼，时从宾佐僚吏往见山人，饮酒于斯亭而乐之。挹(酌酒给)山人而告之曰："子知隐居之乐乎？虽南面之君，未可与易也。《易》曰：'鸣鹤在阴，其子和(hè)之。'《诗》曰：'鹤鸣于九皋(gāo，深泽)，声闻于天。'盖其(发语词，推测原因)为物清远闲放，超然于尘垢(埃)之外，故《易》《诗》人以比贤人君子。隐德之士，狎而玩之，宜若有益而无损者，然卫懿公(据《左传》载，卫公好鹤，平时封鹤以各种爵位，让鹤乘车。后狄人攻打

443. 宋　鹤图

卫国，国人不愿出战，卫公因此亡国)好鹤则亡其国。周公作《酒诰》(《尚书》中一篇，传说是周公用来告诫康叔的)，卫武公作《抑》(《诗经·大雅》中一篇，相传是卫武公用于自我警诫的)戒，以为荒惑败乱，无若酒者(没有能与酒相比的)，而刘伶、阮籍(西晋"竹林七贤"之二。他们都以纵酒沉醉掩饰自己的政治态度)之徒，以此全其真而名后世。嗟夫！南面之君，虽清远闲放如鹤者，犹不得好，好之，则亡其国。而山林遁世之士，虽荒惑败乱如酒者，犹不能为害，而况于鹤乎？由此观之，其为乐未可以同日而语也。"

山人欣然而笑曰："有是哉！"乃作放鹤、招鹤之歌曰："鹤飞去兮西山之缺，高翔而下览兮择所适。翻然敛翼，宛将集(栖于枝上)兮，忽何所见，矫然而复击。独终日于涧谷之间兮，啄苍苔而履白石。鹤归来兮东山之阴。其下有人兮，黄冠草履，葛(gě)衣而鼓琴。躬耕而食兮，其余以汝饱(使鹤吃饭)。归来归来兮，西山不可以久留！"

记放鹤亭，却不实写隐士之好鹤。乃于题外寻出"酒"字，与"鹤"字作对。两两相较，真见得南面之乐无以易隐居之乐。其得心应手处，读之最能发人文机。

(原本《古文观止》)

石钟山记　　苏轼

《水经》(一部专记江水河道的地理书，北魏的郦道元曾为其作注)云："彭蠡(今鄱阳湖)之口有石钟山焉。"郦元(郦道元)以为下临深潭，微风鼓浪，水石相搏，声如洪钟。是说也，人常疑之。今以钟磬(qìng,古代玉或石制的打击乐器)置水中，虽大风浪不能鸣也，而况石乎！至唐李渤，始访其遗踪，得双石于潭上，扣而聆之，南声函胡，北音清越(南面的石头声音厚重而模糊，北面的石头声音清亮而高亢)，枹(fú，鼓槌)止响腾，余韵徐歇。自以为得之矣。然是说也，余尤疑之。石之铿然有声者，所在皆是也，而此独以钟名，何哉？

元丰(宋神宗)七年六月丁丑(初九)，余自齐安(今湖北黄冈西北)舟行适临汝(在今河南临汝东)，而长子迈将赴饶之德兴尉(赴任于饶州德兴的县尉)，送

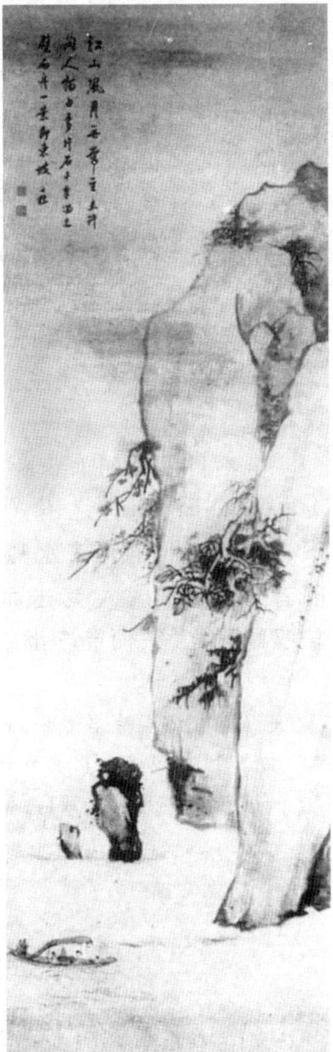

444. 清　查士标　山水

之至湖口，因得观所谓石钟者。寺僧使小童持斧，于乱石间择其一二扣之，硿硿(kōng kōng，撞击声)然，余固笑而不信也。至其夜月明，独与迈乘小舟至绝壁下。大石侧立千尺，如猛兽奇鬼，森然欲搏人；而山上栖鹘(hú，一种猛禽)，闻人声亦惊起，磔磔(zhé zhé，鸟鸣声)云霄间；又有若老人欬(kài，重声咳嗽)且笑于山谷中者，或曰："此鹳(guàn)鹤也。"余方心动欲还，而大声发于水上，噌吰(chēng hóng，洪亮的钟声)如钟鼓不绝。舟人(船上的人)大恐。徐而察之，则山下皆石穴罅(xià，裂缝)，不知其浅深，微波入焉，涵澹(hán dàn)澎湃而为此也。舟回至两山间，将入港口，有大石当中流，可坐百人，空中而多窍(小洞)，与风水相吞吐，有窾(kuǎn)坎(击物声)镗鞳(tāng tà，钟鼓声)之声，与向之噌吰者相应，如乐作焉。因笑谓迈曰："汝识(zhì，记得)之乎？噌吰者，周景王之无射(射，yì。原为古代十二乐律之一，这里指钟，周景王曾铸无射钟)也；窾坎镗鞳者，魏庄子(春秋时晋大夫)之歌钟也。古之人不余欺也。"

事不目见耳闻而臆断其有无，可乎？郦元之所见闻殆(dài，大概)与余同，而言之不详；士大夫终不肯以小舟夜泊绝壁之下，故莫能知；而渔工水师虽知而不能言，此世所以不传也。而陋者乃以斧斤(斧头)考击而求之，自以为得其实。余是以记之，盖叹郦元之简，而笑李渤之陋也。

世人不晓石钟命名之故，始失于旧注之不详，继失于浅人之俗见。千古奇胜，埋没多少！坡公身历其境，闻之真，察之详，从前无数疑案，一一破尽。爽心快目！

（原本《古文观止》）

潮州韩文公庙碑　苏轼

445. 韩愈像

匹夫而为百世师，一言而为天下法，是皆有以参天地之化(帮助天地的化育)，关盛衰之运。其生也有自来，其逝也有所为。故申、吕(申侯、吕伯，功臣)自岳降，傅说为列星，古今所传，不可诬(欺骗)也。孟子曰："我善养吾浩然之气。"是气也，寓于寻常之中，而塞乎天地之间。卒然(突然，忽然。卒，cù)遇之，则王公失其贵，晋、楚失其富，良、平(张良、陈平，汉之智士)失其智，贲、育(孟贲、夏育，古代勇士)失其勇，仪、秦(张仪、苏秦，战国时善辩之士)失其辨(通"辩"，辩才)。是孰使之然哉？其必有不依形而立，不恃力而行，不待生而存，不随死而亡者矣。故在天为星辰，在地为河岳，幽则为鬼神，而明则复为人。此理之常，无足怪者。

自东汉以来，道丧文弊，异端并起，历唐贞观、开元之盛，辅以房、杜、姚、宋(房玄龄、杜如晦、姚崇、宋璟，贤明的卿相)而不能救。独韩文公起布衣，谈笑而麾(huī，指挥)之，天下靡(mǐ)然(倾倒的样子)从公，复归于正，盖三百年于此矣。文起八代(指东汉、魏、晋、宋、齐、梁、陈、隋)之衰，道济天下之溺(指道德的沦丧)。忠犯人主之怒(指韩公谏迎佛骨，惹怒宪宗，被贬潮州)，而勇夺三军之帅。

此岂非参天地、关盛衰、浩然而独存者乎！盖尝论天人之辨，以谓人无所不至，惟天不容伪(认为人凭借智力就没有做不到的事，只是上天容不得虚伪的东西)。智可以欺王公，不可以欺豚(tún，小猪)鱼；力可以得天下，不可以得匹夫匹妇之心。故公之精诚，能开衡山之云，而不能回宪宗之惑；能驯鳄鱼之暴，而不能弭(mǐ，止)皇甫鎛、李逢吉之谤；能信于南海之民，庙食百世，而不能使其身一日安于朝廷之上。盖公之所能者天也，其所不能者人也。

始潮人未知学，公命进士赵德为之师。自是潮之士，皆笃(深好)于文行，延及齐民，至于今，号称易治。信(确实)乎孔之言："君子学道则爱人，小人学道则易使也。"

潮人之事公也，饮食必祭，水旱疾疫，凡有求必祷焉。而庙在刺史公堂之后，民以出入为艰。前太守欲请诸朝作新庙，不果。元祐(宋哲宗年号)五年，朝散郎(官名)王君涤(王涤，人名)来守是邦，凡所以养士治民者，一以公为师(都按照韩公的做法)。民既悦服，则出令曰："愿新公庙者听(愿意重新修建韩文公庙的人听我的命令)。"民欢趋之，卜地于州城之南七里，期年(第二年)而庙成。

或曰(有人说)："公去国万里而谪于潮，不能一岁而归，没而有知(假如死后有知)，其不眷恋于潮也审(一定)矣。"轼曰："不然。公之神在天下者，如水之在地中，无所往而不在也。而潮人独信之深，思之至，焄(xūn)蒿(hāo)凄怆(在祭奠时升腾的香气中人们感到悲伤)，若或见之。譬如凿井得泉，而曰水专在是，岂理也哉？"

元丰元年，诏封公昌黎伯，故榜(匾额)曰"昌黎伯韩文公之庙"。潮人请书其事于石，因作诗以遗之，使歌以祀公。其辞曰：公昔骑龙白云乡，手抉云汉分天章(手挑银河分开天上日月星辰织成的文彩)，天孙(织女，玉帝之孙)为织云锦裳。飘然乘风来帝旁，下与浊世扫秕糠(喻世俗文章)。西游咸池(太阳沐浴的地方)略(经过)扶桑，草木衣被昭回光(草木受到你的恩泽华光)。追逐李杜参翱翔，汗流籍、湜走且僵(使张籍、皇甫湜愧汗如流，退避奔走而跌倒。湜，shí)，灭没倒景不可望(高尚的道德光辉使人不能仰望)。作书诋佛讥君王，要观南海窥衡、湘(贬潮州，跋涉衡山、湘水)，历舜九嶷吊英、皇(经过嶷山吊舜之娥皇、女英之灵)。祝融(火神)先驱海若(海神)藏(火神祝融为你开路，海神率海怪躲藏)，约束蛟鳄如驱羊。钧天(天的中央)无人帝悲伤，讴吟下招遣巫阳(帝特遣巫阳讴吟下招韩公)。犦牲(祭祀用的牺牲。犦，bào，牛)鸡卜(占卜)羞(进献)我觞(一种酒器，代指酒)，于粲荔丹与蕉黄。公不少(同"稍"，稍微)留我涕滂，翩然被发下大荒(祈望韩公快快降临大地把祭品尝)。

韩公贬于潮，而潮祀公为神。盖公之生也，参天地，关盛衰，故公之没也，是气犹浩然独存。东坡极力推尊文公，丰词瑰调，气焰光采。非东坡不能为此，非韩公不足当此。千古奇观也！

(原本《古文观止》)

此等文字，世俗以为妙文，实则甚劣。问其何为劣？曰：浮而不实而已。昔人应试及酬应之作，往往有此病。或谓酬应为人所不免，酬应之文，似亦宜学。然酬应之文，实无别法，本不待学而能。且言贵有物，须从精实中立足。如此，则偶作酬应文字，亦时有可观，所谓深入无浅语也。若先从浮而不实处下手，是从下乘中立足，尚安有成就之望乎？作文须理实气空。所谓理实，即内容充实。"匹夫而为百世师，一言而为天下法"，起笔即不大雅。非骈非散，当时俗调。

(吕思勉)

446.
河南孟县韩愈墓

乞校正陆贽奏议进御札子　　苏轼

臣等猥(玷污)以空疏(是作者自谦之辞，表示才德不够而玷污了身居的官位)，备员(充任)讲读(侍讲，侍读，唐代始设集贤院侍讲学士，翰林侍讲学士，集贤殿侍读学士，职责是讲论经史，以备皇帝询问)。圣明天纵(上天赐予)，学问日新。臣等才有限而道无穷，心欲言而口不逮，以此自愧，莫知所为。窃谓人臣之纳忠，譬如医者之用药。药虽进于医手，方(方剂、药方)多传于古人。若已经效于世间，不必皆从于己出。

伏见唐宰相陆贽(唐嘉兴人，字敬舆，德宗时任翰林学士，贞元八年为中书侍郎，同平章事即丞相。一生正直敢言，勇于指陈弊政，后为裴延龄所谗罢相，贬为忠州别驾，居忠州十年而死，其奏议文见解新颖，文笔流畅)，才本王佐，学为帝师，论深切于事情，言不离于道德，智如子房(即张良，汉刘邦重要谋臣)而文则过，辨如贾谊(前200—前168年，西汉政治家、文学家，洛阳人)而述不疏(谋略不空疏)，上以格(纠正)君心之非，下以通天下之志，但其不幸，仕不遇时。德宗(李适kuò，780—805在位)以苛刻为

447. 唐　柳公权　神策军碑拓片

448. 唐德宗像

能，而贽谏之以忠厚；德宗以猜忌为术，而贽劝之以推诚；德宗好用兵，而贽以消兵为先；德宗好聚财，而贽以散财为急。至于用人听言之法，治边御将之方，罪己以收人心，改过以应天道，去小人以除民患，惜名器（惜，珍惜；名器，爵位和与爵位相称的车马服饰等）以待有功，如此之流，未易悉（尽）数。可谓进苦口之药石，针（治疗）害身之膏肓（gāo huāng，人体部位名。我国古代医学把心尖脂肪叫膏，心脏和膈膜之间叫肓，认为是药力达不到的地方）。使德宗尽用其言，则贞观（627—649，太宗年号，唐代昌盛时期）可得而复。

臣等每退自西阁（皇帝读书的地方），即私相告，以陛下圣明，必喜贽议论。但使圣贤之相契（相互契合，志趣相投），即如臣主之同时。昔冯唐（西汉文帝时任中郎署长）论颇、牧（廉颇、李牧）之贤，则汉文（汉文帝）为之太息。魏相（汉宣帝时丞相，封高平侯）条（列举）晁、董之对（指晁错、董仲舒回答皇帝的策论），则孝宣（西汉宣帝刘询，前73—前49年在位）以致中兴。若陛下能自得师，则莫若近取诸贽。夫六经三史（六经：《周易》《诗经》《尚书》《春秋》《仪礼》《乐》六部儒家著作。三史：《史记》《汉书》《后汉书》），诸子百家，非无可观，皆足为治。但圣言幽远，末学支离（末学：指诸子百家中的子书和史书。支离：不成体系），譬如山海之崇深，难以一二推择。如赀之论，开卷了然，聚古今之精英，实治乱之龟鉴(借鉴。龟，古以龟甲占卜，辨其凶吉。鉴，镜)。臣等欲取其奏议，稍加校正，缮写进呈。愿陛下置之坐隅(坐，通“座”。隅，角落)，如见赀面，反复熟读，如与赀言。必能发圣性之高明，成治功于岁月。

臣等不胜区区之意，取进止(取，听取；进止，进退)。

进宣公奏议，便剀切一如宣公，此是先生天才独擅。然而笔墨之外，毕竟别有一种风流委折，此又是先生本色，不能自掩也。

（金圣叹）

札子，是古代公牍文的一种，为臣属向皇帝进言之用。本文是苏轼在元祐八年(1093)任翰林学士兼侍读时与同僚吕希哲、吴安礼、吕祖禹等人联名给皇帝哲宗的呈文。苏轼在文中赞陆赀之才智忠直，文情激扬动人。陆赀当时不见用德宗，庶几今日可受知于陛下哉！与其观六经、诸子之崇深，不如读陆赀奏议之切当。既有正面的颂扬、又有反面的衬托，使哲宗不由得遥想其人，急欲一读。

（杨晓雄）

前赤壁赋　　苏轼

壬戌(宋神宗元丰五年,1082年)之秋,七月既望(十六日),苏子与客泛舟游于赤壁之下。清风徐来,水波不兴。举酒属(zhǔ,劝酒)客,诵《明月》之诗,歌《窈窕》之章。少焉(一会儿),月出于东山之上,徘徊于斗牛(二星名)之间。白露横江,水光接天。纵一苇之所如(漂向何处),凌万顷之茫然。浩浩乎如冯(píng,同"凭",依凭)虚御风,而不知其所止;飘飘乎如遗世独立,羽化而登仙。

于是饮酒乐甚,扣舷(xián)而歌之。歌曰:"桂棹(桂木的棹。棹,zhào)兮兰桨(木兰做的桨),击空明兮溯流光(划开明净的水啊,船儿在浮现着月光的江面逆流而上)。渺渺兮予怀,望美人兮天一方。"客有吹洞箫者,依歌而和之,其声呜呜然,如怨如慕,如泣

449. 赤壁之战示意图

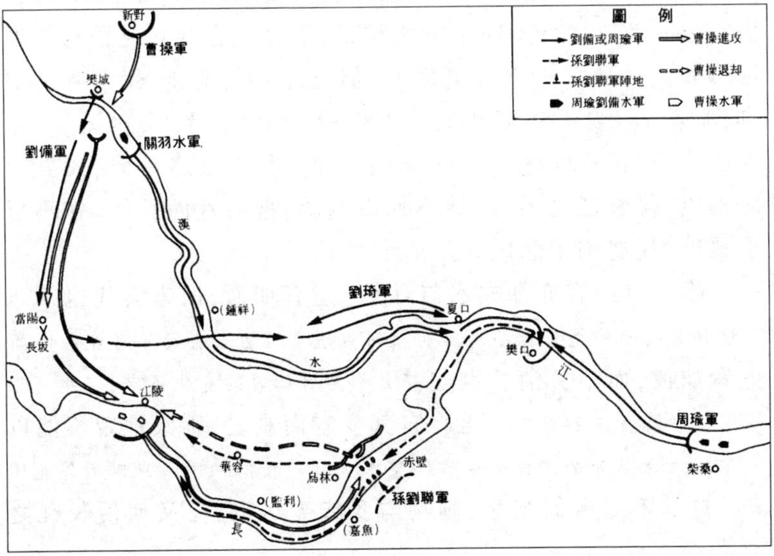

450. 明 陈淳 前赤壁图卷

如诉，余音袅袅，不绝如缕，舞幽壑之潜蛟，泣孤舟之嫠（lí）妇（寡妇）。苏子愀（qiǎo）然（心情感伤），正襟危坐而问客曰："何为其然也？"客曰："'月明星稀，乌鹊南飞'，此非曹孟德之诗乎？西望夏口，东望武昌，山川相缪（同"缭"，绕也），郁乎苍苍，此非孟德之困于周郎者乎？方其破荆州，下江陵，顺流而东也，舳舻（zhú lú，首尾衔接的战船）千里，旌旗蔽空，酾酒（饮酒。酾，shī）临江，横槊（shuò，长矛）赋诗，固一世之雄也，而今安在哉！况吾与子渔樵（像渔夫、樵夫一样）于江渚之上，侣鱼虾而友麋鹿，驾一叶之扁舟，举匏（páo，葫芦）樽以相属。寄蜉蝣（春夏之交在水边只能活几个小时的一种小飞虫，喻短暂的生命）于天地，渺沧海之一粟，哀吾生之须臾，羡长江之无穷。挟飞仙以遨游，抱明月而长终。知不可乎骤得，托遗响于悲风。"

苏子曰："客亦知夫水与月乎？逝者如斯，而未尝往也（江水是这样昼夜不停地东流不返，但又可以说它万古长存而不曾流去）；盈虚者如彼，而卒莫消长也（月亮是那样时圆时缺变化不定，但也可以说它一直圆满并无增减）。盖将自其变者而观之，则天地曾不能以一瞬（如果从变的方面来观察，整个天地就没有一瞬一息时间停止不动）；自其不变者而观之，则物与我皆无尽也，而又何羡长江之无穷乎？且夫天地之间，物各有主，苟非吾之所有，虽一毫而莫取。惟江上之清风，与山间之明月，耳得之而为声，目遇之而成色，取之无禁，用之不竭，是造物者之无尽藏也，而吾与子之所共适。”

客喜而笑，洗盏更酌。肴(yáo，菜肴)核(果品)既尽，杯盘狼藉。相与枕藉乎舟中，不知东方之既白。

游赤壁，受用现今无边风月，乃是此老一生本领。却因平平写不出来，故特借洞箫呜咽，忽然从曹公发议。然后接口一句喝倒，痛陈其胸前一片空阔了悟，妙甚。

（金圣叹）

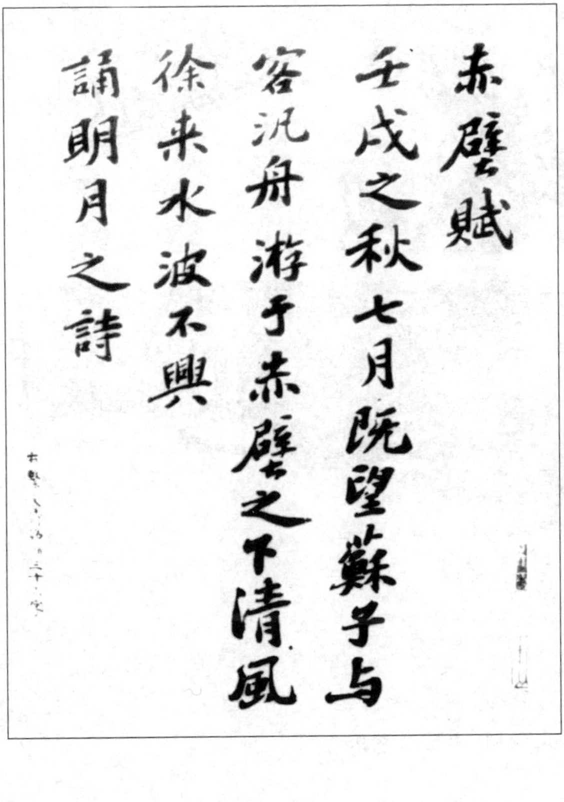

451. 东坡手书 赤壁赋

452. 清　金农　山水册

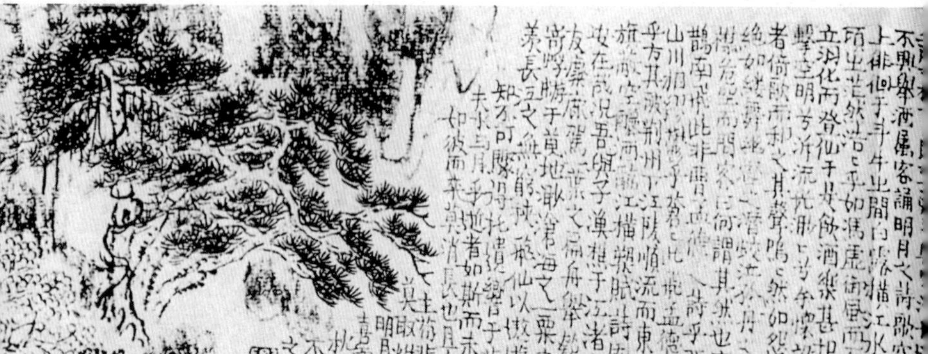

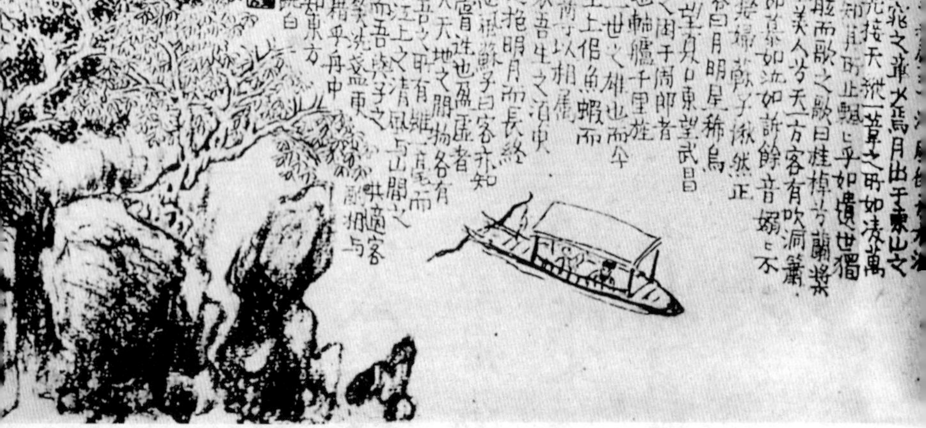

453. 明　文徵明　赤壁胜游图

后赤壁赋　　苏轼

是岁(1082年)十月之望，步自雪堂(苏轼贬到黄州时所筑)，将归于临皋(临皋亭)。二客从予，过黄泥之坂(雪堂到临皋亭必经的山坡)。霜露既降，木叶尽脱，人影在地，仰见明月，顾而乐之，行歌相答。已而叹曰："有客无酒，有酒无肴。月白风清，如此良夜何！"客曰："今者薄暮，举网得鱼，巨口细鳞，状似松江之鲈。顾(但是)安所(什么地方)得酒乎？"归而谋诸妇。妇曰："我有斗酒，藏之久矣，以待子不时之需。"

于是携酒与鱼，复游于赤壁之下。江流有声，断岸千尺，山高月小，水落石出。曾日月之几何，而江山不可复识矣！予乃摄(提起)衣而上，履巉岩，披蒙茸(拨开杂乱丛生的野草)，踞虎豹(如虎豹之石)，登虬龙，攀栖鹘之危(高)巢，俯冯夷(水神)之幽宫，盖二客不能从焉。划然长啸，草木震动，山鸣谷应，风起水涌。予亦悄然而悲，肃然而恐，凛乎其不可留也。反(通"返")而登舟，放

乎中流，听其(任凭)所止而休焉。时夜将半，四顾寂寥。适有孤鹤，横江东来，翅如车轮，玄裳缟衣，戛然长鸣，掠予舟而西也。

须臾客去，予亦就睡。梦一道士，羽衣蹁跹(piān xiān，轻快飞舞之状)，过临皋之下，揖予而言曰：“赤壁之游乐乎？”问其姓名，俯而不答。呜呼噫嘻！我知之矣！“畴昔(昨日)之夜，飞鸣而过我者，非子也耶？”道士顾笑，予亦惊寤。开户视之，不见其处。

前赋，是特地发明胸间一段真实了悟；后赋，是承上文从现身现境，一一指示此一段真实了悟，便是真实受用也。本不应作文字观，而文字特奇妙。若无后赋，前赋不明；若无前赋，后赋无谓。

(金圣叹)

前篇写实情实景，从“乐”字领出歌来。此篇作幻境幻想，从“乐”字领出叹来。一路奇情逸致，相逼而出。与前赋同一机轴，而无一笔相似。读此两赋，胜读《南华》一部。

(原本《古文观止》)

454. 宋 乔仲常 后赤壁赋

三槐堂铭　　苏　轼

天可必乎？贤者不必贵，仁者不必寿。天不可必乎？仁者必有后。二者将安取衷(通“中”，正中，正确)哉？吾闻之申包胥(春秋时楚国大夫，姓公孙，因封地在申而称申包胥)曰：“人定者胜天，天定亦能胜人。”世之论天者，皆不待其定(等待天的意志表现出来)而求之，故以天为茫茫。善者以怠，恶者以肆。盗跖(春秋末人，古书说他“率卒九年，横行天下”)之寿，孔、颜(孔子、颜回)之厄(命不顺)，此皆天之未定者也。松柏生于山林，其始也，困于蓬蒿，厄于牛羊，而其终也，贯(历经)四时、阅千岁而不改者，其天定也。善恶之报，至于子孙，则其定也久矣。吾以所见所闻考之，而其可必也审矣。国之将兴，必有世德之臣厚施而不食(得到)其报，然后其子孙能与守文太平之主共天下之福。

故兵部侍郎晋国王公(王祐，继任潞州知州后任兵部侍郎，卒后封晋国公)，显于汉、周(五代十国时的后汉、后周)之际，历事太祖、太宗(宋太祖赵匡胤，宋太宗赵匡义)，文武忠孝，天下望以为相，而

455. 宋　哥窑双耳瓶

公卒以直道(性情率直)不容于时。盖尝手植三槐(三棵槐)于庭,曰:"吾子孙必有为三公(掌管国家军政大权的国家最高官职,西汉指丞相、太尉、御史大夫,后世沿用)者。"已而其子魏国文正公(王祐子王旦,字子明,死后封魏国公,谥文正),相真宗皇帝于景德、祥符(宋真宗赵恒的年号)之间,朝廷清明、天下无事之时,享其福禄荣名者十有八年。今夫寓物于人,明日而取之,有得有否。而晋公修德于身,责报于天,取必于数十年之后,如持左契(契约的左联,索偿的凭证,古时契约分为左右两半,双方各执一半),交手相付,吾是以知天之果可必也。

456.
宋 景德窑青白釉加彩瓷观音坐像

吾不及见魏公,而见其子懿敏公(王旦子王素,字仲仪,官至工部尚书,谥懿敏)。以直谏事仁宗(赵祯,十三岁即位,太后死后方摄政)皇帝,出入侍从将帅三十余年,位不满其德。天将复兴王氏也欤?何其子孙之多贤也?世有以晋公比李栖筠(唐代宗时人,初为给事中,后贬官常州刺史,继任浙西观察使,代宗曾拟任他为丞相,因元载等人的反对未成)者,其雄才直气,真不相上下。而栖筠之子吉甫(唐宪宗时两次任宰相)、其孙德裕(唐武宗时任丞相),功名富贵略与王氏等,而忠恕仁厚,不及魏公父子。由此观之,王氏之福，盖未艾也。

懿敏公之子巩（王素子王巩，曾任宗正丞）与吾游，好德而文，以世其家，吾是以录之。铭曰：呜呼休哉！魏公之业，与槐俱萌，封植之勤，必世乃成。既相真宗，四方砥平（像磨刀石一样平稳，形容国家安定），归视其家，槐阴满庭。吾侪小人，朝不及夕，相时射利（窥测时机，追逐名利），皇恤厥德（哪里还有时间顾及自己的德行。皇，通"遑"，空闲；恤，忧虑，顾惜；厥，其）？庶几侥幸，不种而获。不有君子，其何能国。王城（宋首都汴京，今开封）之东，晋公所庐，郁郁三槐，惟德之符。呜呼休哉！

此等题最难是脱俗，今先生世世皆与极力表章称叹，却无一句一字不脱俗。我尝细细察之，只为其起手时，写得"天可必""天不可必"二端，便更无有俗气得到其笔尖也。

（金圣叹）

起手以"可必""不可必"两设疑局，作诘问体。次乃说出有未定之天，有一定之天，历世数来，乃见人事既尽，然后可以取必于天心。此长公作铭微意。王氏勋业，与槐俱萌，实与此文而俱永。

（原本《古文观止》）

457. 宋　定窑孩儿枕

方山子传　苏轼

方山子(即陈慥,太常少卿陈希亮之子),光、黄(光,光州,治所在今河南潢川;黄,黄州,今湖北黄冈)间隐人也。少时慕朱家、郭解(两汉时两位游侠)为人,闾里之侠皆宗(尊崇)之。稍壮,折节(改变以往的志向)读书,欲以此驰骋当世,然终不遇。晚乃遁于光、黄间,曰岐亭(镇名,位于今湖北省麻城县西南)。庵居蔬食,不与世相闻。弃车马,毁冠服,徒步往来山中,人莫识也。见其所著帽,方耸而高(又方又高),曰:"此岂古方山冠(汉朝祭祀时乐师所戴的帽子,类似进贤冠,以五彩丝织成,唐宋以后隐士也常戴这种帽子)之遗像乎!"因谓之方山子。

余谪居于黄,过岐亭,适见焉。曰:"呜呼!此吾故人陈慥季常也,何为而在此?"方山子亦矍然(吃惊状)问余所以至此者。余告之故。俯而不答,仰而笑,呼余宿其家,环堵萧然(四壁空空,一副萧条状),而妻子奴婢皆有自得之意。余既耸然(吃惊状)异(诧异)之。独念方山子少时,使酒好剑,用财如粪土。前十九年,余在岐山(地名,今陕西岐山县),见方山子从(带着)两骑,挟二矢,游西山,鹊起于前,使骑逐而射之,不获。方山子怒马独出,一发得之。因与余马上论用兵及古今成败,自谓一时豪士。今几日耳,精悍之色,犹见于眉间,而岂山中之人哉?

然方山子世有勋阀(功勋,功劳),当得官,使从事于其间,今已显闻。而其家在洛阳,园宅壮丽,与公侯等。河北有田,岁得帛千匹,亦足以富乐。皆弃不取,独来穷山中,此岂无得而然哉?

余闻光、黄间多异人,往往佯狂垢污(假装疯狂,浑身污垢),不可得而见,方山子傥(同"倘",倘使,或许)见之欤?

458. 南宋 梁楷 泼墨仙人图

前幅自其少而壮、而晚，一一顺叙出来。中间独念方山子一转，由后追前，写得十分豪纵，并不见与前重复，笔墨高绝。末言舍富贵而甘隐遁，为有得而然，乃可称为真隐人。

（原本《古文观止》）

此篇尚有神气。凡传人，述其具体之事，易有精神，为抽象总括之辞，则精神难见，小说所以只能写小事者以此。为名人传记者，于其大功业大学问，只能作简括之辞，于其琐事，或反加意描写者，亦以此也。此篇所述之事，则本来易见精神也。

（吕思勉）

459. 柴门相送图

六国论　　苏 辙

尝读六国世家(《史记》中传记的一体，主要叙述世袭封国的诸侯的事迹。齐、楚、燕、赵、韩、魏均列入世家)，窃怪天下之诸侯以五倍之地，十倍之众，发愤西向，以攻山西(崤山以西)千里之秦，而不免于灭亡(秦惠文王更元七年，前318年，公孙衍发动魏、赵、韩、燕、楚五国合纵攻秦，被秦战败)。常为之深思远虑，以为必有可以自安(保全)之计。盖未尝不咎(责备)其当时之士，虑患之疏而见利之浅，且不知天下之势也。

夫秦之所与诸侯争天下者，不在齐、楚、燕、赵也，而在韩、魏之郊。诸侯之所与秦争天下者，不在齐、楚、燕、赵也，而在韩、魏之野(泛指国土)。秦之有韩、魏，譬如人之有腹心之疾也。

460. 秦 泰山刻石

韩、魏塞秦之冲，而蔽山东(交通要冲崤山以东)之诸侯，故夫天下之所重者，莫如韩、魏也。昔者范雎(魏人，入秦后秦昭王任他为相，他提出远交近攻的策略，建议昭王先取韩国，并逐步吞并其他五国)用于秦而收韩，商鞅(卫国人，姓公孙，名鞅，入秦后孝公任他为相十年，因变法征战有功，封为商君，曾建议孝公伐魏)用于秦而收魏，昭王(昭王即昭襄王，惠文王之子)未得韩、魏之心，而出兵以攻齐之刚、寿(地名)，而范雎以为忧，然则秦之所忌者可以见矣。

秦之用兵于燕、赵，秦之危事也。越韩过魏而攻人之国都，燕、赵拒之于前，而韩、魏乘之于后，此危道也。而秦之攻燕、赵，未尝有韩、魏之忧，则韩、魏之附秦故也。夫韩、魏，诸侯之障，而使秦人得出入于其间，此岂知天下之势耶？委(抛弃)区区(极言其小)之韩、魏，以当强虎狼之秦，彼安得不折而入于秦哉？韩、魏折而入于秦，然后秦人得通其兵于东诸侯，而使天下遍受其祸。

夫韩、魏不能独当(通"挡"，抵挡)秦，而天下之诸侯藉之以蔽其西，故莫如厚韩亲魏以摈(排斥)秦。秦人不敢逾(越过)韩、魏以窥齐、楚、燕、赵之国，而齐、楚、燕、赵之国，因得以自完于其间矣。以四无事之国，佐当寇之韩、魏，使韩、魏无东顾之忧，而

461.
秦　日纹铺地瓦砖

为天下出身以当秦兵。以二国委(对付)秦，而四国休息于内，以阴(暗暗地)助其急，若此可以应夫无穷。彼秦者将何为哉？不知出此，而乃贪疆埸尺寸之利，背盟败约，以自相屠灭。秦兵未出，而天下诸侯已自困矣。至于秦人得伺其隙，以取其国，可不悲哉！

看得透，写得快。笔如骏马下坂，云腾风卷而下，只为留足不住故也。此文在阿兄手中，犹是得意之作。"三苏"之称，岂是虚语？

（金圣叹）

小苏之文，不如其父兄之有特色，亦无其父及其兄少年好为高谈异论之病，文亦较委婉曲折，读此篇可见。其《上韩太尉书》及《快哉亭记》，则亦干谒应酬之作而已。

（吕思勉）

462. 秦　豹纹屋檐瓦当

上枢密韩太尉书　苏辙

太尉(韩琦,宋仁宗时曾任枢密使)执事(指太尉左右办事之人,实际上是对太尉的敬称):辙生好为文,思之至深,以为文者气之所形,然文不可以学而能,气可以养而致。孟子曰:"我善养吾浩然之气。"今观其文章,宽厚宏博,充乎天地之间,称其气之小大。太史公行天下,周览四海名山大川,与燕、赵间豪俊交游,故其文疏荡,颇有奇气。此二子者,岂尝执笔学为如此之文哉?

463. 宋 屈鼎 夏山图

其气充乎其中而溢乎其貌，动乎其言而见乎其文，而不自知也。

辙生年十有九矣。其居家所与游(交游)者，不过其邻里乡党之人；所见不过数百里之间，无高山大野可登览以自广；百氏之书，虽无所不读，然皆古人之陈迹，不足以激发其志气。恐遂汩没(gǔ mò，埋没)，故决然舍去，求天下奇闻壮观，以知天地之广大。过秦汉之故都(秦都咸阳，西汉都长安，东汉都洛阳)，恣(zì，纵情)观终南、嵩、华之高；北顾黄河之奔流，慨然想见古之豪杰。至京师，仰观天子宫阙之壮，与仓廪、府库、城池、苑囿之富且大也，而后知天下之巨丽。见翰林欧阳公，听其议论之宏辨(通"辩")，观其容貌之秀伟，与其门人贤士大夫游，而后知天下之文章聚乎此也。太尉以才略冠天下，天下之所恃以无忧，四夷之所惮以不敢发，入则周公、召公，出则方叔、召虎(周之武将)，而辙也未之见焉。

且夫人之学也，不志其大，虽多而何为？辙之来也，于山见终南、嵩、华之高，于水见黄河之大且深，于人见欧阳公，而犹以为未见太尉也。故愿得观贤人之光耀，闻一言以自壮，然后可以尽天下之大观而无憾者矣。

辙年少，未能通习吏事(做官的事情)。向之来(当初到京都来)，非有取于升斗之禄，偶然得之，非其所乐。然幸得赐归待选(等待朝廷选拔任用)，使得优游数年之间，将归益治(研习)其文，且学为政。太尉苟以为可教而辱教之，又幸矣！

篇中以"激发志气"四字做个主脑，其行文错落奔放。数百言中，有千万言不尽之势，想落笔时，正当志气激发之后也。

（林西仲）

黄州快哉亭记　　苏辙

江出西陵(峡名，长江三峡之一，在今湖北宜昌西北)，始得平地，其流奔放肆大；南合湘、沅(湘江和沅江，湖南的两条河流，入洞庭湖)，北合汉沔(水名，古时指汉水至汉中东行为汉沔)，其势益张；至于赤壁(今湖北黄冈县长江边上，非三国时赤壁，是苏辙误认)之下，波流浸灌(形容水势浩大)，与海相若(似)。清河张君梦得(张梦得，元丰六年曾贬黄州)，谪居齐安(即黄州)，即其庐之西南为亭，以览观江流之胜，而余兄子瞻名之曰"快哉"。

盖亭之所见，南北百里，东西一舍(古代三十里为一舍)，涛澜汹涌，风云开阖(通"合")；昼则舟楫出没于其前，夜则鱼龙悲啸于其下；变化倏忽，动心骇目，

464. 清 罗牧 江亭远帆图

不可久视。今乃得玩(赏玩)之几席(几案坐席)之上，举目而足(尽情观看)。西望武昌(当时县名，今之湖北鄂城)诸山，冈陵起伏，草木行列，烟消日出，渔夫、樵父之舍，皆可指数，此其所以为"快哉"者也。至于长洲之滨，故城之墟，曹孟德、孙仲谋之所睥睨(pì nì，侧目窥视，引申为欲取得，争夺)，周瑜、陆逊之所驰骛(驰骋角逐)，其流风遗迹，亦足以称快世俗。

昔楚襄王从宋玉、景差(宋玉、景差，战国时楚国辞赋家)于兰台之宫，有风飒然至者，王披襟当之，曰："快哉此风！寡人所与庶人共者耶？"宋玉曰："此独大王之雄风耳，庶人安得共之！"玉之言盖有讽焉。夫风无雄雌之异，而人有遇不遇之变。楚王之所以为乐，与庶人之所以为忧，此则人之变也，而风何与焉？士生于世，使其中(心中)不自得，将何往而非病(担忧)？使其中坦然，不以物(外物，外界的环境)伤性，将何适(去)而非快？今张君不以谪为患，收(结束)会稽(会稽，通"会计"，指钱财赋税等事，泛指公务)之余，而自放山水之间，此其中宜有以过人者，将蓬户瓮牖(用蓬草编制的门，用破罐罐口做的窗)，无所不快，而况乎濯(zhuó，洗濯)长江之清流，挹(yì，捧取)西山之白云，穷耳目之胜以自适也哉！不然，连山绝壑(hè，深谷)，长林古木，振之以清风，照之以明月，此皆骚人思士之所以悲伤憔悴而不能胜(承受)者，乌睹其为快也哉！

文中一种雄伟之气，可以笼罩海内，与乃兄并峙千秋，子瞻尝云："四海相知惟子由，天伦之中岂易得？"此安得不令人羡煞！

(李扶九)

寄欧阳舍人书　曾巩

去秋人还，蒙赐书及所撰先大父(去世的祖父，文中指曾巩死去了的祖父曾致尧)墓碑铭，反复观诵，感与惭并。

夫铭志之著于世，义近于史，而亦有与史异者。盖史之于善恶无所不书，而铭者，盖古之人有功德、材行、志义之美者，惧后世之不知，则必铭(用铭文的方式记载下来)而见之，或纳于庙，或存于墓，一也。苟其人之恶，则于铭乎何有？此其所以与史异也。其辞之作(作用)，所以使死者无有所憾，生者得致(表达)其严(尊重，敬重)。而善人喜于见传，则勇于自立；恶人无有所纪，则以愧而惧。至于通材达识、义烈节士，嘉(美好)言善状，皆见于篇，则足为后法。警劝之道，非近乎史，其将安近？

及世之衰，人之子孙者，一欲褒扬其亲而不本(根据)乎理。故虽恶人，皆务勒(lè，雕刻)铭以夸后世。立言者，既莫之拒(即莫拒之，没有拒绝的)而不为，又以其子孙之请也，书其恶焉，则人情之所不得，于是乎铭始不实。后之作铭者当观其人。苟托之非人，则书之非公与是，则不足以行世而传后。故

465. 北魏　司马悦墓志拓片

千百年来，公卿大夫至于里巷之士莫不有铭，而传者盖少，其故非他，托之非人，书之非公与是故也。

然则孰为其人而能尽公与是欤？非畜(积累)道德而能文章者无以为(不能做它)也。盖有道德者之于恶人则不受而铭之(接受写铭文的要求)，于众人则能辨焉。而人之行，有情善而迹非，有意奸而外淑，有善恶相悬而不可以实指，有实大于名，有名侈(多)于实。犹之用人，非畜道德者，恶(wū，怎么)能辨之不惑，议之不徇？不惑不徇，则公且是矣。而其辞之不工(优美)，则世犹不传，于是又在其文章兼胜(擅长)焉。故曰非畜道德而能文章者无以为也。岂非然哉？

然畜道德而能文章者，虽或并世(可能，相邻的时代，即相继出现)而有，亦或数十年或一二百年而有之。其传之难如此，其遇之难又如此。若先生之道德文章，固所谓数百年而有者也。先祖之言行卓卓(杰出)，幸遇而得铭其公与是，其传世行后无疑也。而世之学者，每观传记所书古人之事，至于所可感，则往往衋然(xì，伤痛的样子)不知涕之流落也，况其子孙也哉？况巩也哉？其追睎(xī，追怀仰慕)祖德而思所以传之之由，则知先生推一赐于巩而及其三世。其感与报，宜若何而图之(应该怎样才能表达呢)？抑又思若巩之浅薄滞拙而先生进之(奖掖)，先祖之屯蹶否塞(屯 zhūn；否 pǐ。指不得志，不顺利。屯、否是《易经》卦名，屯卦表艰

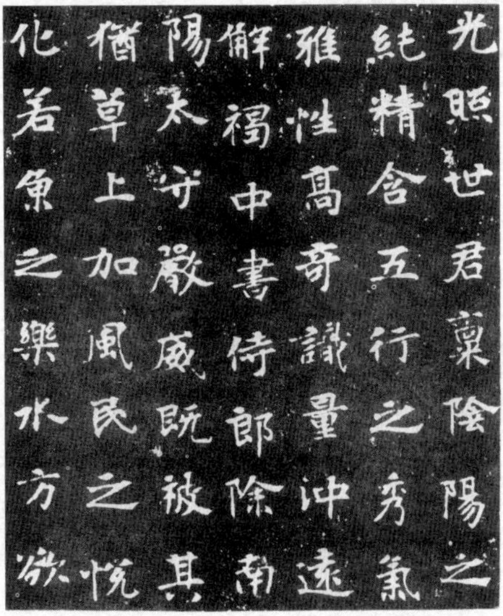

466. 北魏 张黑女墓志拓片

难，否卦表困顿）以死而先生显之，则世之魁闳（心胸宏伟宽广）豪杰不世出之士，其谁不愿进于门？潜遁幽抑（隐居起来不求闻达）之士，其谁不有望于世？善（善事）谁不为？而恶谁不愧以惧？为人之父祖者，孰不欲教其子孙？为人之子孙者，孰不欲宠荣其父祖？此数美（好处）者，一归于先生。

既拜赐之辱（对人表示尊敬的谦词），且敢进其所以然。所论世族之次（指曾氏家世的次第），敢不承教而加详焉？愧甚，不宣。

子固感欧公铭其祖父，寄书致谢，多推重欧公之辞。然因铭祖父而推重欧公，则推重欧公正是归美祖父。至其文纡徐百折，转入幽深，在南丰集中，应推为第一。

（原本《古文观止》）

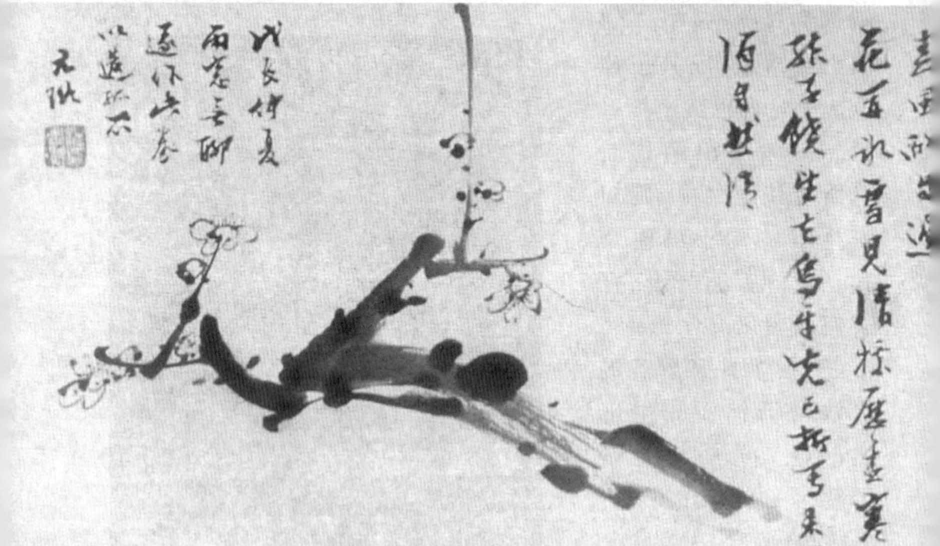

赠黎安二生序　　曾　巩

赵郡(即赵州，治所在今河北赵县，是苏轼的祖籍所在地)苏轼，予之同年(同年中考)友也。自蜀以书至京师遗予，称蜀之士，曰黎生、安生者。既而黎生携其文数十万言，安生携其文亦数千言，辱以顾予。读其文，诚闳壮隽伟，善反复驰骋，穷尽事理，而其材力之放纵，若不可极(没有边际)者也。二生固可谓魁奇特起之士，而苏君固可谓善知人者也。

顷之，黎生补江陵府(治所在今湖北江陵)司法参军(掌刑法的官员)，将行，请予言以为赠。予曰："予之知生，既得之于心矣，乃

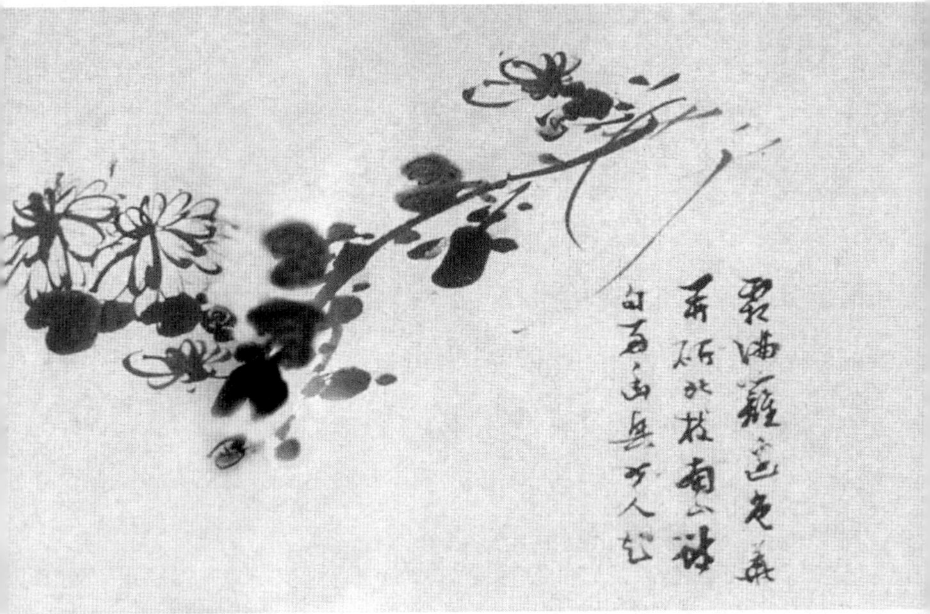

467. 明　倪元璐　杂花图卷

将以言相求于外邪？”黎生曰：“生与安生之学于斯文，里之人(乡里的人)皆笑以为迂阔。今求子之言，盖将解惑于里人。”予闻之，自顾而笑。

夫世之迂阔，孰有甚于予乎！知信乎古，而不知合乎世；知志乎道，而不知同乎俗。此予所以困于今而不自知也。世之迂阔，孰有甚于予乎？今生之迂，特以文不近俗，迂之小者耳，患(害怕)为笑于里之人。若予之迂大矣，使生持吾言而归，且重得罪，庸讵(岂)止于笑乎？然则若予之于生，将何言哉？谓予之迂为善(好)，则其患若此。谓为不善，则有以合乎世，必违乎古；有以同乎俗，必离乎道矣。生其无(通“勿”，不要)急于解里人之惑，则于是焉，必能择而取之。

遂书以赠二生，并示苏君，以为何如(苏君有什么看法)也？

文之近俗者，必非文也。故里人皆笑，则其文必佳。子固借“迂阔”二字，曲曲引二生入道，读之觉文章声气，去圣贤名教不远。

(原本《古文观止》)

读孟尝君传　　王安石

世皆称孟尝君(即战国时齐国贵族田文，袭其父田婴的封爵，封于薛，今山东滕州南，世称薛公，门下有食客数千)能得士，士以故归之，而卒赖其力以脱于虎豹之秦。

嗟乎！孟尝君特鸡鸣狗盗之雄耳，岂足以言得士？不然，擅(凭借)齐之强，得一士焉，宜可以南面(古以面南而坐为尊，帝王朝南而坐，此指称王)而制秦，尚何取鸡鸣狗盗之力哉？鸡鸣狗盗之出其门，此士之所以不至也。

凿凿只是四笔，笔笔如一寸铁，不可得而屈也。读之可以想见先生生平执拗，乃是一段气力。

(金圣叹)

荆公古文，于有宋诸家中，实当为第一，以其峻而不迫也。世皆以拗折赏之。但学荆公者，当观其全体，领略其气之健，不可规规焉模仿其句调。如强学其拗折之调，而无气以运之，则恶矣，彼调虽拗折，气甚雄直也。《孟子》之文甚高峻，人评之谓有“泰山岩岩”之概。荆公古文具之，而能大，且无俗调夹杂，此其所以非欧、苏等能入也。

此等短篇，类乎史之论赞。措词须简，含意简深，转折须灵捷。

(吕思勉)

468. 春秋青铜瓶

同学一首别子固　　王安石

江之南有贤人焉，字子固(宋文学家曾巩，字子固)，非今所谓贤人者，予慕而友之(以之为友，与他结为朋友)。淮之南有贤人焉，字正之(王安石的朋友孙侔，字正之)，非今所谓贤人者，予慕而友之。二贤人者，足未尝相过也，口未尝相语也，辞币(言辞和布帛，指互相应答的话语和互相赠送的礼品)未尝相接也，其师若友，岂尽同哉？予考其言行，其不相似者何其少也！曰：学圣人而已矣。学圣人，则其师若友必学圣人者。圣人之言行，岂有二哉？其相似也适然。

予在淮南，为(向)正之道子固，正之不予疑也。还江南，为子固道正之，子固亦以为然。予又知所谓贤人者，既相似又相信不疑也。子固作《怀友》一道遗(wèi，赠送)予，其大略欲相扳(扳：pān，通"攀"。互相攀结、互相帮助)以至乎中庸而后已。正之盖亦尝云尔。夫安驱徐行，轥(lìn，车轮碾过)中庸之庭而造(到)于其室，舍二贤人者而谁哉？予昔非敢自必其有至也，亦愿从事于左右焉尔，辅(在他们的帮助下)而进之其可也。

噫！官有守，私有系(牵挂)，会合不可以常也。作《同学一首别子固》，以相警，且相慰云。

别子固而以正之陪说，交互映发，错落参差。至其笔情高寄，淡而弥远，自令人寻味无穷。

(原本《古文观止》)

469. 明 陈洪绶 临流图

游褒禅山记　　王安石

褒禅山，亦谓之华山，唐浮图(佛教徒)慧褒(唐代高僧)始舍(定居)于其址，而卒葬之，以故(因为这个原因)其后名之曰褒禅。今所谓慧空禅院者，褒之庐(古人为守丧而构筑在墓旁的小屋)冢也。距其院东五里，所谓华山洞者，以其乃华山之阳(南面)名之也。距洞百余步，有碑仆道(倒于路上)，其文漫灭，独其为文犹可识，曰："花山"。今言"华"如"华实"之"华"者，盖音谬也。

其下平旷，有泉侧出，而记游者甚众，所谓"前洞"也。由山以上五六里，有穴窈然(深幽的样子)，入之甚寒，问其深，则其好游者不能穷也，谓之"后洞"。予与四人拥火以入，入之愈深，其进愈难，而其见愈奇。有怠而欲出者，曰："不出，火且(将)尽。"遂与之俱出。盖予所至，比好游者尚不能十一，然视其左右，来而记之者已少。盖(语气词)其又深，则其至又加少矣。方是时，予之力尚足以入，火尚足以明也。既其出，则或咎(有人责备)其

470．东汉　华山碑拓片

欲出者,而予亦悔其随之,而不得极乎游之乐也。

于是予有叹焉。古人之观于天地、山川、草木、虫鱼、鸟兽,往往有得,以其求思之深而无不在也。夫夷以近,则游者众;险以远,则至者少。而世之奇伟、瑰怪(珍贵而奇异)、非常之观,常在于险远,而人之所罕至焉,故非有志者,不能至也。有志矣,不随(跟随)以止也,然力不足者,亦不能至也。有志与力,而又不随以怠,至于幽暗昏惑而无物以相之,亦不能至也。然力足以至焉,于人为可讥,而在己为有悔。尽吾志也而不能至者,可以无悔矣,其孰能讥之乎?此予之所得也。

予于(对于)仆碑,又以悲夫古书之不存,后世之谬其传(以讹传讹)而莫能名(不能称名)者,何可胜道也哉!此所以学者不可以不深思而慎取之也。

四人者:庐陵(今江西吉安)萧君圭君玉(萧君圭,字君玉),长乐(福建长乐县)王回深父(王回,字深父),予弟安国平父(王安国,字平父)、安上纯父(王安上,字纯父,均为王安石之弟)。

借游华山洞,发挥学道。或叙事,或诠解,或摹写,或道故,意之所至,笔亦随之。逸兴满眼,余音不绝。可谓极文章之乐。

(原本《古文观止》)

泰州海陵县主簿许君墓志铭　　王安石

君讳(指死去的帝王或尊者的名字)平，字秉之，姓许氏。余尝谱其世家，所谓今泰州海陵县主簿者也。君既与兄元(许元，字子春，许平兄)相友爱称天下，而自少卓荦不羁(荦，luò。卓绝超众，豪放不羁)，善辩说，与其兄俱以智略为当世大人所器。宝元(宋仁宗赵祯的年号)时，朝廷开方略之选(科举的一种科目，即考试运筹谋划，策略韬略，以选拔人才)，以招天下异能之士，而陕西大帅范文正公(北宋政治家范仲淹，曾任宰相及陕西四路安抚使，卒谥文正)、郑文肃公(宋吴县人郑戬，卒谥文肃)争以君所为书以荐，于是得召试，为太庙斋郎(掌管天子祖庙陵墓荐享等事宜的官)，已而选泰州海陵县主簿(官名。掌管文书、簿籍、印鉴等事)。

贵人多荐君有大才，可试以事，不宜弃之州县。君亦尝慨然自许，欲有所为。然终不得一用其智能以卒。噫！其可哀也已。

士固有离世异俗，独行其意，骂讥、笑侮、困辱

471. 北魏　元祯墓志拓片

而不悔，彼皆无众人之求而有所待(希求)于后世者也，其龃龉(jǔ yǔ)牙齿上下不相合，比喻意见不合，互相抵触)固宜。若夫智谋功名之士，窥时俯仰以赴势利之会(窥测时局，周旋应付，追寻权势利禄的机会)，而辄不遇者，乃亦不可胜数。辩足以移万物，而穷于用说之时(却困厄于用得着游说之才的时代)，谋足以夺三军，而辱于右武之国(右武，崇尚武力)，此又何说哉？嗟乎！彼有所待而不悔者，其知之矣。

君年五十九，以嘉祐(仁宗年号)某年某月某甲子葬真州之杨子县甘露乡某所之原。夫人李氏。子男瓌不仕；璋，真州司户参军；琦，太庙斋郎；琳，进士。女子五人，已嫁二人，进士周奉先、泰州泰兴令陶舜元。

铭曰：有拔(推荐起用)而起之，莫挤而止之。呜呼许君！而已于斯，谁或使之？

起手叙事，以后痛写淋漓，无限悲凉。总是说许君才当大用，不宜以泰州海陵县主簿终，此作铭之旨也。文情若疑若信，若近若远，令人莫测。

(原本《古文观止》)

472. 宋 李成 读碑图

古文观止

卷十二

送天台陈庭学序　　宋 濂

西南山水，惟川蜀最奇。然去中州万里，陆有剑阁栈道之险，水有瞿唐滟滪(瞿塘峡口的一块巨石，立于江中，江水至此形成湍流，形势险要)之虞(危险)。跨马行，则竹间山高者，累旬日不见其巅际，临上而俯视，绝壑万仞，杳(渺茫，深远)莫测其所穷，肝胆为之悼栗(抖动战栗)。水行，则江石悍利，波恶涡诡(旋涡变化多端)，舟一失势尺寸，辄糜碎土沉(就撞得粉碎像泥土一样下沉)，下饱鱼鳖。其难至如此。故非仕有力者，不可以游；非材有文者，纵游无所得；非壮强者，多老死于其地。嗜奇之士(爱好奇异的人)恨焉。

天台陈君庭学，能为诗，由中书左司掾(中书省左司的属员。中书省下设左右司，掾为左右司的官属)，屡从大将

473. 古蜀栈道

北征，有劳，擢四川都指挥司照磨(都指挥使下属官吏，掌管文书卷宗等事)，由水道至成都。成都，川蜀之要地，扬子云(西汉文学家扬雄，字子云)、司马相如(西汉文学家)、诸葛武侯(诸葛亮，蜀汉丞相，封武侯)之所居，英雄俊杰战攻驻守之迹，诗人文士游眺、饮射、赋咏、歌呼之所，庭学无不历览。既览必发为诗，以纪(通"记")其景物时世之变，于是其诗益工。越三年，以例(按照惯例)自免归。会予于京师，其气愈充，其语愈壮，其志意愈高，盖得于山水之助者侈(很多)矣。

予甚自愧，方予少时，尝有志于出游天下，顾以学未成而不暇。及年壮可出，而四方兵起，无所投足。逮今圣主兴而宇内定，极海之际，合为一家，而予齿益加耄(mào，年老)矣。欲如庭学之游，尚可得乎？

然吾闻古之贤士，若颜回、原宪(孔子弟子)，皆坐守陋室，蓬蒿没户，而志意常充然，有若囊括于天地者，此其故何也？得无(莫非，会不会是)有出于山水之外者乎？庭学其试归而求焉？苟有所得，则以告予，予将不一愧(指自己未能亲游蜀地的遗憾)而已也。

不在书而在游，可以语子长之文章，而不可以语天下后世之学为文章者。以书为游，则虽起子长而问之，亦安得取宋公之言而易之哉！

(李扶九)

真性在方丈寂寥無四隣秋天
月色正清夜道心真大夢觀
前事浮名悟幻身不知庭樹意
榮落感何人
漸江弘仁寫

474. 清 弘仁 山水图

阅江楼记　　宋濂

金陵(今江苏南京市)为帝王之州，自六朝迄于南唐，类皆偏据一方，无以应山川之王气。逮我皇帝，定鼎于兹(建都在这里)，始足以当之。由是声教所暨(及，到)，罔间(罔，毋，不，没有。罔间即没有间隔)朔南(北南)，存神穆清(涵养精神和穆而清明)，与天同体，虽一豫(欢乐)一游，亦可为天下后世法。京城之西北，有狮子山(山名，今南京市挹江门外)，自卢龙(山名，在今江苏江宁县西北三十里)蜿蜒而来，长江如虹贯，蟠绕其下。上(皇上)以其地雄胜，诏建楼于巅，与民同游观之乐，遂锡(通"赐")嘉名为"阅江"云。

登览之顷，万象森列，千载之秘，一旦轩露(显露)，岂非天造地设，以俟夫一统之君，而开千万世之伟观者欤？当风日清

475. 明　南都繁胜图

美，法驾幸临，升其崇椒(山顶)，凭阑遥瞩，必悠然而动遐思。见江汉之朝宗，诸侯之述职，城池之高深，关阨(通"隘")之严固，必曰："此朕栉风沐雨(栉，zhì，梳头。不避风雨历经艰险)，战胜攻取之所致也。"中夏之广，益思有以保之。见波涛之浩荡，风帆之上下，番舶接迹而来庭，蛮琛联肩(琛，chēn。蛮国的珍宝络绎不断)而入贡，必曰："此朕德绥威服(以仁德安抚，以威权镇服)，覃(tán，延伸)及内外之所及也。"四陲之远，益思有以柔之。见两岸之间、四郊之上，耕人有炙肤皲足(炙，zhì；皲，jūn。烈日烘烤皮肤，寒风吹

476. 明　皇都积胜图卷

裂双脚)之烦，农女有捋桑行馌(捋，luō；馌，yè。采桑送饭)之勤，必曰："此朕拔诸水火，而登于衽席(衽，rèn。卧席)者也。"万方之民，益思有以安之。触类而思，不一而足。臣知斯楼之建，皇上所以发舒精神，因物兴感，无不寓其致治之思，奚(哪里)止阅夫长江而已哉！

彼临春、结绮(阁名)，非不华矣；齐云、落星(楼名)，非不高矣。不过乐管弦之淫响，藏燕、赵之艳姬，一旋踵间(一转足之间，形容十分迅速)而感慨系之，臣不知其为何说也。虽然，长江发源

岷山，委蛇(同“逶迤”，绵延曲折)七千余里而入海，白涌碧翻。六朝之时，往往倚之为天堑。今则南北一家，视为安流，无所事乎战争矣。然则果谁之力欤？逢掖(宽袖的衣服，古代儒士所穿)之士，有登斯楼而阅斯江者，当思圣德如天，荡荡难名，与神禹疏凿之功同一罔极(没有边际)。忠君报上之心，其有不油然而兴耶？

臣不敏，奉旨撰记。欲上推宵旰(即宵衣旰食，天不亮就穿衣起床，天晚了才吃饭歇息。形容工作繁忙而勤劳。旰，gàn)图治之功者，勒诸贞珉(铭刻于碑石。贞珉，碑石的美称)；他若留连光景之辞，皆略而不陈，惧亵(亵渎)也。

奉旨撰记，故篇中多规颂之言，而为庄重之体，真台阁应制文字。明初朝廷大制作，皆出先生之手，洵堪称为一代词宗。

(原本《古文观止》)

477. 明　御用毛笔

司马季主论卜　　刘 基

478. 司马季主像　楚人，初卖卜长安，后入委羽山，相传得服霜散，修成景化形之道

东陵侯(邵平，秦时为东陵侯，汉代被废，在长安城东种瓜)既废，过司马季主(西汉初一个善卜之人)而卜焉。季主曰："君侯何卜也？"东陵侯曰："久卧者思起，久蛰(潜藏)者思启，久懑(mèn，烦闷)者思嚏。吾闻之，蓄极则泄，闷(闭)极则达，热极则风，壅(堵塞)极则通。一冬一春，靡(无)屈不伸；一起一伏，无往不复。仆窃有疑，愿受教焉！"季主曰："若是，则君侯已喻之矣！又何卜为？"东陵侯曰："仆未究其奥(深奥的道理)也，愿先生卒教之。"

季主乃言曰："呜呼！天道何亲？惟德之亲；鬼神何灵？因人而灵。夫蓍，枯草也。龟，枯骨也，物也。人，灵于物者也，何不自听而听于物乎？且君侯何不思昔者也？有昔者必有今日。

479. 东汉 熹平石经周易残石

是故碎瓦颓垣，昔日之歌楼舞馆也；荒榛断梗，昔日之琼蕤（蕤，ruí。美好的花朵）玉树也；露蚕（蟋蟀）风蝉，昔日之凤笙龙笛也；鬼磷萤火，昔日之金缸（指灯）华烛也；秋荼（tú，苦菜）春荠，昔日之象白驼峰（象白，象的脂肪。二者皆指美味）也；丹枫白荻（dí，芦苇之一种），昔日之蜀锦齐纨（山东出产的细白绢）也。昔日之所无，今日有之不为过；昔日之所有，今日无之不为不足。是故一昼一夜，华开者谢；一秋一春，物故者新。激湍之下，必有深潭；高丘之下，必有浚（jùn，深）谷。君侯亦知之矣，何以卜为？”

司马季主提出“君侯何不思昔者”一句，如冷水浇背，令人吃惊，才是和盘盯筹妙法。其中抚今追昔一段，说得如许悲凉。富贵骄人之徒，读之便是一副清凉散也。

（林西仲）

卖柑者言　　刘基

杭有卖果者，善藏柑，涉寒暑不溃，出之烨然(鲜艳的样子)，玉质而金色。置于市，贾十倍，人争鬻(yù，买)之。予贸(买)得其一，剖之，如有烟扑口鼻。视其中，则干若败絮。予怪(感到奇怪)而问之曰："若(汝，你)所市于人者，将以实(充实)笾(biān)豆(由竹和木制成的宴会或祭祀时盛食物的容器)，奉祭祀，供宾客乎？将衒(xuàn)外以惑愚瞽(gǔ)乎？甚矣哉，为欺也！"

卖者笑曰："吾业(从事)是有年矣，吾赖(依靠)是以食(养活)吾躯。吾售之，人取之，未闻有言，而独不足(满足心意)子所乎？

480.
卖柑者图

世之为欺者不寡矣，而独我也乎？吾子未之思也！今夫佩虎符(兵符，古代调兵的象征)、坐皋比(gāo pí，虎皮)者，洸洸(guāng，威武的样子)乎干城(捍卫国家)之具也，果能授孙、吴(孙武、吴起，春秋战国时军事家)之略耶？峨大冠(戴着高帽)、拖长绅(腰带)者，昂昂乎庙堂之器(朝廷的重臣)也，果能建伊、皋(伊，伊尹，商时贤臣，曾辅助商汤伐夏桀。皋，皋陶，相传舜时贤臣)之业耶？盗起而不知御，民困而不知救，吏奸而不知禁，法斁(dù，败坏)而不知理，坐糜(mǐ，耗费)

481. 明　仇英　中兴瑞应图

廪粟(公家粮仓里的粮食，此处指俸禄)而不知耻。观其坐高堂、骑大马、醉醇醴(chún lǐ，味道醇厚的美酒)而饫(yù，饱食)肥鲜者，孰不巍巍乎可畏，赫赫乎可象也？又何往而不金玉其外、败絮其中也哉！今子是之不察，而以察吾柑！”

予默然无以应。退而思其言，类东方生滑稽之流。岂其忿世嫉邪者耶？而托于柑以讽耶？

青田此言，为世人盗名者发，而借卖柑影喻。满腔愤世之心，而以痛哭流涕出之。士之金玉其外而败絮其中者，闻卖柑之言，亦可以少愧矣。

(原本《古文观止》)

深虑论　方孝孺

虑天下者，常图其所难，而忽其所易；备其所可畏，而遗其所不疑。然而祸常发于所忽之中，而乱常起于不足疑之事。岂其虑之未周与？盖虑之所能及者，人事之宜(适合)然，而出于智力之所不及者，天道也。

当秦之世，而灭诸侯，一天下，而其心以为周之亡，在乎诸侯之强耳，变封建而为郡县。方以为兵革可不复用，天子之位可以世(世世代代)守，而不知汉帝起陇亩(田野)之中，而卒亡秦之社稷。汉惩(吸取教训)秦之孤立，于是大建庶孽(shù niè，妾媵所生子女)而为诸侯，以为同姓之亲可以相继而无变，而七国萌(萌生)篡弑之谋。武、宣以后，稍剖析之而分其势(势力)，以为无事矣，而王莽卒移汉祚。光武之惩哀、平，魏之惩汉，晋之惩魏，各惩其所由亡而为之备，而其亡也，盖出所备之外。唐太宗闻武氏之杀其子孙(贞观二十二年，有传秘记云："唐三世之后，女主武氏，代有天下。"上密问太史令李淳风："秘记所云，信有之乎？"对曰："臣仰观天象，俯察历数，其人在陛下宫中。自今不过三十年，当王天下，杀唐子孙殆尽，其兆既成矣。"上曰："疑似者尽杀之，何如？")，求人于疑似之际而除之，而武氏日侍其左右而不悟。宋太祖见五代方镇之足以制其君，尽释其兵权，使力弱而易制，而不知子孙卒困于敌国。此其人皆有出人之智、盖世之才，其于治乱存亡之几(苗头，预兆)，思之详而备之审矣。虑切于此而祸兴于彼，终至乱亡者何哉？盖智可以谋人，而不可以谋天。良医之子多死于病，良巫之子多死于鬼。岂工(善于)于活(使活)人而拙于活己之子哉？乃工于谋人而拙于谋天也。

古之圣人，知天下后世之变非智虑之所能周，非法术之所能制，不敢肆(随意施展)其私谋诡计，而惟积至诚、用大德以结乎天心，使天眷其德，若慈母之保赤子而不忍释。故其子孙虽有至愚不肖者足以亡国，而天卒不忍遽(忽然)亡之，此虑之远者也。夫苟不能自结于天，而欲以区区之智笼络当世之务，而必后世之无危亡，此理之所必无者也，而岂天道哉！

篇中历叙处，胸有全史，末归本于至诚大德以结天心，虽出于智虑竭无可如何之说，亦于古治天下者不易正理，舍是徒劳更无益也。正学先生之文，正大罕匹，此尤其醇于醇者。

（林西仲）

此篇论古颇有识见。盖人事之方面甚多，观察者势难遍及，亦既往。大抵假定社会为不变，而思所以治之，意虽欲治将来，所立之策，实皆只可治既往耳。此以历史为前车之论之见解，所以陈旧而不适于用也。此篇亦颇见及此，虽未透彻，然今科学上之见地，自不能责昔人。其结论似迂，然亦不过曰：当随时恪恭震动，以诚且明之道行之，不可懈怠而已。归之于天，似乎落空，亦今昔思想及立言之异，不足深非也。

（吕思勉）

482. 汉 天象图

豫让论　方孝孺

士君子立身事主，既名知己，则当竭尽智谋，忠告善道，销患于未形，保治于未然，俾身全而主安。生为名臣，死为上鬼，垂光百世，照耀简策(史册)，斯为美也。苟遇知己，不能扶危于未乱之先，而乃捐躯殒命于既败之后，钓名沽誉，眩世炫俗，由君子观之，皆所不取也。

盖尝因而论之。豫让(春秋战国时刺客，曾为晋国贵族范氏和中行氏的家臣，后事智伯。赵襄子与韩、魏灭智伯时，他漆身为癞子，灭须去眉以变其容，吞炭为哑，想方设法以谋刺襄子，为智伯报仇，后伏剑自杀)臣事智伯(春秋时晋国贵族，又称智襄子)，及赵襄子(春秋时晋国贵族赵简之子，名毋恤，他最恨智伯，曾漆智伯头骨为饮具)杀智伯，让为之报仇，声名烈烈，虽愚夫愚妇，莫不知其为忠臣义士也。呜呼！让之死固忠矣，惜乎处死之道有未忠者存焉。何也？观其漆身吞炭(身上涂满漆、嘴吞下炭以改变容貌和声音)，谓其友曰："凡吾所为者极难，将以愧天下后世之为人臣而怀二心者也。"谓非忠可乎？及观斩衣三跃(连续跳过三次，用剑去斩赵襄子的衣服)，襄子责以不死于中行氏(春秋时晋国贵族，晋国大夫荀林父家族的一支，因掌中行军，遂以官为姓)而独死于智伯，让应曰："中行氏以众人待我，我故以众人报之。智伯以国士待我，我故以国士报之。"即此而论，让有余憾矣。段规(韩康子的谋臣)之事韩康，任章(春秋时魏献子的谋臣)之事魏献(春秋晋中贵族，名驹)，未闻以国士待之也，而规也、章也，力劝其主从智伯之请，与之地以骄其志，而速其亡也。郄疵(智伯的家臣)之事智伯，亦未尝以国士待之也，而疵能察韩、魏之情以谏智伯，虽不用其言以至灭亡，而疵之智谋忠告，已无愧于心也。让既自谓智伯待以国士矣，国士，济国之士也。当伯请地无厌(满足)之日，纵欲荒暴之时，为让者，正宜陈力就列(贡献自己的才力以称自己的职责，尽力尽责之意)，谆谆然而告之曰："诸侯大夫，各安分地，无相侵夺，古之制也。今无故而取地于人，人不与，而吾之忿心必生；与之，则吾之骄心以起。忿必争，争必败；骄必傲，傲必亡。"谆切恳告，谏不从，再谏之；再谏不从，三谏之；三谏不从，移其伏剑之死，死于是日。伯虽顽冥不灵，感其至诚，庶几(大概可能)复悟，和韩、魏，释赵围，保全智宗，守其祭祀。若然，则让虽死犹生也，岂不胜于斩衣而死乎？让于此时，曾无一语开悟主心，视伯之危亡犹越人视秦人之肥瘠也。袖手旁观，坐待成败，国士之报曾若是(像这样)乎？智伯既死，而乃不胜血气之悻悻(怨恨失意的样子)，甘自附于刺客之流，何足道哉？何足道哉？

虽然，以国士而论，豫让固不足以当(当得起)矣。彼朝为仇敌，暮为君臣，腼然(厚着脸皮的样子。腼，tiǎn)而自得者，又让之罪人也。噫！

此论责豫让不能扶危于智氏未乱之先，而徒欲伏剑于智氏既败之后，独辟见解，从来未经人道破。通篇主意，只在"让之死固忠矣"二句上。先扬后抑，深得《春秋》褒贬之法。

(原本《古文观止》)

亲政篇　　王 鏊

《易》(《周易》)之《泰》(《易经》六十四卦之一)曰:“上下交而其志同(君臣上下交相沟通,心志合同)。”其《否》(《易经》六十四卦之一)曰:“上下不交而天下无邦(君臣上下不能交相沟通,天下离异难成邦国)。”盖上之情达(传达)于下,下之情达于上,上下一体,所以为“泰”。下之情壅阏(è,堵塞)而不得上闻,上下间隔,虽有国而无国矣,所以为“否”也。交则泰,不交则否,自古皆然,而不交之弊,未有如近世之甚者。君臣相见,止于视朝数刻;上下之间,章奏批答相关接,刑名法度(刑名:中国古代主张“以名责实”的一种学说,强调以人的名分来要求他们的行为。法度,法令和制度)相维

483. 明　北京平面图

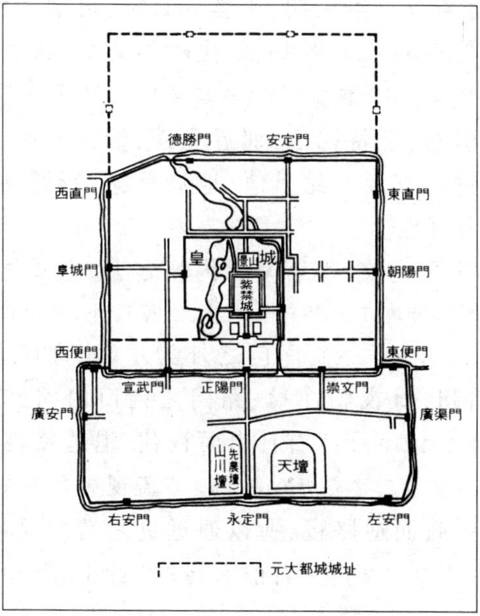

484. 明　故宫

持而已。非独沿袭故事(旧例),亦其地势(地位悬殊的情势,君臣)使然。何也?国家常朝于奉天门,未尝一日废,可谓勤矣。然堂陛悬绝,威仪赫奕(hè yì,显赫光耀),御史(掌纠劾百官的官员)纠仪(纠察礼仪),鸿胪(官名,专管朝贺庆节、殿廷仪礼等)举不如法(检举不合礼者),通政司引奏,上特视之,谢恩见辞,惴惴而退。上何尝治一事,下何尝进一言哉?此无他,地势悬绝,所谓堂上远于万里,虽欲言无由言也。

愚以为欲上下之交,莫若复古内朝之法。盖周之时有三朝(周代周君议政的三个地方。即一个外朝,在库门外、皋门内,和两个内朝,一个路门外,一个路门内):库门之外为正朝,询谋大臣在焉;路门之外为治朝,日视朝在焉;路门之内曰内朝,亦曰燕朝。《玉藻》(《礼记》中篇名)云:"君日出而视朝,退适路寝听政(君主在日出时上朝,退朝后到路寝听政理事)。"盖视朝而见群臣,所以正上下之分;听政而适路寝,所以通远近之情。汉制:大司马(掌管全国军事的最高武官)、左右前后将军、侍中、散骑(皇帝侍从)

诸吏为中朝，丞相以下至六百石(俸禄为六百石的官员)为外朝。唐皇城之北，南三门曰承天，元正、冬至受万国之朝贡，则御焉(皇上到这里)，盖古之外朝也。其北曰太极门，其西曰太极殿，朔、望(初一，十五)则坐而视朝，盖古之正朝也。又北曰两仪殿，常日听而视事，盖古之内朝也。宋时常朝则文德殿，五日一起居(五天一问候，起居指代"问候")则垂拱殿，正旦、冬至、圣节称贺则大庆殿，赐宴则紫宸殿或集英殿，试进士则崇政殿。侍从以下，五日一员上殿，谓之轮对，则必入陈时政利害。内殿引见，亦或赐坐，或免穿靴(唐代臣属上朝必须穿朝靴)，盖亦有三朝之遗意(遗留下来的习惯)焉。盖天有三垣(古代天文学家所划分的三个天区，即太微、紫微、天市)，天子象(效法)之。正朝，象太极也；外朝，象天市也；内朝，象紫微也。自古然矣。

国朝圣节、正旦、冬至大朝会则奉天殿，即古之正朝也。常日则奉天门，即古之外朝也。而内朝独缺。然非缺也，华盖、谨身、武英等殿，岂非内朝之遗制乎？洪武(明太祖年号)中如宋濂(明初曾参与制定礼乐，主修元史，官至翰林学士，奉旨制诰，乃"文臣开国之首")、刘基(元末进士，明代开国功臣)，永乐(明成祖年号)以来如杨士奇(曾任翰林编纂官，修《太祖实录》，永乐初入内阁，经宣宗、英宗朝长期辅政)、杨荣(官至文渊阁大学士，在仁宗、宣宗、英宗朝辅政)等，日侍左右，大臣蹇义(洪武进士，官至少师，历任五朝，熟悉典制)、夏元吉(洪武年间任户部主事，历任五朝，主持财政二十七年)等，常奏对便殿。于斯时也，岂有壅隔之患哉？今内朝未复，临御常朝之后，人臣无复进见，三殿高閟(高门深锁。閟，关闭)，鲜或窥焉(很少有人看到它)。故上下之情，壅而不通；天下之弊，由是而积。孝宗(朱佑樘，号弘治)晚年，深有慨于斯，屡召大臣于便殿，讲论天下事。方将有为，而民之无禄(没有福气)，不及睹至治之美，天下至今以为恨矣。

惟(愿望，表敬词)陛下远法(效法)圣祖，近法孝宗，尽铲近世壅隔之弊。常朝之外，即文华、武英二殿，仿古内朝之意，大臣三日或五日一次起居，侍从、台谏(台官和谏官，台官指纠劾百官的御史台官员，谏官指谏议大夫、给事中等)各一员上殿轮对；诸司有事咨决，上据所见决之，有难决者，与大臣面议之；不时引见群臣，凡谢恩辞见之类，皆得上殿陈奏。虚心而问之，和颜色而道之，如此，人人得以自尽。陛下虽深居九重，而天下之事灿然毕陈于前。外朝所以正上下之分，内朝所以通远近之情。如此，岂有近时壅隔之弊哉？唐、虞(唐尧、虞舜)之时，明目达聪，嘉言罔伏(不会埋没)，野无遗贤，亦不过是而已。

稽核朝典，融贯古今，而于兴复内朝之制，深致意焉。人主亲贤士大夫之日多，亲宦官宫妾之日少，则上下之情通，而奸伪不得壅蔽矣。谁谓唐、虞之治不可见于今哉？

(原本《古文观止》)

485. 明　监察官员腰牌

尊经阁记　王守仁

经,常道也。其在于天谓之"命",其赋于人谓之"性",其主(主宰)于身谓之"心"。心也,性也,命也,一也。

通人物,达四海,塞天地,亘(贯穿)古今,无有乎弗具(没有不具备的),无有乎弗同(没有不相同的),无有乎或变者(不会有任何变化者)也,是常道也。其应(感应)乎感(感情)也,则为恻隐,为羞恶,为辞让,为是非。其见于事也,则为父子之亲,为君臣之义,为夫妇之别,为长幼之序,为朋友之信。是恻隐也,羞恶也,辞让也,是非也;是亲也,义也,序也,别也,信也,一也,皆所谓心也、性也、命也。

通人物,达四海,塞天地,亘古今,无有乎弗具,无有乎弗同,无有乎或变者也,是常道也。以言其阴阳消息之行(用它来讲述人事与自然阴阳变化、生长消亡之运动),则谓

486. 明 王守仁像

487. 宋 陆九渊像

之《易》；以言其纪纲政事之施，则谓之《书》(《尚书》，俗称"书经")；以言其歌咏性情之发，则谓之《诗》(《诗经》)；以言其条理节文之著(礼仪准则、礼仪制度的建立)，则谓之《礼》；以言其欣喜和平之生，则谓之《乐》(《乐经》)；以言其诚伪邪正之辨，则谓之《春秋》。是阴阳消息之行也，以至于诚伪邪正之辨也，一也，皆所谓心也、性也、命也。

通人物，达四海，塞天地，亘古今，无有乎弗具，无有乎弗同，无有乎或变者也，夫是之谓六经(指《易》《书》《诗》《礼》《乐》《春秋》)。六经者非他，吾心之常道也。是故《易》也者，志(记述)吾心之阴阳消息者也；《书》也者，志吾心之纪纲政事者也；《诗》也者，志吾心之歌咏性情者也；《礼》也者，志吾心之条理节文者也；《乐》也者，志吾心之欣喜和平者也；《春秋》也者，志吾心之诚伪邪正者也。君子之于六经也，求之吾心之阴阳消息而时行(探求我心中矛盾变化并按时运转它)焉，所以尊《易》也；求之吾心之纪纲政事而时施焉，所以尊《书》也；求之吾心之歌咏性情而时发焉，所以尊《诗》也；求之吾心之条理节文而时著焉，所以尊《礼》也；求之吾心之欣喜和平而时生焉，所以尊《乐》也；求之吾心之诚伪邪正而时辨焉，所以尊《春秋》也。

盖昔圣人之扶人极(极，准则。维护做人的准则)、忧后世而述六经也，犹之富家者之父祖，虑其产业库藏之积，其子孙者或至于遗亡散失、卒困穷而无以自全也，而记籍(登记)其家之所有以贻(留传给)之，使之世守其产业库藏之积而享用焉，以免于困穷之患。故六经者，吾心之记籍也，而六经之实，则具于吾心。犹之产业库藏之实积，种种色色，具存于其家，其记籍者，特名状数目(不过是名称、形状、数目)而已。而世之学者，不知求六经之实于吾心，而徒考索于影响之间，牵制于文义之末，硁硁然(见识浅薄又非常固执的样子。硁，kēng)以为是六经矣。是犹富家之子孙不务守视、享用其产业库藏之实积，日遗亡散失，至为窭人(窭，jù。贫穷的人)丐夫(乞丐)，而犹嚣嚣然(傲慢的样子)指其记籍曰:“斯吾产业库藏之积也。”何以异于是?

呜呼!六经之学,其不明于世,非一朝一夕之故矣。尚功利,崇邪说,是谓乱经。习训诂,传记诵,没溺于浅闻小见,以涂(遮掩)天下之耳目,是谓侮经。侈淫词,竞诡辩,饰奸心盗行,逐世垄断,而犹自以为通经,是谓贼经。若是者,是并其所谓记籍者,而割裂弃毁之矣,宁复知所以为尊经也乎?

越城(今浙江绍兴)旧有稽山书院,在卧龙西冈,荒废久矣。郡守渭南南君大吉(南大吉,绍兴知府,王守仁的学生),既敷政于民,则慨然悼末学之支离,将进之以圣贤之道,于是使山阴令(绍兴府治)吴君瀛拓(拓宽)书院而一新之(全部修建一新),又为尊经之阁于其后,曰:“经正则庶民兴,庶民兴斯无邪慝(邪恶之人。慝,tè,恶人,坏人)矣。”阁成,请予一言以谂(shěn,规劝,谏议)多士。予既不获辞,则为记之若是。呜呼!世之学者得吾说而求诸其心焉,则亦庶乎(大概)知所以为尊经也已。

六经不外吾心,吾心自有六经。学道者何事远求?返之于心,而六经之要,取之当前而已足。阳明先生一生训人,一以良知、良能,根究心性。于此记略已备具矣。

(原本《古文观止》)

象祠记　　王守仁

灵博(山名,今贵州省黔西县)之山,有象祠焉(象,传说中舜的同父异母兄弟,他多次想杀害舜而未成,舜继位后未予计较,仍封他为有鼻国国君;后来他改恶从善了,苗民为他建立祠庙,即"象祠",以纪念他)。其下诸苗夷之居者,咸神而祠之。宣尉(官名,即宣尉使)安君,因诸苗夷之请,新其祠屋,而请记于予。予曰:"毁之乎,其新之也?"曰:"新之。""新之也何居乎(有什么理由吗)?"曰:"斯祠之肇(zhào,创建)也,盖莫知其原,然吾诸蛮夷之居是者,自吾父、吾祖溯曾、高而上,皆尊奉而禋祀焉,举而不敢废也。"予曰:"胡然乎?有鼻(古地名,也是古代小国名,故址在今湖南道县北)之祀,唐之人盖尝毁之。象之道,以为子则不孝,以为弟则傲。斥于唐,而犹存于今;坏于有鼻,而犹盛于兹土也,胡然乎?"

488.白鹿洞书院

我知之矣:君子之爱若人

也，推及于其屋之乌(乌鸦)，而况于圣人之弟乎哉？然则祠者为舜，非为象也。意(同“臆”，想象，推测)象之死，其(大概)在干羽既格(舞干羽致使有苗归顺。干羽，舞具，盾和雉尾。格，归顺。相传舜命禹征伐有苗，有苗不服，舜于是“舞干羽于两阶”，推行礼乐教化，结果有苗归顺)之后乎？不然，古之骜桀(骄横凶暴的人。骜，ào)者岂少哉？而象之祠独延于世。吾于是盖有以见舜德之至，入人之深，而流泽之远且久也。

象之不仁，盖其始焉耳，又乌知其终而不见化(被感化)于舜也？《书》不云乎：“克谐以孝，烝烝乂，不格奸”(能够用孝德使全家和谐、淳厚善良，不至于邪恶。烝烝，淳厚的样子。乂，yì，善)，“瞽瞍(指传说中舜的父亲，他因不辨善恶，曾指使象杀害舜，所以人称其为瞽瞍，即睁眼瞎子。瞽，瞎眼；瞍，没有瞳仁)亦允(信实)若(和顺)”。则已化而为慈父。象犹不弟(不守弟之道)，不可以为谐。进治(进一步修身)于善，则不至于恶。不底于奸(没有达到奸的程度)，则必入于善。信乎象盖已化于舜矣。《孟子》曰：“天子使吏治其国。”象不得以有为也。斯盖舜爱象之深而虑之详，所以(用……的方法)扶持辅导之者之周也。不然，周公之圣，而管、蔡(管叔、蔡叔，周武王、周公之弟，周成王之叔，周公代理成王执政时，二人联合武庚反叛，被镇压)不免焉。斯可以见象之见化于舜，故能任贤使能，而安于其位，泽加于其民，既死而人怀之也。诸侯之卿，命于天子，盖《周官》(即《周礼》)之制，其殆仿于舜之封象欤？

吾于是盖有以信人性之善，天下无不可化之人也。然则唐人之毁之也，据象之始也；今之诸苗之奉之也，承象之终也。斯义也，吾将以表于世。使知人之不善虽若象焉，犹可以改；而君子之修德，及其至也，虽若象之不仁，而犹可以化之也。

傲弟见化于舜，从象祠想出，从来未经人道破。当与柳子厚《毁鼻亭神记》参看，各辟一解，俱有关名教之文。

(原本《古文观止》)

瘗旅文 王守仁

维(语助词,旧时祭文,常用维字发端)正德(明武宗年号)四年秋月三日,有吏目(掌管官府文书的低级官吏)云自京来者,不知其名氏,携一子、一仆,将之(赴)任,过龙场(今贵州修文),投宿土苗家。予从篱落间望见之,阴雨昏黑,欲就问讯北来事,不果。明早,遣人觇之,已行矣。薄午,有人自蜈蚣坡来,云:“一老人死坡下,傍两人哭之哀。”予曰:“此必吏目死矣。伤哉!”薄暮,复有人来云:“坡下死者二人,傍一人坐哭。”询其状,则其子又死矣。明日,复有人来云:“见坡下积尸三焉。”则其仆又死矣。呜呼伤哉!

念其暴骨(暴,pù。暴露的尸骨)无主,将二童子持畚锸(běn chā,畚箕与铁锹)往瘗(yì,掩埋)之,二童子有难色然。予曰:“嘻!吾与尔犹(如同)彼也!”二童悯然(同情的样子)涕下,请往。就其傍山麓为三坎,埋之。又以只鸡、饭三盂,嗟吁涕洟而告之曰:

呜呼伤哉!繄(yī,语气词)何人?繄何人?吾龙场驿丞(驿丞是明代所设专管邮递迎送的官员)余姚王守仁也。吾与尔皆中土(中原)之产。吾不知尔郡邑,尔乌为乎来为兹山之鬼乎?古者重去其乡(以离开家乡为重大事情),游宦不逾千里,吾以窜逐(流放)而来此,宜也。尔亦何辜乎?闻尔官吏目耳,俸不能五斗,尔率妻子躬耕可有也,乌为乎(为什么)以五斗而易尔七尺之躯?又不足,而益以尔子与仆乎?呜呼伤哉!尔诚恋兹五斗而来,则宜欣然就道,乌为乎吾昨望见尔容,蹙然(cù,忧虑状)盖不胜(shēng,忍受,承受)其忧者?夫冲冒霜露,扳(pān,攀登)援崖壁,行万峰之顶,饥渴劳顿,筋骨疲惫,而又瘴疠(zhàng lì,瘴疠之气)侵其外,忧郁攻其中,其能以无死乎?吾固知尔之必死,然不谓若是其速,又不谓尔子、尔仆亦遽然(突然。遽,jù)奄忽(死亡)也。皆尔自取,

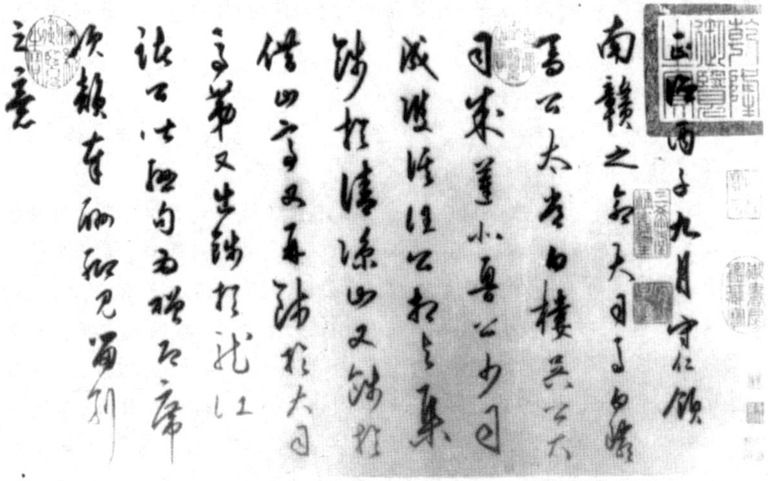

489. 王守仁手迹 龙江留别诗

谓之何哉？吾念尔三骨之无依而来瘗耳，乃使吾有无穷之怆也。呜呼伤哉！纵不尔瘗(埋葬你们)，幽崖之狐成群，阴壑(深谷)之虺如车轮，亦必能葬尔于腹，不致久暴尔。尔既已无知，然吾何能为心乎？自吾去父母乡国而来此，三年矣，历瘴毒而苟能自全，以吾未尝一日之戚戚(悲伤)也。今悲伤若此，是吾为尔者重，而自为者轻也，吾不宜复为尔悲矣。吾为尔歌，尔听之。

歌曰：连峰际天兮飞鸟不通，游子怀乡兮莫知西东。莫知西东兮维天则同(不知西东啊，顶上的苍天却一般相同)，异域殊方兮环海之中。达观随寓兮奚必予宫，魂兮魂兮无悲以恫。

又歌以慰之曰：与尔皆乡土之离兮，蛮之人言语不相知兮。性命不可期，吾苟死于兹兮，率尔子仆，来从予兮。吾与尔遨(áo，遨游)以嬉兮，骖(cān，乘，驾驭)紫彪而乘文螭(有花纹的龙。螭，chī)兮，登望故乡而嘘唏兮。吾苟获生归兮，尔子尔仆尚尔随兮，无(不要)以无侣悲兮！道傍之冢累累兮，多中土之流离兮，相与呼啸而徘徊兮。餐风饮露，无尔饥兮。朝友麋鹿(即四不像,头像鹿,尾像驴,蹄像牛,背像骆驼),暮猿与栖兮。尔安尔居兮,无为厉于兹墟兮。

先生罪谪龙场,自分一死,而幸免于死。忽睹三人之死,伤心惨目,悲不自胜。作之者固为多情,读之者能不下泪?

(原本《古文观止》)

阳明先生亦称明代古文家,然其功力实浅。元明间教育,幼时多诵唐宋古文,通畅而略有法度之文字,能为之者多。然非真有文学天才,或深于学力者,其文多浅近无足观。如先生之文,亦以人名耳。此书所选《尊经阁记》,意少辞多,此等最为当时学古文者之弊。《象祠记》明畅而已。此篇虽不高古,却自心情中流出,颇见真挚也。学文于古今当求之数种最精之书,于后世当求之大家,以大家文之特色最著也,其余诸学大家之文,即能明畅,亦仅足供泛览而已,不足深求。故选本精读之文,当限于诸大家。若今世课本之随手拾取,不名一家,仅可当文史读,不能供精读也。于先生之文,亦当如是观。

(吕思勉)

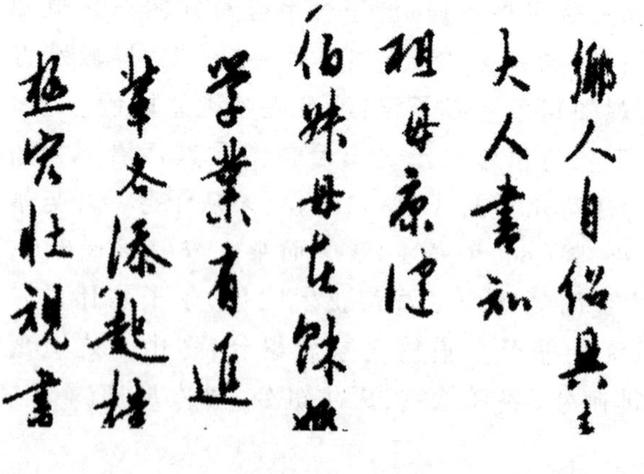

490.
王守仁家书信札

信陵君救赵论　　唐顺之

论者以窃符为信陵君(战国时魏安釐王的异母弟，名无忌，封信陵，是当时四君子之一，有食客三千，魏安釐王二十年，秦围赵，魏派晋鄙领兵救赵，晋鄙畏秦之强大而按兵不动，信陵君使如姬从宫里窃得调兵的兵符，杀死晋鄙夺得兵权，救赵胜秦)之罪，余以为此未足以罪信陵也。夫强秦之暴亟(气焰逼人)矣，今悉(全部)兵以临赵，赵必亡。赵，魏之障也。赵亡，则魏且为之后。赵、魏，又楚、燕、齐诸国之障也，赵、魏亡，则楚、燕、齐诸国为之后。天下之势，未有岌岌(十分危险)于此者也。故救赵者，亦以救魏；救一国者，亦以救六国也。窃魏之符(符，兵符，调动军队的凭证)以纾(shū，排除，解除)魏之患，借一国之师以分六国之灾，夫奚(xī，何)不可者？

491. 阳陵虎符　秦代皇帝调兵凭证

然则信陵果无罪乎？曰：

又不然也。余所诛(zhū,指责,批评)者,信陵君之心也。

信陵一公子耳,魏固有王也。赵不请救于王,而谆谆焉请求于信陵,是赵知有信陵,不知有王也。平原君(即赵胜,赵惠文王之弟)以婚姻激信陵(信陵君姐姐乃赵平原君夫人,赵被攻陷,其姐也将受害,以此激发信陵君),而信陵亦自以婚姻之故,欲急救赵,是信陵知有婚姻,不知有王也。其窃符也,非为魏也,非为六国也,为赵焉耳;非为赵也,为一平原君耳。使祸不在赵,而在他国,则虽撤魏之障,撤六国之障,信陵亦必不救。使赵无平原,或平原而非信陵之姻戚,虽赵亡,信陵亦必不救。则是赵王与社稷之轻重,不能当一平原公子,而魏之兵甲所恃以固其社稷者,只以供信陵君一姻戚之用。幸而战胜,可也,不幸战不胜,为虏于秦,是倾魏国数百年社稷以殉姻戚,吾不知信陵何以谢(道歉)魏王也。

492.新郪虎符铭文

夫窃符之计,盖出于侯生,而如姬(魏安釐王的侍妾,其父为人所杀,信陵君为她报杀父之仇,她为信陵君窃得兵符)成之也。侯生教公子以窃符,如姬为公子窃符于王之卧内,是二人亦知有信陵,不知有王也。余以为信陵之自为计,曷(通“何”)若以唇齿之势激谏于王,不听,则以其欲死秦师者而死于魏王之前,王必悟矣。侯生为信陵计,曷若见魏王而说之救赵，不听，则以其欲死信陵君者而死于魏王之前，王亦必悟矣。如姬有意于报信陵，曷若乘王之隙而日夜劝之救，不听，则以其欲为公子死者而死于魏王之前，王亦必悟矣。如此，则信陵君不负魏，亦不负赵；二人不负王，亦不负信陵君。何为计不出此？信陵知有婚姻之赵，不知有王。内则幸姬，外则邻国，贱则夷门野人(指侯生。他原是夷门的看守，夷门是魏都大梁的东门)，又皆知有公子，不知有王。则是魏仅有一孤王耳。

呜呼！自世之衰，人皆习于背公死党之行而忘守节奉公之道，有重相而无威君，有私仇而无义愤，如秦人知有穰侯(即魏冉，秦昭宣王母宣太后之弟，曾任秦国将军、相国等职)，不知有秦王，虞卿(赵相，曾为帮助魏齐脱险而抛弃相印，与魏齐一同出走)知有布衣之交，不知有赵王，盖君若赘旒(zhuì liú，多余之物，比喻虚居权位而无实权)久矣。由此言之，信陵之罪，固不专系乎符之窃不窃也。其为魏也，为六国也，纵窃符犹可。其为赵也，为一亲戚也，纵求符于王，而公然得之，亦罪也。

虽然，魏王亦不得为无罪也。兵符藏于卧内，信陵亦安得窃之？信陵不忌魏王，而径请之如姬，其素窥魏王之疏也；如姬不忌魏王，而敢于窃符，其素恃魏王之宠也。木朽而蛀生之矣。古者人君持权于上，而内外莫敢不肃。则信陵安得树私交于赵？赵安得私请救于信陵？如姬安得衔信陵之恩？信陵安得卖恩于如姬？履霜之渐(《周易·坤》曰"履霜坚冰至"，意思是：踩到霜，就知道结坚冰的寒冬要来了。形容事物的发展都是由微而著，由小而大的)，岂一朝一夕也哉！由此言之，不特众人不知有王，王亦自为赘旒也。

故信陵君可以为人臣植党之戒，魏王可以为人君失权之戒。《春秋》书葬原仲(陈国大夫。他死后，旧友季友私自到陈国将他埋葬。孔子认为这是结党营私的表现)、翚帅师(翚，huī。即鲁国大夫羽文，宋、陈等国伐魏时，宋国也要鲁国出兵，鲁隐公不答应，他则带兵而去。孔子认为这是目无君主）。嗟夫！圣人之为虑深矣！

诛信陵之心，暴信陵之罪，一层深一层，一节深一节，愈驳愈醒，愈转愈刻。词严义正，直使千载杨诩之案，一笔抹杀。

（原本《古文观止》）

此篇甚畅达，可克初学文字格格不吐之病。昔人教学作文，恒先求其畅达，非不知繁冗之为病，然较格格不吐者，则易疗矣。行文犯格格不吐之病者，大抵本尚未能作文而强之作使然。故昔人戒早“开笔”（开始学作文字之谓），又评阅文字忌多改，亦以此也。故不想作文，可不必作，多读多看，自有勃不可遏，虽欲禁之而不可之势也。

此篇议论，颇失之迂，又失之刻，宋学盛行时之习气如此，不足为一人责也。

（吕思勉）

493. 秦 古玺

报刘一丈书　　宗臣

数千里外，得长者(年老的长辈或年高望重的人，此指刘一丈)时赐一书，以慰长想，即亦甚幸矣；何至更辱(表尊敬)馈遗(kuì wèi，赠送)，则不才益将何以报焉？书中情意甚殷，即长者之不忘老父，知老父之念长者深也。

至以"上下相孚，才德称位"语不才，则不才有深感焉。夫才德不称，固自知之矣；至于不孚之病，则尤不才为甚。

且今之所谓孚者何哉？日夕(早晚)策马候权者之门，门者故不入，则甘言媚词作妇人状，袖(在袖中藏)金以私之。即门者持刺(名帖)入，而主人又不即出见，立厩中仆马之间，恶气袭衣袖，即饥寒毒热不可忍，不去也。抵暮，则前所受赠金者出，报客曰："相公倦，谢客矣，客请明日来！"即明日又不敢不来。夜

494. 明代院落(山西临汾丁村)

495. 明　黄花梨透雕靠背圈椅

披衣坐，闻鸡鸣即起盥栉(guàn zhì，洗脸梳头)，走马推门，门者怒曰："为谁？"则曰："昨日之客来。"则又怒曰："何客(拜访)之勤也！岂有相公此时出见客乎？"客心耻(以……为耻)之，强忍而与言曰："亡(同"无")奈何矣，姑容我入。"门者又得所赠金，则起而入之。又立向所立厩中。幸主者出，南面召见，则惊走匍匐阶下。主者曰："进！"则再拜，故迟不起，起则上所上寿金。主者故不受，则固请；主者故固不受，则又固请。然后命吏纳之。则又再拜，又故迟不起，起则五六揖始出。出揖门者曰："官人(原指做大官的人，此处是干谒者对守门人的奉承之辞)幸(表示尊敬的副词，表明对方的行为使自己感到幸运)顾我，他日来，幸(希望)无阻我也！"门者答揖。大喜，奔出。马上遇所交识(认识的朋友)，即扬鞭(扬起马鞭，洋洋得意的样子)语曰："适自相公家来，相公厚我，厚我！"且虚言状(夸大其词地叙述接见的情形)。即所交识亦心

496. 明　黄花梨有束腰矮桌展腿式半桌

畏相公厚之矣。相公又稍稍语人曰:“某也贤!某也贤!”闻者亦心计交赞之。此世所谓上下相孚也,长者谓仆能之乎?

前所谓权门者,自岁时伏腊(指一年中的年节日。岁时:一年四季的春夏秋冬。伏:夏天的伏日。腊:冬天的腊日)一刺之外,即经年不往也。间(间或,偶尔)道经其门,则亦掩耳闭目,跃马疾走过之,若有所追逐者。斯则仆之褊(biǎn)衷(狭隘的心胸)。以此长不见悦于长吏,仆则愈益不顾也。每大言曰:“人生有命,吾惟守分而已。”长者闻之,得无厌其为迂乎?

是时严介溪揽权,俱是乞哀昏暮、骄人白日一辈人,摹写其丑形恶态,可为尽情。末说出自己之气骨,两两相较,薰莸不同,清浊异质。有关世教之文。

(原本《古文观止》)

497. 五代 铜铺首

吴山图记　　归有光

吴、长洲（均为吴郡辖县，治所同在江苏苏州）二县，在郡治所，分境而治。而郡西诸山，皆在吴县。其最高者，穹窿、阳山、邓尉、西脊、铜井。而灵岩，吴之故宫在焉，尚有西子之遗迹。若虎丘、剑池（风景名胜之地，在今江苏苏州市内）及天平、尚方、支硎（山名），皆胜地也。而太湖汪洋三万六千顷，七十二峰沉浸其间，则海内之奇观矣。

余同年（同榜考中的人）友魏君用晦为吴县，未及三年，以高第（指考试或官吏考核被列入较高的等第）召入为给事中（官名，侍从皇帝左右，掌顾问对答之事，因执事在殿中，故名）。君之为县有惠爱，百姓扳留（扳，pān，通“攀”。挽留之意）之不能得，而君亦不忍于其民，由是好事者绘《吴山图》以为赠。

498．明　沈周　虎丘图册

499.
明　沈周　虎丘图册

夫令(县令)之于民诚重矣。令诚贤也，其地之山川草木亦被其泽而有荣也；令诚不贤也，其地之山川草木亦被其殃而有辱也。君于吴之山川，盖增重矣。异时吾民将择胜于岩峦之间，尸祝(祭祀)于浮屠、老子(春秋时哲学家，被认作道教的始祖)之宫也，固宜。而君则亦既去矣，何复惓惓于此山哉？昔苏子瞻(苏轼，字子瞻，宋代文学家)称韩魏公(韩琦，北宋大臣，封魏国公)去黄州(今湖北黄冈)四十余年而思之不忘，至以为思黄州诗，子瞻为黄人刻之于石。然后知贤者于其所至，不独使其人之不忍忘而已，亦不能自忘于其人也。

君今去县已三年矣，一日与余同在内庭，出示此图，展玩太息(叹息)，因命余记之。噫！君之于吾吴，有情如此，如之何而使吾民能忘之也？

因令赠图，因图作记，因赠图而知令之不能忘情于民，因记图而知民之不能忘情于令。婉转情深，笔墨在山水之外。

(原本《古文观止》)

沧浪亭记　　归有光

浮图(僧人)文瑛,居大云庵,环水,即苏子美(苏舜卿,字子美,宋朝诗人,曾建了沧浪亭)沧浪亭之地也。亟求余作《沧浪亭记》,曰:"昔子美之记,记亭之胜也。请子记吾所以为(修复)亭者。"

余曰:"昔吴越(国名)有国时,广陵王(钱元璙,吴越王钱镠之子)镇吴中(即今江苏省苏州一带),治南园于子城之西南,其外戚孙承佑(钱镠之孙钱俶的岳父),亦治园于其偏。迨淮海纳土,此园不废。苏子美始建沧浪亭,最后禅者(僧人)居之。此沧浪亭为大云庵也。有庵以来二百年,文瑛寻古遗事,复子美之构(建筑)于荒残灭没之余,此大云庵为沧浪亭也。夫古今之变,朝市改易(朝廷和市镇随之改变面貌),尝登姑苏之台,望五湖(指太湖及其附近所有湖泊)之渺茫,群山之苍翠,太伯、虞仲(周太王古公亶父的长子、次子,曾避难江南,后成为周代吴国的始祖)之所建,阖闾、夫差(春秋时相继就任的两位吴王,阖闾与越勾践争战,死,其子夫差为报父仇,后大败越兵,473年被越所灭,遂自杀)之所争,子胥(伍子胥,春秋时人,曾辅助吴王夫差伐越)、种、蠡(文种、范蠡,均为春秋时越国大夫)之所经营,今皆无有矣,庵与亭何为者哉?虽然,钱镠因乱攘窃(窃取),保有吴、越,国富兵强,垂及四世。诸子姻戚,乘时奢僭(奢侈逾礼),宫馆苑囿(yuàn yòu,专供古代帝王或贵族游猎的风景园林),极一时之盛,而子美之亭,乃为释子(僧徒,释是佛教始祖释迦牟尼的简称,释子即释氏弟子)所钦重如此。可以见士之欲垂名于千载,不与澌(sī)然(冰块融化的样子)而俱尽者,则有在矣。

文瑛读书喜诗,与吾徒游,呼之为沧浪僧云(语气助词,无实义)。

忽为大云庵，忽为沧浪亭，时时变易，已足唤醒世人。中间一段点缀，凭吊之感，黯然动色。至末一转，言士之垂名不朽者，固自有在，而不在乎亭之犹存，此意开人智识不浅。

(原本《古文观止》)

500. 明 沈周 虎丘图册

青霞先生文集序　　茅　坤

青霞沈君[即沈炼，字纯甫，别号青霞山人，会稽人，嘉靖十七年(1538)进士，初任溧阳知县，因得罪御史，调任花平知县。后入朝任锦衣卫经历。曾上书皇帝，历数奸相严嵩父子十大罪状，请予罢斥以谢天下，结果反被权贵流放。在民间，他继续向百姓揭发严嵩父子十大罪行，终被害，两个儿子被杀]，由锦衣经历(指锦衣卫的经历官。锦衣卫，官署名，一种特务组织)上书诋宰执(即宰相，因执国家之政柄，故名)。宰执深疾之，方力构其罪，赖天子仁圣，特薄其谴(减轻其罪罚)，徙之塞上。当是时，君之直谏之名满天下。已而君累然(疲困的样子)携妻子出家塞上。会(恰巧，正好)北敌数内犯，而帅府以下束手闭垒，以恣(zì，任凭，放纵)敌之出没，不及飞一镞(zú，箭头，代指

501. 明代疆域图

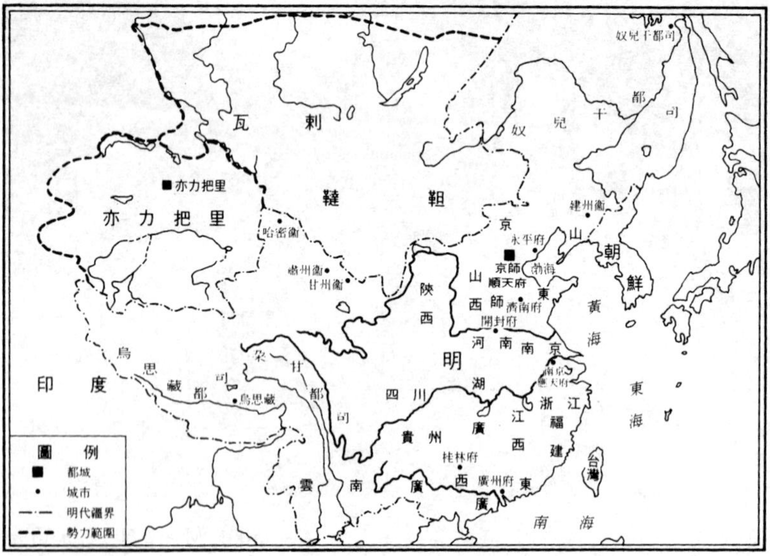

502. 明 锦衣卫木印

箭)以相抗。甚且及敌之退，则割中土之战没者与野行者之馘(guó，割下的左耳，来统计杀死人的数量)以为功。而父之哭其子，妻之哭其夫，兄之哭其弟者，往往而是，无所控吁。君既上愤疆场之日弛，而又下痛诸将士日菅刈(jiān yì，像割草那样残杀。菅，一种草本植物。刈，割草)我人民以蒙(蒙骗)国家也。数呜咽欷歔(欷歔，xī xū。屡屡哭泣叹息)，而以其所忧郁发之于诗歌文章，以泄其怀，即集中所载诸什(古人作诗十篇为一组，后即以什代篇)是也。

君故以直谏为重于时，而其所著为诗歌文章又多所讥刺，稍稍传播，上下震恐，始出死力相煽构(煽，shān。煽惑构陷)，而君之祸作矣。君既没，而一时阃寄(kǔn jì，握有军权)所相与谗君者，寻(不久)且坐罪(获罪)罢去。又未几，故宰执之仇君者(把沈君当作仇人的人)亦报罢(古代臣民上书言事，朝廷不采纳，宣令退去，叫报罢，此指罢官)。而君之门人给谏(给事中和谏议大夫的合称，掌纠正过失和规劝)俞君，于是裒(póu)辑(搜集，编辑)其生平所著若干卷，刻而传之。而其子以敬，来请予序之首简(序言)。

茅子受读而题之曰：若君者(像沈君这样的人)，非古之志士之遗乎哉？孔子删《诗》，自《小弁》(《诗经·小雅》中篇名，抒写一个被父亲弃逐者的忧怨)之怨亲，《巷伯》(《诗经·小雅》中的篇名，诗写一统治集团中的成员因被谗而受宫刑的悲愤)之刺谗(对谗毁者进行讽刺)以下，其忠臣、寡妇、幽人、怼士(心怀怨恨的人。怼，duì，怨恨)之什，并列之为“风”；疏(梳理，分类)之为“雅”，不可胜数。岂皆古之中声(中和之声)也哉？然孔子不遽遗(轻易地舍弃。遽，jù，急，骤然，此作轻易解)之者，特悯其人，矜(哀怜)其志，犹曰“发乎情，止乎礼义”，“言之者无罪，闻之者足以为戒”焉耳。予尝按次《春秋》以来，屈原之《骚》疑于怨，伍胥之谏疑于胁，贾谊之疏疑于激，叔夜(魏晋诗人嵇康，字叔夜，因不满当时执政之司马氏，发表离经叛道的诗文，被司马昭所杀)之诗疑于愤，刘蕡(蕡，fén。唐人，文宗时在应试对策中批评宦官专权)之对疑于亢(偏执)，然推孔子删《诗》之旨而裒次(汇集编次)之，当亦未必无录之者。君既没，而海内之荐绅(亦作“缙绅”，古代官员的一种装束，后指官僚。缙，插。绅，古代官员束在衣外的衣带)大夫(士大夫)至今言及君，无不酸鼻而流涕。呜呼！集中所载《鸣剑》《筹边》诸什，

503. 明　文官一品“补子”

504. 明　武官一品“补子”

505.
李自成大顺年间颁发的铜印

试令后之人读之，其足以寒贼臣之胆，而跃塞垣战士之马，而作之忾(激发他们的愤怒。忾，kài，愤怒)也，固矣。他日国家采风者之使出而览观焉，其能遗之也乎？予谨识(通“志”，记载)之。

至于文词之工不工，及当古作者之旨与否，非所以论君之大者也，予故不著。

先生生平大节不必待文集始传。特后之人，诵其诗歌文章，益足以发其忠孝之志，不必其有当于中声也。此序深得此旨，文亦浩荡苍凉，读之凛凛有生气。

(原本《古文观止》)

506. 明代乌纱帽

蔺相如完璧归赵论　　王世贞

蔺相如(战国时赵人)之完璧，人皆称之，予未敢以为信也。

夫秦以十五城之空名，诈赵而胁其璧，是时言取璧者情(实情)也，非欲以窥赵也。赵得其情则弗予，不得其情则予；得其情而畏之则予，得其情而弗畏之则弗予。此两言决耳，奈之何既畏而复挑其怒也！

且夫秦欲(想要得到)璧，赵弗予璧，两无所曲直也。入璧而秦弗予城，曲在秦。秦出城而璧归，曲在赵。欲使曲在秦，则莫如弃璧；畏弃璧，则莫如弗予。夫秦王既按图以予城，又设九宾(一种设傧相九人接待来人的隆重仪式)，斋而受璧，其势不得不予城。璧入而城弗予，相如则前请曰："臣固知大王之弗予城也。夫璧非赵璧乎？而十五城秦宝也。今使大王以璧故，而亡其十五城，十五城之子弟皆厚怨大王以弃我如草芥(轻贱之物。芥，小草)也。大王弗予城而绐(dài，哄骗，欺诈)赵璧，以一璧故，而失信于天下，臣请就死于国，以明大王之失信。”秦王未必不返璧也。今奈何使舍人怀而逃之，而归直于秦？是时秦意未欲与赵绝耳。令(假使)秦王怒，而僇(通“戮”)相如于市，武安君(秦国名将白起，封武安君，秦赵长平之战，白起大胜赵军，坑杀俘虏四十万)十万众压邯郸(赵国都城，今属河北)，而责璧与信，一胜而相如族(戮及父母妻子为族刑)，再胜而璧终入秦矣。吾故曰，蔺相如之获全于璧也，天也。若其劲渑池(前278年，秦昭襄王与赵惠文王在渑池会盟，秦王欲辱赵王，蔺相如给予有力还击)，柔廉颇(蔺相如立功拜为上卿，位于大将廉颇之上，廉颇不服，蔺相如就处处谦让，终于感动廉颇)，则愈出而愈妙于用。所以能完赵者，天固曲全(委曲求全。此指违背常情而成全蔺相如)之哉！

相如完璧归赵一节，至今凛凛有生气，固无待后人之訾议也。然怀璧归赵之后，相如得以无恙，赵国得以免祸者，直一时之侥幸耳。故中间特设出一段中正之论，以为千古人臣保国保身万全之策，勿得视为迂谈，而忽之也。

(原本《古文观止》)

507. 春秋 蟠螭纹壶

徐文长传　　袁宏道

徐渭，字文长，为山阴(浙江绍兴)诸生(即生员，明清时代经过省级考试取府、州、县的学生)，声名籍(盛)甚。薛公蕙(明正德九年进士，曾任刑部主事，嘉靖中为给事中)校(校官)越时，奇其才，有国士之目。然数奇(运气不好)，屡试辄蹶(摔倒，比喻失败或挫折)。中丞(汉代为御史大夫属官。明代都察院的副都御史与之相当)胡公宗宪(胡宗宪，明嘉靖年间任浙江巡抚，后加右都御史衔)闻之，客诸幕。文长每见，则葛衣乌巾，纵谈天下事，胡公大喜。是时公督数边兵，威镇东南，介胄(介，甲。胄，头盔。军人)之士，膝语蛇行(跪着说

508. 明　徐渭　人物山水册

话，匍匐在地像蛇一样爬行)，不敢举头，而文长以部下一诸生傲之，议者方(比作，当作)之刘真长(刘惔，东晋时宰相，为人不拘小节)、杜少陵（杜甫，唐代诗人）云。会(恰巧，正好)得白鹿(古以白鹿为祥瑞)，属文长作表，表上，永陵(明世宗的陵墓，这里代指世宗)喜。公以是益奇之，一切疏计，皆出其手。文长自负才略，好奇计，谈兵多中(切中要害)，视一世士无可当意者。然竟不偶(得到赏识)。

文长既已不得志于有司(官吏)，遂乃放浪曲糵(niè，酒)，恣情山水，走齐、鲁、燕、赵之地，穷览朔漠。其所见山奔海立、沙起云行、雨鸣树偃(yǎn，倒下)、幽谷大都、人物鱼鸟，一切可惊可愕之状，一一皆达之于诗。其胸中又有勃然不可磨灭之气，英雄失路、托足无门之悲，故其为诗，如嗔(发怒)如笑，如水鸣峡，如种(种子)出土，如寡妇之夜哭，羁人之寒起。虽其体格(诗的格调)时有卑者，然匠心独出，有王者气，非彼巾帼而事人者（那种如以色事人的女子一般媚俗的诗作)所敢望也。

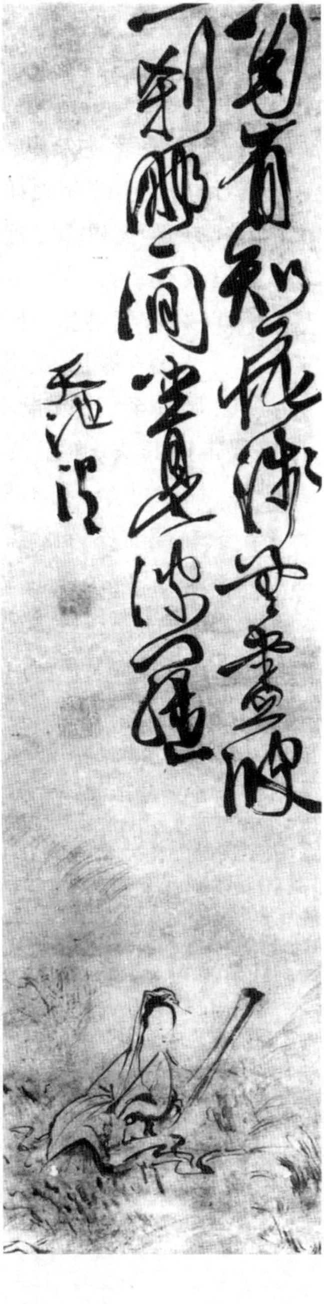

509. 明 徐渭 莲舟观音图轴

文有卓识，气沉而法严，不以模拟损才(压抑自己的才华)，不以议论伤格(损害文章的脉理)，韩、曾(唐代的韩愈与北宋的曾巩，都是唐宋八大家中的作家)之流亚也。文长既雅(素来)不与时调合，当时所谓骚坛主盟者，文长皆叱而奴之，故其名不出于越，悲夫！

喜作书，笔意奔放如其诗，苍劲中姿媚跃出，欧阳公(欧阳修)所谓“妖韶(美好)女，老自有余态”者也。间以其余，旁溢为花鸟，皆超逸有致。

卒以疑杀其继室，下狱论死。张太史元忭(山阴人，隆庆五年廷试第一，授翰林修撰，故称太史)力解，乃得出。晚年，愤益深，佯狂益甚，显者至门，或拒不纳。时携钱至酒肆，呼下隶与饮。或自持斧击破其头，血流被面，头骨皆折，揉之有声。或以利锥锥其两耳，深入寸余，竟不得死。周望(陶望龄，字周望，万历年间曾任国子监祭酒)言晚岁诗文益奇，无刻本，集藏于家。余同年有官越者(在越地做官的人)，托以钞录，今未至。余所见者，《徐文长集》《阙编》二种而已。然文长竟以不得志于时，抱愤而卒。

石公(袁宏道自称)曰：先生数奇不已，遂为狂疾。狂疾不已，遂为囹圄(líng yǔ，牢狱)。古今文人牢骚困苦，未有若先生者也。虽然，胡公间世豪杰，永陵英主，幕中礼数异等，是胡公知有先生矣；表上，人主悦，是人主知有先生矣，独身未贵耳。先生诗文崛起，一扫近代芜秽之习，百世(犹百代，古以三十年为一世)而下，自有定论，胡为不遇哉？

梅客生(梅国桢，字客生，湖北麻城人，万历十一年进士)尝寄予书曰：“文长，吾老友，病奇于人，人奇于诗。”余谓文长无之而不奇者也。无之而不奇，斯无之而不奇(所以就注定他一生命运没有一处不艰难，不坎坷。奇，jī)也。悲夫！

文长之为人奇穷矣，而文与事皆奇。故此传之文，即以“奇”字为骨，且末段用“石公曰”三字，俨然史笔，尤为大奇。然非是文，不足以表是人也。

（黄仁黼）

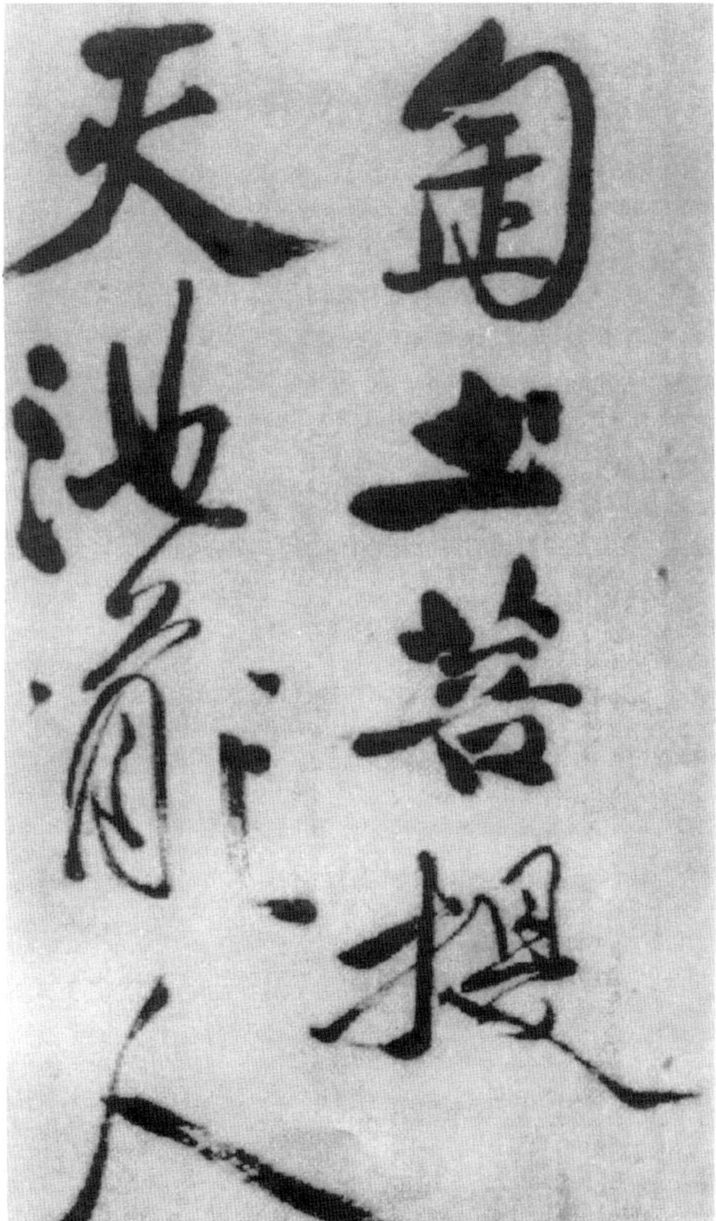

510.
明 徐渭 女芙馆十咏

五人墓碑记　　张溥

五人者，盖当蓼洲周公(周顺昌的称号。周为吴县人，曾任吏部文选司员外郎等官，后辞职回家。天启六年，1626年，因不满魏忠贤而被捕，并遭杀害。蓼，liǎo)之被逮，激于义而死焉者也。至于今，郡之贤士大夫请于当道，即除魏阉(对宦官魏忠贤的鄙称，魏忠贤于1622年被明熹宗任命为司礼监秉笔太监，后又兼管东厂，专断朝政。他残酷镇压异己，遭到民众反对，明思宗崇祯即位后，被黜，后畏罪自杀。其当权时，各地建有很多生祠，被黜后，被毁)废祠之址以葬之，且立石于其墓之门，以旌其所为。呜呼！亦盛矣哉！

夫五人之死，去今之墓(挖墓)而葬焉，其为时止十有一月耳。夫十有一月之中，凡富贵之子，慷慨得志之徒，其疾病而

511. 江苏苏州五人墓

死，死而湮没不足道者，亦已众矣。况草野（指民间）之无闻（无声无息）者欤！独五人之皦皦（jiǎo jiǎo，明亮状），何也？

予犹记周公之被逮，在丁卯三月之望（明熹宗天启七年，三月十五日）。吾社之行为士先者（行为堪称楷模的人），为之声义（声张正义），敛资财以送其行，哭声震动天地。缇骑（tí jì，指东厂和锦衣卫特务机关的吏役）按剑而前，问："谁为哀者？"众不能堪，抶（chì，用鞭、杖或竹板打，笞打）而仆（倒）之。是时以大中丞（官名）抚吴（担任吴地巡抚）者，为魏之私人，周公之逮所由使也。吴之民方痛心焉，于是乘其厉声以呵，则噪而相逐，中丞匿于溷藩（厕所。溷，hùn）以免。既而以吴民之乱请（申告）于朝，按（查验）诛五人，曰：颜佩韦、杨念如、马杰、沈扬、周文元，即今之傫（lěi）然（堆积状）在墓者也。

然五人之当刑也，意气扬扬，呼中丞之名而詈（lì，骂）之，谈笑以死。断头置城上，颜色不少变。有贤士大夫发五十金，买五人之脰（dòu，颈项，此指头颅）而函（置于匣中）之，卒与尸合。故今之墓中，全乎为五人也。

嗟夫！大阉之乱，缙绅（jìn shēn，古代官宦缙笏、垂绅，故称缙绅）而能不易其志者，四海之大，有几人欤？而五人生于编伍（指平民。古代平民，五家编为一伍）之间，素不闻诗书（泛指儒家经典）之训，激昂大义，蹈死不顾（回头），亦曷故哉？且矫诏（假诏书）纷出，钩党（彼此相联的同党，汉末宦者专权，诬指不与其合作者为"钩党"，加

512. 明 彩塑太监像

513. 明 厂卫勇士铜牌

以打击。此用典故)之捕,遍于天下,卒以吾郡之发愤一击,不敢复有株治。大阉亦逡巡(qūn xún,欲进不进、迟疑不决的样子)畏义,非常之谋(指篡夺皇位的阴谋),难于猝发。待圣人(指明思宗)之出,而投缳(即自缢。缳,huán,绳圈、绞索)道路,不可谓非五人之力也。

由是观之,则今之高爵显位,一旦抵罪(因犯罪而受相应的惩罚),或脱身以逃,不能容于远近,而又有剪发杜门(古代君子皆长发,除削发为僧外,剪短或剃掉头发被认为不正常,剪发含有自绝于社会之意。杜门,把门塞住),佯狂不知所之(往)者,其辱人贱行(使自己人格受辱,使行为卑贱),视五人之死,轻重固何如哉?是以蓼洲周公,忠义暴于朝廷,赠谥(shì,封建时代帝王、高官或卓越的人,死去以后由朝廷据其生平,给予一个称号,即"谥")美显,荣于身后;而五人亦得以加其土封(加修其坟墓),列其姓名于大堤之上。凡四方之士,无有不过而拜且泣者,斯固百世之遇也!不然,令五人者保其首领,以老于户牖(牖,yǒu,窗。死在家中)之下,则尽其天年,人皆得以隶使(当作奴仆来使唤)之,安能屈豪杰之流,扼腕墓道，发其志士之悲哉？故予与同社诸君子，哀斯墓之徒有其石也，而为之记，亦以明死生之大，匹夫之有重于社稷也。

贤士大夫者，冏(jiǒng)卿(太仆卿的别称，掌管皇帝的车马)因之吴公、太史文起文公(文震孟，字文起。太史，古代官名)、孟长姚公(姚希孟，字孟长)也。

拿定激义而死一意，说得有赖于社稷，且有益于人心，何等关系！令一时附阉缙绅无处生活。文中有原委，有曲折，有发挥，有收拾，华衮中带出斧钺，真妙篇也。

(林西仲)

议论随叙事而入，感情淋漓，激昂尽致。当与史公《伯夷》《屈原》二传并垂不朽。

(原本《古文观止》)